THE HORUS HERESY®
千子
A THOUSAND SONS

［英］格雷厄姆·麦克尼尔 著　赵笛 译

浙江科学技术出版社

English version first published in 2010, this edition published in Great Britain in 2019.

Games Workshop Limited, Willow Road, Nottingham, NG7 2WS, UK.

This edition published in China by Zhejiang Science and Technology Publishing House in 2021.

Copyright © Games Workshop Limited 2021.

This translation copyright © Games Workshop Limited 2021.

Translated and used under licence by Zhejiang Science and Technology Publishing House. All rights reserved.

A Thousand Sons © Copyright Games Workshop Limited 2021. GW, Games Workshop, Black Library, The Horus Heresy, The Horus Heresy Eye logo, Space Marine, 40K, Warhammer, Warhammer 40,000, the 'Aquila' Double-headed Eagle logo, and all associated logos, illustrations, images, names, creatures, races, vehicles, locations, weapons, characters, and the distinctive likenesses thereof, are either ® or TM, and/or © Games Workshop Limited, variably registered around the world. All Rights Reserved.

No part of this publication may be reproduced, stored in a retrieval system, or transmitted in any form or by any means, electronic, mechanical, photocopying, recording or otherwise, without the prior permission of the publishers.

This is a work of fiction. All the characters and events portrayed in this book are fictional, and any resemblance to real people or incidents is purely coincidental.

本书英文版由 Black Library 于 2010 年出版，2019 年再版，

Games Workshop Limited，地址：Willow Road, Nottingham, NG7 2WS, UK.

本书中文版由浙江科学技术出版社于 2021 年出版

Copyright © Games Workshop Limited 2021.

This translation copyright © Games Workshop Limited 2021.

浙江科学技术出版社可在授权下翻译与使用。

A Thousand Sons © Copyright Games Workshop Limited 2021。GW、Games Workshop、Black Library、荷鲁斯之乱、荷鲁斯之眼标识、星际战士、40K、战锤、战锤 40,000、"天鹰"双头鹰标识、以及所有相关标识、插图、图像、名称、生物、种族、载具、地点、武器、角色及其中的特色同类物，所有带有 ®、TM 以及 © Games Workshop Limited 的标识均为在全世界注册的商标或为 Games Workshop Limited 版权所有。

未经许可，不得将本书任何部分以任何形式复制、存储在某个检索系统中，也不得以任何形式或手段，包括电子、机械、影印、记录或其他方式，传播本书的任何部分。

本书为虚构作品。书中人物、事件均为虚构，如有雷同，纯属巧合。

故事简介

荷鲁斯之乱,这是一段传奇岁月。

众多伟岸英雄为了统御银河之权奋力拼搏。

地球帝皇的亿万大军纵横星海,以一场伟大远征将银河纳入囊中——在这些精兵强将面前,不计其数的异形种族难当锋锐,就此在历史长卷上被抹消了踪迹。

人类种族威震寰宇的璀璨年代拉开了序幕。

黄金白玉堆砌而成的闪耀堡垒颂扬着帝皇的诸多凯旋。一百万个林立在世界上的纪念碑,翔实地描述了那些悍勇战将的传奇功绩。

帝皇的战士中最强大的便是基因原体,这些英武绝伦的人物率领帝皇麾下的星际战士大军斩获了无数胜果。他们势不可当,高贵超凡,是帝皇基因实验的巅峰成就。星际战士则是银河之中前所未有的强悍士兵,每个人皆有以一敌百之力。

数以万计的星际战士组成庞大军团,追随各自原体踏入星海,以帝皇之名征服银河。

所有基因原体中最出众的是荷鲁斯,亦唤荣耀者、光明星辰、帝皇宠儿、如父爱子。他受封战帅,是帝皇麾下各路大军的总指挥官,是万千世界与整个银河的征服者。他是无出其右的战士,也是手腕卓绝的外交家,他的野心无边无界。

万事已然俱备。

出场人物

千子

赤红的马格努斯 ………………………… 千子军团基因原体

黑鸦学派

阿泽克·阿里曼 ………………………… 千子首席智库馆长
安库·埃南 ……………………………… 大图书馆守护者
阿蒙 …………………………………… 第九学会连长，原体的侍从

火凤学派

卡洛菲斯 ………………………………… 第六学会连长
奥拉麦格玛 ……………………………… 第八学会连长

亮羽学派

哈索尔·玛特 …………………………… 第三学会连长

天枭学派

贝勒克·乌希扎尔 ……………………… 第五学会连长

猎鹰学派

弗西斯·塔卡 …………………………………… 第二学会连长
菲尔·托伦 ……………………………………… 第七学会连长

基因原体

黎曼·鲁斯 ……………………………………… 太空野狼基因原体
洛加 ……………………………………………… 怀言者基因原体
莫塔瑞恩 ………………………………………… 死亡守卫基因原体
圣吉列斯 ………………………………………… 圣血天使基因原体
弗格瑞姆 ………………………………………… 帝皇之子基因原体

太空野狼

阿姆洛迪·斯卡森·斯卡森松 ………………… 太空野狼第五连之主
欧谢尔·沃德梅克 ……………………………… 太空野狼第五连符文牧师

禁军

康斯坦丁·瓦尔多 ……………………………… 禁军领袖
阿蒙 ……………………………………………… 禁军卫士

非星际战士

马卡多 …………………………………………… 泰拉掌印者
卡莉斯塔·俄瑞斯 ……………………………… 史学家
马哈瓦斯图·卡里马库斯 ……………………… 马格努斯的特别代笔人
卡蜜尔·希梵尼 ………………………………… 建筑考古学家
勒缪尔·高蒙 …………………………………… 社会行为学家
亚提里 …………………………………………… 阿苟鲁人的领袖

目录

第一部　在那盲者的国度

2	第一章	吞人的山脉　诸位连长　观察者
16	第二章	山间鼓声　希尔博泰的神殿　死者之地
27	第三章	马格努斯　密室　汝需授之
38	第四章	审判之声　影舞者　召唤
49	第五章	初学者　创世传说　对泰拉的记忆
63	第六章	斯卡森　战争的需求　沃德梅克
76	第七章	芬里斯的野狼　心灵的会面　大坝的崩溃
88	第八章	巨人杀戮者
102	第九章	能力　山脉之下　天使的语言
115	第十章	九头蛇　野兽的胃囊　日后便知

第二部　必为之变

129	第十一章	伯劳星　合理的战争　狼王
142	第十二章	凤凰崖
155	第十三章	图书馆　血肉异变　调停者
168	第十四章	归顺
173	第十五章	凯旋　黄昏领主　老朋友
186	第十六章	新秩序　教学　新的召唤

目录

第十七章　普罗斯佩罗的废土　倒塌的雕像　新的召唤 ……… 201

第十八章　尼凯亚　抛入狼口　帝皇的右手 ……… 210

第十九章　猎巫人　原体之心　马格努斯开口 ……… 222

第二十章　叛乱　智库馆长　审判 ……… 234

第三部　普罗斯佩罗的挽歌

第二十一章　我的作品　天堂　叛乱初现 ……… 246

第二十二章　千子　踏入废土 ……… 260

第二十三章　火凤燎原　如果你死了　反光洞穴 ……… 272

第二十四章　她是我的一切　不计代价　代价 ……… 285

第二十五章　警告　你是对的　飞蛾扑火 ……… 300

第二十六章　好学生　我的命运属于我　分道扬镳 ……… 316

第二十七章　芬里斯的雷霆　失落的一切　狼族之王 ……… 329

第二十八章　坚守阵线　反目成仇　了解敌人 ……… 341

第二十九章　我绝不能　无缚之力　巨人陨落 ……… 353

第三十章　背水一战　真相为兵　狼印 ……… 364

第三十一章　普罗斯佩罗的挽歌 ……… 376

无论是古代骑士对圣杯的追寻，还是炼金术士对贤者之石的探究，全都是那项伟大工作的一部分，因此便是永无止境的。成功只会开启新的道路，通往更多的辉煌。这样一份事业是永恒的，它带来的愉悦是无尽的，因为整个宇宙以及其中的万千奇观……皆为一片无垠的游乐场，属于那个加冕为王且征伐四方的孩童，属于那些不知满足的、天真无辜的、永远欣喜的、银河与永恒的继承人，其名号便是人类。
　　——《马格努斯之书》

　　唯一的善是知识，唯一的恶是无知。
　　——阿泽克·阿里曼

　　那些高耸入云的尖塔，那些雍容华贵的宫庭，那些庄严肃穆的圣殿，那伟大的星球本身：噫，它所继承的一切都将烟消云散，正如这场虚无缥缈的盛会一般，难以留下丝毫痕迹。
　　——阿蒙的预言

　　皆为尘埃……
　　这几个字如今看来多么具有预见性。
　　古老泰拉的一位智者曾说过这句话，或是说过类似的话。我不禁要猜想，他是否具备着和我相似的天赋。纵然我称其为天赋，但随着岁月的流逝，我逐渐将自己的力量视为一份诅咒。
　　我从高塔顶端向外眺望，俯瞰一片疯狂横行的大地，遥望那些无羁能量的风暴，突然之间我回想起曾在泰拉的一本残破古籍中读到的这几个字。多少个世纪过去了，我早已穷尽普罗斯佩罗的所有图书馆文献，通读了每一篇源自被遗忘年代的文章，但我认为直至今日，我都从未真正理解这几个字。
　　随着每一次呼吸，伴着每一次心跳，我都能感觉到他在逐渐接近。
　　而我还能呼吸，还有心跳，这本身就堪称奇迹，尤其是现在。
　　他是来杀死我的，毫无疑问。我能体会到他的凶猛怒火，他的受创自尊，还有他的沉重悔恨。他如今拥有的深厚力量并不是他刻意追寻的，亦非他甘愿持有的，更是不自然的。有些人说，力量转瞬即逝，但这种力量不会。

一旦获取之后，就永远无法归还。

他的能力令旁人望尘莫及。他可以从银河另一端置我于死地，但他不会那样做。在毁灭我的时候，他一定要直视我的眼睛。荣誉感是他的缺陷，至少是其中之一。

他这样对待别人，因为他希望别人也这样对待他。

而那正是他的厄运。

我很清楚在他眼里我犯下了何等罪行。他认为我背叛了他，但我并没有。千真万确，我没有。我们这个秘密团体中没有任何人背叛了他；我们只是尽己所能去拯救我们的兄弟。

但还是走到了这一步，一位父亲决意杀死他的爱子。

那恰恰是千子身上最深重的悲剧。世人会称我们为叛徒，但其中的讽刺永远不会被记录下来，即便在卡里马库斯的失落书本中也不会。我们依旧是忠诚的，一如既往。

没有人会相信，帝皇不会，我们的手足同胞不会，尤其是那些非狼之狼更不会。

历史会说，他们释放了鲁斯的野狼来追猎我们，但历史是错误的，他们释放出了远比野狼更糟的事物。

我能听到他一步步爬上我的高塔。

他想必认为，我所作所为的根本动机是奥尔穆兹德，从某个角度而言的确如此。但又远不止如此。

我毁灭了我的军团：这个我始终挚爱的军团、这个拯救过我的军团。我毁掉了这个他试图拯救的军团，那么他要杀死我便是理所应当的。

我罪该受死，或许更甚。

啊，但是在他毁灭我之前，我必须向你讲述我们的可悲命运。

但我要从何讲起呢？

不存在开端，也不存在结局，对于浩瀚之洋中的世界而言尤为如此。过去、现在和未来同为一体，时间毫无意义。

所以我必定要从一个任意的地方讲起。

我会从一座山脉讲起。

那座吞人的山脉。

第一部
在那盲者的国度

第一章

吞人的山脉
诸位连长
观察者

那座山脉已经存在了数万年,高耸入云的岩石山体是由某种伟岸力量凭空塑造而成的,这远远超出了阿苟鲁星球当今居民的想象范畴。这里的土著族群毫无地理学知识,不懂得造山运动、挤压能量以及地壳均衡上升这些深奥的概念,但他们仅仅根据常识也能作出判断,那座山脉太过高大宏伟,不可能是自然形成的。

那座山脉坐落于一片起伏不定的盐碱平原中央,古代阿苟鲁人相信这里曾是海床。它高达三十千米,甚至超越了奥林匹斯山,将那座傲视群雄的火星铸造厂压过一头。

它轻易地占据了炫目的棕黄色天际,那直刺云霄的优雅峰峦就像一座为古代帝王所建的绝美陵墓,显得辉煌雄壮。那座山脉的轮廓中并没有过于规整的线条,崎岖不平的山体也绝无人工痕迹,但就算是最为固执的怀疑论者也能一眼看出,那座山脉必定是某种超自然手段的成果。

山石表面没有任何植被,无论树木、野花还是最稀疏的杂草都难以立足。这个星球的太阳如同一枚熟透的水果般低垂于天际,在它毒辣光芒的炙烤下,山脉周围的盐碱地熠熠闪亮。

即便如此,那座山脉的岩石却是触手冰寒、平滑润泽的,如同刚刚从漆黑海底升起一样。阳光格外抵触它的山脊,因此那些深邃峡谷、低陷山堑和陡峭裂口都颇为幽暗阴冷,就仿佛山下埋着一口冻泉,其冰冷寒气通过某种怪异的地理作用反向渗透到了岩石里。

在起伏不平的山脚位置,很多足有三人之高的巨石点缀着大地,组成了若干松散的圆环形状。对于一个缺乏起重机械或减重悬吊装置,也无从获益于机械神教庞大造物的原始文明而言,这些壮观石碑堪称一项难以置信的惊世之作。但是在那座绝非自然天成的山脉面前，巨石阵立刻显得粗劣而渺小，与那阴郁苍凉的超凡存在相比简直有若尘埃。在这样一个世界上，究竟是何等力量能够升起一座山脉？

聚集在阿苟鲁星球的人类全都无法回答这个问题，但他们之中最伟大、最聪慧、最具钻研精神的头脑正在动用全部心思寻找其答案。

对于阿苟鲁人而言，那座山脉是他们的天柱地轴，是朝圣之所。

对于千子军团的学者战士而言，那座山脉以及当地居民都令人好奇，是一份等待揭示的奥秘，并且有可能促使军团的光辉领袖解决一个困扰了他近两个世纪的谜题。

这两个差异显著的文明唯独在一件事上毫无异议。

那座山脉属于死者。

"你能看到他吗？"一个遥远而虚幻的声音问道。

"不能。"

"他该回来了，"那个声音愈发变强，"他为什么还没回来？"

阿里曼从一层层心境中依次抽离出来，他能察觉到三位阿斯塔特站在帐篷的猩红华盖之下，而能察觉到他们各自的灵能存在，要归功于一种独特知觉，那是绝非大自然赐予的某种基础感官功能。那三人的强大灵能在躯体中低吟脉动，如同是沦为苦囚的滚滚雷霆，弗西斯·塔卡显得紧绷而暴躁，哈索尔·玛特则更加忧郁而克制。

与这两枚炽热恒星相比，索贝克的以太场简直形如微烛。

阿里曼感觉到自己的灵体和躯壳相互融合，随即睁开眼睛。他切断了与守护精灵之间的联结，抬起头看着弗西斯·塔卡。低垂的日头依旧极为明亮，这迫使他眯起眼睛，用手掌遮挡住盐碱平原所反射的灼目阳光。

"你觉得呢？"弗西斯·塔卡追问道。

"我不知道，"阿里曼说，"埃特皮奥最远只能看到那些死石。"

"尤提帕也一样，"弗西斯·塔卡说着蹲在了地上，他的恼怒思绪扬起一丛丛细微的盐碱沙尘。阿里曼能在脑海里感觉到每一蓬尘土，它们就像是飞扬的电火花。"为什么守护精灵的视线没法越过那些石头？"

"谁知道呢？"阿里曼开口回应，这一情况也让他备受困扰。

"我以为你能看得更远一些。毕竟你是黑鸦学派的。"

"那帮不上忙，"阿里曼一边说一边从盘腿打坐的姿势中流畅地站了起来，他将闪亮的盐晶从自己刻满符文的盔甲上掸下去。遨游以太的这段经历让他全身僵硬，他花了一点时间让自己的肌肉重新控制四肢。

"无论如何，"他说道，"我不认为在这个世界上冒那种风险是一项明智决定。将我们与浩瀚之洋隔开的那些屏障十分薄弱，这里有太多不受控制的能量。"

"我想你是对的，"弗西斯·塔卡同意道，汗水从他剃光的脑袋上滑落下来，沿着那条由额头延伸到脖子的弧形伤疤缓缓流淌，"你觉得这就是为什么我们一直徘徊于此的原因？"

"完全有可能，"阿里曼说，"这里潜藏着力量，但很多个世纪以来，阿苟鲁人都生活在平衡之中，丝毫没有受到任何负面影响或产生突变。那一定值得研究。"

"的确如此，"哈索尔·玛特说道，显然他丝毫不受这熔炉般的高热所困扰。"这个枯燥的星球上几乎没有其他有趣的事物。而且我不信任那些阿苟鲁人，我认为他们一定有所隐藏。谁能在这种地方生活如此之久，却不产生任何突变？"

阿里曼察觉到了同僚连长在吐出那最后一个词时语气中蕴含的恨意。与阿里曼和弗西斯·塔卡不同，哈索尔·玛特的皮肤如同最为光滑白皙的大理石，满头金发的他和博学殿彩绘玻璃上的英雄形象别无二致。没有一滴汗水能够玷污那张精雕细琢的面容。

"我不关心他们是怎么办到的，"弗西斯·塔卡说。"这个地方让我厌烦。已经六个月了，我们本该在方舟边际星团作战的。洛加的47号远征队在等着我们，还有鲁斯也是。相信我，除非迫不得已，否则你绝不该让那些野狼等太久。"

"原体说我们要留在这里，所以我们就要留在这里。"阿里曼回应道。

他忠诚的实践者索贝克走上前来，递给他一杯水。阿里曼将凉爽的清水一饮而尽。当索贝克拿出一个青铜水壶准备给他再倒一杯的时候，阿里曼摇摇头。"不用了，去送给记述者俄瑞斯吧，"他命令道，"她在死石那边，比我更需要水。"

索贝克点点头，二话不说地离开了华盖之下的阴影。阿里曼的战甲帮助他降温，将身体挥发出的水分循环利用，并且阻挡了大部分的灼人热度。但那些造访星球表面的记述者就远没有这么幸运，已经有几十个人因为心脏病和脱水被送回弗泰普号的医疗舱了。

"你在惯着那个女人，阿泽克，"哈索尔·玛特说，"也没有那么热。"

"你说得轻巧，"弗西斯·塔卡用一块布擦掉自己的满头大汗，"我们不都是亮羽学派的。我们之中有些人只能自己抵挡这种炎热。"

"借助更多的学习、冥思和心灵戒律，或许总有一天，你也能达到像我这样的大师水准，"玛特回答，虽然他的语气很轻快，但阿里曼知道他并不是在开玩笑，"你们猎鹰学派天性好斗，但最终你们也有可能掌握必要的心境。"

弗西斯·塔卡皱起眉头，一团致密的盐晶顿时从他脚边升起，飞向哈索尔·玛特的脑袋。然而在盐块命中目标之前，那个战士闪电般地抬起手将其抓住了。玛特把那团晶体搓成粉末，让它如沙粒般从指间洒落。

"你应该还会一些更厉害的招数吧？"

"够了，"阿里曼说，"你们两个，都把力量收敛起来。那不是用来玩弄低俗把戏的，尤其是周围有凡人的时候。"

"那何必还要让凡人留在这里？"玛特问，"干脆把她和其他人一起送走就是了。"

"我也一直这么说，"弗西斯·塔卡附和道，"既然她如此热衷于伟大远征，那就把她送到一个喜欢歌功颂德的军团去，比如极限战士或者怀言者。她不该跟我们在一起。"

这是一种阿里曼所熟知的态度，他从其余连长那里听过上百遍了。塔卡还算不上最为直言不讳的人，第六学会的卡洛菲斯才是。无论塔卡持有什么观点，卡洛菲斯都只能比他更加激进。

"难道我们不该被铭记吗？"阿里曼反问道，"依我所见，卡莉斯塔·俄瑞斯的文笔是所有记述者中最具洞察力的。为什么我们就该在伟大远征的记录中缺席？"

"你知道为什么，"弗西斯·塔卡愤懑地说，"就在不久之前，帝国里足有一半人宁愿我们死掉。他们惧怕我们。"

"他们惧怕自己无法理解的事物，"阿里曼说，"原体告诉过我们，那些人的恐惧源自无知。而知识将会成为他们用以驱除那种恐惧的明灯。"

弗西斯·塔卡哼了一声，用思维在盐碱地上划出一个个螺旋图案。

"他们知道得越多，就越会惧怕我们。你记住我的话。"他说道。

阿里曼不再理会弗西斯·塔卡，从华盖下的阴影里走了出去。借助灵体遨游以太的余韵已经基本消退，实体世界的沉闷本质将他重新包围起来：在风暴鸟降落后区区一个小时之内就把他全身烤成红木色的灼人热浪，覆盖在他刚硬身躯上的油腻汗水、以及那股由暴晒盐碱与浓郁香料混杂而成的清新气味。

还有席卷整个星球地表的以太之风。

阿里曼能感觉到力量在他体内奔腾：如彗星尾迹般熠熠闪亮的潜在灵能迫切地渴求被塑造成形。但一个多世纪里的艰苦训练能确保那股力量始终流动无形，仅仅像一道轻柔浪潮般扫过他的身体，并时刻防备以太能量肆意积聚到任何警戒水平。若要放下心防，任其为所欲为，那真是再简单不过了，但阿里曼很清楚这种做法蕴藏着何等危险。他抬起手掌，触摸那枚镶嵌在自己右侧肩甲上的银质橡叶，深吸一口气，低声念诵心境的口诀，让自己的以太场平静下来。

阿里曼抬起头仰望那座宏伟的山脉，至今惊异于其创造者拥有何等超凡力量，同时他在心里猜测原体到底在山里干什么。在阿里曼被剥夺了远视力量之前，他从未意识到自己有多么盲目。

"他在哪儿？"弗西斯·塔卡嘶声道，他与阿里曼有着一样的心思。自从赤红的马格努斯跟随亚提里还有及其部落成员走进那座山脉，已经过去了四个小时，大家一直绷紧了神经。

"你们在担心他，是不是？"哈索尔·玛特问道。

"你什么时候掌握了天枭学派的技巧？"阿里曼反问。

"用不着。我能看出来你们两个都在担心，"玛特反驳道，"太明显了。"

"你就不担心？"弗西斯·塔卡问。

"马格努斯能照顾好自己，"哈索尔·玛特说，"他让我们等着他。"

千子军团的基因原体确实让大家等待他的归来，但阿里曼有种糟糕的感觉，仿佛某些事情非常不对劲。

"你看见什么了吗？"弗西斯·塔卡问，他察觉到了阿里曼的表情。"你在浩瀚之洋里旅行的时候看见了什么，对不对？告诉我。"

"我什么都没看到。"阿里曼苦涩地说。他转身走回帐篷，打开一个由刺槐木和翡翠制成的狭长箱子，取出了自己的武器。他拥有一把工艺精湛的手枪，这与沃坎麾下那些火蜥蜴武器大师的作品不分伯仲，枪身两侧覆有金色的后掠鹰翼，手柄则裹着斑点皮革。

除了手枪之外，他还有一柄修长的象牙权杖，杖顶装有弯钩形的利刃，杖身则被蓝色铜环加固并覆有金片。

"你要干什么？"当他全副武装地走出来时，哈索尔·玛特问道。

"我要带狮卫到山里去，"阿里曼说，"你们一起来吗？"

勒缪尔·高蒙靠在那座巨型山脉脚下的一块死石上，尽量躲在阴影里，并希望自己的身躯能更苗条一点。他在深处内陆的北非浮空巢都长大，对于炎热并不感到陌生，但这个世界完全是另一回事。

他穿着一件轻便的亚麻长袍，上面覆满了环环相扣的彩色刺绣，包括闪电、公牛、螺旋以及其他很多难以辨别的图案。这是僧伽商业区一位盲人裁缝按照勒缪尔的设计特意织成的，那些图案来自于他在莫巴伊豪宅的秘密图书馆中收藏的卷轴。勒缪尔皮肤黝黑，头颅光洁，眼窝深陷，他谨慎地观察着千子的营地，时不时用摆在大腿上的数据板进行记录。

大约有一百顶猩红的帐篷散落在盐碱平原上，每一顶门户大开的帐篷里都住着一队千子战士。勒缪尔已经记下了具体有哪些学会在场：阿里曼的圣甲虫隐修会，安库·埃南的第四学会，卡洛菲斯的第六学会，哈索尔·玛特的第三学会以及弗西斯·塔卡的第二学会。

一支规模可观的阿斯塔特作战部队正驻扎在山脚下，而很奇怪的是，营地中的气氛似乎颇为紧张，勒缪尔却找不出任何原因。显然阿斯塔特并非即将参战，但同样明显的是，有什么事情在困扰他们。

勒缪尔闭上眼，让自己的意识漂浮在那股无形力量的洪流里，它如同一团热霾般在空气中荡漾。虽然双眼紧闭，他却能感受到这个世界的辉煌能量，那恍若一幅多彩的画卷，远比瑟伦娜·德·安吉路斯或者克兰·罗杰特的巅峰作品绚丽。在死石后面，那座山脉是一道虚无的漆黑高墙，纯粹黑暗的陡峭岩壁如同精金般坚不可摧。

然而在远处的盐碱平原上，整个世界显得五彩缤纷。

千子的营地如同是一片灼目火海，里面充满了跃动的色彩和闪耀的光芒，就像是一枚被冻结在爆炸瞬间的核武器。在那片炫目光辉中，尚有一些格外明亮的存在，而据勒缪尔所知，其中三个璀璨心灵的聚首之处正是阿里曼连长的帐篷。有什么事情在困扰那三人，勒缪尔真切地希望自己可以更接近他们。通常还会有一个极端明亮的心灵在营地中央迸发灼光，他与旁人相比仿佛烛火旁的一颗超新星，但今天他不知所踪。

或许那就是千子军团感到紧张的缘由。

他们的伟大领袖并不在场。

颇为沮丧的勒缪尔让自己的心灵之眼从军团身上飘开，转移到阿苟鲁人的居住地上。那些在干燥沙土中挖出的地洞显得昏暗而死寂，与千子的鲜活光芒形成了强烈的对比。阿苟鲁人的心灵就像盐碱平原一样荒芜，连一丝力量的火花都没有。

勒缪尔睁开眼，长呼一口气，低声念诵起祖鲁巫医的祷文，让自己狂跳的心脏平静下来。勒缪尔从裹着帆布的水壶里喝了一口，那水虽然温热而苦涩，却依旧令人舒爽。还有另外三个水壶躺在他身边的背包里，但它们恐怕只能坚持到这个下午。等到日落的时候，他就需要重新把水壶灌满，因为这无情的高热即便在夜间也难以得到缓解。

"怎么会有人住在这么热的地方？"他第一百次自言自语地问道。

"没什么人住在这地方，"一个女人的声音在勒缪尔身后响起，让他顿时微笑起来，"他们大多数都生活在北部和西部海边的肥沃三角洲地区。"

"这你告诉过我，亲爱的卡蜜尔，"勒缪尔说，"但毕竟有一部分人自愿地从那里迁移到了这个荒芜的地方，这似乎不符合逻辑。"

说话的人走入了视野，勒缪尔在刺眼的阳光中眯起双目，打量那个年轻女人，对方穿着紧身背心，裁短的宽松长裤，以及一双沾满尘土的凉鞋。她脖子上挂着一台录音器兼相机，肩头则是一个塞满了笔记本和数据板的帆布包。

卡蜜尔·希梵尼的形象颇为动人，她的皮肤被太阳晒成了棕色，长长的黑发扎了起来，上面覆盖着一条丝质头巾，还架着一副深色护目镜。她肤色红润，性格直率，让勒缪尔非常喜欢。卡蜜尔微笑着俯视他，而他则用自己最迷人的笑容加以回应。这完全是徒劳的——卡蜜尔对他这样的回应并不感兴趣，但保持礼貌总没有坏处。

"勒缪尔，你应该明白，每每涉及人类的时候，逻辑与行为之间的关系就会显得微不足道，即便是失落已久的远房血脉也不外如此。"卡蜜尔·希梵尼说道，她轻轻拍打双手把沙土掸干净，她几乎从不摘下那双薄手套。

"此话不假。否则我们为什么要待在这样一个毫无价值的地方？"

"毫无价值？瞎说，这里有很多值得研究的事物。"她回应道。

"对于一个建筑考古学家而言，或许是吧。"勒缪尔说。

"我花了一周时间和阿苟鲁人生活在一起，探索他们村落所在的那片遗址。非常有意思，下次我再去的时候你也应该加入。"

"我？我去那里能研究什么？"他问道，"我研究的是归顺之后的社会结构，而不是早已死掉的社会遗址。"

"没错，但过去发生的事情会对未来产生影响。你我都清楚，我们不能罔顾前一个文明的历史，简单粗暴地用一个新文明加以取代。"

"的确，但阿苟鲁人似乎并不具备什么值得被取代的历史，"勒缪尔哀伤地说。"我不认为他们所拥有的文明能够熬过帝国的来临。"

"或许是的，但那只能让我们更有必要抓紧机会对他们展开研究。"

勒缪尔站了起来，这个费力的动作让他大汗淋漓。

"这天气可真不适合一个胖子。"他说。

"你不胖，"卡蜜尔说，"你只是比较宽厚。"

"而你十分善良，不过我知道自己是什么德行，"勒缪尔说着，动手把大量盐晶从长袍上掸下去。他举目扫视那些围成一圈的高大石块。"你的朋友呢？"

"安库·埃南一个小时之前就回到弗泰普号去查阅他的罗塞塔卷轴了。"

"俄瑞斯女士呢？"勒缪尔问。

卡蜜尔微笑起来说："卡莉到东边山脚去摹拓那边的死石，正在回来的路上。她应该快到了。"

卡莉斯塔·俄瑞斯，卡蜜尔·希梵尼还有安库·埃南协同合作已久，他们花费了几百个小时，尝试解读死石上镌刻的那些优雅圆润的符文。迄今为止，他们的成果都非常有限，但如果有人能够将符文解密，那就只能是这个三人组。

"你们一直在翻译那些石头上的雕文,这方面有进展吗?"勒缪尔朝那些远古巨石挥挥手问道。

"我们快要弄清楚了,"卡蜜尔说着扔下她的背包,把脖子上的相机拎起来。"卡莉认为那是灵族的某种早期文字,即便对他们而言都是很古老的,所以我们几乎不可能锁定任何确切含义,不过安库·埃南知道普罗斯佩罗上有若干份研究记录,或许能为我们提供关于那些符文的信息。"

"普罗斯佩罗?"勒缪尔顿时兴趣盎然。

"是的,在博学殿里,那是千子母星上的某座大图书馆。"

"他还讲过什么关于这座图书馆的事情吗?"勒缪尔问道。

卡蜜尔耸耸肩,把护目镜扯下来,揉揉酸痛的眼睛。"没有,我不记得。怎么了?"

"没什么。"勒缪尔说道。他微笑着看见卡莉斯塔·俄瑞斯正在朝死石走来,心里庆幸不用继续谈论这个话题了。

卡莉斯塔身穿一件飘逸的白色古典连衣裙,有着橄榄色的皮肤,无疑是个美丽的年轻女人,只要她愿意的话,28号远征队里的男性记述者可以任她挑选。不过话说回来,远征队里也没有多少个记述者。在遴选随行人员来见证丰功伟业这件事上,千子有着非常严苛的标准。

无论如何,卡莉斯塔回绝了所有与她交往的请求,大部分时间都和勒缪尔以及卡蜜尔待在一起。不过勒缪尔并没有与这两个女人之中的任何一位发展关系的打算,他在相处中仅仅把她们视为一同探索未知奥秘的伙伴。

"欢迎回来,亲爱的。"勒缪尔说着从卡蜜尔身边走了过去,握住卡莉斯塔的手。她的皮肤很热,手指都被焦炭染成了黑色。她肩膀上背着一个拉绳袋,一卷卷拓纸从袋口探了出来。卡莉斯塔·俄瑞斯是一位历史学家,她所专精的研究方向是知识在古代的获取与传播方式。她曾经在弗泰普号的图书馆里向勒缪尔展示过一些全息图片,是某篇叫作《史记》的残破古籍,里面记录着某个已经消逝的古老地球文明及其诸多君王。卡莉斯塔解释说,那部古籍的客观性和准确性都值得推敲,因为考虑到作者的意图似乎只是为了迎合他所侍奉的君主,并贬低前朝统治者。按照她的评价,只有在了解作者的意图、风格和倾向之后,才能对任何历史文献的真实性得出结论。

"勒缪尔,卡蜜尔,"卡莉斯塔说道,"你们有水吗?我忘记多带一些了。"

勒缪尔轻笑一声："只有你才会在这种世界里忘记带水。"

卡莉斯塔点点头，用手指梳理自己的红褐色长发，被晒黑的皮肤也没能掩盖住她的脸红。她闪亮的绿色眼睛里带着尴尬和笑意，勒缪尔能看出来为什么很多人都仰慕卡莉斯塔。她的那种柔弱让男人既想保护又想亵渎。很奇怪的是，她本人似乎对此毫不知情。

勒缪尔跪在自己的背包旁，拿出一瓶水，但卡蜜尔拍了拍他的肩膀说道："留着你的水吧，看来有人给我们送来了。"

他转过身，抬起手挡住阳光，看到一个阿斯塔特端着青铜色的椭圆形水壶朝三人走来。那个战士在头顶留着一条黑色的辫子，除此之外没有头发，他的皮肤是金色的，五官平坦，半睁半闭的黑色双眼如同眼镜蛇一般。纵然天气炎热，勒缪尔在察觉到那个战士身上所弥漫出的冰冷力量之后还是颤抖了一下。

"索贝克。"勒缪尔说。

"你认识他？"卡蜜尔问道。

"我知道他。他是圣甲虫隐修会的一员，是军团精锐。他还是阿里曼连长的实践者。"看到卡莉斯塔脸上的困惑表情之后，勒缪尔补充道，"我猜那是某种和专精等级有关的称号，约等于一个天资出众的学徒之类。"

"噢。"

那位阿斯塔特战士停下脚步，如同一块厚重的陶钢板一样默默俯视三人。他的战甲华美而精致，猩红的甲胄上雕刻着各种几何图形，勒缪尔还认出了一些与自己袍子上类似的徽记。索贝克的右侧肩甲上印着一只金色圣甲虫，左侧则是千子军团的弯曲星形标志。

那星形图案的中央是一个黑色鸦首，虽然比圣甲虫的造型要小，却处在军团徽记里面，所以就显得更加重要。这是千子军团黑鸦学派的标志，勒缪尔已经与28号远征队共度了一段时间，然而他所能找到的关于这个学派理念的信息寥寥无几。

"阿里曼大人送来这壶水。"索贝克说。他的声音洪亮而饱满，仿佛源自胸中的一口深井。勒缪尔猜测，阿斯塔特的这种奇特嗓音与他们经历的高度生物改造有关。

"他真好心。"卡蜜尔说着伸出手去接那个水壶。

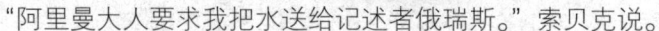

"阿里曼大人要求我把水送给记述者俄瑞斯。"索贝克说。

卡蜜尔皱起眉头说："噢，好吧。她在这儿呢。"

卡莉斯塔带着感激的笑容接过那个水壶。

"请替我转达对阿里曼大人的谢意，"她把沉重的水壶放在地上，"他非常体贴。"

"在他回来之后，我会转达你的话。"索贝克说。

"回来？"勒缪尔问道，"他去哪儿了？"

索贝克瞪了他一眼，之后转身走回营地。那个阿斯塔特没有回答他的问题，但勒缪尔察觉到对方向那座山脉瞥了一眼。

"他可真友善，是吧？"卡蜜尔评论道，"不得不让人觉得，我们何必把热脸凑上去呢？"

"我明白你的意思，他们没有一个人称得上热心，不是吗？"勒缪尔说。

"有些人很好啊，"卡莉斯塔一边说，一边把水壶中的水往自己的瓶子里倒，结果洒出来的比倒进去的还多，"安库·埃南在帮我们，不是吗？阿里曼大人也很直率。我从他那里了解到很多关于伟大远征的事情。"

"来，我帮你。"勒缪尔跪在她旁边，扶着那个水壶。就像大部分为阿斯塔特设计，或是由阿斯塔特设计的物品一样，那个水壶在凡人手里备显庞大而沉重，尤其是里面还盛满了水的时候。

"我一定得看看你们已经取得的成果。"他说道。

"当然啦，勒缪尔。"卡莉斯塔说。她的微笑简直照亮了勒缪尔的灵魂。

"你们觉得阿里曼去哪儿了？"卡蜜尔问道。

"我想我知道，"勒缪尔带着心怀诡计般的微笑说，"想去看看吗？"

狮卫，圣甲虫隐修会，马格努斯的精锐老兵，无论哪个称号都充满了强烈的自豪感与深厚的忠诚度。这些老兵是军团中最强大也最睿智的成员，无一例外跨越了境域，具备着不低于哲人的学派阶级。他们超越了个人的好恶，抗拒着凡躯的脆弱，破除掉一切私念，能够在战斗中保持完美的冷静。

可汗称他们为机械，鲁斯谴责他们的战斗风格，而费鲁斯·曼努斯则将他们比作机器人。阿里曼从原体那里听过一些关于钢铁之手军团领袖的故事，据此判断，他怀疑最后那条评论的本意是一种赞美。

狮卫们身披猩红锃亮的终结者铠甲，踩着吱嘎作响的盐碱地来到了那座山脉脚下。阿里曼感觉到自己的守护精灵就飘浮在头顶，而随着众人逐渐迫近那死石彼端的灵能虚空，他也察觉到了守护精灵的不安。

弗西斯·塔卡和哈索尔·玛特在他身边，两人的步伐沉着而急切。众多熠熠闪光的守护精灵在空中飞蹿，如同发现了天敌的鱼群般躁动不安。与埃特皮奥一样，那些属于其他战士以及军官的守护精灵都对山脉的虚无气息心怀恐惧。

对于缺乏以太视野的人，守护精灵是不可见的，但在身负力量的千子眼中，它们是美丽而闪耀的幻影。埃特皮奥已经忠诚地服侍了阿里曼一个多世纪，它的形体飘忽不定，玲珑精致，拥有明亮的眼睛以及时刻变幻的光环。而尤提帕是一个由无形能量构成的蛮横存在，与弗西斯·塔卡同样好斗。佩欧克则像是一百万颗金色恒星所组成的翱翔雄鹰，正如哈索尔·玛特那般虚荣而自傲。

起初阿里曼以为它们是天使，但这个古老词语很快就被研习以太奥秘的人们所摒弃了，因为它太过情绪化，蕴含了太多神圣感。守护精灵无非是那些拥有力量的人按照自己的意愿，迫使原初创造者的一点碎片通过实体化与功能化形成的。

阿里曼短暂地将自己的思维和埃特皮奥联结在一起。倘若马格努斯有麻烦，众人将无法借助守护精灵的视野或寻求它们的协助。虽然没有在占卜中看到任何切实内容，但阿里曼的直觉告诉他，有什么事情不对劲。作为普罗斯佩罗所有学派的领袖，马格努斯曾教导过大家，对于从浩瀚之洋的动荡潮汐中找寻意义而言，直觉与预见这两种工具拥有不分伯仲的重要性。

阿里曼怀疑有麻烦，但弗西斯·塔卡和哈索尔·玛特则盼望有麻烦。

28号远征队在三个月之前造访了阿苟鲁星球。根据战争会议的记录，这颗星球的官方代号是28-16，不过第十五军团中从来没有人使用这个称呼。在28-15星球成功归顺之后，28号远征队的六十三艘战舰从浩瀚之洋中跃迁而出，却仅仅发现一个分外荒芜的星系，其中充满了毫无生机的死寂星球。

各种迹象表明，这里曾经存在过生命，但现在已经踪影全无。究竟是什么引发了那场席卷整个星系的庞大灾变，这已经无从得知，但随着舰队逐渐靠近那枚恒星，他们才终于发现第五颗星球上的生命得以存续至今。

马格努斯是如何知道，在银河中这片毫不起眼的偏僻荒滩上，竟然存在着一个由人类文明的失落分支所殖民的星球，那同样是个谜，因为并没有任何电磁痕迹或者古老信号能够表明此处有生命存在。

首座会议一致催促马格努斯命令舰队继续前进，因为伟大远征已渐入高潮，而千子尚需为自己赢得喝彩。伟大远征在欢呼与荣耀中拉开序幕已经是近两个世纪之前的事了，这是充满探索与战争的两个世纪，它见证了重新崛起的人类帝国将无数个世界纳入怀抱的场景。

而在这两个世纪里，千子仅仅战斗了不到一百年。

在远征的早期，在马格努斯现身之前，千子军团的阿斯塔特格外容易遭受不稳定基因的影响，经常表现出自发的组织排斥、高度增强的灵能潜质以及大量与常态相异的性状。例如"突变体"和"怪胎"这样的标签纷纷被贴在了千子身上，他们甚至一度要面临某种不光彩的结局，沦落为伟大远征历史中一个不起眼的脚注。

就在此时，帝皇的舰队抵达了银河中某个被遗忘的角落，在那个名叫普罗斯佩罗的偏僻星球上与马格努斯相遇，于是一切都改变了。

"就如同我是你的子嗣，他们也将是我的子嗣。"昔日马格努斯如此对帝皇说，这句话永远改变了千子的命运。

与继承了自身血脉的军团聚首之后，马格努斯便倾尽他的深厚智慧，努力解除那些异变基因所带来的伤害。

他成功了。

马格努斯拯救了他的军团，但在他倾力尝试的过程中，伟大远征却从未止步，他的战士们渴望与诸多兄弟一起分享荣耀。

各支军团的远征舰队从人类种族的摇篮出发，毫不停歇地向外展开扩张，光复帝皇的疆域。就像相互斗嘴的手足兄弟一样，原体们都会争抢父亲身边的那个位置，但唯独一人有资格与人类的救世主并肩作战：狼神荷鲁斯，影月苍狼的基因原体，帝皇最宠爱的儿子。

如今，帝皇亲率影月苍狼，会同基里曼的极限战士，准备将他的可畏怒火释放在乌兰诺星球的绿皮身上，那注定是一场艰苦而惨烈的战争。除了帝皇最器重的儿子，还有谁能站在他身边，与他一同扼杀那些野蛮的敌人？

乌兰诺将是一场结束一切战争的宏伟战争，然而附近还有其他战场在呼唤千子的注意力。洛加的怀言者和黎曼·鲁斯的太空野狼正在方舟边际星团作战，那里的几个双星系统中盘踞着一些颇为好战的星际政权，他们拒绝了帝国的提议，不愿成为其辽阔版图的一分子。

狼王已经多次发出信息，要求第十五军团加入战斗，但马格努斯无一例外地加以忽略。

他在阿苟鲁星球上找到了一些更有意义的事物。

他找到了那座山脉。

第二章

山间鼓声
希尔博泰的神殿
死者之地

他们只爬了二十分钟,但勒缪尔已经开始为这个前去窥探千子的草率主意感到后悔了。在一次独自漫步于巨型山脉脚下的时候,他碰巧发现了这条隐藏在乱石中的小径。这条精心掩蔽的狭窄裂谷距离死石大概有百米之遥,一层层阶梯在山体巨石间蜿蜒而上,纵然分外陡峭,但与阿斯塔特所走的大道相比要更为直接。

或许这确实是一条近道,但绝对称不上轻松。他的长袍已经被汗水浸湿,身上的汗味恐怕不大好闻。他的心跳声就像是军乐队的激昂鼓点,足以欢迎帝皇本人的凯旋。

"还有多远?"卡蜜尔问道。她很享受这次深入山脉探险的机会,而卡莉斯塔就显得远没有如此积极。阿斯塔特令她感到敬畏和恐惧,但是当勒缪尔提议去悄悄窥探的时候,她全身也涌过了一股美妙的刺激感。勒缪尔此刻无法解读对方的灵气,但卡莉斯塔的表情显露出了她对于加入此行的悔意。

勒缪尔停了下来,抬头看着金黄色的天空,平复自己的呼吸和心跳。

"还有十分钟吧,差不多。"他说。

"你还能坚持到那会儿吗?"卡蜜尔半开玩笑地问。

"我没问题,"他保证道,接着灌了一口水,"我之前爬过这段路,已经快到顶了,我觉得。"

"别瘫在这儿就行,"卡蜜尔说,"我可不想背你下山。"

"你可以把我滚下去啊。"勒缪尔强作欢颜地回答。

"说真的,"卡蜜尔说,"你确定还能继续爬上去吗?"

"没问题,"他鼓起不存在的信心坚持道,"相信我,值得的。"

方才在死石那边,这似乎只是他们三人的一场伟大冒险,但现在勒缪尔的感官全都麻木了，就好像有人塞住了他的耳朵，缝上了他的眼睛。从下方仰望的时候，这座山脉是一道虚无的黑墙，而此刻身处山石之间，勒缪尔感觉到那种虚无仿佛将自己一口吞下了。

他把水壶递出去，很感激卡莉斯塔和卡蜜尔能够纵容他休息一会儿。已经是傍晚了，但气温并没有下降。不过，这里至少有些阴凉。他们可以暂时稍作停留，因为据他所知，另外的唯一一条路径要花费至少一个小时才能走完，就算是阿斯塔特也一样。

勒缪尔把手帕从脖子上解下来，擦了擦自己脸上的汗水。布料顿时就湿透了，他皱着眉头把手帕拧干。卡蜜尔抬头看看那些石阶，仰着脖子眺望顶端。

"这到底通向哪儿呀？"她问道。

"再往高处一点有片平坦区域，"他说，"类似于某种瞭望台吧。"

"瞭望台？"卡莉斯塔问，"瞭望什么的？"

"那里可以眺望一道很宽的峡谷，我称之为希尔博泰的神殿。"

"希尔博泰？"卡蜜尔问道，"那是什么？"

"是我家乡的古老传说，"勒缪尔回答，"希尔博泰是一个巨人种族，来自梅罗伊的埃塞俄比亚王国。"

"你为什么要用那个词，我是说神殿？"卡莉斯塔惊恐地问。

"等我们到了那里，你就明白了。"

"你总是喜欢用一些能给自己惹上麻烦的词语。"卡蜜尔说。

"绝非如此，亲爱的，"勒缪尔说，"千子本身就是叛逆者。我相信他们能够理解其中的讽刺意味。"

"叛逆者？你在说什么？"卡莉斯塔气愤地问道。

"没什么，"勒缪尔匆忙说，他意识到自己多嘴了，目前他无法运用特殊能力来读取灵气，出口过于冒失了，"只是个糟糕的笑话。"

他用微笑向卡莉斯塔保证自己只是胡乱说说，卡莉斯塔也微笑着回应。

"走吧，"勒缪尔说，"我们该出发了。我要给你们看一幅超凡风景。"

他们又花了三十分钟才爬到那个平台上，现如今勒缪尔已经发誓以后再也不会爬这座山了，无论景色多么壮观，或是诱惑多么强烈。他狂跳的心脏的鼓点声好像比以往都要响亮，他顿时下定决心，要在自己因此丧命之前减掉一些体重。

天空是一种深暗的棕黄色。这里永远不会完全黑下来，所以他并不担心难以下山。

"好美啊，"卡莉斯塔回望着他们方才走过的小径，"你说得太对了，勒缪尔。"

"是啊，"卡蜜尔表示同意，她拿起了相机，"真是不错。"

勒缪尔摇摇头。

"不，别光看盐碱平原。看那边。"说话间他朝平台边缘那排形如修长石笋的尖锐石柱挥了挥手。倘若这座山脉的人工性质还有待商榷的话，那些石笋便足以抹消任何怀疑，它们显然是雕花栏杆的残骸。

"那边，"他喘着粗气说，"往那边看。"

卡蜜尔和卡莉斯塔走到石笋旁边，勒缪尔在她们的肢体语言中看到了震撼。他欣慰地微笑起来，自己大力鼓吹的超凡风景显然没有让朋友们失望。他站起身，舒展了一下后背。他的呼吸已经平缓下来，但是他耳朵里的鼓点声丝毫没有消散。

"你把这里称作神殿真是一点都没错。"卡蜜尔俯视着峡谷说。

"是啊，很壮观的，对不对？"勒缪尔说道，他逐渐恢复了镇定。

"的确很壮观，但我不是那个意思。"

"不是哪个意思？"勒缪尔追问，他终于意识到自己耳中的鼓点并非源于迅猛心跳。那是从峡谷里传来的，隆隆回荡的无情鼓声既催人入睡又咄咄逼人。数十面大鼓发出的震耳轰隆声重叠在一起，那粗蛮的不谐之音拉扯着勒缪尔的神经，让他备感不安地全身一颤。

在好奇心的驱使下，他拖着僵硬、疲惫的双腿走向平台边缘，来到那两个女人身旁。

他把一只手搭在卡蜜尔的肩膀上，探头俯视峡谷。

他在惊愕中瞠目结舌。

"泰拉的王座啊！"他低呼道。

阿里曼厌恶那些鼓点，他辨认出了在山间回荡的刺耳节奏，那是在某个古老年代就遭到封禁的旋律。牵涉到这种鼓声的事情绝无善果，阿里曼已经十分确信,某种非自然的事物正在峡谷深处酝酿。狮卫紧紧跟随他的步伐,用决不妥协的意志和力量驱动着他们的沉重盔甲。

"这不是好兆头,"随着鼓声愈发响亮,弗西斯·塔卡说,"该死,我不喜欢这个地方。在这里我就像瞎了一样。"

"我们都是如此。"哈索尔·玛特抬起头,望着峡谷上方答道。

阿里曼与弗西斯·塔卡一样憎恨这种盲目感。作为军团中寥寥可数的几名获免者之一,他对于自身力量的掌握、遨游以太的技巧、与守护精灵的联结,以及唤灵和塑能的仪典都已经达到了登峰造极的水准。他身边的狮卫们皆为强大的战斗法师,能够施展种种超乎凡人想象的力量。每一位战士都可以单枪匹马地让整个世界俯首称臣,然而在这个地方,被剥夺了灵能之后,他们仅仅是阿斯塔特。

仅仅是阿斯塔特,阿里曼微笑着暗想:这听起来多么狂妄啊。

阿里曼一边扫视前方的峡谷,一边为自己的秘典构想新的论述,打算针对依赖力量与过度自信的危害进行探讨。

"这个地方给我们上了一堂课,"他说,"我们在缺失力量的条件下面对危机,这对我们颇有裨益。我们在使用传统手段进行作战这一方面已经大为懈怠了。"

"永远好为人师,嗯?"弗西斯·塔卡说道。

"永远如此,"阿里曼表示同意,"也永远好学。每一次经历都是学习的机会。"

"我在这里又能学到什么呢?"哈索尔·玛特质问。在他们所有人之中,玛特是最惧怕失去力量的,深入山脉的这段路程对于他是分外严酷的考验,远超他们在历年征战中遭遇的任何困境。

"我们依赖自身能力来定义自我,"阿里曼说道,他能察觉到那些鼓点的深沉震颤透过铁靴从脚底传递上来,"我们必须重新学会以阿斯塔特的身份展开战斗。"

"为什么?"哈索尔·玛特又质问,"我们天赋异禀。我们体内承载着原初创造者的力量,为什么不该加以利用?"

阿里曼摇摇头。和他一样,哈索尔·玛特已经跨越了境域,但此人对心境的掌握止步于大成者的水平。哈索尔·玛特纵然达成了自我依靠,但他尚未拥有完整的自我，没能驱除内心的骄傲自负，因此也就难以企及更高层次的心境。鲜有亮羽学派的成员能够臻此境界，阿里曼怀疑哈索尔·玛特也不会是个例外。

"你还不如直接拿走我们的武器，让我们赤手空拳地战斗。"哈索尔·玛特继续说。

"或许有一天你确实要那样做。"阿里曼说。

一个小时以来稳步上升的山路逐渐变得更陡，鼓声也愈发响亮，仿佛山路两侧那些扶摇直上的峭壁具有增幅功能。阿里曼的目光一如既往地被这座山脉的绝顶峰峦所吸引。那壮阔无比的山体将山巅挡在了视野之外，看似无穷无尽的山坡径直延伸到空旷的天际，众人头顶的棕黄色天空已经变成了被烈焰烧灼过的昏暗橙红色。

如此直入云端的山脉似乎绝无可能是借助自然现象形成的。它的比例过于完美，形体过于优雅，它的弧度和线条堪称行云流水，是彻头彻尾的非自然成果。阿里曼此前就见识过这般完美的工艺。

在普罗斯佩罗。

提兹卡城中那些维特鲁维风格的金字塔以及学派圣殿在昔年兴建之时，全都运用了黄金分割比例，并参照过计算之书中的数列。那些古老成果被赤红的马格努斯加以提炼改良，用于造就光之城的绝美无端，让任何有幸目睹它的人都在满心喜悦中瞠目结舌。

此刻，阿里曼在四面八方都看到了几何学的完美，仿佛这座山脉的创造者同样研究过古人设定的神圣比例，并据此塑造了整片地貌。众人脚下的螺旋图案展示着完美的弧线，一根根石柱间距地整齐排列，每一道峭壁和裂谷的角度都分布精巧，严格秉承数学的准确性。阿里曼不禁猜想，究竟何等伟大的事业需要对地貌展开如此令人赞叹的精雕细琢。

峡谷的入口像漏斗一样将鼓声传递过来，那看似随机无序的鼓点时缓时急，但阿里曼运用自己经过强化的心智迅速辨认出了其中暗藏的规律。

"激活兵器。"他开口下令，顷刻之间，五十把枪械便整齐划一地抬了起来，其中除了暴风爆矢枪和火焰喷射器之外，还有新近派发的转管火炮，它每分钟能够倾泻数千枚子弹。它的官方名称是突击炮，但这样一个粗鄙笨拙的名字丝毫不具备其旧称所蕴含的力量，千子根据命理学研究的结果，最终保留了武器的原本名号——收割炮。

机械神教缺乏相应的心智和学识，难以领会名字所蕴含的力量，也并不知道一个精心挑选的名字能够引发何等的统治力和压迫感。六个拼音字母，其中三个元音三个辅音，那么收割者所对应的数字便是九。考虑到千子的组织结构是效仿九柱神而分为九个学会，这个名字就自然而然地留存了下来。

阿里曼念诵真言，促使思维升入低层心境，帮助自己经过强化的生理机能维持冷静，确保他能够在一个敌对环境中更好地处理信息，并毫无惧意地作出应对。通常，这个过程都会增进他对于周围事物的认知，让整个世界的核心本质一览无遗，然而在这座山脉深处，大地却显得一片死寂。

阿里曼在前方看到了火把与篝火的模糊光亮。脚下土地的震颤仿佛是山脉的心跳。莫非他是区区一只蝼蚁，正在某个巨型生物身上埋头爬行，备显渺小而脆弱？

"扎格亚。"阿里曼说道，狮卫们立刻以他为首，组成了一个交错的箭头阵形。其他军团将此类阵形称为矛头，而阿里曼纵然欣赏那个词语所蕴含的充沛力量，但他还是偏爱帝皇本人在泰拉的迪门士蓝岛屿堡垒中传授给他的这个古老名字。

弗西斯·塔卡迈步走近，阿里曼能够察觉到同僚脑海里所充斥的那股暴力冲动。在此刻的超然状态中，阿里曼不禁思索，自己为什么一向将弗西斯·塔卡称为"同僚"，而从来不是"朋友"。

"你有何命令？"哈索尔·玛特问道，他显得紧张不安。

"不要开火，除非有我的命令，"阿里曼启动通信器向狮卫们说，"这是调查，不是战争。"

"但也要提防它变成战争。"弗西斯·塔卡意味深长地补充了一句。

"狮卫，调对心境，"阿里曼命令道，他利用自己对心境的掌握来影响生理状态，"用淡漠混合愤怒，唤起希望。"

阿里曼听到了哈索尔·玛特的低声咕哝。通常，亮羽学派的成员可以随心所欲地调整情绪，然而在失却以太助力的条件下，哈索尔·玛特被迫和其他人一样，单纯运用戒律、专注和意志来达成目标。

峡谷变得更加宽阔，阿里曼看到一群人站在高坡上，仿佛是列奥尼达斯麾下那些死守温泉关的传奇勇士。阿里曼对那些人并不抱任何感情，既无仇恨亦无恐惧。处在低层心境中的阿里曼已经超脱于此。

那些阿苟鲁战士身着夕阳颜色的长袍和皮质胸甲，手持修长标枪，造型与古老地球的蛮族部落别无二致。但他们并非面向峡谷之外，列阵驱逐入侵者，而是面向峡谷深处，注视着某些阿里曼尚不可见的事物。

阿里曼活动着紧握枪械的手指。前方那些战士听到狮卫的脚步声后转过身来，阿里曼发现他们都戴着光滑的玻璃面具。那些毫无表情的模样显得缺乏生机，就像是古代迈锡尼帝王遗体上安放的金叶面具，用来掩盖其腐朽面容。

在最近一次与阿苟鲁人的会谈中，马格努斯邀请了亚提里与千子交谈，此人是山脉脚下阿苟鲁部落的首领。那位酋长昔日身穿红色长袍，戴着仪式性的镜子面具，骄傲地站在马格努斯的朴素帐篷中央。亚提里手持一柄带有黑色锋刃的标枪，还有一根权杖，那与千子连长们手中的武器颇为相似。虽然多年来的与世隔绝早已切断了当地人民与帝国之间的纽带，但气宇轩昂的亚提里依旧能够清晰而顺畅地展开交流，明确要求千子避免进入山中的峡谷，并解释称对于当地人而言，那是个神圣的地方。

"神圣"。这就是他所采用的词语。

擅用这一词语的挑衅行为必定会让很多阿斯塔特军团怒不可遏，但千子知晓这个词的原本含义是：平安、健康、毫发无伤。并且能够越过它的宗教内涵，理解其真实意义：一个没有瑕疵或缺陷的地方。亚提里的要求还是在军团中引发了一些怀疑，但马格努斯承诺，千子会遵从当地人的意愿。

直到现在，亚提里的要求都没有遭到违背。

狮卫来到了谷口，阿苟鲁人让开道路，他们手中标枪的利刃映着火光。这种武器对于阿里曼而言不具丝毫威胁，但他也不想发动无谓的杀伐。

阿里曼步伐稳健地朝阿苟鲁人走去，而随着那两个巨大的峡谷守护者闯入视野，他不由得在敬畏和震撼中抬起了目光。

在普罗斯佩罗，火凤学派的圣殿是一座由银色玻璃构成的金字塔，顶端是一团永燃不灭的火焰。提兹卡城中其他圣殿的门前都矗立着代表各自学派的黄金雕塑，而火凤学派则坐拥一台泰坦军团的战争机械。

前来觐见那些火能者的人们，会沿着两列火盆之间的一条红色大理石道路，走向那台战将级泰坦。它的光荣名号是狼族之王，曾经隶属于虚空行者军团，它的装甲上印着一个包裹在淡蓝火焰中的漆黑圆盘。

时值伟大远征中期，在卡门卡星系的三颗星球上，爆发了一系列意在剿灭当地野蛮绿皮的血腥战役，而这架泰坦便是毁于此处，其机长和驾驶员全部牺牲。帝皇当时下达了军令，要求千子军团、虚空行者泰坦军团以及一支泛太平洋丁香团部队协同作战，前往机械神教下属的卡门卡·乌利萨尔纳星球，将其三颗卫星上的野蛮异形彻底清除。

阿里曼至今记得那场狂野的战争，昔日的无情杀戮和残酷拉锯留下了数万具尸体。帝国方面经过两年的恶战最终夺取胜利，并赢得了很多值得铭记的荣誉。

但这次胜利的代价非常高昂。共有八百七十三名千子战士阵亡，这迫使马格努斯军团的结构从十个学会缩减到九个，效仿古老的九柱神。

最让阿里曼感到悲伤的莫过于至交老友，第五学会连长阿波菲斯的死。只有在阿波菲斯牺牲之后，阿里曼才懂得用这个词来称呼对方。

正是在那场战争的末期，在科瑞欧瓦伦姆的杀戮场上，一架由绿皮仿照其好战神祇而粗劣搭建的巨型战争机器击倒了狼族之王。当时似乎败局已定，但马格努斯傲然立于敌军的钢铁巨兽面前，如同一位上古战神般手握以太威能。

两个巨人在那片烧焦的废墟中展开对峙，一个是机械，另一个则是由帝皇塑造的血肉之躯，那场决斗的结局显得无可挽回。

然而马格努斯抬起了双臂，肩头的羽毛斗篷在无形罡风中飞扬，片刻之后，以太的怒火就被全数释放，一团虚无烈焰的风暴撕碎了现实的架构，撼动着世界的根基，让那架敌军战争机器分崩离析。

任何一个目睹了这位巨人原体与那个丑恶机械对决的人，毕生都不会忘记那个场景，马格努斯的强大与伟岸如同不可磨灭的伤疤般烙印在众人的记忆里。当他穿过尸横遍野的战场返回时，一万名战士共同向这位救星俯首致意。

虚空行者军团的部队已经全军覆没，于是第六学会的卡洛菲斯便将狼族之王运回了普罗斯佩罗，令其担任火凤学派圣殿的静默卫士，以此"纪念"泰坦军团的英勇牺牲。树立这样一个庞大的守卫恰恰是火凤学派典型的招摇作风，但在橘红色圣殿火光的笼罩之下，那台僵死泰坦所传达出的意味确是显而易见的。

　　阿里曼对于机械神教战争工具的庞大规模并不陌生，然而他从来没有见过能与这些峡谷守护者相提并论的事物。

　　两个一模一样的巨人矗立在峡谷末端，比狼族之王还要高，如同它们身处的山脉一样宏伟壮丽得超乎想象。这两个强大的双足构造体外形高挑，备显优雅与威武，有着极为纤瘦的人形轮廓。它们由某种类似陶瓷的材料制成，外表苍白如骨，浑然天成，仿佛是在巨型模具中整体铸就的。

　　它们的头部结构是嵌有闪亮宝石的弧形盔具，众多天使羽翼般的典雅长脊从肩膀上伸展出来。这两个守护者全副武装。一条手臂末端是强悍的巨拳，另一条手臂则是某种矛状的修长武器，那覆满优雅凹槽的纤细炮管上悬挂着褪色的旗帜。

　　"深渊之母啊。"弗西斯·塔卡盯着它们叹道。

　　阿里曼刻意营造的冷静态度在这些伟岸惊人的战争机械面前土崩瓦解。与这两个如战神般俯瞰峡谷的构造体相比，一切事物都显得渺小而卑微。他在这些守护者身上捕捉到了与峡谷山体如出一辙的优雅美感。无论是谁凭空创造了这座山脉，想必也同时创造了这些守护者。

　　"它们是什么？"哈索尔·玛特问。

　　"我不知道，"阿里曼说，"异形泰坦？"

　　"它们看起来是灵族的风格。"弗西斯·塔卡说。

　　阿里曼也这样认为。二十年前，千子曾经在佩杜斯异常区的边缘遭遇过一支灵族舰队。双方在友善状态下各走各路，并未交战，但阿里曼从未忘记那些灵族战舰的优雅造型，以及它们穿行星海时的轻捷和迅猛。

　　"它们肯定是战争机械，"哈索尔·玛特说，"卡洛菲斯绝对想来看看。"

　　的确如此。卡洛菲斯是一位隶属火凤学派的好战者，他深谙那些最为粗蛮凶暴的冲突之道。如果千子需要依靠压倒性火力来扫清某些敌人，他们就会寻求卡洛菲斯的力量。

　　"那是自然。"阿里曼说道，他终于将目光从那些巨大的战争机械身上移开。峡谷中挤满了阿苟鲁部族成员，每个人要么手持燃烧的火把，要么奋力拍打原始的大鼓。

弗西斯·塔卡将持握爆矢手枪的臂膀垂在身侧,但阿里曼看得出来,对方迫切地想要动武。哈索尔·玛特则紧握着权杖。每一个跨越境域达到小成者等级的战士都能借助权杖释放出毁灭性的以太能量,然而在此处,它只不过是一种身份的象征。

"维持住心境,"阿里曼低语道,"没有我的命令不准动手。"

大约一千个身穿长袍、头戴反光面具的男男女女聚集在峡谷中,围绕着一座大型玄武岩祭坛,而这座祭坛则矗立在山脉守护者之间的岩壁前方,背后是一个宛如巨口般的深暗洞穴。

阿里曼立刻发现,那个洞穴并非故意开凿的山脉入口。洞口想必是被一场地震撕开的,它内部的那团漆黑仿佛要比深邃的太空更加幽暗。

"这里是什么情况?"弗西斯·塔卡质问。

"我不知道。"阿里曼一边说,一边谨慎地在阿苟鲁人之间穿行,他看到狮卫的猩红盔甲反射在当地人的面具上。吟唱停了下来,鼓声也逐渐减弱,最终整条峡谷一片寂静。

"他们为什么都看着?"哈索尔·玛特嘶声道,"他们为什么都不动?"

"他们在等着我们行动。"阿里曼回答。

他看不透阿苟鲁人的面具,但他也并不认为这些人怀有任何敌意。戴着镜子面具的部族成员们静静围观,看着阿里曼率领狮卫穿过人群,朝那座玄武岩祭坛走去。光滑的黑色石台映着最后一抹余晖,如同一潭漆黑的静水。

各式物件凌乱地躺在祭坛上,包括手镯、耳环、草编的人偶以及珠串项链;这是数十名当地居民的私人物品。阿里曼在地面上发现了一串从祭坛走向那个黑暗洞口的足迹。留下这些脚印的人在两者之间往返了很多次。

他俯身查看足迹,弗西斯·塔卡和哈索尔·玛特则走到了祭坛旁边。

"这些是什么?"弗西斯·塔卡问。

"祭品?"哈索尔·玛特猜测道,他拿起一条由铜片和玛瑙串成的项链,鄙夷地检视其工艺。

"献给什么的祭品?"弗西斯·塔卡追问,"我不知道阿苟鲁人还有这种习俗。"

"我也没听说过,但这还能是什么?"

"亚提里告诉过我们,这座山脉是死者之地。"阿里曼说道,他仔细检查着一些远非凡人,甚至超乎阿斯塔特的巨大脚印。

"或许这是某种追悼仪式。"弗西斯·塔卡说。

"你可能说对了,"哈索尔·玛特表示认同,"那么死者在哪儿?"

"他们在这座山脉里面。"阿里曼说着从洞口退开,就在此刻鼓声再度响起。他回到自己麾下的战士们身边,将权杖立在沙地上。

所有阿苟鲁人突然齐刷刷地转动戴着镜子面具的脸,朝着山谷末端的方向一同吟唱起来,并踩着碎步往前挪动,他们手中的标枪随着每一次鼓点敲击地面。

"曼达拉。"阿里曼命令道,狮卫立刻在祭坛周围组成一个环形。自动装填器喧响起来,动力拳套上的力场也低吟着启动。

"是否允许开火?"哈索尔·玛特问道,他将爆矢枪瞄向附近阿苟鲁部族成员的面具。

"不,"阿里曼说着转身面对洞口中的黑暗,一股尘风从山脉深处翻卷而出,"此事与我们无关。"

风中渗透了一股分外凄凉的绝望意味,那属于被遗忘在昏暗无光的世界深处的十亿具尸首,是它们腐朽销蚀成粉末之后仅剩的回忆和尘埃。

一个身影从洞中显现,大片灰尘在他周围缭绕舞动:那个金色与猩红相间的身影如怪物般高大。

第三章

马格努斯
密室
汝需授之

　　勒缪尔无法直视。他只能分辨出一些零乱影像：辉煌闪耀的皮肤，奔涌烈焰的血脉，威武慑人的羽翼，还有金光灿灿的铠甲。那个身影的头颅周围舞动着一团沾满灰尘的紫铜色长发，它的面孔似乎是变幻不止的光芒与血肉，仿佛支撑其结构的并非骨骼，而是某种更加动态且更具活力的事物。

　　这幅景象让勒缪尔感到眩晕反胃，然而他无法将视线从那个高大身影上移开。

　　等等……他真的高大吗？

　　那个幻影的形态仿佛每一秒都在改变，而勒缪尔却并未注意到。他似乎毫无变化，同时又在各种外观之间悄然转换，他是个巨人，是个普通人，是个神，也是一团拥有上百万枚眼眸的明亮光芒。

　　"那是什么？"勒缪尔问道，他的声音弱不可闻，"他们干了什么？"

　　他依旧无法移开视线，纵然他出于本能地意识到，那个神秘存在的核心燃烧着一团极度危险的熊熊烈焰，恐怕是整个世界上最危险的事物。勒缪尔想要伸手去触摸那烈焰，即便他心里明白，自己如果靠得太近，必定会被焚化成尘埃。

　　卡莉斯塔厉声尖叫，顿时消解了他的迷惑。

　　勒缪尔跪倒在地呕吐起来，将胃里的消化物倾洒在岩石上。他的粗重喘息化作乳白色的烟雾从嘴里喷涌而出，他备感惊奇地盯着自己的呕吐物，那摊污秽闪耀不已，仿佛想要重新组成原本的形态。充满渴望的空气近乎沸腾，像是有某种连死石都无法束缚的强大力量在舒展筋骨。

　　那个瞬间一闪而过，勒缪尔的呕吐物依旧只是呕吐物。他的视线始终无法离开远方那个变幻不定的身影，但他方才过载的感官已经重新稳稳地扎根在了现实世界里。泪水从勒缪尔脸上滑过,他用袖子擦了擦。

卡莉斯塔控制不住地抽泣着,像是癫痫发作一样剧烈颤抖。她的双手在地上乱抓,指尖鲜血淋漓,仿佛她绝望地想要在尘土中写下什么。

"必须出来,"她哭诉道,"不能留在里面。火焰必须出来,否则会把我烧掉。"

她抬头看着勒缪尔,无声地乞求援助。但未及勒缪尔作出应对,卡莉斯塔就双眼翻白,全身瘫软下来。勒缪尔想去救助朋友,但他的手脚都不听使唤。卡蜜尔呆立在卡莉斯塔身边,绷直了躯体,那张被晒黑的脸庞变得分外苍白。她全身颤抖,在敬畏和惊异中大张着嘴。

"他好美……太美了……"卡蜜尔说道,她迟疑地举起相机,开始拍摄那个怪物般的存在。

勒缪尔啐出一口辛辣的胃液,摇摇头。

"不,"他说,"那是个怪物。"

卡蜜尔立刻扭过身来,她的愤怒让勒缪尔十分惊愕。"你怎么能那样说?看看他啊。"

勒缪尔紧紧闭上眼睛,之后慢慢张开,重新审视那个超凡脱俗的身影。他依旧能看到其核心位置的闪耀光芒,方才乍看之下那显得异常危险,现在却变得舒缓而柔和。

那个身影的真实形态终于展现,就像一张模糊的照片被调整了焦距:那是一位肩膀宽厚的巨人,他身着一套由黄金、青铜和皮革制成的精美战甲。他的武器挂在腰间,是一把配有黑曜石手柄的金刃弯刀,以及一支庞大慑人的沉重手枪。

虽然那位战士远在下方几百米之外,勒缪尔却能非常清晰地看到对方,恰似一段分外鲜活的记忆,或是脑海中最明亮的图景。

勒缪尔微笑起来,他此刻看到了卡蜜尔所说的绝美。

"你说得对,"他回应道,"我不知道刚才为什么没看出来。"

一袭由金色羽毛组成的宽大披风在那个身影肩头飘动,上面悬挂着一个香炉以及用蜡印固定的羊皮纸。几支弯曲的乌木巨角从他的胸甲和肩甲上伸展出来。他的腰带之下是一件装饰有烈日图案的苍白战袍,而一本覆有红色外皮的厚重典籍则借助金链垂挂在他的盔甲上。

勒缪尔的目光顿时被那本书所吸引,它的未知篇章中一定充满了深奥晦涩的知识，诠释着宇宙万物的隐秘机理。那典籍封皮上的金质搭扣配有一把铅锁。勒缪尔愿意花费自己的全部财富，甚至献出他的灵魂，去换取一个掀开那本大书并窥视其深邃篇章的机会。

他感觉有人拽住了自己的手臂，于是站起身来。被惊异和爱慕之情所压倒的卡蜜尔紧紧拥抱住他，这让勒缪尔分外安心。

"我从来没想过能离他这么近。"卡蜜尔说。

勒缪尔没有回答，他看到另外两人跟在那个身影后面走出了洞穴。其中一人戴着闪亮的面具，身穿橙色袍子，是阿荀鲁部落的成员，另一个枯瘦的老人则穿着沾满尘土的记述者长袍。他们无关紧要。那个光明而伟岸的存在才是唯一重要的。

那个战士突然抬起头遥望勒缪尔，仿佛是听到了他的心声。

对方戴着一顶金色头盔，上面装饰着一丛猩红羽毛，他的容貌里蕴藏着超越凡人理解的深厚睿智，就像一位部族长者或是可敬贤哲。

卡蜜尔是对的。他很美，堪称绝美无瑕。

勒缪尔和卡蜜尔跪倒在地，依旧紧紧拥抱着对方。

勒缪尔凝视那个雄伟的身影，终于在那份完美中发现了唯一一点瑕疵。仅仅一枚金色眼眸不时眨动，里面充满了莫可名状的缤纷斑点，勒缪尔意识到那位战士通过这只独眼观察世界。对方脸上应该是另一只眼睛的地方光滑无疤，仿佛那里从来没有长过眼睛。

"马格努斯，"勒缪尔说道，"猩红君王。"

阿荀鲁的太阳终于落下了，虽然它的余晖尚且足以点亮天空。这里的夜晚很短暂，但与白天的酷热相比终究是一种解脱。阿里曼将自己的镶金红冠夹在胳膊下面，走向原体的帐篷。在他带领狮卫跨过死石的瞬间，他和宇宙中那股神秘力量之间的联结就立刻重建。埃特皮奥的光芒向他致以欢迎，那个守护精灵的存在如同沙漠中的一杯冰水般令人舒爽。

阿里曼看到马格努斯走出洞穴时感到无比宽慰，但对方眼中的失望也让他深受触动。伟岸的原体瞪着祭坛周围的那一圈战士，之后摇了摇头。即使阿里曼在山脉深处失却了自己的超凡视野，他依旧能够感觉到军团领袖的强大存在，那股惊人力量足以压倒依附在山石中的任何结界。

马格努斯从诸位战士身边迈步而过，甚至不再将多余的注意力放在他们身上。那个戴着面具的部族成员和原体并肩前行，阿里曼知道此人肯定是亚提里。而马格努斯的私人书记员马哈瓦斯图·卡里马库斯则亦步亦趋，对着一根纤细的短棒低声言语，他腰间的仪器将话音转换成文字记录下来。

"这是个错误，"哈索尔·玛特说，"我们不该来这里。"

阿里曼愤怒地转过身说："我提议的时候你可是很积极的。"

"总比坐在那里无所事事要好，但我确实说过，原体让我们等着他。"玛特耸耸肩说道。

阿里曼想对哈索尔·玛特动手，在这个亮羽学派成员的自鸣得意和傲慢气焰面前，他已经逐渐丧失了自我控制。而更糟糕的是，那个家伙还说对了。

阿里曼心里明白，自己应当相信马格努斯的判断，但他还是产生了怀疑。对于阿里曼而言，最好的情况大概是对亚提里公开致歉，最坏的情况则是他被逐出首座会议，那是由马格努斯亲自甄选的高层团体，负责讨论千子军团的一切当前事务。

它的成员是流动的，某位阿斯塔特能否加入首座会议取决于很多因素，其中十分关键的一项就是他在军团中的声望。千子的每个学派都在竞争主导地位，各自觊觎原体身边这个高层团体中的宝贵席位，他们都明白，若能沐浴在马格努斯的光辉之中，必将对自己的力量大有裨益。

以太能量的浪潮瞬息万变，各个学派所掌握的神秘能力也相应地涨落不定。与某个学派相抵触的无形波涛会为另一个学派提供助力，因此军团的占卜者们便如着魔一般细致入微地观察并分析浩瀚之洋的善变潮汐。当前，火凤学派如日中天，而阿里曼所属的黑鸦学派则陷入了五十年间的最低谷。几个世纪以来，黑鸦一直在千子中占据主导地位，但在最近的数十年间，他们对命运的纠缠道路作出解读的能力日渐衰微，以至于这些预言者的目光几乎无法穿透未来的薄雾。

浩瀚之洋的浪潮躁动涌升，占卜者们警告说，一场巨大的风暴正在其深处酝酿，然而他们无法找到根源。分外狂怒的波涛强化了更为好斗的学派，在那些只能掌握低阶心境之人的滚热血脉中轰响，遮盖住了诸多微妙难辨的暗流。

卡洛菲斯和奥拉麦格玛这些鲁莽的纵火者如今像帝王般趾高气扬，而自从千子军团创立以来便一直辅以引导的预言者和法师们却落魄不堪，这简直异常尴尬。但阿里曼无能为力，他只能日复一日地作出尝试，盼望自己能与朦胧未来的遥远彼岸重建联结。

此时此刻，他把这些念头抛在一边，升入更高层次的心境来让自己保持平和，进入一种冥思的状态。马格努斯的帐篷就在前面，那个三面金字塔造型的宏伟建筑由偏振玻璃和黄金组成，在暮光中熠熠闪亮，恍若一枚半埋在沙地里的钻石。由外向内看显得模糊不清，而由内向外看则是透彻无遗，这正是千子军团领袖的完美象征。

三名圣甲虫隐修会的终结者站在帐篷的三个角上。每人都手持一柄带有利刃的权杖，他们的暴风爆矢枪则抬在胸口，紧贴着盔甲上那个翡翠和琥珀色的圣甲虫图案。阿姆苏兄弟站在帐篷入口处，一面猩红与乳白相间的旗帜在他手中随风飘扬。阿里曼看到那面军旗时备感骄傲，但这也提醒着他，正是自己将狮卫带入山中的莽撞行为引发了原体的不悦。

阿里曼在阿姆苏面前停下脚步，让对方读取自己的以太灵气，用这种远比任何基因扫描仪或者分子鉴定都更加精确的手段来确认他的身份。

"阿里曼兄弟，"阿姆苏说道，"欢迎来到首座会议。马格努斯大人在等你。"

帐篷内部的简朴想必会让大多数人感到惊讶。自从千子创立之初，外界的种种怀疑就一直萦绕在他们身上，因此任何有幸觐见马格努斯的凡人都对千子非常好奇，那些人预期在这个房间里看到各种深奥符号、怪异器械以及神秘的仪式道具。

事实上，这里的墙壁是明亮透彻的玻璃，地板则是取自普罗斯佩罗深山的洁白大理石。嵌有金丝的黑色瓷砖被精心铺成一个重复的几何螺旋，从房间中央伸展开来。

几个学会的连长站在螺旋图案上，他们与中心之间的距离便是一份标尺，昭示着他们在首座会议中的地位。阿里曼镇静地沿着黑色螺旋前行，经过在场的一个个战士，来到了自己的位置上。金字塔的水晶尖顶正下方是一个辉煌太阳造型的黄金圆碟，它位于黑白两色图案的末端交汇处，坐镇整个房间的正中央。

赤红的马格努斯站在那金色的太阳上。

千子军团的基因原体是一个伟岸战士与绝伦学者，然而他对外的言行举止却恍若一位与大家平等相对的普通人。阿里曼明白，这只是个假象，因为在马格努斯那浩如烟海的智慧与学识面前，旁人的所有成就都不值一提，而又有谁能与这样的存在正常相处？

他的皮肤色泽仿佛是熔融紫铜，盔甲的钢板上覆有金箔与硬革，细密锁甲由乌黑锃亮的精金织成。他头盔顶端那束威严的猩红羽毛依附在胸甲上的弯曲巨角两侧，一袭由某种高傲猛禽的亮丽翎羽所组成的雄伟披风则如瀑布般曳地而垂。披风半遮半露之下是一本厚重典籍，覆盖其封面的斑驳皮革与裹在阿里曼手枪枪柄上的材料一样。这种皮革来自噬灵蜂的躯体，那是普罗斯佩罗特有的一种灵能掠食者，在古代它们几乎让整个星球的文明彻底覆灭。

原体此刻的表情难以捉摸，但阿里曼欣慰地意识到，自己的立足之处尚未被驱逐到螺旋图案的外圈。马格努斯的瞳色从不固定，其中的五彩光芒时常变幻，在今日这场会议上，他的眼睛如同翡翠般碧绿，虹膜里有着紫罗兰色的斑点。

弗西斯·塔卡站在阿里曼右侧，卡洛菲斯在他对面。哈索尔·玛特在他左后方，乌希扎尔则站在螺旋的最远端。一个战士的地位并非仅仅关乎他与螺旋中心之间的距离，同样体现在很多因素中。例如他身边、身后以及对面那些战士的位置，有谁被遮挡住了，又有谁是可见的，还有他的位置与太阳圆碟之间那条曲线的弧度等等，这一切都牵扯到了那场针对核心力量的角逐。各个成员的立足之处有着微妙的相互作用，这便织成了一张唯独马格努斯才能看清的权位之网。

阿里曼无法读取其他连长的以太灵气，埃特皮奥的缺席也让他很不适应。他没有将埃特皮奥召唤到这里，因为它会在原体的力量面前崩溃。马格努斯本人并没有守护精灵，毕竟对于这个洞悉并掌握了一切微妙奥秘的人而言，原初创造者的一块碎片又能有何裨益？

阿里曼踏上了螺旋图案中属于自己的位置，马格努斯随即点头示意，阿蒙兄弟立刻从金字塔的阴影中现身,关上了那扇金色的门。阿里曼既没有看见，也没有察觉到阿蒙的存在，很少有人可以洞悉此人的行踪。作为马格努斯的侍从以及第九学会连长，阿蒙负责训练那些"潜藏者",也就是千子的侦察部队。

"密室尚需索斯梅斯符记。"阿蒙宣布，他的赤红盔甲似乎与金字塔边缘的阴影融为一体。马格努斯点点头，从腰间取下那把金色的镰刃弯刀。他用拇指轻轻拨动，刀柄便平滑地伸展开来，伴着一声低吟从镰形短刃变成了长柄武器。马格努斯用武器敲击太阳圆碟，在地面上描绘出一个错综复杂的扭曲图形。

阿里曼抿起嘴唇，他周围的世界眨眼间变得十分昏暗，金字塔的内部环境被遮蔽起来，不再受到外界的窥探。与以太的联结突遭切断绝非一种令人舒畅的感觉，但此时此刻，没有人能够借助任何科技方式或灵能手段来探知金字塔里面的事物。

马格努斯曾经夸口说，即使是帝皇本人也无法克服索斯梅斯符记，难以穿透这道在首座会议周围布下的无形遮罩。

"我们是否齐聚一堂？"作为军团首席智库馆长的阿里曼开口问道。在普罗斯佩罗，首座会议一向通过以太展开交流，但在这里，千子被迫改用粗劣平凡的语言展开对话。

"我是黑鸦学派的阿泽克·阿里曼，"他继续说道，"有意发言者，报上真名。何人来到了这场首座会议？"

"弗西斯·塔卡在此，猎鹰学派圣殿首座。"

"卡洛菲斯在此，火凤学派圣殿首座。"

"哈索尔·玛特在此，亮羽学派圣殿首座。"

"乌希扎尔在此，天枭学派圣殿首座。"

阿里曼点点头，千子的几位连长分别报上了自己的姓名。只有乌希扎尔略显犹豫。那位年轻的小成者新近升任圣殿首座，而每当看到他的时候，阿里曼都不由得为阿波菲斯的死感到悲伤。

"我们齐聚一堂。"他说。

"此地别无旁人。"阿蒙确认道。

马格努斯点点头，他在开口之前与几位连长逐一对视。

"我为你们感到失望，吾儿。"他说道，那浑厚的嗓音中充满了层层深意。这是阿里曼在离开那座山脉之后听到原体所说的第一句话，纵然是批评的言语，却依旧令人欢喜。

"我们在这个世界上大有可学，而你们擅闯阿苟鲁人圣地的行为殃及全局。我告诉过你们要等待我归来。你们为何忤逆我？"

阿里曼能感觉到其他连长的目光落在自己身上，他挺直了腰杆。

"是我的命令，大人，"他说道，"闯入峡谷的决定是我做出的。"

"我知道，"马格努斯带着一丝微微的笑意说，"如果有人要违抗我的意愿，那就只能是你了，对不对，阿泽克？"

阿里曼点点头，他不确定自己要遭到训斥还是接受赞扬。

"好吧，既然你们涉足了那座山脉，"马格努斯说，"你作何看法？"

"大人？"

"你感觉到了什么？"

"什么都没有，大人，"阿里曼说，"我什么都没有感觉到。"

"正是如此，"马格努斯说着迈步走出太阳圆碟，沿着白色螺旋由金字塔的中心向外踱步，"你什么都没有感觉到。现在你就明白身为凡人是何种感受了，他们被困在寂静而枯燥的世界里，无法触及这个不断进化的种族理应具备的天赋。"

"天赋？"哈索尔·玛特问道，"什么天赋？"

马格努斯转身面对他，那枚独眼变成了闪亮而灵动的蓝色。

"拓宽视野，探索这个辉煌而耀眼的银河，洞察所有奇观异景的天赐权利，"马格努斯说道，"如果世界上一切光辉灿烂的奇迹都仅仅是模糊难辨的幻象，那么这样一种困居在阴影中的生命又有何意义？"

马格努斯在阿里曼身旁停下脚步，将一只手掌搭在他的肩膀上。那是只巨人的手，然而阿里曼抬头所见却是一张比自己稍大些许的面孔，以及用熔融金属铸就的相貌，那枚独眼又恢复了碧绿。阿里曼能体会到原体深不可测的强大力量，他明白自己正站在一颗活体星辰面前，那壮美雄浑的身形中蕴藏着创造与毁灭的能力。

马格努斯的躯体并非凡俗血肉，而是由借助帝皇的古老科技融为一体的能量与意志构成的。在军团中各位杰出预言者的协助下，阿里曼早已研习过以太的实质，但那股充斥原体全身的力量依旧显得非常陌生，就像原始蛮族眼中的神秘星船一样超乎理解。

"阿苟鲁人居住在一个被以太之风日夜席卷的世界上，然而他们却丝毫不受影响。"马格努斯说着走回了金字塔中心的太阳圆碟。他手里的镰刃法杖在空气中随意舞动，阿里曼辨识出了唤灵的印记，如果在这死寂的密室之外进行绘制，原体便会召唤出一群守护精灵。

"他们每年都来这座山脉朝圣，让逝者得到永恒的安息。他们将所有遗体抬进那条神圣的峡谷，安放在洞口，而每当他们归来的时候，前一年的尸体就已经全部消失了，这就是所谓的被山脉所'吞噬'。大家都能感觉到，将以太与现实隔离开的那道屏障在此处格外薄弱。浩瀚之洋的本质不断渗透进来，阿苟鲁人却安然无恙。为何如此？我还不知道，但等到我解开这个谜团的时候，我们就距离帮助同胞们接纳宇宙核心的光辉更近了一步。那座山脉中蕴藏着力量，一股宏伟的力量，但它遭到了某种束缚，且阿苟鲁人对此毫无知觉，他们仅仅将其视为一种吞噬亡者遗体的未知能量。我盼望亚提里能够原谅你们擅闯圣地的冒犯，因为若没有他麾下部族的帮助，我们或许永远都难以解锁这个世界的奥秘。"

原体为这项事业所倾注的热切激情极具感染力，阿里曼明白自己危害到了马格努斯的伟大工作，一份深深的羞愧正沉重地压在他肩头。

"我会用一切方式去弥补过错，大人，"阿里曼说，"是我给狮卫下达了行动命令，我会向亚提里解释清楚。"

"那倒没有必要，"马格努斯说，他重新站在金字塔中央的位置，"我有另一项任务要交给你们所有人。"

"任你吩咐，大人。"弗西斯·塔卡说道，其他人也纷纷附和。

马格努斯微笑起来，说："你们让我感到欣慰，吾儿，一如既往。并非只有阿苟鲁人察觉到了这个世界的异常之处。我们精心挑选纳入远征队的记述者，他们也有所察觉，即便他们尚未清楚地意识到这一点。你们要欢迎他们，亲近他们，观察他们。我们将记述者拒之门外已经很久了，如今是向他们展现宽容的时候。无论如何，我相信帝皇很快就会让记述者的存在变成强制性要求，并派遣更多人加入各支舰队。在此类法令颁布之前，我们要戴上朋友的面具，至少扮成勉为其难的赞赏者，或是任何能够取得他们信任的身份。去观察这个世界对于他们产生的影响，将所有发现记录在你们的秘典里。在亲身探索这个世界的同时，我们也要研究它对凡人以及我们自己施加的影响。你们明白这项任务吗？"

"是的，大人。"哈索尔·玛特说道，其他连长也表示同意，最后只有阿里曼还没有开口。

他察觉到原体的目光落在自己身上，于是微微躬身说，"我明白，大人。"

"那么这场首座会议就结束了。"马格努斯说道，他用权杖敲击太阳圆碟。灿烂光芒从金字塔中央喷涌而出，将诸位连长笼罩在夺目辉耀里。索斯梅斯符记烟消云散，阿里曼感觉到以太能量如湍流般席卷全身。

阿蒙打开了金字塔的门，阿里曼向原体躬身道别。在其余连长动身离开的时候，马格努斯开口说，"阿泽克，请留下来。"

阿里曼停下脚步，回到金字塔中央，准备面对惩罚。原体将镰刃弯刀收回鞘中，此刻刀柄已经恢复了原本的长度。马格努斯俯视着阿里曼，眯起那只明亮的绿色眼睛，打量着他的首席智库馆长，说："你有心事，我的朋友，究竟是什么？"

"洞中人的故事，"阿里曼说，"当我还是你的参入者时，你曾给我讲过那个故事。"

"我记得，"马格努斯说，"怎么了？"

"如果我没记错的话，那个故事的主旨在于，将我们所知的真相与那些狭隘短视的人进行分享是徒劳的举动。我们的同胞目光短浅，我们如何才能启迪他们？"

"我们不会去启迪他们，"马格努斯说着，挥手示意阿里曼转过身去，和自己一同穿过螺旋图案走向金字塔的敞开大门，"至少一开始不会。"

"我不明白。"

"我们不会将光明带给人类，我们要将人类带往光明，"马格努斯说道，"我们要研究如何将人类的感知提升到更高层次，使其能够自行寻找光明。"

阿里曼感受到了原体的热切态度，并盼望自己也能怀有同样的激情，他说："试图向凡人解释以太的真理，那就如同是向盲人解释黄色的概念。他们不想看清它，他们惧怕它。"

"循序渐进，阿泽克，循序渐进，"马格努斯耐心地说，"人类已经在向着灵能感知蹒跚前行了，但在学会奔跑之前首先要学会行走。我们会助其一臂之力。"

"你对人类信心十足，"当两人走到门口时阿里曼说，"他们曾经想要毁灭我们。可能还会有第二次。"

马格努斯摇摇头，说："更信任他们一些，吾儿。信任我。"

"我信任你，大人，"阿里曼保证道，"我的生命属于你。"

"而我很看重你的生命，吾儿，相信我，"马格努斯说道，"但吾意已决，而且我需要你与我同心协力,阿泽克。其他人以你为榜样,他们服从你的领导。"

"如你所愿，大人。"阿里曼尊敬地躬身回应。

"至于观察那些记述者的事情，我希望你能格外关注勒缪尔·高蒙，他很有意思。"

"高蒙？那个读灵者？"

"是的，就是他。他拥有力量，看起来是从北非巫医的著作中学到的，"马格努斯说，"他相信自己能够掩饰能力，不被我们发现，同时他已经在摸索正确的使用方式了。我希望你能教育他，将他的力量诱导出来，并确保他在运用能力的时候不会伤害到自己或者其他人。如果我们可以在他身上取得成功，那么就能推广到更多人身上。"

"那绝非易事；他并不具备对心境的掌握。"

"所以你必须传授给他。"马格努斯说道。

第四章

审判之声

影舞者

召唤

烈焰席卷天际,整个星球陷于火海。苍穹在重压之下脉动翻腾,多彩的闪电和超自然的烈火在天空中奔窜。厉声尖啸的玻璃碎片如同闪亮洪流般倾泻而下,熔融黄金在街道上涌动,昔日的壮阔大道与辉煌雕像在爆炸的轰鸣与杀戮者的嚎叫中毁于一旦。

诸多猎食者穿行于这座美丽城市的残破废墟,肆意践踏这个凡尘之中的天堂缩影。玻璃、黄金与白银组成的参天奇景在她周围焚灭,无数烧焦的纸片在空中飘舞,恍若一场恐怖狂欢里的飞扬彩纸。鲜血的味道充斥着她的感官,她为这个不曾谋面的城市深感悲伤。

如此流畅的线条,如此动人的美感……怎么会有人想要伤害这样一个完美无瑕的避风港?直刺云霄的银色尖塔在烈焰的高热中坍塌,玻璃碎片从高高的窗棂与尖锐的屋顶上挥洒下来,仿佛是无以计数的闪耀泪滴。在跃动火光里,每片玻璃上都反射出一枚淌着殷红泪水的金色巨眼。

她想让这疯狂的景象停下来,她想在整座城市被夷为平地之前阻止这场血战。但太晚了,它的命运已经注定,早在第一枚炸弹落下之前,早在第一个入侵者踏足那些鎏金殿堂、大理石街道以及优雅庭院之前。

这座城市末日临头,它的宿命无可改变。

然而就在这种想法刚刚形成的时候,她便意识到并非如此。

这座城市可以被拯救。

随着这个念头的浮现,乌云顿时消散,显露出湛蓝的天空。辉煌灿烂的阳光将山脉涂抹成金色,野花的清香取代了炽热灰烬、烧焦血肉和熔融金属的气味。那些银色高塔重新直刺苍穹,闪耀而宏伟的玻璃金字塔矗立在她面前,其间蕴藏着一个光辉绝伦的美好未来。

她在这座城市的街道中独自游荡，充分享受这个随心所欲地品味其美景的机会。香料的辛辣，浓郁的芬芳，还有各种充满异国情调的气息乘着微风飘动，显得颇具生机，然而无论她如何仔细寻觅，也始终找不到任何当地居民的存在。

她毫无惧意地继续探索，在每个街角都能发现崭新的奇观与美景。一条坐拥诸多大理石图书馆与博物馆的街道上矗立着两排鹰首金像，而另一条与之类似的大道两旁则是一千棵俊逸高挑的海枣。在某座如山脉般雄伟的金字塔面前，两尊高达数百米的白银雄狮傲然屹立。

壮丽的雕花石柱配有卷轴形状的顶饰，在它们之间是一条容许整支军队展开游行阅兵的宽阔道路。她在美丽绝伦的园林中游荡，左近的人工景观与之融合得天衣无缝，简直完全无法分辨出二者之间的衔接之处。

她目中所见皆为完美的线条和造型，此般和谐景象只有借助知识与天赋的无间契合才能造就。这便是完美；这便是人类所追求的一切。

此乃极乐之境，但她知道这是虚幻的，因为人类的造物不可能至臻无瑕。

一切事物都有缺陷，无论多么细微。

而就像任何天堂一样，这个地方也难以长存。

她听到一阵哀嚎自远方传来，几乎弱不可闻。

那是从某个冻寒荒寂的冰封未来传出的声音，随后便有另一阵嚎叫加入进来，它从那些金字塔的侧面回荡而出，如同诅咒低语般萦绕在空无一人的街道里。那声音与她脑海中某个早已退化萎缩的部分产生了共鸣——那是一种被遗忘的原始本能所残留的印记，曾几何时人类只是猎物，仅仅是一种比其他哺乳动物更具野心的新生灵长类。

那声音代表着剑刃般的尖牙利爪，代表着比人类更加古老的猎手。

那是审判的声音。

卡莉斯塔·俄瑞斯从她的简易床铺上猛然坐起，心脏狂乱地跳动，全身被汗水所浸透，萦绕在她脑海里的嚎叫声逐渐退去。关于那座未知城市的梦境如薄雾般从她的心灵中缓缓消散，方才的宏伟幻景只剩下一些转瞬即逝的残影，闪亮的尖顶，银色的金字塔，以及华美的园林。

她低哼一声，抬起手触摸自己的脑袋，一阵隆隆轰鸣的头痛正在压迫她的颅骨。她侧过身把双脚放在地上，用手掌按着额头，明确感觉到那份疼痛变得愈发剧烈。

"不，"她呻吟道，"别再来一次了。不要现在。"

她从床上站起来，步履蹒跚地走向床脚的储物箱。如果她能抢在自己脑袋里的那团火焰彻底爆发之前，尽快拿到药瓶，就能避免一整夜的痛苦和噩梦。

一阵剧痛骤然刺入她的头颅，让她顿时跪倒在地，闷哼一声摔倒在床边。卡莉斯塔紧闭双眼忍耐痛楚，如同灼目爆炸般的猛烈白光在她眼皮后面迸发开来。帐篷里天旋地转，她强压下胃部的一阵抽搐。她能感觉到那股火焰涌入自己的脑海，恰似一道充满了燃烧梦魇与可怖鲜血的滚滚浪潮。

卡莉斯塔喘着粗气，奋力抵抗这次发作，双手不住抓挠单薄的床单。她咬紧牙关，把自己拖向储物箱。那份剧痛就像是有一颗炸弹在她脑袋里引爆，喷薄而出的烈火沿着她的神经和突触延烧，无情地炙烤她的颅骨。

卡莉斯塔掀开箱盖，把衣服和其他物品狂乱地扔到一边。她的药瓶就藏在一本挖空的《盛赞统一》里，因为绝对没有人会想要掀开那部极尽阿谀奉承和摇尾乞怜的糟糕作品。

"拜托！"她呻吟着抓起那本已经卷角的书籍。她翻开书页，掏出那个绿色的玻璃瓶，里面几乎盛满了某种浑浊的胶质。

卡莉斯塔坐直身体，此时此刻，闪烁光芒已经在她逐渐模糊的视野边缘浮现，这正是那种火焰的先兆。她步伐踉跄地走向写字台，每一块肌肉都不住地颤抖，水壶就在写字台上，放在她的纸笔旁边。

她的手抽搐了一下，玻璃瓶坠向地面。

"王座啊，不！"卡莉斯塔喊道，药瓶滚落在沙土地面上，所幸没有摔碎。

她弯下腰去捡，但一阵恶心和痛苦骤然席卷而来，她心里明白，自己的药已经帮不上忙了。如今只剩下一种方法可以将那些火焰释放出来。

卡莉斯塔瘫坐在桌旁的折叠椅上，她用剧烈颤抖的手抓起一支削尖的铅笔，又扯过来一张草稿纸。关于昨天在山脉中那场超凡探险的潦草记录填满了半张纸。

她气恼地把纸翻到背面，此时她已经双眼翻白，脑袋里的熊熊火团让她目不可见，白热的烈焰在她血脉中肆意奔涌，明亮的光芒让每一个分子都充盈能量。卡莉斯塔张开嘴，无声地尖叫起来，她的手在纸面上狂乱而绝望地挥动。

文字在卡莉斯塔·俄瑞斯笔下涌现，但她既看不见，也意识不到自己所写的任何内容。

炎热将她唤醒了。

卡莉斯塔缓缓睁开眼睛，阿苟鲁星球的毒辣阳光让她的帐篷里充满了金黄辉耀与灼人高热。她舔了舔干燥开裂的嘴唇，仿佛有好几天没喝过水了。

她在自己的写字台前睡着了，手里还攥着断裂的铅笔，面前则散落着一摊纸。卡莉斯塔呻吟着抬起头，明亮夺目的阳光和刚刚苏醒的错位感让她头晕目眩。

她将记忆碎片逐渐拼凑起来，模糊地回想起梦中的那座城市，以及它的可怕结局。她脑袋里还有些许隐痛，精神上的创伤让她自感迟钝而麻木。

卡莉斯塔伸出手从壶里倒了点水喝。水中夹着沙尘的苦咸，但毕竟能让她干燥粘连的嘴唇舒服一些。

水滴溅湿了写字台上那叠纷杂散落的草稿纸，她看到纸上都写满了狂乱潦草的文字。她蹒跚地站起身，从桌旁退开，昨晚发作的抽搐让她的双腿还有些不稳。

卡莉斯塔坐在床上，盯着桌面，仿佛那些纸张和铅笔是某种危险的野兽，而不是她的专业工具。她揉揉眼睛，用手指把秀发梳理到脑后，心中考虑自己该作何处置。

足有数十张草稿纸被字迹填满，她咽了下口水，不确定是否想要看看自己这次在神游中记录了什么。通常都是一些难以辨认的胡言乱语。卡莉斯塔向来无法理解其中的任何含义，而且如果她未能及时用催眠药来熄灭那团火焰的话，她还经常会把纸张全部撕成碎片。

但这次并没有。

卡莉斯塔看了看那些备显陌生而棱角分明的字迹，晨间的炎热顿时被一股寒意所取代。

同样的一句话，在那些皱巴巴的草稿纸上重复了千百遍。

卡蜜尔动作轻巧地运用一把细软毛刷清理那件刚刚出土的光滑物体，将积淀许久的古老尘埃扫除干净。它显得光洁圆润,丝毫没有被埋藏了数千年的腐坏迹象。卡蜜尔慢慢让它暴露在外,其完好状态令人惊讶。这个淡奶油色的物体上没有任何锈蚀与磨损的痕迹。

它简直像是昨天才被掩埋的。

进一步的谨慎刷动展现出了它下端的圆形突起,类似于通信器的样子。卡蜜尔从来没见过这样的设计,整件物品浑然一体。她挖开更多沙土,很高兴自己发现了一件显然源于其他种族的文物。

她略加停顿,心中回想那些巨型雕像,顿时意识到二者之间在材质上的相似点。她目前所见到的或许仅仅是某个同样庞大物体的冰山一角。一阵隐约的不安让她颤抖起来,即便她一直都戴着手套,始终小心避免用双手直接触摸考古成果。

卡蜜尔舒展了一下后背的肌肉,用胳膊擦擦脑门的汗水。纵然她躲在阴凉里避开了阳光的直射,炎炎热浪依旧是咄咄逼人。

随着那件物体逐渐显露出来,她拿起相机,从不同的角度和距离拍摄了一系列照片。这架老旧的 K Seraph9 相机是她祖父在拜占庭市场的一家光学仪器店里买来送给她的,由那位店主从他在安娜托利亚高原附近的托罗斯山脉中杀死的一位探矿者身上搜刮得来,那个探矿者则是在泰拉统一之前从乌拉尔某家工厂的一位换班监工那里购入了这架相机,而就是在这家工厂里,某个流水线机仆完成了相机的组装,那个机仆名叫海克顿·阿费兹。

卡蜜尔四下张望了一阵,屏住呼吸倾听周围是否有其他人。她能听到挖掘队里的那些机仆不断挥动铲子和铁锹的声音,还有附近阿苟鲁人聚居地传来的日常响动,以及盐粒在热风吹拂下发出的无尽嘶鸣。

她确信自己是孤身在此,于是便摘下了一只手套,她的手掌如同象牙般洁白,与晒黑的胳膊形成了鲜明对比。作为一个整天在沙地里挖坑的人,她手上的皮肤意外地光滑柔嫩。

卡蜜尔慢慢把手掌探向那个半埋在沙土中的物体,伴随着一声欢愉的叹息,她轻柔地按住了它。一种令人舒适的麻木感迅速蔓延到她的肩膀和胸口。那感觉并不令人难受,于是她闭上眼睛,开始接纳种种奔涌而来的陌生情感。

她能感知到那条历史的绳索,它将所有事物串联起来,任何与之产生接触的人都会在上面留存些许印迹。她周围的世界一片昏黑,面前那个物体仿佛被某种内在的光源点亮。

它是一顶战盔，是一件线条流畅、造型优雅的精美工艺品，那种隐藏在细节比例中的微妙错位感昭示着其异形来源。它很古老，非常古老。事实上，它可以追溯到让卡蜜尔几乎难以理解的久远年代。

一个形体在黑暗中显现，这顶头盔的拥有者早已死去，但卡蜜尔的触碰为头盔故主的回忆注入了生命。在她微微扇动的眼睑后面，卡蜜尔看到了一个女人的身影，从那舒展顺畅的动作可以判断出她是一位舞者。她像流水般在虚空中舞动，她的身躯毫不停歇地翻转腾挪，而她的臂膀和双拳则挥出一记记杀招。卡蜜尔意识到，此人并不仅仅是位舞者，她还是个战士。

一个词语浮现在她脑海中，或许那是一个名字：埃兰纳瑞亚。

卡蜜尔出神地凝视着，如同风中轻烟一样扭转旋动的舞者身形令她深深痴迷。那幽影般的女人在黑暗中留下模糊不清的残像，仿佛有个鬼魂跟在她身后亦步亦趋。卡蜜尔看得越久，就越感觉像是有成千上万个女人在迈动完全一致的舞步，然而相互之间又有着不足毫厘的延迟。

那些舞者在空中腾跃穿梭，让卡蜜尔体会到一股令人心痛的莫名忧伤。备显优雅的翻动与旋转诠释着她们心中如毒药般郁积的哀愁和悔恨。一股混杂不清的强烈情感从那件被埋藏的物体里涌入卡蜜尔全身，那份绝顶欢愉和深沉苦难让她不禁轻呼出声。

一对闪亮的长剑出现在那位舞者手中，卡蜜尔毫不怀疑这些鬼魂般的美丽剑刃非常致命。那个幽影女人发出一阵无比狂怒的尖嚎，翻着跟头向卡蜜尔扑来，她手中的两柄利剑迸发出耀眼的白光。

卡蜜尔惊呼一声，匆忙把手掌从那个物体上抽走，诸般强烈情感的余波尚且让她全身颤抖不止，皮肤也变得苍白而冰冷。她急促地喘息，低头瞧瞧那件出土的文物，心中交织着恐惧和惊奇。

她起了一身鸡皮疙瘩，眼看着自己呼出的气息变成白雾。在如此炎热的天气里居然能有这幅景象，卡蜜尔不禁笑了笑，但那笑声显得紧张而做作。

"这到底是个啥？"一个男人的声音问道，卡蜜尔吓了一跳。她惊讶地蹦了起来。

"王座在上，勒缪尔！不要这样偷偷摸摸地溜到别人身后！"

"偷偷摸摸？"勒缪尔俯视着土沟问道，"相信我，亲爱的，像我这种体型的人是不可能偷偷摸摸的。"

卡蜜尔挤出一个微笑，但那位舞者的哀伤与愤怒所留下的痕迹依旧残存在她脸上。

"抱歉，"她说，"你吓到我了。"

"对不起。"

"没关系，"卡蜜尔说道，她感觉自己的心跳逐渐回复正常，"我倒是该休息一会儿了。来，帮我上去。"

勒缪尔伸出手，卡蜜尔用纤细的双手抓住了他厚实的胳膊。

"准备好了？"

"好了。"她说。

勒缪尔使劲往上拽，卡蜜尔扒住土沟的边缘，先将膝盖探过去，再把自己的身躯翻上来。

"还挺端庄的，是吧？"她趴在地上，之后站起身。

"就像个舞者。"勒缪尔说，卡蜜尔闻声颤抖了一下。

"这到底是啥？"勒缪尔又指着那个被埋藏的物体追问道。

卡蜜尔低头看看战盔，那个女人的狂暴尖啸还在她脑海里回荡。

她摇摇头。

"我完全没概念。"她说。

卡蜜尔手下的众多机仆在那个阿苟鲁村庄附近所开辟的挖掘场有一百米长，六十五米宽。初步挖掘就已经发现了数量可观的文物，这些既不属于阿苟鲁人，也非源自帝国。此刻，半数机仆都一动不动地排成一列，站在挖掘场旁边的宽阔凉棚下面。

机仆还需要休息这种事曾让卡蜜尔乐不可支，直到机械神教的斯帕勒技师告诉她，已经有六个机仆由于过热而被迫停机了。机仆感觉不到疲劳、饥饿和口渴，所以即使在超出耐受限度的条件下也会持续工作。

不过，它们一天之内达成的进度还是超出了卡蜜尔的预期。

她的挖掘场在一个叫作阿考台匹克的阿苟鲁村落东边，位于那座山脉以北三百公里的地方，这里生机盎然，与那片贫瘠的盐碱平原形成了鲜明对比。这个聚居点的名字在当地语言里是"水屋"的意思，卡蜜尔现在已经明白，那个词所指的其实是一种椭圆形独木舟，用来在这座低陷村庄旁边的湖泊里捕鱼。

阿苟鲁人的居所深挖在地下，可以在毒辣的阳光和几乎恒定的高温中提供阴凉，所以具备着令人惊讶的舒适度。卡蜜尔得到了阿考台匹克居民的欢迎，她发现这些人安静而和善，双方之间的语言障碍则完全可以通过一些尊敬有礼的小手势来跨越。

卡蜜尔的机仆曾经挖掘出一些早已被遗弃的建筑。阿苟鲁人针对这些建筑的荒废原因作出了解释，但语言学家们所能萃取的最恰当含义是"噩梦"。斯帕勒技师对此嗤之以鼻，他认为这是原始的迷信，或是翻译过程中产生的歧义。但自从触摸过那个异形战盔之后，卡蜜尔就没有那么确信了。

她喜欢在这个世界上度过的日子，她享受这种轻松悠闲的生活节奏，以及周围人的纯朴和简单。她知道阿苟鲁人的生活想必十分艰辛，但对于一个28号远征队的记述者而言，这是忙碌生活中的一段难得假期。

戴着面具的男人们坐在树荫下驱赶着嗡嗡鸣叫的昆虫，头顶的枝杈上挂着亮紫色的水果，女人们则在湖边劳作，制造出一根根修长的捕鱼标枪。就连小孩都戴着面具，起初这幅景象让卡蜜尔颇为不安，但就像很多事情一样，这逐渐变得稀松平常了。

野生的草木与成熟的作物在微风中摇摆，卡蜜尔品味到了很久都未曾体会的平和。这个世界的悠久历史被深深掩埋在大地之下，比她踏足过的任何星球都更甚。她喜欢这种活在当下的感觉，本地居民不必日日夜夜被历史沉淀所压迫。

勒缪尔跪在一块长长的油布旁边，上面摊放着今天的收获，他捡起一片像是上釉陶瓷的物品。

"果然是个宝库，"勒缪尔干巴巴地说，"我真是不虚此行。"

卡蜜尔微笑起来，说："的确是个宝库。这些文物不是人类制造的，我很确定。"

"不是人类？"勒缪尔问道，他用指节敲了敲那块平滑的圆碟，"这样啊，真有意思。那么是谁制造的呢？"

"我不知道，但无论是什么种族，它们都在几万年以前就灭亡了。"

"真的？这东西看起来像是昨天才造的。"

"是啊,这种未知材料似乎不会老化。"

"那你怎么知道它有多古老?"勒缪尔盯着她问道。

他知道了吗?不,他怎么可能知道?

卡蜜尔犹豫了一下,说:"根据埋藏的深度,大概还有我自己总结的经验吧。我花了挺长时间挖掘泰拉的遗迹,所以对这些文物实际年代的直觉还算准。"

"我猜也是,"勒缪尔说道,他在手里把玩那片圆碟,观察着边缘上的破损,"你觉得这是用什么做的?它和陶瓷一样光滑,但里面又像是某种有机结构,比如水晶之类的。"

"给我看看。"卡蜜尔说,勒缪尔把圆碟递了过来。对方的手指扫过她手套以上的臂膀皮肤,一股电流般的感觉顿时在两人之间一闪而逝,卡蜜尔看见了一道辽阔的平顶山脉,山脚下是一座白色豪宅,周围环绕着大片的果园。一个皮肤黝黑的女人面带哀愁,在高高的阳台上挥着手。

"你还好吗?"勒缪尔问道,那个瞬间应声烟消云散。

卡蜜尔摇摇头,奋力甩掉那幅影像中的伤感意味。

"没事,就是太热了,"她说,"这不像是组装出来的,对吧?"

"不像,"勒缪尔表示同意,他站起身来,把长袍上的尘土掸掉,"你看里面这些纹路,它们是生长的痕迹。这不是用模具或者机械制造出来的。这种材料,无论它究竟是什么,肯定是在生长过程中被塑造成形的。这让我想起在泰拉认识的一个僧伽人,他名叫巴贝奇。他是个沉默寡言的人,但他能利用一切植物创造出奇迹,在我的家乡这是一种十分宝贵的天赋。他自称植物塑形家,能让树木生长成各种美妙的形状。"

勒缪尔微笑着陷入追忆:"巴贝奇只需要几把修枝剪,一些木板,绳子还有胶带,便能让一株幼苗变成椅子、雕像或者拱门。只要你想得出来就行。我家里有一片种满了樱桃李、紫薇和白杨的果园,被他塑造成了纳森·杜姆在范考斯的宫殿里用来举办慈善晚会的大宴会厅的样子。"

卡蜜尔瞥了一眼勒缪尔,看他是不是在开玩笑,但对方显得十分认真。

"听起来够奢华的。"她说。

"噢,是啊,奢华得夸张,"勒缪尔笑着说,"我妻子知道价钱之后大发雷霆。她说我是个虚荣的伪君子,但在一段时间里,那真的很美。"

在提到妻子时,勒缪尔脸上闪过一片阴云,卡蜜尔猜测或许那就是她方才在影像中看到的女人。一股与她特殊天赋无关的敏锐直觉让她没有开口询问。

"我想这可能和那些巨像的材质一样,"她说,"你管它们叫什么?希尔博泰?"

"是的,希尔博泰,"他说,"凡尘中的巨人,正如我们伟大的东道主。"

卡蜜尔微笑起来,回想着马格努斯从那座山脉洞穴中现身的场景。如果她能触摸猩红君王的话,脑海里又会浮现出什么样的超凡影像?这个念头让她既恐惧又兴奋。

"他非常威武,是不是?"

"是啊,令人印象深刻,"勒缪尔表示同意,"我想你说得对。这个圆碟和那些巨像的材质确实很相似,但我难以想象那么庞大的物体会是生长出来的。"

"的确,"她说,"你觉得阿苟鲁人会允许我们去研究一下那些巨像吗?"

"我不知道,或许吧。你可以去问问。"

"我想我会的,"卡蜜尔说,"我有种感觉,它们远非看起来那样简单。"

卡蜜尔朝阿苟鲁村落的方向回望,看到了一台覆有赤红与象牙色涂装的千子军团载具,那个单人速攻艇正绕过村子朝挖掘场疾驰而来。圆碟形的宽阔速攻艇紧贴地面行驶,在身后留下一股被电离的尘云。某位阿斯塔特战士坐在上面,仿佛在操纵一架飘浮于半空的古董马车。

"你的朋友?"勒缪尔问道。

"是的,没错。"卡蜜尔回答,说话间那辆速攻艇已经悬停在了她和勒缪尔身边。

那个阿斯塔特摘下了他的金色头盔,军团中只有屈指可数的几位战士会这样做,其余大部分人都忽略了一点,那就是普通人难以透过全套盔甲分辨出他们的身份。

这位战士灰褐相间的斑驳头发结成了长辫,面孔沟壑纵横,他举手投足间的学者风范在这具不朽之身上平添了岁月的刻痕。第一次与卡蜜尔见面的时候,他的皮肤还很苍白,如今他也和战斗兄弟们一样晒成了焦赭的颜色。

方才这段旅途让他的盔甲沾满尘灰,在千子军团的弯曲星形标志中央,那个黑鸦徽记已经暗淡得几乎无法辨认。

"你好,希梵尼女士,"那个阿斯塔特说道,他的嗓音沧桑而粗哑,"你的挖掘工作进展如何？"

"非常棒，埃南大人，"卡蜜尔说，"有很多新出土的文物，也有不少天马行空的理论来解读它们。我还发现了更多的文字，或许可以帮助我们翻译死石上的铭文。"

"我很期待对它们展开研究。"那个战士说道，他的真诚话语发自内心。

隶属28号远征队的少量记述者在马格努斯的军团中遭遇了可观的阻力，但安库·埃南是个稀有的例外。他心甘情愿地陪同卡蜜尔造访了山脉周围远近不一的几片挖掘场，两人对于历史中蕴含的知识充满了同样的热情。

阿斯塔特的目光移向了勒缪尔，卡蜜尔说道，"这是我的朋友，勒缪尔·高蒙，他在帮我梳理那些天马行空的理论。勒缪尔，这是安库·埃南。"

"大图书馆的守护者，"勒缪尔伸出手说道，"很荣幸终于能够见到你。我听说过你的很多事情。"

那个阿斯塔特缓缓握住勒缪尔的手。安库·埃南的手甲将勒缪尔的手掌包裹起来，一种不安的感觉刺激着勒缪尔的皮肤。电流般的紧张感在勒缪尔和安库·埃南之间暗暗涌动，仿佛两人面前的空气突然附带了电荷。

"是嘛？"安库·埃南说，"我也听说过你的很多事情。"

"真的？"勒缪尔问道，卡蜜尔能看出来他很吃惊，"我以为千子并不在意我们这些可悲的记述者。"

"我们只关注那些让我们感兴趣的人。"埃南回答。

"我真是受宠若惊，"勒缪尔说，"那么，敢问你有没有读过我的作品？"

"没有，"安库·埃南说道，仿佛那只会浪费他的时间，"我没有读过。"

"噢，"勒缪尔灰溜溜地说，"好吧，或许什么时候我可以向你推荐一些我的作品。虽然我自知才疏学浅，不过或许总能有点让你感兴趣的内容，尤其是详细讨论28-15星球在归顺之后的社会成长的部分。"

"或许吧，"那个阿斯塔特说，"但我不是来收集阅读材料的，我是来召唤你的。"

"召唤？谁的召唤？"勒缪尔问。

安库·埃南微笑起来说："阿里曼大人。"

第五章

初学者
创世传说
对泰拉的记忆

阿里曼的帐篷是他的静思冥想之所。这里宽敞通风，在阿苟鲁星球的酷热中为他提供庇护。一个胡桃木书架立在床铺旁边，上面摆放的众多陈旧书籍就像是他的老朋友，心中的怀旧之情与书中的精妙内容促使他一遍遍重新阅读。

一本略有破损的阿卡德语文字书本躺在《伏尼契手稿》译本和《塞拉菲尼圣典》旁边。《哲人的集会》《玄君七章秘经》中的五册，还有《所罗门之密钥》挤在一起，周围则分门别类地摆着其他一些不太引人注目的书本。但倘若有人能打开书架中的暗格，就会发现一些内容更为敏感的典籍。

香炉挂在檀香木橡子上，帐篷中央的火盆里燃烧着绿色烈焰。阿里曼深吸一口混合幽香，让那股成分复杂的气味帮助自己冷静下来，进入低层心境。他盯着那团绿火，引导自己的意志顺从以太的波浪徐徐前行。

未来充斥着阴霾和暗影，那是一团无法辨别任何含义的朦胧迷雾。在过去的数十年里，断裂的时间线曾透过天界的遮罩熠熠闪光，阿里曼可以轻易解读未来的回响，就如同一个凡人能够预测到自己跳下悬崖之后会发生什么。如今，浩瀚之洋的动荡波涛对他而言是个难解之谜，正如古代水手无从得知世界的彼端是何景象。阿里曼察觉到自己的专注开始涣散，无法预知未来而引发的挫败感严重威胁到了他的自我控制。专注是打开一切门扉的钥匙，是千子所有能力的核心，是揭示那些伟大奥秘的途径。

备感自责的阿里曼摇摇头，睁开眼睛，从盘腿打坐的姿势中流畅地站起来。他身穿红色长袍，佩戴了一条皮革腰带，上面挂着一串青铜色的钥匙，他并没有为接下来的会面穿戴盔甲。

披挂朱红铠甲的索贝克站在帐篷入口处，阿里曼能感觉到对方的不悦。

"说吧，"阿里曼命令道，"你的灵气在烦扰我。有什么想法就说出来。"

"我可以畅所欲言吗，大人？"

"我刚刚说的就是这个意思，"阿里曼厉声回答，随即强迫自己冷静下来，"你是我的实践者，如果我们之间不能进行坦率的交流，那么你就永远都无法达到哲人的等级。"

"你遭受这样的惩罚让我很难受，"索贝克说，"被迫向凡人传授秘法，这种琐碎工作配不上你。"

"惩罚？"阿里曼问道，"你觉得这是惩罚？"

"还能是什么？"

"原体将一项重要的任务托付给了我，而这只是其中的第一步，"阿里曼说，"勒缪尔·高蒙是个凡人，他拥有一点知识和一点力量。"

索贝克哼笑一声说："这在28号远征队里算不上出众。"

阿里曼微笑起来。"的确，"他说，"但此人是一个蹒跚学步的孩童，尚不知道自己正蒙着双眼走在一道深渊的边缘。我要帮助他摘下那副眼罩。"

"为什么？"

"因为如果没有人制订规则的话，知识就会变成一个十分危险的朋友。我们的主人希望我来启迪这个凡人，"阿里曼说，"难道你怀疑猩红君王的话语？"

帝皇的多位子嗣都在数十载的戎马生涯里赢得了充满荣耀的称号，其中最突出的要数狼神荷鲁斯、影月苍狼的基因原体、帝皇的爱子。弗格瑞姆的战士们将领袖称为凤凰，而第一军团的主人则是雄狮。在诸位兄弟中，唯独马格努斯从几十年的征战岁月里赢来了一些并不太光彩的头衔，如术士、巫师。

所以当阿里曼听说28号远征队的记述者们将原体称为猩红君王的时候，他便欣然认同了这个名号。

索贝克低下头说道："永远不会，大人。马格努斯大人是我们军团的力量源泉，无论发生什么，我都不会怀疑他的言行。"

阿里曼点点头，他察觉出勒缪尔·高蒙已经来到了帐篷的华盖之外。他能品味到那个人的灵气。军团战士们的闪耀光辉是纯净而汇聚的。相比之下，高蒙的光芒则显得黯淡而散乱，模糊而粗糙，就像一个没有灯罩的照明球，虽然称得上明亮，但多看一眼就会让人不适。

"高蒙在外面，索贝克，"阿里曼说，"让他进来。"

索贝克点点头，走出帐篷，很快就带着一个人回来了。那人身材圆润，穿着一件袖子宽松的红色长袍，左侧胸口上绣着某个北非密宗的徽记，如果阿里曼没记错的话，那应该是僧伽。勒缪尔皮肤黝黑，但并不是被阿苟鲁星球的太阳晒黑的。虽然那个人身上涂了香水，阿里曼还是能闻到他的体味。

"欢迎，"阿里曼将语音调整成更加自然流畅的声调，并伸手示意火盆边上的地毯，"请坐。"

勒缪尔坐在地毯上，胸前抱着一个破旧的笔记本，索贝克则转身离开，让他们二人独处。

阿里曼坐在勒缪尔面前说道："我是阿泽克·阿里曼，千子军团的首席智库馆长。"

勒缪尔使劲点点头。

"我知道你是谁，大人，"他说，"我很荣幸受到你的召唤。"

"你知道我为什么召唤你吗？"

"说实话，我不知道。"

"因为你拥有力量，勒缪尔·高蒙，"阿里曼说，"你能看到以太的浪潮从浩瀚之洋涌入这个世界。你或许不熟悉这些词语，但你明白我在说什么。"

勒缪尔慌乱地摇摇头，他显得措手不及。

"你恐怕弄错了，大人。"勒缪尔说道，骤然出现在他灵气中的浓厚恐惧让阿里曼大笑起来。

勒缪尔举着笔记本说："大人，我只是个卑微的记述者。"

"不，"阿里曼说道，他把身体向前探，将一丝烈火投射到自己的灵气中，"远非如此。你是一个行使妖术之人，是一个巫师！"

这是个非常简单的伎俩，一种用来威慑弱小心灵的无形气场，但效果很明显。一波波恐惧和负罪感如同海浪般从勒缪尔身上向外扩散。阿里曼升入高层心境来屏蔽那个人的强烈惊惶。

"拜托……我没有伤害任何人，"勒缪尔哀求道，"我不是巫师，我发誓，我只是读过一些旧书。我不懂得任何咒语或者其他什么，拜托！"

"放轻松，勒缪尔，"阿里曼轻笑着抬起手，"我只是逗逗你。我不是个愚昧的猎巫人，也不是为了给你定罪才召唤你来的。我要解放你。"

"解放？"勒缪尔追问，他的呼吸顿时平复下来，"怎么解放我？"

"从盲目无知和固步自封里解放你，"阿里曼说，"你拥有力量，但你不知道如何巧妙地加以运用。我可以教导你如何运用力量，教导你如何借助它去观察一些超乎想象的事物。"

阿里曼看到了勒缪尔灵气中的疑虑，于是便运用自己的力量加以消解，恰似用轻柔的话语和触摸来安抚一只动物。这个人的心灵缺乏戒备，他的灵能毫不设防地暴露在浩瀚之洋的动荡潮汐里。在弹指间的接触里，阿里曼就知晓了这个人的一切秘密。他洞悉了对方心底的哀痛，正如驱动着他自己的那股悲伤。

假以时日，勒缪尔·高蒙也会明白，力量是无法抚平那种哀伤的。但他不会立刻顿悟这个令人崩溃的道理，此时此刻还没有必要浇灭他的希望。

"你很脆弱，然而你完全没有意识到。"阿里曼柔声说。

"大人？"

"告诉我，你对浩瀚之洋了解多少。"

"我不知道这个词。"

"虚空，"阿里曼说，"天界。"

"噢，我知道的并不多，"勒缪尔承认道。他深吸一口气之后才继续说话，就像一个害怕给出错误答案的学生，"它是某种更高层次的位面，是一种灵能空间，它允许星舰以很高的速度行驶。星语者也通过它来进行交流，还有，嗯，基本就这些了。"

"这些都没错，但浩瀚之洋远不止如此，勒缪尔。推动一切事物运行的原初创造者就栖身其中。它是我们这个宇宙的投影，反之我们也是它的投影。二者相互影响，而正如星球上的深海一样，浩瀚之洋也并非毫无危险。你的心灵虽然较为迟钝，却依旧像一座灯塔般投射光芒，时刻吸引着那些盘踞在浩瀚之洋深处的猎食者。如果我放任你不加节制地滥用力量，你很快就会死。"

勒缪尔咽了下口水，把笔记本放在身边。

"我一点都不知道，"他说，"我以为……我是说，我不知道自己是怎么想的。我猜自己能在脑袋里开启一些与众不同的功能。我能看到别人身上的光芒，他们的灵气，于是我学着去加以解读，去掌握别人的感受。我说明白了吗？"

"非常明白。你所说的那种光芒就是人的情感、生命和力量在以太中产生的回响。每个人都有一块倒影存在于浩瀚之洋里，人们心灵的倒影会在以太的浪潮中留下印记。"

勒缪尔摇摇头，苦笑着说："这信息量可真不小，大人。"

"我理解，"阿里曼说，"我并不指望你马上就把这些全都吸收进去。你会成为我的初学者，明天就正式开始学习。"

"我有选择吗？"

"如果你想活命的话，没有。"

"明天，"勒缪尔说，"我能被28号远征队选中可真是万幸，嗯？"

"如果我在这么多年的学习中懂得了任何道理，那就是在宇宙的棋盘上，并不存在运气这回事。你来到此处绝非巧合。我注定要教导你。我早已预见到了这些。"阿里曼说。

"你能预知未来？"勒缪尔问。"你知道我会来这里，你也知道这一切都注定会发生？"

"很多年前，我就预见到了你身穿参入者的长袍，站在普罗斯佩罗的街道上。"

"普罗斯佩罗！"勒缪尔说，他的灵气闪烁着激昂的光芒，"而且是个参入者，那是你们的一个阶级，对吗？"

"是的，"阿里曼说，"一个很低的阶级。"

"你预见到了这一切？这就是未来？真是棒极了！"

阿里曼微笑起来，这样的力量很容易让凡人感到惊奇。不仅有惊奇，还有恐惧。

"很多年以来，我在浩瀚之洋中展开遨游，将无数种可能的未来尽收眼底，"阿里曼解释道，"这并非难事，就连凡人都能做到。但要对它们进行解读，要从混乱中挑拣出意义和真相，那就只有最具天赋的预言者才能达成了。"

"我能解读它们吗？"

"不能，"阿里曼说，"这需要在黑鸦学派中接受几十年的训练。若要解读浩瀚之洋的多元潮汐，从混乱中提取意义，就必须拥有两种思维模式。其一是在不同概念之间进行快速、准确而有效的切换，从而让诸多理念合而为一；其二是让思绪骤然停止，从而将某个理念完全消解。我拥有过目不忘的记忆力，那些源自被遗忘年代的强大科技造就了我的头脑，让我有能力做到这些。但你不能。"

"那么我能做到什么？"

"首先，你要学会如何屏蔽心灵，免受危险，"阿里曼说着站起身来，"当你达成这个目标之后，我们再来看看你能做些什么。"

那些异形泰坦屹立在他面前，备显宏伟雄壮，但卡洛菲斯不以为意。的确，它们比狼族之王更加高大，但与那台守卫火凤学派圣殿大门的战将级泰坦相比，它们缺乏那种呼之欲出的蛮横气势。卡洛菲斯后退一步，仰起脖子遥望它们头部的修长弧线。

卡洛菲斯听弗西斯·塔卡描述过这些巨型雕像，他自然要来亲眼看看，跟它们比画两下。

他从巨像前转过身去，面对自己麾下的战士。十几名第六学会的阿斯塔特站在那个充满了邪恶献祭仪式意味的黑色祭坛背后。在首座会议的交谈中，卡洛菲斯从原体那里得知，这座山脉是缅怀亡者的地方，应该受到尊敬的对待。但这无法改变卡洛菲斯对阿苟鲁人抱有的深重怀疑。

那个戴着面具的首领和另外十名部族成员站在一起，每个人的相貌都藏在镜子般的面具后面。他们允许卡洛菲斯及其麾下战士造访峡谷，但前提是必须接受部族成员们的陪同。这其中定有隐情。阿苟鲁人为什么不愿让军团随意进入他们的峡谷？

"你们在掩藏什么？"他轻声说道，没有让任何人听见。

那个戴着面具的首领正看着他，卡洛菲斯指了指那些巨像。

"你知道它们是什么吗？"他问道。

"它们是山脉的守护者。"对方说。

"或许曾经是吧，但现在它们只是雕像。"

"它们是山脉的守护者。"那个戴着面具的人重复道。

"它们是泰坦，"卡洛菲斯缓缓解释，"是巨型战争机械。很久以前，它们应该有能力把城市夷为平地，剿灭整支军队，但现在它们已经死了。"

"在我们的传说中，当戴斯赛冲破永恒牢笼的时候，它们就会再度行走。"

"我听不懂你在讲什么，但它们不会再度行走了，"卡洛菲斯说，"它们只是机械，死掉的机械。"

他指着巨像的头部。"如果这是一架帝国泰坦的话，机长就会坐在那上面，但既然它是异形的,谁知道里面会有什么?一个罐装的巨型大脑,一些拥有自我意识的机器人,什么都有可能。"

那个阿苟鲁人说:"机长是什么?是一个神吗?"

卡洛菲斯放声大笑:"就算是吧。那绝非一个恰当的词语,但是怎么才能传达出正确的意思呢?阿斯塔特是凡人眼中的神,而泰坦——好吧,那就是战场上的神。当机械神教的战争机械踏入战场时,就连军团也不得不有所注意。"

"这些守护者没有行走过,"那个阿苟鲁人说,"在我们的历史中从来都没有。我们希望它们永远不会行走。"

"你叫亚提里,对吧?"卡洛菲斯弯下腰问道。

"是的,卡洛菲斯兄弟,那是我的名字。"

"我不是你的兄弟。"他嘶声说。即便被剥夺了灵能,即便无法与守护精灵建立联结,卡洛菲斯依旧感觉自己充满力量,而让他拥有这种感觉的并非平日里那股充沛满盈的以太之潮,而是低头俯视对方所带来的支配感。

"我们都是兄弟,"亚提里平静地回应卡洛菲斯的敌意,"你们的伟大领袖不正是这样教导的吗?他说我们是同一个种族的后代,曾经被一场巨大的灾难所隔绝,但在天空帝皇的警醒目光下,我们会重归一体。"

"这倒不假,"卡洛菲斯承认,"然而那些隔绝多年的同胞并非全都愿意回归。其中一些与我们对阵沙场。"

"我们并没有与你们作战,"亚提里说,"我们欢迎你们的到来。"

"那是你们的一面之词。"卡洛菲斯说着靠在祭坛上,透过头盔的绿色护目镜仔细打量面前的这个凡人。虽然此处已经被定义为归顺世界,卡洛菲斯依旧时刻准备战斗。阿苟鲁人的标枪是白色的,他们的长袍则是红色,不过这些人身上的危险信号完全可以忽略。

"这是我们的亲历传奇,"亚提里说,"自从你们的领袖踏足于我们的土地,我们就成为了整个传奇中的一分子。"

"好一套记述者的口气,"卡洛菲斯厉声说,"我不信任戴着面具的人,尤其是镜子一样的面具。我不得不问自己,某些人到底在面具背后掩藏了什么。"

"你也戴着面具。"亚提里指出,他从卡洛菲斯身边走到洞口。

"这是头盔。"

"它有同样的效果,它隐藏了你的面孔。"

"你们为什么佩戴面具?"卡洛菲斯问道,他跟着那个阿苟鲁人走向宏伟的山脉守护者。

"你为什么佩戴头盔?"亚提里头也不回地反问。

"保护。我的头盔有护甲,它已经不止一次救过我的性命。"

"我佩戴面具也是为了保护自己。"亚提里说着走到了左边那座巨像的脚下。

"保护你?你们的部落之间并没有战争,这个世界上也没有大型猎食者。有什么保护的必要?"卡洛菲斯追问。

亚提里转过身,把手掌放在那只巨脚的光滑表面上。它们的庞大形体令人惊叹。卡洛菲斯顿时回想起了卡门卡·乌利萨尔纳的焦黑废墟,以及赤红的马格努斯挑战那架绿皮机械的情景。那是一场值得铭记的恶战,而此时此刻在近距离面对一架异形泰坦,更是让卡洛菲斯彻底理解到了挚爱领袖的伟大力量。

"在我们的传说中,这个世界曾经属于一支叫作埃罗赫姆的古老种族,"亚提里蹲坐在巨足旁边,"那个种族的外貌是如此美丽,以至于他们爱上了自己的曼妙形体。"

亚提里将目光转向洞口继续说道:"埃罗赫姆发现了一种伟大的力量,他们借此得以漫步于群星之间,有若神明。他们按照自身形象塑造了众多世界,在寰宇之间建立了一个能够与诸神抗衡的帝国。他们放浪形骸、毫无节制,在漫长不朽的生命中充斥着欲望。"

"听着不错。"卡洛菲斯说,他狐疑地瞥了一眼洞中的黑暗。

"在一段时间里的确如此,"亚提里同意道,"然而此等狂傲终将遭受报应。埃罗赫姆滥用那种力量,让自身的放荡与腐朽将其污染,以至于它最终产生了反噬。他们的整个种族几乎在一夜之间彻底覆灭。他们的世界逐个陨落,海洋吞噬了土地。但这还不是最糟的。"

"真的?听起来已经够惨的了。"卡洛菲斯说,亚提里的故事让他备感厌烦。绝大多数文明都具有创世与毁灭的传说,它们是用来教育后代子孙的道德寓言。这个故事与他在普罗斯佩罗图书馆中读过的上百种传说大同小异。

"埃罗赫姆近乎灭绝,但在少许可悲的幸存者中,有一些被那股曾经服侍他们的污秽力量所扭曲。他们成了戴斯赛，一个集美丽和残酷于一身的种族。埃罗赫姆与戴斯赛殊死相搏，最终将后者驱赶到了世界深处的阴影里。然而埃罗赫姆的力量濒临崩溃，无法彻底摧毁戴斯赛，所以他们运用最后一点力量创造出这座山脉，封死了戴斯赛的监牢，并安排这些巨人负责看守囚徒。戴斯赛被禁锢在世界深处，但他们对死亡的饥渴永远都无法满足，所以每当世界轮转一周之后，我们就要把部落的死者送来此处，确保戴斯赛继续进行那永恒的休眠。"

"挺不错的故事，"卡洛菲斯说，"但这无法解释你们为什么要佩戴面具。"

"我们继承了埃罗赫姆的世界，他们的灭亡便是警钟，告诫我们要抵制虚荣与自恋的诱惑。这面具就是一种防止我们重蹈其覆辙的方法。"

卡洛菲斯思索了一阵。

"你们从来都不摘下面具？"他问。

"只有在洗漱的时候才摘掉。"

"那么交配的时候呢？"

亚提里摇摇头说："你这样问很不体面，但你不是阿苟鲁人，所以我会回答你。不，那时候我们也不会摘下面具，因为肉体的欢愉是埃罗赫姆最大的恶习之一。"

"那倒是能解释这个世界的人口为什么如此稀少。"卡洛菲斯说道，他迫切地想要返回营地，与西欧达重新建立联结。火凤学派的地位如日中天，他的守护精灵是一团生有双翼的闪亮烈焰。与西欧达的联结使得卡洛菲斯以及他的第六学派部属，能够不发一枪一弹而让整支军队灰飞烟灭。

这个念头令他全身充满了能量，卡洛菲斯低吼一声，怒火涌上心头。他已经收敛了太久，如今重新体会到久违的侵略性是种不错的感觉。这个世界对千子而言毫无意义，但他们被迫滞留于此，无法参与别处的宏伟战争，这让他备感恼怒。狼王要求他们助阵，而他们却把时间浪费在这个没有价值的偏僻世界上。

卡洛菲斯伸出手抚摸泰坦的巨脚，感受着它的光滑表面。这样的材料一定脆弱不堪，他渴望将其毁灭。他握紧双拳，摆出拳击手的架势。

"你在干什么？"亚提里喊道，他顿时从地上跳了起来。

卡洛菲斯没有回答。力量在他的臂膀中逐渐积聚，那是一股开碑裂石的力量,足以在装甲车辆上打出凹坑。他瞄准了将要出拳击打的位置。

"拜托,卡洛菲斯兄弟!"亚提里哀求道,他挡在了卡洛菲斯和那带有分叉趾节的巨脚之间,"停下来,求你了!"

卡洛菲斯将注意力凝聚在双拳上,却并没有出手。他的神志扎根于第八层心境中,但他强迫自己的意识升入第七层,用更加沉静的状态来压抑并束缚那股凶猛的侵略性。

"你只会白费力气,"亚提里喊道,"这些守护者不受任何伤害!"

卡洛菲斯垂下手臂,从释放暴力的目标面前退开。

"果真如此?"他问道,"这又是什么?"

如同深幽裂隙般的漆黑脉络从地面攀爬到那些高大构造体的巨足上,就像某种秽恶而纤细的毒藤。

"戴斯赛!"亚提里嘶声说。

马格努斯跪在那座闪亮金字塔中央的太阳圆碟上,紧闭独眼,将那具由光芒组成的身躯从肉体中抽离出来。他麾下的连长和战士们需要借助心境才能达到灵与肉的分离,但马格努斯早已掌握了在以太中进行灵魂漫游的技巧,他甚至从未意识到这竟是件难事。

心境是一份哲学性与概念性的工具,它允许那些研习秘术之人拨开种种繁杂阻碍,迫使宇宙服从自己的意愿。马格努斯的过人天赋恰恰在于他能够达成诸多不可能达成的技艺,同时却毫不令人察觉其超凡之处。

在阿苟鲁这样的世界上,无形无迹的以太之风日夜冲刷着星球表面,让他更是如鱼得水。这个世界如同一个珍贵而精巧的气泡,在四面八方遭受着浩瀚之洋的挤压。马格努斯从第三层心境中挑拣出一个词语来表达相应的概念:这个世界是个完美的球体,其结构毫无改进的余地,然而那座山脉却是一处瑕疵,并由此破坏了那份完美的平衡。当他与亚提里一同进入洞穴时,马格努斯观看了阿苟鲁人祭祀亡者的种种仪式,那些毫无意义的冗长吟诵和幼稚不堪的手舞足蹈让他备感好笑。

阿苟鲁人确实相信他们在努力安抚某种被禁锢在大地之下,深陷于漫长休眠的邪魔种族,但现在还不是破除那些迷信观念的最佳时机。马格努斯当时站在黑暗的洞穴里,一股从下方传来的巨大压迫感让他明确察觉到,浩瀚之洋正在逐渐渗透那些历经亘古岁月并日渐衰弱的防护结界。

山脉之下并没有邪魔盘踞，仅仅埋藏着某种超凡绝伦的事物，它所蕴含的无尽潜能令马格努斯不禁屏息。目前为时尚早，难有定论，但如果他的推想无误，那么这必将为人类种族带来超乎想象的长远利益。深埋在山脉之下的是一扇界门，通往浩瀚之洋里的一个网道系统，它的庞大与复杂简直难以描述，恰似交织在宇宙肌理中的隐形脉络。如果能够成功掌控这样的网络，人类就可以任意穿梭星海，在眨眼间横跨银河。

这项工作暗藏危险，也理当如此。他绝不能简单地把这扇门打开，那会放任浩瀚之洋喷涌而出，引发灾难性的后果。若要解锁这个世界的伟大奥妙，秘诀就在于谨慎观察、细致研究和循序渐进。在亚提里吟诵那些毫无意义的祷文时，马格努斯将浩瀚之洋的一丝力量抽取上来，品尝到了它的巨大潜能。这种力量原始、纯粹而充满活力。他的身躯迫切地想要多加品味。

利用此等力量，他不知道能够达成多少伟业。

马格努斯飞升而起，让他的实体躯壳继续跪在太阳圆碟上。脱离了肉体的禁锢之后，他仿佛重获新生，缤纷多样的敏锐感官远远超出凡人的理解范畴，若是与此相比，那些困居在实体世界中的人们所能品味到的一切都堪称微不足道。

"我会将你们从洞中解放出来。"马格努斯说道，纵然金字塔之外无人能够听闻他的话语。他的光之躯体从金字塔顶投射出去，没入阿苟鲁星球的夜空，马格努斯很享受这种独自遨游的机会。

那座山脉在他面前傲然屹立，备显伟岸壮美。

他升上数千米的高空，但那山体依然居高临下。

马格努斯冲向更高的苍穹，如同一枚扭转旋动的飞弹，在空中留下闪亮的轨迹。但这令人目眩的光辉旅程并没有被任何人目睹，因为他意欲独行，于是彻底隐蔽了自己的行踪，即便他麾下的连长们也无法察觉。

他尽量靠近山脉，顿时察觉到一片虚无力场从那些造型优雅的山石和尖峰上辐射出来，这道漆黑的屏障只有一个目的：禁锢住山下那团不可预测的翻滚能量。

马格努斯围绕山脉飞行，他颇为享受在光之身躯周围肆意狂舞的以太之风。古代的神秘学家将这种由光芒组成的身躯称为模体，并认为它是实体身躯的镜像。他们相信假以时间，倾注精力与意志，人便可将其投射出来，借此达成一种形式的永生。这虽为虚妄，却依旧是个可贵的信念。

他继续向高空翱翔。大气层逐渐稀薄，但这具身躯并不依存于氧气、热量或阳光。意志和能量是它的货币，而马格努斯拥有无限的供应。

太阳像暗淡的圆盘一样挂在头顶，马格努斯直冲云霄，如同伸展羽翼般张开双臂，那股肉眼难辨的充沛能量渗透了这个星球的各个角落，他欣然沐浴在其散发出来的暖意里。下方的世界恍若一段久远模糊的记忆，千子的营地则是黑暗中的一点光芒。

他看到了壮阔的星海、白雾般的朦胧银河、闪亮的遥远星辰，以及无垠的漆黑空间。古往今来，无数男女都曾仰望星空，梦想着有朝一日遨游其间。那超越人类理解范畴的浩瀚尺度让他们惊愕不已，但随后他们就将一切智慧尽数注入克服种种难关的不懈努力中。

如今，将万千星辰与整个银河永久纳入人类版图的机会已经成熟。马格努斯将要扮演这项伟大事业的缔造者。千子军团的众多战舰静止地悬浮在头顶的太空里，弗泰普号，普罗斯佩罗之子号，以及安克涛号。除此之外，28号远征舰队还包括机械神教铸造舰船，内政部舰船，以及大批承载着普罗斯佩罗尖塔守卫的重型运输舰。

马格努斯翱翔于苍穹之上，沐浴在光明与能量中，彻底摆脱了凡间的诸般束缚，即便其中很多都是他自愿承受的。在这里，他的视野无比清晰，他的身躯不再受限于那些由他本人以及他的创造者所制订的规则。与众多兄弟们不同，马格努斯记得自己的诞生与成长，他能清晰回想起自己与父亲之间的纽带。

早在马格努斯被那份白热超凡的天才智慧创造出来之时，他便已经与父亲建立了沟通，仔细倾听着对方的伟大梦想与壮丽蓝图，并知晓了自己在其中的角色。正如母亲与腹中胎儿说话一样，帝皇也和马格努斯展开交谈。

只不过胎儿对外界毫无了解，而马格努斯则知晓一切。

他也记得自己在数十年之后返回故乡，在那些被遗忘的道路上与父亲并肩遨游，共同探索诸般失落奥秘。帝皇继续为他教授宇宙中的神秘力量，与他分享自己的智慧，却并没有意识到这个学生即将青出于蓝而胜于蓝。他们走过澳大利亚的赤红沙漠，漫步于这块灼热大地上的无形长路，先行者们将其称为歌之道。

　　其他文明则称之为天灵线或者龙脉，并笃信这是诸神的血液，是在广袤大地中循环流转的神秘能量。马格努斯的父亲向他讲述古老地球的萨满是如何挖掘出这些强大能流，从而掌握了远超凡人的力量。很多人借此开创帝国，奴役众生，甚至试图登神。

　　帝皇告诉他，那些人妄图染指超越自己理解范畴的力量，因而招致了自身的毁灭，并殃及他人。父亲看到了马格努斯所表现出的浓厚兴趣，于是作出警告，提醒他不要出于一己私欲而在以太中翱翔得太高太久。

　　马格努斯认真聆听，但在私下里，他却梦想着能够掌控那些令凡人无法企及的力量。他是一个光辉灿烂的存在，远远凌驾于芸芸众生之上，他几乎不认为自己与原始祖先还存在任何关联。他超凡脱俗，没错，但他并没有容许自己忘记种族进化道路上的无数牺牲与贡献。他的职责和荣誉恰恰在于加快未来世代的前进步伐，拓展他们的视野，一如父亲所为。

　　在早年间，泰拉日新月异，整个星球都遵照其新任领袖的意愿重生，辉煌城市与壮丽奇观层出不穷，共同见证着人类命运的伟大转折。这个崭新时代的璀璨明珠便是他父亲的宫殿，那是一座横跨整片大陆的纪念碑，代表了统一泰拉这项超乎想象的丰功伟业。那绵延四方的建筑群栖身于世界巅峰，化作一个无可辩驳的标志，为泰拉赋予了一项新的角色，即人类文明的北极星。它将扮演一座夺目灯塔，为这个在幽暗年代里饱受困苦的银河送去启迪之光。

　　马格努斯研读了父亲收集于泰拉图书馆中的古老典籍，他对于知识如饥似渴，近乎着魔。他在大观星室里仰望苍穹，在军事尖塔中与兄弟们劈山裂地，而最美妙的莫过于和父亲并肩畅游以太。

　　他笑看弗格瑞姆与费鲁斯·曼努斯在纳罗讷雅山下的泰拉瓦特熔炉旁展开较量，他在冷殿中与洛加热切辩论宇宙的本质，并在旅程上遇到更多逐一现身的兄弟。

　　他与其中一些颇为亲近，而直到与他们面面相对之前，马格努斯都从不知道自己会渴望那种兄弟情谊。对于另一些手足，他则毫无感觉；他甚至感受到了些许敌意，但他并没有还以颜色。未来会替马格努斯的行为作出辩护。

　　当轮到他在星海中开辟征途的时候，马格努斯感觉苦乐参半。这使得他与挚爱的父亲分离，但对于自己军团的战士们而言，这是雪中送炭，因为长期困扰他们的基因缺陷已经愈发恶化。

马格努斯带领他的军团回到了普罗斯佩罗，在那里他……

在那里他做了必为之事，以此拯救自己的子嗣。

想到自己的军团，马格努斯便将视线从星空上移开，他回想起父亲警告过不要在以太中翱翔得太高太久。他转身朝大地飞去，如同一枚流星般坠向阿苟鲁星球的表面。黑暗的土地朝他急速逼近，千子的营地仿佛是空旷草原上的一团篝火。他麾下战士们的心灵就是点点火焰，有些姿态低调地轻柔摇摆，也有些充满野心地熊熊燃烧。

马格努斯放慢速度，他察觉到了一团与众不同的火焰。

阿里曼。阿里曼总是比其他人燃烧得更加明亮。

马格努斯的首席智库馆长站在帐篷前面，身边是索贝克。他正在和三名凡人交谈，那几个心灵如同将熄的余烬般暗淡。

马格努斯瞬间便看透了他们，甚至超越了他们对自己的了解。

其中一个是勒缪尔·高蒙，阿里曼的初学者。个子高些的女人是卡蜜尔·希梵尼，心灵测定者，而更娇小些的则是卡莉斯塔·俄瑞斯，抽象写作者。

后者手里攥着一叠纸，不过她的灵气告诉马格努斯，她对此很不情愿。希梵尼站在高蒙身后，而高蒙则略显激动地与阿里曼展开交谈。

阿里曼盯着那叠递到自己手中的纸。

马格努斯飘到阿里曼身旁，看见了纸上所写的内容。

同样的一句话，重复了千百遍。

野狼将至。

第六章

**斯卡森
战争的需求
沃德梅克**

这是很寻常的一天。阳光炙烤着阿苟鲁星球的盐碱平原，茫茫热霾与干燥空气像往常一样令人难耐。千子战士们在长达一公里的大道两旁列队肃立，热风从那座死寂山脉刮来，尽力扯动着数十面绘有圣甲虫和雄鹰的旗帜。

军团的五个学会全部到场，近乎六千名阿斯塔特齐聚一堂，他们身披赤红与象牙两色的华丽战甲，翡翠圣甲虫在胸前熠熠闪光。圣甲虫隐修会成员的白色头盔上挺立着金色冠羽。其余军团战士的锃亮红冠则镶嵌着黄金与紫晶。

这是很寻常的一天，只有一点特别之处。

野狼即将到来。

弗泰普号传来了消息，一支阿斯塔特小型舰队已经从浩瀚之洋完成跃迁，正在以惊人的速度逼近阿苟鲁星球。那支舰队就像一柄划过静水的利刃，沿着最短的路径穿越星系外围，向28号远征舰队的停靠点径直驶来。侦测仪器辨认出它们是太空野狼战舰，但千子早已知晓来者的身份。

当阿里曼将卡莉斯塔·俄瑞斯所写的文字交给马格努斯时，原体并没有表现出惊讶，他仅仅命令连长们让军团做好准备，在次日清晨举行阅兵。对于千子而言，借助虚空察觉一支舰队的到来本应易如反掌，但除了马格努斯之外，任何战士都未能对太空野狼迫在眉睫的降临产生过一丝预感。阿里曼向马格努斯提起了这件事，但原体轻描淡写地打消了他的疑虑，并告诉他说，虽然千子对于星船高速航行的流动媒介拥有无人可及的深刻理解，却也并非绝无差错。

这并没有让阿里曼感到安心。

数千名服务于军团的工作人员聚集在此，围观这场兄弟的重逢，不过他们只能从远处遥望。记述者们也被挡在一段距离之外,其中包括马格努斯的私人书记员,马哈瓦斯图·卡里马库斯。阿里曼能够察觉挤在人群里的勒缪尔、卡蜜尔和卡莉斯塔,他与那三人一样怀有某种不祥的预感。他担心卡莉斯塔·俄瑞斯记录下的那份信息别有深意,只是自己尚未理解透彻,然而昨日不眠不休的彻夜冥思一无所获,他始终无法在浩瀚之洋中捕捉到未来的回响。

记述者们被挡在了今天的典礼之外,他们的挫折感可想而知,但这是一场阿斯塔特之间的会面,是一件私密事务。天气晴朗怡人,但这里的军事气氛难以忽视,千子战士们过于标准的僵硬站姿暴露出了他们的紧绷情绪。

这绝不仅仅是一支欢迎兄弟军团来访的荣誉卫队;这同时是一种对力量的展示,是一份警告,也是用来表明决心的坚定姿态。

六十名青铜色皮肤的阉仆高举一顶壮丽的白丝华盖,原体矗立其下,身边是八十一名圣甲虫隐修会的终结者。全副武装的马格努斯舍弃了盔甲上的大量精细装饰,转而采用一种简约的美感,更加契合直来直去的太空野狼。一袭漆黑的锁链披风固定在他的金色肩甲上,饰有羽毛的高耸头盔恍若气宇轩昂的孔雀屏尾。他没有携带那本伟大典籍,而是将其留在了帐篷里,但上面的封锁只有他本人才能开启。

阿里曼抬头仰望,天空如同一块行将压顶的白热钢板。在那些铁灰色的登陆船近在咫尺之前,他是休想捕捉到踪迹的,但这并不妨碍他一直举目眺望。众人头顶的守护精灵若隐若现,淹没在了盔甲所反射的灼目阳光中,几乎难以分辨。埃特皮奥闪动不已,和阿里曼一样警惕而紧张。尤提帕和佩欧克紧贴在各自的主人身旁,而血红色的西欧达则伴着卡洛菲斯的心跳一同脉动。

乌希扎尔的守护精灵埃弗拉几乎是隐形的,那团胆怯的光芒远远避开了同类。

"他们花了大把时间赶到这里,而等到我们列队迎接的时候,他们反倒不着急了。"弗西斯·塔卡抱怨道。

"太空野狼的臭毛病,"哈索尔·玛特说,阿里曼注意到这位兄弟舍弃了那种经典雕像般的精致面容,特意塑造出一个更为粗野的战士外表,"是不是,乌希扎尔?"

乌希扎尔点了点头,但他并没有看着玛特。

"鲁斯的战士们难以预测。除了在战场上。"他说。

"你肯定更清楚,"弗西斯·塔卡说,"毕竟你和他们共事过一段时间。"

"时间不长,"乌希扎尔柔声说,"他们……不喜欢外来者。"

"哈!"弗西斯·塔卡高声笑道,"听起来和我们一样嘛。我几乎要开始喜欢他们了。"

"那些野狼?他们是蛮子。"卡洛菲斯突然开口,语气令众人颇为惊讶。他就像一个狼群首领般焦躁不安。第六学会的连长是个粗野之人,但阿里曼能够理解对方的感受。虽然卡洛菲斯钟情于毁灭,但他从来不会肆意妄为地滥用暴力。

"那就是你的同类了,卡洛菲斯,"哈索尔·玛特说,"你们肯定一见如故。"

"你爱怎么说就怎么说吧,亮羽,但别以为我看不到你新出炉的造型。"

"适应环境而已。"哈索尔·玛特尖锐地回答,他的守护精灵也恼怒地闪动光芒。

"你为什么把他们称作蛮子?"弗西斯·塔卡问道,"无意冒犯,但你也算不上性格温柔啊。"

"我知道你在想什么,但我研究过他们的战绩,他们是一件毫无掩饰的战争工具。他们的战斗中没有计谋和精度,只有不受控制的毁灭。当帝皇将野狼释放出来的时候,千万不要挡住他们的去路,因为野狼一旦脱缰,就没有任何事物能够阻止他们。看看佩图拉波的战士,他们才是自控力与侵略性的典范。我们能从他们身上学到很多教训,例如在恰当的位置投放精准的火力。"

"这次我居然认同卡洛菲斯的看法,"阿里曼说,"我肯定是犯病了。"

他们笑了起来,但阿里曼捕捉到了乌希扎尔脸上的阴霾。

每个学会的连长在受训时都要被借调到另一支军团,去学习对方的作战方式,并深化千子对银河的理解。卡洛菲斯曾与钢铁战士合作,那是一个备受他钦佩的军团,在他眼中仅次于千子。弗西斯·塔卡则加入了影月苍狼,他从不厌倦给兄弟们讲述自己与狼神荷鲁斯的会面,或是吹嘘他和哈斯特尔·塞扬努斯以及艾泽凯尔·阿巴顿的亲密友谊,那两位都是第一原体最器重的高级军官。

哈索尔·玛特的借调经历让他在伟大远征早期造访了帝皇之子,彼时那支军团尚且与影月苍狼协同作战。按照哈索尔·玛特的说法,他精雕细琢的完美容貌获得了凤凰的注意，而且他曾在那位基因原体身边奋战多次。最令玛特骄傲的是，当他要作别帝皇之子返回普罗斯佩罗时，弗格瑞姆将一枚亲手制作的临战誓言安在了他的胸甲上。

乌希扎尔的借调生涯是最短暂的，不足一个泰拉年的时间。阿里曼始终不确定究竟是乌希扎尔自己还是太空野狼终止了那场交流。天枭学派的战士通常避免参加大型集会，他们反感那些太响亮、太野蛮、太尖锐或者太粗哑的思维。

阿里曼花了五年时间与怀言者相处，因此对于那支军团及其战争手法颇有了解。阿里曼并不享受那段岁月，因为洛加的子嗣组成了一支分外热忱的军团，他们对于人类之主的忠诚近乎癫狂。所有军团都忠于他们的至高领袖及其伟大构想，但怀言者在生活与战斗中展现出了一股极端热切的激情，让他们显得与那些自诩秉承圣火之人别无二致。

他们的灵气充满笃信，如同灼目火柱一般。然而阿里曼感觉那份笃信毫无切实根据，因为它的源头并非知识。有些人称之为信仰，阿里曼则称之为乐观的无知。除了一位名叫艾瑞巴斯的战士之外，他在第十七军团中并没有什么朋友，因为怀言者的热忱会排斥那些并非如此充满激情的外人。

洛加的军团拥有一个不祥的数字，因为在古老传统中，十七代表着厄运。XVII 被视作古哥特语中 VIXI 这个词语的数字代表，其意思是"我活过"，于是引申含义便是"我死了"。

埃特皮奥悄然散发出的不安之情将阿里曼的思绪扯回现实。他抬起头，看到两架棱角分明的灰色战机从暗黄天空中俯冲而下，仿佛引擎失灵般急速陨落。它们厉声尖啸，机翼尖端拖曳出明亮而炽热的轨迹。

"他们挺着急的。"弗西斯·塔卡说。

"这是好事吗？"阿里曼问。

"不，"乌希扎尔说道，他那张晒成棕色的面孔此刻变得苍白，"当野狼向你冲过来的时候，从来都不是好事。"

"你能读到他们？"哈索尔·玛特问，"这么远也行？"

"他们还在轨道上的时候，我就能读到他们的思维。"乌希扎尔说，他努力保持声调平稳。

阿里曼看着那两艘登陆船直落九天，暗自计算它们的运动矢量，逐渐意识到它们会偏离指定区域。

"事情有些不对劲,"他说,"他们飞偏了,太偏了。"

那些陨星般的登陆船似乎即将在盐碱平原上砸出满目疮痍的大坑。那幅画面充斥了阿里曼的脑海,让他不由得猜测,这究竟是自己的想象还是残缺不全的预见。

就在阿里曼确信它们已经无法安全着陆的时候,那两艘登陆船突然启动了逆推进引擎,在千狼呼啸般的震耳嘶吼中砸落在马格努斯的绸缎华盖远端。尾气与烟尘从它们的降落地点爆发出来,炽热的空气和烧焦的盐晶化作一阵飓风。经过基因强化的阉仆紧握华盖,奋力抵挡登陆船的喷射气流。

厚重的尘云尚未消散,登陆船的突击跳板就已经轰然落下。披挂灰色铠甲的身影从翻卷不止的刺眼烟雾中浮现。他们身覆狼皮,步伐迅捷而沉稳,如同精心打磨的致命刀锋,是一群渴望战斗的贪婪猛兽。某个灰色身影一马当先,那位战士佩戴着皮质面具,全身充满了纯粹而精炼的侵略性。

阿姆洛迪·斯卡森·斯卡森松,太空野狼第五连之主。

阿里曼不知道该对太空野狼抱有什么样的预期。乌希扎尔并没有很坦率地谈论过自己的借调为何结束。两人之间的友谊也称不上十分紧密,不足以让阿里曼去追根问底,但他一向认为,堆砌在鲁斯之子身上的各种宏伟传奇和荒谬赞美都是说书人在夸大其词。

如今他知道了,并非如此。

一群淌着口涎的巨狼分散在那些阿斯塔特前方,它们的皮毛灰白掺杂,肩膀强健有力。它们用细如一线的黄色眼眸紧盯着马格努斯,龇着双颚露出两排匕首般的森森利齿。

那些恶狼不住低吼,凭空撕咬,晃动着毛发浓密的硕大头颅,仿佛在挑选首先袭击的目标。

狼群后方是一队披着铁灰色终结者盔甲的庞大身影,阿姆洛迪·斯卡森·斯卡森松走在最前面。他穿过烟雾和尘土,低垂双肩迈向马格努斯,仿佛正顶着暴风雪的啮咬埋头前进。他的灰色铠甲如同雷云般阴暗,一条乌黑的狼皮被骨质扣环固定在脖颈后面,那头死去野兽的巨型颅骨和修长利齿组成了他的右侧肩甲。

斯卡森未着头盔，仅仅佩戴了一副被塑造成恶狼与邪魔混合造型的漆黑皮革面具，上面缀有碎裂的石片。与盔甲色泽相同的铁灰双眸透过面具闪烁寒光，他背后那柄黑色战斧的利刃如同是黑曜石所制。

斯卡森麾下的战士同样备显狂野，他们的武器和战甲无不缀满了从巨狼尸体上取得的各种护身符。他们紧随领袖身后，就像是乘着头雁气流而飞翔的鸟群，阿里曼不确定那些身披塑钢甲胄的凶蛮战神究竟是否会停下脚步。

他升入高层心境，这种赤裸裸的挑衅姿态令他愤怒不堪。而就在此刻，埃特皮奥惊恐地胡乱飞舞，仓皇遁入了浩瀚之洋的庇护，致使阿里曼的专注戛然涣散。他重新审视众多低声嘶吼的恶狼，它们的身形在须臾间变得模糊不清，那一道道紧盯着阿里曼的智能目光里充满了令人毛骨悚然的洞察力。

他过了一阵才意识到，所有守护精灵都逃逸了。愤怒顿时转变成困惑，每一双眼睛都转向了马格努斯。

阿里曼在脑海中感觉到了那令人宽慰的存在，原体并未开口，但每一个学会的连长都听到了他的话语。

稳住，吾儿，这只是虚张声势，仅此而已。

狼群停下脚步，将千子战士以及惊恐的阉仆们包围在一个半圆里。那些恶狼低垂头颅，龇着利齿。阿里曼几乎无法抑制冲动，想要用权杖释放出一道毁灭能量。

"赤红的马格努斯，"斯卡森说道，仿佛这一事实尚且存疑。他的嗓音洪亮而严酷，恰恰属于一个杀手，"我的名字是阿姆洛迪·斯卡森·斯卡森松，太空野狼第五连之主，我来此传达的战争召唤源自黎曼·鲁斯，芬里斯之军团的头狼。你将集结部队，全速赶往方舟边际星团。这是狼王的命令。"

他站在一位如基因原体这般强大的人物面前，传达了如此咄咄逼人的露骨要求，这简直难以置信。阿里曼意识到，他的手掌已经不由自主地握住了枪柄，其余连长的灵气也都散发出一波波沸腾怒火。

以太能量在阿里曼的四肢百骸中颤抖脉动，他体内的舒缓波涛一举化作翻涌巨浪，喧嚣怒吼着寻求发泄之处。纵然黑鸦学派陷入低谷，但阿里曼依旧能够从浩瀚之洋中抽取深厚力量，释放出惊天动地的毁灭之潮。

以太在他周围波动，能量在他体内积聚。汲取自原初创造者的力量源源不断，近乎无穷无尽，阿里曼可以像武士挥动长剑一样灵巧地加以掌握，而这恰恰就是生命的意义。那股能量在斯卡森及其麾下战士身边旋动不止，虽然它能够轻松渗透千子军团的阿斯塔特，却无法触及太空野狼。斯卡森的灵气只是一团暗淡的阴霾，就像浓雾背后的寒冬日出。

斯卡森被遮蔽住了吗？

似乎不太可能，不过他盔甲上悬挂的众多护身符或许提供了庇佑。那种符咒本身所提供的防护是虚无缥缈的，然而对此类屏障的坚定信奉却是一种强大的力量。就在这个念头浮现于阿里曼脑海之时，他突然在那些终结者之间瞥见了一个戴着皮帽的战士，对方恰似深幽黑暗中的一抹阴影，或是咆哮雷霆间的一声叹息。

他依稀察觉到了与自己相似的力量，但眨眼间便再也难辨其踪。

"放尊重点！"弗西斯·塔卡低吼道。第二学会的连长迈步上前，将权杖狠狠立在地上，"再这样出言不逊，以浩瀚之洋的名义，我会要你的性命。"

斯卡森毫不动容，这绝非易事，考虑到弗西斯·塔卡的怒火正以排山倒海之势冲击着狼主的灵气。

斯卡森将注意力完全集中在马格努斯身上。

"你是否明白我传达给你的信息？"他问道。

"我明白，"马格努斯冷静地说，"摘下你的面具。"

那个太空野狼抽搐了一下，仿佛被扇了嘴巴，阿里曼能够察觉到一股分外凶悍的力量迅速积聚。他不禁惊呼出声,方才充斥他全身的能量被瞬间抽空，尽数汇入了一个比他强大无数倍的心灵。

斯卡森心有不甘地缓缓抬起手，解开了面具的搭扣，他的臂膀在抗拒中颤抖不已。他将面具从脸上扯下来，显露出沟壑纵横的沧桑容貌，那恍若一道饱经风霜的峭壁。他未留胡须，颧骨突出，纹在额头上的一排尖锐狼牙如同王冠，下巴位置的刺青则模仿了巨狼下颚的造型。

斯卡森的头颅上青筋暴起。

"这样好多了，"马格努斯说，"我向来不杀无面之辈。"

马格努斯的身躯仿佛在膨胀，变得愈发高大，同时却又显得与往常无异。那些恶狼吠叫起来，低伏头颅，从这位强悍原体面前退却，阿里曼捕捉到了一丝情绪：那算不上恐惧，更像是临战强敌时的戒备。

斯卡森来此只有一个目的，那就是将千子带往方舟边际星团。他用最为直率和明确的方式传达出了他的信息，但马格努斯绝不会轻易地屈服于太空野狼的蛮横力量。

"如果你杀了我，就会承受头狼的怒火。"斯卡森嘶声道。

"安静！"马格努斯声若雷霆，整个世界顿时静止下来。周围的一切都归于死寂，热风停止了呜咽，盐晶悬浮在地面之上，"你对我而言不值一提，阿姆洛迪·斯卡森·斯卡森松。在你和你的野蛮兄弟作出任何反应之前，我便可轻易取你性命。我能在一念之间把你们的飞船碾成粉末。记清楚这一点，再小心选择你的回话。"

阿里曼能看出来，斯卡森绝非懦弱之人，因为他的灵气出于本能地反抗着马格努斯的挑衅言语，但他也并不愚蠢，足以意识到自己在这位原体的无边力量面前有若蝼蚁。斯卡森环视左右，看着周围这个被冻结的世界，每一面旗帜都静止不动，除了千子战士之外的每一个人都恍若凯旋大道两旁的雕塑。

斯卡森昂起头颅，暴露出他粗壮脖颈上的虬结肌肉，阿里曼辨认出了那个动作的含义。

马格努斯点点头，整个世界顿时恢复了自然的节拍。轻风继续吹拂，丝绸旌旗飞扬起来，舞动的盐晶汇成一片热霾。

"狼主斯卡森，"马格努斯说，"我明白你的信息，然而在与你父亲的军团并肩作战之前，我们还需要在阿苟鲁星球上完成很多事情。"

"这个世界已经归顺了，不是吗？"斯卡森问道，阿里曼察觉出其余太空野狼因为领袖突然转变的态度而备感困惑。

"的确。"马格努斯表示认同。

"那么还有什么事情要做？"斯卡森问道，"尚有诸多世界亟待征服，你麾下军团的力量不可或缺。你的同胞兄弟在召唤你，而响应召唤参加战斗是每一位战士的责任。"

"在你们的世界上或许如此，"马格努斯说，"但这不是芬里斯。千子该在何时何处战斗是由我决定的，不是狼王，当然更不是你。我说明白了吗？"

"是的，马格努斯大人，但我已立下血誓，绝不空手而归。"

"那不是我的问题，这件事没有讨论的余地。"马格努斯说道，他的语气中带着明显的不耐烦。

"那么我们就走到了一个僵局。"

"恐怕是的。"马格努斯说。

阿里曼全神贯注于面前的世界，将今早发生的事件记录在自己的秘典中，他的羽毛笔在厚重纸张上往来划动。其他人会留下其他的记录，那是自然，但他们都无法完整地描述出真正发生了什么。他升入高层心境，跟随自然韵律，任由记忆与直觉引导自己，近乎毫无意识地让文字在笔下涌现。

他闭上双眼，把光之身躯从肉体中解放出来。浩瀚之洋的波涛带着他遁入黑暗，阿里曼盼望能够瞥见未来的些许痕迹。他随即抹消了杂念。这个地方完全是由情绪构成的，若是在此还执着于自我的欲望，就只会降低成功的可能性。

他与物质世界的联系逐渐消退，浩瀚之洋在他周围涌动，那是一团由无形色泽、无名情感和无端纬度汇成的漩涡。

由强大心灵、剧烈情感与原始冲动所催生的动荡波纹将他推向前方。太空野狼的愤怒是一道粗糙而生硬的红色礁石，两名记述者交合时的呻吟情欲是一团相互冲撞的紫色漩涡。一个军团仆从正在用药膏涂抹自己身上已经感染的皮疹，明亮而碧绿的恐惧由此泼洒而出。另一个仆从在暗自谋划如何发展事业，她的心计是一股暗淡的赭黄。

这一切便如同神殿中的袅袅熏香般在阿里曼周围升腾，纵然此处并不存在方向的概念。种种感情与感受汇成了无法穿透的浓雾，将他紧紧包裹起来。他的存在导致雾气中浮现出潜能和意义，他的存在不断塑造着构成这个平行位面的虚无介质，而同时也被它所塑造，于是便在浩瀚之洋的经纬中留下了痕迹。

这是原初创造者的实质，这是一切事物的源泉。在这里没有不可能，因为此处是创生的锻炉，万物的起始，彻底涵盖了过去、现在与未来。

阿里曼继续翱翔，陶醉地沐浴在以太能量中，令自己焕然一新。当他回归躯体时，必将变得精力充沛，就像经过了一夜安眠的凡人。

他周围的缤纷世界无垠地延伸开来，通往无限的可能。阿里曼任由自己的思维随波逐流，希望能够偶遇一股未来之事的富饶脉络。他专注于黑鸦学派的教诲，同时又敞开心灵直面那广阔无度的意识虚空。若要尝试解读未来，这种看似矛盾的思维状态就是至关重要的，对于他而言这已经颇有难度，对于其他天资较浅的人而言则近乎无解。

他逐渐察觉到了浩瀚之洋中其他存在的踪迹，那些无形生物拥有不可满足的贪欲，它们仅仅是可悲的能量残渣，就像簇拥大师的学徒一样朝他靠拢。它们妄图吞噬他，但阿里曼仅用一个念头便将它们驱赶开来。

对于像他这样技艺高超的获免者，那些低劣生物堪称毫无威胁，但还有很多更为古老且更为饥饿的事物潜伏在深渊中，那些恶毒猎手以凡人旅行者滚烫的生命能量为食。阿里曼防护周全，但也并非无敌。

起初只有轻柔的嘶鸣，就像雨点滴落在玻璃上。

阿里曼察觉到了柔若无物的牵扯，于是故作漫不经心地向那个方向飘移。如果动作太快的话，他必将扰动浩瀚之洋的结构，他迅猛膨胀的热切之心会遮盖住那条善变而细微的未来丝线。

阿里曼控制住自己的激昂情绪，确保他的轨迹与那条细流缓缓重合，随即睁开心灵之眼，窥探那些寒意凛然的未来事件。他看到了一座高大而空洞的玻璃山脉，与阿苟鲁星球的这座冲天峰峦相比尚显渺小。山脉内部的广阔空洞充满了明黄光芒，它化作一口灌注着矛盾情感与深切伤痛的灼热坩埚，头顶上一团掺杂着金色闪电的厚重雷云，遮天蔽日。

阿里曼明白，自己此刻所见必然事关紧要，以太深处的预知景象源自浩瀚之洋，而同时也受到预言者本身的影响。这山脉和雷云可能是切实的预见，抑或是一份寓言，代表着更加伟大的事物。如何区分二者就要取决于他的技巧了。

炽热如火的激昂情绪在他的虚幻身躯中澎湃扩散。时隔多年，这是黑鸦学派成员第一次成功掀开以太的遮罩揭示未来。这是否意味着那永恒善变的力量潮汐重新开始青睐阿里曼的学派了？

这些剧烈情感传出阵阵波动，干扰着他周围的虚妄环境。那幅幻景顿时像暴雨中的湖面一样支离破碎。阿里曼奋力维持平静，但他对于这道预言细流的微弱掌控已经岌岌可危。那座玻璃山脉爆裂成无数泪滴般的碎片，逐渐消于无形。每一块碎片上都反射着一枚哭泣的眼睛，其中充满了血丝和伤痛。

他奋力把握这幅令人痛楚的粗糙图像，但以太开始迅猛涌升，阿里曼自身欲望所产生的剧烈波动将一切冲刷殆尽。浩瀚之洋变得无比狂乱，就像一阵骤然形成的凶恶风暴。他的挫败感又进一步施加负面影响。赤红浪潮不断拍打阿里曼的身躯，将他的意识从未来图景上狠狠扯开。

他被迫回到了当下，并立刻察觉到附近那些饥肠辘辘的虚空猎手，它们是由无形概念组成的贪婪掠食者，善于追踪旅行者的情感，借此吞噬他们的光之躯体。十几头虚空猎手将阿里曼团团包围，恰似闻到血腥味的鲨鱼。他滞留得太久了，这个地方早已不再安全。

第一头由饥饿与本能所构成的掠食者从血红浓雾中现身。它径直冲来，在一念之间凭空生出闪亮的利齿。

阿里曼飞向一侧，那猎手则立刻扭转赤红躯体，穷追不舍，同时另一头掠食者也从红雾中出现。阿里曼在脑海中将它们比作鲨鱼，这恰恰为面前的诸多猎手赋予了一副流线型躯体，正如那种高度进化的完美杀手。他强迫自己涤净心灵，摒弃一切比喻和描绘，因为这些概念正是他的敌人所能利用的武器。

他从包围圈中飞身逃窜，但敌人已经盯上了阿里曼的踪迹。更多掠食者纷纷展开追猎，它们的外观模糊不清，千变万化，各自效仿那些借助阿里曼的草率比喻而得以具现的光之躯体。一头庞大而强悍的虚空猎手朝他猛冲过来，张开巨颚想要把他囫囵吞下。

阿里曼从猩红浓雾中汲取以太能量，凝聚在自己身边，向那头猎手释放出一股意志洪流。它的躯体顿时爆裂成四散火花，随即被其他掠食者瓜分吞噬。两柄权杖凭空出现在阿里曼手中，迸发着光芒夺目的以太烈焰。这样的武器必不可少，同时也凶险异常。如此明亮的光芒必将吸引更多野兽，然而若不借助这些力量，他就只有死路一条，他的无魂凡躯会变成一具空壳，僵死在自己的帐篷里。

掠食者们环绕在他身边，时不时猛冲上来施以撕咬，但每次都被他的烈火权杖击退。阿里曼升入第八层心境。他需要利用侵略性所提供的专注来保命，但这又会进一步催化那些猎手的饥饿嗜血。这时它们突然一拥而上。阿里曼早已在那些生物身上察觉到了不断积聚的怒火，于是奋力挥动自己的炽热武器。

最近处的那头野兽在他一击之下消于无形，另一头则被迅猛的思维冲击压倒并抹除。一头野兽张口扑向阿里曼。他闪身躲开，那些虚无缥缈的利齿狠狠咬合，与他的躯体只有毫厘之差，险些将阿里曼撕成碎片。他将权杖捅进那个掠食者的头颅，将其本质彻底湮灭，同时清晰品味到了那股原始的饥饿与愤怒。

萌生怯意的狩猎群放松了攻势，但也不愿停止追击。那些虚空猎手的致命本能无比锐利，但它们也渴求满足贪欲。它们很快就会再度发起进攻。

此后，掠食者们又袭击了阿里曼三次。每次撤退之后，敌人的数量都继续增长，而他则愈发虚弱，他的身躯上涌出一股股细微的能量，不可遏止地淌入虚空。

他无法一直这样奋战下去。在以太深处展开搏斗要比在现实中更加耗费精力。在实体世界里，任何阿斯塔特都可以不眠不休地连续作战几个星期，但是在此处，一位战士所能坚持的时间却要以分钟来计算。与大多数同胞相比，高阶千子战士在浩瀚之洋中的旅程可以更为长久，然而这场战斗所带来的深重疲乏已经将阿里曼推向了耐力的极限。

一张由可怖贪欲化作的庞然巨口从下方朝他冲来。森森利齿咬住了他的腿，凶狠地撕扯这具光之身躯，阿里曼的剧烈痛苦喷涌而出，恰似熠熠闪亮的钻石，光彩夺目且无比诱人。他挥动权杖，让那头野兽在成功得手的瞬间骤然消亡。

他快要顶不住了，而且众多猎手似乎能够察觉到猎物的抵抗已经濒临崩溃。它们心急火燎地挤作一团，无不渴望夺取阿里曼的性命，抢走最上等的一口美味。

他的能量逐渐流逝殆尽，一柄烈焰权杖消于无形。

- 在瞥见如此诱人的预言之后葬身于此，多么可悲。

就在此刻，一阵悠长的嚎叫突然撕裂了浩瀚之洋，那充满怒火的吼声让虚空猎手顿时溃散，随即便有一团备显狂野的黑影从翻涌浪潮中凭空浮现。如同寒冰长剑般的利齿洞穿了那些虚空猎手的躯体。这是磨砺成刀锋般的形体与意志，是一股专为毁灭而打造的无情力量。凶恶的金黄双眼，粗糙的漆黑毛皮，还有大张的垂涎双颚在混战中纷乱闪现。

未及阿里曼的意识据此塑造出一幅图像，他就已经看到了一头野狼的虚幻轮廓，那残暴巨兽远比现实中的任何动物更为庞大而强悍。它在虚空猎手之间左冲右突，巨爪的拍击势若雷霆，凶猛的噬咬将敌人囫囵吞下。

在那头黑狼的身躯内部，阿里曼依稀瞥见了驱动着它的暴怒意志——一个披挂幽暗盔甲的遥远身影，其色泽并非漆黑，而是深深的铁灰。巨狼再次嚎叫起来，那波涛般的汹涌怒火在浩瀚之洋中扩散，就像一块巨石砸入池塘引发的涟漪。在这个顶尖掠食者面前，那些虚空猎手惊恐地四散奔逃。

它们迅速融入黑暗之中，恰似在吸水纸上逐渐消退的墨点。

那头巨狼转身面对阿里曼，它的形体像折纸拼图一样收缩折叠，最终只剩下核心位置的一团阴影，这具灵体正是那个身穿太空野狼暗灰铠甲的阿斯塔特。

对方飘向阿里曼，这位旅行者的躯体弥漫着原始而蛮横的能量。他的充沛活力令人惊叹。阿里曼若是一座严加控制的反应堆，这位战士便是一枚狂暴无缚的超新星。二者同样危险，同样明亮，但阿里曼能够在一百万个灵魂中狙杀一个，而这位战士则会把一百万个灵魂全数抹杀来消灭目标。

那头巨狼已经消失，不过阿里曼看得出来，它被紧紧拴在面前这个战士的心灵深处。

"我们该走了，兄弟，"野狼战士说道，他的嗓音如同冰川相撞的轰鸣，"我们耽搁得越久，就越容易吸引更为秽恶的野兽。"

"我见过你，"阿里曼说，"你是和斯卡森一起来的。"

"斯卡森大人，"那战士纠正道，"不过，没错，你说得对，兄弟。我的名字是欧谢尔·沃德梅克，太空野狼第五连领袖阿姆洛迪·斯卡森·斯卡森松的符文牧师。"

"阿泽克·阿里曼，千子首席智库馆长。"

"我很熟悉你的名字,阿泽克·阿里曼，"沃德梅克带着狂野的笑容说道，"因为我很久以前就想见见你。"

第七章

芬里斯的野狼
心灵的会面
大坝的崩溃

　　芬里斯上没有狼。

　　阿里曼对于这个来源不明的恶意谣言略有耳闻。这种说法显然是荒谬的，当千子重新涉足那座山脉时，在他们身旁踱步前行的众多猛兽就是证据。二十头皮毛刚硬的壮硕野狼在行进队列周围随意游荡，就像是负责看守大群牲畜的牧羊犬。

　　六百名阿斯塔特向那座山脉进发，千子与太空野狼并肩而行。在队列最前面领路的正是赤红的马格努斯，他身旁簇拥着圣甲虫隐修会的终结者以及诸位连长。斯卡森大人和他的狼卫走在体型高大的原体旁边。欧谢尔·沃德梅克与狼群领袖同行，那个符文牧师与阿里曼目光交汇的时候微微颔首示意。

　　两人昨天晚上谈过话，但阿里曼还是摸不清对方的底细。

　　兰德掠夺者跟随阿斯塔特队列爬上山坡，是亚提里建议他们进入战斗状态的。

　　在斯卡森大人到达之前，那位部族长者和卡洛菲斯一起从山上匆匆赶回，请求面见猩红君王。但是太空野狼即将来临，因此亚提里被迫等到狼群降落之后才得偿所愿。对于千子而言，阿苟鲁星球诚然十分重要，但凡人的事务终究要给阿斯塔特的事务让位。

　　阿里曼目睹亚提里被带进马格努斯的闪亮金字塔，那人的肢体语言里充满了恐惧。与其他头戴面具的阿苟鲁部族成员一样，亚提里在以太中没有倒影，在千子的视线里，他的生命能量隐藏无踪。

　　亚提里和其他部族长老一同前来，虽然他们都戴着面具，难以解读，但阿里曼还是看出了他们的愤怒。

无论亚提里对马格努斯说了什么，事态想必非常严重，足以促使原体命令阿里曼从每个学会中召集战士，组成一支作战部队。

看到千子备战之后，斯卡森大人派遣了使者，一个自称瓦兰格尔·拉格努夫·拉格努夫森的战士前来要求觐见马格努斯。

于是，太空野狼便与千子并肩前行。

他们走过了死石，那些巨石上爬满了如同腐败藤条般的黑色触须。阿苟鲁人看到死石的状况之后纷纷跪倒在地，惊恐哭嚎。阿里曼停下脚步检查那些石头，据他所知，只有一种事物能够对这些水火不侵的巨石产生如此戏剧性的影响。

"你怎么看？"弗西斯·塔卡问道。

"和你的看法一样。"阿里曼如此回答，随后继续前进。他在途中仔细观察斯卡森大人麾下的战士。他们步伐紧迫，千子也毫不示弱。阿斯塔特的快步疾行对于阿苟鲁人而言就是令人疲惫的小跑。但无论如何，那些部族成员始终紧跟着身披盔甲的战士们，是恐惧为凡人的肢体注入了力量，助其抵抗白昼的灼人温度。

"它们感觉不到热。"弗西斯·塔卡说。

"谁？"

"斯卡森带来的那些野兽，"塔卡解释道，"它们来自一个冰封的世界，却对这里的炎热毫不在意。"

阿里曼看着一头和自己腰部等高的野狼从身边走过。它的皮毛灰白夹杂，前半身的毛发厚重而粗硬，后半身则光滑而柔软。仿佛是察觉到了千子战士的目光，那巨狼扭过头来，龇着獠牙，眯起黄色的眼睛，公然发起挑衅。

"我也不太明白，"阿里曼说，"但所有生存在芬里斯星球表面的生物都能够适应剧烈变化的环境。这些狼也不例外。"

"那么我希望我也能像它们一样适应环境。我受够了这该死的热度，"弗西斯·塔卡气恼地说，"我的身体经过基因强化来对抗极限条件，但是这个恒星的火焰要把我们的活力全烤干了。就连哈索尔·玛特都不好受。"

"说你自己就行了，塔卡，"哈索尔·玛特驳斥道，"我可是挺舒服的。"

虽然玛特口气很硬，但事实上他与大家一样难受。他此刻无法运用亮羽学派的能力，难以像往常一样高效地调整自己的生理机能。然而芬里斯的野狼却像是在气候宜人的舒缓夏日里闲庭信步，此处的炎热和家乡的冰寒让它们同样不以为意。

"那要归功于它们经历的改造。"马格努斯加入了他们的对话。在行军发动至今，原体都一言不发，只是默默聆听连长们的交谈。

"它们被改造过？"阿里曼问，"是由谁改造的？"

"芬里斯的第一批殖民者，"马格努斯微笑着说，"你们看不到它们体内双螺旋的舞步吗？看不到那些基因的芭蕾，那些古代科学家所完成的绝妙剪切？"

阿里曼和其他连长对视了一下，马格努斯大笑起来。

"不，你们当然没有看到，"马格努斯摇摇头说，"乌希扎尔，你去过芬里斯，不是吗？"

这是个设问，因为马格努斯对于连长们的借调经历与荣誉成果了如指掌。

乌希扎尔点点头。

"时间很短，大人，"他说，"那算不上一段美妙的经历。"

"想必如此。芬里斯不欢迎访客，也绝非一位亲切的主人，"马格努斯带着不易察觉的微笑说道，"它是个独一无二的世界，无情而危险。冰封的海洋与覆雪的峭壁时刻伺机待发，任何旅行者只要暴露出一丝懈怠就会性命不保。哪怕准备得万般周全，踏上芬里斯凡人也可能在几分钟之内就冻死。"

"但那里的部落却得以生存至今，"阿里曼说，"显然，他们和狂野蛮族没有什么区别，他们连年征战不休，只为在动荡巨潮中争夺那屈指可数的几块稳定大陆。"

"的确如此，"马格努斯说，"但又远不止如此。"

"他们有什么特别之处？"哈索尔·玛特问道，他不愿相信如此野蛮的凡人竟能赢得原体的赞许。

"你没有听我说吗？芬里斯是一个死亡世界，甚至危险到足以考验你的生理改造能力。然而就在这样一个令任何神志清醒之人都远远退避的世界上，那些凡人却能够开辟出一片天地，营造自己的家园和家庭。"

"那么，他们是如何做到的？"

马格努斯微笑起来，阿里曼看得出来，原体很享受教师的角色。

"首先，说说看你对狼族螺旋有何了解？"

"它是个基因引物，"哈索尔·玛特说，"一个先导基因，可以帮助太空野狼基因种子的其余部分整合到晋升者的身体里。"

马格努斯摇摇头。他看着诸位连长，眼睛里闪烁着金绿两色的光芒。

"那是它的一部分功能，没错，但它最初的设计意图并非如此直接明了。"他说。

"那么它原本的作用是什么？"阿里曼问道。他看了看重新戴上皮革面具的斯卡森，心中猜想着狼牙要塞的药剂师们能否比马格努斯知道更多内情。那位狼主尝过马格努斯的颜色，因此一直颇为谨慎。原体宣称能够轻易毁灭轨道上的太空野狼战舰，阿里曼认为那只是精心权衡下的虚张声势。但很明显的是，斯卡森就难以明确判断了。

"想象一下人类刚刚发现芬里斯的时候，"马格努斯继续说，"那是一个彻底抗拒生命的世界，人类完全无法在那里生存。芬里斯的一切都与死亡有关，从冻结血液的酷寒，到没入深海的大地，还有那种足以将全部生机从肺里抽干的呼啸狂风。当然，那时候的遗传学家偏偏将不可能视为一项挑战，他们日夜劳作，在人类染色体与动物基因组中构建新的编码，就像机械神教为机仆植入数据晶体那样简单。"

"你是说，这些殖民者将经过基因改造的狼带到了芬里斯？"弗西斯·塔卡问。

"或许是的，"马格努斯回答，"但更有可能的是，它们逐渐对环境产生了适应，有时候成效远非完美，而且对于长远后果不加斟酌。又或许是，芬里斯上本就存活着其他更为古老的生物。"

阿里曼看着马格努斯侃侃而谈，感觉到原体对于芬里斯的起源还有所保留。马格努斯是一个旅行者，他探索过浩瀚之洋的众多隐蔽角落，深入程度几乎无人能及。或许他果真目睹了狼王家园的早期历史。

马格努斯颇有深意地耸耸肩说道："在你眼中，那些野兽是狼，但这是否仅仅因为你预期看到的是狼？"

"我们还能看到什么？"哈索尔·玛特问，"它们确实是狼。"

"当你拥有与我一样的阅历和见识之后，你就会明白，我们可以超越自己的预期，从而看到事物的本质。"

马格努斯指了指一头在队列旁边大步慢跑的野狼，它在强壮肌肉的驱动下顶着滚滚热浪毫不停歇地攀上山坡。

"我可以看透那只野兽的血肉，穿入它的骨髓，读取它基因编码里的每一道疤痕和扭曲。我可以拆解数千年中累积的种种变化，追溯到它的起源。"马格努斯说道。

阿里曼惊讶地在原体的嗓音中听到了哀伤，仿佛马格努斯目睹了一些他宁愿没有看到的事物。

"我可以看到它如今是什么，它曾经希望成为什么，以及物种进化的漫漫长路上的每一个脚印。"

那头野狼停在马格努斯身边，原体则向它点点头。二者之间似乎展开了一场无言的交流。阿里曼看到欧谢尔·沃德梅克投来的会心一瞥。虽然阿里曼还有所保留，但他已经坚信很有必要培养双方之间逐渐萌生的同僚情谊。

"走开！"弗西斯·塔卡驱赶那头野兽，"该死的狼。"

马格努斯微笑起来："我告诉过你了，芬里斯上没有狼。"

前一天晚上，阿里曼在回归自己的实体躯壳之后，曾与符文牧师有过一次会面。彼时他睁开双眼，随即呻吟起来，光之躯体的重新整合令他的凡间血肉酸痛难忍。他双腿肿胀，全身不适。

阿里曼谨慎而缓慢地伸展开腿脚，扶着权杖站起来。他的右侧大腿一片麻木，仿佛不属于自己，痛楚炙烤着他整条腿上的肌腱。他小心地掀开袍子，用手指轻轻按压自己平滑躯干上的虬结肌肉，顿时在痛苦中紧皱眉头。

方才遭到虚空猎手噬咬的位置上此刻覆盖着淤伤，一块块发黑的皮肤失去了生命力。与刀刃和子弹留下的伤口相比，灵体所承受的伤害会引发更为严重的后果，它将损坏旅行者的本质。

阿斯塔特可以超脱于痛苦之上，他的强化躯体允许他不受妨碍地继续行动，但除了休息与冥想之外，没有任何手段能够消除这种伤害。

阿里曼看到自己的秘典摊在帐篷的地板上，于是躬身把它捡起来，顿时因为坏死组织的绷紧与拉扯而不由得皱起眉头。他感觉自己仿佛不眠不休地战斗了一个月，整个身体被推到了耐力的极限。

阿里曼将秘典收起来，脱掉长袍，换上了一件带有兜帽的红色外衣，上面嵌着象牙和黑貂皮。虽然他急需睡眠，但此刻还必须参加一场会面，而直到他在浩瀚之洋中展开这趟近乎致命的旅行之前，阿里曼都不曾预料到接下来的重要会面。

帐篷入口处的门帘被掀开，满脸关切的索贝克迈步上前。凉爽的夜风也一起涌来。

"大人，一切都还好吗？"

"一切都好，索贝克。"阿里曼说。

"我听到你在叫喊。"

"一场有趣的以太旅行，索贝克，仅此而已，"阿里曼说着将兜帽罩在头上，"有些猎食者想拿我当点心。"

"但你还要出去？"索贝克问道，"你应该休息，大人。"

阿里曼摇摇头。"不，"他说，"我需要去见一个人。"

野狼的巢穴位于山脉边缘，被笼罩在那些死石的阴影里。斯卡森将麾下战士的营地排布成了同心圆，自己坐镇中央。阿里曼看到一个由巨狼头骨制成的图腾矗立在坚硬的盐碱地里，上面悬挂着与凡人腿一样长的狼尾以及刀刃般的狼牙。

随着他逐渐走近，一道道阴影从暮光中浮现，面前的强健杀手顿时让阿里曼联想起方才那些几乎令他丧命的掠食者。六头颈毛竖立的野狼向他走来，它们的身躯在黑暗中几乎难以分辨。

巨狼停下脚步，阿里曼能看到利齿上反射的光芒。它们肌肉紧绷，蓄势待发，就像登机甲板的弹射装置上那些随时准备启动的活塞。

"我来见欧谢尔·沃德梅克。"阿里曼说道，与野兽对话让他感觉自己很傻。体型最大的那头野狼随即昂首发出一道撕裂薄暮的嘹亮长啸。

阿里曼等着那些野狼让开道路，但它们一步未动，依旧阻止他进入主人的领地。他擅自迈前一步，那头呼啸通报的野狼立刻龇着钢牙，发出威胁性的低吼。

另一个阴影从狼群后方出现，那是个披挂铁灰色盔甲的高大战士，他手中长杖的顶端附有一枚金银两色的鹰徽。此人没有留胡须，剃光的头颅上戴着一顶朴素的皮帽。阿里曼立刻认出了对方。

"欧谢尔·沃德梅克。"他说。

"是的，"那个太空野狼答道，并歪着头仔细审视阿里曼，"你受伤了，你的雾躯受伤了。"

"是我大意了。"他虽然不知道那个词，却能够理解其含义。

沃德梅克点点头说："的确如此。我看到你一心追寻命运，却忽视了那些为杀戮而聚集的狩猎群。你怎么会没有看到它们？"

"就像我说的，是我大意了，"阿里曼重复道，"你是怎么找到我的？"

沃德梅克笑了笑，他听起来确实被逗乐了。

"那并非难事，"他说，"我是一名风暴之子，对我而言，灵魂之洋就像阿萨海姆周围的大海一样熟悉。当狼眼在天空中膨胀的时候，创世熔炉就会开始转动，占卜者应当寻找静谧之所，发掘那些在动荡环境中保持静止的位置。我放眼搜寻静止的事物，从而找到了你。"

沃德梅克所说的大部分内容都让阿里曼听不懂，那些词语太古旧，意义太狭隘，对于一个并非来自芬里斯的人而言难以理解。

"这让我不得不问，你为什么要找我？"

"来，"沃德梅克说，"和我走走。"

符文牧师朝死石走去，并没有确认阿里曼是否会跟上来。那些野狼分散开一条通道。阿里曼谨慎地留意那些野兽，迈步跟上沃德梅克，前方的诸多巨石恰似大地长出的乌黑牙齿。

那位野狼战士在死石旁边绕行，小心地避免接触。他转身面对阿里曼。

"世界中的锚点，"沃德梅克说道，"静谧之所。风暴在这个世界周围狂怒翻滚，然而在此处，一切都是静止的。就像阿萨海姆一样，不动，不变。"

"阿苟鲁人将它们称为死石。"阿里曼说道，那些野狼步伐轻柔地走在石阵周围，每一头都紧紧盯着他。

"是个恰当的名字。"

"那么，你究竟是否打算说明，你为什么要找我？"

"为了结识你，"沃德梅克说，"阿姆洛迪前来此处是为了召唤你们的领袖，而我前来此处则是为了寻找你。太空野狼的符文牧师都知道你的名字，阿泽克·阿里曼。你通晓星术。和我一样，你是风暴之子，我知道你也熟知沃德。"

"沃德？我不懂那个词。"阿里曼说。

"你并非来自芬里斯。"沃德梅克说道，仿佛这便解释了一切。

"那就启迪我。"阿里曼说道，他有些失去耐心。

"你要让我透露我们的秘密？"

"否则你我之间就无话可谈了。"

沃德梅克微笑起来，露出尖锐的牙齿。

"你直切内心，朋友。好吧。简单地说，沃德就是命运，是宿命。"

"是未来。"阿里曼说。

"有时候是的。"沃德梅克同意道。

"在芬里斯，我们将其称为创世熔炉的转动，它毫不停歇地重塑着大地的面貌。当一块陆地升起的时候，另一块就会沉入末日。命运告诉我们，过去和现在要如何塑造未来，而未来又将如何影响过去。时间的风暴涌动不息，时而聚拢时而分散，但永远都和广袤宇宙的伟大传说交织在一起。"

阿里曼逐渐开始理解那个符文牧师的话语，他在其中分辨出了黑鸦学派教诲的粗劣倒影。

"命运啊，她总是自行其道。"阿里曼引用了一句话，沃德梅克笑了起来。

"是啊，她的确如此。那个基特兰人的这句话说得没错。"

阿里曼仰望那座山脉，他感觉到两人之间关于奥秘知识的共同语言逐渐消除了自己对沃德梅克的敌意。虽然他们的知识系统大相径庭，那个太空野狼却拥有令阿里曼颇感新鲜的深刻见解。这并不意味着他信任对方，两人距离相互信任还有很长的一段路要走，不过这毕竟是个开端。

"那么你找到我了，"阿里曼说道，"现在你作何打算？"

"你我是风暴兄弟，"对方说，"兄弟不应该彼此陌生。我知道你们军团的过往历史，也知道没有什么要比对于未知事物的恐惧更能激起杀戮冲动了。"

阿里曼开口之前犹豫了一下，"你认为你知道什么？"

沃德梅克向他迈近一步说道："我知道你们血脉中的缺陷几乎毁灭了整支军团，而你们惧怕它卷土重来。我理解这些，因为我的军团也是如此。狼人的诅咒始终困扰我们，我们时刻守望自己的兄弟，警惕狼化的迹象。"

沃德梅克抬起手触碰阿里曼肩甲上镶嵌的银制橡叶。

"就如同你守望自己的同僚，防备血肉异变。"

阿里曼就像被武器击中般身体一缩，从沃德梅克面前退开。

"永远不要再碰它。"他努力保持自己声音的平稳。

"奥尔穆兹德？"沃德梅克问道，"那是他的名字，对吗？"

阿里曼想要发泄怒火，他想要对这种未经允许就擅自揭露旧日伤疤的莽撞行为展开报复。但他迫使自己升入低层心境，蜕去悲伤与悔恨。

"是的，"阿里曼最终说道，"那就是他的名字。那就是我孪生兄弟的名字。"

他们即将越过前方的山脊，阿里曼昔日正是在这里首次目睹那些巨大的峡谷守护者，而此刻他早已捕捉到了从山谷中弥漫出来的怪异气息。他在喉咙里尝到一股苦涩的金属腥味，骤然发觉以太能量回荡于全身上下。它微弱不堪，仿若耳语，但确实存在。

之前它踪影全无，为何现在重新浮现？

随着山脊逐渐显露，阿里曼感觉到那股怪异的气息愈发强烈，就像是乱葬岗上吹过的阵阵阴风。某种秽恶事物已经扎根于峡谷之中。

阿里曼看看马格努斯，发现原体的高大身形笼罩在一片模糊不清的虚影里，如同堆砌在一起的成百上千张底片：巨人马格努斯、凡人马格努斯、怪物马格努斯，无数种马格努斯相互重叠。

他眨眨眼驱散那些虚像，不禁阵阵反胃。阿里曼努力甩掉这种十分陌生的不适感觉。

"你也察觉到了，对不对？"弗西斯·塔卡问。

"是的，"阿里曼回答，"怎么回事？"

"沉眠者在苏醒。"乌希扎尔嘶声说，他用手掌按着额头。

"沉眠者？"哈索尔·玛特问道，"你在说什么？"

"沉眠的灵魂，缚于水晶，不朽不灭，在此担任守卫，"乌希扎尔喘息着说，"被禁锢，被腐化，被缓缓拖向一种甚于死亡的可怕末日。"

"以帝皇之名，他究竟在说什么？"卡洛菲斯质问。

"阿茍鲁人将它们称为戴斯赛，"马格努斯说，"自从创世之初以来，那些虚空野兽便从凡人的梦魇中获取形体。无知者将它们称为恶魔。"

阿里曼几乎露出了微笑。恶魔，是嘛……

"你们会感受到浩瀚之洋的呼唤，吾儿，"马格努斯说道，他的眼睛充斥着愤怒的猩红，"那呼唤必将非常强烈，但你们要升入第九层心境。置身内在决心之环，将你们的心灵与以太的力量隔离开，因为这种呼唤是你们前所未见的。"

"大人？"阿里曼问道，"怎么回事？"

"照办就是，阿泽克！"马格努斯厉声说，"你们对这种力量并不了解。它是僵死腐化的。它会试图刺探你们的心灵，但你们必须严加阻拦，时刻都不能松懈。"

对于阿里曼而言，将以太力量隔绝在外是一种完全陌生的体验，但他遵照原体的吩咐，集中精力，将意识提升到更高层次的核心自我，让他脱离身外，冷眼旁观。

马格努斯一言不发地走向谷口，几乎甩下了所有人。部队行军的步伐顿时加快，阿里曼在太空野狼身上看到了这所引发的困惑。然而那些巨狼——它们毫不犹豫。欧谢尔·沃德梅克与阿姆洛迪·斯卡森交谈了几句，那位戴着面具的领袖随即向赤红的马格努斯怒目而视。

在绝对客观的状态下，阿里曼捕捉到了令人熟悉的迹象，那种对于未知事物的恐惧，那种由陌生和困惑所引发的憎恨。太空野狼并不信任他的军团，但或许他与欧谢尔·沃德梅克之间刚刚建立的合作关系能够改变这一点。

峡谷向那道山脊延伸，阿里曼注意到了周围地貌的本质性变化。他曾经在那些无瑕轮廓中所见的完美线条已经产生了微妙的改变，仿佛整个世界都莫名地错之毫厘。曾经相辅相成的角度如今极度不和谐，就像是一件微微走调的乐器。

黄金比例被颠覆，如同优雅舞步般的交织线条变成了纠缠不清的杂乱形体，玷污着昔日的完美秩序。这道峡谷危机四伏，每一个角度都充满敌意。兰德掠夺者引擎的粗哑嘶吼在山谷两侧产生怪异的反响，那些纷乱回声仿佛来自成百上千个不同的源头。

最终，他们来到了谷口，阿里曼在超然与惊骇中凝视那些面目全非的强大守卫。

"我能听到它们的尖叫。"乌希扎尔说道，阿里曼看得出来为何如此。

那些巨型构造体一如既往地高耸入云，但先前平滑而光润的肢体轮廓已经远非优雅纯净了。它们的颜色曾经近于暴晒下的白骨，但如今表面缠满了一张由黑绿色毒藤组成的污秽之网。这种腐坏的毒物从洞穴中蔓延而来，如同粗重油腻的病态绳索般覆盖了那些高大的雕像。

大片污秽淤积在带有分叉趾节的巨足周围，就像一团翻滚涌动且不断滋生的腐烂植物组织。被染黑的巨像双腿支撑着布满漆黑纹路的躯体，那种物质吸收了所能触及的一切光芒。峡谷守卫的修长臂膀上爬着湿滑的黑色脉络，那些肮脏的管道还在传输某种不知名的腐败邪秽。曲线优雅的巨型头颅尚且苍白而洁净，但就在阿里曼眼前，众多不断刺探的黑色触须便渗透到了巨像表面的镶嵌宝石周围。

阿里曼感觉到浩瀚之洋的宏伟浪潮毫不停歇地拍打着他的自控障壁。这里充满力量，充满了从某种深邃之处涌升上来的力量。然而他所察觉到的还仅仅是那股能量的九牛一毛，只是一条即将成为湍流的小溪。一道大坝崩裂了，无情的压力很快就会让它门户大开。

阿里曼迫切地想要品尝那种力量，想要感受它在自己身体里流转奔腾，但他按照马格努斯的命令将其屏蔽，强迫自己的视线从那些巨像上移开。

"它们怎么了？"他问道。

马格努斯俯视着阿里曼。"这是至邪之事，阿泽克，"他说，"恐怕我在这个世界的驻足盘桓加快了事情发展的步伐。平衡被打破了，我必须将其重建。"

亚提里和其他部族长者终于来到了谷口，他们虽然年事已高，却还能勉强跟上阿斯塔特的步伐。

"戴斯赛！"亚提里喊道，他握着标枪的指节泛白，"它们归来了！"

"以狼眼之名，他在说什么？"斯卡森质问道，他和欧谢尔·沃德梅克一起走了过来，"这些是什么？"

马格努斯瞪了狼主一眼，阿里曼能看出来，兄弟军团战士的在场令原体颇为沮丧。此时此处的必为之事最好能避开刺探的目光。

亚提里转向马格努斯说道："它们渴求死者。我们必须满足它们的欲望。"

"不，"马格努斯说，"那是你们最不应该做的事情。"

亚提里摇摇头，阿里曼看到了族长的愤怒。

"这是我们的世界，"他说道，"从戴斯赛手中拯救它的也将是我们，而不是你们。"

这位戴着面具的长者转身离开，率领他的同胞进入峡谷，向洞口前的那座祭坛走去。

"马格努斯大人，"斯卡森追问道，"他说的是什么意思？"

"迷信，斯卡森大人，"马格努斯说，"仅此而已。"

"那看起来可远远不止迷信，"斯卡森说道，他将爆矢枪紧握在胸前，"说实话，千子的马格努斯，这里究竟怎么回事？"

"该死，"欧谢尔·沃德梅克惊恐而着迷地盯着那些巨像说道，"海怪之父，亡者卫士！"

"这就是你们拒绝与狼王并肩作战的原因？"斯卡森喊道，"你们与巫师鬼混在一起！"

马格努斯扭过头瞪着那个太空野狼。

"你还是没有学到之前的教训吗，小崽子？"他说道。

马格努斯的暴怒令斯卡森顿时退却，阿里曼感觉到原体的汹涌怒火如同爆炸冲击波一样奔涌扩散。在峡谷深处，亚提里和他的同胞围绕祭坛，向并不存在的虚妄神祇吟诵祷词。他们站成一圈，两两相对。阿里曼看着亚提里举起标枪，在局面无可挽回的刹那之前才意识到即将发生什么。

"不！"马格努斯喊道，他与阿里曼有同样的顿悟，"停下！"

亚提里面向他身边的部族成员，将标枪狠狠刺入对方的胸膛。其他长者也面对而立，一个人是牺牲品，另一个人是杀戮者。长矛纷飞闪动，锋刃咬穿了血肉与骨骼。鲜血四溅。

阿里曼永远都无法确定，究竟是那些部族成员的死亡，还是泼洒在祭坛上的鲜血，抑或某种未知的催化剂引发了此后的一切，但就在那些人死亡之刻，峡谷中积聚的宏伟力量便如山洪般暴发出来。

一直加以束缚的大坝再也无法阻挡它了。

在一阵山崩地裂的雷霆轰鸣中，那些峡谷守护者动了起来。

第八章

巨人杀戮者

那些巨像在动。这一事实本身无可辩驳，却又难以置信。大地颤抖不已。峭壁开裂破碎，巨大的石块如同四散尘粒般从那座山脉上崩落。两头巨兽奋力打破古老枷锁的束缚，从山石中挣脱出来。

阿里曼感觉到某种原始的事物从洞穴深处发出一声充满了狂暴饥渴的尖锐嘶嚎，那是一股毫无顾忌的毁灭之力，在无数个世代中困居黑暗，如今终于重获自由。恶风从山脉内部呼啸而出。

他跪倒在地，双手紧紧按住头盔，浩瀚之洋正试图灌入他的头颅。阿里曼铭记原体的警告，努力将其拒之门外。

即便是在普罗斯佩罗的荒野，在那些因噬灵蜂肆虐而沦为弃城的废墟中，也从未有过如此猛烈的灵能冲击。透过眼中的泪水，阿里曼看到众多阿斯塔特四散迎敌，那些与以太缺乏联结的人逃过了这柄狠狠剑动他心灵的尖啸利刃。

第一架巨型机械缓缓迈出一步，它的脚砸入山谷，撼动大地。斯卡森大人朝他的战士们发出呼吼，但阿里曼完全听不到对方的话语。欧谢尔·沃德梅克瘫软地扶着手杖，黑色电弧在杖柄上闪烁旋动。在阿里曼身边，弗西斯·塔卡和哈索尔·玛特也勉强抗拒着马格努斯方才警告过的腐败力量。他看不到乌希扎尔和卡洛菲斯的踪影。

又一道震荡波席卷山谷，第二座巨像也脱离了山体，数百吨石块轰然砸落所引发的雷霆巨响凶狠地让阿里曼意识到现实世界的存在。一块块厉声怒吼的赤红金属从阿里曼旁边碾过，扬起漫天沙尘；诸多兰德掠夺者冲向那两架泰坦，坦克装甲上的枪炮在凶恶轰鸣中投射着炽热能量。

阿里曼感觉到身边另一人的存在，他抬起头来，看到卡洛菲斯正在向麾下的战士们呼喊。身负猩红凤凰标志的阿斯塔特遵照他的命令，寻找最佳的攻击位置，用手中的武器开火。

阿里曼简直想笑。面对那样的战争机械，他们的武器能有何用？

他试图站起身来，但持续冲击心灵防线的巨大压迫力让他动弹不得，恰似一只被钉在标本盘上的蛾子。他的坚决抗争导致四肢关节僵硬锁死，面对那种只需散尽心防便可任意操纵的无边力量，他固执地表示拒绝。

阿里曼辨认出了这种诱惑，它正像是将虚空旅行者引向末日的恶毒耳语，以及诱使人们迷失在古老沼泽中的鬼火。

他对此有着清醒的认识，然而这本身并不能让他彻底抗拒那股聆听海妖之歌的强烈冲动。

他只需放任其涌入脑海，便可重获力量——击溃战争机械的力量，解读未来潮汐的力量。他残存的意志逐渐开始磨蚀。

不，兄弟……抓住我的声音。

这区区几个字便是一团疯狂中的稳定锚点，是指向自控的北极星。他抓住那个声音，恰似溺水者抓住救援的手掌。

阿里曼感觉到某个人在触碰自己的肩甲，随后看见乌希扎尔站在他面前，如同一位施加赐福的牧师。天枭学派领袖将阿里曼转过来面对自己。他们紧紧握住对方的胳膊，仿佛在比试臂力。

重建你的屏障，兄弟。我可以庇护你，但只有片刻而已。

阿里曼在脑海中听到了乌希扎尔的声音，那个传心者的语调从容不迫，与即将压倒他心防的汹涌怒涛形成鲜明对比。乌希扎尔分担了阿里曼肩上的重负，让他的心灵品尝到一阵美妙的静谧。

升入心境，兄弟。牢记你的首要原则。

阿里曼开始依序诵读，首先是参入者达成自控的真言，以及忱信者积蓄能量的冥想。随后是实践者对心灵的掌握，还有哲人所专擅的绝对镇定。伴随每一个步骤，他逐渐重铸了防护心灵的障壁，狂嚎的以太怒涛则愈发消退。

快些，兄弟。我没法庇护你太久了。

"不必了，"阿里曼说道，整个世界骤然恢复了清晰，"我已经能够自控。"

乌希扎尔瘫软下来，放松了阿里曼的手。

"很好，"他说，"我也要坚持不住了。"

阿里曼挺直身躯，周围的世界一片混乱，阿斯塔特战士们列阵对抗那些巨大的战争机械。两个巨像都脱离了山体，将它们重重包裹的漆黑触须脉动不已，如同刚刚充血的动脉般将邪异力量泵入它们的躯体。

他对于局势拥有了全面的领悟。太空野狼在峡谷边缘的土石后面寻找掩蔽。这让阿里曼颇受震动。鲁斯之子向来拥有狂野而鲁莽的名声，但这并不代表他们是愚蠢的。若是一头冲进这样的战斗，他们定会全军覆没，斯卡森很明白这一点。

千子组成了九弓阵，这是一个由三组战士构成的激进阵形，其名字来源于古埃及帝王对所有敌人的统称。

"他将他们全部握在手中，以战锤砸碎其头颅。"阿里曼顿时认出了那个阵形。卡洛菲斯站在第一组战士中央，弗西斯·塔卡和哈索尔·玛特则分别指挥第二和第三组。

冲天涌泉般的烈焰在卡洛菲斯身周旋转，光芒灼目的白色火柱笼罩着他。阿里曼感觉到庞大的能量围绕着第六学会连长，那股超乎想象的潜能也渗透了他麾下的战士。

"卡洛菲斯当然不会听取忠告。"乌希扎尔鄙夷地说。

"并非只有他一人如此。"阿里曼说，他注意到弗西斯·塔卡和哈索尔·玛特身上也充盈着旺盛的以太能量。

"蠢货，"乌希扎尔厉声说，在这种力量面前，他也无法保持冷静超然，"他们得到过警告！"

在一片混乱中，阿里曼看到亚提里站在玄武岩祭坛上，那闪亮的石板沾满了其余部族长者的鲜血。他将标枪高高举过头顶，厉声尖叫。从洞口吹来的秽恶狂风卷着腐败物质在他身边呼啸飞旋，那股汹涌澎湃的不洁力量正在欢庆其重获自由。

在那风暴的中心矗立着赤红的马格努斯。

威武而高傲的千子原体便是风暴之眼，是那唯独一点的绝对静止。马格努斯与众人相比纵然十分魁梧，但那些泰坦依旧居高临下，它们的庞大身躯拖曳着一条条闪亮的漆黑触须。

第一架泰坦垂下修长的头颅俯视马格努斯，它的异形神智在人群中挑出了基因原体的存在，仿佛他是垃圾堆里的一件黄金宝物。泰坦似乎带着厌恶微微颤抖，将原体视为一只令人作呕的虫子。它迈向马格努斯，步伐迟缓而

不稳，天长日久的僵直姿态似乎令它对自己的肢体感到陌生。泰坦的沉重脚步震天动地，回响隆隆，然而马格努斯岿然不动。他任由羽毛披风在身后飘舞，对于泰坦的狂暴苏醒恍若不知。

那架机械舒展巨拳，将臂膀挥向下方，它的动作优雅流畅，与帝国机械那怪物般的喧闹与笨重有着云泥之别。状如热霾的电磁火焰从光滑的拳头上喷薄而出。

它开火了。

浓密暴雪般的锋利弹片骤然撕碎了泰坦巨拳与马格努斯之间的空气，那是一团由锐利剃刀汇集而成的雷霆风暴。马格努斯一动不动，那股风暴则在他面前骤然消散，被一道无形的障壁偏斜开来，转而切入周围的地面，顿时扬起无数尖鸣碎石与四散金属。

泰坦将另一条臂膀扭转过来，上面配备着状如长枪的巨型武器，那仿若活物般的流畅与优雅再次令阿里曼感到震惊。似乎每一个分子都是那巨像本质的一部分，共同组成了具有生命力的整体，绝非某个遥远的意识通过植入脑脉冲装置和突触传感器，从而与机械身躯达到的粗劣契合。

在泰坦能够释放出武器中的毁灭烈焰之前，一阵狂风般的猛烈能量便席卷了它的肢体。千子军团的兰德掠夺者用灼目长矛般的激光刺向敌人，恰似大群上古猎手围杀一头庞大野兽。

第六学会的阿斯塔特向巨像投以狂风骤雨般的枪弹，陶钢甲胄当即开裂剥落。滚滚烈焰在那架泰坦的装甲表面奔涌蔓延。帝国的战争机械在踏入战场时都会包裹一层由焦灼能量构成的微光力场作为防护——这头巨兽却没有这份优势。无论它昔日拥有什么样的防护手段，显然在复活之后都彻底丧失了。

马格努斯屹立在泰坦前方，如同一个直面高大怪物的渺小孩童。他抬起手臂，掌心向上，仿佛要为巨像贡献一块点心来满足其贪欲。阿里曼看见了原体脸上露出的细微笑容，马格努斯随即收回手指，紧握成拳。方才向马格努斯喷吐凶恶弹雨的那只巨拳顿时被某种无形伟力彻底碾碎。那破损的拳头爆发出熊熊烈焰，马格努斯则冷漠地继续捏碎了整条手臂，大团僵死藤条般的黑色触须从泰坦的残缺肩膀上垂挂下来。那架无比壮丽的战争机械颤抖起来，它模仿痛苦的动作备显怪异丑陋。兰德掠夺者趁机突进，用一波波狂怒的激光攻势继续敲打泰坦的双腿和躯干。

第二架泰坦的长枪状武器此刻开始运转，空气骤然变得分外稀薄，仿佛整座山脉猛抽了一口气。一个明亮无比的夺目光点在那件武器的末端浮现，随后一股脉动奔涌的烈焰风暴便喷薄而出。

三辆兰德掠夺者发生爆炸，被泰坦的攻击瞬间气化，充满金属残片的白热火球冲天而起。那道焦灼光束继续扫荡，在峡谷中刻下一道熔融的壕沟，将所过之处彻底焚化。哈索尔·玛特麾下的一组战士位于那沸腾烈焰的路径边缘，他们不幸地变成了一根根火柱，盔甲如同橡胶般熔化流淌。阿里曼能听到那些同僚的尖叫。他们的惨烈死亡散发出灼人热浪与肉体焦臭，险些打破他的专注状态。

"阿泽克！"一个几乎被泰坦武器尖啸所淹没的声音喊道。阿里曼的愤怒顿时消散，由心境铸就的刚硬戒律重新组建完善。他转头望向那喊声的来源，看到了躲在红色落石背后的欧谢尔·沃德梅克，对方正焦急地示意他过去。凶猛炮火从太空野狼的阵线上不断喷发出来。

逻辑夺回了控制权，那是敏锐心智在上百年研习中磨砺而出的沉着冷静。

"乌希扎尔，"阿里曼说，"我们走。"

乌希扎尔点点头，两人一起穿过峡谷中那场震耳欲聋、火光冲天的武器交响。足以抹消整支部队的骇人火力往复穿梭。热浪漫天，流弹横飞，大规模杀伤性武器开火时的气流尖鸣不绝于耳。战斗的走势尚无定局，但激烈程度逐渐提升。

阿斯塔特展开了反击，用整齐的弹幕填满峡谷，然而大多收效甚微，只有卡洛菲斯麾下的战士们利用灵能强化的炮火略有建树。同时，泰坦面前的目标数量繁多，令它们无法有效地与全部对手交战，但这一局势不会持续很久。第二架泰坦的拳头又喷吐出一股厉声尖啸的死亡冰雹，伴着千百块玻璃同时碎裂的刺耳轰鸣，又有五十名阿斯塔特一起殒命。

阿里曼和乌希扎尔并肩冲进掩体寻找掩蔽，周围的战士们身着暗灰铠甲，而非赤红与象牙两色，这感觉颇为怪异。一头毛发蓬松的野狼朝他龇着獠牙，利齿上淌着口涎。

"你们愣在那里干什么？"沃德梅克盖过枪炮轰鸣喊道。

"没什么，"阿里曼回答，他不愿提起自己与乌希扎尔刚刚经历的心灵考验，"只是等待时机寻找掩护罢了。"

"我现在真是愿意倾尽所有换来一架机械神教的泰坦。"沃德梅克嘶声说，一波厚重高墙般的滚烫气流从他们所在的位置席卷而过。微型闪电球在符文牧师的手杖上爆鸣游走。这道峡谷里充盈四溢的力量让阿里曼几乎难以抑制冲动，然而沃德梅克却似乎完全不受诱惑。

　　太空野狼扛着导弹发射器，瞄准受损的泰坦。斯卡森指着泰坦的头颅吼出一道命令，他的声音被彻底淹没在战斗的轰鸣中。一道道螺旋状的轨迹向上方聚拢，在那座巨像的头部纷纷爆炸，将它略为击退，但没有造成什么明显的伤害。

　　"继续！"斯卡森大喊。

　　"那没法打倒它！"阿里曼盖过导弹发射时的轰响喊道。

　　"你从来没有猎捕过芬里斯的海兽，是不是？"斯卡森高声问。

　　"观察力真敏锐，"阿里曼厉声说，他随即低头躲避，周围的巨石被炸成碎片。一个太空野狼摔倒在地，但立刻爬了起来，"那跟这些有什么关系？"

　　"单独一艘狼船会被砸碎，它的船员会被吞噬，"狼主说道，他仿佛十分享受这场战斗，"但若是派出十几艘船，那就是一场值得开展的狩猎。盾鳞会变形，肉体会撕裂，鲜血会流淌，海兽最终会伤势不支，力竭身亡。每一根鱼叉都很重要，从第一根到最后一根。"

　　他话音未落，任何念头都突然湮灭，一道震撼世界的可怖尖叫裹挟着亘古的失落与痛苦卷入每个战士的脑海。

　　那是世界终结的声音。那是一个秽恶无比的可怕神祇的诞生呼吼，也是一个在人类崛起前便已覆灭的灿烂文明的濒死尖叫。阿里曼瘫倒在地，某种从未体验过的痛苦感受化作一位技艺高超的拷问者，狠狠摧残他的身躯，轻易掏出他的一切秘密，冷酷无情地直捣心底。他脆弱的自控力在那剧痛面前分崩离析，种种幻象不断炙烤他的心灵，展现着整个文明骤然倾覆、无数世界惨遭吞噬、一个横跨星海的辉煌帝国因其自身缺陷而崩溃于旦夕之间的景象。

　　没有人幸免于那声凶残的尖叫，太空野狼没有，千子更没有，后者所遭受的打击最为猛烈。那怪异痛苦在眨眼之间便将阿里曼逼向了理智的边缘。

　　它戛然而止。那尖叫的回响逐渐消散，其中蕴藏的能量恰似冲击堤坝的巨浪，纵然气势汹汹且壮丽无比，却也转瞬即逝。阿里曼眨眨眼，挤出痛苦的泪水，并惊讶地发现自己躺倒在地。

"以头狼之名，那是什么？"斯卡森质问道，他居高临下地站在一旁，仿佛什么都没发生。阿里曼再次颇受震动。

"我不确定，"他喘息道，他视野里闪动着灼目的亮点，那是眼底血管纷纷爆裂的结果，"是某种灵能尖叫。"

"你能抵挡它吗？"斯卡森朝阿里曼伸出手。

"不行，它太强大了。"

"我们没必要抵挡它了。"乌希扎尔说。

阿里曼抓住斯卡森的手，把自己拽起来，那道毫无预警的可怕嘶吼依旧让他头痛欲裂。乌希扎尔向他点头示意，伸手指着峡谷。

阿里曼的视线越过面前的白热石块，这是他们以及太空野狼方才借助的掩体。泰坦武器的炽热光束已经把落石化作玻璃，那坚硬的巨石此刻变得光滑而透明。有若常人般大小的圆碟形刀锋深深嵌在玻璃中，早已埋入了逐渐凝固的熔融石块内部，伴着轻吟微微颤动。

阿里曼眨眨眼驱散明亮的残像，举目眺望峡谷远端。那些战争机械的修长头颅已经被烧成了焦黑，先前光洁无瑕的装甲表面遍布伤痕，缀满珠宝的头部结构四分五裂。阿里曼闻到一股烧焦金属的气味，昭示着规模惊人的以太能量遭到了释放。巨像的破损装甲上奔窜着一道道暴怒电弧，阿里曼怀着强烈的自豪感目睹赤红的马格努斯安然穿过那片烈火与死亡的致命风暴，徐徐走向高大的泰坦，双拳包裹着熊熊炽焰。

诡异幽光在泰坦身上波动。凶猛爆炸不断剥蚀它们的陶瓷皮肤，秽恶的黑色液体从损伤处流淌出来，如同火油一般。

"你看！"斯卡森高喊，"它们在流血！"

"不够的，"阿里曼回应道，"无论你们有多少支鱼叉！"

"看着吧！"斯卡森作出承诺，话音未落之际，一道厉声尖啸的灼目光壁便如惊涛拍岸般击中掩体，让他急忙卧倒在地。超高温的空气嘶鸣不已，在雷霆轰鸣中贪婪地耗尽了氧气。

"风暴已经消散！"沃德梅克吼道，"狂风赋予了预兆！"

马格努斯独自面对那些巨型机械，他的羽毛披风如同雄鹰双翼般伸展在背后。他的身躯充盈着深厚力量，在须臾之间他似乎与泰坦同样高大。他的松散长发化作刚直的红色鬃毛，夺目闪电在他的肢体上萦绕流转。千子军团的基因原体收回臂膀，随即释放出一股汹涌蓝焰，正中近处那架泰坦的胸膛。

那架异形战争机械源自被遗忘的上古年代，它的优雅形体充满了艺术气息，其创造者的精妙工艺堪称赏心悦目，但它无法抵抗如此超凡绝伦的慑人力量。它的躯体轰然爆破，由未知材料构成的肋骨如同脆弱瓷片般纷纷碎裂，被烧成焦黑的无数碎片倾泻而下。它的修长头颅从脖颈上脱落，坠向岩壁。

那架战争机械带着威严无比的气势缓缓倾覆，在山石上摔得四分五裂，它在此处担任守卫的漫长岁月远超人类的理解范畴。厚重尘云从它倾覆的位置冲天而起，彻底遮蔽住了第二架泰坦。

一阵诡异的寂静顿时笼罩了整个战场，仿佛没有人能够相信他们竟然真的目睹了那强悍无比的战争机械分崩离析的场景。呼啸起伏的胜利咆哮随即从太空野狼的嗓子里传来，然而阿里曼丝毫无法享受这样的毁灭。

"眼见如此宏伟的事物化为乌有，真是令人痛心。"阿里曼说。

"你竟为它感到惋惜？"沃德梅克问，"猎手在击杀猎物的时候不该庆贺吗？"

"我仅仅感到悲哀。"阿里曼说。

沃德梅克的目光中满是困惑，他难以理解阿里曼为何要破坏这个伟大胜利的美妙时刻。

"那头巨兽杀死了成群的战士，必须用它的死亡来达成复仇。尊敬敌人无可厚非，为之哀悼则毫无意义。"

"或许如此，但有多少秘密与知识为它殉葬了？"

"这种怪物又能蕴含什么值得学习的知识？"斯卡森说道，"与其沾染异形巫术，倒不如让那些秘密和它一并消亡。"

那个巨型构造体轰然倾覆时扬起的烟雾逐渐消散，一道尖锐的嘶吼从尘云深处传来，另一架泰坦骤然现身。它伤痕累累，滴淌着乌黑溪流般的闪亮液体，但它就像一头困兽般格外危险。

它扭动那只配有长枪武器的臂膀，用修长的炮管直指马格努斯，阿里曼看得出来，原体为方才运用的巨大力量付出了沉重代价。马格努斯皮肤苍白，先前紫铜色的照人光彩变成了黯淡的黄铜色。他单膝跪地，仿佛在向一位狂暴战神宣誓效忠。

　　大地震颤不已，巨像迈步前行。它低下头来，审视那个胆敢与自己对峙的渺小生物。它残缺的臂膀喷吐着火焰和烟尘。泰坦肩头的典雅长脊熊熊燃烧，低垂报废，它仿佛是一位身躯破碎的毁灭天使，降临到阿苟鲁星球来剿灭众生。

　　杀戮光芒在泰坦的武器上不断积聚，空气扭曲的刺耳尖啸愈发高亢。

　　一股灼目长矛般的阳炎光辉奔涌而出，想将马格努斯从世界上彻底抹消。

　　千子战士们齐声尖叫起来。

　　一百万颗恒星般的热量吞没了原体，纵然他是二十位无与伦比的超人战士之一，由深奥难测的基因技术所铸就，也绝不可能在如此强悍的攻势下幸存。一道汹涌巨浪般的液态烈火四下蔓延，将附近山石熔成了玻璃。

　　面对这种剜心刻骨的深度惊惧，阿里曼对于心境的掌控顿时崩溃，悲伤、愤怒和仇恨如同刀锋般绞动着他的五脏六腑。那架泰坦将致命的火力尽数倾泻到了马格努斯身上，阿里曼知道他此生再也不会看到比这个更为恐怖的景象。

　　他身边的乌希扎尔在剧痛中紧紧按着头颅。即便自己已经痛彻心扉，阿里曼还是对乌希扎尔的处境甚是同情。对于一个传心者而言，清晰体会到父亲的死亡该是多么可怕的经历？

　　时间在死寂中一分一秒地流逝，仿佛整个世界都无法相信方才的剧变。一位帝皇的爱子倒下了。这简直超乎想象。究竟何等力量能够终结基因原体的生命？传奇的不朽不灭，难道不是无可辩驳的事实吗？

　　这不朽不灭竟然是虚妄的，阿里曼感觉自己的世界在逐渐崩塌。

　　千子齐声尖叫起来。

　　太空野狼则发出狂嚎。

　　通信频道顿时被交替起伏的愤怒呼吼所填满。

　　"跟我上！"斯卡森喊道。

　　野狼顿时脱缰而出。

　　他们从山石之间涌现，一边狂奔一边用爆矢枪和导弹发射器喷吐火舌，成群结队地向泰坦席卷而去。率领攻势的是终结者，他们组成了一道钢铁与怒火之墙，足以让任何普通敌人顷刻间溃不成军，然而在今日的对手面前，他们几乎毫无作用。阿里曼和乌希扎尔紧随其后，两人心里都很清楚，步兵集群向一架如此强悍可畏的战争机械发起冲锋，这是彻头彻尾的疯狂举动。泰坦是战场神明，是随意间便可将他们一脚踩扁的杀戮机器。

然而这种孤注一掷的鲁莽行为中蕴含着某种不可否认的刺激感，这是阿里曼在平日战斗中从未品尝过的，是一份高贵可敬的英雄主义与充沛活力。心境为战士赋予专注，防止情感压倒理智，让心灵屏蔽那些有害的干扰。在充斥暴力的人类历史中，战争从未像今日这般致命，负伤与战死的必然性时时刻刻萦绕在战士们身边。心境可以帮助千子客观地看待这一切，并允许他们毫无顾虑地投入战斗。

除此之外别无他法，而对于凡人居然有胆量踏入战场这一事实，阿里曼向来感到颇为惊讶。此时此刻，失却了绝对冷静的庇护，阿里曼任由自己心中的深重悲伤与太空野狼的狂野能量推动他步步前进。

千子和太空野狼一同冲锋。

仅存的几辆兰德掠夺者驱动焦黑冒烟的车体，如同野兽般迅猛突进，向泰坦投射火力。千子绝望地想要为原体复仇，身披红甲的马格努斯之子此刻与太空野狼无异，他们怀着一股无羁战意奋勇前行，在这场破釜沉舟的轻率冲锋中将一切冷漠与超然抛诸脑后。

这鲁莽枉然，却也英勇无畏。

泰坦炮击留下的沸腾烈焰逐渐消散，眼前的事物顿时让阿里曼停下了脚步。那架强悍无比的战争机械脚下是一个玻璃化的巨坑，其中央的景象令他心里充满了震撼与敬畏。

由金色能量构成的闪耀拱顶泛着波纹，里面是两个披挂盔甲的身影。一根扭曲石柱矗立在巨坑中心，顶端便是泰坦炮火之下仅有的幸存者，弗西斯·塔卡与赤红的马格努斯。第二学会的连长身体蜷曲，双臂举在肩头，恰似古老地球传说中的阿特拉斯，那位注定永远肩负天球的反叛泰坦。

"念力护盾，"乌希扎尔喘息道，"谁能想到塔卡竟如此强大？"

阿里曼在绝境逢生的宽慰中笑了起来。马格努斯还活着！原体跪伏在地，毁灭第一架泰坦的惊世之举令他虚弱无力，但他毕竟还活着，这一简单的事实令千子战士们心神激昂，让所有人顿感欢欣与愕然。

在刹那间的宽慰之后，两支军团的阿斯塔特便一同抛出了他们的炽热怒火与受挫自尊。

太空野狼释放了每一件武器的利齿,用爆矢弹、导弹和穿甲炮弹紧盯住泰坦的破损位置,将伤口撕裂得更大。身处鲁斯之子阵中的阿里曼和乌希扎尔也向仇敌倾泻着一个又一个弹夹的质爆弹。斯卡森大声呼喊,用毫无意义但充满力量的震耳怒吼激励诸位战士。在一群巨狼的簇拥下,欧谢尔·沃德梅克穿行于太空野狼的阵线,刺骨冰风与凛冬暴雪在他周围萦绕回荡。

芬里斯的野狼运用了所有武器,而普罗斯佩罗的子嗣也毫无保留。

数百道奔腾舞动的炽焰洪流舔舐着泰坦,但这绝非寻常的弹幕。身负火凤学派徽记的战士们一边冲锋一边发动攻击,用披覆铠甲的双手抛射出以太烈火。在第六学会阵形中央,卡洛菲斯如同拳师般挥动双手,让一个个闪耀火团向高大的泰坦喷涌而去。命中目标的凶猛烈焰焚毁着泰坦的护甲,暴露出水晶般的内部结构,无情裂解着那骨骼质地的组成材料。

"慈悲的命运啊!"乌希扎尔盯着卡洛菲斯喊道,"他在干什么?"

"拯救我们的原体!"阿里曼高声说,"这是我们该做的!"

火凤学派的力量如日中天,但这幅景象依旧令人难以置信。在普罗斯佩罗的学派圣殿中,他们大可毫无顾忌地施展此等力量,但是在外人面前不加遮掩则是超乎想象的鲁莽行径。

况且卡洛菲斯和弗西斯·塔卡绝非仅有的肆意妄为之人。

哈索尔·玛特往复挥动臂膀,将一道道紫色闪电投向那参天机械。剧烈爆炸与汹涌火团如同闪电链一样环绕着泰坦的身躯,击破它的护甲。夺目电弧在亮羽学派的战士之间奔窜闪现,那位连长畅饮着属下的力量,用自己的躯体引导那股威能。

乌希扎尔握住阿里曼的手臂,他的灵气中满是惊惧。

"他们必须停下,"乌希扎尔嘶声道,"全都要停下!从浩瀚之洋中抽取能量是会让人上瘾的,这你很清楚,只有力量最为强大,戒律最为严明的人才敢如此任意运用!"

"我们的兄弟连长都熟习奥术的秘密,他们兼具力量和戒律。"阿里曼说着挣开了乌希扎尔的手。

"但他们是否具备足够强的戒律?那才是真正的问题所在。"

阿里曼无法作答,于是将注意力转回到敌人身上。那架泰坦已经末日临头,但它绝不会安心赴死。它的武器肢体在濒死抽搐中继续挥动，喷吐着多彩能量，每一道炽热光束都狠狠撕裂峡谷岩壁，将数十名阿斯塔特一举湮灭。

那巨像的垂死挣扎最终被卡洛菲斯和哈索尔·玛特联手终结，两人将烈焰风暴与闪电长枪汇成一束，摧毁了泰坦的头颅。那带有弧度的头部结构剧烈爆炸，高大壮丽的机械随之颓然倒地，如同被伐木工砍断的参天大树一般直落而下。

那毁灭轰鸣震耳欲聋：装甲破裂，玻璃粉碎以及骨骼折断的种种噪音掺杂在一起。泰坦重重砸落，摔成无数块比拳头还要小的细微残片，那些粉碎陶瓷化作一阵闪烁暴雨漫天挥洒，倾泻在得胜的阿斯塔特身上，引发了音乐般的清脆鸣响。阿斯塔特纷纷垂下武器，共同深吸一口气，待战场尘埃落定。

庇护着弗西斯·塔卡和基因原体的金色拱顶伴着刺耳尖鸣终于崩溃。弗西斯·塔卡颓然倒下，捍卫原体的英勇行为已经抽干了他的力量，而马格努斯则重新站起身来。虽然他也近乎力竭，却和往日一样伟岸超凡。马格努斯抱起昏死的弗西斯·塔卡，迈下石柱。

他并没有坠落。马格努斯悬浮着穿过巨坑，恰似一位疲于征战的天使，他腾云驾雾般踩着一团闪亮晶粒，借助自己超凡的力量徐徐前行。

千子聚集起来迎接领袖，原体能够安然无恙令众人狂喜难抑。阿里曼和乌希扎尔在一群阿斯塔特之间推挤前行，战士们都不情愿地为两人让开道路。当阿里曼来到巨坑边缘的时候，马格努斯刚好落在玻璃般的光滑地面上，将弗西斯·塔卡轻柔地放在身前。

"哈索尔·玛特，"马格努斯说道，他的声音备显疲惫虚弱，"照看他。用亮羽学派的一切力量确保他活下来。你不能让他死。"

第三学会的连长点点头。他匆忙跪在弗西斯·塔卡身边，迅速摘下同僚的头盔，塔卡的惨白面孔恍若亡者。哈索尔·玛特将双手放在对方脖颈两侧，塔卡几乎立刻就恢复了一些气色。

"大人，"阿里曼说道，心中的浓厚情感几乎让他哽咽难言，"我们以为……我们以为失去你了。"

马格努斯虚弱地笑了笑，擦掉嘴角淌下的一丝鲜血。他的明亮眼眸是淤伤般的紫红色泽。阿里曼从未见过挚爱领袖如此狼狈。

"我会活下去，"马格努斯说，"但此事尚未结束。被囚禁在山峰脚下的腐败力量污染了这些守护者。它已经休眠许久,但如今已经苏醒。如果不能阻止它,那么我们在这里学到的一切知识就都必将失落。"

"你需要我们做什么,大人?"卡洛菲斯问道。

马格努斯转向洞口。里面挤满了那些秽恶物质,恰似某种寄生杂草的漆黑根须,深深扎进山脉的血肉。

"随我踏入深渊,吾儿,"马格努斯说,"我们要一同了结此事。"

第九章

能力

山脉之下

天使的语言

烈日当空，勒缪尔丝毫无意走出帐篷的华盖。卡蜜尔想要重走那条山中秘径，她渴望查明究竟是什么让千子与太空野狼如此匆忙地冲进了深山峡谷里。然而昔日在凉爽傍晚的攀爬就几乎要了勒缪尔的命，他可不想知道如果时值正午的话会怎么样。

"你就一点都不好奇吗？"卡蜜尔问道，她仰躺在一张帆布椅上，从破旧的皮质水袋里喝着水，"我是说，究竟什么让他们如此激动，连坦克都带上了？兰德掠夺者啊。你看到了吗？"

"我看到了，"勒缪尔说着用头巾抹了抹脑门，"它们令人印象深刻。"

"印象深刻？"卡蜜尔难以置信地说，"远不止印象深刻，它们简直令人叹为观止。"

"好吧，它们令人叹为观止，但无论如何，不，我对于山脉里发生了什么并不好奇。我相信无论出了什么事，咱们早晚都会知道的。"

"你说得轻巧，"卡蜜尔评论道，"你现在是打入千子内部了。"

"不是那样的。"勒缪尔说。

"那么是怎样的？"卡莉斯塔问道。

自从太空野狼降临之后，他们三人每天晚上都要见一次面，讨论卡莉斯塔所写下的文字，这为他们建立了纽带，仿佛是一伙图谋不轨的反叛者。勒缪尔与卡蜜尔和卡莉斯塔相处日久，愈发意识到大家共享着不止一个秘密。

"阿里曼大人在我身上看到了潜力。"勒缪尔说道，他很清楚这完全无法解释千子的首席智库馆长为何挑选了自己。

"什么样的潜力？"卡莉斯塔追问。

勒缪尔耸耸肩说："我现在也不是很确定。"

"得了吧,这根本不算回答。"卡蜜尔逼问道。

昔日当阿里曼把话挑明的时候,勒缪尔备感恐惧,但那份恐惧已经迅速消退,被一种对于自身独特力量的暗暗自豪所替代。他早就猜想自己解读旁人心绪的能力与众不同,如今他终于对此确信无疑了。在与卡蜜尔和卡莉斯塔相处之后,勒缪尔又意识到自己并不孤独。他开口之前略加犹豫,他知道有可能搞错了,但毕竟想要确认一下。

"在那天晚上之后,我们都知道卡莉斯塔具有一种天赋。要怎么说呢?大概算是引导吧。对某种力量的引导,这允许她写下一些尚未发生的事情。"

"我可不觉得这是天赋。"卡莉斯塔苦涩地说。

"若是如你所说那般痛苦的话,想必如此,"勒缪尔表示认同,"但我们暂且不提这种能力的显现方式,你确实可以做到一些普通人无法企及的事情,对吗?"

"是的。"卡莉斯塔点点头说。勒缪尔看得出,她对于谈论自己的能力感到极为不安。

"好吧,我也拥有一种能力。"他继续说。

"什么样的能力?"卡蜜尔问道。

"我可以看到一些别人看不到的事物。"

卡莉斯塔身体前倾,她的灵气充斥着浓厚的兴趣。

"什么样的事物?"她问道。

"我称之为灵气。它就像一种笼罩在每个人身上的光晕。我可以分辨谁在撒谎,可以看到人们的感觉和情绪。诸如此类。"

"那么我现在的感觉是什么?"卡蜜尔问。

勒缪尔微笑起来。

"你心里充满了难以抑制的欲望,亲爱的,"他答道,"你想要猛扑过来,肆意享用我的一切。若不是俄瑞斯女士在场,你早就骑到我身上了。"

卡蜜尔大笑起来。

"好吧,我信了。"她说。

"真的?"卡莉斯塔问道。

"不是!"卡蜜尔尖声说,"我挺喜欢勒缪尔的,但我更偏好另一类伴侣。"

"噢。"卡莉斯塔偏过头去,脸上泛着心虚的红晕。她看看勒缪尔说:"你真的能做到那些吗？"

"是的，我可以，"他说，"此刻你感觉很尴尬，你希望卡蜜尔能够不要当面谈论她的性取向。你相信我的说法，而且感到十分欣慰，因为你显然并不是唯一一个怀有秘密的人。"

"你不需要特殊能力也能看出来，勒缪尔，"卡蜜尔笑道，"我都能看出来。"

"的确，但你同样相信我的说法，而且你也具有一种能力，对吗？"

卡蜜尔的笑容顿时僵在脸上。

"我不知道你在说什么。"她说。

"这是个谎言，"勒缪尔说着从椅子上站起身来，给自己倒了杯水，"你接触到一件物体之后就能知晓它的来历，以及它曾经的拥有者，你可以纵览其全部历史，一直追溯到它被创造的时刻。这就是为什么你永远戴着手套，为什么你从来不向别人借东西。我能理解，像这样得知别人的所有秘密绝不是件轻松愉快的事。"

卡蜜尔移开目光，垂下头去，勒缪尔微笑起来，试着安抚对方。

"我曾看到你在阿苟鲁房屋废墟里触摸那件出土物品，"他继续说，"你碰到它的一瞬间就知道它是什么了，对吗？"

卡蜜尔紧紧盯着地面说道："是的。我也不是一直都能那样做，是在我十三岁的时候开始的。"

"别担心，亲爱的，"勒缪尔语气轻柔地说，"我们都是天赋异禀，而且我不认为大家是碰巧在这里相聚。"

"我没听明白。"

"想想吧。像我们这样拥有普通人无法理解的特殊天赋的家伙碰巧凑在一起，概率能有多大？我不是数学家，但我相信这绝非易事。"

"那你的意思是，我们被特意召集到一起？为什么呢？"

勒缪尔重新坐下，这热浪让他大汗淋漓，气喘吁吁。

"我认为，这或许和我们的东道主有关，"他说，"看看周围。第十五军团附属的记述者才有多少名？放眼整个军团的所有学会，只有区区四十二人罢了。如此之小的数目让我觉得，大家被选中的原因远远不止我们作为记述者的天赋。"

"你是说我们之所以被千子选中，是因为我们都拥有某种能力？"

"几乎毫无疑问。"勒缪尔说。

"为什么？"卡莉斯塔又问道。

"这我就不清楚了，"勒缪尔承认，"但以我对千子的一点了解，他们从来不会做任何缺乏充分理由的事情。"

山脉内部充斥着声音与色彩。纵然太空野狼拥有传奇般的敏锐感官，但这并非他们所能听到的声音，也不是他们可以分辨的色彩，此处皆是以太的色泽，它们波动如烟，如同生物荧光一般从光滑岩壁上辐射而来。

阿斯塔特披挂的盔甲具备着能够穿透黑暗的传感器，但是对于缺乏以太视野的人而言，面前这幅景象仅仅是单调的海绿色，远远无法体现那股浸润了山岩的真实光芒。

一百名战士深入山脉内部，从死者身上回收基因种子的任务颇为繁重，已经难以抽调更多人手。

马格努斯走在队伍之首，脚下踏着一条旁人难辨的扭曲道路。斯卡森大人和欧谢尔·沃德梅克与之同行，阿里曼则趁机观察那位狼主。斯卡森的灵气如同一柄利刃，是用坚定与执着熔铸而成的刀锋。这位战士永不松懈，永不迟疑，并且绝不会在履行职责时动摇。

这种对于自身目标的笃信不禁让阿里曼联想到古老的卡巴拉所记载的传奇魔像。那个魔像由黏土塑造，一位古代祭司利用它来保护人民免受迫害。它异常强大，无可阻挡，绝对逐字逐句地遵守其主人的指示，无论如何都不会偏离任务。

它完美体现了太空野狼的性质，因为阿里曼研究过他们的战绩。鲁斯之子是一种武器，一种登峰造极的毁灭力量，在完成任务之前绝不停歇。

当然，关于魔像的传奇同样是一份针对傲慢的警示，因为此后的故事又描述了一些被诡计所击败的魔像，它们经常转而攻击自己的主人。英戈尔施塔特的魔像便是如此，那怪物先是践踏了自己的主人以及他所珍爱的一切事物，之后则在一座高高的火葬柴堆上自毁。

这种对比让阿里曼感到不安，他将那些念头抛出脑海，此时通道始终向下方延伸。通常他可以回溯任何路线，无论其复杂程度，但今日，他在进入这座山脉的几分钟之内就彻底迷失了。似乎只有原体清楚自己走向何方，但阿里曼想象不到马格努斯是如何知晓应当选择哪条岔路。

在其他学会的连长中，只有乌希扎尔随队进入了山脉。弗西斯·塔卡太虚弱，哈索尔·玛特正在运用亮羽学派的治疗技能帮助同僚尽快恢复。卡洛菲斯也留在了地面上，负责对战场进行收尾。那些异形泰坦已经覆灭，但谁能知道是否有其他的可怖事物潜藏在峡谷和洞穴里？

因此，深入山脉之下的阿斯塔特队伍中混杂着各个学会的成员，阿里曼能看到幽灵般的能量从他们身上闪现涌升，相互之间都有着细微的区别，诸位战士灵气的脾性明确展现出他们所属的不同学派。

阿里曼发现，大部分都是火凤学派的成员。

"我知道，"乌希扎尔说，"在与太空野狼合作的时候，低调和精巧恐怕难有作为。"

阿里曼正要点头认同，随即意识到自己并没有将心中的念头付诸语言。

"你刚才读我的心了？"他问道。

"我现在很难不去读，"乌希扎尔回答，"这里的以太能量高涨满溢，所有人的思绪都被放大了。就好像你们在高声喊叫，这让我很不舒服。"

自己的思维被他人读取，这让阿里曼很不舒服。

"小心些，"他警告道，"有时候这可能会给你惹麻烦的。人们可不喜欢自己最深层的秘密被揭露出来。"

"我的力量与你的并无不同。"乌希扎尔说。

"你是如何得出这个结论的？"阿里曼问，"黑鸦与天枭的能力相差甚远。"

"我读取的是人们现在的想法。你读取的是人们未来的行为。区别仅仅在于时间点。"

"我倒是从未这样考虑过，"阿里曼承认，"或许我们改天可以讨论一下？现在似乎不是个恰当的时机。"

"的确不是。"乌希扎尔轻笑着回答。

他们在沉默中继续前进，沿着扭曲的通道步步遁入黑暗。在长久的空虚之后重新体会到以太的触摸，这令人喜忧参半。万事万物皆有原因，而只有某件意义重大的事物才能导致另一件事物的状态产生如此极端的转变。

究竟是什么潜藏在山脉深处的事物引发了这种转变？

三人陷入沉默，各自思忖他们都天赋异禀这一事实的含义。卡莉斯塔和卡蜜尔对于能够与朋友分担重负而感到欣慰，同时对于在片刻之间便抛下一生的秘密还有些不安。

这将他们紧紧联结在了一起。无论未来发生什么，无论他们会踏上怎样的旅途，三人之间共享的这份秘密已经铸就了一条纽带。现在它还颇为脆弱，但只要悉心培养，必然能变得牢固而长久。

"现在如何？"卡蜜尔最终问道。

"你的意思是？"勒缪尔反问。

"我的意思是，我们该做什么？"卡蜜尔举起双手说，仿佛他脑筋太迟钝了，"既然你说我们之所以加入28号远征队是因为我们各具天赋，那么我们应该意识到这一点吗？我们可以公然运用自己的能力吗？"

勒缪尔略加考虑之后回答："我不建议如此，亲爱的。我们的力量在一定范畴内依旧被视为巫术。"

"你觉得我们有危险吗？"卡莉斯塔把长袍揪成一团问道，"他们是特意把我们聚集起来吗？为了把我们一网打尽？"

"不，我认为不是。"勒缪尔急忙说道。他站起身走到卡莉斯塔的椅子旁，握住对方的手，直视她的双眼说："我不认为千子花费这么大的精力，仅仅是为了把我们送上火刑柱。"

"那么他们究竟为何需要我们？"

"我必须承认，我也不确定，"勒缪尔回答，"阿里曼大人说他想要教导我如何使用力量。我认为我们是来这里学习的。"

"千子为什么要教导我们？"卡蜜尔问。

"阿里曼大人说，我们在使用力量时会让自己身陷危难，"勒缪尔说道，他努力传达着自己难以阐述的概念，"我也不是很明白，但我有种感觉，我们是一项伟大事业的组成部分，我们就站在某种美妙事物的风口浪尖。我们可以成为一个新人种的先驱，一个能够安然运用能力并相互传授力量的新人种。"

卡莉斯塔顿时把手抽了回去，她脸上的恐惧让勒缪尔备感惊讶。她的灵气变换光泽，从柔和的金黄变成了愤怒的赤红。

"我不想成为什么新人种，"她说着推开椅子站了起来，"我不想拥有这种能力。如果可以的话，我早就把它抛掉了！"

勒缪尔站起身，抬着手安抚对方。

"我很抱歉，"他说，"我没有逼你的意思。"

"那好痛，"卡莉斯塔断断续续地说道，她用双手按住额头，凭意志力忍住泪水，"那种火焰每次出现的时候，都会把我的一部分烧掉。除非我阻止它，否则恐怕总有一天它会把我整个烧尽。"

卡蜜尔也从椅子上站起来，抱住卡莉斯塔。

"别傻了，"她说，"我们会照看你的，对不对，勒缪尔？"

"当然，"他说，"毫无疑问，像我们这样的人要团结起来。"

"什么样的人？"三人身后的一个声音说道。

勒缪尔像是被击中一样跳了起来，他匆忙转过身，看到一位羸弱老者，对方身穿记述者的米黄色长袍，卷曲的满头银丝勉强束成了杂乱的辫子。此人枯瘦而佝偻，胳膊底下夹着一本皮面的薄书，核桃色的皮肤被漫长岁月刻下了纵横沟壑。

"我没有打扰你们吧？"马哈瓦斯图·卡里马库斯问道，他为赤红的马格努斯担任特别书记员。

勒缪尔首先反应过来。"马哈瓦斯图！不，不，永远欢迎你来。快请进吧，好吗？这段时间我很少见到你。为马格努斯著书立传让你忙得不可开交，都没时间来看看老朋友了？"

卡里马库斯显得十分局促，勒缪尔在他的灵气中读到了浓厚的不安。

"有什么事情吗，我的朋友？"勒缪尔问道，他扶着卡里马库斯走进帐篷。

"恐怕是的。"马哈瓦斯图说。

"怎么了？"卡蜜尔问，她把椅子让给那位老人。

"是原体，"马哈瓦斯图说着将那本皮面书籍摆在膝头，又带着负罪感颤抖了一下，"我担心他和战士们有危险。"

"什么危险？"卡莉斯塔问道。

"最深重的危险，"马哈瓦斯图说，"难以想象的深重危险。"

队伍最终来到了山脉核心位置的一口巨型深坑面前，那个宽达数百米的黑洞是完美的圆形。深坑上方的岩壁晶莹剔透，仿若神殿圆顶，与构成那些泰坦的材料如出一辙。那色泽浅淡的乳白拱顶中渗透着猩红脉络，正如极品大理石一般。而且与泰坦一样，它也被漆黑的污浊藤蔓所侵染了。

数千条脉动不已的闪亮黑线从深坑中蔓延出来，就像某种非自然野草的贪婪根系。它们伴随着湿滑声响涌动匍行，负责攫取而非维系生命，似乎是对植物根须的猥琐嘲讽。

"芬里斯的巨骨啊！"斯卡森嘶声道："这是什么样的野兽？"

谁也无法回答他，众人在看到面前这幅景象时都因强烈惊惧而瞠目结舌。

阿里曼穿过震慑不安的阿斯塔特队伍，迈步来到深坑边缘。一道宽阔石台环绕着巨坑，足以让两辆兰德掠夺者并排而驰。金银符号铭刻在岩石里，似乎自始至终便存在于此，而整座山脉则是在它们周围生长起来的。

马格努斯站在深坑边缘，惊奇地凝视着这片由漆黑触手所组成的浓密丛林。他的皮肤已经恢复了光泽，向山脉脚下的力量之源展开探索的这段旅程似乎让他重拾活力。欧谢尔·沃德梅克与斯卡森大人跟随阿里曼一同来到原体身旁。

"它们是什么？"斯卡森发问，他跪在最近处的符号旁边，那刻画着一条拥有银色眼眸的盘卷金蛇。

"是防护符文吗？"沃德梅克猜测道，"就像我们佩戴的狼符。"

斯卡森摸了一下肩头的狼皮，阿里曼看到所有太空野狼都迷信地触碰着自己盔甲上悬挂的各种护身符。靠近沃德梅克的几个战士则触摸了符文牧师手中的鹰徽权杖，阿里曼微笑起来。

"迷信？"他说道，"帝皇恐怕不会认同吧。"

"一位千子军团的阿斯塔特竟要告诫我们帝皇不会认同？"沃德梅克笑着说，"挺讽刺的，你说呢？"

"不，我只是觉得这种行为很古怪，"阿里曼微笑道，"几乎有些原始。当然，我无意冒犯。"

"没什么，"沃德梅克回答，"但你也触摸了一个类似护身符的事物。"

阿里曼脸上的笑容僵住了，他意识到那位符文牧师说得没错。他刚才不由自主地用手指按住了肩甲上的银质橡叶，那是曾经属于奥尔穆兹德的徽记。

"或许我们其实并没有那么不同。"沃德梅克说。

"或许吧。"阿里曼表示让步，他将注意力转回到那些探出深坑的粗壮黑索上。马格努斯一动不动，仿佛在进行无声的交流，阿里曼站在原体身边。

"大人？"他问道，"怎么了？"

"难以置信，阿泽克，"马格努斯说，"这是纯粹的物质，是原初创造者的实质具现。"

"这是恶心的物质，"斯卡森嘶声道，"傻瓜都能看出来。"

"它有生命。"乌希扎尔轻声说着，如同梦游般走到巨坑边缘。

"噢，它的确有生命，毫无疑问，"马格努斯点点头，"我从未遇到过具有如此充沛生命力的事物，很久都没有了。真的是很久都没有了。"

阿里曼察觉到一股警惕的颤抖爬上脊梁。就在此前，原体还将这种力量称为僵死腐化的。

"它在呼唤我们，"乌希扎尔说，阿里曼捕捉到对方话语中那梦呓般的声调，"我要去它那里。"

"什么在呼唤你？"阿里曼问，但他话音未落便立刻听到了，那是一种轻柔耳语，恰似远方挚友传来的呼唤。那声音绝非刺耳。它分外柔和，诱人的低语中暗藏着绝顶极乐的芬芳。

马格努斯转向他的连长们，摇了摇头。阿里曼看到马格努斯的眼眸漆黑幽深，瞳孔极度扩张，仿佛里面充满了那些黑色触须的组成物质。

"吾儿，"马格努斯开口说，阿里曼在每个音节中都能品味到那种几乎难以束缚的无羁力量，"专注。升入第十层心境，阻断那些声音。你们尚且难以抵抗。我曾经与这样的力量交手过。我当时制服了它们，现在也能制服它。"

乌希扎尔点点头，阿里曼感觉到对方的意识升入了高层心境，在这个内在的隐修之所，他可以找到安宁祥和，不受周围世界的种种烦扰。达到这样的精神状态本就并非易事，在此处更是如此，但乌希扎尔足具掌握自身心灵的能力。阿里曼的意识追随同僚而去，那些声音立刻消逝，就像通信器的电池被取走一样骤然断开。

第十层心境所提供的清晰思维让阿里曼看见了众多触手中心的某些事物，他捕捉到猩红的一瞥以及闪亮的反光。

"不，"他轻声说道，瞬息之间的熟悉感令他对第十层心境的掌控开始松动，"千万不要如此。"

仿佛是刻意回应他的话语，那些触手纷纷颤抖起来，一种令人恶心的湿滑声音顿时充满了洞穴，仿佛有上千条油腻肢体一同扭动。太空野狼立刻警惕起来，他们的爆矢枪瞬间抬在身前，虽然除了那些黑色触手之外，没有任何明确目标可以让他们释放怒火。

"这里怎么回事？"斯卡森质问道。

沃德梅克的手杖上涌动着暴烈能量，但那个符文牧师充满惊恐地打量着它，仿佛自己的武器变成了一条毒蛇。

"散开，"马格努斯命令，"远离边缘。"

那团腐败植物般的凝胶状触手波动起来，若干粗壮根须从洞穴拱顶上脱落。较近的触手则逐渐瘫软，分散到两边，如同一片肮脏池塘中的染疫水草，某种事物正在它们之间穿行，逐渐向千子逼近。

一道幽暗帷幕自动揭开，阿里曼看着一个悲惨形体从成群的漆黑触手之间飘浮而出，他对心境的掌握顿时崩溃。

一条条橙色纤维挂在那近乎赤裸的躯体表面，他僵硬地悬在半空，头颅低垂，就像断线的木偶。那个身躯被一丛纤细触手高高举起，其中一条如同绞索般缠住他的脖颈，另一条则环绕着他的额头，恍若一顶黑曜石冠冕。

这些触手与众不同。它们的秽恶材质上挤满了张合的口唇与翻动的眼睛，众多器官时刻凭空出现又消于无形。

那个身影逐渐靠近，他终于抬起了头颅。他的眼睛漆黑反光，皮肤上蔓延着细密的黑线，仿佛那些乌黑触手将它们的腐坏材质注入到了这具身体里。一块破裂的镜子面具挂在他的脖子上。

那个人的嘴颤动不止，仿佛是在某种超乎想象的折磨中尖叫，然而他静默无声，只有灌满污秽的肺叶发出些许汩汩轻响。

"那莫非是……"乌希扎尔问道。

"是的，"马格努斯哀伤地说，"是亚提里。"

马哈瓦斯图·卡里马库斯来自印度次大陆，是一名细致入微的数据记录者，他对于细节的审视近乎苛刻。他记录了伟大远征早期岁月中的诸多重大事件，更是最早被千子选中的记述者之一。声誉远播的他立刻被指派给了赤红的马格努斯。

当重获生机的军团在欢呼人群与飞扬花瓣的包围下从普罗斯佩罗荣耀出征时，他便一直伴于马格努斯左右。他将原体的所有思想与行为都记录在一本伟大典籍中，很多人将其称为马格努斯之书。

很多记述者都难以从千子口中获取伟大远征的第一手资料，因此他们往往带着相当浓烈的嫉妒看待马哈瓦斯图·卡里马库斯。勒缪尔在弗泰普号参加一场关于数据整理的论坛时有幸结识了马哈瓦斯图·卡里马库斯，两人的友谊源自他们对于细节的共同酷爱。

"细节之中有神明。"当他们扎进战舰上那座迷人的图书馆中，埋头研读堆积如山的手稿时，马哈瓦斯图总会这样讲。

"你是说细节之中有魔鬼吧。"勒缪尔则会这样回答。

"亲爱的勒缪尔，那要完全取决于具体的细节本身。"

卡里马库斯的实际年龄大约是一百三十岁上下，然而他精力格外充沛，仿佛只是年过半百。

但在今日，马哈瓦斯图·卡里马库斯看起来的确如此老迈。那位饱经沧桑的记述者翻开他手中的书，勒缪尔从他身后俯视。

"真是一本艺术家的手稿，"勒缪尔说，纸面上有很多木炭和铅笔所留下的潦草痕迹，"我从来不曾把你当作素描家来看待。这种技艺对你而言似乎有些太模糊了，缺乏语言文字的那种精确。"

卡里马库斯摇摇头。"你说得没错，勒缪尔，"他回应道，"我可不是艺术家。说实话，我已经不知道自己究竟是什么了。"

"抱歉，马哈瓦斯图，我没听明白。"

"我不记得画过这些，"马哈瓦斯图·卡里马库斯恼怒地说，"我不记得这本书里的任何内容，无论图画还是文字。我检视自己录入的每一条信息，却什么都认不出来。"

泪水在那位老人的眼眶里闪动，勒缪尔看到对方灵气中的紧张变成了令人心痛的哀伤。

"我写下的所有东西，我都不记得。"

"你让医疗队的人检查过吗？"卡蜜尔问道，"我有位叔叔上岁数之后脑袋就变糊涂了。他什么都不记得，即便是你刚刚告诉他的事情。很快他就忘记了自己是谁，也不记得他的妻子和儿女。那很伤感，我们眼看着他一点一点地遗忘。"

马哈瓦斯图摇了摇头。

"我知道这种退行性的认知与功能障碍，希梵尼女士，所以我今天早上让医生扫描了我的大脑，"他说，"我脑内和皮层下的神经元与突触数量都很正常，他也没有在我的顶叶和颞叶里发现任何萎缩或退化。仅有的异常是扣带回的一小块阴影，但那无法解释这一切。"

勒缪尔仔细研究面前的图画，试图从粗糙的轮廓与潦草的笔迹中解读出些许含义。

"你确定这些都是你写的吗？"他凝视着挤满了每一页纸的怪异符号问道。勒缪尔认不出那些文字，却能认出那种语言，他也由此意识到这绝非寻常的记录本。这是一部秘典。

"我确定，"马哈瓦斯图说，"这是我的笔迹。"

"你怎么知道？"卡莉斯塔问，"你是用那套书记工具来记录啊。"

"的确，亲爱的，但若要使用这套工具，就必须首先进行调整，让它与使用者的笔迹保持同步。世界上没有任何一位字体专家能够区分开这台机器与我自己的字迹。"

"这写的是什么？我看不懂。"卡蜜尔说。

"我不知道。这是一种我从未见过的语言。"

"这是以诺克语，"勒缪尔说道，"所谓天使的语言。"

"天使？"卡蜜尔问，"你怎么知道？"

"我在泰拉的图书馆里有一本不完整的《罗加埃斯之书》副本，"勒缪尔解释道，看见众人脸上的疑惑之后，勒缪尔继续说，"据说那是古老地球的一位魔法师所记录下的天堂祷文。那本书就是用这种文字写的，不过我始终只能翻译出一点点零星的内容。显然另一本书，《天使之钥》，和它是配套的，那里面有字母表，但我从来都没找到副本。"

"以诺克，"马哈瓦斯图沉吟道，"有意思，你一定要多给我讲讲。"

"以免有人忘记了，你不是说赤红的马格努斯面临深重危险吗？"卡莉斯塔问道，"我们是不是该关注这件事？"

"噢，是的，当然！"马哈瓦斯图高声说道，他把书翻到最后一页，上面是一幅铅笔素描，其线条刚猛有力而充满激情。那幅图画似乎描绘了一个从浓密森林中浮现的赤裸身躯，不过当勒缪尔凑近细看之后，他发现那并不是森林。那是无数盘蛇般的扭曲触手，从巨大的深坑中纷纷探出，而站在它们面前的无疑便是赤红的马格努斯，他被若干条触手纠缠住了。他麾下的战士们也在遭受攻击，身陷宽阔山洞之中，殊死奋战。

那是在一座山脉内部……

"这是什么？"卡蜜尔问，"我啥都看不明白。"

"我也不知道，"马哈瓦斯图说，"勒缪尔？"

"我不确定，但我同意，这看起来很糟。"

"图下面的那个词是什么？"卡莉斯塔问。

图画下方有一个歪歪扭扭的词，勒缪尔顿时意识到，那是他所认识的为数不多的以诺克词语之一，这让他全身如坠冰窖。

"万噬。"他翻译道，马哈瓦斯图随之身体一颤。

"什么？"卡莉斯塔问，"那是什么意思？"

"它的意思是'吞噬一切之物'。"勒缪尔说。

第十章

九头蛇
野兽的胃囊
日后便知

在黑色触手的支撑下，那具曾经属于亚提里的躯壳朝千子飘浮过来。他漆黑无底的双眸如同两扇门扉，通往某个被永恒夜幕所笼罩的幽暗国度。马格努斯抽出弯刀，阿里曼感觉到军团领袖的巨大力量逐渐涌升。

通信频道里充满了芬里斯的咒骂与心境的真言，但在阿里曼耳中，那团源自深渊的乌黑邪物所发出的咝声轻语掩盖了一切。

马格努斯……马格努斯……

它似乎在重复原体的名字，但很难听清楚。

赤红的马格努斯迈向亚提里，那些缠住阿苟鲁长老脖颈的触手逐渐收紧。亚提里脸上青筋暴起，皮肤苍白而脱色，长期佩戴面具的位置被磨出了老茧。

亚提里相貌平平，面孔宽阔，粗大的眉骨和高高的额头暗示着保护大脑的厚实骨骼。阿里曼意识到自己从未见过阿苟鲁人藏在面具之下的脸庞，就连孩子也不例外。

蜿蜒匍匐的触手从拱形洞顶上脱落，垂向阿斯塔特，阿里曼拔出手枪，紧紧握住权杖。

"如果那些触手靠得太近，就摧毁它们。"他命令道。

洞穴中顿时回荡起链锯剑利齿飞旋的嘶吼。

亚提里的躯体飘向马格努斯，阿里曼发觉自己的手指在扳机上抽搐。深厚的能量充满了部族长者的皮囊，阿里曼意识到这漆黑浪潮仅仅是冰山一角，与那股从世界下方渗透上来的可怕力量相比不过九牛一毛。

"大人？"他说道。

"我明白，"马格努斯说，"我能控制它。这对我而言并非奥秘。"

乌希扎尔站到阿里曼身边，一丝丝内在能量让他的手杖开始闪耀。虽然阿里曼看不到乌希扎尔的脸，但同僚举手投足中的不自然还是揭示出了对方正在承受的压力。

阿里曼在凝望马格努斯的同时也紧紧留意从洞顶逐渐垂下的触手。它们光滑而油腻，绝非自然造物，阿里曼在那些盘卷扭曲的动作中捕捉到了某种恐怖的知觉，它们恰似一条条准备扑击猎物的毒蛇。

"大人，"阿里曼再度开口，"你有何命令？"

马格努斯并未作答，而是迎上了亚提里的目光。阿里曼能够察觉出二者之间暗流涌动，并意识到规模可观的能量正在针锋相对。一场灵魂之间的静默鏖战已经展开，阿里曼只能束手无策地看着原体。

随后，两件事情同时发生。

亚提里的身体突然扑上前来，用双臂环绕住马格努斯，仿佛是对兄弟之间热烈拥抱的恐怖效仿，心灵烈焰在他的漆黑双眼中熊熊燃烧。

与此同时，那些像巨蛇般盘踞在阿斯塔特头顶的黑色触手发动了攻势。

在它们骤然出击的瞬间，阿里曼便立刻开火。爆矢枪震耳欲聋的怒吼顿时充满了洞穴，枪弹的咆哮四下回响，枪口的闪光毫无间歇。被击中的触手纷纷炸裂，乌黑液体飞溅在盔甲上。但它们数量庞大，前仆后继。

阿里曼四次点射后打光了弹夹。

他能感觉到身边的乌希扎尔，那位传心者此刻难以发挥任何战斗技巧，被迫运用长期训练所培养出的肌肉记忆来挥动武器。那股试图钻入阿里曼脑海的恐怖力量施加了惊人压力，已经令他几乎无法承受，他难以想象一位传心者会有怎样的感受。

"它们无穷无尽！"乌希扎尔喊道。

"就像勒拿湖的九头蛇。"阿里曼在挥动权杖的间隙说道。

每一枚命中目标的爆矢弹都会让一条触手炸裂粉碎，四下泼洒的黏稠黑血嘶嘶作响地挥发。它们并不强大，但具备威胁的是其数量，而非力量。一根根巨蟒般的黑绳将阿里曼缠绕包裹起来。

他释放出精准的暴烈能量，顿时使它们消于无形。更多触手向他探来，阿里曼则挥动权杖，紫铜与黄金的扣环上涌动着烈焰。乌希扎尔后退一步，阿里曼立刻构筑起自己的心灵防御，他很清楚接下来会发生什么。

在震耳尖啸中，一道无形无影的以太能量像沸腾巨浪般从乌希扎尔身上喷薄而出，如同熔岩炸弹所引发的冲击波一样席卷四方。太空野狼对此毫无反应，但他们周围的触手顿时消解成了黑色薄雾，其他触手则被这股力量所威慑，谨慎地保持着距离。乌希扎尔跪倒在地，头颅低垂，鲜血般的以太光芒从他盔甲上的每条接缝中流淌出来。

借助乌希扎尔在敌阵中撕开的空隙，阿里曼冲到了他最后一次看到马格努斯的位置。原体依旧被亚提里的秽恶拥抱所束缚，身躯几乎被扭动的触手彻底掩盖。更多触手还在源源不断地缠绕上来。

"快去！"乌希扎尔大喊，阿里曼看到同僚方才释放的那股风暴已经令其精疲力竭。在心灵防线遭受猛烈袭击的同时还能施展如此强大的力量，这几乎是个奇迹。阿里曼向乌希扎尔点点头，随后继续前进，但更多敌人从深渊中蜂拥而来，阻止他赶往原体身旁。盘卷蠕动的黑暗物质组成了一道活体墙壁，但阿里曼的手杖如同割麦镰刀般将其斩断。

一团势不可挡的触手从深渊裂口中喷涌而出，浩瀚之洋的能量经历了恐怖的异变，滋生出成千上万头盲眼怪物。阿里曼的力量对于那些生物而言如同恶咒，以太的纯净烈焰正是这种腐败邪秽的宿敌。

太空野狼则秉承毫不动摇的冷酷意志投身战斗，带着无情力量与坚定决心挥动剑刃。他们的枪声汇成了一股不加停顿的震耳轰鸣，然而他们毕竟寡不敌众，又缺少以太能量的强大助力。

阿里曼看到一名太空野狼被大团触手卷上半空，那位战士的盔甲在凶狠的挤压下逐渐变形。那名野狼一刻不停地开火并怒嚎，直到他的盔甲与骨骼终于在恐怖的断裂声中扯作两段。鲜血从那一分为二的身体中喷涌出来，但他依旧扣动着扳机，即便在他的残躯被拖入深渊时也不曾停歇。遭受此等厄运的远非这一人。阿里曼四下扫视，看到众多战士被撕成碎片。每一分钟都有十几名阿斯塔特殒命，但他们继续战斗。

斯卡森大人手握一柄光芒冷冽的长剑大杀四方，在未来的传奇中，那柄剑将是由冰川核心的坚冰所塑造，用强悍海怪的吐息所锻铸。正如阿里曼的手杖，那长剑同样是黑暗物质的灾星，所过之处令邪物灰飞烟灭。

欧谢尔·沃德梅克与狼主并肩奋战，那附有鹰徽的手杖在符文牧师周身舞动，化作一道明亮圆弧，其超凡光辉在视野里烙下了闪耀的痕迹。和阿里曼一样，沃德梅克也拥有力量，黑暗对他颇为忌惮。

那位符文牧师看到了他，阿里曼朝对方靠拢过去。

在阿里曼接近时，斯卡森大人抬头瞥了他一眼，狼主双眸里的寒光如今变得更加冷酷。其中没有仇恨，没有愤怒，只有一心毁灭敌人的无情意志。斯卡森在战场上的冷静超然让阿里曼感到惊讶，但他没时间多加思索。

"我们必须靠近我们的原体，"阿里曼在爆矢枪的轰鸣与链锯剑的嘶吼中高喊，"然后撤离这里。"

"绝不！"斯卡森吼道，"敌人尚未覆灭。我们就算离开，也要在它死掉之后，而不是之前。"

阿里曼看得出来，与这位狼主争辩是完全徒劳的。对方心意已决，自己的一切言语都休想令其动摇。于是他点点头，转身面向战场，望向那些扭曲蠕动的黑色触手与奋力应战的阿斯塔特。

千子拥有较大的优势，与太空野狼的枪炮和剑刃相比，他们的手杖与灵能具备更为显著的功效。阿斯塔特向来毫不退缩，但面对这势不可挡的无尽恶敌，只靠坚定决心是无法取胜的。

"好吧，"阿里曼说，"你会与我并肩作战吗？"

"有沃德梅克就行了，"斯卡森低吼道，"我要和我的同胞一起战斗。"

阿里曼点点头。他并未抱有更多的奢望。他一言不发地冲向裂口边缘，挥动炽热权杖杀出一条血路，不时从手套上爆发出一团以太烈焰。沃德梅克紧紧跟随，这两位强大战士运用远超凡人理解的神秘力量协同作战。

一条黑蛇扑向沃德梅克的头盔，阿里曼将其斩为两段。另一条缠上阿里曼的腰部，沃德梅克抬手令它化为灰烬。两人的思维与权杖皆为制敌武器，但他们依旧要为跨出的每一步而搏斗，用致命攻击与凶暴能量去毁灭一条条触手。他们虽然并非亲生兄弟，却能在鏖战中默契无间，两个人的战斗风格完美互补。阿里曼依赖严密不乱的战斗纪律，对每一次攻击的力道和方向加以精确掌控，而欧谢尔则依靠行云流水般的敏锐直觉，他即兴而发的战斗手法更多地源于自身能力，而非任何刻意的训练。

这个组合致命而高效，两位战士相互配合，仿佛他们从出生起就一同练习。他们冲破了黑色触手所组成的厚重防线，终于来到裂口边缘，那些扭曲物质在他们的突击面前土崩瓦解。当阿里曼发觉自己踏上了那些褪色的符记时，方才意识到他们已经到达了边缘。

千子与太空野狼的尸体正被拖入深渊，他们的遗骸被闪亮黑绳紧紧包裹。阿里曼探出自己的以太感知，顿时发现了马格努斯那令人敬畏的夺目存在。

"原体！"阿里曼盯着那团蠕动不止的黑色物质高喊。马格努斯和亚提里如同情侣般拥抱在一起，被那些触手卷走，遁入了脉动不已的邪秽之心。

黑暗将马格努斯笼罩起来。

原体随即踪影全无。

这并无不适，丝毫没有。

马格努斯能感觉到一股翻滚沸腾的徒劳怒火，敌人试图将他压倒并扭曲，正如其对亚提里所下的毒手。那位部族长者已经不复存在，其心灵暴露在那种邪能之下，早已支离破碎，躯体也逐渐消散。但马格努斯的思维是由银河中最伟大的设计师亲手打造并精心磨砺的，这种粗劣手段对他而言不值一提。

马格努斯能感觉到对方力量的秽恶具现在自己的实体身躯上蠕动盘卷，将他步步拖入深渊，但他屏蔽了这些感受，将知觉彻底收回心底。有趣的是，敌人的具现形式经过了明确演变，其外形源于阿苟鲁人的梦魇和传说。

如此简单，却又如此恐怖。

有哪个文明不惧怕那些栖身于黑暗之中的滑腻怪物？面前的敌人脱胎于亚提里那饱受折磨的凄惨心灵，取自最深刻的恐惧和最古老的传说。马格努斯的幸运之处在于，阿苟鲁人的想象力颇为贫乏。

涌入这个世界的原初能量恰恰就源于下方，马格努斯在一念之间便甩开了亚提里的拥抱。他的躯体变得像熔炉般炽热，顿时将部族长者的血肉焚为灰烬，他随后孤身遁入深渊裂口，口中诵念着心境的真言。

他麾下的战士们借助心境来达到更高的意识层面，从而实现最佳的思维效率，但对于马格努斯这样的存在而言，心境就像是用来跨越一条潺潺小溪的踏脚石。他在初次离开泰拉之前就已经完全掌握了，而他父亲的告诫至今依旧在他脑海里回响。

马格努斯安然遵从了那些警示箴言，耐心忍受阿蒙的教学，聆听对方关于普罗斯佩罗上浩瀚之洋力量的讲演，同时心中很清楚，更加伟大的力量就在触手可及之处。阿蒙非常善待他，并欣然接受了自己日渐落后的事实，因为马格努斯的知识与力量很快就青出于蓝。但阿蒙同样作出了警告，不应过分窥探浩瀚之洋的深邃角落。

若要探讨无度妄为的苦果，普罗斯佩罗的荒芜旷野便是明证。

只有当帝皇带着军团的幸存者抵达普罗斯佩罗时，马格努斯才明白自己必须忽略那些警示，去深入挖掘诸般奥秘。他的子嗣逐一殒命，躯体爆发极端异变，彻底违抗意志的掌控，无缚浪潮在战士们的血肉中催生出种种恐怖的转化。这些可怕的异变甚至并不局限于肉体。他们的心灵如同闪光弹一样在浩瀚之洋中夺目脉动，吸引那些妄图进入实体宇宙的捕食者、猎手以及其他恶兽。

如果不加阻止，他的军团必将迅速灭亡。

能够拯救众多子嗣的那份力量始终存在，并静待运用，马格努斯对此斟酌许久，仔细考虑是否要忤逆父亲的首要命令。他绝没有贸然行动，而是首先展开认真内省，并且对自身能力作出了客观的评价。马格努斯知道自己操纵以太的能力堪称炉火纯青，但他究竟是否足够强大？

如今他已经知晓答案，因为他成功拯救了麾下的战士们。他从浩瀚之洋深处某个邪恶阴影的魔爪里夺回了对于子嗣命运的控制权。帝皇自然知道那些生物的存在，他在亘古年代中曾与它们进行交易，但马格努斯在此之前还从未胆敢面对它们。这份胜利也绝非毫无代价，他抬起手来抚摸自己右眼位置的光滑皮肤，心中回味着那场痛苦而值得的牺牲。

他面前的秽恶物体正是那种深渊邪力的苍白倒影，这一池死水般的堕落能量在偏僻空间中趋于僵化。马格努斯能感觉到从此处延伸开来的数十亿条路径，众多虚幻通道所组成的辽阔网络将这潜能无限的广袤星空连为一体，那些网道在诸多世界之间纵横穿行。虽然这个区域已经腐化，但仍有很多金光闪耀的完好区域散布在浩瀚之洋中，如同丝线般贯通整个银河，恰似昔日连通了罗马帝国的石板路。

即便是他这般天赋异禀之人，想要完全记住那迷宫般的网络布局也是天方夜谭，然而在冲破黑暗的须臾之间，马格努斯就在脑海中印下了上百万条岔路、通道和入口的模样。他纵然无法掌握整个网络，但也能记住足够多的信息，从而找到其他的入口和道路。父亲得知此事后会很高兴，至少足以让他忽视马格努斯的越界行为。

马格努斯对于此前从未发现过这些网道而深感诧异，因为他和父亲一同遨游过浩瀚之洋的遥远边际，目睹过能将任何其他心灵逼疯的异景。他们探索过被遗弃的熵能暗礁，飞越过闪耀着万色烈火的无底深渊。他们曾与无名无形的猎食者战斗，也曾感受过某些超乎理解的庞大存在所投下的冰冷阴影。

马格努斯顿悟，自己从未发现过这些道路是因为它们无法被发现。只有那张网络在阿苟鲁星球的破损之处才让他得以一窥奥秘。

实体世界传来的感觉突然打扰了他的内省，马格努斯抬起头来，看到一片充满了阴影与欺骗的领域。他已经不假思索地从凡俗世界进入了精神国度，他此刻飘浮的空间毫无形体与维度可言，只有任他随心捏造的尺度和结构。这就是那张网络的入口，是通往迷宫的节点。这就是他来到阿苟鲁星球想要找到的秘密。

马格努斯踏上一片由上冲断层与诡异山体所组成的破碎大地，这是个疯狂而荒芜的世界。多彩风暴和漆黑雨点鞭笞着地面，凶恶闪电踏着"之"字形的步伐烧焦了穹隆。天际被一团金色所笼罩，那团熊熊火焰将他彻底包围，某种受创的力量在其中沸腾。

破损的山脉在远方拔地而起，顷刻间又轰然崩塌。海洋中涌动着浪潮，随后瞬间化作了尘埃飞扬的沙漠。放眼四方，大地变幻不定，这是一团充斥着创造与毁灭的无常漩涡，既没有开端也没有终结。灰尘与绝望从石块的裂缝中喷发出来，这是马格努斯至今所见最完美的地狱景象。

"你就这点能耐？"他带着满腔轻蔑说道，"就连那些愚笨的虚空猎手都能幻化出这些。"

马格努斯面前的黑暗逐渐凝聚，无数道墨色螺旋盘卷聚合，最终形成了一条拥有黑曜石鳞片的闪亮巨蛇，它轻若无物，丝毫不受重力的影响。它的眼睛是粉色与蓝色的漩涡，脊背上扬起一对艳丽羽翼。巨蛇张开双颚，暴露着滴淌毒液的利齿。

它的分叉信子闪闪发亮，那张巨口恍若一道充满无限可能的深渊。

"这些？"那巨蛇问道，它的声音如同沙漠般干枯，"这非我所为。这是你带来的影响。这是无目者所为。"

如此露骨的谎言让马格努斯大笑起来，即便他并不熟悉这个名号。那笑声如同一阵闪亮暴雨。空气被潜在的能量所饱和。马格努斯在转念间创造出一座烈焰牢笼，将那巨蛇囚禁起来。

"到此为止了，"马格努斯说，"你的欺骗对我毫无效果。"

"我明白，"巨蛇嘶声道，"所以我不必进行任何欺骗。我告诉过你，这非我所为。这仅仅是某个未来的写照，它正如耐心的猎手般静静等待着你。"

那烈焰牢笼消弭无踪，巨蛇在半空匍行，逐渐靠近马格努斯，它的翅膀在每个瞬间都变幻出一百万种颜色。

"我要来终结这一切，"马格努斯说，"这道界门曾经被封锁，我会再度封锁它。"

"比你的主人还要古老的力量都未能成功。你凭什么认为自己能更胜一筹？"

"没有什么力量能比我更加强大，"马格努斯笑着说，"我凝视过深渊，我与它最黑暗的力量搏斗过。我击败了它们，我比你更了解这个世界的秘密。"

"多么高傲自信，"那巨蛇欣喜地说道，"这真让我感到欢愉。所有最恶劣的罪行都源于这种自信：饕餮、暴怒、色欲……傲慢。当世的一切强大力量都休想与自信满满的凡人相抗衡。"

"你是什么？你有名字吗？"马格努斯问。

"如果我有名字，你凭什么认为我会愚蠢到亲口告诉你？"

"傲慢，"马格努斯说，"如果我犯下了这等罪孽，那么你也一样。你想让我知道你是谁。否则何必这样现身？"

"希望你不要介意刚才的陈词滥调，我有很多名字，"那巨蛇干笑着说，"对于你来讲，我是克罗佐，盘踞深渊者，弥散的恶魔。"

"恶魔是个毫无意义的词语，仅仅是个为了催生恐惧的名字。"

"我知道，这很美妙，不是吗？"巨蛇微笑着缠绕在马格努斯腿上，沿着他的身躯向上爬行。马格努斯并不惧怕这条蛇。他可以毫不费力地毁灭它。

那巨蛇昂起头颅，与他面面相对，那覆满鳞片的闪亮身体还盘卷在他的躯干上。马格努斯感觉到对方收紧身体所产生的压力，于是增大了自己的体型。巨蛇则效仿马格努斯一同变大，以至于两个泰坦般的形体矗立在这片混乱大地上。

"你无法恐吓我，"马格努斯告诉巨蛇，"在这里，我比你更强大。你苟延残喘的唯一原因就是我尚且无意毁灭你。"

"为什么呢？你麾下的战士正在死去。难道超凡脱俗的你不在乎凡人的性命？"

"时间在这里没有意义，当我返回的时候，就仿佛仅仅离开了一瞬间，"马格努斯说道，"况且，多话的敌人能提供不少信息。"

"确实如此。"

"我厌倦这些游戏了，"马格努斯说着，恢复了凡人的体型。那些高耸入云的山脉突然覆盖上一层玻璃般的银色光泽，一阵令人眩晕的相似感在他脑海中闪现，"这到此为止。"

"真的？"那巨蛇问道，它的庞大身躯缩小到与马格努斯的手臂一样长，"我还没来得及诱惑你呢。你不想听听我能给予你什么吗？"

"你没有任何我需要的东西。"马格努斯向黑蛇直言。

"你如此确信？我可以赋予你极其深厚的力量，比你所拥有的还要强大。"

"我已经拥有力量，"马格努斯说，"我不需要你的。"

那黑蛇带着笑意发出嘶鸣，用生有毒牙的双颚模仿出一个笑容。

"你曾经饮鸩止渴，泰拉的马格努斯，"它说道，"你的力量是从别处借取的，仅此而已。你是一个被无形主人赋予了生命和活力的玩偶。即便现在，你也在按照他人的旋律跳着欢快的舞蹈。"

"我就该相信你？"

"我没有理由撒谎。"那黑蛇说。

"你有各种理由撒谎。"

"没错，但不是这里，不是现在，"黑蛇说道，它从马格努斯身上脱离开，在空中慵懒地旋转，"因为并不必要。没有任何谎言能比得上那份等待你揭晓的可怕真相。你与那些强大而恐怖到超乎想象的力量进行过交易。如今，你已经是它们的走卒，是一个将要遭到利用和抛弃的玩物。"

马格努斯摇摇头。

"别跟我虚张声势。我击败过比你更强大的力量，你所幻化出的地狱景象毫无新意，"马格努斯轻蔑地说，"为了拯救我的军团，我游历过浩瀚之洋最遥远的边际，拆解并重塑了命运的丝线，让我的子嗣与毁灭就此分道扬镳。你凭什么认为你那微不足道的诱惑能令我这样的人动心？"

"傲慢，"那黑蛇嘶声道，"以及那无可比拟的自负与自信……你将是个多么甜美的猎物。"

马格努斯听够了，他如今可以确信，这影像背后的异形心智不过是浩瀚之洋中的低劣精怪，是除了空洞夸耀与虚假承诺之外便一无所有的恶毒存在。他用一个手势将那条蛇拉到自己面前，紧紧抓住那扭转抽动的躯体。

它徒劳地挣扎起来，但马格努斯的钢铁之握毫不松动，仿佛那黑蛇只是一条没有生机的绳索。马格努斯用力一攥，它身上的鳞片顿时纷纷剥落，艳丽的羽翼失却了色彩与光泽。它的眼睛逐渐暗淡，毒牙从口中消解。随着那黑蛇的灭亡，整片大地也开始分崩离析。

"你什么都没打败。"那条蛇说道，马格努斯随即扭断了它的脖子。

阿里曼猛力挥动手杖，希望清理出一片开阔区域，便于他和沃德梅克并肩战斗，然而这徒劳无功。每当一团蠕动触手被斩断，便另有数百条从裂口中滑行而出，前仆后继。他对心境的掌控已经不复存在，原体遁入深渊的景象令他无法保持专注。在战斗中，阿里曼向来可以摒弃那些危及思维清晰的情绪干扰，但此时此刻，他的心灵被相互交织的愤怒与仇恨之火所填满。

在失去自我控制之后，阿里曼再度知晓了恐惧。

唯有目睹奥尔穆兹德死去的时候，他才感受过这般深入灵魂的空虚。

他曾发誓不再体验这种感觉，但今日甚至更糟。

阿里曼努力与更高层次的心灵状态重建联结，但原体的遭遇近在眼前，就连心境也无法提供抚慰。他转而关注这场生死之战，将自己的意识局限在下一个需要毁灭的敌人身上。这种状态十分陌生，却颇为有效。

周围满是敌人，已经分辨不出哪边是出口。滋生了那些触手的黑暗能量在洞穴中不断膨胀，那道翻滚沸腾的腐蚀浪潮以千斤之重压迫着他的心灵。

他已经看不到乌希扎尔，也无从得知那位战士是否还活着。千子和太空野狼各自为战，一个个孤立的小组被重重包围在黑色泥沼中，无法相互支援。这些差异显著的战士们今日同心协力，为了生存而殊死奋战，不再将胜利视作首要目标。

阿里曼的手枪早已打空了子弹，他双手握住长杖，以粉碎性的力量四下挥舞。他的每个动作都沉重而笨拙，他的思维则黯淡而迟缓。浩瀚之洋的能量在战斗中威力强大，但它引发的代价同样可观。

阿里曼对战斗技巧的掌握堪称登峰造极，但就连他也是无力再战，精神疲惫万分，躯体被推到了耐力的极限。现在他如同凡人一样，仅凭勇气、决心和蛮力进行战斗，但他很清楚这些是绝对不够的。他需要力量，然而他能够感受到的只有一股滚沸邪能，从那道吞噬了原体的深渊中奔涌而出。即便在这绝望时刻，他也知道那必定是通往万劫不复的第一步。

阿里曼只能独自面对剩下的恶战，无法仰仗以太的力量。

这令战斗变得分外陌生，同时也让阿里曼回想起自己曾经对哈索尔·玛特说过，或许有一天他必须在不借助自身灵能的情况下踏入战场。如今看来，这句话真是极具预见性，纵然他昔日说出口的时候丝毫没有预料到自己竟会陷入此等境地。

阿里曼走神了，一团黑色触手立刻缠住他的臂膀，将长杖拽开。他奋力挣扎，试图抵抗，但已经太晚了，他的另一只手臂也遭到束缚。他的双腿和躯干被包裹起来，整个人升上半空，盔甲关节在可怕的压力下吱嘎作响。

沃德梅克想要将他拉下来，但即便是那位强壮的符文牧师也难以比肩敌人的怪力。在那些致命触手的可怖滑行声中，阿里曼能听到战士们濒死时发出的声音，无论是太空野狼的斥骂和怒吼，还是千子的苦涩诅咒。

就在此时，缠在他身上的触手突然放松下来，并逐渐分崩离析，消于无形。阿里曼早已精疲力竭，但他还是察觉到了那股深渊邪力的骤然消逝，就像被关闭的水龙头一样。

枪炮的嘶吼与武器的挥砍被粗重的喘息与突兀的寂静所替代。阿里曼将自己从干枯触手之间解脱出来，调整姿势落回地面。他轻盈地站住脚，抬头望着那团蠕动的黑色物质，它在众人眼前化为灰烬，从漆黑闪亮变得苍白暗淡。那些凝胶状的触手此刻像薄雾一样虚无缥缈，变成粉末洒落如雨。

飘浮在这团黑霾之中的是一个血红身影，一位战甲上覆满尘埃的炽焰巨人，他张开双臂缓缓下降，独眼中闪烁着金色光芒。他的杂乱长发备显狂野，恍若一位降临凡间的上古战神，即将用他的神圣烈焰去焚灭一切不信之徒。

"大人！"阿里曼单膝跪地喊道。

千子纷纷效仿他行礼，很多太空野狼同样如此。只有不到二十名战士在战斗中幸存，但阵亡者的遗体却无影无踪。

马格努斯踏上地面，裂口边缘石台上铭刻的那些金银符记随之重新闪亮，仿佛刚刚获得了充沛的能量。阿里曼立刻察觉到某种沉寂效果，与那股笼罩死石的力量颇为相似，却更纯净，更新鲜，更强大。

"吾儿，"马格努斯说道，他精神焕发，充满活力，"危险已经过去。盘踞在这个世界核心的邪恶力量被我毁灭了。"

阿里曼吸入一口清新的空气，闭上双眼，升入低层心境。他的思维顿时回归清晰，情感的尖峰趋于平缓。他听到身后的脚步声，于是睁开眼，看到了太空野狼第五连的斯卡森大人，以及站在一旁的欧谢尔·沃德梅克。那位疲惫的符文牧师向阿里曼尊敬地点头示意。

"战斗胜利了？"斯卡森问。

"是的，"马格努斯确认道，阿里曼在原体的声音中听到了强烈的骄傲，"这个世界的伤口已经不复存在，我将它永远地封闭了。就连它的创造者也无法消除我设立的结界。"

"那么你们在这个世界上的事务就完成了。"斯卡森说道，阿里曼不确定那究竟是问题还是陈述。

"是的，"马格努斯说，"此处已经再无奥秘可言。"

"你有责任与狼王会合。"

"的确如此。"马格努斯说，阿里曼捕捉到了原体嘴角的扭曲微笑，仿佛他知晓一个旁人无法理解的笑话。

"我会通知鲁斯大人我们即刻动身。"斯卡森说道。狼主随即转身离开，将他麾下的战士们聚集起来，准备向地表进发。

"直率，丝毫没有不必要的客套，"乌希扎尔说着，出现在阿里曼身旁，"这就是太空野狼的风格。有时候让人发疯。"

"同意，不过这种简约作风值得赞赏。"阿里曼说道，他对乌希扎尔的幸存备感欣慰。那位传心者已经濒临崩溃。他的坚韧令阿里曼暗暗称赞。

"那并非简约，阿泽克，"马格努斯说道，剩余的千子战士都聚拢到他周围，"那是目标清晰。"

"有区别吗？"

"日后便知。"马格努斯说。

"那么我们果真完成任务了？"乌希扎尔问。

"是的，"马格努斯确认道，"吸引我们来此的事物已经不复存在，但我发现了一处无价的宝藏。"

"什么宝藏?"阿里曼问道。

"日后便知,阿泽克,"马格努斯意味深长地微笑道,"日后便知。"

第二部

必为之变

第十一章

伯劳星
合理的战争
狼王

在破晓的数小时之后，93号鸦巢的战斗就已经告终。那些体型修长，身披羽毛斗篷的防御者死伤遍地。针对这座隐秘峭壁的突袭堪称一场屠杀，那要归功于黑鸦学派的预知能力。

六个月以来，在浩瀚之洋中的航行，对未来丝线的追寻，以及无休无止的战斗已经让那些追随马格努斯前来响应鲁斯召唤的千子战士疲惫不堪。为了跟上太空野狼的作战步调，他们几乎耗尽了精力。

星球南极山脉中的空气稀薄而冰冷，不过比起阿苟鲁的酷热，这算得上是个值得欢迎的转变。阿里曼感受不到寒冷，但普罗斯佩罗尖塔守卫就没这么幸运了。为了在零度以下的环境中存活，他们身穿厚重的猩红大衣和靴子，头戴银色军帽，上面还覆有从雪域伯劳翅膀上剥下来的毛皮，那些巨鸟被艾文人用作凶蛮而有效的冲阵力量。

阿里曼、哈索尔·玛特和弗西斯·塔卡以及三百名阿斯塔特一起坐在这片山间壁垒的废墟中，埋头维护自己的装备。他们着手清理爆矢枪，修补盔甲上的破损，而药剂师则分头照看伤者。

阵亡的艾文人散落在损毁工事和破碎堡垒周围，比起对赫利欧萨展开入侵行动以来死去的所有敌人，这些不过是九牛一毛。阿里曼估算他们至今已经杀死了接近三百万名敌军战士。

"五千个。"索贝克说，他刚刚去统计了死伤数量。

"五千个，"弗西斯·塔卡重复道，"没多少。我告诉过你们，和上一场相比，这次根本算不上什么正经战斗。"

弗西斯·塔卡的爆矢枪飘浮在他面前，那件武器被彻底拆分，看起来恰似武器匠手册中的三维图纸。在弗西斯·塔卡的守护精灵的指引下，一块抹布和一瓶润滑油自动清理着各个部件。尤提帕的微光在那些零件周围形成一团朦胧薄雾，仿佛有一位鬼魅般的技术军士正在着手维护那把枪。

哈索尔·玛特的武器躺在他旁边，锃亮如新，仿佛刚刚从带有无菌包装的箱子里取出来。他甚至都不需要拆卸武器，而是直接运用心灵力量将枪械内部的油污、灰尘和异物分子彻底解离。

阿里曼则用一把宽刷子清扫着爆矢枪的枪膛，他很享受这样亲自动手维护装备的过程。埃特皮奥悬浮在他肩头，但他不愿指使自己的守护精灵去完成一些琐碎粗活，例如清洁爆矢枪。当千子在远征舰队的图书馆中展开研读，或是在密室里进行冥想的时候，他们很容易忽略这一点。

在前往方舟边际星团的六周航程中，阿里曼与欧谢尔·沃德梅克相处甚久，他发现那位符文牧师是个有趣的同伴。纵然双方对于自身能力的称呼大相径庭，他们却发现两人之间存在着超乎想象的共同点。

沃德梅克教导阿里曼进行符文占卜，借此寻求种种晦涩的答案，并揭示心灵斗争的实质。作为一种预知未来的手段，这远比黑鸦学派所掌握的方法更为粗略，因为占卜者需要对个中含义作出大量解读。沃德梅克还授予他结界符文的秘密，性质不同的若干符文可以组合起来，将与之相调的以太能量导入特定的物体或个人。

沃德梅克的胸口和手臂上文着很多结界符文：强壮符文、健康符文、坚韧符文。但阿里曼注意到，其中并没有提供力量的符文。当他向沃德梅克提起这一点的时候，那位符文牧师备显诧异地看着阿里曼说道："想要占有力量就如同想要占有肺里的空气一样愚蠢。"

作为回报，阿里曼向那个太空野狼传授了很多更为巧妙的手法，用于操纵浩瀚之洋的深厚能量。沃德梅克技艺高超，但他所属军团的常用能力大多具备着狂野而凶蛮的效果。呼唤风暴、震裂大地、升起海洋，这些都是符文牧师之所长。阿里曼细细打磨了沃德梅克的力量，向对方揭示了黑鸦学派的初级奥秘，以及普罗斯佩罗的种种仪式。

其中，首先便是介绍守护精灵的概念。

起初，沃德梅克对于千子居然利用这些生物而感到震惊，但阿里曼相信对方已经逐渐接受了它们，将其视为一种伙伴，与太空野狼身边的那些巨狼无异。然而沃德梅克的同伴，那头名叫伊米尔的银鬃猛兽就远没有如此宽容，每当阿里曼召唤出埃特皮奥的时候,那巨狼都会暴怒呼嚎,龇着利齿准备战斗。

这些秘密从未向外人揭示过,但马格努斯本人准许了阿里曼与沃德梅克的交流,原体认为如果相互理解和循序渐进能够让太空野狼这样一支军团都变成盟友的话,那么其他军团就更不在话下了。欧谢尔·沃德梅克常常造访弗泰普号,然而斯卡森大人却宁愿留在自己的战舰上,盘踞于那艘纤长利刃般的芬里斯之矛号深处。

"需要我帮忙吗?"哈索尔·玛特微笑着发问,露出了一口完美无瑕的闪亮牙齿。今天他有一头乌黑秀发,双眸则是深棕色。虽然他的五官相貌一如既往,但在整体上略显刚硬粗糙,仿佛是与近期战场的崎岖地形相呼应。

"不,"阿里曼说道,"我不会滥用力量去完成那些双手就可以做到的事情。你们也不应该如此。你们上次亲手清理爆矢枪是什么时候?"

弗西斯·塔卡抬起头,耸耸肩。

"很久以前,"他回答,"那又如何?"

"你还记得该怎么做吗?"

"当然,"弗西斯·塔卡说道,"你以为我现在是怎么做的?"

"别再教育我们'不该过于依赖自身力量'了,"哈索尔·玛特呻吟道,"想想看,在阿苟鲁星球上,如果我们听从了你的说教,事态将作何进展。若不是弗西斯·塔卡的念力护盾,原体或许会死。若不是我的生理改造能力,塔卡一定会死。"

"你非要让我永生铭记不可。"弗西斯·塔卡咕哝道。

"我们首先是阿斯塔特,其次才是灵能者,"阿里曼说道,"忘记这一点是危险的。"

"好吧。"弗西斯·塔卡说着遣散了尤提帕,将自己武器的零件收回掌中。他在一阵清脆的金属鸣响中把枪械重新组装完毕。

"你现在高兴了?"

"高兴多了。"阿里曼说着,也把自己的爆矢枪拼装起来。

"怎么着?"哈索尔·玛特问道,"你担心我们的新朋友会有意见吗?"

弗西斯·塔卡朝峭壁下方啐了一口,他的唾液直落九天。

"那个该死的沃德梅克紧紧跟踪我们,简直像是尝到毫无防护的灵能者味道的噬灵蜂,"他带着骤然暴发的炽热怒火嘶声说道,"若非你强加在我们身上的束缚，这场战争在几个月之前就早该结束了。"

弗西斯·塔卡愤慨地指着山脉巅峰位置那片冒着黑烟的废墟。

"原体丝毫没有约束自己，阿泽克，为什么我们就要克制？"他质问，"难道你害怕我们的能力吗？"

"或许是的，"阿里曼说，"或许我们都应该害怕。不久之前，我们尚且要小心隐藏自己的力量。而如今，你们却随意运用各种小把戏，只为了避免弄脏双手。有时候我们需要亲自踩进泥地里。"

"踩进泥地里，唯一的成果就是满脚泥。"哈索尔·玛特说。

"况且这个世界上也没有什么能让我们弄脏双手，"弗西斯·塔卡说，"这些鸦巢几乎毫无抵抗。我简直不明白，这个世界何以坚守了如此之久。"

"那些巨鸟战士的阵线已经非常薄弱了，"哈索尔·玛特指出，"这要归功于野狼。而且任何没有被鲁斯麾下战士摧毁的事物都被怀言者付之一炬。三天之前，整整一座山脉被燃烧弹饱和轰炸化作焦土，就为了净化阿泽克和安库·埃南发现的几座鸦巢。"

"净化？"

"这是科尔·法伦的原话，"哈索尔·玛特耸耸肩说，"听起来倒是挺恰当。"

科尔·法伦是常在洛加左右的高级指挥官之一，怀言者军团所有让阿里曼反感的特质都在此人身上一一体现。那个人的思维充斥着一种极端热忱的狂信，任何逻辑、理性和辩证都无法使其动摇。

"无谓的屠杀。"阿里曼说，他看着尖塔守卫将敌军尸体从破碎的堡垒中抬出来，摆成整齐的一排准备焚烧。

"必要的屠杀。"哈索尔·玛特回应道。

"真的吗？"阿里曼说，"我不这么确定。"

"洛加亲自率领使团与凤凰王庭谈判，"弗西斯·塔卡说道，"那可是堂堂原体啊，而我方的任何努力都没有得到回应。你还需要什么确凿证据才能认定这个文明已经无可救药？"

阿里曼没有回答，在庆贺千子抵达所举行的欢迎仪式上，他曾与怀言者军团那位金色皮肤的原体见过面。那是光辉闪耀的一天，充满了夸张典礼与冗长宣讲，既毫无意义又浪费时间。

黎曼·鲁斯并未到场，甚至没有派遣代表出席。他和麾下狼卫正在东部的高耸峰峦中奋勇作战，当面前有仗可打的时候，他绝不把时间浪费在仪式典礼上。

这一次，阿里曼发现自己完全认同狼王。

他将牵涉第十七军团的种种念头抛出脑海，抬头遥望。一片过于辽阔、过于湛蓝的天空在头顶铺展开来，无所不在的鸟群如昏暗云团般往复飘动：环飞的黑翼乌鸦、迁徙的长腿候鸟和盘旋的食腐秃鹫。

阿里曼在这六个月里见过太多秃鹫了。

方舟边际星团的防守阵线即将彻底陷落，千子于此役功不可没，他们的额外兵力促使胜利天平朝帝国的方向倾斜。

这个双星体系中的文明各具特色，帝国与它们的首次接触发生于两年之前，当时怀言者麾下第47号远征队的侦查舰船发现了六个星系，相互之间由贸易走廊相连，并且共享防御网络。

其中四个星系被怀言者与太空野狼合力攻陷，第五个则在千子抵达之后迅速崩溃。唯独艾文人尚在负隅顽抗。

那些被击败的国度都发源于一条极其多样的遗传基线，他们与人类种族的摇篮已经隔绝了数千年，和原型基因组之间具有显著的分别。但机械神教的遗传学家已经确认，那些差异还处于可以接受的范围之内，因此马格努斯感到颇为乐观，他期望能在星球归顺之后去发掘那些埋藏着丰厚知识的巨大宝库。

他将要大失所望。

阿里曼在阿苟鲁星球上见识过太空野狼的作战方式，然而此时此地，鲁斯的军团在身后留下了一串种族灭绝的脚印。他们执拗的狂野作风只能接受一种结果，那便是所有敌人的彻底覆灭。

怀言者也没有显得更为宽容。每当他们取得胜利之后，山腰上便会浮现出诸多壮丽的纪念碑，那一座座近万米高的石雕描绘着人类帝皇及其丰功伟业。帝皇对此早有诏令禁止，而如此明目张胆的挑衅简直未有先例，这种行为令阿里曼感到十分不适。

科尔·法伦宣称，大批当地土著文明都是腐败不洁的，这便导致几乎所有的知识、艺术、文化和历史记录全部被付之一炬。

阿里曼仔细查阅过敌我双方外交接触的记录文件，显然洛加和科尔·法伦的确曾与凤凰王庭会面，那是由当地诸多世界的君王与星系领袖所组成的多元民主体系，怀言者使团向对方提出了大量条款，试图促使他们纳入帝国版图。然而无论阿里曼如何努力检索，他都没能找到那些条款的具体内容。

总而言之，一切谈判条件都遭到了拒绝，因此归顺战争便是无法避免的。

在伟大远征的历史中，这必将是一场正义而合理的战争。

针对艾文人的征服行动起初十分顺利，若干外围世界被帝国的联合力量迅速击溃，但赫利欧萨是一块难啃的硬骨头，这正是敌人命脉所在。

在上古岁月中，剧烈的地壳构造作用力将赫利欧萨的陆地分成了三块巨型大陆，这些板块上遍布崎岖山脉，周围环绕着碧蓝的宽广海洋。依附在高耸山峰侧面的银色塔楼便是当地居民的住所，轻如鸿毛的闪亮桥梁跨越在群山之间的深谷上，人们乘坐体态优雅的巨鸟，借助汹涌的上升气流四处翱翔。

除了容纳这条失落已久的人类血脉之外，赫利欧萨还是飞行生物的理想家园。天空中散布着各种各样的群落，有一些如昆虫般大小的微型生物以鸟粪为生，另一些生性狂暴的翼龙则从山峰岩洞里出击觅食。已经有不止一架帝国飞机在遭受鸟类袭击后坠毁了，如今武器系统已经获得改进，持续不断地提供驱逐火力。

此处空气清新，晴空万里。这让阿里曼联想起普罗斯佩罗。

帝国制图人员将这个星球命名为方舟边际第二行星，早在任何使团动身之前，或是任何枪弹出膛之前，这种简易的名称就已经启动了同化过程。当地居民将这个世界称为赫利欧萨，而帝国军队则为它取了另一个名字，源于那些有着剃刀般锋利尖喙的天降杀手，很多突袭巢穴要塞的士兵都因其丧命。

他们管这里叫伯劳星。

自从离开阿苟鲁星球之后，浩瀚之洋就产生了意料之外的涌动，令阿里曼所属学派的力量不断增长，黑鸦学派成员因此得以拯救很多帝国战士的生命。他们用灵体窥探未来事件的波纹，在返回实体身躯之后揭示敌军的隐藏巢穴，或是预警对方的伏击策略。

在这些关键情报的帮助下，千子与普罗斯佩罗尖塔守卫默契配合，向若干座鸦巢发动了一系列迅猛攻势，那些山间壁垒中存放的战斗机负责保护艾文人防御体系里的薄弱要害。

其中几场突袭由马格努斯亲自率队，浩瀚之洋的深厚力量在他手中化为一柄收放自如的凶悍兵器。没有任何敌人能够与他抗衡，原体对时间和空间、物质和能量的掌握炉火纯青，即便他麾下最具天赋的追随者也望尘莫及。

在怀言者镇压外围山城中的平民时，千子则着手清理道路，让太空野狼能够向艾文人帝国的心脏递去致命一击。随着93号鸦巢的陷落，那场最终决战便指日可待了。

阿里曼沿着那一排排尸首缓缓前行，突然停下脚步检查一个艾文人战士，对方的躯体在战斗中并未遭到过于惨烈的破坏。埃特皮奥在阿里曼肩头闪现，掠向脚下的死尸，增强那个士兵逐渐消散的灵气。

此人在世间残留的痕迹只剩下了恐惧、愤怒和困惑。对于自己即将葬身沙场的恐惧，对于这些非人的入侵者玷污家园的愤怒，还有困惑……一种不明白何以至此的困惑。

最后这份情感让阿里曼十分惊讶。敌人怎么会不明白帝国大军究竟为何要向这个世界开战？

那个死者身穿一套紧贴躯体的轻质黑甲，优雅地展现出了过于纤细的高挑身材。一个振翅腾飞的双头伯劳图案嵌在胸甲上，这符号与象征统一的帝国鹰徽极为相近，以至于令人难以想象这些战士竟是死敌。

艾文人体型优雅，骨架精细，面部容貌尖锐而富有棱角，恰似他们所居住的崎岖山脉。他们的身体看似羸弱不堪，实则并非如此。解剖发现，艾文人的骨骼十分坚韧，而他们护甲中采用的强化纤维也与阿斯塔特动力甲的机制颇为相近。

此刻阿里曼闻见了热烘烘的动物汗味，并察觉到芬里斯巨狼所特有的寒冰与利爪的苦涩气息。那头巨狼低声嘶吼，埃特皮奥顿时逃回以太。阿里曼转过身去，目睹了一张獠牙交错的森森巨口，以及两枚将他视为猎物的琥珀色眼睛。站在巨狼身旁的是欧谢尔·沃德梅克，符文牧师身披一袭狼皮斗篷。他望着阿里曼背后的尸体。

"这种体型似乎并不适合一个多山的世界。"沃德梅克说。

"而这恰恰证明生命往往能够克服一切困难。"阿里曼表示认同。

"是啊，你说得没错。看看芬里斯吧。怎么会有任何理智的生命形态选择在如此恶劣的环境中进化繁衍？然而它依旧充满了生命，无论飞龙、海兽还是巨狼。"

"芬里斯上没有狼。"阿里曼回忆起马格努斯对此的评论，漫不经心地说道。

"你说什么？"

"没什么，"阿里曼改口说，他在符文牧师的声音中察觉出了警告的语气，"只是个我曾听过的低劣谣言。"

"我知道那个谣言。我亲耳听到过，但证据就在你我眼前，"沃德梅克说着，用披覆铠甲的手掌抚摸巨狼背后那铁丝般刚硬的皮毛，"伊米尔就是一头芬里斯之狼，生于斯长于斯。"

"的确，"阿里曼说，"如你所言，证据就在你我眼前。"

"你为什么要检视敌人？"沃德梅克问道，他用手杖戳了戳那具尸体，"他们没有什么能给你的，莫非你可以与死者交谈？"

"我不是亡灵巫师，"阿里曼说，他看到了沃德梅克眼睛里的狡黠，"死者的秘密无人可知。只有生者才能帮助我们扩展学识，深化对于这些世界的了解。"

"有什么值得了解的？如果他们反抗，我们就毁灭他们。如果他们屈服，我们就放过他们，仅此而已。你把事情复杂化了，朋友。"

阿里曼微笑着站起身。他比沃德梅克稍高一些，不过符文牧师的肩膀更为宽厚强壮。

"或许你对事物的看法太阴暗了。"

那个符文牧师绷起面孔。

"你的态度很忧郁。"沃德梅克冷冰冰地说。

"或许吧。"阿里曼承认。他遥望群山，将目光投向天际，那些银色的城市远在他视野之外。

"我不敢想象这里失落了多少，我们甚至没有机会去了解这些文明。除了灰烬与仇恨，我们在身后还能留下什么？"

"我们身后的事情与我们无关。"

阿里曼摇摇头。

"这应该与我们有关，"他说道，"基里曼做得很好。他的军团所征服的世界都尊崇他的名号，据说它们一个个成为了乌托邦。那些星球上的人们皆是帝国最忠诚的子民，他们愿为帝国的福祉而不懈奋斗。反观这些世界的人民，他们最多只是勉强归顺帝国，甚至可能成为未来的叛乱者。"

"届时我们就会归来，让他们知道打破誓言者要付出什么代价。"沃德梅克低吼道。

"有时候我认为我们很相似，"阿里曼说，欧谢尔非黑即白的道德标准令他感到恼怒，"有时候我也会记起我们非常不同。"

"是啊，我们的确大有不同，兄弟，"沃德梅克放缓语气表示认同，"但我们在战争中团结一致。只有凤凰崖尚未陷落，一旦它被攻破，我们的敌人就只有投降和灭绝这两条路可走。伯劳星在一周之内便会属于我们，你我要共饮一杯染血的庆功酒。"

"赫利欧萨，"阿里曼纠正道，"这个世界的居民称其为赫利欧萨。"

"不会太久了，"沃德梅克说，高耸峰峦间一阵雷霆般的引擎呼啸让他抬起头，"狼王来了。"

黎曼·鲁斯：狼王，头狼，芬里斯的狼主，狂野战将，破敌先锋，绿皮杀手。

太空野狼之主的种种称号远不止这些，阿里曼全部听说过，但任何头衔都无法真正代表那头踏足于93号鸦巢的人形巨狼，难以恰当体现出破碎战场上的那股无穷活力。风暴鸦的喷气流烧焦了苍白的山峰。

一群身披厚重狼皮，手持闪亮长矛的终结者紧紧跟随在太空野狼原体身后，那位高大战士由芬里斯的坚冰铸就，在冻海中淬火而成。伟岸而狂野的黎曼·鲁斯便如一柄锐利锋刃，身上凝聚着太空野狼的力量与狂暴。一张黑色狼皮围绕在他宽厚的肩膀上，印有野狼图案的胸甲和护颈都挂着狼爪制成的护符。他的战甲拥有风暴雷云核心的铁灰色泽，每块护甲表面都遍布刻痕与凹坑，仿佛他刚刚与身边那两头凶悍的巨狼扭打了一番，它们一头银白如雪，一头漆黑如夜。

黎曼·鲁斯的存在让阿里曼不禁颤抖起来，仿佛有一阵彻骨寒风钻进了他的盔甲内部。那位基因原体的头发是一丛熔融紫铜般的刚硬鬃毛，那双目光凌厉的灰色眼睛显得冰冷无情，似乎在永不停息地寻找猎物。一柄一米半长的巨剑挂在鲁斯腰间，阿里曼看到剑柄覆满了种种符文，这让凛冬的冰封寒意时刻萦绕在剑刃上。

这位战士仿佛无可匹敌。阿里曼在鲁斯身上看到了一股狂野无缚的悍勇力量，那个冲动鲁莽的灵魂与千子的严格纪律和强烈责任感针锋相对。黎曼·鲁斯身上喷薄着炽热的白焰，他的灵气中充满了莫可名状的万般色彩。那光芒强横夺目，以至于阿里曼被迫切断自己与以太的联结，那位原体在浩瀚之洋中的灼眼存在恰似一枚骤然爆发的超新星。阿里曼眨眨眼，勉强消除闪烁不已的残影，他逐渐适应那些额外感官信息的缺失，不得不忍受一阵突发的眩晕和恶心。

欧谢尔·沃德梅克单膝跪地，他的猛兽同伴也在鲁斯身边那两头巨狼面前趴伏下来。

阿里曼感觉这位强大的原体仿佛高耸入云，他已经不由自主地屈膝跪倒。随着鲁斯迈步逼近，山间的空气变得愈发冷冽，原体步伐中流露的轻松与自信标志着他深知自己是无人能敌的顶尖战士。鲁斯的高傲气势实至名归。

阿里曼早已习惯了与自己的原体相处；两人共有的学者气质令他们分享着一种兄弟般的纽带，但现在完全是另一回事。马格努斯所珍视并追寻的是理解、感悟以及知识本身，而鲁斯所在乎的仅仅是一种知识，即如何更好地击败敌人。

阿里曼并没有感到惊恐，但近在咫尺的鲁斯令他极度缺乏安全感，仿佛一个未知的宿敌揭露了真实面目。

"你就是那个通星术的家伙？"鲁斯问道，他语声粗哑，口音浓重。他的低沉嘶吼与沃德梅克很像，然而阿里曼敏锐的耳朵捕捉到了一丝造作痕迹。似乎鲁斯刻意让自己听起来像个狂野蛮人，来自某个早已遗失科技传承并堕入野蛮习俗的星球。

阿里曼掩藏住自己的惊讶。这种感觉是真的吗？古老泰拉的一位战略家曾经说过，兵者诡道也。狼王的高贵蛮族形象会不会是一张面具，用来在外人面前隐藏他真正的狡诈？

鲁斯紧盯着阿里曼，他眼中那股难以抑制的侵略性几乎要夺眶而出。妄动干戈的渴望烙印在鲁斯脸上的每一条纹理中，时刻等待释放。

"在下阿泽克·阿里曼，"阿里曼最终说道，"大人驾到令我们备感荣幸。"

鲁斯毫不理会那句赞美之词，径直将注意力转向了艾文人山巅堡垒的焦黑废墟，以及停机坪上的冒烟残骸。

"欧谢尔·沃德梅克，"鲁斯开口说，他向符文牧师的猛兽同伴探出手，抚摸那头巨狼的斑驳毛皮，"看来真是人以群分。"

"的确如此，吾王，"沃德梅克笑着说，他站起身与原体握手，"他并非风暴之子，不过我倒是能把他训练成一个不错的符文占卜者。"

符文牧师语气轻快，但阿里曼再次察觉到了其中的一丝空洞造作，仿佛这只是一出演给他看的戏码。

"是嘛，但你要记得保住我们的一些秘密，沃德梅克，"鲁斯低吼道，"芬里斯的一些事情不该被外人所知。"

"这是自然，吾王。"沃德梅克回答。

鲁斯将注意力转回阿里曼身上。在狼王眼中他并非人类个体，而是攻击目标。原体目光的焦点在阿里曼的盔甲上跳跃，迅速鉴别出相对薄弱的接缝，已经受损的区域，以及刀锋的切入点。在眨眼之间，鲁斯就比阿里曼自己更加了解他的生理状况，知道哪些骨骼最容易折断，何处最适合剑刃穿透，什么位置的护甲难以抵挡铁拳一击。

"你的主人呢？"鲁斯质问道，"他应该在这里。"

"我就在这里，"马格努斯那深沉洪亮的嗓音响起，鲁斯的逼人气势立刻消减，如同一团被弗西斯·塔卡的念力护盾阻绝在外的风暴。

狼王与生俱来的侵略性松懈下来，他对阿里曼展现的敌意逐渐缓和。这理所当然，马格努斯毕竟是鲁斯的手足兄弟，是血脉相通的亲人，他们与帝皇之间的独特纽带是令绝大多数人都望尘莫及。

数十年前，马格努斯曾经试图向首座会议讲述自己的创生过程。他特意采用了"创生"这个词，而非"诞生"。马格努斯并没有像凡人那样经历孕育分娩，而是由帝皇的意志凭空构建而成。虽然他的连长们个个聪颖智慧，但这种超凡脱俗的概念还是过于怪异，超越了他们的理解范畴。

马格努斯对于自己躯体的发育过程具有清晰的意识，他知道自己的大脑并非生长而来，更像是一座建筑物那样添砖加瓦逐渐成形，早在他的存在本身从一个可行概念转化为真切现实的过程中，他就已经与自己的创造者展开了交流沟通，这种独一无二的急速演化实在太过深奥复杂，根本无法向那些不曾亲历者解释清楚。

况且这些还是其中最为简单明了的概念。若要理解这些事物同时又不被逼疯，就必须有一个远超凡尘的头脑，去掌握那些不可掌握之事，感知那些不可感知——即需要一个基因原体的头脑。

  基因原体分享了这创生的时刻，他们在心底知道，纵观广阔银河的茫茫岁月，诸位原体兄弟的独特存在是前所未有的，这一事实为他们铸就了一条旁人不可企及的特殊纽带。

  纵然有这般深厚渊源和共同血脉，马格努斯与鲁斯的关系却依旧颇为疏远。两人之间丝毫没有任何传奇般的兄弟情谊，那本是宣讲者们格外钟爱的题材。

  "鲁斯兄弟。"赤红的马格努斯说道，他从阿里曼身边走过，矗立在狼王面前。马格努斯披挂着一套附有巨角的金甲，肩头的羽毛斗篷在风中乱舞飞扬。两位原体在同一场战争中共事了六个月有余，而此刻却是他们三十年来的首次会面。

  阿里曼不知道两位原体在阔别数十年后终于重逢应当作何表现，但至少不该是这种勉强为之的虚伪友谊。鲁斯身边的巨狼龇着利齿低吼起来。马格努斯缓缓摇头，它们立刻步步退却，紧靠在主人腿边，耳朵贴在头颅上。

  "马格努斯，"黎曼·鲁斯回应道，两位兄弟的握手敷衍了事，毫无暖意。鲁斯上下打量马格努斯，"那件披风让你显得像敌人一样，毛太多了。"

  "抑或是敌人的披风让他们显得像我？"

  "反正我不喜欢。你应该把它扔掉，披风在战斗中是个累赘。"

  "我也可以说那条脏兮兮的狼皮是个累赘。"

  "你可以说，但我就得杀了你。"鲁斯回答。

  "你可以试，"马格努斯说，"但你不会成功。"

  "你认为如此？"

  "我知道如此。"

  这段对话让阿里曼备感惊恐。随后他便捕捉到了鲁斯嘴边那微不可见的一丝笑意，以及千子原体那琥珀色眼眸里闪动的狡黠光芒。

  阿里曼松了一口气，他在两位原体的口舌交锋中察觉到了一种熟悉套路。阿里曼时常注意到，那些平日里以污言秽语相对的士兵往往是最坚定的战友，他们相互之间的斥骂越是肮脏粗俗，友谊就越是深厚牢固。这两位原体的关系莫非与之类似？

无论如何，他们的对话依旧令人不安，仿佛玩笑之中暗藏了某种残酷锋芒，两位原体则对此毫不知情。

抑或他们其实心知肚明。阿里曼无从得知。

"你怎么来93号鸦巢了，兄弟？我还以为在总攻凤凰崖之前都不会见到你。"

"时候到了，"黎曼·鲁斯说，他的冷酷嗓音中顿时失去笑意，"我的部队已经准备就绪，即将对敌军王庭发动杀戮。"

"尤里曾呢？"马格努斯问道，他采用了怀言者对自身原体的崇拜性称号，"他也准备好进攻了吗？"

"别那样叫他，"黎曼·鲁斯说，"他的名字是洛加。"

"你为何如此反感那个名字？"

"不知道，"鲁斯说，"需要理由吗？"

"不，我只是好奇。"

"并非所有事情都需要得到解释，马格努斯，"鲁斯说，"有些事情就是那样。集合你的战士吧，是时候作个了结了。"

第十二章

凤凰崖

　　爆炸染红了天空，熊熊燃烧的飞旋残片坠向大地，来势汹汹的防空炮火在苍穹上交织出明亮的轨迹。阿里曼在这一切真正发生的几秒之前便有所察觉，他出于本能地作出应对，规避即将爆破的弹头，躲开尚未四散的破片。

　　在这艘名为圣甲虫之王号的风暴鹰机舱中，他靠坐在一张经过改造的抗重力座椅上。阿里曼的座驾位于空袭编队主要力量的后方，一幅幅光芒闪烁的未来图景如同微缩恒星般烙印在他脑海中，令他的脉搏逐渐加快。

　　十二名圣甲虫隐修会成员矗立在阿里曼身后，他们将爆矢枪端在胸前，恍若某个古代君王陵墓前的雕像。与这些高大魁梧的战士相比，勒缪尔·高蒙显得分外渺小，他紧闭双眼，大汗淋漓，黝黑的皮肤略显灰暗。

　　携凡人前往战场对于千子而言堪称前所未有，但为了响应记述者们坚持不懈的请求，马格努斯终于下达命令，任何想要目睹阿斯塔特攻势的记述者都能获得随行许可。

　　令人惊讶的是，只有为数不多的几个人接受了这份邀请。阿里曼知道勒缪尔已经开始为自己的仓促决定感到后悔了，但作为一个参入者，他理应在此。卡蜜尔·希梵尼则乘坐了一艘第六学会的雷鹰，她颇为享受这个置身于作战前线的天赐良机。她的研究领域仅仅涉及那些早已消逝的文明。

　　而今日，她会亲眼见证一个文明的覆灭。

　　卡莉斯塔·俄瑞斯并没有参与今日的冒险。被她称作火焰的那种症状再次发作，令她精疲力竭。马哈瓦斯图·卡里马库斯与马格努斯同行，不过与另外两位记述者充满惊恐或喜悦的脑海相比，那位老者的思维显得黯淡而迟缓，如同一团近乎窒息于泡沫下的微弱火焰。

　　在阿里曼的风暴鹰里，通常用于运输作战人员和重型装备的舱室被一台台侦测仪器和水晶接收装置占据了。众多粗重缆线在机舱的装甲地板上蜿蜒，与阿里曼高高在上的座椅相连。

阿里曼的头颅被一副光芒闪耀的明亮兜帽所笼罩，那是一张经过精确切割后薄如蝉翼的水晶网，材料取自提兹卡下方的反光洞穴。他的心灵在冥想状态中悬浮于肉身凡躯之外，借助高层心境达到超然忘我。

水晶兜帽内部延伸出一束精细铜丝，其镀镍尖端埋在灵能反应胶质里，将阿里曼的思绪放大增强，允许旁人接收其中的信息。他的心灵轻轻拨动着浩瀚之洋的水面，让埃特皮奥将那些未来潮流导向自己。仅仅片刻之后的未来回响易于捕捉，黑鸦学派大师的守护精灵毫不费力地从以太中打捞出种种预知片段。

对于临近未来的敏锐感知为阿里曼赋予了无出其右的大局观。随着大军扑向凤凰崖，他可以明确辨认山脉之间的温跃层，能够看到每一架守军战机，甚至品味敌方驾驶员心中的恐惧。他的意识超脱于这场逐渐展开的突袭行动，清晰地阅读战局的起落涨伏，仿佛这是一场慢速播放的战斗模拟。

头戴烈焰皇冠的艾文王城就在东方十公里之外，空袭机群正为它套上逐渐收紧的绞索。那是一座银装素裹的陡峭山脉，位于巅峰的塔楼顶端燃烧着一团永不熄灭的蓝焰，众多由玻璃制成的壮丽尖塔与飞扬桥梁看起来脆弱如丝。山峰上铺满了优雅的楼阁与剔透的金字塔，四下蔓延的民居楼宇在明媚阳光中像冰锥一般熠熠闪耀。夹在立柱间的宽阔大道从阴暗峡谷一直延伸到山体内部，它们已经被爆炸和黑烟层层包裹起来，此时普罗斯佩罗尖塔守卫，拉库南生命卫士以及欧伦提龙兽团的火炮与重型装甲正在大力围攻敌军城市的下层部分。

凤凰崖遭到了来自山脚和空中的两面夹击。

"上下皆然。"阿里曼低语道。

三千架战机怒吼着穿过暴雨般的防御炮火，粉碎了敌军残存的战机编队，随即掠向艾文人的最后壁垒。鲁莽冲动的太空野狼雷鹰以最快速度逼近山脉顶峰，而相对笨重的怀言者风暴鸟和帝国军队大型运输机则朝底部俯冲。千子的机群刺向山脉中部，由迅捷的莲花式战斗机、蜜蜂式轰炸机以及风暴鹰运输机混编组成。

阿里曼将千子的突袭攻势比作一个活体生物，赤红的马格努斯那令人敬畏的力量便担任其无比强大的头脑。马格努斯统领攻势，天枭学派是他的思绪，猎鹰学派是他的盾牌，火凤和亮羽学派是他的双拳。

黑鸦学派则是他的眼睛与耳朵。

阿里曼脑海里浮现出一幅闪烁影像，他看到一枚穿甲弹轰然击破第六学会风暴鸟鹰爪号的腹部，便立刻向灵能矩阵发送了一份短促的警告脉冲。阿里曼在须臾之间触碰到了马格努斯的心灵，原体那庞杂无比的思维结构如同一张金色网络中央的灼目恒星，其夺目光辉令旁人尽皆黯然失色。

在这份警告刚刚送出之后，鹰爪号就立刻进行了紧急翻转。几秒后，一股洪流般的炮弹破空而过，徒劳地在上方炸开。这只是阿里曼借助敏锐感知所发送的数十份警告脉冲之一，千子战机遵循他的指引不断规避危险。每一次干预都修改了未来的走向，每一个结果都会荡开因果波纹，经过相互作用交织出令人望而却步的繁复图案，只有接受了特殊训练的阿斯塔特才具备足够强大的思维来处理这些信息。

在另一架经过改造的雷鹰上，同为黑鸦学派成员的安库·埃南正在履行类似的职责。然而这并非一种严谨无误的技巧，再者他们也无法预知一切危难。有些战机注定会被炮火击中，无论黑鸦学派如何努力也难以避免。

针对这种无可撼动的未来，每架战机都搭乘了一支混编小队，由各个学派的战士共同组成。亮羽和火凤学派的高阶成员让战机周围充满了电弧和烈焰，在任何来犯炮火命中目标之前将其引爆；猎鹰学派负责维持念力护盾，尽力偏转那些侥幸穿透了雷火屏障的弹片；天枭学派则刺探敌军战机驾驶员的脑海，在对方的表层思维中窥探其迂回方式和拦截路线。

他们与潜在的未来展开共舞，种种可能与必然交缠成一团旋风，虚实不定，反复无常。

阿里曼从未体验过比这更为完美的场景。

近旁的爆炸撼动了雷鹰，原本要将他们击毁的那枚炮弹在右舷机翼之外无害地炸开。

"两分钟后降落。"驾驶员喊道。

阿里曼微笑起来。

舞蹈还在继续。

战机紧急侧翻，一阵爆炸冲击波伴随着震耳欲聋的金属轰鸣狠狠敲打机舱腹部，卡蜜尔感觉一阵反胃，但她很享受这种经历。她的头盔上凹坑点点，很不舒服,但它已经多次防止卡蜜尔的脑袋在舱壁上撞成两半了。

"和书里讲的不一样吧?"卡洛菲斯在机舱另一头喊道。

"不一样!"卡蜜尔强颜欢笑地喊道,"棒多了。"

这不是假话。虽然惊恐万分的卡蜜尔已经起了一身鸡皮疙瘩,心脏也在胸膛里癫狂跳动,但她从未感受过如此充沛的生命活力。目睹远征舰队以人类之名建功立业,这真是个万分宝贵的独特机遇。

凤凰崖是作战区域,在这儿没有任何事情是绝对的。无论是一枚凑巧的流弹,还是一发打偏的火炮,都能在眨眼间将她的生命一举抹消,但如果人始终不愿踏出自己的安全区,不愿亲眼看一看历史的血腥刀刃究竟有何斩获,那么生命岂非毫无意义?

"我们还有多久降落?"她高声问道。

"一分钟。"卡洛菲斯回答,他与一位名叫肴托的实践者并肩走向战机尾部,仔细确认这架雷鹰所运载的货物已经准备就绪,可以展开部署。

"你确定你想看吗?对于不熟悉作战场景的人来说,阿斯塔特的手段恐怕称不上优美。我的手段也绝对不优美。"

"我准备好了,"卡蜜尔向他保证,"我想去看看。我是个记述者,如果我想让自己的作品具有任何价值的话,我就必须目睹。"

"行吧,"卡洛菲斯说,"记得躲在那些机器人后面。不要挡我的路,你要是惹上麻烦,我可没有责任保护你。跟紧肴托,他会用火焰斗篷罩住你,所以小心些,如果发现什么珍贵物品都不要触碰——否则它会像泡过油的纸一样烧起来。"

"别担心,"卡蜜尔举起戴着手套的双臂,"我不会碰的。"

卡洛菲斯点点头,转身面对一个喋喋不休的技术军士。技术军士低头参阅着数据板,对雷鹰机舱里那些寂静乘客似的武器系统进行最后的调整。

九台庞大的人形机器排成三行三列,比阿斯塔特还要高上一倍。这些作战机械被卡洛菲斯称为铁骑型,它们散发着润滑油与混合电动燃料的气味。机器人的宏伟身躯披覆着厚重的塑钢板,以此保护那些由活塞与齿轮驱动的肢体。

它们的涂装是亮丽的蓝金两色,低垂在胸膛中央的头颅仿佛一座突兀的山峰,雕琢而成的冷漠面孔如同古代君王的丧葬面具。每台机器人的双臂都分别是长管火炮与备显夸张的庞大拳头。另有一门重型武器挂在它们身后，卡蜜尔猜测在需要开火的时候，这种武器就会由背部的滑轨升上肩头。

这静止不动的金属巨人能为她提供什么感受？一副钢铁与陶瓷之躯会拥有哪些极致客观的记忆？她摘下一只手套，谨慎地触碰那冰冷的臂膀。

卡蜜尔闭上双眼，迎接各种陌生感觉：战斗前后那些幽深昏暗的漫长时光，启动与关闭之间那些滴淌机油的空洞虚无。透过机器人毫无知觉的眼睛，她看到了一群群覆灭在枪炮之下的敌人，看到了对于前因后果都不加思量的无尽战斗。

伴随机器人的启动，崭新的生命力注入了血管般的缆线，卡蜜尔追随那股奔涌的能量，寻踪溯源。她能品味到一种迅速膨胀的使命感，这是因为战斗程序已经逐渐上线，人工合成的大脑皮层开始处理相关指令，准备派遣机器人踏入战场。

这趟旅程戛然而止，她发觉这台机械中还存在一个更为高等的意识，卡蜜尔并未预料到自己会在无数电路与阀门之间发现这样的智慧火花。她感觉到一种可畏而强烈的破坏欲望占据了那半机械半生物的人工思维。

卡蜜尔看到，机器人的大脑皮层里镶嵌着一片平滑如镜的水晶，并随即了解到它是普罗斯佩罗的产物，来自一个叫作反光洞穴的地方，同时她也知道这是由一位名叫埃斯托卡的育晶学徒悉心培植而成的，而就在水晶完成切割取出洞穴的同一天，那人得知自己罹患了某种常规手术无法处理的肺部恶疾，但他并不担心，因为一名亮羽学派医者当晚就会前往他的住所施以救治。

一团旺盛的火焰在水晶内部舞动，那个充满活力的意志轻易覆写了简单幼稚的战术芯片，将九台机器人链接起来，在统一指挥下展开协同作战。

那明亮灼目的烈焰迅速扩张，用能量与杀意填满了整片水晶。机器人齐刷刷地抬起它们的火炮，背部那台武器也伴着齿轮和液压的嘈杂声响锁定在肩头。

就在此刻，雷鹰狠狠砸落在地面，卡蜜尔搭在机器人臂膀上的手掌被震脱，联结顿时终止。

所有机器人都转过头来，一个毫无生机的语音从它们内部隆隆传出。九台机器人用卡洛菲斯的合成嗓音嘶声道："不要挡我们的路，希梵尼女士。"

雷鹰的突击舱门轰然打开，裹着细密沙砾和呛鼻尾气的呼啸狂风席卷而入。震耳欲聋的枪炮声与爆炸声立刻充满了机舱。

那支机器人小队迈着整齐划一的步伐走出雷鹰，踏入沙场。

紧贴在洁白躯干两侧的修长羽翼展开俯冲会引发一种独特的猎猎风声，这便是敌军攻势的预警信号。马格努斯抬起头来，透过一座塔楼废墟的四散黑烟，他看到至少三十只雪域伯劳集群俯冲而来。

"散开！"他高喊，圣甲虫隐修会的战士们立刻冲进随处可见的掩体里。原体心念微动，将马哈瓦斯图·卡里马库斯送进了一座倒塌狮像的阴影里，那位德高望重的记录员目光呆滞，任由摆布。他的书记工具不断收录着马格努斯的思绪，安装在机械触手末端的笔尖在秘典上飞舞。街道上满是玻璃碎片和扭曲金属，以及被太空野狼击落的艾文战机残骸。

那些厉声尖鸣的伯劳一头扎进枪林弹雨。爆矢弹漫天横飞，然而即便是阿斯塔特也难以准确命中如此迅捷的目标。质爆弹从倾覆在地的尖塔背后呼啸而出，但只有为数不多的几只俯冲巨鸟被击中，它们翻滚着坠向街道，染血的皮毛四下散落。

它们是格外敏捷的猛禽，那些洁白躯体仿佛是覆羽的巨蛇。它们的翅膀修长而灵活，拥有极强的机动能力。翅膀前沿生有一锐利的上爪，将伯劳的双翼化作锯齿刀刃，然而那剃刀般的长喙才是这些巨鸟所擅用的杀戮工具。每只野兽都由两名坐在飞行鞍具中的骑手所控制，其中一个类似于驾驶员，另一个则是枪法精准的狙击手。

马格努斯近乎痴迷地遥望着艾文冲阵部队扑向这片迷宫般的废墟，那些骑手轻松娴熟的驾驭技巧昭示着数十年合作中培养出的深厚默契。

一名圣甲虫隐修会战士离开掩体点射敌人，但他低估了这些生物的迅猛速度。一只伯劳如闪电般袭来，恍若古代法兰克的光辉骑士，它的锋利尖喙代替闪亮长枪将那位战士一举洞穿。利刃贯入阿斯塔特的胸膛，伯劳身上的骑手则用连发手枪瞄准敌人面孔。其中一枚子弹穿透了千子战士的护目镜，将头盔炸碎。

马格努斯眨眨眼，那只猛禽顿时爆成一团烈焰，它的尖锐嘶鸣难以偿还刚刚所夺走的性命。伯劳骑手试图挣脱熊熊燃烧的坐骑，但马格努斯用一个念头将他们死死固定在伯劳背上，一同被烧焦。

其余伯劳骑手呼啸而过,但圣甲虫隐修会采取了谨慎态度,不再暴露于空旷地带,毕竟千子还有其他武器可以运用。

"引导。"马格努斯命令道,众多光耀形体立刻从每位战士身上浮现出来,那些守护精灵的外观种类繁多,无论是鸟类、蜥蜴、眼睛还是其他种种难以分辨的模样。这些光芒闪烁的形体窜入半空,喷涌出一股股火焰和电流,用自己的虚幻躯体来引导各自主人的以太威能。数十只伯劳顿时变成了尖啸不已的活体火炬。幸存者匆匆逃上苍穹,马格努斯静待它们到达足够致命的高度,随后将其骨骼碾成齑粉。

他听到了那些野兽的痛苦嘶吼,但没兴趣观看它们的骑手坠地而亡。零星的枪弹朝千子阵地袭来,快步行进的艾文步兵出现在了街道远端。

"愚蠢,"马格努斯说道,"真是愚蠢。"

他单手握拳,艾文人掌中的枪械轰然爆炸,整条战线顷刻间不复存在。随即哀声四起,但马格努斯对这可悲声响毫不在意,朝那些倒地士兵迈步而去。大多数敌人还散发着恐惧与生命的灵气,但圣甲虫隐修会的无情践踏很快就将其尽数熄灭。

马哈瓦斯图·卡里马库斯顺从地跟在原体身后,毫不停滞地将马格努斯的思绪如实记录下来。在这场战斗结束之后,马格努斯会对这些思想加以修饰润色,使其成为他伟大作品的一部分。

马格努斯站在街道尽头,他的目光沿着一条壮丽飞拱般的大道指向半空,凝望凤凰崖大图书馆的高绝入口。

黑鸦学派的预知能力找到了整个都城最大的知识和历史宝库,那座宏伟的博物馆是银白色的金字塔型建筑,足有六百米高,两公里宽,傲然矗立在山脉主体上。马格努斯无疑注意到了这与普罗斯佩罗大图书馆的相似性。数十条纤细桥梁通向一片广场,以及那饰有鹰徽的大门,其中一些已经在突袭中损毁,另一些正在熊熊燃烧,或是目睹着激烈的奔袭苦战。

黎曼·鲁斯和他的太空野狼正在将城市上层区域夷为平地,他们如同饥饿狂暴的海洋巨兽般将大批领袖与政客撕成碎片。通信报告表明,怀言者和帝国军队已经迅速击溃了山谷城门的防御者,正在城市底层区域稳步推进,他们所过之处只剩下灰烬与废墟。

若非马格努斯的劝诫阻拦,这座城市恐怕难以残留任何痕迹。

前一天晚上，三位原体曾经会面商讨进攻凤凰崖的最佳方式，黎曼·鲁斯和洛加都急于彻底抹消这座城市，即便两人的出发点全然不同。鲁斯仅仅想要碾碎负隅顽抗的守军，洛加则坚信当地人否认帝皇乃是冒渎之行。

简直找不到更加天差地别的三位兄弟：鲁斯戴着一副狂野的面具，自以为他的好战与野蛮能蒙蔽所有人；洛加则戴着一副更为隐秘的面具，遮掩其下的面孔就连马格努斯都无法彻底看清。他们讨论到深夜，每一位兄弟都想争夺上风。

凤凰崖绝不能遭遇赫利欧萨其他山脉城市那样的厄运，记录被摧毁，文物被粉碎，其重要性永遭遗忘。马格努斯要拯救这个人类文明偏远分支的宝贵历史，让它在人类伟业的壮丽篇章中夺得一席之地。

这个世界熬过了古老长夜的黑暗梦魇，它值得被铭记。

"前进，我的兄弟们，"马格努斯说道，"一整个世界的遗产都在等待我们去拯救。"

这座城市的众多优雅建筑镶嵌在山石之中，无数民居、作坊和娱乐设施以及穿插其间的宽街窄巷和地下通道共同构成了一片繁杂迷宫。对于任何普通军队而言，这种上坡推进必将举步维艰，每一座建筑都是凶险混乱的战场，耗费时间且伤亡惨烈，然而千子绝非普通军队。

阿里曼维持着与埃特皮奥的联结，利用守护精灵与以太之间的纽带将他自己的感知转移到片刻之外的未来。他能看到那些即将触发的陷阱，读取那些准备伏击的心灵。

圣甲虫隐修会不必冲破每一座建筑，他们只需操纵守护精灵钻入敌人的藏身之所，用隐形烈焰将对方驱赶出来，或是用灵能重击将其剿灭。阿里曼的第一学会有条不紊且行动迅捷，朝马格努斯的方向稳步推进，原体正在召集麾下所有战士，志在捍卫这座城市的知识核心，令其免遭毁灭。千子沿着铺满大理石的道路杀向这座山城的顶端，各个学会的作战风格都与其连长一脉相承。

弗西斯·塔卡的第二学会横冲直撞，径直扑向狭路相逢的任何对手，用枪林弹雨般的以太力量冲破敌方堡垒与阵形，同时以纯粹思维构成无形掩体来保护自身。哈索尔·玛特的第三学会则将敌人活活焚灭，让对方鲜血沸腾，或是抽干其胸中气息，以诸般凌虐手段将敌人自身的躯体当作杀伤工具。

只有卡洛菲斯没有受到原体的召唤，他负责统领自己麾下的毁灭者战团以及机器人部队为千子殿后。借助灵能共鸣水晶，第六学会连长可以精确无误地操纵他的机械下属，不必依赖智控军团所提供的战术芯片。

一群群伯劳俯冲而来，抓住一切机会对千子展开攻击。这些空袭分外迅猛而血腥，以至于连阿里曼强大的预知能力都难以作出完美应对。至今为止，第一学会已经有近百人牺牲，他心里清楚，在战斗结束之前必然还会有更多伤亡。

阿里曼向一根倒塌石柱冲去，勒缪尔·高蒙正躲在后面。阿里曼注意到那带棱的石柱具有经典比例，顶端造型与普罗斯佩罗大图书馆中那些覆有叶状纹饰的廊柱颇为相似。这个突兀的发现让他不禁面露微笑。

勒缪尔用双手紧紧捂着耳朵，以期隔绝异形巨鸟的嘹亮尖鸣和阿斯塔特爆矢枪的雷霆怒吼。那个人灵气中的黄绿色恐惧如同一条条能量溪流般奔涌不止。勒缪尔身边的索贝克正在开火，他手中武器所产生的气流冲击在石柱上扬起一蓬蓬尘土。

"这是你想目睹的吗？"阿里曼问道，他为手枪更换了新弹夹。

勒缪尔抬起脑袋，眼眶里闪烁着泪光，他摇摇头。

"这太可怕了，"他说，"你们如何能够忍受？"

"我训练多年就是为此。"阿里曼说道，就在此刻，一阵爆矢枪齐射发出的震耳轰鸣在墙边隆隆回荡。尖锐的哀号随即响起，断断续续的反击火力从石柱顶端弹开。能量弹药呼啸而过，勒缪尔吓得缩成一团。索贝克则有条不紊地维持着火力，对于方才那些以毫厘之差扫过的烈焰子弹不以为意。

埃特皮奥骤然传来的警报脉动让阿里曼跪倒在地。

一只伯劳的尖喙从他头顶掠过，他挥动手杖挡住了削来的翅膀。阿里曼一枪打在那生物的面孔上，子弹炸碎了猛禽的头颅，只留下一团模糊血肉。它砸落在地，另一群伯劳随即俯冲下来。

一只飞行杀手的利爪狠狠撕扯他身边的柱子。石柱裂成两半，那野兽接着将翅膀挥向阿里曼，尖锐的上爪从几丁质鞘中伸展出来。勒缪尔惊恐地发出尖叫，怪物立刻将剑刃般的长喙刺向那位记述者。阿里曼探出手掌，随后紧紧握拳。

扑向勒缪尔的那只伯劳发出一阵窒息般的粗哑嘶叫,它的神经系统在突如其来的痛苦冲动中不堪过载。巨鸟颤抖着瘫倒在地,阿里曼一脚踩断了它的脖颈,预知能力所发出的尖锐警告让他猛然转身。阿里曼挥动手杖招架住另一只锋利长喙,并沿着杖身送出一股烈焰。

伯劳顿时厉声尖嚎,全身爆燃,那野兽躯体上的火焰以一种超自然的速度迅猛扩散。这种烈焰以生命力为燃料,只有在受害者彻底死去之后才会熄灭。

索贝克正与两只野兽恶战,一只白羽伯劳死死咬住他的左臂,试图切断千子战士的肩膀。另一只巨鸟悬浮在阿里曼的实践者上方,伴着震耳轰鸣拍动双翼,在一团飞旋尘土中用利爪撕扯着索贝克的盔甲。

阿斯塔特与掠食杀手在纷乱挥舞的肢体、剑刃和利爪中混战。阿里曼抬起手枪,他借助埃特皮奥与以太之间的纽带,在须臾间浏览繁复多变的可能未来,并从中追溯出爆矢弹将要穿过的路径。他接连扣动两次扳机。

第一枚子弹击中了那只将索贝克压倒的野兽,狠狠敲进它的头颅;第二枚子弹则在半空那只巨鸟的心脏位置爆炸,这两次冲击与索贝克的身体都近在咫尺。两只猛禽轰然倒下,当场葬送于阿里曼的精准射击。

"谢谢你,大人。"索贝克说着将受伤的臂膀从伯劳嘴里拽出来。盔甲已经被割裂,索贝克的手臂伤痕累累,鲜血淋漓。

"你还能作战吗?"

"可以,大人,"索贝克承诺,"伤口已经开始愈合了。"

阿里曼点点头,跪在勒缪尔身旁。

"你怎么样,我的参入者?"他问道。

勒缪尔深吸一口气。他面如死灰,沾满尘土的双颊上有一道道泪痕。枪炮声在大道远端继续嘶吼,但并非朝三人的方向而来。

"它们死了吗?"勒缪尔问。

"死了,"阿里曼确认道,"你其实毫无危险。索贝克始终都在你身边维持着一幅伪装幻象,所以在你尖叫之前,那些巨鸟恐怕都不知道你的存在,而且西坦军士也在用念力护盾确保你不被流弹杀死。"

"我以为你们都是黑鸦学派的?"勒缪尔问道,"都是预言者?运用念动能力的难道不是猎鹰学派吗?"

"我的战士大部分都是黑鸦学派,"阿里曼点点头,即便身处激战,他也乐于传授知识，"就像千子的所有学会一样，每个战团以及每支小队都是由来自不同学派的战士所组成的。索贝克和我是黑鸦，但西坦是猎鹰。"

阿里曼又指着门廊里的一位战士，对方正在躲避十几名艾文士兵的集火攻击。那人的肩甲上印着千子的弯曲星形标志，图案中心则是一根修长的多彩羽毛。

"那边的哈斯塔则是亮羽，看着。"

惊恐万分的勒缪尔隔着柱子瞥向那位战士，正好看到哈斯塔在那些艾文士兵脱离掩体的瞬间冲进了街道中央。他将爆矢枪固定在腿边，稳稳站定脚步。艾文人看到了他，立刻抬起武器。然而抢在对方开火之前，一道闪电便从哈斯塔的平伸双手中奔涌而出，震耳欲聋的雷鸣让方圆五百米之内的玻璃窗全部粉碎。

面对这骤然爆发的灼目强光，阿里曼的感官自动采取了调整，但勒缪尔不得不在明亮的残影中眨眼。等到他的视觉恢复正常之后，一切早已结束。那些艾文士兵变成了一根根焦黑立柱，在高热中熔融的骨骼令他们至死保持着站立姿势。血肉如同融化的黄油般从尸体上缓缓流淌。勒缪尔弯下腰，将胃里的消化物尽数倾吐出来。

勒缪尔惊惧地抬起头。

"伊恩考萨扎纳在上，天堂女神救我。"他说道。

阿里曼容忍了这异教的祈祷，勒缪尔深吸几口气，擦干净嘴巴。他又啐了一口："那真是好可怕，我是说，惊人！他怎么……怎么知道敌方士兵要在那个时刻行动？"

"因为街道另一端有个名叫乌希扎尔的天枭学派连长，"阿里曼说道，他指着那位蹲在另一根倒塌石柱背后的战士，"他读取了对方军官的思维，并告诉哈斯塔敌人将何时行动。"

"难以置信，"勒缪尔重复道，"真是令人难以置信。"

阿里曼微笑起来，他很高兴这位参入者如此轻易地接受了千子所仰仗的以太力量。崭新的帝国过于急切地拥抱现世主义和理性思想，导致其众多子民抛弃了心中的惊奇感。如今的至高教条否认一切奥秘知识，为所有探寻此类技艺的人烙上不洁巫师的印记，并拒绝将他们的宝贵成果视为新的启示和感悟而加以包容。

"你学得很快,勒缪尔,"阿里曼说道,他挺直身躯,高举拳头集结麾下战士,"现在,读取他们的灵气,告诉我你能感觉到什么。"

三百名战士列阵集合,其中大部分都是阿里曼的狮卫终结者以及圣甲虫隐修会的老兵,这支队伍与乌希扎尔的属下并肩矗立。

"骄傲,"勒缪尔闭上眼说道,"对于自身能力的强烈自豪。"

"你还能做得更好,"阿里曼说,"哪怕孩子都能在战士们身上看到骄傲。拓展你的视野。"

勒缪尔的呼吸愈发深沉,阿里曼看到了对方灵气中的转变,他正在迫使自己进入最低层的心境。即便这个过程显得笨拙费力,勒缪尔依旧超越了大部分凡人所能企及的水平。

阿里曼曾经也不懂得如何升华自身意识,而这一点极易令人忘怀。对于一件在他看来如呼吸般轻松自如的事情,若要向别人传授就往往容易忽略其中的难点。

"顺其自然,"阿里曼说道,"借助它的波浪漂浮,让它指引你前往心之所向。"

勒缪尔的表情舒缓下来,他抓住了整座城市的情感脉动,无论是当地居民的黑色恐惧,艾文士兵的鲜红愤怒,还是每一位战士心灵中暗暗搏动的金色自豪。

在那道灵能冲击抵达的一秒之前,阿里曼方才察觉了它的凶暴洪峰。

骤然爆发的灵能噪声席卷而过,如同震荡波一样用纯粹的蛮力淹没了所有人的感知。乌希扎尔大叫一声抛下武器。勒缪尔在痛苦中蜷缩身体剧烈抽搐。

"以浩瀚之洋的名义,那是什么?"索贝克喊道,"是某种武器吗?"

"是灵能冲击波,"乌希扎尔喘息道,"拥有极端强大的力量。"

阿里曼把痛苦逼出脑海,跪在勒缪尔身旁。那个记述者仿佛戴了一张猩红的面具。鲜血从他的双眼和鼻孔中汩汩不停地流淌出来。

"竟能如此强大?"阿里曼问道,他眨眼驱除模糊的残影,"你确定吗?"

乌希扎尔点点头。

"我确定,"他说道,"那是一声充满了纯粹怒火的嚎叫,冷酷、尖锐而无情。"

阿里曼相信乌希扎尔的判断,他品尝到了冰冷金属的味道,感受到了一位猎手在遭到阻拦时的狂怒。

"如此强大的灵能力量绝非任何普通心灵可为，"乌希扎尔说，某段痛苦记忆在他心中重演，"我有过类似的经历。"

阿里曼在乌希扎尔的灵气中读到了答案。

"黎曼·鲁斯。"他说道。

第十三章

图书馆
血肉异变
调停者

　　他们向凤凰崖更高层推进。阿里曼的第一学会与哈索尔·玛特的第三学会在一条遍布工匠作坊的峡谷会合，而普罗斯佩罗尖塔守卫的侦察部队则在一片作为武器发射井的空心山区加入了他们。欧伦提龙兽团的空降兵已经夺取了阿里曼所在位置上方的阵地，那些身披鳞片斗篷，头戴龙首战盔的士兵们纷纷散开，为目标明确的阿斯塔特让开道路。

　　作战报告简直一团混乱：西南方的近距离交火，六千名士兵在崎岖山脚下某座工厂中的激战，北部居民区边缘的火炮对决，以及千子的碟形悬浮艇与残存的伯劳骑士之间那令人目眩的空中格斗。

　　无数信息交错纠缠，备显模糊纷杂。阿里曼勉强能够从混乱中筛出些许意义。种种报告描绘着唾手可得的胜利与行将覆灭的敌人，其中两件事实被勾画得非常清楚。

　　怀言者在缓缓迈进，比他预料中要慢得多。

　　太空野狼的步调则恰恰相反。

　　黎曼·鲁斯和他的第一大连径直空降在那银装素裹的山脉巅峰，熄灭了它的永恒蓝焰，将这象征王权的标志一举推翻。凤凰王庭的精锐禁卫对太空野狼那不可阻挡的如潮攻势作出了英勇抵抗，但他们都被撕成碎片，抛下山巅。

　　落败的君王们随即提出投降条件，但黎曼·鲁斯对他们的乞求充耳不闻。他曾以巨狼之环的名义立誓毁灭敌人，狼王绝不会因为心存怜悯这等卑微的缘由而打破誓言。太空野狼化作一股摧枯拉朽的自然之力，从山顶汹涌直下，他们的剑刃和子弹凶猛撕扯防御者的阵线，如同一位屠夫拆解新宰的牲畜。

　　没有任何事物能够幸存，那座如艺术品般精美的山巅城市被他们的粗蛮暴力与狂野莽行摧毁殆尽。鲁斯麾下战士所过之处仅剩死亡，而下一个等待毁灭的目标就矗立在他们面前——凤凰崖大图书馆，但赤红的马格努斯与弗西斯·塔卡的第二学会正列队于此。

太空野狼的狂暴攻势终于止步。

阿里曼率领战士们沿着一条纤细堤道横穿深幽峡谷，向一片宽阔广场稳步攀行，前方便是那座由玻璃与白银构成的闪亮金字塔。很多镀金玻璃板已经在战斗中碎裂脱落，但这并未抹消它的辉煌壮丽，那大图书馆恍若普罗斯佩罗的圣殿金字塔，只是相比之下规模更小。

"鲁斯的战士把这里搞得一片狼藉，"哈索尔·玛特说道，他放眼扫视这遍体鳞伤的凤凰崖，"我不得不认同你的观点。"

"什么观点？"

"或许这确实是无谓的屠杀。"哈索尔·玛特说道，他的真诚语气令阿里曼感到惊讶。

在这个高度上，阿里曼已经能够看到山脉之巅，那座凹陷的银色峰峦失却了标志性的蓝焰，此刻喷吐出一股股黑烟。烈火在整座山脉上肆意蔓延，从阿里曼所在的位置看来，下层区域的处境同样糟糕。

在他前方，身覆第二学会涂装的阿斯塔特蹲跪在地，守卫堤道。那些阿斯塔特平端爆矢枪，阿里曼注意到战士们面前的空气中散发着念力护盾的朦胧微光。

勒缪尔·高蒙赶上了阿里曼。他脸色赤红，双颊上还残存着干涸血痕。

"怎么回事？"勒缪尔贪婪地呼吸着稀薄的空气，"你能看到狼王吗？他的战士有麻烦吗？"

"差不多吧，"阿里曼回答，"他们确实有麻烦。我只是不确定这麻烦因谁而起。"

阿里曼瞥了乌希扎尔一眼，但同僚连长只是困惑地耸耸肩。这绝非吉兆。如果那位传心者都无法看清局势，那么阿里曼自己恐怕更没有希望。

"来吧，"他说道，"我们去看看究竟怎么回事。"

在几人靠近的时候，堤道尽头的战士们纷纷垂下手中的武器，阿里曼注意到他们的肩甲都被撕扯出了巨大的破缝。这些不是伯劳利爪所留下的利落痕迹，而是链锯剑造成的割裂创伤。

宏伟壮观的大图书馆在阿里曼面前傲然屹立，如同一座由玻璃堆砌而成的耀眼山坡。巨大的金色门廊通向建筑内部，阿里曼不禁幻想自己探索那些最幽深的宝库，解开这个世界的万般奥秘。

一队队千子战士防守着众多通往山脉主体的出入堤道。赤红的马格努斯站在广场边缘，他的盔甲如同一个金红两色的蓬勃火团。他弯刀出鞘，全身喷薄着以太烈焰。那位苍老的书记员站在马格努斯身后，他在整场战斗中竟然毫发无伤，这令阿里曼颇感惊异。

弗西斯·塔卡跑到阿里曼身边，他的手杖上还游动着嘶鸣的能量。

"阿泽克，哈索尔，你们可真不着急。"弗西斯·塔卡说道。

"我们已经尽快赶到了。"哈索尔·玛特厉声说。

"你们都到了就好。有卡洛菲斯的消息吗？"

"没有，"阿里曼说，"他通过灵能水晶和机器人联结在一起。目前他的意识太分散，很难精确定位。"

弗西斯·塔卡耸耸肩。"行吧，"他说，"我们指望不上他了。"

"塔卡，"阿里曼说道，"告诉我到底怎么回事！我们听到了一声空前强大的灵能吼叫。"

"那是黎曼·鲁斯，"乌希扎尔说，"对吗？"

弗西斯·塔卡点点头，他转过身去，示意二人跟上。

"大抵如此，"他啐了一口，"害死了我学会里几乎所有天枭学派的人，那些没死的也大都变成了失心傻瓜。"

"死了？"乌希扎尔惊呼。虽然这些战士并不直接隶属于他的学会，但作为天枭学派圣殿首座，乌希扎尔与弗西斯·塔卡一样是他们的领袖。

"死了，"弗西斯·塔卡厉声道，"我就是这么说的。别浪费时间了，原体召唤你们去见他。"

弗西斯·塔卡的粗鲁冷漠让阿里曼甚为气恼，但他暂且抛开自己的愤怒，跟随同僚走向马格努斯所在的宽阔堤道尽头。

"狼王在哪里？"勒缪尔问道。

弗西斯·塔卡鄙夷地俯视那个凡人。

"回答他。"阿里曼说。

"我们无法确定，"弗西斯·塔卡说道，"但他就在过来的路上，这个我们可以确定。"

马格努斯转过身来面对众人，阿里曼顿时感受到了原体的熊熊怒火。马格努斯的躯体充盈着生机，赤红能量在他的皮肤之下脉动奔涌，他的眼睛拥有同样的暴躁色泽。马格努斯的体型从不恒定，此时此刻的愤怒令他分外高大。

阿里曼察觉到了勒缪尔的恐慌，又惊愕地发现马哈瓦斯图·卡里马库斯竟然毫无惧意，但他随后便意识到，那位老人与原体保持心灵联结，自主意识受到了全面压制。

"谁曾想，会走到这一步？"马格努斯说道，阿里曼将原体的书记员抛出脑海。

"走到哪一步？"阿里曼追问，"怎么回事？"

"就是那一步。"弗西斯·塔卡指向堤道远端说。

一支组成楔形阵势的太空野狼部队聚集在对面，一马当先的那位战士头戴皮革面具，冰冷无情的双眼如同两块燧石。他们的剑刃已经出鞘，此外还有一群淌着口涎的巨狼奋力扯动着粗重链条，急于施展自己的尖牙锐爪。

"阿姆洛迪·斯卡森？"阿里曼惊问，"我不明白。他们要进攻我们吗？为什么？"

"没时间解释，"弗西斯·塔卡说，"他们来了！"

太空野狼的冲锋蕴含着一种可怕而伟岸的美感。

相互碰撞的铠甲，铿锵敲打的盾牌和僵硬塑形的胡须组成了一道汹涌巨浪。野狼并未奔跑，而是大步迈进，他们的狂野笑容、森森獠牙以及稳健姿态都昭示着对于自身能力的蛮横信心。

这些战士不需要依靠速度来冲破敌人的阵线。

他们的战斗技巧便足以胜任。

随着太空野狼朝千子步步逼近，阿里曼心中的惊惧愈发深重。那些战士方才还是盟友，为何如今变成了对手？此前被铁链所牵制的狂吼巨狼纷纷脱缰，那些怪物般的野兽顿时沿着堤道狂奔而来。

弗西斯·塔卡站在千子阵线中央，他的猎鹰学派同僚跪在两旁。

"念力护盾。"弗西斯·塔卡伸出双手命令道。他们面前的空气变得模糊，一道道念力护盾伴着波纹凭空浮现。

"给那些野狼一点颜色看看。"哈索尔·玛特说，他麾下的亮羽学派成员奉命而行，在那些狂奔野狼的路径前方创造出隆隆翻卷的闪电风暴。哈斯塔站在哈索尔·玛特身旁，他手套上流转着爆鸣刺耳的强大电能。

"莫下杀手，吾儿，"马格努斯说，"我们不能擅动兵戈，不能让自己的双手沾上鲜血。"

噼啪作响的闪电网立刻暗淡下来，哈索尔·玛特减弱了力量，但是阿里曼能够感觉到同僚的不情愿。

"大人？"阿里曼央求道，"为什么会这样？"

"我和圣甲虫隐修会夺取了大图书馆，"马格努斯说，"但斯卡森的大连紧随而至。他们想要摧毁这座图书馆。我阻止了他们。"

阿里曼有种可怕的感觉，当前局势正在逐渐脱离掌控。高傲、自负与原始好战相互冲撞，这些令人盲目的强烈动机往往要引发一连串的毁灭性后果，之后才会停下脚步。

太空野狼的冲锋是一股不可阻挡的天灾暴力。

千子军团的阵线是一座无法撼动的坚实壁垒。

放眼银河，有什么能够束缚这些脱缰无羁的力量？

疾行巨狼首先品尝了千子的怒火。它们一头扎进奔涌跃动的闪电网，毛发顿时被点燃。痛苦的嚎叫在山间回荡，烧焦的皮毛纷纷脱落。那些巨狼紧咬双颚，疯狂翻滚，试图熄灭烈焰。两头猛兽落入深渊，如同炽热流星般坠向末日。其余大部分巨狼转身逃窜，唯独几头格外坚韧的野兽继续前进。

最终，没有一头狼活着到达千子面前。

太空野狼大步跨过以太火墙，盔甲伴随嘶鸣声变得焦黑，但他们本身未受损伤。涂有巨狼图案的盾牌合并连锁，其间探出一支支寒冰般的利刃。那些野兽的哀叫已经消逝，取而代之的是阿姆洛迪·斯卡森麾下战士们的狂怒长嚎。

两支部队之间仅剩十米之遥。

"把他们推回去！"马格努斯命令道。

弗西斯·塔卡点点头，第二学会的战士们冲上堤道，用念力护盾顶住那些实体盾牌。

"我们必须阻止这一切！"阿里曼喊道，"这简直疯了。"

马格努斯将视线转向阿里曼，原体的滔天怒火顿时凝聚在他周围，那股夺人心魄的力量与太空野狼的狂野同样原始。

"我们并没有擅动兵戈，阿泽克，"马格努斯说道，"但如果有必要的话，我们会抗击到底。"

"拜托，大人！"阿里曼央求道，"如果我们和狼王的战士动手，他就永远不会原谅我们。"

"我不需要他的原谅，"马格努斯厉声说，"但我必须得到他的尊敬！"

"这绝非是赢得他敬意的方式，大人。我们都明白这一点。狼王从不遗忘，也从不原谅。即便我们只杀死一人，他也会永远记恨在心的。"

"太晚了，阿泽克，"马格努斯说道，他的声音中萦绕着一种莫可名状的恐惧，"已经开始了。"

千子的念力护盾与阿姆洛迪·斯卡森麾下太空野狼的盾牌狠狠相撞，无形力量与冰铸坚钢在尖锐震耳的摩擦声中展开对抗。太空野狼与千子运用全身力量推动对方，这是一场蛮力与意志的较量。

没有人拔枪，仿佛双方战士都心知肚明，这场斗争必须面对面地解决。两条阵线紧紧咬合，岿然不动，恍若一组庆贺凯旋的阿斯塔特群像，然而这样的僵局难以长久。

千子被一寸寸、一步步地推向后方。

"哈索尔·玛特！"马格努斯命令道，"放倒他们！"

第三学会连长用拳头敲打胸口，将自己的凶悍意志导入战局。哈斯塔与首座并肩而立，其他亮羽学派成员也释放出了他们全部的生物改造能力。

由以太能量引发的无形电流刺入太空野狼，阻断神经递质，偏移冲动信号，让流出肺部的血液迅速脱氧，其成效显著且迅猛。

太空野狼的推进顿时因自身躯体的反叛而土崩瓦解。肢体剧烈颤抖，心肌陷入抽搐，战士们完全失去了对身体的控制，如同一位疯癫操偶师手中的人偶那般狂乱抖动。阿里曼看着阿姆洛迪·斯卡森单膝跪倒，对方的肢体拒绝服从命令，盾牌从失去知觉的指间坠落在地。

那位狼主紧紧咬合双颚，血沫从面具口部喷涌出来。太空野狼战士们在骨断筋折般的剧痛中抽搐颤抖，相互抵触的神经冲动在他们的神经系统里四下流窜。这种肆意莽行与滥用力量为哈索尔·玛特带来的享受感令阿里曼倍加绝望。那个亮羽学派首座的狂妄与狠毒早已名声在外，但今日之事简直令人恶心。

"停下！"阿里曼再也无法控制自己的愤怒。他冲上前去，一把抓住哈索尔·玛特的手臂，将对方扭过来面对自己，"够了！你会杀死他们的！"

阿里曼将一道白噪声刺入哈索尔·玛特的灵气，第三学会的连长立刻浑身一震。

"你在干什么？"哈索尔·玛特质问道。

"我要制止这一切，"阿里曼说，"释放他们。"

哈索尔·玛特盯着他，之后瞥了马格努斯一眼。阿里曼逼近同僚，抓住对方肩甲的边缘。

"马上！"阿里曼喊道，"马上停下。"

"行了。"哈索尔·玛特厉声说着，将阿里曼推开。

阿里曼转身望向太空野狼，看到亮羽学派的力量逐渐消退，于是颤抖着松了一口气。众多身披盔甲的战士躺在堤道上，早已攻势消散，战意衰竭。阿姆洛迪·斯卡森挣扎着站起身来，奋力对抗那些在他体内流窜的错乱冲动。斯卡森眼中遍布血丝，仅仅是站在对手面前的动作也足以令他全身剧震。

"我……看清了……你们，"斯卡森嘶声道，他努力挤出每一个字，"所……有……人。"

"我说了让你停下！"阿里曼向哈索尔·玛特大喊。

"我已经停手了，"哈索尔·玛特辩驳道，"我发誓。"

阿里曼此刻察觉到一股可怕能量在身边迅猛涌升，他扭头看见哈斯塔与阿姆洛迪·斯卡森一样颤抖不已。阿里曼急忙探查对方的灵气，他读出了炽热无比的惊惧脉动，其中还混杂着狂乱的能量。

伴着一阵令人晕眩的惶恐和顿悟，阿里曼看清了当下剧变。

哈索尔·玛特同时也明白了，他们并肩冲向哈斯塔，将其扑倒在地，此时对方已经陷入了剧烈痉挛。

"压住他！"阿里曼喊道，他扯开哈斯塔盔甲颈部的压力密封。

"拜托，不要，"哈索尔·玛特连声乞求，"坚持住，哈斯塔！别放弃！"

阿里曼将那位战士的头盔随手抛开，顿时目睹了一幅自己曾经盼望永不再见的景象。

哈斯塔的肉体充满野心，近乎沸腾，以种种非自然的方式翻滚扭曲，他头颅的血肉和骨骼如同流体般膨胀涌动。那位战士的双眸充斥惊惧，慌乱的眼球迸发着猩红光芒，如同炽热熔炉中的煤块。

"救我！"哈斯塔喘息道。

"血肉异变！"阿里曼大喊。他努力将哈斯塔压在地上，但此刻摧残对方躯体的毁灭性异变极其强大。哈斯塔的盔甲开始变形，包裹其中的身体正在迅猛而剧烈地产生膨胀，无休止的异变让胸甲从中央裂成两半。充盈电流的能量脉络在他的苍白皮肤里爬行蔓延，晶莹的寒霜浮现在这位经受着极端痛苦的战士身上，他的肉体突然变得毫无定形。

哈斯塔尖叫起来，阿里曼的手逐渐松懈，因为奥尔穆兹德死去时的恐怖情景正从尘封的记忆里破门而出。哈斯塔将他们两人轻易甩开，那迅速膨胀的躯体上覆满了肿胀可憎的肌肉，密密麻麻的肉瘤，还有畸变肢体与湿滑触须。

在血肉扭曲和骨骼断裂的恐怖声响中，哈斯塔突然直立起来，即便在那爆发性生长的身躯上已经难以分辨任何肢体的轮廓。膨胀的组织与汹涌的能量在他全身蔓延，哈斯塔的尖叫已经转变成了含混不清的疯狂笑声。

"杀了他！"一个声音喊道，但阿里曼听不出那是谁。

"不！"阿里曼高呼，即便他在心底知道一切都是徒劳，"那还是哈斯塔。他是我们的一员！"

千子惊恐四散，躲开哈斯塔那可怕的崭新形体。他们最大的恐惧再度具现，从一段被埋葬的过往里卷土重来。

无羁无缚的能量从哈斯塔的触须上甩动出来，他的躯干和双腿融合成了一整根不断波动变化的闪亮肉体。一片片半成形的薄膜在虚无轻风中飘荡，他全身上下骤然爆发出无数张裂隙般的嘴巴，一阵充满恨意的笑声从中翻滚而出。数百枚扭曲的眼睛时刻浮现，无论是昆虫般的复眼，爬行动物的如缝眼眸，还是具有多个瞳孔的浑浊巨眼，而它们随即又在湿滑声响中爆破消解。这怪物的身躯上没有任何部位能够保持哪怕一瞬间的稳定。

一种恐怖而痛苦的恶心感觉狠狠攫住阿里曼，他的内脏仿佛想要叛离各自的固定形状，他的整个身体都在颤抖，渴望获得一种新的形态。

"不!"阿里曼紧咬牙关喊道,"不要再……我不会……屈服!我是阿斯塔特,是人类至高主人的忠诚仆从,我不会倒下。"

在他周围,大批千子跪伏在地或是仰面躺倒,各自与那股恶毒的异变力量进行斗争,它从哈斯塔身上散播开来,如同生命吞噬者病毒一样势头迅猛。如果放任这股力量肆虐的话,昔日那种几乎毁灭了这支军团的自发变异就会再度泛滥,将他们全部吞噬。

"我曾经幸存,"阿里曼紧握住拳头低吼道,"我也会再次活下来。"

决心为他赋予了一股力量,他将意识推入心境,努力隔绝那剧烈的痛苦和身躯的颤抖。随着他升入一层层心境,阿里曼对于自己实体身躯的掌控变得愈发稳固,最终他能够再次睁开双眼。

他的每一块肌肉都酸痛难忍,但他依旧是阿泽克·阿里曼,心智健全,躯体完好。他瞥向身后,看见堤道上的太空野狼逐渐恢复过来。也许他们处于那股异变力量的影响范围之外,或是对其效果彻底免疫。亮羽学派对太空野狼神经系统所造成的伤害开始消退,阿姆洛迪·斯卡森蹒跚地迈向千子,手中战斧出鞘。

一道潮汐般的汹涌力量在阿里曼背后喷薄而出,他翻过身,恰好看到赤红的马格努斯举步走向那扭曲可怖的哈斯塔。狂乱不羁的能量摧毁了那位亮羽学派战士,却增益了马格努斯。曾经是哈斯塔的那个怪物向马格努斯伸出手,仿佛要拥抱对方,而原体也张开双臂,用谅解和慈悲加以迎接。

在雷霆般的巨响中,一发质爆弹在哈斯塔胸中炸开,他的身躯应声四分五裂。寂静笼罩了战场,阿里曼恍惚中听到一枚巨型黄铜弹壳坠落在地的沉重鸣响。

阿里曼追溯子弹的轨迹,沿着一股轻烟看到了那支庞大的手枪,它被一位身披灰色铠甲与厚重狼皮的巨人紧紧握在掌中。

狼王已经驾临。

一首久远的诗歌浮现在阿里曼脑海中,他在北美黄土盆地深处一座积满尘埃的档案库里读到过。根据记载,这首诗文是从一座纪念碑上抄写下来的,那标志着一场极具毁灭性的古老战争的开端。

在这座横跨洪流的简陋桥边,

他们展开四月微风中的旗面；
此处曾见证昔日农夫的死战，
如今又目睹响彻全球的枪弹。

  在一群披挂厚重狼皮与铠甲，手持染血巨斧和长矛的战士中间，黎曼·鲁斯阔步迈向凤凰崖大图书馆。虽然阿里曼曾经见过狼王，但战意旺盛的黎曼·鲁斯与情绪平和的黎曼·鲁斯截然不同。后者纵然粗蛮凶悍，颇具威慑力，前者却完全是一个恐怖存在，是毁灭化身，就算是生性最为血腥的民族在神话传说中所塑造的集谋杀、战争与死亡之神于一体的对象，与之相比也远为逊色。
  阿里曼看清了真实的鲁斯：一架活生生的毁灭机械，一柄由纯粹力量与坚定意志熔铸而成的兵器，它可以被瞄准并发射，但永远无法被收回。
  狼王来到了堤道这一端，阿里曼看见欧谢尔·沃德梅克在原体身旁，那符文牧师的表情难以捉摸。在两头巨狼的陪伴下，黎曼·鲁斯径直走向千子。阿里曼原本预计狼王会狂野地猛冲而来，符合众多诽谤者所捏造的一切恶毒谣言，然而他步履平缓，其中蕴藏着无限的耐心与无尽的怒火。
  他麾下的战士们静静等待，急切地想要出击。
  阿里曼耳中能听到的唯一一个声音便是鲁斯穿过堤道的隆隆脚步，他的步伐稳健而沉重，他的表情冷硬如磐石。闪动寒霜的巨剑跃入鲁斯掌中，那是一柄开山裂地的武器。马格努斯也迎头而上，他手中的金色弯刀承载着恒星般的能量。两位战神踏入沙场，身上背负着各自军团的灵魂。
  阿里曼想要说些什么，想要阻止这场残酷的会面，但两位原体散发着杀意接近彼此的场景令他张口结舌。
  然而在两位原体开口之前，一道炽热的光束在他们之间骤然闪现，那耀眼的烈焰中跃动着璀璨星辰的夺目光芒。诸般莫名图景从光柱中浮现，未知的遥远地域，苦涩的熏香气味，烧焦的塑料，以及能量充沛的机械嗡鸣。
  空气异位的沉闷巨响在山间回荡，那道光束随即消失。
  一位金色皮肤的高大巨人凭空具现，他的灰暗战甲拥有花岗岩的色泽。
  "尤里曾。"阿里曼低语道。

  "这到此为止。"那位金色皮肤的战士说道。

他挡在马格努斯和鲁斯之间，如同一位拳击比赛的裁判。当阿里曼看到怀言者原体那写满伤感的面容时，他此前对于洛加的成见顿时烟消云散。那位原体的双眼周围被涂黑，目光中流露着无尽的哀伤，仿佛他背负了一份永远无法让旁人分担的苦涩秘密。

洛加的盔甲颜色深暗，如同在大洋深处沉睡了无数年华的巨石，每一片工艺完美的护甲上都镌刻着源自寇其斯古老典籍的楔形文字。一侧肩甲上放置着一本厚重书籍，它的泛黄页面早已饱经风霜，在传送所产生的微风中轻轻飘动。

一袭酒红色披风挂在他肩头，虽然洛加看似手无寸铁，但基因原体从来不会真的无力战斗。

阿里曼能够清晰地听到三位原体之间的对话，每一个字都永远烙印在他脑海中。那些话语中蕴藏的深意将会毕生纠缠他。

"让开，洛加，"黎曼·鲁斯低吼道，他的冷静面具滑落了一瞬间，"这事与你无关。"

"我的两个兄弟要刀兵相向这事？"洛加说，"当然与我有关。"

"别挡我的路，"鲁斯重复道，他的手指紧握住了包裹皮革的剑柄，"否则——"

"否则怎样？你要把我也砍翻？"

鲁斯迟疑了一下，洛加走近一步。

"拜托，兄弟，想想你在干什么，"他说道，"想一想，如果你在这条血光之路上继续走下去，会让多少亲情和友谊的纽带就此失落。"

"那个独眼龙越界了，洛加。他手上沾着我们的鲜血，他必须付出代价。"

"那是在误解中流下的血，"洛加说道，"你要冷静下来，兄弟。在艰难的抉择面前，愤怒对任何人都毫无裨益。如果你任由它蒙蔽心灵，那么在怒火消退之后就只剩下悔恨了。还记得杜兰星球吗？"

"记得，"鲁斯说道，他的雷霆面容变得柔和了一些，"与莱恩一起打的那场仗。"

"你和庄森在那个落败暴君的王座大厅里大打出手，但如今你们是同生共死的战友。此刻与之无异。"

马格努斯一言不发，阿里曼屏住呼吸。两个如此强大的存在针锋相对，杀意濒临沸腾，这是他所经历过最危险的形势。

"我们该做些什么吗？"弗西斯·塔卡嘶声问道，向阿里曼寻求指引。

"想活命的话就别动。"阿里曼说。

三位原体的身躯中蕴藏着深厚强大的能量，他们之间的紧张感如电流般凶猛，像剃刀般锐利。阿里曼能够察觉到三个令人敬畏的灵能存在压迫头颅，但他不敢彻底开启自己的感知。

"你要和独眼龙站在一边吗，洛加？"鲁斯说道，"这个行使不洁巫术的家伙？你看看那个邪物的尸体，看看那个心脏中埋着我子弹的怪物。你看着它，再来说我是不是错了。"

"基因种子的不稳定绝非两位兄弟自相残杀的理由。"洛加劝诫道。

"那绝非什么不稳定的基因种子，那是巫术。你我心知肚明。我们都知道马格努斯沉溺于黑暗邪道，但我们对此视而不见，因为他是我们的兄弟。到此为止，洛加，到此为止。那支军团的每个战士都被污染了，他们滥用魔法与死灵术。"

"死灵术？"马格努斯嘲笑道，"你什么都不知道。"

"我知道得足够多，"鲁斯厉声说，"你越界了，马格努斯。这到此为止。"

洛加将一只金色的手掌按在鲁斯的胸甲上说道："所有军团都利用这种力量，兄弟。你的符文牧师有何不同？"

鲁斯仰头大笑，那是一阵充满狂暴笑意的震耳吼声。

"你要将风暴之子与这些术士相提并论？"他反问，"我们的力量来自芬里斯的雷霆，在创世熔炉中淬火铸就。它源于自然世界的力量，由战士们的勇武灵魂塑造成形。它绝没有沾染那种玷污了千子的邪秽。"

现在轮到马格努斯大笑了。

"如果你相信这些，那么你简直愚蠢！"他说道。

"马格努斯！够了！"洛加厉声说，"现在不是争论这些的时候。我最亲密的两个兄弟兵戎相见，父亲必将无比失望，这令我感到悲哀。他就是为此创造我们的吗？他就是为此跨越银河寻找我们的吗？为了让我们可以陷入卑劣的争吵？我们注定拥有伟大的命运，因此必须超脱于这些凡俗事务之上。我们是父亲征服银河的化身，是高举他的光辉去照亮宇宙的正义星辰。我们是宣布帝皇驾临的信使。我们必须成为闪亮耀眼的榜样，展现出帝国所有的美好与纯洁。"

洛加的话语触动了所有人，其中蕴含的真理如同一剂灵丹妙药。阿里曼顿时看清了当下的可怕局面，并对他们放任恶劣局势超出控制而感到羞愧。

兄弟相残，还有比这更糟糕的事情吗？

那位金色原体仿佛闪耀着内在的光芒，在他开口的时候，全身皮肤顿时变得格外光辉圣洁。刚刚还充满狂暴怒火的心灵顷刻间受到安抚。太空野狼微微垂下手中的武器，千子的防御姿态也随之松懈。

"我不会袖手旁观，任由他毁灭这个世界。"马格努斯说着放下了镰刃弯刀。

"你无权挽救它，"鲁斯厉声说，"我的军团发现了这个世界。我可以任意处置。这里的居民曾经拥有选择，加入我们并存活，或是对抗我们并灭亡。他们选择了死。"

"并非一切都是非黑即白的，鲁斯，"马格努斯反驳道，"如果我们将一切事物付诸毁灭，那么这场远征又有何意义？"

"它的意义在于胜利。当远征结束之后，我们会去处理剩下的事物。"

马格努斯摇摇头说："那么剩下的就只有废墟了。"

黎曼·鲁斯低垂掌中的冰霜巨剑，他的杀戮怒火暂时消退。

"这我可以接受。"他说道，随后便沿着堤道默然离开。走到尽头的时候，他转过身来再次面对马格努斯。

"此事没有结束，"鲁斯承诺道，"你的双手沾着芬里斯的鲜血，我们之间会有一个了断，马格努斯。我以米约纳的剑刃起誓。"

狼王用巨剑划过手掌，让熠熠闪亮的猩红血滴洒向碎裂地面。他仰起头来高声长嚎，野狼战士们也将自己的嗓音汇入主人的吼叫，最终整座山脉仿佛都在呼啸。

那悲切声音萦绕在最高的尖塔上，回荡在最深的峡谷中，既是一首祭奠亡者的苍凉挽歌，又是一份针对未来的冷酷警告。

第十四章

归顺

伴随凤凰崖的陷落，伯劳星战争便等同于告终了，虽然与任何规模庞大的征服行动一样，些许孤身奋战的反抗者还在苟延残喘。诸多山脉之中满是隐蔽的巢穴，就连黑鸦学派的占卜也难以将其尽数揭露，毫无疑问的是，这个星球在真正彻底归顺之前，尚需要目睹很多杀伐之事。

欧伦提龙兽团驻扎在城市中，卡洛菲斯则率领普罗斯佩罗尖塔守卫以及拉库南生命卫士去猎杀流亡的敌人。第六学会麾下那些借助水晶联结共通的机器人战队在这项任务中体现出了难以估量的价值，它们能够攀上最高的悬崖，不知疲惫与艰苦，毫无惧意和怨言。第六学会战士们充分利用各自的守护精灵，将火凤学派专擅的滚滚烈焰灌入山脉内部，令敌人四散逃窜，把峰峦付之一炬。

在宣告胜利的不到十个小时之后，黎曼·鲁斯就带领麾下战士离开了伯劳星。鲁斯的旗舰拉芬克号率领太空野狼的远征舰队匆匆退出方舟边际星团，没有举行告别仪式，亦未巩固战友情谊。大图书馆门前的那场对峙无人再度提起，但事情远非尘埃落定。马格努斯轻描淡写地称其无关紧要，但他的左右亲信都能看出来，那场会面令原体颇受震动，仿佛证实了他心底某种积蓄已久的恐惧。

平民们得到了前往星球地表的许可，一支来自47号远征队的宣讲者大军迅速出动，展开了用帝国思想启迪当地民众的漫长工作。怀言者带着传教士般的狂热激情参与进去，将大批居民运往了由机械神教拓荒队在峡谷中建造的再教育营地。

自从凤凰王庭覆灭的三个月以来，大图书馆的全部藏品都在安库·埃南的监督下被扫描仪器进行了复制，或由数千名手持羽毛笔的机仆完成抄录。千子原体阅读了所有典籍，他将整座图书馆中的一切知识尽数接纳吸收，这远远超过了任何高级数据专员的处理速度。

卡蜜尔·希梵尼将清醒的每一分钟扔进图书馆里,埋头钻研赫利欧萨的历史,浏览当地人关于泰拉这一神秘家园的古老传说。她将自己淹没在富饶的信息海洋中,不仅像普通学者一样研读文本,也毫无顾忌地运用自身能力去阅读昔日作者的印痕。大部分历史典籍的撰写者都是与真实事件毫无关联之人,抑或是笔下那场战争的胜利者,因此这些主观描述都缺乏价值。

然而在靠近金字塔顶端的某个废弃房间中,卡蜜尔找到了一本支离破碎且水渍斑斑的泛黄书籍,它改变了一切。潮湿环境所造成的损毁让很多页面内容都无从辨认,但在卡蜜尔接触到那本书的刹那间,她就明白自己并不需要阅读其中文字来解封它的秘密。

这是某人对于亲身经历的描写,真实地记录了这个陌生星球上一段跌宕起伏的变革年代。卡蜜尔立刻知晓了书籍作者的身份,那是一位来自南方的年轻男子,名叫凯利布。卡蜜尔品味到了他的希望与梦想,他的爱好与恶习。通过他的双眼,卡蜜尔体验了一生的快乐与悔恨,并充分了解到他所身处的两千多年以前的那段岁月,彼时,赫利欧萨的原始城邦刚刚团结在对一位雷霆之神的信仰大旗下,借此击败了来自星海的劫掠异族。

卡蜜尔对凯利布所属年代的详细描述令安库·埃南激动万分,他立刻安排了一名天枭学派的忱信者,专门负责提取并记录她的思维。从此开始,任何出处不明的书籍都被交给卡蜜尔进行鉴定。

相比之下,勒缪尔·高蒙很少造访大图书馆。阿里曼占用了他的绝大多数时间,继续展开严格的训练,教导他如何正确运用能力,以及如何遮蔽自身存在,借此躲避那些在浩瀚之洋里遨游的虚空猎食者。

关于在大图书馆门前,在哈斯塔身上所发生的事情,勒缪尔仅仅提起过一次。那具遍布可怕异变的尸体被运回弗泰普号,封存在静滞力场中,但他的恐怖死状化作一团阴影,自此笼罩在千子头顶挥之不去,仿佛某个充满罪恶感的秘密。

在开口询问的瞬间,勒缪尔就明白自己戳到了一个痛处。

"哈斯塔未能控制他的力量。"阿里曼说道,他像是条件反射一样用饱受折磨的目光瞥向自己肩甲上的那簇银质橡叶。勒缪尔暗自记住,要挑个更为平和的时机再去询问那件饰品的来历,它显然意义非凡。

"那种,你们怎么称呼它来着,血肉异变……会发生在你身上吗?"勒缪尔追问，他很清楚自己已经涉足了某个危险领域。

"他承诺过，那永远不会在任何人身上发生了。"阿里曼说道，勒缪尔在对方灵气中读出了遭到背叛的伤痛，两人相距咫尺之遥，那份浓厚而鲜明的情感难以掩盖。阿里曼的话语中满是冰冷惧意，如同一个猎物察觉到了附近的猛兽。阿斯塔特竟然也能体会到那种情绪，这让勒缪尔颇为震惊。

阿里曼不愿再多说什么，在勒缪尔此后的学习过程中，那件事也不曾重提。他学会了如何将光之躯体从肉身中解脱出来，从而在以太的无形浪潮与虚幻气流中翱翔。这种旅程十分短暂，毕竟他的技艺尚且生疏，令他无法长时间脱离凡躯。

在课余时间里，勒缪尔感觉更加游刃有余，他与来自阿里曼麾下第一学会的阿斯塔特同行，造访众多当地城市，观察整个世界的除旧立新。这些战士都具有哲人的阶级，远远高于勒缪尔所属的参入者，他几乎难以想象竟然有人能够如此透彻地掌握诸般奥秘。

机械神教的铸造舰船是一艘艘如城市般大小的钢铁巨兽，它们满载着大型建筑机械与数十亿吨原材料闯进了星球低层大气，恍若众多飘上苍穹的大陆。这些金属城市降入大气层的过程引发了一系列蝴蝶效应，导致激荡呼啸的飓风席卷全球，最后归于一场持续两月未停的滂沱暴雨。

在篝火旁的闲聊中，据说当地居民笃信这个世界在为其遭到征服的人民而悲泣，但宣讲者们得知这种说法后立刻行动，将那场大雨改编成了这个星球对旧日污点的洗刷。与之相应的匿名传言流入市井，把凤凰王庭的君主们描绘成腐败不堪的独裁者，声称他们为了一己私欲而剥削民众。

宣讲者在深谷中的再教育营地里展开工作，各种公开辩论以及诸多展现帝国光辉的强力证据也向赫利欧萨的民众发动攻势。勒缪尔仔细研究帝国喉舌所采用的手段，他注意到武装人员一向隐藏在周围，随时准备把麻烦人物押走，而投诚的当地人则被安插在听众里面，用响亮的赞同声来支持宣讲者的言论，更有微不可见的通信蜂在人群中穿梭，播放出一些利于帝国的问题，其答案早已准备妥当。

每个宣讲者都拥有一支调查队伍，他们的任务便是深入挖掘当地的信仰与传统，随后用经过微妙改动的版本与之混淆并最终替换，以此巩固对帝国的忠诚。千子在大图书馆中的研究工作对此大有帮助。

马格努斯的军团盘踞在那座图书馆里几乎足不出户，怀言者则与宣讲者紧密合作，不仅为营地提供保护，更用他们自己眼中的忠诚热忱去协助教育工作。以勒缪尔所见，归顺过程中的这一步骤最令人反感，整个世界的独特文化逐渐被帝国教条压倒淹没，这堪称鸠占鹊巢。怀言者所秉承的那套帝国真理格外刚硬尖锐，勒缪尔很快就厌倦了那些充满灌输气息而非教育氛围的威逼利诱。传言说，帝皇就曾因这种狂热态度而责罚过洛加的军团，即便此言不虚，他们也并未有所收敛。

帝国确实怀有善意。它确实用人类的统一带来了希望，但怀言者的暴躁论点近乎荒谬，简直就像校园无赖的说辞。

"我们是正确的，因为我们说我们是正确的，"他们如此声称，"顺我者昌，逆我者亡。"

这丝毫无法赢取人心，难以折服民众，但还有什么选择呢？一个崭新的未来必须由花言巧语和公然威吓所开启，这令人恶心，但勒缪尔也并不天真。他明白除了这些手段之外，恐怕没有任何方式能够迫使一个曾经死战到底的民族安心归顺。如果帝国方面能够让当地民众相信，如今的处境要比昔日有所改善，那么整个归顺过程都会显著缩短。

最令勒缪尔感到悲哀的是，这些手段似乎确实有效。

勒缪尔回想起卡蜜尔给他看过的某本古籍——《史记》，那是一位伟大历史学家的细致记录，其中赞誉当政的帝王并贬低之前的皇朝。

在一些更静谧也更阴郁的内省时刻里，勒缪尔经常会暗自思索，帝国是否果真如它自诩的那般开明理性。

与阿荀鲁的情况相同，一位帝国官员接受任命，负责管辖方舟边际星团，并监督那漫长的重建与整合工作。阿荀鲁的管理者是位平民，赫利欧萨则需要铁腕治理。海斯托·纳瓦尔少将是欧伦提龙兽团的高级军官，这群皮肤黝黑的悍勇战士全部招募自南美洲那早已干枯的昔日丛林。作为一名生于巴西高原的职业军人，纳瓦尔已经与怀言者并肩作战了百场有余，对于他的任命得到了各方的庄重赞许。

与阿荀鲁不同的是，方舟边际星团中分散驻扎了数十支部队。帝国管理机构的触手深深埋入每一个社会层面，用帝国人员接替了被推翻的星球统治者，并迅速建立起一套运转所需的基本设施。军务部官员仔细核算每颗星球对帝国的价值，说书人则漫游整片星系，大力颂扬人类的光耀历史。

在击碎当地抵抗的四个月之后，凤凰崖图书馆中的每一篇文本都被录入了弗泰普号的庞大数据库里。第二天，28号远征队便告别了星球轨道，赤红的马格努斯命令舰队向星系东部的一片荒芜空间全速进发。

28号远征队的诸位舰长提出了疑问，因为那与任何预定的星系跃迁点都相距甚远，但马格努斯的命令得到了确认。那片空间将允许舰船更加平稳地进入浩瀚之洋，而等到整支舰队抵达这个新近选定的跃迁点之后，马格努斯才揭示了他们的最终目的地。

28号远征队已经接到召唤，将要前往乌兰诺星系，舰队成员群情激昂，万分期待加入那场对抗绿皮的战争。更加令人激动的是，部队将要与帝皇本人会合。帝皇和狼神荷鲁斯身先士卒、并肩奋战，联手屠戮那些野蛮敌人。

然而对荣耀与战斗的期望都付诸泡影，取而代之的是敬畏，因为众人得知战役已经告终。按照原计划，向乌兰诺的绿皮所发动的这场战争本该持续数年，甚至数十年。

帝皇并未发出参战的召唤，而是奏响了胜利的号角。

千子以及诸多兄弟军团要前去参加一场伟大的凯旋仪式，共同庆贺帝皇的大捷，那必然是银河中绝无仅有的壮观场面。在马格努斯的指引下，舰队导航者找到了一条如刀锋般纤细的路径，直通乌兰诺星系。

怀言者的远征舰队深入参与到了将方舟边际星团汇入帝国版图的繁杂工程，洛加会尽快抽离他麾下的战士，全速赶往乌兰诺。

马格努斯简短地与洛加道别，两位强大原体的对话不为旁人所知。然而当阿里曼目睹两人分道扬镳的时候，他在马格努斯的灵气中捕捉到了一丝闪烁，那刹那间的痕迹细微难辨，蕴含着某些无以言说又令人不安的意味。

阿里曼上一次见到类似的情景，还是在马格努斯与鲁斯险些兵戎相见的时候。

第十五章

凯旋
黄昏领主
老朋友

乌兰诺经历了翻天覆地的剧变。在绿皮手中，它是一个遍布恶臭巢穴与肮脏营地的粗鄙世界。阿斯塔特的可畏战火席卷一切，为星球表面涤净污秽。然而无论战火多么凶猛，都难以比肩机械神教的技艺。

四支工业舰队满满承载的地貌改造机械在破碎荒原上展开劳作，这是野蛮异形首领的昔日疆域，也是整个世界上最广袤的大陆，如今它被改造成一座无与伦比的宏伟舞台，足以配得上人类之主。数以百万的机仆、机器人和劳改犯加入到建设工程中，将山脉夷平粉碎，再用那些土石去填满幽暗峡谷，抚平起伏丘陵。绿皮也正是在这里点燃了它们的暴乱之火，竖起那丑陋的泥土堡垒。

本该持续数个世纪的劳作只花费了几个月，当千子麾下的一支支雷鹰编队穿透乌兰诺上空的浓厚尘云时，铺展在他们面前的便是一片刻意要让观看者屏息凝神的壮美场景。

下方的花岗岩地面平滑无比，整块大陆仿佛就是古代皇家占星师的巨型镜片。填满燃料的熊熊火坑点缀大地，其中跃动的凶猛烈焰将苍穹映成红色，让滚滚烟柱直冲天际。一条宽达五百米，长达五百公里，如激光般笔直的大道从火坑之间穿过，路旁的尖柱上钉着一枚枚苍白的绿皮头骨。

几乎被烟幕遮蔽的数百艘宏伟舰船悬浮在低空轨道，用引擎时刻对抗着星球引力的无情拉扯。诸多飞船各自产生的电磁场导致连锁闪电在大气层中游走奔窜。一群群突击巡洋舰、战斗机以及轰炸机结成方阵，从头顶呼啸而过，用引擎的嘶吼声宣告着凶悍的荣光。

圣血天使的朱红星船与帝皇之子的华美战舰争抢位置。而帝国之拳的空中堡垒方阵号则独自占据了一片空间，它悬停在天际岿然不动，仿佛要借此表达对自然法则的蔑视。

可汗、安格隆、洛加和莫塔瑞恩皆已抵达，那些久经沙场的旗舰并肩掠过镜面般的大地。另有一艘引人注目的镶金战舰独占鳌头，它所停留的位置正是这片大陆中唯一一块没有被机械神教的工业热熔夷为平地的区域。

这是复仇之魂号，狼神荷鲁斯的指挥舰，其凶悍蛮横的毁灭之力仅次于方阵号。诸多世界覆灭于它的致命武器之下，狼神荷鲁斯在释放其全部怒火时从不自缚手脚。十四支军团响应了帝皇的召唤，十万名人类历史上最强大的战士集体到场，九位原体出席，其余原体则在天涯海角挥师远征，无法及时赶到乌兰诺。

帝国军队的八百万名士兵在此集结，无数旌旗和徽记矗立在各支部队的营地中央，共同组成了一片令人目眩的多彩海洋。士兵们骄傲地站在数千台装甲车辆以及数百架泰坦旁边。那些居高临下的战争机械迈动隆隆脚步，恍若起身行进的钢铁城市。

千子属于最后一批降落到地表的军团力量。整片大陆如同铁匠的熔炉般焦灼燥热，历史的重锤即将把柔软可塑的现实锻造成一个崭新形状。

只有让银河改头换面的重大事件才配得上如此壮观的场面。

只有银河中最伟大的存在才能激发这般浓烈的崇敬。

这将是一场空前绝后的盛会。

阿里曼把披风固定在原体的肩甲上，将骨制扣环与利爪形挂钩相连。他仔细调整披风的位置，让那些多彩羽毛更加贴合原体的肩膀。

马格努斯站在密室里那个螺旋图案的中央，这座玻璃金字塔经过拆分后从弗泰普号运送下来，又在乌兰诺的平滑地面上重新组装完成。在外面那些巨型篝火的映衬下，水晶墙板闪动着橙红色光芒，但马格努斯对亮羽学派技艺的精湛掌握让密室中保持凉爽。

通常是由阿蒙服侍原体，但在这个历史性的时刻，马格努斯要求阿里曼接受这项工作，负责将战甲扣在原体肌肉虬结的身躯上，确保他不会在兄弟面前相形见绌。

"看起来如何？"马格努斯问道。

"你肯定会引人关注。"阿里曼说着从原体面前退开。

"莫非我不该引人关注？"马格努斯回应道，他如同歌剧演员般张开双臂亮相，"难道我不配吗？弗格瑞姆和他的战士致力于追求完美，但我就是完美的化身。"

原体身披盛装，金色盔甲在摇曳火光中熠熠闪亮。带有巨角的胸甲雍容华贵，他的头盔几乎无法束缚住那编成三根长辫的火红头发。他背后有一对入鞘的双刀，手中则是一柄由黄金与翡翠制成的权杖，那本挂在锁链上的秘典被皮革与甲胄遮挡起来。

"我所说的关注非你所愿，"阿里曼答道，"我看到了其他军团投来的目光。"

他略加迟疑才重新开口："就像血肉异变还在肆虐时那样。"阿里曼终于吐露了心中的疑虑，自从离开方舟边际星团的两个月以来，他就始终受其折磨纠缠。

马格努斯将目光转向他，眼眸如同权杖上的宝石般碧绿。

"索斯梅斯符记保护着我的密室，所以没有人能听到你所说的话，但在离开这里之后，不要再提及任何涉及血肉异变的事，"马格努斯警告道，"那份诅咒已经彻底过去了。当帝皇将你们带到普罗斯佩罗的时候，我就终结了基因种子的退变，重塑了千子的生理和谐。"

马格努斯伸出手，按在阿里曼的肩头。

"没能拯救你的兄弟，这我知道，但我及时拯救了军团。"

"我明白，但看到哈斯塔的遭遇之后……"

"那是独立的变异，十亿分之一的偶然事件，"马格努斯承诺道，"相信我，吾儿，那永远不会再发生了。"

阿里曼抬头凝视马格努斯的眼睛，看到了蕴藏在原体心中的力量。

"我相信你，大人。"他最终说道。

"很好。那么我们就不要再提此事了。"马格努斯终结了这个话题。

狮卫们簇拥着马格努斯跨过镜面般的大地，走向整块大陆上唯一一片屹立至今的往日地貌。那曾经是绿皮酋长的山脉巢穴，但大部分山体已经被抹消，仅仅剩下一块披覆钢铁的平坦底座，负责担任帝皇及其光辉子嗣的舞台。

马格努斯将要站在他的父亲身边，两旁是诸位手足兄弟：多恩、可汗、安格隆、圣吉列斯、荷鲁斯、弗格瑞姆、莫塔瑞恩，还有洛加。在那段从方舟边际星团赶往此处的旅途中，千子战士们利用全部时间为这一刻做好了准备，毕竟谁也不愿在兄弟眼中显得有所欠缺。

阿里曼从他的学会中遴选出了最为博学的精锐成员前来护送马格努斯前往高台，每个人都光荣地获得了一枚象形茧，用圣甲虫蜡印固定在盔甲上。奥拉麦格玛开玩笑说他们都应该挖掉一只眼睛来标志自己是马格努斯的选民。谁也没有笑，但奥拉麦格玛一向如此，他的玩笑总是越界而乏味。

走在三十六名狮卫前方的是各个学会的连长，其中就包括与原体议事的诸位圣殿首座。只有第七学会的菲尔·托伦缺席了。他的学会负责留守普罗斯佩罗保护人民，并着手训练那些渴望有朝一日加入千子的学徒们。

守护精灵的闪耀光芒在众人头顶游走，它们沐浴在充沛而纯粹的以太能量中。其中一些是曾经将这颗星球称为家园的绿皮所残留的无形踪迹。那印痕就像火焰喷射器一样粗蛮而凶猛，但它的能量也同样转瞬即逝。埃特皮奥追随着马格努斯身后的以太暗流，尤提帕则与佩欧克和埃弗拉一起游弋在队伍外围，每个守护精灵都是一团变幻不定的光芒，其中浮现着闪亮的翅膀和眼眸。

纵然有火坑的刺鼻浓烟、阿斯塔特的生化气息以及四处弥漫的枪油味道，乌兰诺的空气中依旧夹杂着绿皮的蛛丝马迹。引擎废气汇成了低垂的浓厚云团，机械神教巨型工具的特殊燃料散发出烧焦金属般的酸楚气味。

放眼所及之处，成千上万的阿斯塔特占据了平原，为这场凯旋游行展开准备。这里恐怕是整个帝国中驻扎兵力最多的星球，但一种紧张感还是充斥周围，这躁动情绪源于善战兵将们的自负和高傲，当天南海北的战士齐聚一堂时，此类情况颇为常见。各支部队的成员相互比较以分高下，暗自判定究竟何人最为强大，最负盛名，最具勇气。

阿里曼走在马格努斯身旁，他能察觉到兄弟军团的战士们充满戒备地凝视原体。

"我从来没有想象过如此多的阿斯塔特汇于一处。"阿里曼对马格努斯说。

"的确，这令人印象深刻，"马格努斯同意道，"我的父亲一向都很清楚象征性姿态所蕴含的力量。人们不会忘记今天，他们会将这场盛会的传奇故事散播到银河最偏远的角落。"

"但为何是今天？"阿里曼问，"为何是在伟大远征步入尾声的时候？"

一道阴影从马格努斯脸上掠过，仿佛阿里曼的问题触及了某个令他不快的领域。

"因为这是人类历史上至关重要的时刻，"原体说道，"巨大的变革即将降临。这样的时刻理应被烙印在整个种族的记忆里。自此之后，很难有人能经历这种重大的时刻。"

阿里曼不得不认同这个论点，但随着他们走近帝皇高台外围的第一道安检关卡，他逐渐意识到马格努斯刚刚巧妙地回避了他的问题。

一条大道通往被夷平的山脉根基，尽头矗立着一对战将级泰坦。这两架战争机械身披金色装甲，背负着专属帝皇的雷霆闪电标志，从泰拉远道而来驻守于主人左右。作为他最强大的近卫，这些居高临下的泰坦是先进科技与尚武精神的完美契合。

"比你摆在火凤圣殿门口的那个大多了。"当他们从两架泰坦之间走过的时候，哈索尔·玛特对卡洛菲斯如此说道。

"确实，"卡洛菲斯承认，他有意无意地忽略了玛特的嘲弄语气，"但枪炮口径最大的一方并非总能赢得战争。狼族之王是个猎手，它能把这两位一起拉进坟墓。个头的确很重要，但经验才是关键，狼族之王在科瑞欧瓦伦姆的战场上收获颇丰。"

"我们都是如此，"弗西斯·塔卡深沉地赞同道，"但是当你提及狼族之王的时候，应该说它曾经是个猎手吧。"

"我们等着瞧。"卡洛菲斯微笑着说。

"在我看来，泰坦不是问题，"哈索尔·玛特说道，"它只是一架机械，是一架很大的机械，这我承认，但如果没有机长的操纵，泰坦无非就是一座巨型雕像。机械神教虽然技艺高超，却还没有发明出不需要人类操控的机械。我可以激发机长头颅中的水分子，把他的脑袋炸开，让他的血液沸腾，或是用数百万伏的电流穿过泰坦装甲，烤焦里面的驾驶员。"

"我可以轻松放倒一架泰坦，"弗西斯·塔卡戏谑地说，"我之前干过一次，记得吗？"

"记得，"乌希扎尔说，"我们都记得。你从来不会厌倦于给我们讲述你在阿苟鲁是如何从一架泰坦手中拯救了原体的。"

"没错，"弗西斯·塔卡说道，"毕竟，它们个头越大——"

"就能把你踩成越大的一摊，"阿里曼替他把话说完，"我们是来护送原体的，不是来胡思乱想或者自吹自擂的。"

在泰坦身后，披挂禁军金甲的威武战士守护着通向大陆中心的道路，那些高大战士与阿斯塔特体型相仿，黄铜色的甲板上铭刻着盘卷交缠的雕文，一条条被蜡印固定的誓言纸张轻轻飘扬。

六名战士守卫着安检关卡，三辆兰德掠夺者在他们背后隆隆低吼，另有一对无畏机甲担任支援。

"先是泰坦，又是这个。你觉得他们是不是期待有麻烦？"哈索尔·玛特微笑着说。

"一向如此。"阿里曼说道。

"这些安保措施显然过于夸张，毫无意义吧？毕竟，这个星球上挤满了阿斯塔特，还有帝国手中最强大的战争机械，谁敢在这种地方图谋不轨？"

"你见过禁军吗？"弗西斯·塔卡问道。

"没有，那又如何？"

"如果你见过的话，你就知道那个问题有多傻了。"

"在出发前往普罗斯佩罗之前，我在泰拉遇到过一位禁军，"阿里曼说道，"一位刚正不阿的年轻战士，名叫瓦尔多。我相信原体认识他。"

马格努斯哼了一声，这就足以让大家明白原体对于那个人的态度。

"他是个什么样的人？"乌希扎尔问道。

"你看不出来吗？"哈索尔·玛特问，"怎么啦，你突然不会读心了？"

乌希扎尔没有理会第三学会连长，阿里曼微笑着看到马格努斯转向麾下军官们，脸上带着一种貌似严肃的神情。

"够了，"马格努斯说道，"无论你们有何军阶，如果禁军认定你们的态度不够端正的话，那么谁都别想继续前进。他们拥有绝对的话语权，在涉及帝皇人身安全的事务上，就连原体也不能违抗他们的命令。"

"说吧，阿泽克，"哈索尔·玛特继续追问，"这个叫瓦尔多的是个什么样的人？"

马格努斯容许地点点头，于是阿里曼开口说道："他是一个严肃而高效的卫士，只是缺乏幽默感。但他毕竟负责保卫银河中最伟大的存在，想必很少有开玩笑的空间。"

"很少？"一个声音在阿里曼身边凭空出现，"是根本没有。"

阿里曼完全不知道那些禁军是如何来到马格努斯以及狮卫近旁的。

他没有发现对方的存在，也没有察觉到以太中的任何微弱波动。方才众人走向安检关卡，守护精灵在眨眼之间无影无踪，同时两名禁军出现在身旁。

来者身材高大，与阿斯塔特相仿，不过盔甲没有那么宽厚。禁军的装备仿佛有些华而不实，但阿里曼明白这种看法受到了刻意误导，从而让这些身着金色铠甲的战士获得些许额外优势。他们与阿斯塔特如出一辙，却又差异显著，就像一对在进化道路上逐渐演变出迥异形态的亲缘物种。

禁军手持修长的守护者战戟，那些致命的长柄武器能够轻松切开钢板，可以将身披重甲的粗壮绿皮一击斩断。他们锥形头盔顶端倾泻而下的殷红马尾宛若血瀑，护目镜的绿色光芒与千子颇为相似。镀金铭文从颈部装甲的密封处起始，在他们的肩甲上蜿蜒盘卷，随后流入胸甲内部。

"停下脚步，接受认证。"之前开口的那位战士继续说道，阿里曼将全部注意力集中在对方身上。然而他什么都察觉不到，就连一点倒影也没有，仿佛那个人像全息投影般虚无缥缈。阿里曼的嗓子一阵干涩，口中充满了令人不快的苦楚味道。

"不可接触者"，一个熟悉的声音在他脑海中响起，很强大，但还不够强大。

阿里曼看不到那些人，但在他得知附近存在灵能虚空之后，他就能够通过寻找那些不存在的身影来确认其存在。

"一共六个。"他向盔甲中的通信器说道。

"是七个，"马格努斯纠正，"其中一个比她的同胞更加擅长遮蔽自己。"

禁军将长戟交叉，挡住了通往帝皇高台的道路。不可接触者被安插在四面八方，这其中暗藏的侮辱意味令阿里曼备感恼怒。马格努斯矗立在禁军面前，他的高大身躯充满威慑力，带有羽冠的头盔仿佛是对方战盔的放大版。在刹那间，马格努斯恍若是禁军的一员，是一位身披金色铠甲的雄伟领袖。

马格努斯俯下身去凝视左边那位战士的锃亮金甲，他的目光从行云流水般的铭文上扫过。

"阿蒙·陶洛马克·日喀则·勒普朗·凯恩·海卓萨，"马格努斯说道，"我本想继续读下去，但是你名字的其余部分隐藏在了盔甲里面。还有赫多·文纳托尔·厄迪施·朱家角·费恩·马罗维亚·特拉严恩。的确都是上佳的名字，足以展现高贵血统和优异背景，不过话说回来，想必康斯坦丁手下的战士理应如此。那个老家伙最近怎么样？"

"瓦尔多大人一如既往。"被马格努斯称为阿蒙的那位战士回答。

"我想也是，"马格努斯伸出手触碰阿蒙肩甲上那些盘卷铭文的开端位置，"你拥有一个古老的名字，阿蒙，一个高傲的名字。这也是我亲信侍从的名字，他精于诗歌，对事物的隐藏性质颇有研究。倘若人如其名的话，那么你是否同样热爱钻研未知的事物？"

"保卫帝皇需要一份去伪存真的天赋，"阿蒙谨慎地回答，"在这方面我自认为略有所长。"

"是的，我看得出来。你是位出众人物，阿蒙，来日必定大有作为。我相信你前途无量，"马格努斯说，他随后又补充道，"你也是，赫多。"

面对原体的评价，阿蒙俯首示意，两柄守护者长戟随即分开，为马格努斯以及狮卫放行。

"这就行了？"阿里曼看着禁军垂下武器不禁问道。

"统一生物密钥认证系统已经提取了你们的遗传标记，并上传网络进行存档比对，"赫多说，"你们身份属实，并无虚假。"

马格努斯笑着问道："世上又有谁的身份并无虚假呢？"

两名禁军并未作答，默默为众人放行。

那座高台已经闯入了视野，但他们还要穿过一个交叉路口，随后马格努斯才能站在父亲身旁。即便通过了所有安检关卡，阿里曼依旧能够在视野与感知的边缘察觉到那些如影随形的不可接触者。

根据原体的说法来判断，阿里曼认定这些守卫是寂静修女，隶属那支由不可接触者组成的沉默修会，身负黑船守卫之重任。她们与禁军的紧密协作绝非意料之外。

无论从现实还是抽象的角度来看，此处都是内环所在，因为寰宇之中最为强大的顶尖人物齐聚一堂，他们是星光夺目的兄弟，同属一位卓越超凡的父王。原体们聚集于此，等待登上高台与父亲并肩而立。

阿里曼能看到圣吉列斯那生有羽翼的绝美身影，他的殷红盔甲与洁白羽毛形成鲜明对比。那位圣洁原体的装备上悬挂着一串串泪滴般的白银与珍珠，正在与他交谈的可汗是一位面孔黝黑的战士，他全身覆盖在皮毛与盔甲之下，背后那面飞扬旗帜与天使之主交相呼应。

金色皮肤的尤里曾、帝国之拳的多恩以及安格隆正在进行热切辩论，而凤凰和他周围那群精心打扮的总司令则聚集在狼神荷鲁斯及其副官旁边。弗格瑞姆的白发如同灯塔般熠熠闪耀，他的完美容貌仿佛是精雕细琢而成。有这样一位榜样，他的军团以追求外表之美为荣实属自然。

马格努斯前去与兄弟们相会，然而走到半路，突然有一名战士从侧面迈步迎来。对方披挂的灰白铠甲带有暗绿镶边，其肩甲上印有一幅尖刺环绕的骷髅图案，表明此人隶属死亡守卫。他的姿态颇具侵略性，阿里曼瞬间就读出了其中蕴藏的敌意。

"我是伊格纳提乌斯·格鲁尔格，死亡守卫第二连连长。"那位战士说道，这苛责语气和自负冷笑为阿里曼描绘出了一个毫无谦卑可言的蛮横形象。

"我不在乎你是谁，战士，"马格努斯声调平静，但话语里的威胁意味清晰可辨，"你挡住我的路了。"

话已至此，马格努斯面前的那个阿斯塔特却毫不退让，恍若一尊雕像。此刻，两位强悍的终结者出现在格鲁尔格身边，他们披挂着黄铜、暗金以及灰白色的铠甲，带刺拳套中紧握着巨型镰刀的乌黑长柄，那锋刃暗淡的镰刀上承载着日积月累的杀戮气息。一个名称跃入阿里曼的脑海：凡人收割者。

"啊，无名的死亡寿衣，"马格努斯说着环视四周，"叫你们的主人现身吧。我知道他就在这里，不出所料的话，应当是四十九步以内。"

在阿里曼眨眼之间，一个身形便从禁军泰坦脚下的阴影里凭空浮现，那位高大而瘦削的战士身披苍白盔甲，上面覆有裸露的黄铜与钢铁，一袭雷云般的灰暗斗篷将他彻底笼罩。脖颈位置的青铜呼吸器遮住了他无发头颅的下半部分，并且有规律地喷射出一丝丝酸腐气体。那个巨人将其深深吸入。

"莫塔瑞恩。"哈索尔·玛特嘶声道。

他脸颊凹陷，仿佛久病不愈，深埋在眼窝里的琥珀色双眸备显阴郁，想必目睹过种种恐怖事物。随着莫塔瑞恩缓缓走近，挂在他胸甲上的玻璃瓶和药罐发出悦耳的碰撞声，他的脚步如同坟墓般死气沉沉，手中那柄巨型镰刀敲击光滑地面的隆隆声响与之呼应。一支枪筒粗长的手枪挂在莫塔瑞恩腰间，阿里曼认得那冷酷无情的明灯，据说这把神龙型手枪在每次开火时都会发射出恒星般的炽热光焰。

"马格努斯，"死亡守卫原体说道，这便算是问候了，"你果然来了。"

莫塔瑞恩的话语颇为刺耳。他们毕竟是手足兄弟，是帝皇的心血成果，是以父之名征服银河的善战神明。正如所有兄弟一样，他们时常斗嘴，相互争抢父亲的注意力，但此刻……这是纯粹的愤怒。

"兄弟，"马格努斯说道，他并未回应莫塔瑞恩的话，"真是伟大的一天，不是吗？帝皇的九位子嗣齐聚一堂，此等大事上一次发生还是在……"

"我很清楚那是什么时候，马格努斯，"莫塔瑞恩说道，他的嗓音充满了力量和决心，这与他的病态容貌形成鲜明对比，"帝皇禁止我们提及此事。难道你要违抗他的命令？"

"我毫无此意，兄弟，"马格努斯保持着轻松的语气，"但就算是你想必也注意到了我们的人数所代表的意义。三乘三，正如古老的九柱神，西方的九阶天使，以及被遗忘年代的九层宇宙之球。"

"你又开始胡扯这些天使和神祇了。"莫塔瑞恩冷笑道。

马格努斯微笑起来，走上前去与莫塔瑞恩握手，但死亡守卫之主退步避开。

"行了，莫塔瑞恩，"马格努斯说，"你并非对那些球体的音律充耳不闻。即便是你也该明白，数字在这世上绝非纷乱无序，它们组成了平衡且齐整的体系，遵循规则从而和谐一体，正如晶格或者乐章。否则你为什么一定要让这些护卫保持在你的七乘七步之内？"

莫塔瑞恩摇摇头说道："你确实沉迷于故弄玄虚了，正如狼王所说。"

"你和鲁斯交谈过？"

"很多次，"莫塔瑞恩回答，"自从离开方舟边际星团之后，他有不少话要说。你和部下的所作所为，如今人尽皆知。"

"你自认为知道什么？"

"你越界了，马格努斯，"莫塔瑞恩嘶声说，"你与虎谋皮，必定反受其害。"

"没有什么力量能够超出我的理解，"马格努斯反驳道，"你最好记住这一点。"

莫塔瑞恩大笑起来，那声音如同山崩一般。

"我曾经认识一个家伙，和你没有两样，"他说道，"他对于自身力量无比盲信，他自认为高高在上睥睨众生，直到末日临头的时候才幡然醒悟。和你一样，他也运用了黑暗的力量。我们的父亲让他为这种恶行付出了生命的代价。你要小心些，以免遭受同样的命运。"

"黑暗的力量？"马格努斯摇摇头说，"力量就是力量，无所谓善恶。仅此而已。"

他指着挂在莫塔瑞恩腰间的那把手枪。

"那件武器是邪恶的吗？"他问道，"你的这把镰刀是邪恶的吗？它们是武器，也只是武器。有些武器之所以邪恶，是因为恶人将其用于邪道。在你手里，明灯是正义的力量。若在恶人手中，它的性质就会彻底转变。"

"手里有枪的人就必定想要开火。"莫塔瑞恩说道。

"如此说来，你现在要给我讲解因果和宿命了？"马格努斯厉声说，"我相信阿里曼和黑鸦学派都愿意洗耳恭听。不如你到普罗斯佩罗来，给我的战士们上一课吧。"

莫塔瑞恩摇摇头。

"怪不得鲁斯请求帝皇责罚你。"他说道。

"鲁斯是个迷信的蛮子。"马格努斯轻描淡写地说，但阿里曼捕捉到了他对狼王作为的震惊，"他一知半解却又大放厥词。帝皇很清楚我是他最忠诚的儿子。"

"我们走着瞧。"莫塔瑞恩承诺道。

一阵雷霆轰鸣从乌兰诺上每一架泰坦的战争号角中传出，死亡之主应声转过身去，迈向帝皇的高台。

"你们觉得他那句话是什么意思？"弗西斯·塔卡问道。

狮卫履行职责，护送原体前往帝皇的高台，走向那座被削平的山脉，与他们并列前进的正是其余基因原体麾下的荣誉卫队。跻身于如此超凡脱俗的显贵群体之中，阿里曼几乎不知道该如何自处。

原体们在那座披覆钢铁的高台上就位，解散了各自的荣誉护卫。对于大多数战士而言，在帝皇本人面前举行的阅兵典礼必定是一生中绝无仅有的重大事件。

能够结识单单一位原体已经是莫大的荣耀，而在九位原体以及帝皇的注视下列队行进则是梦幻成真。阿里曼将昂首挺胸地从那些半神面前走过，他们皆为人性与科技的超凡化身，由古老知识的深奥精髓炼化而成。

共有二十位如此伟大的人物横空出世，这本身就是一项奇迹，当阿里曼遥望那些高贵面孔时，他突然感觉自己无比渺小，恰似一枚平凡卑微的齿轮，隶属一架日益庞大的机械。各种卓绝力量协同合作的概念令他颇受震动，浩瀚之洋的能量在他胸中激荡起伏。阿里曼发现这个比喻在自己脑海里具现成形，那是一架工艺绝伦的壮丽机械，如同星球般庞大无匹，其内部的每一个齿轮、机关和活塞都天衣无缝地彼此配合。那些雄伟的活塞隆隆轰鸣，带动起这伟岸绝伦的机械，让它周围的诸多世界充满了崭新生命与美好开端。

在那机械内部，阿里曼看到了一个印着咆哮狼首的活塞，它的琥珀色双眼如同宝石般闪耀光芒。一整排与之类似的活塞并肩运行，每一个都印有某种标志性徽记，比如金色眼眸、白色雄鹰、长有利齿的双颚和佩戴冠冕的骷髅等。

当这幅图像刚刚在阿里曼脑海中浮现的时候，他随即看到那个印着狼首的活塞与机械中的其他部件之间产生了细微的错位，它独自遵循与众不同的节奏，逐渐转变方向，直到与同伴们完全相悖。那庞大机械隆隆颤抖着发出抗议，原本和谐的平衡状态被这个叛逆的活塞彻底打破，金属碾压的刺耳尖鸣愈发响亮。

阿里曼意识到那架机械很快就要分崩离析，他不由得双腿瘫软，发出一声惊惧的叹息。这架不眠不休的伟大机械被自身精妙结构中的隐蔽缺陷所摧毁，几乎化作残骸，那真是一幅悲剧景象。

他察觉到一只手掌触碰自己的臂膀，于是抬起头来，看见了一位身穿影月苍狼珍珠色盔甲的英俊战士。那架机械的影像从阿里曼脑海中消逝，然而其迫近末日所引发的哀痛令他脸上写满了悲楚。

"你还好吗，兄弟？"那位战士带着真挚的关切问道。

"我没事。"阿里曼回答，即便他感觉糟透了。

"他说他没事，"那位战士身后一个虎背熊腰的壮汉说。他比阿里曼更加高大，头顶上是一束闪亮的长辫，此人全身散发着暴戾气息，以及不断证明自我的强烈渴望，"别管他了，去找我们的连队会合吧。阅兵就要开始了。"

那位英俊战士伸出手，阿里曼接受了对方的帮助。

"你得原谅艾泽凯尔，"那位战士说，"有时候他不太注意礼节，说实话他从来都不注意。我是哈斯特尔·塞扬努斯，很高兴认识你。"

"阿泽克·阿里曼，"阿里曼回应道，"塞扬努斯？艾泽凯尔？你们是四王会议。"

"被你说中了。"塞扬努斯带着迷人的微笑说。

"我就说过，那些禁军根本不知道该把什么样的家伙踢出去，"弗西斯·塔卡说着从阿里曼身边挤过，紧紧拥抱塞扬努斯，"又见到你真他妈好，哈斯特尔。"

塞扬努斯笑着推开弗西斯·塔卡，在他肩甲上捶了一拳，此时，另外两名身穿影月苍狼盔甲的战士出现在旁边。

"见到你真好，兄弟。如此说来，还是没人把你弄死啊？"

"有不少人试过，"弗西斯·塔卡说着，退后一步审视面前的几位战士，"艾泽凯尔·阿巴顿和塔瑞克·托迦顿，跟我一样还喘着气，小荷鲁斯·阿西曼德也在。我经常给兄弟们讲咱们一起打的仗。还记得在奇列克星球那个屠宰场里的战斗吗？那些该死的龙确实是硬骨头。记得那头吗，塔瑞克？就是蓝色鳞甲的那头，差点就——"

小荷鲁斯抬起一只手，打断了弗西斯·塔卡的回忆。

"或许我们可以在凯旋阅兵之后聚一聚？"他说，随后又补充道，"大家一起。我很想认识一下你的同伴，再多聊些天马行空的战斗故事。"

塞扬努斯点点头。

"好主意，"他说，"我得到了可靠消息，帝皇将要发布重要宣告。至少我是不想错过。"

"宣告？"阿里曼追问，不祥预感所引发的一阵颤抖沿着他的脊柱扫过，"什么宣告？"

"就是那种我们听了之后才会知道是什么的宣告。"阿巴顿低吼道。

"谁都不清楚，"塞扬努斯礼貌地轻笑一声，"狼神荷鲁斯甚至不愿向最亲信的军官透露任何消息。"

塞扬努斯转过头去，微笑着遥望那座高台。

"无论是什么，"他说，"想必意义重大。"

第十六章

新秩序
教学
新的召唤

水晶金字塔的透彻墙壁中星辰闪烁，那些渺茫的光辉源自亘古年代，已经跨越了数千年，乃至数百万年的岁月。能够如此清晰地凝视过往总是让阿里曼分外着迷，毕竟当今所见的万事万物皆为过去的回响。

弗泰普号深处的这间密室，空气很凉爽，但如此精准调控的舒适环境与机械设备无关。密室中的水晶地板由黑白两个螺旋图案组成，其中每一片水晶都是马格努斯本人的心血，由他从提兹卡脚下的闪光洞穴中亲手摘取并打磨而成。

星光点亮了众多平滑的晶片，也照耀着马格努斯肩头那袭羽毛披风上的纤细银链和血滴石坠饰。恍若雕像般的原体矗立在金字塔尖顶正下方，双臂环抱于胸前，昂首仰望那广袤无垠的太空。

每当马格努斯降临于某个世界的地表时，他的居所都是这间密室的复制品，但那显然无法捕捉到此处独具的精妙气氛。

"欢迎，阿里曼，"马格努斯凝望着群星说道，"你正好赶上与我一同观看机械神教的极光。来吧，和我一起站在中央。"

阿里曼沿着螺旋前行，脚踏黑色水晶走向中央，他借助这条路径来涤除脑海中的负面思维，以备之后沿着白色螺旋离开。他边走边审视马格努斯。

自从那场伟大凯旋之后，原体一直郁郁寡欢。哈斯特尔·塞扬努斯所言不错，帝皇的宣告确实为整个宇宙引发了剧变。近两百年来，广受爱戴的帝皇始终身先士卒地率领伟大远征，亲自战斗在人类向银河边缘第二次扩张的最前线。

那样的岁月已经一去不复返了，因为帝皇宣布自己将要退出战场，并且告诉广大的忠诚战士，他要把伟大远征的指挥权交予旁人。挚爱领袖将要离开的消息令阿斯塔特悲伤不已，但帝皇随后的宣告同样震撼人心。

在无以计数的战士们面前，帝皇取下了自己额头上的黄金橄榄枝，将这件最具标志性的饰物授予了最为光辉的子嗣。帝皇将不再亲自统御帝国的茫茫大军。这项荣耀如今落在了狼神荷鲁斯头上：他荣膺战帅。

那是个十分古老的头衔，如同一件沾满尘灰的古董，但它又十分恰当，与影月苍狼原体的独特品质颇为契合。聚集在那钢铁高台脚下的数百万名战士所发出的震耳欢呼中夹杂着深切哀伤，阿里曼同时察觉到了荷鲁斯的晋升在其他原体心中激发的强烈情感波动。他们或是认为自己更有资格获此殊荣，或是对于将要以手足兄弟为尊而愤懑不满。

无论如何，尘埃落定。帝皇之意已决。很多战士原本期望在乌兰诺与老友重聚，或是立下新的兄弟誓言，但伴随着帝皇的宣告，聚集于此的阿斯塔特几乎不留情面地匆匆散去。

28号远征队离开了乌兰诺，踏上一段长达两个月的旅途，前往机械神教前哨世界小赫希姆进行补给。大部分千子军团成员都在场目睹了银河的崭新秩序拉开帷幕，只有少量部队身负特殊任务，尚留在星区边疆。每一天都有更多马格努斯的子嗣与军团主力汇合，等待接受伟大远征新领袖的军令。

由索契斯率领前去苟尔格森深空世界支援吞世者的教学连队已经返回，同时有消息传来，最后一支部队不日便会抵达，肯纳菲亚的雷霆使者结束了与佩图拉波麾下第四军团的军事合作，即将归队。尚有一些军团成员散落在银河四处，但绝大多数战士都已经在小赫希姆周围集结。

在之后的六个月里，千子舰队如同新生婴儿般贪婪地吸吮那颗星球的熔炉和仓库。数十亿枚弹药，数千吨食物和饮水，以及制服、拓荒器材、装甲车辆，能量电池和燃料舱等等远征舰队所必需的诸般物资都源源不断地通过重型运输船或是无比纤细的齐奥尔科夫斯基高塔运送上来。

随着补给工作接近尾声，整支军团以及数百万名辅助士兵都静待命令。这几个月并没有荒废，帝国军队和阿斯塔特一同进行战斗模拟，从而对双方的能力和局限获得更加深入的相互了解。

每一位学会连长都将精力全部投入到对战斗技巧和心灵戒律的训练上，不断增进自身力量，完善与以太的联结，然而军团迫切地想要重返战场。记述者们也没有虚度光阴。大部分人都把时间花在后远征年代的第一批作品上，同时盼望能够获取更多关于乌兰诺辉煌大捷的信息。

另一些人埋头润色自己的草稿，包括在军团征服赫利欧萨的过程之中或是此后那段漫长旅途里完成的作品，而有幸被千子选为参入者的少数人则继续展开训练。

"很美，不是吗？"马格努斯问阿里曼。

"是的，大人。"阿里曼同意道。

"从这间密室中遥望星空时，我的视野分外宽广，但还有很多需要学习的事物。我已经知识渊博，这毫无疑问，但终有一天我会无所不知。"

马格努斯说完便微笑着摇摇头，仿佛在嘲弄自己的狂妄。

"不必掩饰你的皱眉，老朋友，"他继续说道，"我还没有自负到忘记了阿里斯托芬的戏剧或是柏拉图的谈话：'真正的知识，便是知道自己一无所知'。"

"我并不会如此深刻地探视星海，大人，"阿里曼说，"但凝望群星向来能够为我带来平静，因为这让我意识到银河中存在着秩序。在动荡的年代里，这会赋予我一种安定感。"

"按照你的说法，改变似乎是值得惧怕的。"马格努斯说道，他终于将目光转向阿里曼。

"有时候改变势在必行，"阿里曼微笑着说，"但我更喜欢秩序。它更……容易预测。"

马格努斯轻笑一声："是啊，我明白那是件好事，阿泽克，但一个完美而有序的世界必然是僵死的。真实的世界之所以充满生机活力，恰恰因为其富含着变化、无序和衰败。旧的秩序必须凋亡，新的秩序才能建立。"

"那就是在乌兰诺所发生的事情吗？"阿里曼问道。

"一定程度上是的。没有任何秩序能够永恒存在，就算是天赐神权也不免于此。毕竟，万物创生的伟大原则便是在有限的时间内，虚无与可能会在合与解之间进行无限次的转换。"

阿里曼一言不发，他不确定原体究竟想表达什么。

马格努斯双臂抱胸叹息道："我们在群星之间孑然一身，阿泽克。"

"大人？"

"帝皇离开了伟大远征，"马格努斯说，"我听到了他在观礼台上与荷鲁斯的谈话。我的兄弟想要探明父亲为何抛下我们，你可知道帝皇如何作答？"

"不知道，大人。"阿里曼说，即便他明白那只是个设问。

"他说那并非因为自己厌倦了战斗，而是有一个更加伟大的命运在召唤他，帝皇宣称那必将确保我们的光辉征程能够造福万世，直至群星熄灭。荷鲁斯当然想知道那项无上事业究竟是什么，但父亲没有告诉他，我能看出来这让荷鲁斯黯然神伤。你要明白，在我们……散落于银河四处之后，荷鲁斯是第一个与父亲重逢的。荷鲁斯与帝皇，唯一的儿子与父亲，他们并肩奋战了近三十年。这种与众不同的纽带是难以割舍的。说实话，我的很多兄弟都对这样的纽带颇为羡慕。"

"但你并不羡慕？"

"我？不，我从未与父亲真正断绝联系。在他踏上普罗斯佩罗之前，我们就交谈过很多次。这种纽带也是我的兄弟们无法企及的。在我们的军团离开乌兰诺之前，我和父亲进行了一次交流，向他汇报阿苟鲁星球上的发现，那是一座穿透虚空的隐藏迷宫，它将无尽时空连为一体。"

马格努斯重新遥望星空，阿里曼则保持缄默，他感觉到此时不该打扰马格努斯的回忆，即便原体在阿苟鲁星球上的重大发现的确意义惊人。

"你知道他说了什么吗，阿泽克？你知道他如何回应这个历史性的发现，这把解锁银河一切角落的钥匙吗？"

"不，大人。"

"他早有所知，"马格努斯简洁地说，"他对此早有所知。我大概不该感到惊讶。如果银河中有任何存在能够捷足先登，那就只能是我的父亲。在得知我也发现了那片网络之后，帝皇告诉我说，他在数十年前就对其展开了研究，并决心彻底掌握它。这正是他执意返回泰拉的原因。"

"这无疑是个伟大的消息。"

"毫无疑问，"马格努斯干巴巴地说道，"我自然当即请缨，希望能提供协助，但我的请求被拒绝了。"

"拒绝？为什么？"

马格努斯微沉肩膀说道："显然我父亲的研究还处在一个不能向他人展示的微妙阶段。"

"这让我很惊讶，"阿里曼说，"毕竟，没有谁比赤红的马格努斯更加了解诸般奥秘了。帝皇有没有说他为何拒绝援手？"

"他不仅拒绝了我的协助,还警告我不要继续深入探索。他向我保证,在他的伟大蓝图最终实现之日,我会在其中扮演一个至关重要的角色,但他不愿透露更多内情。"

"你有没有问他黎曼·鲁斯都说了什么?"

马格努斯摇摇头。

"没有,"他说,"父亲对我的野狼兄弟了若指掌,他不需要我去指出那些控诉的荒谬和虚伪之处。"

"无论如何,"阿里曼说,"失去这个继续了解野狼的机会毕竟可惜。欧谢尔·沃德梅克与我交往颇深。兼之乌希扎尔的帮助,我本可以窥探到狼王军团的很多核心信息。"

马格努斯微笑着点点头。

"不必担心,阿泽克,"他说,"沃德梅克并非我们在野狼那里仅有的信息来源。我还安放了更多的棋子任意操纵,即便他们自己对此全然不知。"

阿里曼等待马格努斯继续说下去,但原体没有再开口。

在他追问之前,群星突然变得朦胧闪烁,仿佛有一层薄纱覆在了水晶金字塔外面。

"看,"马格努斯说,"机械神教的极光,开始了。"

点点群星在黑暗太空的背景上愈发模糊不清,如同一幅弃置雨中的水彩画。小赫希姆上空混杂的化学废料和燃烧尾气捕捉到了星系中那颗遥远恒星的斜射光芒,在这个世界周围折射出一团闪烁光晕,仿佛整颗星球都被笼罩在虹彩烈焰之中。

那壮美景象令人惊叹,即便它源自各种罔顾星球生态环境的过量污染与肆意建设。对阿里曼而言,它意味着丑恶不堪的原因也能催生出光辉灿烂的结果。机械神教极光的副作用是削弱了现实与虚空间的障壁,导致一团漩涡般的莫名色彩与以太风暴包裹在星球光晕周围,仿佛是透过暗色玻璃观察到的遥远海景。

"浩瀚之洋,"马格努斯说道,他的声音中充满了渴望,"它多么美丽。"

阿里曼确保自己的私人图书馆保持昏暗,他相信任何有助于专注心神的手段都至关重要。勒缪尔曾经惊讶于导师的密室竟如此袖珍,几乎与普通泰拉官僚的居所相仿。作为一间所谓的图书馆，这里并没有多少书籍，只有一个孤零零的书架，上面挤满了皮质卷轴筒和松散纸张。

一张庞大的书桌靠在墙边，那光滑而苍白的木料有着暗色纹理，上面嵌着绿色皮革制成的吸墨具，几本厚重典籍摊在桌上，书脊足有半米长。

阿里曼的盔甲静置于墙边，仿佛是一位默然审视学徒败绩的观察者。它让勒缪尔联想起卡洛菲斯的机器人，那些冰冷无魂的机械战士令勒缪尔不禁一阵颤抖。

"能看到了吗？"阿里曼问。

"还不能。"

"再试试，要随波逐流。记住在离开伯劳星以来我教给你的方法。"

"我在努力，但太难了。我怎么能分辨出哪个是真正的未来，哪个是潜在的未来？"

"这一点，"阿里曼说，"恰恰是预言者需要发挥个人技巧之处。有些人和以太之道具备某种与生俱来的协调，能够毫无差错地找到真相，而其他人则必须在成千上万个无意义的影像和征兆中筛选出真相。"

"你是哪种人？"勒缪尔问，他没有睁开眼，继续尝试看到那些卡牌纷乱坠落的繁复路径。

"少想想我，多想想那些牌，"阿里曼警告道，"准备好了？"

"好了。"

一座精巧的卡牌金字塔立在书桌边缘。阿里曼方才从一个包裹布料的铁盒中拿出了若干陈旧纸牌，这套共有七十八张的卡牌被他称作维斯孔蒂塔罗牌。每张牌都拥有精心绘制的贵族人物图案，充满了鲜活的色彩，其美妙细节令人惊叹。

"抓住星芒七。"阿里曼说道，随后重重拍击桌面。

那座纸牌金字塔骤然崩塌，一张张牌坠向地面，诸多骑士、君王和公主的容貌组成一团癫狂漩涡。勒缪尔猛地探出手，抓住一张卡牌，举在面前。

"给我看看。"阿里曼说。

勒缪尔翻过纸牌，展示出一位女性触摸八芒星的图案。

"星辰，"阿里曼说，"再试一次。"

"这根本不可能，"勒缪尔沮丧地说，三个小时以来，他始终在尝试从纷飞纸牌中抓出阿里曼所指定的那一张，但从未成功，"我做不到。"

"你可以。让你的心灵升入低层心境，涤净凡俗事物的纠缠。让你的思维超脱于饥饿、渴求和欲望。只有如此，你才能走上正确的道路去追逐未来的回响。"

"让我的心灵脱离欲望？这对我来说可不简单。"勒缪尔指出。

"我从来没有承诺过这会很简单，事实上恰恰相反。"

"我明白，但对于我这样的人而言，食欲是很难压制的。"勒缪尔说着，拍了拍自己衣带渐宽但依旧丰硕的肚子。战舰上的餐饮只有寡淡无味的合成面糊，以及在舰身下层无土栽培园区里种植的速冻食品。它们能够为人体供应养分，但也仅此而已。

"那么心境就能帮助你，"阿里曼说，"升入低层心境，追踪每张牌将要遵循的路径，观察它们碰撞时的相互作用，概览整个系统中引发的波动。学着去阅读那些呈几何式增长的可能性，因为每一种组合都会催生出一千种不同的结果，无论起始条件有多么相似。在被遗忘的年代里，有些人称之为混沌理论，或是分形几何。"

"我做不到，"勒缪尔抗议道，"你的大脑是为这种事情设计的，我的可不是。"

"我并非借助思维能力来判断卡牌如何坠落，我不是个数学家。"

"那你来试试。"勒缪尔发起挑战。

"好啊，"阿里曼说道，他冷静而灵巧地将纸牌重新堆叠起来。当新的金字塔组建完毕之后，他转向勒缪尔，"说出一张牌。"

勒缪尔略加思考。

"战车。"他最终说。

阿里曼点点头，闭上双眼，站在书桌前，双手垂放身侧。

"准备好了？"勒缪尔问。

"是的。"

勒缪尔猛敲桌面，纸牌纷纷坠地。阿里曼的手如同扑击毒蛇般骤然探出，从空中抓取了一张镶有金边的卡牌。他将牌面翻转过来，展示出一架由两匹飞马所拉动的金色战车。他将纸牌放在书桌上。

"看到了？并非不可能。"

"这要归功于阿斯塔特的反应速度。"勒缪尔说。

阿里曼微笑着说："你这样认为？很好。我们再来一次如何？"

阿里曼重新堆叠起一座纸牌金字塔，让勒缪尔再说出一张牌。勒缪尔照办了，阿里曼闭上眼睛，站在那些摆放精巧的纸牌前方。这次他没有垂下臂膀，而是抬起一只手，伸出拇指与食指，让指尖相互贴近，仿佛正捏着一张隐形的卡牌。他的呼吸愈发深沉，双眸在眼睑后面晃动不止。

"动手吧。"阿里曼说。

勒缪尔拍击桌面，纸牌如雨点般散落。阿里曼纹丝不动，一张飞舞的纸牌精确地落入他两指之间。智库馆长将纸牌翻转过来，展示出一个右手握着烈焰长剑，左手捧着鹰徽圆球的神圣形象，这丝毫没有让勒缪尔感到惊讶。天使在那个形象头顶飞翔，吹奏着挂有丝绸旗帜的金色号角。

"正是你要的，"阿里曼说，"审判。"

四天之后，勒缪尔再次造访阿里曼的图书馆，只不过他今日的收获并非教导，而是故事。自从他无缘踏足乌兰诺的大地，已经过去了将近一年，勒缪尔盼望得到关于狼神荷鲁斯晋升为战帅的第一手信息。然而他难以如愿。

当勒缪尔问及那场伟大凯旋的时候，阿里曼只是耸耸肩，仿佛那是个微不足道的事件，无须加以记录。

"那是件私人事务。"阿里曼说。

勒缪尔几乎笑出声来，随后他发现阿里曼无比严肃。

"况且你为什么想要了解？"

"认真的？"

"是啊。"

"或许是因为帝皇本人在场，"勒缪尔说道，他不明白阿里曼为何对于自己渴望了解那个独特事件而感到奇怪，"抑或是因为帝皇返回泰拉，伟大远征拥有了一位新的指挥官。狼神荷鲁斯担任战帅，此等事件标志着人类历史上的转折点，你想必意识到这些了？"

"是的，"阿里曼点点头，"不过我恐怕难以恰当地讲述那个故事。我相信未来会有别人比我更适合。"

阿里曼坐在书桌后面，从一个大号锡制酒杯中啜饮着玉米色的清爽美酒。

勒缪尔察觉到对方不愿提及乌兰诺之事另有缘由，绝非仅仅出于对自身叙述能力的担忧。

这次他恐怕不会记录到什么了，阿里曼有心事，乌兰诺上一定另有隐情，但无论事实如何，勒缪尔今天都无从得知。

目睹一位阿斯塔特被战场之外的事务所困扰，这令勒缪尔感到惊讶，他开始重新审视阿里曼。即便卸下了盔甲，仅仅穿着赤红的外套和长裤，阿里曼依旧身躯庞大。在披挂战甲的时候，智库馆长的四肢光滑洁净，恍若机械，而现在勒缪尔则能看到对方臂膀上的虬结肌肉，还有如山脊般起伏的胸膛。事实上，未着甲胄的阿斯塔特反而更加可怕。他的身躯比例与常人相近，尺寸却又庞大得近乎异形。

自从千子离开乌兰诺之后，勒缪尔对阿里曼逐渐加深了解，他们还称不上朋友，但勒缪尔已经能够阅读对方的心情了。如今他很少见到自己的记述者朋友们，因为卡蜜儿和卡莉斯塔绝大多数时间都泡在弗泰普号的图书馆里，向安库·埃南学习如何增进能力。那两位女性朋友芳踪难觅，而马哈瓦斯图·卡里马库斯更是踪影全无。

"勒缪尔？"阿里曼将他的思绪扯回现实。

"抱歉，"勒缪尔说，"我刚才在想着一位朋友，希望他安然无恙。"

"谁？"

"马哈瓦斯图·卡里马库斯，原体的书记员。"

"他为什么会不好呢？"

勒缪尔耸耸肩，不知道自己该说多少。

"我上次见到他的时候，他的状态并不理想，"勒缪尔说，"不过他确实年事已高，饱经风霜。你能理解吗？"

"不太理解，"阿里曼承认，"我现在和两个世纪以前同样健康。"

勒缪尔轻笑一声说道："那本该令我惊叹，但真正让我惊讶的在于，人可以多么迅速地对种种超凡事物感到习以为常，尤其是与千子相处的时候。"

他将一个正常尺寸的水晶杯举到唇边，享受着那尝起来不像是产自战舰下水循环系统的珍贵美酒。

"你觉得这酒如何？"阿里曼问道。

"口味比我常喝的酒更为精细，"勒缪尔说，"醇美而厚重，又充满令人惊喜的细节。"

"这葡萄是种在普罗斯佩罗地下庄园里的，"阿里曼解释道，"是我亲手培育的品种，源自我在豪克斯湾取得的基因样本，那个地方昔日被称为迪门士蓝岛。"

"我从没想过阿斯塔特会对酿酒有兴趣。"

"哦？为什么？"

勒缪尔歪过头，猜测阿里曼是否在开玩笑。千子首席智库馆长当然是个严肃的人，但他也时常化身冷面笑匠。根据对方的灵气判断，他的问题是认真的，勒缪尔一时间不知道要如何回答。

"怎么说呢，你们是为战争而生的。我以为你们无暇涉猎各种与战争无关的领域。"

"换句话说，你认为我们只会打仗？对不对？阿斯塔特仅仅是一种武器，是在战场之外毫无作为的杀戮工具？"

勒缪尔看到了阿里曼眼中的狡黠光芒，于是继续配合对方。

"你们确实很擅长杀戮，"他说，"凤凰崖教会了我这一点。"

"你说得没错，我们擅于杀戮。或许这正是我的军团鼓励战士们培养其他技巧的根本原因。毕竟，这场远征不可能永远持续下去，在它告终之后我们必须找到新的目标。当战争不复存在的时候，战士将何去何从？"

"他们可以解甲归田，酿造美酒。"勒缪尔说着把杯中佳酿一饮而尽，阿里曼俯过身来，又给他倒了一杯。这无比荒谬的瞬间让勒缪尔的脊梁一阵颤抖。他轻笑一声摇摇头。

"有什么好笑的？"阿里曼问。

"没什么，"他回答，"我只是在想，勒缪尔·高蒙，一个时而埋头学术，时而醉心奥秘的家伙，如何能够与一位基因改造的超人战士坐而对饮？区区两年之前，如果有人说我将与你像今日这般举杯交谈，我一定会认为他疯了。"

"我颇有同感。"阿里曼说。

"那就让我们为崭新的体验而干杯。"勒缪尔举起杯子。

两人开怀畅饮，享受着当下的独特气氛。当他确信时机成熟之后，勒缪尔开口说道："你从未回答我的问题。"

"哪个问题？"

"当你用那些卡牌训练我的时候，"勒缪尔说，"我曾经问过，你是哪种预言者，是与以太有着天赋异禀的内在联结，还是必须为了分毫真相而倾尽全力？我猜测你是前者。"

"曾经是的，没错，"阿里曼说道，勒缪尔在他的灵气中读到了自豪，但也有悔恨，"我能够从以太之中将未来的线索信手拈来，引导我的学会在战场与书卷中选择最为有效的道路，但如今，我必须耗费很多精力才能窥探未来的走向，哪怕只是惊鸿一瞥。"

"是什么变了？"

阿里曼站起身绕开书桌，拾起那叠纸牌，用专家级的手法开始洗牌。他在赌场里肯定能如鱼得水，勒缪尔心想。阿里曼让一张张卡牌在自己指间飞旋，展现出超凡的轻巧和灵活，而且他似乎都没有意识到自己在做什么。

"浩瀚之洋的波浪瞬息万变，它所带来的影响涨落不止。在眨眼之间，奔腾的怒涛可以变成微弱的暗流，和缓的水面可以扬起狂暴的台风。每个人的力量都会在它一念之间变得天差地别，它正像一位善变的情人，其好恶如同暗夜中的一点萤火般转瞬即逝。"

"依你所言，它仿佛具有生命。"勒缪尔看着阿里曼眼中那充满希冀的空洞目光说道。阿里曼微笑起来，将纸牌放回桌面。

"或许确实如此，"他说，"古老地球的水手常常讲，他们有两位配偶，一位是家中妻子，另一位则是大海。两者都满怀嫉妒，据说每个海员总会因为其中一个而丢掉性命。常年与以太相伴正如同时踏足于两个世界。二者都颇具危险，但我们可以学着去阅读它们的变化，在两者之间往复跃动。关键在于如何预测那些瞬间，如何在力量的巅峰消退之前及时抓住良机。"

勒缪尔探过身，用手指敲了敲那叠金色背面的纸牌。

"我猜我还没学会那招。"他说。

"确实，预言恐怕不是你的长项，"阿里曼同意道，"不过你在读取灵气方面展现了一定的技巧。或许我可以替你约见天枭学派的乌希扎尔，他可以培养你这方面的能力。"

"我总会听到这些学派，但为何要划分各种专精？"勒缪尔问，"我曾经师从的巫医会运用很多不同的方法来帮助他们的村镇。他们并没有将自己局限在某一个特定领域里。为什么你的军团要将其掌握的学识划分成诸

多学派？"

"你所提到的巫医仅仅从浩瀚之洋中学到了一点皮毛，勒缪尔。即便与最具天赋的顶尖巫医相比，任何一个千子学派中最低级的学徒都能够理解并运用更多奥秘。"

"对此我毫不怀疑，"勒缪尔说着又喝了一口酒，"但无论如何，为什么会有这些学派？"

阿里曼微笑起来说道："喝完你的酒，我会给你讲讲马格努斯首次踏入普罗斯佩罗废土的旅程。"

"普罗斯佩罗是一个天堂，"阿里曼开口道，"一个充满了光与美的星球。它的群山是直上云霄的洁白利齿，它的森林茂盛地超乎想象，它的海洋生机盎然。它是一个重返荣光的世界，但并非一直如此。在马格努斯降临之前很久，普罗斯佩罗就已近乎荒芜。"

阿里曼从书架顶层拿起一个冷钢盒子，放在勒缪尔面前的书桌上。他打开盒盖，展示出一枚明显属于异形生物的丑陋头骨，其表面如同漆器般黝黑而光洁。那修长的昆虫头颅拥有一对庞大下颚和两个巨型眼窝，令人无比反感。

"那是什么？"勒缪尔厌恶地撇着嘴问道。

"这是一枚经过处理的噬灵蜂头部外骨骼，那是普罗斯佩罗上一种原生的异形掠食者。"

"你为什么给我看这个呢？"

"因为若不是这些生物，千子的学派就不会出现。"

"我不明白。"

"我会给你讲清楚，"阿里曼说着将那头骨从铁盒里取出来，举在勒缪尔面前，"别担心，它早就死了，残存的灵气也已经彻底弥散到浩瀚之洋里。"

"还是算了。看样子那个头骨能把人的脑袋拧下来。"

"的确可以，但噬灵蜂的危险性并不在此。它最为强大的武器是其繁殖机制。雌性噬灵蜂会受到灵能信号的吸引，同时它们拥有一些非常基本的感应和念动能力。当虫卵成熟的时候，雌性就会寻找那些暴露在以太之中的脆弱心灵作为宿主，利用灵能将一团卵植入受害者大脑。"

"那真令人恶心。"勒缪尔惊惧地说道。

"这还不是最糟的。"

"这还不是?"

"远不止如此,"阿里曼带着一丝笑意说,"那些虫卵起初只有沙粒大小,但在第二天早晨,它们就会孵化,开始侵食宿主的大脑。最初受害者仅仅感觉轻微的头疼,但到了下午就会在剧痛中发狂,整个大脑由内而外遭到吞噬。到了晚上,他就已经丧命,头颅中满是蠕动的肥硕蛆虫。在几个小时之内,那些幼虫便会将尸体蚕食殆尽,随后寻找一个黑暗的角落进行蜕变。第二天,它们就变为成虫,展开新一轮的狩猎和繁殖。"

勒缪尔感觉到自己的肠胃一阵抽搐,他试着不去想象被大脑中的寄生虫活活吃掉的那种剧痛。

"真是种可怕的死法,"他说,"但我还是不明白,为什么这种秽恶的生物能够塑造普罗斯佩罗和千子。"

"耐心点,勒缪尔,"阿里曼坐在桌边告诫道,"我就要讲到那里了。你知道光之城提兹卡,对吧?"

"那是一个我颇为向往的地方。"勒缪尔说。

"你很快就会看到它的,"阿里曼微笑着说,"提兹卡属于一个在数千年前惨遭灭顶之灾的文明,是其硕果仅存的根据地,在一场席卷全球的大灾变中幸存下来的人们就在那座城市寻求庇护。我们怀疑起因是浩瀚之洋的异常动荡,导致当地人口中爆发了不受控制的灵能潜质,从而引起噬灵蜂狂乱的繁殖和猎食行为。普罗斯佩罗的文明顿时倾覆,幸存者们逃入了一座山间孤城。"

"提兹卡。"勒缪尔说,终于能够了解普罗斯佩罗的失落历史让他激动万分。

"是的,"阿里曼确认道,"提兹卡的人民坚守了数千年,然而自从扬帆告别泰拉之后,他们所创建的一切成果都归于尘埃。普罗斯佩罗地表布满了那个逝去文明的破败遗址。空寂的城市被森林藤蔓所占据,帝王宫殿沦为野兽的家园。"

"他们是如何活下来的?"

"他们从废墟中回收了足够多的知识和仪器,建造起兼具科技和灵能原理的能量阵列,并发展出可持续能源,从而在山脉的地下岩洞中开辟了大规模的无土栽培园地。"

"正是你为这醇厚佳酿种植水果的地方,"勒缪尔举杯示意,"但我问的不是这个。他们是如何抵挡噬灵蜂的？"

阿里曼敲了敲自己的脑袋说道："恰恰是通过开发那种令他们陷入危难的力量。成千上万的噬灵蜂被引向提兹卡，但幸存者成功训练了他们之中最具天赋的人，那些灵能者施展其心灵力量，树立起一道道无形的思维障壁。与我们今日运用的精妙技巧相比，那些力量显得粗劣而简陋，但也足以将噬灵蜂拒之门外。然而诸位研习秘术之人便止步于此，保持着对浩瀚之洋的浅显理解，直到马格努斯的到来。"

勒缪尔俯身向前，将酒杯放在桌边。任何关于原体早年生涯的传说都在臆想与夸大的包围下真伪莫辨，并随着时间的推移掺杂了各种天马行空的细节，包括诸多力量试炼、武艺比拼或是耸人听闻的丰功伟绩。

能够从一位军团战士口中亲耳听到原体在家园世界的所作所为，这无疑是任何记述者最伟大的成就，这份原创记录绝非宣讲者的夸大其词。勒缪尔满怀期待，心跳骤然加速，此刻他突然感觉到背后掠过一股寒风，如同某个无形观察者的鼻息。他皱起眉头，在水晶杯的切面中瞥见一抹红光，似乎还有一枚金色眼眸正从美酒里凝视着他。

勒缪尔扭头看看身后，空无一人。

他转回头来，杯子里也只是酒。他晃晃脑袋，驱散那些影像所引发的不安。阿里曼正面带笑意地看着他，仿佛期待勒缪尔说些什么。

"你刚才提到了，"注意到阿里曼一言不发之后，勒缪尔开口说道，"马格努斯？"

"是的，"阿里曼说，"但这个故事轮不到我来讲。"

勒缪尔疑惑地靠坐在椅子上问道："那么该由谁来讲？"

"我，"马格努斯说着凭空出现在勒缪尔身旁，"由我来讲。"

第十七章

普罗斯佩罗的废土
倒塌的雕像
新的召唤

在一位如此强大的人物面前安然稳坐，这似乎是最为恶劣的冒犯，但无论勒缪尔如何努力站起身来，他的双腿都拒绝服从命令。

"大人。"他最终开口道。

原体身穿一件飘逸的赤红长袍，边缘镶有貂皮，他腰间的皮带中央嵌着一块翡翠圣甲虫。他的入鞘弯刀背在身后，夺目的红发被精心结成数条长辫，如同老树根脉般盘绕虬结。

马格努斯与阿里曼体型相仿，但他的存在充满了整个房间。勒缪尔眨眨眼，透过原体的朦胧轮廓直视那枚独眼，对方的琥珀色虹膜上散布着亮银斑点。应当是另一个眸子的位置却只有平滑光洁的皮肤，仿佛那里本就不该生有眼睛。

"勒缪尔·高蒙。"马格努斯说道，组成这个名字的音节从原体口中如蜂蜜般流淌而出，仿佛那是某种神圣真言，或是上古秘语。

"那……那是我，"勒缪尔结结巴巴地说，他很清楚自己显得像个白痴，但他毫不在乎。"我是说，是的。是的，大人。很荣幸见到你，我从来没想过，我的意思是……"

马格努斯抬起手，顿时让他安静下来。

"阿里曼方才给你讲到我是如何建立了普罗斯佩罗的各个学派？"

勒缪尔终于找回了自己的声音："是的。如果你能继续讲述那个故事，我将备感荣幸。"

这个请求颇为大胆，然而某种凭空出现的自信为他灌注了勇气。他感觉马格努斯绝非偶然造访，这整件事都是早有安排，就像克拉琳·艾森尼卡的所谓即兴演出一样。

"我会为你讲述的，因为你与众不同，勒缪尔。你拥有远见，愿意去观察那些令旁人惊惶逃避的事物。你很有潜力，我要确保它得到充分的挖掘。"

"谢谢你，大人。"勒缪尔说道，同时他脑海中的某个微弱声音发出了警告，质问原体此话究竟何意。

马格努斯从旁边掠过，轻拍勒缪尔的肩膀，这短暂接触带来的强烈喜悦顿时将一切疑虑冲刷殆尽。马格努斯绕过阿里曼的书桌，拾起那套金色纸牌。

"维斯孔蒂－斯福尔扎的套牌，"马格努斯说，"如果我没看错的话，应该是维斯孔蒂·迪·莫德罗内的那套。"

"你独具慧眼，大人。"阿里曼说道，勒缪尔忍住没笑出声来，他不确定这是否便是千子之间的幽默。

阿里曼的话似乎是认真的，马格努斯开始洗牌，展现出比首席智库更为高超的技巧。

"这是现存最古老的一套。"马格努斯说着，将纸牌摊在桌上。

"你怎么知道？"勒缪尔问。

马格努斯从桌上抽出一张牌，是星芒六。每张数字牌上都有一个金色圆盘，中央是一朵鸢尾花，或是身披长袍的持杖者。

"星芒牌组，对应现在的方片，它们包含了维斯孔蒂导师在第二个千年中期所铸金币的正反面图案，不过他设计的那些钱币仅仅流通了大约十年左右。"

马格努斯将纸牌放回牌堆，漫步来到阿里曼的书架前，扫视其中的藏品，随后转身朝向勒缪尔。他面露微笑，神态和蔼而友善，仿佛只是在分享风趣的故事，而非讲述无价的知识。

"当我抵达普罗斯佩罗的时候，人们说我仿佛乘着一颗流星，因为我引发了巨大的冲击，"马格努斯笑着说，"在噬灵蜂肆虐之下幸存的人们困居一隅，他们将那里称为提兹卡镇，它是个深深扎根于传统的地方，当地居民拥有一些运用以太力量的简陋技巧。当然，他们并不知道以太这个名词，他们所掌握的能力也仅仅足以将灵能掠食者拒之门外，简直与懵懂孩童的小把戏相差无几。"

"但你教授了他们如何更好地运用力量？"

"起初并没有。"马格努斯说着，从阿里曼的书架上拿起一个金色圆盘，表面铭刻着楔形符号。他检视了一阵，微微摇头，将它放回原位。在原体转身走开之后，勒缪尔看到那是一块带有黄道十二宫标志的表盘。

"我当时还……很年轻，并不了解自己的真实潜能，即便我师从当今年代最伟大的学者。"

"帝皇？"

马格努斯微笑起来。

"正是，"他说道，"我学习了那个小镇居民的技艺，很快就掌握了他们所能传授的一切。事实上，在抵达提兹卡的一年之内，我便已经超越了他们之中最伟大的学者。对我的思维而言，他们的学识太过拘泥教条，故步自封。我的智能远比他们所教导的一切都更加强大。我意识到我可以帮助他们远超自我。"

勒缪尔听出了马格努斯话语中的自傲。原体的力量深不可测，超乎凡人的理解范畴，但他也丝毫不像阿里曼那般谦逊。阿里曼能够意识到自己的局限，而马格努斯显然认为自己没有任何局限可言。

"那么你是如何教导他们的？"勒缪尔问道。

"我步入了普罗斯佩罗的废土。真正的力量只会垂青那些彻底直面恐惧的人。在那座小镇里，我感受不到畏惧、饥饿或渴求，我缺乏一种促使自己充分发掘潜能的强大动力。我必须面对挑战，迫使自己将能力发挥到极限，从而探索我是否拥有极限。在那片荒野中，我知道自己要么找到彻底解锁力量的钥匙，要么一死了之。"

"这是个略显激进的方式，大人。"

"真的是吗，勒缪尔？真的是吗？与其荒废此生，难道尝试摘取星辰并品味失败不是更好吗？"

"星辰是巨大的火球，"勒缪尔微笑着说，"它们通常都会烧到那些靠得太近的人。"

阿里曼轻笑一声。"这个记述者倒是读过伪阿波罗多洛斯。"

"的确如此，"马格努斯带着满意的微笑说道，"但我离题了。在抵达普罗斯佩罗的一年之后，我闯出提兹卡的大门，在荒野中游荡了近四十天。直至今日，那里依旧被称为普罗斯佩罗的废土，但这个称呼并不准确。你会发现那风景其实很美，勒缪尔。"

勒缪尔骤然心跳加速，他回想起阿里曼曾经说过，在幻景中曾看到自己立足于普罗斯佩罗。

"我相信如此，大人。"他回答。

马格努斯倒了一杯酒，开始讲述他的故事。

"我孤身前行了数百公里，沿着荒废的道路穿过一座座残破城市，放眼望去皆是倾颓的高塔、空旷的宫殿与宏伟的广场。那个昔日的伟大文明在一天之内陨落，不过这种悲惨命运对于陷入古老长夜的诸多世界而言并不陌生。我最终抵达了一座城市，那片匍匐在峭壁脚下的废墟看起来颇为熟悉，即便我此前从未踏出过提兹卡的围墙。我在被遗弃的大街小巷中漫游了一天一夜，那些笼罩阴影的建筑与空旷无人的房屋里还回荡着昔日居民的临终之息。我受到了一种超乎想象的触动。这些人有生以来便笃信自己无可畏惧，是自身命运的主宰，但古老长夜的降临改变了一切。它让人们明白自己其实无比脆弱。在那一瞬间里，我就发誓要彻底掌握自己的力量，绝不能像他们那样，在这个善变无常的宇宙心血来潮时沦为其掌中玩物。我将要直面并征服那些挑战。"

勒缪尔再次感受到了原体的充沛自信，那股力量仿佛渗入他的皮肤，激活了他的整个身躯。

"我沿着狭窄的山径爬上悬崖，在道路的转弯处，我看到了一座高大石像，想必是某位早已逝去的雕塑家的手笔。那是一只由多彩石块组成的壮丽巨鸟，仿佛正要展翅高飞，它的纤长脖颈如天鹅般优雅。它极其危险地矗立在悬崖边缘。这座石像已经熬过了数千年的岁月，即便摇摆不稳，却永远保持着完美的平衡。然而就在我目睹它那美妙姿态的同时，它突然从底座上倾倒，在悬崖之下摔得粉身碎骨。那雕像坠落的景象让我胸中充满了一种令人心碎的莫名失落感。我放弃了踏入山中的旅程，返回到峭壁脚下，当然，雕像的残骸就躺在那里。"

"它坠地的位置被无数碎片所覆盖，大小不一，足足散布到一个小时的路程之外。我花了一整天的时间去检视那些碎片，观察它们的形状，感受它们的重量，并认真思考为什么这座雕像会选择在那个特定时刻坠落。"

马格努斯停了下来，他的目光蒙胧而空洞，深陷于回忆之中。

"你说'选择'，就好像那座雕像一直在等待你，"勒缪尔说，"有没有可能那只是个巧合？"

"阿里曼想必教导过你，世上并不存在所谓的巧合。"

"我确实提起过一两次。"阿里曼干巴巴地说。

"我晚上就露宿在那里，第二天醒来时心中充满热情。我在这片由碎裂石块组成的彩色地毯面前踯躅许久，最终发现了一个奇怪的现象。地面上有三块较大的碎片，组成了一个精确的等边三角形。我由此惊喜万分。我继续检视，又看到四块白色碎片组成了完美的正方形。随后我发现，如果忽略其中两块白色石头，并加入一米之外那两块灰色碎片的话，就变成了完美的菱形！而且，如果选择这五块碎片的话，就能绘出一个和三角形等大的五边形。这里有一个小的六边形，那里则是与六边形部分重叠的四边形，还有一个十边形，两个相互交叉的三角形。之后是一对同心圆，以及一个由红色、灰色和白色碎片组成的三角形。"

"我花费了很长时间寻找更多的图形，它们的复杂程度无限叠加，我的观察能力也愈发增进。之后我开始将这些记录在秘典里。随着我不断统计并描述那些图形，一张张书页被迅速填满，太阳则在苍穹上无数次划过。天长日久，我对那些图形的激情却依旧高昂。"

"那就是阿蒙找到他的样子，"阿里曼说道，"蹲在一摊碎石头里。"

"阿蒙？"勒缪尔问，"第九学会的连长？"

"没错，他也是我在普罗斯佩罗的导师。"马格努斯说道。

这明显的矛盾让勒缪尔皱起眉头，但他没有开口，而是听马格努斯继续讲述。

"当阿蒙找到我的时候，我已经启用了第二本秘典。阿蒙是个安静而内敛的人，不喜欢与人相处。就像很多这种孤寂隐者一样，他也是个诗人，深深着迷于事物的隐藏性质。当我看到他时，我大喊道，'阿蒙，快来！我找到了宇宙中最美妙的事物。'他匆忙跑到我身旁，急切地想要知道是什么。"

"我给他展示了那碎石地毯，但阿蒙笑了起来，他说道，'这不过是散乱的碎石块！'我抓住他的手，为导师指出我多日钻研的成果。阿蒙看到了那些图形，又阅读了我的秘典，在看完之后他也激动得不能自已。"

虽然勒缪尔很难跟上马格努斯的思绪，他还是轻易地被对方的热切态度所感染。原体的激情如同一股无法阻挡的潮水，他看到阿里曼也被席卷而入。

"阿蒙深受触动，"马格努斯说道，"他开始为每一个超凡的图案编写诗句。在他冥思苦想、奋笔疾书的时候，我逐渐确信这些图形一定拥有某种意义。如此惊人的秩序和美感绝不会是枉然的。它们揭示了整个宇宙的深刻原理。"

"阿蒙和我一起回到了家园，他去朗诵自己的诗篇，我则将秘典中的记录展示给提兹卡的领袖们。这些都是出类拔萃之人，他们对于自然之美的热爱令人赞叹。他们倍受震撼，如同朝圣般和我一起返回了雕像摔落的悬崖。那些碎片的样子与我描述的别无二致，提兹卡的领袖们激动万分，狂热地在各自的秘典中书写起来。有些人描述那些三角形，有些人记录圆形，还有一些人则将全部注意力集中在多彩碎石的闪亮光芒上。"

马格努斯将目光聚焦在勒缪尔身上，他琥珀色的眼睛里跃动着心灵烈焰。

"你知道他们对我说了什么吗？"马格努斯问。

"不知道。"勒缪尔轻声说，他几乎不敢让自己的声音打扰这故事。

马格努斯俯下身来。

"他们说，'我们曾是多么盲目。'任何看到那些图形的人都会明白，它们一定是被某个原初创造者刻意放置的，因为只有如此强大的力量才能创造如此伟大的美！"

勒缪尔能够想象出那个场景，一道高大无比的陡峭悬崖，一片五彩碎石的斑斓地毯，以及一群醉心于奥秘异闻之人瞠目结舌的模样。勒缪尔体会到了他们的敬畏，他能察觉到历史的潮水骤然涌升，一举涤净陈旧迷思，留下崭新的道路。勒缪尔感觉自己仿佛亲身经历了那一切，仿佛他化身一位德高望重的提兹卡学者，刚刚发现自己的思维被无数前所未有的可能性加以启迪，恰似盲者面前烈阳突现。

"那真是惊人。"他轻叹道。

"的确如此，勒缪尔。的确如此，"马格努斯说，聆听者能够真切体会到故事的深刻意义，这令原体颇感欣慰，"那是普罗斯佩罗历史上的关键时刻，然而正如历史的一贯作风，任何重大事件的发生都会伴随着鲜血与死亡。"

勒缪尔感觉自己的胸膛在恐慌中绷紧，他顿时体验到那种大难临头的可怕感受，仿佛他正站在一道悬崖边缘，等待着被人推入深渊。

"我们忘记了自己的心灵戒律，"马格努斯说道，一丝哀伤织入他的嗓音，"我们太过激动，以至于全都放松了警惕。"

"发生了什么？"勒缪尔追问，但他几乎害怕得到答案。

"噬灵蜂，"马格努斯说道，"成千上万的怪物被我们吸引过来，如同上古虫群般遮天蔽日。"

勒缪尔倒吸一口冷气，他暗自想象一群群灵能掠食者从昏暗的洞穴中倾巢而出，组成翻滚不已的致命黑云，那些透明膜翅的冷酷嗡鸣宣告着无路可逃的临头末日。

"雄性噬灵蜂首先一拥而上，如同一团尖螯锐爪组成的风暴，五十个人在眨眼之间就命丧黄泉。随后而来的雌性腹中挤满了一团团虚幻的虫卵。它们的繁殖饥渴狂乱不堪，欲壑难填，我的数十位朋友惊惧地跪倒在地，感觉到自己的大脑被植入了噬灵蜂卵。他们的尖叫会永远在我脑海中萦绕，勒缪尔。那是聪慧之人意识到自己很快将要变成癫狂的疯子，大脑只剩下一摊流体时发出的凄惨声音。"

那个概念所引发的深邃恐怖令静默笼罩了这座图书馆。

马格努斯在重新开口之前为所有人倒了一杯酒。

"那些怪物将我们包围起来，用灵能尖刺展开攻击，试图穿透我们的心灵防御，在我们脑中植入虫卵，只有最强大的一些人还在苦苦支撑。阿蒙和其他八位提兹卡的大师与我并肩奋战。当噬灵蜂重新发动进攻的时候，我突然意识到这就是我一直以来都在追寻的时刻，是一个真正考验我能力的独特机遇。我终将探明自己是否拥有极限。我要么成为自身力量的主人，要么功亏一篑。"

在目睹马格努斯讲述那个故事的时候，勒缪尔简直无法想象这位战士会有失败的可能性。仅仅回忆往昔也足以令原体的皮肤下泛起幽光，血管中涌动热能。马格努斯琥珀色的眼睛变成了热切的橙红，瞳孔周围流转着闪亮的光芒。

"之后，就在噬灵蜂再次进攻的时候，某些伟大的事情发生了。我感觉到体内有什么事物产生了转化，我感觉自己变了，仿佛一股蛰伏在我身体里的巨大力量骤然觉醒。在我思考自己将死之刻的时候，凶猛的火焰从我手中喷薄而出。我将一股股炽焰洪流投向天空，举手投足之间都让数百只噬灵蜂灰飞烟灭，就好像我始终知道自己掌握着此等威能。"

"孟菲亚和塞瑟加站在我身旁，这是两位看到了红色图形的大师，他们一声令下便让烈焰之墙拔地而起。阿特普和拉克森特普则运用心灵力量将那些野兽从空中击落，让敌人砸落在石壁上丧命，因为他们看到了白色碎片组成的螺旋图案。哈斯塔和伊霍登看到了八边形图案，于是用意志命令噬灵蜂外骨骼之下的体液瞬间沸腾。阿蒙是首位看到了诸般图案的隐秘大师，因此他对那些技巧的掌握仅次于我。他脑海中闪过一幅幅未来幻景，展示出即将降临的危难，他大声警告自己的同僚，告诉他们如何躲避险境。"

"法涅克和索斯梅斯则看到了四边形、圆形与三角形的交织舞步，那些线条和弧度向他们发出低语，让他们洞悉一切隐秘的心思。他们察觉到了噬灵蜂想要将虫卵植入我们脑中的疯狂欲望，以及促使其狩猎与繁殖的无情饥渴。他们刺探那些怪物的心灵，扭曲它们的感知，让它们对众人的存在熟视无睹。"

"千子的学派，"勒缪尔说道，"这就是它们的来源。"

"没错，"马格努斯说，"浩瀚之洋的精妙奥秘在那一天向我敞开了大门，当我们重返提兹卡的时候，我的同伴们立刻回到各自的金字塔图书馆去思考他们所学的一切。我则监督他们的冥想，引导他们的研究，因为我首先发现了那些雕像碎片组成的图案，从而比任何人都更加了解如何运用以太能量。那九位大师将一切清醒的时间都投入到苦心钻研中，增进他们在那片废土所学到的技艺，强化他们各自的独特能力，因此他们便成了普罗斯佩罗各个学派最初的圣殿首座。"

"关于他们出众力量的传言在提兹卡迅速扩散开来，学徒们蜂拥而至，急切地想要学习这些汲取浩瀚之洋能量的崭新方法。"

"你呢？"勒缪尔问道，"为什么你没有成为一个学派的领袖？"

"因为我成了魔导师，"原体说道，"所有学派的领袖。"

"魔导师？那是最高的等级了，对吗？"勒缪尔问。

"不，"马格努斯回答，"在那之上还有一个层次，究极者，那是超脱了一切限制的存在，能够和实体与虚幻的宇宙保持平衡。总而言之，一个完美的存在。"

勒缪尔听到了马格努斯的自豪，并意识到自古以来只有一个人能够符合这样的描述，那唯一一个令马格努斯仰慕的人。

"众所爱戴的帝皇。"勒缪尔说。

马格努斯微笑着点点头，他将双臂交叉在宽阔的胸膛前。

"没错，勒缪尔，"他说道，"帝皇。而我正是带着关于父亲的消息来到了阿里曼的图书馆。"

　　勒缪尔立刻竖起耳朵。任何与帝皇有关的只言片语，任何涉及那位人类命运设计师、伟大远征推动者的消息都让记述者们颇为激动。能够从一位原体口中亲耳听到这样的消息更是莫大的荣誉。

　　"如今军团的最后一支部队也已集结完毕，我们将再次响应我父亲的召唤。"

　　"我们要返回泰拉吗？"阿里曼问，"是时候了吗？"

　　马格努斯犹豫了一下，他刻意卖了个关子。

　　"我们并非要前往泰拉，但帝皇承诺，我们将参加一场最为严肃而重大的集会，共同讨论这个年代最关键的问题。"

　　勒缪尔轻叹一声。这的确是伟大的消息，但马格努斯并未透露这条信息的所有内容。

　　他微笑起来，一股突发的自信鼓舞着他。

　　"事情不止如此，对吧，大人？"勒缪尔问道。

　　"他确实很敏锐，"马格努斯对阿里曼点点头说道，"我想你是对的，老朋友；乌希扎尔的教导会对他的能力大有裨益。"

　　马格努斯再次面对勒缪尔说："这场会议将是我们军团命运的十字路口，我的朋友。它会成为一个决定性的时刻，帝皇终将承认我们的价值。"

　　"你预见到了这些，大人？"阿里曼问。

　　"我预见到了很多事情，"马格努斯说，"重大的事件正在悄然发生，历史之轮转动不息，千子将站在宇宙新秩序的最前沿。"

　　"这场集会在哪里召开？"阿里曼问道。

　　"离此很远，"马格努斯说，"在一个名叫尼凯亚的世界。"

第十八章

尼凯亚
抛入狼口
帝皇的右手

浑浊的云团遮蔽了地面，其中掺杂着火山喷发的余烬，棕色闪电四处奔窜。尼凯亚是一个新生的世界，它的地貌尚未完全固定成形。构造运动所引发的压力波动在地壳数公里之下肆意游走，震荡波时常穿透地幔，让整块大陆分崩离析或是轰然合并。

两艘风暴鸟和一艘风暴鹰如同扑击的猛禽般穿过云朵，它们猩红的机身在落入这暴躁的大气层后顿时被酸雨覆满。尼凯亚是一个动荡的世界，它的品性未有定论，依旧在这场狂暴的新生中胡乱挣扎。

这个星球周围的空间仿佛是用电磁干扰熬成的一锅浓汤，漩涡般混乱的重力场所捕获的大量太空碎片密布其中，让地磁导航系统全然失效。

任何飞船若想在尼凯亚星系中穿行，都只能依赖那束从地表直刺云霄的灼目光芒。若非有这个稳定信号的帮助，除了银河中最幸运的驾驶员之外，没有人能够找到尼凯亚星球，更遑论在其地表寻觅一个确定的降落点了。28号远征队花费了整整一年才从小赫希姆赶到这个银河中的偏远角落。

阿里曼坐在圣甲虫之王号的前排，驾驶舱的控制面板上跃动着无数闪亮的指示灯，矢量图以及下方那破碎地面的三维轮廓。脉动的缆线将驾驶员和航空电子元件连接起来，允许他们纯粹借助仪器飞行，况且那震颤不已的机舱盖也涂满了厚厚的灰烬和烟尘。

虽然这个念头稍显亵渎，阿里曼还是希望机械神在护佑他们。倘若在这样一个充满敌意的世界上空失去控制，那恐怕是可以想见最为确凿的死刑。

不过飞行员们并没有实际控制风暴鸟，这项任务落在了耶特·因诺文斯的肩头，那位导航者坐在一张经过改造的抗重力座椅上，在战时那恰恰是阿里曼履行防护职责的位置。因诺文斯被迫离开了弗泰普号上的孤寂居所，最初他对此颇有微词，然而当他得知自己负责引导谁的座驾，又将要追随谁的光芒之后，他便立刻收回了抗议。

赤红的马格努斯坐在导航者身后，原体身穿一件覆满华丽刺绣的金红外衣，以及缀满羽毛和宝石的金色链甲。为了这个特殊场合，马格努斯的双臂上还佩戴着印有鹰徽的护腕，腰间则是一条双股闪电造型的束带。

他的长发散落下来，光亮如镜，殷红如血。

银河中绝无比这更加光辉可敬的战士学者。

马哈瓦斯图·卡里马库斯的羸弱躯体坐在马格努斯身旁，那厚重长袍无法掩饰他的枯瘦体型。正如勒缪尔所言，卡里马库斯年事已高，但阿里曼此前并未意识到原体的控制给这位记述者带来了何等的代价。一摞沉重的空白书籍被堆放在机舱中，等待这位书记员用马格努斯的言行将其填满。

阿里曼瞥见了马格努斯的眼睛，今天它是一种精神昂扬的淡蓝色，其中散布着褐色斑点。

"不远了，阿泽克，"马格努斯说道，"从任何角度而言都是如此。"

"是的，大人。我们将在十分钟之内降落。"

"这么久？我只需花费不到一半的时间就能引导我们着陆！"马格努斯瞪着那位仰卧的导航者高声说道。但他只是佯装发怒，随后就笑了起来。

马格努斯用一只散发光辉的手掌拍了拍导航者的肩膀，让对方不禁抽搐了一下。

"啊，别理我，因诺文斯，"马格努斯说，"我只是等不及再次见到我的父亲了。你表现得非常好，我的朋友！"

阿里曼微笑起来。自从离开乌兰诺之后便始终笼罩于马格努斯心头的那团阴云，终于被尼凯亚集会的消息所驱散。从小赫希姆赶赴此处的漫长旅程花费了一整年，在这段时间里，弗泰普号目睹了这场近乎癫狂的研究和学习，马格努斯发放了无数理论证明、哲学论证和深奥的逻辑难题，借此让他的子嗣们磨砺心智。尼凯亚必将标志千子的崛起，马格努斯和他的军团绝不会有所欠缺。

阿里曼转身面对驾驶舱。根据解析得出的遥测结果，他们基本位于目的地正上方，但云层依旧如墙壁般厚重。

"开始下降，"驾驶员说道，"接近地面。降落方案得到确认。接受遥控信号，交出控制权。"

驾驶员向后靠在座椅上，对这架飞机的操纵权已经交予了禁军地面控制。风暴鸟垂下机头，开始急速盘旋降落。阿里曼感到一阵短暂的眩晕，随后他的强化生理机能便将其消除。云层从机舱两侧疾掠而过。玻璃上沾着一道道水迹和灰尘。

他们穿透了乌云，尼凯亚的景色展现在众人面前。

这片黑色的大地棱角分明，大量土石随意散落堆积，正是那深藏于万物核心的原初形状，尚未被虚伪的个性所遮蔽。玄武岩地面上浮现出完美的球体，周围还分布着它们形成时产生的波纹。巨大的立方体在阶梯状的火山平原上并肩排列，组成各种过于随机以至于稍显造作的螺旋图案。

马格努斯出现在他身旁，激动得不能自已，仿佛一位即将参加试炼以晋升为参入者的学徒。原体透过舱盖瞥向外面，欣赏着下方大地那精细的几何美感。

"无与伦比，"他轻声说道，"一个世界的新生。运用数学、几何与完美图形描述出宇宙的秩序。这正是我父亲的作风。他知道我会深有体会。这正是我早年经历在星球尺度上的体现。"

风暴鹰继续下降，倾斜机身，展开最后的降落，一座庞大的锥形山脉显现在视野里。那是一座巨型层状火山，陡峭的山腰上覆满了冷却的熔岩和漆黑的火山灰。

阿里曼无比确信地知道，在那扶摇直上的山脉核心有一座壮观的圆形剧场。一束无比纯净的光芒从顶峰的火山口中喷薄而出，它在凡人眼中毫无踪影，但对于拥有以太视野的人而言则是一柄直刺云霄的灼目光矛。火山上空有一团遮天蔽日的滚滚雷云，金色闪电在其中游走。

当28号远征队刚刚跃迁到尼凯亚星系时，阿里曼就察觉到了那束光芒的存在，但此刻真正看到它近在咫尺则是全然不同的感受，如同令一个刚刚从昏迷中苏醒的人踏入光线明亮的房间。

"王座啊，如此壮丽，"马格努斯说道，"那是真正的力量，是一个能够横跨银河，用统一之梦维系起整个帝国的超凡心灵。我们服侍的主人如此伟大，这令我备感谦卑。"

阿里曼没有回应。他口干舌燥，心脏在胸中狂跳。

那光束的确壮丽。它的强大与纯净堪称光耀绝伦。

但他能够感受到的却只有不断积聚的焦虑。

"我预见过这些。"他说。

"什么时候？"

"在阿苟鲁，"阿里曼喘息道，"我曾经漫游浩瀚之洋去捕捉未来的线索。我在遇到欧谢尔·沃德梅克的时候看到了这些：那座火山，还有那束金色的光芒。"

"但你什么都没有说？你为什么不告诉我？"马格努斯问道。

"当时那毫无意义，"阿里曼说，他难以摒除嗓音中的惊惧，"那些影像支离破碎，相互脱节。我完全无法解读其含义。"

"无关紧要。"马格努斯说。

"不，"阿里曼说道，"我相信它很重要。我相信它非常重要。"

　　随着禁军的远程控制操纵，风暴鹰盘旋下降，地面指示灯所组成的楔形图案显得愈发狭窄。另外两架飞机还悬浮在上空，在第一架战机落地之前保持原位。风暴鹰轰然落地，扬起一股充满着烧焦金属与刺鼻硫黄味道的尾气。一道防爆门立刻打开，让白色光芒泼洒在停机坪上。

　　修长的阴影从两队披挂着血红与深紫铠甲的战士身上延伸出来，他们正从山脚向这边行进。那些身躯高大，一丝不苟的阿斯塔特荣誉卫队在风暴鹰的突击舱门前方列队立正。其中一批战士手持金色的逆刃刀，另外一批则抽出银刃长剑，反转兵器将剑尖抵在平台上，双手握住剑柄。

　　风暴鹰的舱门在一阵气阀尖鸣中垂下，赤红的马格努斯驾临此处。原体走下舷梯，深吸了一口尼凯亚的焦灼空气，跟随在他身后的是阿里曼，以及蹒跚前行的卡里马库斯。

　　卡里马库斯轻呼一声，阿里曼一言不发，但他额头上也冒出了汗水。九名狮卫在马格努斯背后列队，不动声色地与平台上的其他战士一一对应。

　　那些绝非普通阿斯塔特；他们是两支军团的顶尖成员。持长剑的战士正是圣血卫队，担任圣血天使之主的精锐近卫。与他们并肩而立的则是弗格瑞姆大人的凤凰卫士，他们将修长的逆刃刀矗立在身侧，姿态与外观都完美无缺。

　　他们的存在只能意味着一件事。

两个巨人般的身影从那座火山中出现，以老友的姿态同行。看到他们令阿里曼的心跳骤然加速，其中一位战士身覆雍容华贵的紫金战铠，以及造型飞扬的肩甲和金红相间的宽大披风。他的白发灿烂夺目，由一条银饰束缚在额头上，他的面容拥有完美无缺的线条，如同遵循神圣比例的欧氏几何图形。

另一个身影穿着深红铠甲，那颜色充满活力，引人注目。带有黑白斑纹的一对翅膀在他身后摇摆，羽毛上悬挂着精细的银链和螺钿。围绕在漆黑长发之中的那张面孔苍白而高贵，恰似一尊守卫着帝国宫殿的大理石雕像。然而这绝非毫无生气的艺术品，只能用来纪念早已逝去的昔日英雄，这是一位有血有肉的天使，他的容貌在世间无人能及。

"圣吉列斯大人！"阿里曼惊叹道。

"还有弗格瑞姆兄弟，"马格努斯说，"坚如壁垒，实如楼宇，雅如亭台。"

虽然风暴鹰那逐渐冷却的引擎所发出的震耳嘶吼本该彻底淹没这几个字，对方似乎还是听到了，因为他们带着真切的喜悦笑了起来。

两位原体被火山口那束光芒的反射所照亮，他们的舒缓面容显得诚恳而热情。他们都带着那种兄弟重逢的急切表情，即便最近还在乌兰诺见过面。

马格努斯迈向弗格瑞姆，帝皇之子军团的主人张开双臂与兄弟相拥。他们低声相互问候，不为旁人所闻，阿里曼让自己的目光离开了凤凰的光辉容貌。随后，马格努斯转向圣吉列斯，圣血天使原体亲吻了兄弟的双颊，他的诚挚问候更为内敛。等到此刻，阿里曼方才注意到陪同对方原体前来的几名战士。圣吉列斯有两位随从，其中一位如苦行僧般瘦削，拥有杀手般的锐利眼眸。另一位则极为苍白，以至于他皮肤之下的血管都清晰可见。

在马格努斯与圣吉列斯分开之后，阿里曼站到了自己原体的身边。马格努斯转身说道："圣吉列斯兄弟，容我介绍我的首席智库馆长，阿泽克·阿里曼。"

天使之主将注意力转移到他身上，阿里曼顿时感觉自己正受到评估。与鲁斯一样，圣吉列斯在眨眼间便对阿里曼了若指掌，然而与鲁斯不同的是，圣吉列斯并未搜索能够利用的弱点，而是寻找可以发掘的力量。

"我对你早有耳闻，阿泽克·阿里曼，"圣吉列斯说道，他的声音轻柔地令人惊讶，然而在这平和表象的遮蔽之下却有一股甚为凶暴的力量，恰似隐藏在静谧海面之下的迅猛湍流，"你在自己的军团之外也颇具盛名。"

阿里曼微笑起来，从一位原体口中听到这样的赞美令他备感欣喜。

"大人，"他回答，"我尽己所能效力于帝皇和军团。"

"而你拥有何等的能力。"圣吉列斯颇有深意地微笑着回答。那位原体转过身，介绍自己旁边的两位战士："马格努斯，这是劳多伦，我麾下卫士的战团长，"圣吉列斯将一只精雕细琢般的手掌放在那位拥有锐利目光的战士肩头，随后他将注意力转到那位皮肤苍白的战士身上，"而这是索罗斯连长，我们战绩最为辉煌的军官之一。"

两位战士都深深鞠躬示意，阿里曼的脑海中突然闪过一幅图像，如同一张毫无关联的胶片被强行塞进连续的两帧之间：尖啸不已的蜘蛛状怪物，全身满是尖牙利刃。那图像消逝得如此迅捷，以至于阿里曼不确定自己是否真的看到了它，但在他继续注视索罗斯的时候，那个瞬间总是如幽魂般挥之不去。

他摇摇头驱散幻象，此时弗格瑞姆也转向了自己的随从。那两位战士都格外高傲自信，在不经意间散发出的自命不凡让阿里曼顿时反感。他们与自己的原体一样完美无瑕，却丝毫没有圣吉列斯麾下亲信的那种谦恭态度。

"马格努斯，容我介绍我的两位总司令，艾多伦和维斯帕西安。"

"很高兴见到你们。"马格努斯说道，他向兄弟原体麾下的战士们躬身示意，表现出与对待原体相同的尊敬。

"那么，"弗格瑞姆开口说，"今天显得必将意义非凡，兄弟，我们动身吧？"

"当然，"马格努斯说，"我颇为期待。"

"我们都是如此。"凤凰说。

圣吉列斯和弗格瑞姆带领他们踏入火山之心，其内部的隧道光亮而平滑，这意味着它们是由工业热熔工具开凿而成的。足以允许三位原体并肩前行的宽阔通道洞穿山体，在凝固的熔岩中盘旋上升。火红光芒将这里照亮，仿佛滚滚热能从深藏于火山之下的熔融岩浆中不断渗透上来。

阿里曼摘下头盔，更加清晰地品味这令人震撼的火山地貌，他看到蜿蜒的水晶脉络在透明石壁上穿梭爬行，如同一道断崖上暴露出的沉积岩层。

"这个世界或许还年轻，但这座火山很古老。"阿里曼指出。在开口之后，他注意到弗格瑞姆麾下的两位总司令交换了一个眼神，他无法读取对方的灵气，也不能与自己的守护精灵建立联结。帝皇的光辉强悍无比，遮掩了其他的一切。

阿里曼想知道马格努斯是否有着同样的困境。

他注视马格努斯与兄弟们低声交谈，能够看到原体与两位不怀恶意的手足相处实在令人欣慰。然而在这亲切友善的表象之下，他们的交谈内容非常肤浅。阿里曼仔细观察原体们的对话和肢体语言，逐渐察觉到其中暗流涌动的口舌交锋。

原体们谈论过往战役、旧日荣耀和共有经历，但也仅仅涉及这些往昔回忆中的安全区域。任何可能将闲聊话题转向未来局势或是会议内容的苗头都被弗格瑞姆不动声色地巧妙扭转。

他在掩藏什么，阿里曼心想，一些和这场会议相关的事情。

马格努斯一定也察觉到了，即便他没有表露出任何迹象，只是心甘情愿地扮演着自己的角色。阿里曼看着前方和身后的帝皇之子，与其说是荣誉护卫，他们如今更像是护送囚犯的狱卒。

阿里曼想要警告马格努斯，但他所说的任何话语都难以扭转局势。他很清楚，无论有什么事物在火山中心的那座圆形剧场里严阵以待，他们都必须面对，别无选择。这将是无可改变，无可逆转的命运。

盘旋的隧道不断爬升，阿里曼知道他们已经接近顶峰。

墙壁上的光芒愈发明亮，阿里曼注意到这额外的亮度来自一间带有拱顶的前厅，那里的玄武岩墙壁如镜面般光滑。手捧食物和饮料的机仆静待他们光临，铺着软垫的沙发排列在墙边。

"这是供你们在休会期间使用的私人房间。"圣吉列斯说道。

"很周到。"马格努斯回答。

这份做作的庄重让阿里曼想要尖吼出声。难道马格努斯看不出情况有异吗？阿里曼头颈上沾满了汗水。他有一种难以遏制的冲动，想要立即转身离开此处，冲进停机坪上的风暴鹰里，发动引擎飞回弗泰普号，再也不踏上尼凯亚。

两扇青铜大门通往山脉之心，未来的脚步正从大门彼端逐渐逼近。

"你还需要什么吗，吾友阿泽克？"艾多伦总司令问。

阿里曼摇了摇头，他几乎无法维持平和的神色。

"不，"他最终开口道，"但我感谢你的关心。"

"客气，兄弟。"艾多伦回答，阿里曼捕捉到了那最后一个词里的阴阳怪气。

圣吉列斯转身向劳多伦和索罗斯点点头，二人站在他们的原体两侧，推开了那对青铜大门。

阿里曼极力压制住自己想要大声警告马格努斯的冲动。圣血天使原体穿过大门，和弗格瑞姆一同踏入那金色的光芒。他们示意马格努斯跟上。

马格努斯转身面对阿里曼，阿里曼看到了迫在眉睫的背叛在原体眼中所植入的伤痛。

"我知道，阿泽克。我知道，"马格努斯疲惫地说，"我现在明白我们为何来此了。"

马格努斯转过身，跟随他的兄弟们走入光明。

阿里曼跟随马格努斯穿过大门，进入一座从火山口的陡峭岩壁上开凿而成的宏伟厅堂。成千上万个身影占据了大批黑色长凳，一同俯视下方。大部分都是身披长袍的高级官员，但阿里曼也在层层叠叠的人群中看到了众多阿斯塔特。打磨光滑的黑色大理石组成了这座圆形剧场的地板，其中镶嵌着一只巨大的金色雄鹰。

圣吉列斯和弗格瑞姆带领他们来到场地中央，阿里曼骤然意识到，这恰恰是一座竞技场，他回想起古罗马传说中那些遭到抓捕的秘密组织成员被投入狼口，遭受生吞活剥，以此满足观众的病态趣味。

虽然众人身处的世界还在初生的痛楚中挣扎不已，这座火山内部的空气却彻底静止，它头顶的雷霆风暴被机械神教的奥秘技艺隔绝在外。

阿里曼的目光落在场地对面那座金字塔形的高台上，捕捉到那个静待众人抵达的独特身影，他的步伐不禁停顿下来。那正是金色光芒的源点，是引领他们穿过尼凯亚星系这团漩涡的灯塔。人类帝皇如此光明夺目，以至于他几乎被自己的辉耀所淹没，他的王座恰似振翅高飞的雄鹰，其紧握的双爪上镶着血红色的宝石。一柄金剑横陈在他膝上，他左手则捧着一枚顶覆鹰徽的圆球。

在帝皇上方，银色的智天使高举着镶有黄金图案的黑绸旗帜，它们手中的闪耀号角让整座大厅都被嘹亮的吹奏声所填满。阿里曼顿时回想起勒缪尔曾让他抓住的那张占卜纸牌。

"审判。"他轻声说道，不禁惊愕于自己居然忽视了如此清晰的预兆。

禁军战士围绕在主人两侧，在高台前方组成一道铜墙铁壁。在如此光辉超凡的存在面前，阿里曼的疑虑骤然烟消云散，毕竟他有幸目睹了完美一词的实际具现，心中又何来烦恼可言？他看不清帝皇的脸庞，只能抓住一种印象。势若雷霆的眉骨，严峻坚毅的面容，用破碎希望浇铸而成的样貌。

"涤净心灵，阿泽克，"马格努斯说道，"与我同在，升入心境。保持锐利思维。"

阿里曼努力将视线从帝皇身上移开，站到马格努斯身侧。他一遍遍低声念诵着提兹卡初代大师们的名号，最终获得了最低层心境所带来的平和。这让升入高层心境变得更加容易，阿里曼的思维逐步回复到了平衡的状态。

从纷乱的情绪中解脱出来之后，他将自己的注意力集中在周围环境上，如同研读秘典般仔细观察。他发现帝皇并非独处于高台之上。帝皇身边的卫士正是阿里曼曾在泰拉见过的那位，康斯坦丁·瓦尔多。

根据对方胸甲上的盘卷铭文来判断，瓦尔多在禁军之中成绩斐然，能够立于帝皇身侧显然意味着他已是最高阶的成员。

一位身披寻常黑袍的人站在瓦尔多旁边，与那巨人般的禁军战士相比，他显得羸弱而渺小。阿里曼同样认出了此人，那修长白发与苍老身躯标志着掌印者马卡多——帝皇的右手、倍受信任和重视的臣子。

能够在此处赢得一席之地的马卡多可谓出类拔萃，即便身处于银河全境中最为光辉的心灵之间，他依旧能力超群。让他拥有如此显赫地位的关键并非高贵血统，而仅仅是卓越的凡人智慧。

那个红袍之下的半机械半肉体身影想必是凯尔博·哈，火星的铸造统领，但对于高台上的其他人，阿里曼就只有耳闻了——身披绿袍的星语者领袖，导航者领袖，以及帝国军队的最高指挥官。

圆形剧院的最底层悬挂着众多包厢，如同戏园中留给王侯的位置。一小段台阶将每间包厢与圆形剧场的地板连接起来。一个个身影端坐其中，但阿里曼无法将注意力集中在他们身上，也难以辨别出身高、体型或其他外貌特征。他看不到清晰的轮廓，只有诸多昏暗倒影，每一间包厢都被扭曲的光芒所充满。虽然那些包厢中一定都坐着人，但他们的身影在某种科技手段的遮蔽下几乎无法分辨。

伪面。

无论坐在那些包厢中的人是谁，他们都获得了这种遮蔽技术的帮助，在众目睽睽之下维持身份的隐秘。但阿里曼并非常人，就连帝皇那压倒性的光芒也难以完全掩盖住藏匿于伪面之下的巨大力量。

阿里曼将注意力从那些隐秘看客身上移开，此时圣吉列斯和弗格瑞姆已经来到了高台前方。这里几乎空空如也，只有一座木制讲坛，仿佛在等待某位交响乐团指挥家来摆放乐谱。马格努斯和阿里曼也停下脚步，九名狮卫战士静静矗立在主人身后。

圣血天使和帝皇之子跪倒在帝皇面前，千子同样行礼。阿里曼在光滑的黑色地板上看到了自己双眼的倒影，其中流露着畏惧。

"向人类之主致敬，"圣吉列斯说道，那蕴藏着深厚力量的柔和嗓音充满了整座大厅，"我带来了赤红的马格努斯，千子军团基因原体，普罗斯佩罗之主。"

"起身，吾儿。"那声音只能属于帝皇。阿里曼没有看到他开口，但圆形剧场在弹指间被肃穆的寂静所笼罩，那绝对的无声几乎不可能在这人山人海的集会中实现。

掌印者马卡多沿着阶梯走下高台，阿里曼站起身，他辨认出对方手中那柄覆有鹰徽的权杖属于帝皇本人。那权杖令老者相形见绌，但他似乎对此不以为意。正相反，他仿佛手握一支轻便无比的拐棍。两名侍僧紧随掌印者身后，其中一名手捧卷轴，另一名则提着被熏黑的铁制香炉。

马卡多穿过圆形剧场的闪亮地面，站在三位原体面前。掌印者的银丝如同白雪般覆在肩头，他的皮肤像是干燥泛黄的纸张。他只是个凡人，但他已经度过了远超凡人寿限的漫长岁月。有些人相信这归功于最为精妙而高超的躯体改造，或是大量高强度的抗衰老治疗，但阿里曼从来没有听说过任何手段能够令一具凡躯维持如此之久。

马卡多那深陷的漆黑双眸中蕴藏着亘古的智慧，源自他忠实追随着整个银河中最伟大心灵的长久岁月。这才是马卡多得以延年益寿的根本原因，并非低劣把戏或复杂科技，而是帝皇的意愿。

他将权杖举在马格努斯、弗格瑞姆和圣吉列斯面前，阿里曼看到对方的赢弱双臂简直骨瘦如柴。要想把它们折断想必容易之极。

"弗格瑞姆，马格努斯，圣吉列斯，"马卡多说道，在阿里曼看来他的亲切语气此刻显得分外格格不入，"麻烦你们把右手放在这权杖上。"

三位原体都照办了，他们跪在地上，视线与马卡多齐平。那位老者微笑了一下，随后开口："你们是否发誓尊敬你们的父亲？在聚集于尼凯亚的所有人面前，你们是否庄严宣誓要诚实道出各自所知的真相？你们是否将接受本次伟大会议所作出的决定，以此为各自军团和手足兄弟带来荣耀？在养育你们，教导你们，于动荡岁月中护佑你们的父亲面前，你们是否以他的权杖起誓？"

阿里曼倾听着掌印者言语的真正内涵，他透过那些华丽辞藻和高尚理念，直捣其核心所在。这并非简单的临战誓言，这是被告者在生死宣判前的誓言。

"我以这权杖起誓。"弗格瑞姆说道。

"以我心中鲜血之名，我发誓。"圣吉列斯说道。

"我宣誓遵从这柄权杖所见证的一切。"马格努斯说。

"吾等一同见证。"马卡多说道，他此刻的庄重肃穆与刚刚的亲切态度截然不同。他的两名侍僧迈上前来，其中一人展开纤细的卷轴，上面书有马卡多方才所说的誓词。他将其按在马格努斯的护腕上，另一名侍僧从香炉中舀出一团热蜡，浇在卷轴上。随后一枚铁制印章留下了属于帝皇的鹰徽与闪电标记。侍僧们为弗格瑞姆和圣吉列斯重复了这一过程，随后退回到马卡多身后。

"很好，"掌印者说，"现在我们可以开始了。"

兜帽蒙面的侍从引领千子来到了圆形剧场下层的专属包厢。马格努斯和他的战士们端坐其中，弗格瑞姆和圣吉列斯也回到了各自的位置。激动的人群再次开始窃窃私语。

阿里曼的注意力不由自主地转向帝皇。他此刻处于高层心境之中，能够避免那剧烈的情感冲击，从而清晰地看到人类之主的面孔，他顿时辨认出烙印在那高贵容貌中的勉强神色。

"他并不情愿。"阿里曼说。

"是的，"马格努斯同意道，"但有人叫嚣不已，帝皇不得不借此安抚人心。"

"叫嚣什么？"阿里曼问，"你知道正在发生什么吗？"

"不完全知道，"马格努斯不置可否地说，"我在听到弗格瑞姆开口之后就立刻发现事有蹊跷，但也仅此而已。"

在他说话的时候，马格努斯轻敲着大腿，做出一系列看似毫无意义的手势，仿佛只是在活动僵硬的关节。但阿里曼认出那是索斯梅斯符记，可以用来创造一个不受窥探的秘密圣所，同时它也表示应当在敌人面前保持沉默。

在原体身旁，马哈瓦斯图·卡里马库斯忠诚地记录着他们的言语，那老者目光呆滞，对外在的一切都视而不见。只有彻底处于操控之下的人才会对这群星璀璨的伟大场合毫不动容。

"无论如何，"马格努斯说，"我相信我们很快就会明白这次集会的意义。"

阿里曼的视线回到圆形剧场中央，他看到马卡多孤身而立，面前的讲坛上放着一摞讲稿。老者清了清喉咙，这座火山口中的扩音器将那声响放大，即便坐在最后排的人也能清晰地听到。

"朋友们，我们今日在尼凯亚齐聚一堂，共同讨论一个自帝国创建之初就困扰我们的问题。在座的很多人都并不知道这场集会的主旨，或是这次讨论的内容，但也有一些人非常清楚。对此我表示歉意。"

马卡多检查了一下讲稿，他皱着眉头，仿佛看不清自己的字迹。

"现在我们直奔主题，"马卡多说道，"这场集会将要讨论帝国中的巫术问题。是的，诸位，我们来此是为了解决智库危机。"

一阵惊叹在圆形剧场中应声荡起，然而早在马卡多刚刚走到讲坛后面的时候，阿里曼就已经猜到了他要说些什么。

"这个问题已经困扰了我们许久，但一切隔阂都将在此消除。有些人坚持认为巫术是我们统御银河时所面临的最大威胁，而另一些人则对此颇有异议，并坚信此类指控都是由恐惧和无知所驱动的。"

"我可以向你们承诺，这的确是摆在帝国面前最大的危机，而我们踏上的伟大征程至关重要，绝不能遭受内乱的威胁。"

马卡多挺直身躯发问："那么，你们之中谁将首先开口？"

一个粗野的嗓音穿透了圆形剧场中的嘈杂人声。

"我有话说。"那个嗓音说道。

位于千子对面的包厢中光芒波动，一个强悍身影抛开了他的伪面。那个战士未留胡须，光洁的头颅上戴着一个咆哮狼首。那巨狼的两条前腿搭在战士的宽厚胸膛上，粗糙毛皮组成一袭狂野的披风。

身披暴风雷云般的灰色铠甲，肩扛覆有鹰徽的长杖，太空野狼符文牧师欧谢尔·沃德梅克踏入圆形剧场。

第十九章

猎巫人
原体之心
马格努斯开口

　　智库危机：它如同一个充满了负罪感的秘密，潜伏在人类统一的光辉表象之下，而帝国长久以来都试图忽略这份隐痛，恰似一个满怀恐慌的讳疾忌医之人，对自己腹中的痛楚置之不理。智库部门的创建最初是由马格努斯、圣吉列斯以及察合台可汗共同提议的，他们规划了一系列针对心灵能力进行训练和培养的制度，与创造阿斯塔特战士的严苛程序并行互补。

　　帝皇准许了这些早期的试验工作，将其视为一种有效手段，用以引导并控制阿斯塔特中日益涌现的灵能者成员，由此千子、圣血天使和白色疤痕三支军团便建立了智库部门来训练那些战士。他们培养塑造出的智库馆长成了忠诚的战士和强悍的武器。早期尝试大获成功，因而马格努斯推广了这个构想，让其他军团也能够得益于他的研究。

　　在显著成功面前，多位原体都看到了智库的潜力，他们允许千子的战士学者前往自己的军团建立智库部门。但并非所有原体都认为这是件好事，自它诞生的那一刻起，智库项目就始终陷于非议。

　　心灵力量拥有一段黑暗的过往，因为伟大远征的根本目标在于重建那个倾覆于古老长夜的人类帝国，而那场灾难据说恰恰就是被全银河中不受控制的灵能者所引发。无论马格努斯和同僚们如何为智库的稳定性作出担保，他们永远都会背负这个险些将人类推向灭绝的莫名罪状。

　　虽然在智库问题上，非议与纷争不断浮现，但这一直都无关紧要。千子知晓旁人对他们的指控，但向来泰然处之，因为他们相信自己遵循着帝皇的意愿。

　　那些纷争逐渐恶化扩散，如同一个遭到忽视的伤口，即将成为一道永远无法愈合的深重裂隙。因此，帝皇选择在狼神荷鲁斯荣膺战帅之际，且自己准备退居泰拉的时候来着手治愈那道伤痕，让他的子嗣们团结一心。

在史书中，这场集会将是尼凯亚会议。

在另一些人的记忆中，它则是对赤红的马格努斯的审判。

欧谢尔·沃德梅克穿过圆形剧场，站在帝皇高台脚下的讲坛前。阿里曼暗自希望沃德梅克能够直视自己，从而彻底体会对方的背叛行径。

"我轻信了他，"阿里曼紧握双拳说，"他只是在利用我来背叛我们。一直以来，那全都是谎言。"

随着另一道思绪的闪现，他的愤怒顿时无影无踪。

"噢，王座在上！"他喊道，"我都告诉了他什么。我们的方式和我们的力量。这都是我的错。"

"冷静，阿泽克，"马格努斯警告道，"不要再让他抓住把柄。无论如何，敦促你信任沃德梅克的是我。如果这场荒谬的会议要怪罪于任何人，那也只能是我，因为我低估了对手的能力。"

阿里曼强迫自己回到高层心境中，寻求清晰与流畅的思维。他促使自己的心灵避开那些热情与力量的情感源头。

沃德梅克摘下了狼首头盔，直面千子的怒视，他沟壑纵横的脸庞在深重的厌恶中备显扭曲。那憎恨是如此强烈，以至于阿里曼不禁疑惑自己此前如何忽视了符文牧师粗野而凶暴的内心。他始终认为太空野狼是一柄强悍不羁的屠刀，但在此人脸上如此清晰地看到这一特质的具现仍令他震惊。

"我不会在花言巧语上浪费时间，"沃德梅克说道，"我是太空野狼的欧谢尔·沃德梅克，我和千子在伯劳星上一同杀戮。我在阿苟鲁的焦灼盐地上与那些战士并肩作战，我宣称他们是一群黑暗的术士，每个人都是通晓星术的巫师，滥用不洁的魔法。这就是我要说的，我以黎曼·鲁斯之子的名义起誓，我所言皆为事实。"

对方指控的措辞之陈旧让阿里曼感到惊诧。难道如今还是被遗忘的年代，人们依旧被迷信所操纵，对于黑暗尚且深怀恐惧吗？他举目四望，那些貌似睿智的点头赞许以及向千子投来的震怒表情令阿里曼惶恐莫名。

马卡多站在高台边缘，用手杖敲击地面。所有目光都投向了他。

"你向兄弟军团提出了一项可怕的指控，欧谢尔·沃德梅克，"马卡多说道，

"有任何人支持你的言论吗？"

"是的，掌印者，有。"沃德梅克回答。

"有谁支持这项控诉？"马卡多高声说。

"我。"莫塔瑞恩从伪面之下出现，向在场众人展示自己的身份。在欧谢尔·沃德梅克返回自己座位的同时，莫塔瑞恩走向圆形剧场中央。无论是有意还是无心，死亡之主从踏出包厢开始恰好迈了二十八步，阿里曼再次看到数字七的出现。莫塔瑞恩的穿着与在乌兰诺时完全一样，仿佛他从当日起就在等待这一刻。

在莫塔瑞恩开口之前，马格努斯抢先站起身，将拳头砸在面前的黑曜石横梁上。

"这就是合理的程序吗？"马格努斯高声质问，"我难道要这样被躲在伪面之下的无名之人审判？如果有谁敢指控我，那就让他和我当面对质。"

马卡多再次用权杖敲击地面说："帝皇有命，马格努斯。任何人的证词都不应遭到旁观者的影响。"

"藏匿在伪装之下大发厥词再简单不过了。直面被指控者倾泻怒火则要难得多。"

"你定有开口的机会，马格努斯。直到所有人都畅所欲言之前，这场会议绝不妄下定论。我向你保证，"马卡多说，随后又补充道，"你的父亲向你保证。"

马格努斯摇摇头，回到了座位上，他的怒火依旧熊熊燃烧。

莫塔瑞恩在马格努斯提出抗议的时候一动不动，仿佛兄弟原体的愤怒不平无关紧要，只是某种需要他耐心忍受的短暂烦恼。阿里曼真切地希望自己能够召唤埃特皮奥，但他也意识到那必将引发一场剧烈激荡，恰似放任一名火凤忱信者在钷燃料仓库里胡作非为。

莫塔瑞恩简洁地向帝皇躬身行礼，随后开始了他的发言。

"马卡多兄弟宣称这个问题困扰帝国已久，"莫塔瑞恩说道，他的暗哑声音如同热风卷过亘古沙丘时的干燥嘶鸣，"但他错误地认为这是个复杂的问题。我目睹过无缚的巫术能够引发何等灾难，诸多世界化作焦土，无数平民沦为奴隶，秽恶邪兽荼毒万物。巫术让众多星球毁于一旦，而滥用巫术者正是那些妄自尊大之人，他们贸然窥伺种种不该触及的黑暗角落。"

"我们都知道古老长夜的恐怖，但我要提出一个简单的问题：是什么引发了那场席卷整个银河的大灾变？是灵能者，是不受控制的灵能者。这些人所带来的威胁显而易见，诸位也都明白他们所代表的灾厄，在场有些人甚至亲眼见过那些灾难场景。泰拉的灵能引擎和秘眼监测站从茫茫人海中搜寻出潜藏的巫术基因，而寂静修女的黑船则确保那些危险个体不会有漏网之鱼。难道众所爱戴的帝皇在创造那些机械时漫无目的吗？不，它们存在的意义便是保护我们，防备那些危险的变种人滥用巫术来满足一己私欲。"

"那就是关键所在。星语者和导航者运用自身能力造福他人，让相距遥远的世界得以相互交流，引领帝国的远征舰队穿越星海，然而巫师则会利用其力量追逐个人野心，攫取凡俗权力。"

"诚然，帝国需要很多天赋异禀的独特个体，但仅限于那些获得授权并受到严格监控之人。我们很清楚不加束缚的力量终将引发何等恶果。你们都听说过关于古老长夜的传说，但你们之中有谁真正目睹过其恐怖所在？"

莫塔瑞恩挥动他的凡人收割者，那惨白的镰柄最终靠在他的肩头。

"死亡守卫目睹过。"莫塔瑞恩说道，这荒谬的故弄玄虚让阿里曼感到好笑。虽然莫塔瑞恩所扮演的是怒不可遏的正义使者，但他似乎也过于享受这个在他眼中必定是千子末日的时刻了。

"在卡约尔星球，我的军团遭遇了一个堕入野蛮习俗的人类文明。高强度的轨道扫描并没有检测出任何先进科技，但我的军团依旧花费了近六个月才让卡约尔俯首称臣。何以至此？那些落后蛮族所拥有的武器无非是刀剑与火枪。那么这样一个野蛮族群又怎能如此长久地与死亡守卫抗衡？"

莫塔瑞恩一边发言一边踱步，凡人收割者的长柄末端伴随他的每一个脚步敲击着地板。"他们能够阻挡我们，是因为他们拥有秽恶的力量与无形的盟友。每当入夜，源自妖术的诡异生物都会在阴影里展开捕猎，从杀戮中寻找乐趣。凶蛮的血红恶犬在黑暗森林中游走，雷霆般的巨兽一次次冲破我们的防线。"

死亡之主停顿了一下，让听众们充分领会最后那句话。死亡守卫的阵形能够被敌人冲破，这堪称奇迹。虽然他那沙漠轻风般的声音十分微弱，但每一个字都清晰地传达给了圆形剧场中的每一个人。

"我的战士曾与诸般异形交手，未尝败绩，但这些绝非血肉之躯。种种怪物是由卡约尔的巫师召唤而来的。那群邪异之人能够从手中幻化雷电，用心念点燃烈焰，以恶咒开山裂地！没有任何力量是毫无代价的，而随着每一场胜利，我们才逐渐发现那究竟是何等代价。在我们攻陷的每一座城市中心，我的战士们都发现了被称为鲜血圣殿的庞大建筑。它们皆是充斥着白骨与死亡的屠宰场。我们摧毁了每一座鲜血圣殿，敌人的力量也随之日渐衰微。最终，我们碾碎了对方所能派遣的一切残兵败将。他们并无投降之意，拼命战死至最后一人，就只是为了一群不愿放弃权力与巫术的统治者。时至今日，关于卡约尔的记忆仍令我颤抖不已。"

在这个故事讲述完毕之时，莫塔瑞恩恰好站在了千子面前，他抬起头看着马格努斯。

"我无意指控我的兄弟也会纵容此般野蛮行径，但滔天罪孽皆始于轻微恶行。若非如此，任何清醒之人皆可加以抗拒。作恶正如行路，积跬步以至千里。人心日渐腐朽，恰恰源于其因恶小而为之。胸怀高尚目标与良善本意者往往误入歧途，以为小恶之于大善乃是瑕不掩瑜，实则善恶无分大小。"

"千子军团的丰功伟绩世人皆知，但他们运用巫术的传言同样广为散播。我曾率领麾下战士与马格努斯的子嗣并肩战斗，我对于他的军团究竟掌握何种能力颇有了解，因此我可以为欧谢尔·沃德梅克之言作证。那确为巫术。我亲眼所见。正如卡约尔的巫师一般，千子的学派战士召唤闪电与烈焰轰击敌人，或是用无形的力量将其碾碎。我当日深感恐惧，这绝非妄言，我惧怕自己打败了一支巫师军队，却在身边发现了另一支。"

"你们都知道，我对于在阿斯塔特中设立智库部门一事深怀疑虑，我为千子究竟要在各个军团中植下何种图谋而表示担忧。死亡守卫不受智库部门的侵染，在我有生之年皆会如此。此前我一直保持缄默，对于诸多智慧胜我之人的决断深信不疑。然而当鲁斯兄弟和洛加兄弟谈及征服方舟边际星团的战斗时，我意识到自己不得不打破沉默，纵然指控兄弟为巫师令我心痛不已。我不能坐视他的执念妄为将他与整支军团一同拖入堕落深渊。须知我的话语绝非源于仇恨，而是来自对马格努斯的兄弟之情。这就是我要说的。"

莫塔瑞恩转过身，再次对帝皇躬身行礼，之后回到了他的军团所在的包厢。

阿里曼听到玻璃破裂般的尖锐鸣响，立刻回头望向马格努斯。炽热的愤怒正从原体身上辐射而出。马格努斯紧握的双拳抵在黑曜石护栏上，阿里曼看到那火山石如同仪式蜡烛般软化流淌。一团团熔融岩石在滴落时恢复了常态下的原子结构，摔在地面上四分五裂。

"大人？"阿里曼嘶声道，原体那焚风般的怒火乘着一股灵能波浪迎头扑来，将他勉力维持的心境化为乌有。他伸出手，指尖轻轻扫过原体的臂膀。

马格努斯感觉到了阿里曼的触碰，于是将目光转向他。那无底深渊般的眼眸让阿里曼如触电般退缩，它充满了诸般莫可名状的飞旋色彩，仿佛无数种情感在争夺上风。阿里曼目睹了愤怒和仇恨，还有狂暴本能与高等智慧间的激烈交锋。他能看到马格努斯想要惩击那些控诉者的强烈欲望，以及出于本能对自己愚昧兄弟的咒骂。将种种浓烈情感束缚住的则是一股巅峰智能，是一个曾经望向虚空深处并发现虚空与之对视的强大心灵。

在这转瞬间的联结中，阿里曼窥探到了原体光辉本质的内核，直视了这副超凡身心中所灌注的绝顶才华和以太威能。面对那白热熔炉般的内在构造，正如凝视超新星一样危险。

阿里曼不禁呼喊出声，马格努斯的整个生命历程铺展在他面前，这一刻短暂如白驹过隙，漫长如度日经年。他看到了两个光辉思想在泰拉深处的洞穴中展开交流，还有一位灼目身影乘着金色山脉降临普罗斯佩罗。所有的一切都不由分说地涌入阿里曼的脑海，而他的思维远远无法吸收这浩如烟海的知识与记忆。

阿里曼只能理解自己所见内容的分毫，但那也足以将他狠狠压倒在座椅上。他胸口仿佛有千斤重担，令他难以呼吸，倾泻到他思维中的巨量信息几乎要摧毁他的理智。

"停下！"阿里曼哀求道，比整个文明的世代积累还要丰厚的知识在他脑海中汹涌奔腾，将经过了基因改造的思维能力压迫到极限。他眼底的血管一根根破裂，让他的视野逐渐暗淡。他双手颤抖不止，察觉到一次剧烈的癫痫即将发作，那必定会要了他的性命。

马格努斯闭上眼睛，狂暴的知识洪流骤然停息。

随着那怒涛被拦腰截断，阿里曼发出一声长长的呻吟。可怕的知识与深藏的秘密在他心里肆意涌动，其中哪怕只言片语都是致命而凶暴的启示。

他从座椅上摔落在地，过载的意识自动关闭，试图修复他支离破碎的思维结构。

当他睁开双眼时，阿里曼正躺在圆形剧场下方那间前厅中的一条沙发上。痛苦已经基本消退了，但他还是感觉自己的头颅仿佛被箍在一个逐渐缩紧的无形钢盔里。光亮让他头疼，他抬起手遮住自己的脸。阿里曼口干舌燥，视野边缘跃动着无数令人费解的图像，如同成千上万个记忆在争夺他的关注。

"升入第六层心境，"一个优美的声音说道，顿时让他安定下来，"它会帮助你修复思维。"

"发生了什么？"阿里曼努力分辨那个声音的主人。他明知自己认识对方，但有太多名字和面孔挤在脑海里，让他毫无头绪，"我记不得了。"

"是我的错，吾儿，"那个声音说道，阿里曼终于认出了跪在自己旁边的那个身影，"我真的很抱歉。"

"马格努斯大人？"他开口问。

"没错，吾儿。"马格努斯说着扶他坐了起来。

明亮的光线冲击着阿里曼，他低声呻吟，感觉自己的大脑仿佛正要从头颅中挤出来。狮卫聚集在房间里，一些人正从银杯中饮酒，另一些则看守着房门。

"你的身体经受了强烈的冲击，"马格努斯说，"我被愤怒所蒙蔽，放松了遮盖我内在本质的屏障。没有任何凡人应该啜饮那口深井，就算是阿斯塔特也不行。你的头会疼得厉害，但你会活下去。"

"我不明白。"阿里曼用手掌按着自己的额头。

"知识就像烈酒，吾儿，"马格努斯微笑着说，"喝得太多太快，你就会醉的。"

"我从来没有喝醉过。我以为我不可能喝醉。"

"确实如此，"马格努斯说着递来一杯冰水，"至少不会因为酒精而醉。对于之前发生的事情，你还记得多少？"

"很少。"阿里曼承认，他将水一饮而尽。

"或许这样更好。"马格努斯说道，阿里曼虽然神智尚未清醒，但还是捕捉到了原体声音中的释然。

"我能回想起死亡之主，"阿里曼说，"他批判我们，扭曲事实来支持自己的指控，但之后发生的事情我就都不记得了。"

一个念头突然闪现，他问道："我失去意识有多久了？"

"大概三个多小时，算你运气好。"

"为何？"

"你逃过了那些顽固独断、封建迷信、思维陈旧之人的长篇大论，他们宣称我们是异教徒、术士、血法师、献祭处女者。沃德梅克和莫塔瑞恩果真纠集了很大一群猎巫人来控诉我们。"

阿里曼站起身，他依旧感觉双脚虚浮，天旋地转。经过强化的生理机能在努力弥补他的虚弱状态，但无济于事。若非马格努斯伸手搀扶，他必定会摔倒在地。他深吸一口气，将眩晕感压迫下去。

阿里曼摇摇头。"我感觉就像被狼族之王踩过一脚。"

"这是自然，"马格努斯说，"但你最好尽快恢复状态，吾儿。"

"为什么？"

"我们的控诉者都已经摊牌，"马格努斯宽慰地说，"现在轮到我了。"

整座圆形剧场屏气凝神地看着马格努斯走向讲坛。他高昂头颅，眼睛直视帝皇的高台，羽毛披风拖曳在身后。这绝非被告者的踟蹰，而是正义向不公发起挑战时所迈出的步伐。

阿里曼从未像此刻这样对于自己是原体麾下的一员千子而感到自豪。

马格努斯对帝皇和马卡多行礼，并转身向弗格瑞姆和圣吉列斯躬身以示战友情谊。随后他也宽宏大量地向莫塔瑞恩与欧谢尔·沃德梅克示意。纵然大敌当前，马格努斯依旧保持着绅士风度，丝毫不失礼数。他踏上平台，将双手放在木制讲坛上。

他停顿了一阵，扫视围坐四周的人们，让所有人都得到他的短暂关注。

"那些心怀惧意者，离经叛道者，堕落邪径者，杀人者，贩奴者，巫师，异端以及一切骗子，都将归于烈焰硫黄之湖，"马格努斯开口道，他仿佛在朗读一段文章，"这些文字源于数千年前那个被遗忘年代里的一本古书，讽刺的是，它们所属的章节名为《启示录》。这就是身处蛮荒岁月的人们心中所想。它体现着我们野蛮的过去，并揭示了我们的种族是如何不惮于自相残杀。这些由恐惧催生的话语让成千上万人殒命，而这是为了什么？恰恰是为了抚慰那些无法接受崭新理念的愚昧之人。"

马格努斯从讲坛后面走开，如同一位正在授课的宣讲者般环绕圆形剧场。莫塔瑞恩的长篇大论充满了恶意，但马格努斯却仿佛将这场集会的每一位参与者都视为积极讨论的老朋友，从最低级的官员到帝皇本人。

"如果我们之中的任何人能够回到那个年代，彼时的人们必定要杀之而后快，必定认为当今科技是邪魔妖术。举例而言，在萨摩斯的阿里斯塔克斯之前，人们笃信古老泰拉是一个平面，海洋从四边倾泻而下。你们能想象出更荒谬的事吗？如今我们都知道行星是球体。在那很久之后，宗教学者还声称泰拉是宇宙的中心，日月群星皆围绕它旋转。胆敢质疑这愚蠢理念的人被打为异端遭受审判，被迫抛弃了自己的思想。如今我们已经知晓自己在银河中的位置。"

马格努斯在莫塔瑞恩面前停下，带着淡然的笑意回应死亡之主的仇视。

"最深重的欲求往往会催生最致命的仇恨，"他说道，"而虚妄之言不仅丑恶不堪，更会污染聆听者的心灵。想象一下，千年之后我们会拥有怎样的知识，再认真审视一下我们今日的作为。"

马格努斯从莫塔瑞恩面前转身，走向圆形剧场中央，他举起双手，环视四周。

"想象一下帝国的未来，一个充满了启迪和进取的乌托邦，一个由科学家、哲学家与战士携手创造的美好明天。再想象一下那个光辉年代的人们穿透岁月的迷雾检视此时此刻。想一想他们会知晓什么，想一想他们要如何看待今日的荒谬。他们必将因为启迪之火险些熄灭而悲泣。对一切事物提出质疑的宝贵技艺乃是万般知识的源头，我们若是将其轻易抛弃，定会招致衰朽败亡，让帝国堕入黑暗与无知，令那些敢于无私追寻知识的人遭受猜疑。那绝非我所信奉的帝国。那并非我愿意身处的帝国。"

"知识乃是灵魂的食粮，没有任何知识是不正当的，只要每一个寻求真理之人都能够掌控其所学之物。没有任何具备真正价值的知识能够被简单教授，它必须通过切身经历以及血与汗的付出来习得，在这一点上，恐怕没有比千子更加伟大的学者了。在为了帝皇奋战于伟大远征前线的同时，我们研究那些被旁人忽略的事物，寻求那些令旁人疑惧的知识。对于我们而言，没有任何不可得的知识，不存在任何隐匿难寻的秘密，或是纷乱无绪的道路，因为恰恰是这些引领我们获得启迪。"

"历经艰险得来的知识若非用于实际，也是毫无价值。单单知晓还远不足矣，我们必须加以应用；怀有意愿还远不足矣，我们必须采取行动！"

马格努斯微笑起来，阿里曼看得出，原体已经赢得了大批听众的人心。

"想到这些，我恳求你们再容我多言一刻，"马格努斯说道，"我将为你们讲述一个故事。"

"在古老泰拉有这样一段传说，讲述了生活在深山洞穴中的三个埃及人。"马格努斯说道，他嗓音中带着天生说书人的热忱。阿里曼虽然听过这个故事，却依旧发现自己被马格努斯的话语所捕获，那每一个扣人心弦的字眼都充满了自然而然的魅力。

"这些人与世隔绝，从未见过光辉的世界，若不是在洞穴中央燃烧的那团微弱火焰，他们的生命必将笼罩在永恒黑暗中。他们采食岩壁上的苔藓，饮用地下河流的冷水。他们得以生存，但他们所拥有的绝非生活。"

"三人日复一日地围坐在那火堆周围，盯着闪耀的余烬和舞动的火苗，并相信这光芒便是世界上全部的光芒。阴影在墙上绘出各种形态与图案，这让他们备感欢欣。他们拥有自己的喜乐，就这样度日经年，从不去思考那渺小光芒之外的一切。"

马格努斯停顿下来，让他的听众们想象那场景，在脑海中描绘岩壁上的舞动阴影。

"有一天，一阵凶猛的风暴席卷山脉，但那些人的居所甚为幽深，只有一丝微风能够透入洞穴。那火焰随风舞动起来，三个洞中人则大笑着观看岩壁上的崭新图案。微风随即消逝，他们便继续观察那火堆，一如既往。"

"但其中一人突然站起身，从火堆旁走开了，这让其他两人备感惊诧，他们催促前者回来。而这位独行者却摇了摇头，因为只有他渴望探究那阵微风的来源。他追随着消退的微风，爬过峭壁，穿越裂谷，历经千难万险，终于在前方看到了一团朦胧的光芒。"

"他爬出了洞穴，矗立在山间，仰望炽热烈阳。那光芒令他目眩，那绝美与温暖让他不禁跪倒在地。他担心自己的双眼已经被灼为灰烬，但他的视力很快就逐渐恢复，容许他谨慎地四下张望。洞穴的出口位于山腰高处，整个世界的辉煌气象都铺展在他周围。闪耀的碧绿海洋，无垠的金色田野。这景色令他放声哭泣，因为他悲哀地意识到，自己在黑暗中虚度了诸多年华，对于近在咫尺的光辉万物一无所知，而整个世界始终在此，只是自己的鼠目寸光令他故步自封。"

原体又稍加停顿，抬头遥望群星，全神贯注的听众们紧随他的目光，仿佛在想象那故事中的炫目烈阳。

"你们能够体会那种感受吗？"马格努斯问道，他充满感情的声音近乎哽咽，"你穷尽一生凝视那团火焰，始终笃信这便是世界上唯一的光芒，之后却突然目睹太阳的辉耀。那个人明白，自己必须将这奇迹般的发现告知同伴，于是他沿原路返回洞穴，而其他两人依旧在凝视那个火堆，带着茫然的微笑观看岩壁上的阴影。那个目睹了太阳的独行者重新审视昔日的家园，顿时意识到这实为一所监牢。他将自己的发现尽数倾诉，然而关于苍穹之上有一枚炽热巨眼的荒谬故事令同伴们无动于衷——他们唯愿自己的生活一成不变。他们嘲笑那独行者，称他陷入了癫狂，随后继续凝视火堆，因为这便是他们所知的一切。"

阿里曼首次听到马格努斯讲述这个故事的时候，还只是一名准备挑战境域的黑鸦学派哲人。他在原体的话语中听到了与昔日相同的苦楚，那恰到好处的声调传达着对于洞中人的盲目所感到的悲哀与痛惜。马格努斯无须多言便已让听众们明白，任何人在知晓此般光芒之后都不可能置若罔闻。

"那个独行者无法理解朋友们为何不愿前往那光明的世界，"马格努斯继续说道，"但他下定决心，不能让这件事因他们的拒绝而画上句号。他必将为同伴们展示那光芒，若是他们不愿寻求光明，他就要让光明来造访他们。"

"于是那个人返回了光明的世界，并开始动手挖掘。他将洞口拓宽。他劳作了一百年，之后又是一百年，直到他夷平了整座山脉的顶峰。随后他向下挖掘，开凿出一个通往山脉之心的深坑，最终他抵达了昔日的洞穴，同伴们依旧围坐在火堆旁。"

马格努斯沉寂下来，默然不语，但阿里曼明白那只是个戏剧性效果，原体并非真的陷入沉思。阿里曼很清楚这个故事的结局，因而对马格努斯要在此作出停顿并不感到惊讶。在这个故事的原始版本里，那个人所展示的光明景象让两位同伴惊恐万分，他们悍然杀死了独行者，随后携着火堆遁入更为幽深的洞穴，始终生活在永恒的暮光中。

这个故事的寓意在于，和那些目光狭隘之人分享真理是枉然的。此刻马格努斯对其有所篡改，欺瞒了在场听众，但他们对此全然不知。原体继续讲述，运用自己的想象力另起炉灶。

"那些人对于他所展示的事物备感震撼，他们过去的一生都错过了如此耀眼的光芒，而若是他们能够鼓起勇气与之同行，便早已体会到这般辉煌的喜乐。他们从黑暗的洞穴中离开，看到了真实的世界，目睹了万千奇观与种种美景。他们转头回望那幽暗无光的昔日家园，对于过去的无知备感惶恐。他们不住赞美那个引领大家走入光明的先行者，牢牢铭记其伟大功绩，因那世界中的一切瑰宝都永远任由他们去探寻。"

马格努斯用新的故事结局席卷整座圆形剧场，而帝国剧场中的任何一位成员都从未见过如此震撼人心的表演。雷鸣般的掌声轰然响起，马格努斯微笑起来，表现出恰到好处的谦逊与感激。圣吉列斯和弗格瑞姆都起身喝彩，不过莫塔瑞恩和他的死亡守卫一如既往地神色冷漠。

虽然马格努斯的发言近乎完美，但阿里曼能够看出来，他并没有赢得所有听众的支持，不过显而易见的是，强加于马格努斯与千子头上的罪名已经远不像指控者们所期望的那样无可辩驳了。

马格努斯抬起手让掌声停息，仿佛他对于这样的赞美心怀愧疚。

"那个独行者明白，自己必须将关于整个世界的真相展示给朋友们，"马格努斯说道，"正如他的职责是从那灰暗无光的生命中拯救两位朋友，我们的职责便是如此这般拯救人类。在诸多军团之中，唯有千子目睹了天界之门彼端的耀眼光明。对于现实世界的粗浅理解桎梏着我们，而那光明会让我们摆脱枷锁，使人类得以成为银河的主宰。就像那些围坐在火堆旁的人一样，整个人类种族都必须意识到一份光辉美好的未来唾手可得。千子致力于收集的深厚知识会与所有人分享。人类的进步将是循序渐进的，只有缓缓张开双眼才不会因光明而目眩。那正是千子的终极目标。这关乎我们整个种族的未来运势。诸位朋友，我敦促你们不要抛弃这个启迪人类的机会，因为我们此刻就站在帝国历史的转折点。想象一下未来，考虑一下后人将要如何评判今日。"

马格努斯向圆形剧场四方躬身行礼。

"感谢你们的倾听，"他说道，"这就是我要讲的。"

第二十章

叛乱
智库馆长
审判

马格努斯给自己倒了些水,面带微笑在圆形剧场下方的前厅中踱步。狮卫们肃立在侧,每个人都意识到这场审判即将告终。阿里曼依旧头痛不已,那股狠狠压迫他思维的力量令人备感不安,仿佛他的头颅难堪重负。

在马格努斯的发言结束之后,马卡多宣布休会。背叛与诋毁已经被原体一举扭转成凯旋,因为在马格努斯的演讲面前,鲜有人能够不为所动。

"我必须承认,当这场会议展露其真实面目的时候,我确实感到了些许担忧,"马格努斯说着递给阿里曼一杯水,"但我相信我已经赢得了众多怀疑者的支持。莫塔瑞恩顽固不化,但圣吉列斯和弗格瑞姆与我们站在一边。这颇为重要。"

"的确,但还有很多人隐藏在伪面之下。我们赢得了众议,然而审判的结果依旧可能对我们不利。我不理解我们为什么还要踯躅于此,这简直是侮辱!"阿里曼将杯子摔在地上厉声说道。

"你要冷静下来,阿泽克,"马格努斯说,"这场会议在所难免。众多心怀疑惧之人总要努力证明自己是拥有发言权的。你也看到了,帝皇并非心甘情愿。相信我,我理解你的愤怒,但你必须加以控制。此时此刻它对我们毫无裨益。"

"我明白,但我们的命运竟要任由那些鼠目寸光的蠢货来任意摆弄!"

"当心了,"马格努斯站在他面前警告道,"你要注意自己的言辞。我待你亲若己出,但我不会容忍任何对我父亲智慧的侮辱。如果你肆意莽行的话,就恰恰证实了针对我们的一切诬陷。"

"我很抱歉,大人,"阿里曼说道,他试图让自己升入低层心境,却总是无法镇定下来,"我无意冒犯,但我很难想象为什么其他人不能拥有我们的视野,而我简直无法想象那是何种感受。"

"自命不凡乃是所有聪慧之人皆要面对的挑战，"马格努斯说，他的声音缓和下来，"我们必须记住，自己昔日与他们同样盲目，完全罔顾宇宙的真理。即便是我也曾对浩瀚之洋一无所知，直到我的父亲向我展示其奥妙。"

"不，"阿里曼轻声说，他心中突然闪过一道出于本能的乍现灵光，"你早就知晓了。在帝皇向你展示浩瀚之洋的奇妙与危险时，你佯装不知，但你其实早已窥探过种种深暗角落，并看到了它们。"

马格努斯顿时闪到他身边，居高临下地俯视阿里曼，原体的赤红身躯和多彩眼眸仿佛沸腾起来。阿里曼能够体会马格努斯的炽热存在，他意识到自己的无心之失已经僭越雷池。在那一瞬间里，他明白自己对于原体实在知之甚少，并且盼望之前涌入脑海的无穷知识能够被冲刷殆尽。

"再也不要讲这种话。"马格努斯说道，他的目光如同金刚石钻头般刺向阿里曼。

阿里曼点点头，然而马格努斯的熊熊怒火背后另有隐情，那是一股无以言喻的恐惧，担心某种深埋已久的秘密会重见天日。阿里曼难窥其究，但他看到了一幅图像，一簇银制橡叶，与他肩甲上的饰物别无二致。

"奥尔穆兹德？王座在上，你做了什么？"阿里曼问道，一丝并不属于他的记忆逐渐在脑海中涌现。他看到了一场可怕的交易，一纸恐怖的契约，对方是某个超乎想象的古老存在。

"我做了我必须做的事，"马格努斯厉声说道，以此回绝任何后续的质疑，"你知道这一点就足矣。相信我，阿泽克，过去的事情自有缘由。"

阿里曼愿意相信，他需要相信，但那场秘密交易背后的自负与执念是无法被掩饰的。他试图穿透那道自我辩白所织成的迷雾与遮罩，探明其下潜藏的黑暗秘密，但马格努斯立刻将那段窃取而来的记忆从他的思维中抽离出去。

"究竟是什么？"阿里曼质问道，"告诉我。你在隐藏什么？"

"你无须知晓。"马格努斯激动地说，他近乎……近乎什么？愤怒？愧疚？

"你根本不明白，"他继续说，"你无法理解那是什么状况。基因种子的降解太剧烈，受损双螺旋中的腐化太复杂，变异太迅速，根本无法稳定下来。那是……那是……"

"是什么？"当马格努斯陷入停顿之后，阿里曼追问道。

"是未来，"马格努斯轻声低语，他面如死灰，"我看到它了，就在那里。

它……"

马格努斯没能说完这句话。

如同森林中最粗壮的树木被一斧斩断，千子的原体跪倒在地。

当马格努斯倒下时，阿里曼在原体眼中看到了一团琥珀色的烈焰风暴。

光芒充满了他的视野，仿佛有无数萤火虫骤然闪现又随即消逝。

马格努斯睁开双眼，看到石块撞击迸发出的火花，各种原始粗陋的锻造工具正在打磨一柄燧石所制的短剑。他看着那柄武器逐渐成形，其工艺和尼安德特人出现之前的古老地球文明不相上下。然而它并非人类造物，这种锻造手法十分复杂，无疑源自异形。剑刃与剑柄的比例似乎有些怪异，铸就它的那双手是蓝黑色的，长满了细密的红褐毛发。

这也绝非寻常兵器，它拥有感知。这个词显得格格不入，却是马格努斯能够找到的最为恰当的描述。它是由异形锻造师用超乎理解的诡秘手段铸就而成的，其中融入了命运的力量。

它是一柄宿敌刃，意在展开冷血的杀戮。

马格努斯从那武器面前退却，他震惊于竟有智慧种族胆敢创造出如此可怕的毁灭工具。若非如此，还有什么原因能够催生这等邪恶的事物？

这是未来还是过去？他无法确定。在浩瀚之洋中（这还能是哪里呢？），时间是一个毫无意义的维度，只能让凡人感到些许虚妄的宽慰。这是一个不朽的国度，因为在这里无所谓生，也无所谓死。能量是永恒的，当一个形体终结之时，便有另一个形体随之浮现，组成一个永不停息的万变循环。

就在他开始思考过去与未来的时候，眼前的这幅景象化作无数碎片，翻滚着遁入黑暗，仿佛一枚爆裂的钻石被无限放大。

马格努斯探索浩瀚之洋的深度仅次于帝皇，他对于自己的处境毫无惧意，心中只有一种无法抑制的求知欲，想要了解他所见之物背后的真相。像是来自某个隐匿观察者的恶毒笑声围绕着他，如同一个早已离去的小丑所遗留的灵异回声。伴随那笑声的回荡散播，一个房间从黑暗之中具现，它已被灼烧成一片焦黑，充斥着刺鼻的恶臭与血腥。

墙壁被飞洒的鲜血所溅满，地板上的一团团黏液酸腐扑鼻。鬼魅般的身影在黑暗中游走，它们太过暗淡以至于无法分辨。马格努斯探向一个身披灰暗盔甲的轮廓，但那个影像迅速消逝，他仅仅看到那个战士的额头上覆满刺青。

他的神游继续进行，马格努斯放任自己在浩瀚之洋的汹涌浪潮中随波逐流。他短暂地考虑自己的凡躯，因为他知道自己并非有意将光之躯体从肉身中投射出来。当下的情形居然会毫无预警地发生在他身上，这非同寻常，然而恐惧只会让任何虚无缥缈的威胁变得愈发真实。

他看到一个个世界陷入火海，被无休止的战争所摧残，整个星系沦陷于铁蹄之下。那是一幅绝无可能的景象，因为在这些世界上展开鏖战的乃是阿斯塔特，众多从泰拉并肩出征并一同迈向未知疆土的战友正在用刀剑与拳头在修罗场上相互厮杀。这幻景令人备感不安，但马格努斯不为所动。在浩瀚之洋中一切皆有可能，那诡变的浪潮时刻都在图谋颠覆旅行者的内在平衡。

那屠宰场的腐朽恶臭与泄漏尸气混为一体，如同一道令人憎恶的巨浪滚滚而来。马格努斯感觉到自己的目光被引向一个荒弃星球，这个曾经葱郁而丰饶的世界如今堕入了疫病与腐化。他能分辨出昔日的抗争，这个星球的大地还背负着战争的伤疤。为了压制腐朽之潮的熊熊战火曾在肉眼难及之处四散延烧，然而细菌与病毒的大军无以计数。

如今，这个世界上的一切活物都成了疫病的工厂，致命病菌倾力于继续增殖，将它们的感染扩散到更广的范围。

毫无疑问，这个星球临近末日，但它无法屈服于自己的命运，正如那腐朽浪潮无法停止其毁灭性的步伐。它成了一个僵死的世界，它的沼泽与森林沦为淤泥和邪秽的海洋。

马格努斯在沼泽中心看到了一块飞扬的金属结构，那是个锈迹斑斑的星舰残骸，它如同一道钢铁悬崖升起，又恍若一艘正在沉没的海船。那早已锈蚀的舰体成了腐败之物的家园，而它死寂的核心则是某种怪物的巢穴。马格努斯难窥其究，但他看到了一丝金属的闪光，顿时意识到那柄由异形打造的宿敌刃已经来到此处。

这念头令马格努斯心生疑惧，此时一阵枪炮轰鸣骤然响起，他看到一群身披影月苍狼盔甲的战士正向坠毁的星舰展开进军。马格努斯向他们高声嘶吼，他意识到自己的兄弟正身先士卒。狼神荷鲁斯对他毫无知觉，因为这并非现实，仅仅是某个未来的惊鸿一瞥，或许永远都不会发生。

那景象随后四分五裂，如同一张张随机拼合的照片：一个被抛弃的朋友成为仇敌；一间王座大厅或是宽阔舰桥；一个爱子倒在叛徒的剑下，还有那铁灰色的剑芒，那颠覆寰宇的一击；一位众所爱戴的父亲在反叛子嗣的手下陨落。

他看到一座高大的神殿，那八边形建筑的壮观拱顶被八座烈焰燃烧的高塔所环绕。大群人聚集在这伪神殿堂前面，身披战甲的阿斯塔特围绕着一道青铜大门。两名战士在一片闪亮如油的池水旁争执，水面上倒映着一弯新月。

雷霆般的笑声将这幻景打破，马格努斯再次看到了狼神荷鲁斯，一个拥有惊人力量的庞大身形。然而这绝非他的兄弟，这是一头怪物，是一股想要将他父亲的伟大成果付之一炬的毁灭力量。荷鲁斯在巨爪翻覆之间便让一个个世界灭亡，那席卷银河的凶暴战火如同恶疫般迅猛延烧。荷鲁斯就像一个疯狂的作曲家，埋头编织着毁灭的旋律，巨细无遗地将帝国化作焦土，让手足兄弟在这场可怕屠戮中阅墙相残。

马格努斯检视那张属于荷鲁斯的面孔，却看不到任何属于他兄弟的高贵与良善，只有仇视、憎恶和悔恨。这个用充斥着疯狂恶意的目光直视马格努斯的双眸，马格努斯注意到荷鲁斯的眼睛是两个琥珀色的火坑。

"兄弟？"荷鲁斯问道，"像以前那样观看世界感觉如何？"

"一如既往，荷鲁斯，"马格努斯回答，"我思故我在。"

"啊，狂妄，"荷鲁斯说，"真是最容易设下的诱惑。"

"你是什么？"马格努斯质问，"你不是我的兄弟。"

"现在还不是，但快了，"那个怪物带着令人疯狂的狞笑说道，"新月静待着有目者转变为无目者。"

"又是谜语？"马格努斯说，"你不过是一个虚空掠食者，是冲动和欲望的具现。而且我之前听过那个名字。"

"但你不知道它的含义。"

"我会知道的，"马格努斯说，"对我而言，并不存在任何无法探求的知识。"

"你认为如此？"

"是的。我的兄弟绝不会如此妄为。"

"那么你并不了解他，因为这一切正在发生。原初湮灭者的走卒早已开始行动，它们设下骄傲、狂妄与愤怒的陷阱，捕获那些用来颠覆帝王的骑士。"

"你说谎。"

"是吗？"荷鲁斯笑道，"我为什么要欺骗你，兄弟？你是赤红的马格努斯，千子军团的原体。没有你无法知晓的真相。你不正是这样说的吗？你能够看出来这是事实，我知道你可以。狼神荷鲁斯会背叛你们所有人。他会为了追逐权力而将帝国付之一炬。没有任何事物能够幸免，一切都将归于混沌的熔炉，从那无比庞大的银河之心直到它光晕里的暗淡恒星。"

"这奇迹般的转变会在何处发生？"马格努斯问，他努力避免暴露自己愈发强烈的惊惧。

"在一颗小小的卫星上，"那个怪物狞笑道，"戴文星系。"

"就算我相信你，你又为什么要告诉我这些？"

"因为它已经开始了，因为我享受你遭到的折磨，因为你来不及阻止这一切。"荷鲁斯说。

"我们走着瞧。"马格努斯承诺道。

他睁开眼，那假扮成荷鲁斯的怪物已经消失了。

阿里曼和狮卫正环绕在他身边，众人脸上写满了恐慌。

"大人？"阿里曼喊道，"发生了什么？"

他的手探向自己的面孔，寻找那个很久以前被他牺牲掉的事物。那里的皮肤光洁无痕，丝毫不像他在遨游浩瀚之洋时所栖身的光之躯体那样完整无缺。

马格努斯拒绝了狮卫的协助，站起身来。他已经能够察觉到时间之沙在银河中流逝，在须臾间他还瞥见一块青铜怀表的影像，它的玻璃表面有一道裂痕，指针由螺钿制成。

"我们该走了。"他将注意力集中在倾洒的水痕上，借此帮助自己重新适应周围环境。

"走？"阿里曼问道，"去哪儿？"

"我们必须返回普罗斯佩罗。我们要做的事很多，但时间紧迫。"

"大人，我们不能走。"阿里曼说。

"不能？"马格努斯声如雷霆，"这可不是你该对我说的词，阿泽克。我是赤红的马格努斯。没有什么是我力不能及的。"

阿里曼摇摇头说道："我不是那个意思，大人。我们受到召唤返回圆形剧场。

我们即将接受审判。"

被腐蚀性乌云遮蔽的苍穹已是斗转星移。阿里曼有种强烈的感觉，仿佛群星都因耻辱而不愿目睹下方的局面。自从马格努斯倒下之后，阿里曼就一直试图将那段潜伏在意识边缘的记忆拼接起来。

然而无论他多么努力，始终徒劳无功，虽然他明白诉诸蛮力只能令其愈发退却，但他的求知欲已经盖过了理性思维。不管马格努斯究竟做了什么，都和阿里曼的孪生兄弟息息相关，但其中真相已经被深埋在记忆的幽井底部。

一股沉重气氛笼罩在这座火山口中的参会者身上，与马格努斯发言时那洋溢在圆形剧场里的热切情绪相差甚远。

"为什么我感觉我已经被定罪了？"马格努斯问道，他遥望着圆形剧场彼端的高台，马卡多正在与帝皇交谈。

"或许是的，"阿里曼回答，他看到了莫塔瑞恩脸上那种正义得偿的胜利表情。圣吉列斯的双颊涂着灰色的泪滴，弗格瑞姆则不愿直视他们，他精雕细琢的面孔在愧疚中扭曲。

"我不在乎了，"马格努斯嘶声道，"我只想结束这一切，离开这里。"

会场的气氛千钧一发，如同一个膨胀到极限的气泡，表面张力难以维持其结构。所有人都沉默不语，只有长袍的摩擦声以及紧张的喘息。

马卡多打破了那寂静，他站起身走到帝皇高台前方，用权杖敲击了脚下的大理石三次。

"朋友们，这场会议即将结束，"他开口道，"我们听取了辩论双方的睿智言语，但如今已到了宣布判决，恢复和谐的时刻。这件事务得到了极其严肃的斟酌考量，因为我们若不能团结一致，这个问题便会让我们分崩离析。我现在提问，在此还有何人尚未畅所欲言？即刻开口，或是永保缄默。"

阿里曼扫视四周，盼望圣吉列斯、弗格瑞姆，或是其他某个不动声色的盟友能够从伪面之下挺身而出支持他们。没有人起身，而就在他几乎要放弃希望的时候，一个手持骷髅长杖，身穿动力盔甲的身影从座位上站了起来。

"我，亨儿只斤·晃豁坛氏族的塔古台·也速该有话说。"那位战士开口道，他嗓音粗哑，带着浓重的口音，其末尾声母的清化与元音的缩短标志着他是丘格里斯原住民。

塔古台·也速该的盔甲如凛冬般苍白,边缘涂成猩红,肩甲上覆有白色疤痕的闪电标志。那柄手杖意味着他是可汗麾下的一名智库馆长。他头颅光洁,只留有一条长辫,水晶状的兜帽从肩甲上延伸出来,映衬着一张布满了仪式性疤痕的饱经风霜的面孔。

在马卡多点头示意之后,也速该走向圆形剧场中央,步伐中带着蛮族君王的冷静与高贵。

他不是一个人。

从圆形剧场的不同角落,若干身披长袍的阿斯塔特智库馆长纷纷起身加入这位白色疤痕战士,阿里曼激动地看到了暗黑天使、暗夜领主、极限战士和火蜥蜴的标志。

十二位智库馆长聚集在帝皇高台前方,阿里曼立刻意识到这些战士相互未曾谋面,他们选择此时开口也绝无事前谋划。

"十二人立于君前,"马格努斯微笑着说,"多么恰当。就像所有古代神明皆由十二位骑士所服侍,我们也是如此。"

智库馆长们跪在帝皇面前,低垂头颅,阿里曼观察着他们各自长袍上的图案。

"埃利卡斯,扎罗斯特,普罗姆斯,乌摩彦,"阿里曼说道,"他们是各自军团的首席智库馆长。"

"而他们支持我们。"马格努斯惊喜地说。

塔古台·也速该站起身,帝皇意味深长地点点头。

那位白色疤痕战士走到讲坛前,也速该眼中的庄重神色让阿里曼印象深刻,那是在长久的研究与苦战中积累而成的深邃智慧。

"我是白色疤痕战士,察合台可汗的风暴先知,"他开口说道,"真理引导我的话语。我以部族荣誉起誓,若是我有所欺瞒,愿我的兄弟们剜出我的心。我聆听了高尚之人的言语,但我所见不同。他们对周围的世界全然盲目。他们的心灵不愿感知银河的真理。"

"被风暴先知选中的战士并非本性邪恶,其掌握的力量同样如此。他是一柄武器,正如一辆兰德掠夺者或是一把爆矢枪。何种愚者会在战斗之前抛下武器?与任何武器一样,缺乏训练会使其充满危险,在座之人皆知无缚灵能者的危险之处,莫塔瑞恩大人已向我们讲述过。但相较之下,一位经过训练并了解其力量的战士,与一位对自身力量不明就里的战士,哪一个更危险?与所有事物一样,力量在得以释放之前都必须被导向正确的目标。灵能者必须被技艺高超之人加以塑造打磨,正如剑刃被铁匠煅铸成形一般。他需要习得风暴先知之道,并多次证明自身价值,随后才可持握战士先知的骷髅长杖。"

也速该举起手杖,指向身披绿袍的星语者领袖和一袭黑衣的导航者领袖,随即扫过整个高台。这个动作颇有深意,因为帝皇也在其中。

"若是一概而论地将灵能者视为邪恶存在,便是彻底忘记了帝国对其的依赖。若无心灵歌者,则每个世界都将孤立无援,若无寻星者,则无人能够穿越银河。控诉原体马格努斯者,其所言皆为古人罔殆。他们全然不顾自身所求会引发何等恶果。他们的诉求将带来灾厄。以这柄见证过诸般誓言的长杖,我庄严起誓,方才所言皆为真相。若有疑我者,我愿与之兵刃相见。"

塔古台·也速该再次躬身行礼,随后走下讲坛,回到了其他智库馆长身边。阿里曼转头望向马格努斯。就像他自己一样,原体同样被也速该的话语所感染,其中的纯朴诚实震撼人心,而针对千子的诸般控诉中那根深蒂固的虚妄伪善也显而易见。

"如此一来,这场会议必然不能再罪责我们了。"阿里曼说。

"我们会知道的。"马格努斯回答,此时帝皇从王座上起身。

迄今为止,人类帝皇始终冷眼旁观这场会议的进程,默然聆听所有人的言论,完全不露声色地加以斟酌权衡。如今他走到高台边缘,明亮星光顿时重返会场,让他的盔甲备显闪耀夺目。阿里曼试图将自己的意识提升到高层心境,从而保留明晰的感知,但帝皇的力量无比强大,光辉可畏,让人永远无法维持清晰的思维状态。

圆形剧场中的每一个人都满怀惊奇地凝视这位代表了人类一切良善的典范形象,这个肩负着人类一切梦想与希望的无上楷模。他的一字一句都被善加记录并广为传播,如同被遗忘年代中人们对神祇言语的忠实转述。马哈瓦斯图·卡里马库斯的书记工具充满期待地随时待命。

一股温暖的嘉许感骤然将关于卡里马库斯的念头冲刷殆尽。阿里曼辨认出了这种感受,那是一个人将自身意识灌注到他人灵气之中从而施加影响的效果。阿里曼可以做出类似的行为,但只能影响区区数人。若要同时触及成千上万人的灵气，这需要超乎想象的力量。

帝皇长剑在手，凝视马格努斯，仿佛他们正在开展一场旁人无从得知的静默交谈。阿里曼将视线从帝皇身上扯开，看到马格努斯被钉在座椅上，全身僵硬，皮肤苍白。原体紧闭眼眸，阿里曼捕捉到了马格努斯身上那微不可见的战栗，仿佛一股强大电流正在撕扯他的躯体。

"如果我有任何罪孽，那也只是对知识的追寻，"马格努斯紧闭牙关嘶声说道，"我是它的主人，我发誓。"

阿里曼没能听到更多，因为马格努斯突然颤抖着长吸一口气，如同一个即将溺毙之人冲出海面。

"聆听我的裁决，"帝皇说道，整个圆形剧场应声被笔尖摩擦纸张的响动所填满，"我绝不罔顾帝国的需索，但我也不会忽视人心的现实。我聆听众人大谈知识与力量，仿佛二者是抽象理念，可以如剑刃与枪械那般简单利用，并非如此。力量乃是善变之物，其危险在于引人沉溺。追寻力量之人的生命将被力量所填充，直到索求更多力量成为唯一的目标。几乎所有人皆能对抗敌意，然而鲜有人可以秉承心性，即便执掌力量却不屈从于其黑暗诱惑。"

虽然帝皇面向整座圆形剧场，但阿里曼有种强烈的感觉，他的言语是独为马格努斯所说。

"窥探黑暗以求了解虚空，此乃自寻灾祸之举，因那万变界域充斥着诡诈谎言与虚妄幻景。追寻真理之人首先要谨防遭受欺瞒，因为谬误学识极端危险，较无知更甚。纵观世上，求知若渴者众，愿耗心力者寡。人常寻捷径，取巧求成，故而其堕入邪道的根本诱因并非仇敌计谋，而是一己贪念。真实的知识必定与智慧相伴而来。若无智慧，强大之人不会愈发强大，只会愈发鲁莽。其力量终将反噬自身，将全数功绩摧毁殆尽。"

"我行走过旁人难求的独特道路，直面过亚空间的无名存在。黑暗虚空之中潜伏着诸般秘密与灾厄，对此我了若指掌。这般事物绝非次等心智可知，无论其自恃何等强大，自诩何等渊博。我已然分享的秘密乃是止步于此的警告，绝非继续探索的诱因。至于那些凡人不应知晓的深邃秘密，任何贸然窥探者必无善终，等待他们的只有死亡与诅咒。"

帝皇话语中那可怕的决然态度让阿里曼面色苍白，字字句句皆承诺着灭顶之灾。

"如今可见,我放任诸子僭越雷池已久,而我本不该允许他们知晓这些事物的存在。须知无人将获罪于此,毕竟这场会议的根本目标在于维护统一,而非滋生嫌隙。但巫术的威胁绝不可继续玷污阿斯塔特战士。自今日起,我命令所有军团撤销智库部门。一切相关战士与教员必须返回各自战斗连队,永远不再使用任何灵能力量。"

惊愕的喘息声在圆形剧场中扩散开来,帝皇的最后通牒让阿里曼如坠冰窖。他难以相信此前一切的辩护皆是枉然,帝皇的裁决依旧降罪于他们。

帝皇继续开口,声若雷霆。

"罔顾劝诫,失信于我者,必遭灾厄报偿。我将视其为仇敌,以无尽毁灭降诸其身,祸及一切亲随从属,令其日夜追悔背吾光辉之愚行,乃至万物终结之际。"

第三部

普罗斯佩罗的挽歌

第二十一章

我的作品

天堂

叛乱初现

　　勒缪尔在提兹卡的高墙边缘找到了马哈瓦斯图·卡里马库斯。那位老者正躺在一张软椅上打瞌睡，膝头还摊着一块素描板。勒缪尔放轻脚步，避免惊扰自己的朋友。居住在普罗斯佩罗的这五个月对马哈瓦斯图颇有裨益，那清新海风与温和气候让他饱经风霜的老迈躯体得以休养生息。

　　普罗斯佩罗让他们所有人都受益良多。勒缪尔减轻了不少体重，他知道自己的外貌形象正处于数十年来的巅峰状态，他的步伐中都带着一股自信。这究竟是因为他更适应普罗斯佩罗的生活状态，还是由于他操控以太的能力日渐精进，勒缪尔无从得知。

　　勒缪尔一边遥望风景，一边扫视马哈瓦斯图素描板上的乌黑线条。跌宕起伏的壮丽群山，绵延四方的葱郁森林，还有广阔无垠的透彻苍穹组成了眼前的美景。在远方，一丛参差不齐的高塔标志着普罗斯佩罗的某座失落古城。马哈瓦斯图对这景色的描绘则令人不敢恭维。

　　"我告诉过你，我不是艺术家。"马哈瓦斯图闭着眼说。

　　"噢，我可说不好，"勒缪尔回应道，"你的作品倒有些质朴美感。"

　　"你会把它挂在墙上吗？"

　　"一幅卡里马库斯的亲笔？"勒缪尔坐了下来，"当然会，否则我肯定是疯了。"

　　马哈瓦斯图干笑一声。

　　"你的谎言一向很糟糕，勒缪尔。"老人说。

　　"所以我是个很棒的朋友。我永远实话实说，因为你总能看透我的谎言。"

　　"你是个好朋友，也是一位优秀的记述者，"马哈瓦斯图握住勒缪尔的手。老者枯枝般的手指毫无力气，"如果你有空的话就多待一会儿。"

"我之后要找卡莉斯塔和卡蜜尔吃午饭,不过我永远有时间陪你,老朋友。那么,除去你显而易见的绘画天赋,是什么让你投身艺术的?"

马哈瓦斯图低头看看素描板,哀伤地笑了笑。他把本子合上,勒缪尔在那老人的脸上瞥见一种令人心痛的伤感。

"我想要有些属于自己的事物,"他小心翼翼地瞥了一眼身后说,"一些确实源自我的作品。你明白吗?"

"我想是的。"勒缪尔最终说道,他想起了二人在阿荀鲁星球的短暂交谈,那还是在千子与山脉中的希尔博泰巨人展开恶战之前。

"我还记得很久以前与重获新生的军团一起离开普罗斯佩罗,"马哈瓦斯图说,"那真是个辉煌的日子,勒缪尔。你若能亲眼看见,一定会感动落泪。成千上万名战士踏过那大理石铺就的游行大道,玫瑰花瓣从天而降,民众的欢呼在我们耳朵里回荡。马格努斯在凯旋游行中恩赐予我一席之地,我从未感受过那样的自豪。我根本无法相信,我,马哈瓦斯图·卡里马库斯,将要为赤红的马格努斯著书立传。那是一份至高无上的荣誉。"

"真希望我也能看到,不过我猜我当时还没出生。"

"很有可能,"马哈瓦斯图同意道,他眼中噙着泪水,"一个濒临灭亡的军团与基因原体重逢。他将子嗣们拖出毁灭的深渊。我格外珍视那段记忆,但从此以后的岁月似乎就不属于我了。我能记起零星的片段,但全都感觉很不真实。我亲手完成的典籍能够装满一座图书馆,但它们不是我的文字。我甚至都读不懂。"

"那正是我来找你的原因,老朋友,"勒缪尔说,"我想我或许可以帮助你。记得我曾经说过,我在泰拉的图书馆里有一份《罗加埃斯之书》的残缺副本吗?但我一直无法找到天使之钥,就是那本带有字母表的配套书籍。"

"是的,我记得。"

"我找到了一本。"

"真的?在哪儿?"

"在黑鸦学派的图书馆里,"勒缪尔说,"自从我们回到普罗斯佩罗之后,阿里曼就强化了对我的训练。我简直是被拴在桌子上,接受安库·埃南的教导,在我看来他确实是一位无出其右的超群学者。我必须承认,第一次见到他的时候,我对他并没有好感,但他为我提供了莫大的帮助。当我向他问起那本书的时候，他立刻就让图书馆机仆送了过来，不费吹灰之力。"

"那么你打算翻译我一直在写的内容？"

"假以时日，是的，"勒缪尔说，"那是种令人费解的复杂语言，就算有字母表也是一样。有些词语类别看起来简直不像是语言。我要看看卡蜜尔能不能用她的能力帮助我。"

马哈瓦斯图叹了口气说道："我宁愿你不要翻译。"

勒缪尔顿时愕然。

"你不想知道自己这么多年都在写什么吗？"他惊问。

"我或许不敢知道。"

"你在害怕什么？"

"我是个书记员，勒缪尔。我是个卓越的书记员，我不会犯错误。你最该明白这一点。那么为何要选择我当书记员，却又不让我理解自己写了什么？我想我笔下的文字恐怕并不应该让凡人知晓。"

勒缪尔深吸一口气，马哈瓦斯图嗓音中的恐惧让他震惊。

"我是把老骨头了，勒缪尔，这种生活让我很疲惫。我想退出远征，回家去。我想在死前看一眼北印度。"

"若是失去了你，伟大远征的记录会逊色不少，老朋友。"

"和我一起走，勒缪尔，"马哈瓦斯图压低声音敦促道，"这个世界被诅咒了，你肯定明白。"

"诅咒？你在说什么？"

"这个世界曾经毁于当地居民的傲慢，而所有人类历史都告诉我们，人是不会吸取教训的，即便如千子这般杰出超群的人物也不例外。"

"当年的那些人不理解自己的能力，"勒缪尔说，"千子已经掌控了他们的力量。"

"不要这么确信，勒缪尔，"马哈瓦斯图警告道，"如果他们果真掌控了自己的力量，帝皇又为何禁止他们使用那种力量？他又为何命令千子返回普罗斯佩罗，然后更加彻底地解散智库部门？"

"我不知道，"勒缪尔说，"但他们得知自己创造的一切伟大成就，多年积累的所有宝贵知识都是毫无价值的禁忌之物，那实在是令人沮丧。"

"这正是我要说的，"马哈瓦斯图说，"帝皇禁止他们追寻奥秘学识，但他们依旧我行我素。如今你继续展开的训练就是在违抗帝皇的敕令！你有没有想过这个？"

自己忤逆帝皇旨意的概念让勒缪尔腹中涌起一股热流。他一点都没有想过这个，因为他觉得自己正在学习的技巧毫无危害。返回千子母星的这段漫长旅程是几位记述者难得的假期，但抵达普罗斯佩罗之后，他们的训练甚至比之前更加紧张。

"这支军团已经难逃末日了，"马哈瓦斯图说着再次握住勒缪尔的手，老者此刻的力量让人惊讶，"如果他们一意孤行，这种叛逆之举必将败露，而到了那一天……"

"怎样？"

"无论去哪儿，都不要留在普罗斯佩罗。"马哈瓦斯图说。

与马哈瓦斯图的会面让勒缪尔备感不安，他穿过城市去找卡蜜尔和卡莉斯塔，一路上心事重重。宽阔的大道被树荫所笼罩，两侧林立着白色与金色的楼宇。郁郁葱葱的枝丫低垂在街边，上面坠满了鲜艳的水果。

今天与往常一样，阳光温暖宜人，轻柔的海风扫过熙熙攘攘的街道。提兹卡的居民们全都身材高挑，容貌俊美。他们热情地欢迎了28号远征队的千子以及随行的记述者们。勒缪尔在普罗斯佩罗发现了诸多美好事物，这里的人民尤其如此。

提兹卡是一座由壮观建筑、开阔广场、活跃剧院以及优美花园所组成的光辉之城。那座白山和卫城给它提供了一片令人惊艳的背景，千子各学派的巨型金字塔和银色尖顶俯视众生。在任何其他城市里，如此强势的建筑必定会显得突兀，然而这些金字塔却能无比和谐地与周围地貌融为一体，仿佛原本就是山脉的一部分。只有火凤学派的金字塔是个例外，其门前的庞大卫士以及熊熊燃烧的尖顶都与整座城市的美感格格不入。

在普罗斯佩罗度过的日子已经让勒缪尔对这座城市的布局颇为熟悉，而它的规划又是如此直观，以至于任何人稍加时日便可在宽街窄巷中任意穿行。

此刻他正在向东走，去往千狮街的沃萨尼餐厅。它是勒缪尔在一次晨间散步时的惊喜发现，这家糕点店兼餐厅味道上乘，深藏于从秘眼广场辐射而出的诸多大道之间。虽然勒缪尔在离开阿苟鲁星球之后一直严格控制体重，但他依旧喜欢在需要慰藉的时候用一些甜点来奖赏自己。

今天就是如此。

马哈瓦斯图揭开了一块勒缪尔从未意识到的伤疤,就像每个帝国公民一样,他知晓尼凯亚敕令及其深远影响。纵然这命令来自帝皇本人,不谐之声却已经四起,在暗处质疑到底有多少阿斯塔特军团会真正严格加以遵守。

那是个属于其他人的问题,而当阿里曼在返回普罗斯佩罗的旅程中就继续对他展开训练时,勒缪尔并未感到惊讶。

关于千子继续教导记述者这一事实,勒缪尔将其简单理解为他们对于自身能力的绝对信心。如今他开始心怀疑虑,他们是否果真沾染了一些不该触及的力量?

勒缪尔听闻过普罗斯佩罗昔日的覆亡,但他从未真正考虑过它缘何覆亡。阿里曼提及古老长夜的时候将其视作某种不可避免的灾变,但确实如此吗?如果人类当年能够放弃使用令其沉溺的诸般力量,那段长达数千年的可怕岁月是否可以就此消弭?

他望向水面环绕之中的弗泰普金字塔,那座闪亮尖顶俯视众生,在玻璃表面所反射出的滚滚热霾中显得虚幻朦胧。那披金戴银的壮丽建筑仿佛在正午阳光中熊熊燃烧一般,原体马格努斯就栖身于此。

勒缪尔走进一条街道,两侧是一尊尊栩栩如生的银制狮像。每一座雕像都是独特的,其姿态和大小有着微妙的差异,仿佛一整个狮群被镀上白银并运到提兹卡来,放置于高高的大理石基座上。他触摸了一下最左边的那头雄狮以求好运,某一头狮子会比其他同类更加幸运的这种迷信念头让他微笑起来。

两座格外庄严的雕像镇守着一片花园的入口,勒缪尔停下脚步观看一群提兹卡居民练习太极拳,一位千子战士也在旁边监督。他在那些和缓而精确的动作中找到了安宁,让往复的循环与优雅的和谐来安抚自己备受困扰的心灵。

勒缪尔与那些学员一同深呼吸,他的手也不由自主地模仿他们的动作。他不禁微笑起来,阴郁的心情一扫而空。勒缪尔随后沿着街道继续前行,走入一片宽阔的广场,那块露天区域是个完美的圆形。

众多街巷,准确地说是八十一条道路,从秘眼广场延伸出去,而广场中央则被一座多利安风格的高大石柱所占据，其顶端是一个火盆。它的方形基座上刻有壮丽的浮雕，描绘着拟人化的普罗斯佩罗为她的失落文明而悲泣，同时一位身披盔甲的独眼之人则将她搀扶起来。据说早在古老长夜之前，普罗斯佩罗的上古居民曾利用某种工具与泰拉进行联络，而这座高塔便是其仅存的遗迹，但尚未有人能够重新将其激活。

今天是赶集的日子，广场已经被商铺、摊贩和善意的吆喝声所充满，提兹卡的居民们为了丝绸、日用品和手工艺品讨价还价。这让勒缪尔回想起家乡，回想起僧伽贸易区那熙熙攘攘、人声嘈杂、摩肩接踵的集市，他胸中骤然涌起一股令人心痛的怀旧之情。

他在人群中穿行，婉拒各种食物和饮品，不过停下脚步买了两小瓶香薰油。勒缪尔沿着哥迪安大道一路向南走，之后往东拐进一条狭窄小巷，头顶上挂满了凉棚和水果。

沃萨尼餐厅就在街道尽头，他看到卡蜜尔和卡莉斯塔正在等自己。他微笑着挥挥手，她们也挥手示意，片刻之后勒缪尔就已经俯下身来轻吻两位女士的脸颊。

"你来晚了。"卡蜜尔说。

"我很抱歉，女士们，"勒缪尔说，"我在广场上给你们买了些礼物，那个店家的要价简直让我倾家荡产，我花了不少时间和他讨价还价。"

"礼物？"卡莉斯塔愉快地问道，"那么我们就原谅你了。你给我们买什么了？"

勒缪尔将一个水晶瓶各摆在两位女士面前："波罗尼亚香薰油。你们的房间里想必都有香薰炉，只要往水里滴上两滴，你们的房间就会充满甜蜜的花香和淡淡的水果气味，这会让你们神清气爽，灵感泉涌。至少那个商人是这么跟我说的。"

"谢谢你，勒缪尔，"卡蜜尔说着打开瓶塞闻了闻，"凯娅一定会爱上这个，她喜欢让我们的房间充满香味。"

"这真棒。"卡莉斯塔补充道。

"这不算什么，女士们，"勒缪尔说，"只是为我的迟到略表歉意。"

"我以为你是因为要给我们买礼物才迟到的。"卡蜜尔说。

"其实是因为马哈瓦斯图，"勒缪尔故作轻松地说，"你们知道，那个老头子就喜欢没完没了地讲故事。"

　　卡蜜尔显得有些怀疑，但卡莉斯塔点了点头，勒缪尔正准备转身要菜单，一位女服务员就已经端着满盘食物走了过来。她将一碗水果放在卡莉斯塔面前，又给卡蜜尔上了一份抹着奶油的点心，她为勒缪尔送来的则是由蜜饯、蛋糕和水果制成的糖霜甜点。

　　服务员转身离开，卡蜜尔尝了一口自己的点心。

　　她满足地长叹一声。

　　"棒极了，"她说，"不过他们总是在我开口之前就知道我要点什么，这我恐怕永远都没法习惯。"

　　"我明白，"勒缪尔说，"我原本也挺担心的，不过他们确实每次都能送来我正想要的。"

　　"的确，"卡蜜尔同意道，"那么我就放过他们吧。他怎么样？"

　　"谁？"

　　"马哈瓦斯图，你说你刚才见到他了。"

　　"噢，他啊，他挺好的，只是有点想家，我觉得。他一直在说要回家，我的意思是，回泰拉去。"

　　"为什么？"卡莉斯塔问道，"怎么会有人想离开普罗斯佩罗？这是个天堂啊。"

　　"也许是因为他老了。他想趁来得及的时候回家去。"

　　"我会想念那个老头子的，"卡蜜尔说，"他总有一些有趣的故事。"

　　"是啊，"勒缪尔说，话题始终围绕在马哈瓦斯图身上，这让他感觉有些不安，仿佛勾起了某种旧日思绪，"你们两位女士近况如何？"

　　"很好，"卡蜜尔说着又吃了一口点心，"我已经研究过提兹卡周边的大部分废墟了，卡洛菲斯很快就要陪我探索废土深处。他要带我到一座更古老的城市去。据他所说，那是普罗斯佩罗昔日覆灭时最早陷落的城市之一。"

　　"一定非常有趣，亲爱的，"勒缪尔说道，"不过千万要小心。"

　　"好的，老爹。"卡蜜尔微笑着说。

　　"我是认真的，"勒缪尔说，"谁也不知道那里会有什么。"

　　"行，行，我会小心的。"

　　"那就好。你呢，亲爱的卡莉斯塔？你最近有什么进展？安库·埃南还把你关在博学殿里吗？"

卡莉斯塔热切地点点头。自从来到提兹卡之后她精神焕发，即便在一座有着俊美居民的城市里，卡莉斯塔·俄瑞斯依旧容貌出众。有传言说，她正在被一位英俊潇洒的普罗斯佩罗尖塔守卫队长所追求。虽然勒缪尔也不乏潜在的伴侣，但他自有孤身索居的理由。

自从离开尼凯亚之后，卡莉斯塔那梦魇般的病情发作次数已经稳步减少，甚至有完全消除的希望。她依旧随身携带那瓶药，但近几个月都没有用上。

"是的，勒缪尔。博学殿里堆满了源自古老长夜之前的文字，但全都是用古代普罗斯佩罗语书写的，如今已经没有人理解了。我可以借助与书写者的心灵建立联结来协助翻译工作。进度十分缓慢，但能够揭示很多信息，描述古代社会在崩塌之前的状态。你应该来访问我们，我相信这个星球从那时起的发展历程会非常吸引你。"

"我一定去，亲爱的，"勒缪尔承诺道，"阿里曼让我忙得不可开交，但他肯定不会介意我去拜访你。"

"我很期待。"卡莉斯塔说道，她吃完自己的果盘，喝了口水。

他们闲聊了一整个下午，享受着温暖的阳光和挚友间的交谈。服务员送来了酒，勒缪尔笑着发现那瓶透彻佳酿竟是阿里曼的作品。在勒缪尔倒干了第二瓶酒的时候，卡蜜尔终于将话题引到了他们的东道主身上。

"那么，你们觉得千子还有多久会出发？"她问道。

这个问题貌似轻描淡写，但勒缪尔能够看到其背后的紧张情绪。他通常都不会将阅读灵气的能力用在朋友身上，尽量尊重对方的隐私，但卡蜜尔想要留在普罗斯佩罗的强烈渴望显而易见。

"我不知道，"勒缪尔坦承，"阿里曼什么也没说，但其他军团都在战场上收获荣耀，千子想必也渴求军令。帝皇之子在莱尔，影月苍狼在140-20，极限战士在梅斯卡洛。方舟边际的战争已经过去了两年，千子却还在坐看兄弟军团浴血奋战。"

"你觉得这和尼凯亚有关系吗？"卡莉斯塔问道。

"我想一定是的，"勒缪尔说，"我听说猩红君王当时匆匆离开了尼凯亚。据阿里曼说，自从他们回来之后，原体就让所有战士都埋头于各自学派的图书馆里。"

"我也听说了，"卡莉斯塔坏笑着说，"我还听见安库·埃南与阿蒙说这些。"

"你有没有听到他们的目标？"

"大概吧，但我不太明白他们究竟在说什么。听起来他们在寻找一个方法，将某种光之躯体投射到极远的距离，不知道这是什么意思。"

"你觉得那是干什么用的？"卡蜜尔问道。

"我完全想象不到。"勒缪尔说。

惊恐。震慑。怀疑。愤怒。

阿里曼聆听着原体的话语，所有这些情感在他体内翻滚涌动。他与首座会议的其他八位连长一同站在弗泰普金字塔深处，在马格努斯密室中那迷宫般的螺旋图案上各就各位。一束束斑驳阳光割开了室内的幽暗，但他却只能感觉到一股令人压抑的黑暗不断迫近。刚刚听到的消息让他绝难相信。若非马格努斯亲口所说，阿里曼一定会杀死任何胆敢出此叛逆妄言之人。

从他在螺旋图案上的位置，阿里曼能够清楚看到另外几位连长。弗西斯·塔卡暴怒地皱着眉头，紧握双拳；旁边的菲尔·托伦咬牙切齿，他们二人的怒火让地板上的黑色晶片震颤不止。哈索尔·玛特看似冷静，但他面容之下那团闪耀脉动的以太光芒让他的悲痛展露无遗。卡洛菲斯和奥拉麦格玛也倍受震撼，他们的身躯笼罩在朦胧光晕中，指尖上迸发出火花。乌希扎尔看起来无比惊惧，他的苍白面孔因这份超乎想象的沉重背叛而扭曲不堪，原体的哀伤令他感同身受。

阿里曼早已料到某些难以置信的事情即将发生。数月以来他一直有所预感，他知道马格努斯在埋头于私人图书馆和提兹卡地下密室中疯狂工作的时候必然掩藏着一个可怕的秘密。阿里曼曾将自己的预感与阿蒙和安库·埃南分享，但纵使他们三人合力也没能穿透未来的迷雾，终究无从知晓原体究竟因何忧虑。

"这不可能，"哈索尔·玛特说道，他终于有一次能够完美地体会并表达其他兄弟的心思，"你一定弄错了。"

通常情况下，任何一位千子连长做梦都想不到会向原体说出这句话，但今日之事实在荒谬透顶，同样的几个字也早已涌向阿里曼嘴边。

"他没有，"乌希扎尔说，他毫无羞愧地让泪水从脸上滑过，"那的确会发生。"

"但荷鲁斯,"弗西斯·塔卡说,"他不能……他不会,他怎么能?"

弗西斯·塔卡几乎哽咽难言,仿佛开口说出那些话就会令其成真。

"你怎么能确定?"卡洛菲斯问道。

"我看到了,"马格努斯说,"就在尼凯亚的圆形剧场下方。我看到了那个怪物的面目,我听到了它话语中的真相,即便我盼望并非如此。在我们离开尼凯亚之后,我漫游过浩瀚之洋,追寻了未来与过去的道路。源自尘封过往的十亿条宿命丝线共同编织成了这根至关重要的绳索,整个银河的命运都悬系于此。我们要么拯救荷鲁斯,要么被卷入一场超乎想象的恐怖战争。我造访了遥远国度的昔日历史,将我的力量发挥到极限去解锁真相,我发现此事早有预兆。"

马格努斯打开他的厚重秘典,指向最后几张被字迹填满的书页。

"古埃及的一个预言曾提到,遥远未来的某个时刻将充满战争,天空之神赫鲁原本要保护他的人民免受混沌威胁,"他念道,"那个预言的绝大部分都失落了,但赫鲁将会转而攻击另一个名为苏泰克的金色神祇,以争夺统御万物之权。在这个形态下,赫鲁被称为克姆沃,在那古老语言中这是黑色大魔的意思。"

"古老传说跟狼神荷鲁斯有什么关系?"弗西斯·塔卡质问道。

"赫鲁只是一个古老神祇的众多称呼之一,其名号可以被翻译为荷鲁斯,"马格努斯说,"这些线索一直都存在,然而我们未能多加留意。真可惜,已经有如此多的事物失落难寻。就在我们扩展自身知识的同时,我们也在逐渐遗忘。"

"那个预言还说了什么吗?"乌希扎尔问道。

马格努斯点点头。

"它说双方都无法获胜,还说荷鲁斯的多位兄弟会与他站在一边,"原体说,"如果荷鲁斯凯旋,他会成为赫鲁-厄,意思是伟大的荷鲁斯。如果苏泰克落败,他的领土会永远贫瘠荒芜。"

"在关于神祇荷鲁斯的早期传说中,他会在一轮新月之下变得盲目,成为梅肯提-厄-尔提,翻译过来的意思是无目者。这是个危机重重的时刻,因为直到月亮再次升起之前,荷鲁斯都会非常危险,经常敌我不分,将那些热爱他的人当作仇敌而展开攻击。"

"狼神荷鲁斯为什么会做这种事？"阿蒙问道，"他能有什么理由？"

"尊严受损？"奥拉麦格玛猜测，"野心？嫉妒？"

"不，"阿里曼说，他意识到那些情感只能让奥拉麦格玛对兄弟出手，"凡人才会因此发动战争，而非基因原体。这另有原因。"

"到底是什么？"哈索尔·玛特质问道，"什么样的疯狂能够让狼神荷鲁斯变成叛徒？"

终于。终于有人说出口了，阿里曼如今才敢直视马格努斯。原体的穿着如同丧葬牧师，他双肩低垂，就像一个等待刽子手落刀之人。马格努斯身披赤红长袍，背后是一袭白色斗篷，他静待自己的子嗣们平复心绪，重拾理智。

阿里曼唯愿马格努斯没有与众人分享这个预见结果，此时此刻，无知的确是福。阿里曼有生以来头一次希望能够不知晓某件事物。

狼神荷鲁斯将要背叛他们所有人。就连思索这几个字似乎都在玷污战帅的荣耀与高贵。

"说啊？"哈索尔·玛特质问道，"究竟是什么？"

"某种事物将会深深植入他的灵魂，"阿里曼不由自主地倾吐出这些话，仿佛他一直都知道答案，只是找不到合适的字句来加以表达，"某种原初而腐化的事物。"

"那是什么意思？"弗西斯·塔卡厉声说，"你以为普通的虚空掠食者能够侵染一个原体的身躯？荒谬！"

"并非侵染，但我……我说不好，"阿里曼直视马格努斯。"我说不好，但在某种程度上确实如此。我是对的，不是吗？"

"是的，吾儿，"马格努斯哀伤地同意道，"关于发生在我兄弟身上的剧变，我至今还有诸多不解，但加以阻止的时间已经不多了。影月苍狼即将在戴文的卫星上开战，而一柄拥有恐怖感知的武器会把荷鲁斯击倒，命运使然。趁他虚弱而盲目的时候，一切生命之大敌就要展开行动，俘获他的战士之心。如果我们不去阻挠，它们就会得偿所愿，让银河四分五裂。"

"我们必须警告帝皇，"哈索尔·玛特说，"他必须知晓此事！"

"你要让我如何开口？"马格努斯吼道，"说他最光辉伟大的儿子会背叛他？若无真凭实据，他绝不会相信。他会释放战犬来让我们伏法，因为我用以得知这场背叛的手段而施加惩戒！不，我们只有一个选择。我们必须自己拯救荷鲁斯。只有在失败之后我们才会告知帝皇。"

"我们要如何阻止这一切？"乌希扎尔发问，"我们悉听尊便。"

"自从离开尼凯亚之后，我让你们开展的研究便是拯救狼神荷鲁斯的关键，"马格努斯说道，"在你们的协助之下，我会将自己投射出去，穿过虚空，保护我的兄弟免受敌人侵扰。"

"大人，"阿蒙开口抗议，"那个咒语需要超乎想象的巨大能量。我甚至不确定它究竟是否可行。我们找到的任何信息都无法评估这个仪式的确切效果。"

"它必须可行，阿蒙。准备集合仆从，"马格努斯命令道，"将他们的力量汇集到我身上，推动我的升华。"

"很多仆从都无法从仪式中生还，"阿里曼说道，马格努斯对生命的冷漠态度让他备感惊恐，"耗费如此多仆从是一份相当高昂的代价。"

"如果我们无所作为，又会有多么高昂的代价，阿泽克？"马格努斯说，"我意已决。三天之后，在反光洞穴集合。"

未等三人开口，账单就被自动送来，勒缪尔结了账。美酒让他微醺，卡莉斯塔和卡蜜尔也是一样。食物精美可口，服务周到细致。沃萨尼再次不负盛名，他们度过了一个欢乐而舒适的下午。

"谢谢，勒缪尔，"卡莉斯塔说，"你真好心。"

"这没什么。两位如此美丽的女士永远都不该付账。"

"听起来不错。"卡蜜尔点点头说道。

他们推开椅子站起身，服务员走来清理桌子。

"你现在打算去哪儿？"卡蜜尔问。

"我想在市场上转悠一圈再回家，"勒缪尔说道，"在明天去接受阿里曼的训练之前，我还要读几段罗森克鲁斯的兄弟会传说，如今喝了几杯，我恐怕要多看两遍才能消化。"

"那是本什么书？"卡莉斯塔问。

"是一位僧侣讲述某种超自然的生物，自从文明建立之初，它们就不为人知地行走在我们身边，治愈疾病，研究万物，推动人类进步。"

"可真有意思。"卡蜜尔一边说一边收拾她的东西。

"确实很有意思，"勒缪尔对这个话题愈发热切，"这迎合了人类天性中最良善的元素。毕竟，有什么能够比不求任何回报和赞誉地帮助他人更高贵呢？你说是不是，卡莉斯塔？卡莉斯塔？"

卡莉斯塔·俄瑞斯站在桌旁，双手抓住椅背，指节苍白紧绷。她皮肤泛红，脖颈上筋腱突起。她双眼翻白，一丝带血的唾液从嘴角淌下。

"不！"她嘶声道。

"噢，王座啊，卡莉！"卡蜜尔向她伸出手，"勒缪尔，快扶住她！"

勒缪尔的反应太慢了，卡莉斯塔的双腿已经瘫软下去。她发出一声痛苦的尖嚎，扭过身子摔倒在桌面上，让酒杯四下横飞。桌子翻倒在地，她跌落在一片狼藉中，像疯子那般抽搐着。装着香薰油的水晶瓶也和杯盏一起摔得粉碎，格外浓郁的水果香味顿时充斥周围。

卡蜜尔瞬间来到她身边。

"勒缪尔！把她的药拿来，在她的包里！"她喊道。

勒缪尔跪在地上，体内骤增的肾上腺素将方才的微醺一扫而空。卡莉斯塔的提包躺在翻倒的桌子下面，他手脚并用地冲过去，把里面的东西一股脑倒在了铺着石子的地面上。

一个笔记本，几支铅笔，一台便携录音机，还有各种绅士不该窥探的私密物品悉数散落。

"快点！"

"在哪儿？"他高喊，"我找不到！"

"是个绿色的玻璃瓶。很浑浊，像坏掉的牛奶。"

"不在这里！"

"肯定在。好好找找。"

一群担忧的旁观者聚集在周围，幸而他们保持着距离。卡莉斯塔嚎叫起来，那声音充满了如此剧烈的痛楚，几乎不像是人类喉咙能够发出的。在她的各种随身物品以及满地的玻璃渣之间，勒缪尔终于找到了卡蜜尔所描述的瓶子。他匆忙爬到卡蜜尔身边，对方正竭尽全力将卡莉斯塔按在地上。那个美丽的记述者比她看起来要强壮得多，居然能够将卡蜜尔以及一位身披镶红长袍的医生全都掀翻出去。

"这儿，我找到了！"勒缪尔喊着将那瓶子递出去。

卡莉斯塔骤然坐起身，直勾勾地盯着勒缪尔。眼底出血让她的双眸化作猩红，一股股鲜血从她的口鼻流淌下来。凝视着勒缪尔的似乎并非卡莉斯塔：那是一个拥有森森利齿和猎手目光的怪物。它比时间更加古老，用无可估量的耐心与狡诈游走于位面之间。

"太晚了。"她将玻璃瓶从勒缪尔手中打飞。那瓶子摔落在石子地面上，里面的黏稠液体与倾洒的美酒混合在一起。

"那些野狼会背叛你们，他的战犬将撕裂你们的血肉！"卡莉斯塔呼喝着猛扑而来，双手疯狂抓挠勒缪尔的眼睛。她压在勒缪尔身上，双腿锁住他的腰，十指紧紧掐住他的喉咙。

勒缪尔无法呼吸，但在他的气管被压碎之前，卡莉斯塔突然厉声尖叫，上身伴着一声可怕的脆响猛地折向背后。她眼中的杀戮光芒顿时消逝，她躺倒在地，双手狂乱地抓挠，寻找自己的笔记本。

勒缪尔在卡莉斯塔眼中看到了令人心悸的哀求神色。

"给她拿些纸来！"卡蜜尔喊道。

第二十二章

千子
踏入废土

在卡莉斯塔发作的三天之后，阿里曼终于开始讲述千子的起源了。而勒缪尔却没有心情去记录，他与卡蜜尔一直不眠不休地陪伴着卡莉斯塔。此刻她正躺在医疗金字塔的监护室里，身上连接着无数仪器，勒缪尔猜不出它们的具体功能。其中一些似乎是黑鸦学派的特有装置，安库·埃南也拒绝解释其工作机制。

那次发作抽干了卡莉斯塔的精力，大家仿佛眼看着她逐渐凋零。勒缪尔每次想要休息的时候都会看到她充血的双眼，顿时睡意全无。看到卡莉斯塔这个样子让他恐惧万分，即便勒缪尔不愿承认这一点。

玛丽卡也有过像卡莉斯塔这样的发作，几个月之后她就……

不，不要这样想。

那天，在勒缪尔把纸笔塞进卡莉斯塔手中之后，她立刻用押韵的胡言乱语填满了一页页纸张。

安库·埃南此时正在检查她书写的内容，希望可以从中解读出一些信息，勒缪尔企盼这能够有所收获。至少那会让卡莉斯塔的痛苦遭遇有些意义。

"你愿意听吗？"阿里曼问道，勒缪尔这才将注意力集中在对方的话语上。

他们在黑鸦学派圣殿高层的一座封闭露台里会面，这是个带有玻璃尖顶的植物园，能够俯瞰下方的遥远城市，而精细调控的温度又让人感觉仿佛身处室外。露台位于金字塔南侧，因此勒缪尔能够看到火凤学派圣殿，以及那架守卫大门的泰坦。他听说那是一个战利品，由卡洛菲斯从科瑞欧瓦伦姆的战场上带回此处，曾经是虚空行者军团的一员。缴获一架隶属帝国的战争机器似乎有些恶趣味，但基于勒缪尔对卡洛菲斯的了解，这大概并非出乎意料。

"抱歉，我刚刚在想卡莉斯塔。"勒缪尔说。

"我明白，不过有人悉心照料她，"阿里曼承诺，"如果有人能够解读俄瑞斯女士的书写内容，那想必就是安库·埃南了。再者我们的医疗机构首屈一指，兼具古老技艺与先进医术。"

"我知道，但我还是会担心，你能理解吗？"

"是的，"阿里曼答道，"要比你想象中更能理解。"

"当然，"勒缪尔点点头，"在战场上失去兄弟一定很难受。"

"的确如此，但那并非我所指。我说的是那些殒命于战场之外的人。"

"噢？我一直以为阿斯塔特基本上是不朽的。"

"除去战损之外，几乎确实如此。现在还说不好。"

"那么你如何能够理解我的感受呢？"

"因为我也失去过至亲之人。"阿里曼说。

从阿斯塔特口中听到这样的话让勒缪尔备感震惊，他顿时将苦楚的回忆抛开，眯起眼审视对方。阿里曼又在无意识地触摸肩甲上的那簇银制橡叶。

"那是什么？"勒缪尔问道。

"它是一件饰品，"阿里曼带着哀伤的微笑说，"可以说是个护身符。当我和孪生兄弟入选成为千子的学徒时，我的母亲给了我们一人一枚。"

"你有个孪生兄弟？"

"我曾经有个孪生兄弟。"阿里曼纠正道。

"他怎么了？"

"他死了，很久以前。"

"我很抱歉。"勒缪尔说道，阿斯塔特在接受基因改造成为超级战士之前也曾拥有各自的凡俗人生，这一点是勒缪尔从未思量过的。他们与普通人有着天壤之别，大家几乎理所当然地认为阿斯塔特是在某座秘密实验室里直接培育出来的。阿里曼曾经有过一个兄弟，这种血缘关系对于大多数人而言都再寻常不过了，此刻却为这个超凡造物赋予了一张凡人面孔。

"他叫什么？"

"他叫奥尔穆兹德，在古代波斯语中那是'牺牲'的意思。"

"你为什么要和我说这个？"

"因为这会有所裨益，"阿里曼说道，"或许对于你我都是如此。奥尔穆兹德的厄运与千子军团的创生息息相关。你愿意听吗？"

"当然。"勒缪尔说。

"从始至终我们都是一支饱受困扰的军团，"阿里曼说道，"原体曾经告诉过我，我们的基因种子采集于一段不祥时期，正值剧烈的寰宇动荡。在那昏暗无光的冲突年代中让泰拉孤立无援的虚空风暴卷土重来，影响着整个世界。疯狂，自杀，无端的暴力。最后一位泛大陆暴君刚刚被推翻，泰拉方才从那场世界大战的灰烬中抬起头来。虚空风暴仿佛是漫长战事的垂死挣扎，这在一定程度上是对的，但事实远非如此。"

"你当时在场吗？"勒缪尔问，"你目睹了这一切？"

"并没有，但我学得很快。我幸运地生于阿契美尼德帝国的富庶部族。我们的君王在一个多世纪之前就已经与泰拉的新主人结盟，因此我们逃过了核战的恐怖阴云以及雷霆战士的入侵。"

"原型阿斯塔特。"

阿里曼点点头说："他们是凶暴而粗糙的造物，但足以应付那场征战。他们曾是普通人，是帝皇麾下最为强悍的战士，而他将完全成熟的生理结构与机械组件植入了他们的身躯，从而增强其力量、耐力和速度。他们如同怪物一般，大部分最终都陷入疯狂，难以承受强化体格所带来的种种负担。"

勒缪尔察觉到了阿里曼在强化这个词上的语调，并听出他对于帝皇初期造物的直白批判。

"伴随战争的结束，帝皇执掌泰拉全境，随即将目光投向星空，他明白自己仅仅完成了统一之路的第一步。他也知道雷霆战士绝对无法追随自己将一盘散沙的人类文明重新凝聚起来。他需要一支远超雷霆战士的军队，正如雷霆战士远超凡人一样。但首先，他需要能够领军作战的强大士兵,他需要将军。"

"你是说基因原体，对吗？"

"是的，没错。帝皇利用他在漫长战争中发掘出的失落科技创造了基因原体。在逃离火星霸权的流浪遗传学家的帮助下，他打造出了一位位不可复制的光辉个体。他们是基因进化的巅峰，却在成熟之前就与帝皇失散了。你一定听过那些传说吧？"

"是的，但我以为它们只是传说。"

"不，"阿里曼摇摇头说，"它们是经过润色的真相，意在促使芸芸大众尊崇他们的事迹。比起一位出身平凡之人，士兵们更愿意追随一个源自传奇的将军冲锋陷阵。"

"我想是的，"勒缪尔同意道，"我之前没有这样想过。"

"很少有人这样想，"阿里曼微笑着说，"但我刚才讲到我自己。"

"抱歉，请继续。"

"与其他很多泰拉居民不同，我们族群的血脉没有被各种遗传性或者病毒性缺陷所污染，因此帝皇率领麾下的大批科学家来到我们之间，在每个家庭中检测必需的基因标记。我和我的兄弟，我们两人都拥有帝皇正在寻找的特质，于是在我们父母的准许之下，他将我和奥尔穆兹德带入了世界之巅深处的一个秘密地点。在我们离开之前，母亲交给我们两人各一件饰品，她说这代表着杜尔－卡内恩，蕴含着那位阿契美尼德伟大领袖的力量。她让我们把饰品随身带好，还告诉我们说那位古代君王会保佑我们平安。"

阿里曼提起脖颈上的一根皮绳，展示出一枚硬币大小的银制挂坠，上面有橡叶图案的浮雕。它与阿里曼肩甲上镶嵌的那个完全相同。

"当然，这是愚昧的迷信。一个入土万年的君王又如何能够庇佑生者？即便这与理性信条相悖，我们还是在训练过程中一直都戴着各自的护身符。"

"什么样的训练？"

"对力量、速度和思维的考验。在我所属的文化背景里，人们长久以来都坚信真相高于一切，奥尔穆兹德与我出身贵族，因此早已熟习了捕猎、杀戮和辩论的技巧。我们在各项训练中都出类拔萃，生理强化的进程也十分可喜，这让那些负责监督照料我们的科学家欢欣不已。在山脉之下接受训练的人很多，最终大家被划分到了不同的小组，即便亲生手足也常有分离，但奥尔穆兹德和我所幸始终相伴。"

"我们迅速成长，刻苦训练，技艺超群，很快就踏入战场去镇压泰拉各地残存的反抗势力，以此检验自己的战斗技巧。我们身披新式盔甲，手握顶尖武器，简直无人能敌，随后我们被命名为千子。"

"我们离开泰拉那天的景象无与伦比，就连乌兰诺大捷也难以企及，因为整个世界都满怀哀伤，民众悲泣着送别人类统一的设计师。泰拉与火星的联盟已经完善，机械神教的表现超乎预期，他们建造了浩浩荡荡的舰队，让帝皇得以踏入星海，完成他的伟大远征。数十万艘星船填满了泰拉的天空，一共组成七千余支作战舰队、后勤集团以及支援力量。那是一支意在征服银河的无敌舰队，而我们的目标正是如此。"

阿里曼暂停讲述，放眼扫视下方的提兹卡，随后将目光转向那片漆黑镜面般的海洋。勒缪尔在对方眼中看到了一种空洞神色，他强烈地感觉到阿里曼讲述这段故事不仅是为了学徒，也是为了他自己。

"伟大远征早期充满了令人欣喜的征战杀伐，我们横扫太阳系，收复旧土。在泰拉之外盘踞着种种充满敌意的异形，我们毫不留情地将它们斩草除根，让它们的世界化为焦土，只留下一地灰烬。"

"那听起来并不像是伟大远征，"勒缪尔指出，"我本以为远征的意义在于启迪人类，推动理性。但那似乎更像是简单的征服。"

"你要明白，我们当时在为种族的延续而战。泰拉四面楚歌，我们只能以牙还牙。那是一段充满荣耀的岁月，阿斯塔特逐渐意识到我们能够释放出不可阻挡的纯粹怒火。人的品性会被战争所塑造，军团也是一样。我不知道这是否因为我们胸中涌动着各自原体的血脉，但每支军团都开始演变，相互之间不再只是名号有别。极限战士以纪律严明著称，他们从每一场战斗中吸取教训，同时应用此前所学。至于吞世者，好吧，你可以想象到他们是如何战斗的。"

"千子呢？"

"啊……我们就是在那时遇到了旅程中的第一处险境。"阿里曼说。

"险境？"

"在伟大远征的第五年，我们的独特品性逐渐显现。千子战士开始展露出远超预期的强大能力。我可以在事情发生之前便早有预知，奥尔穆兹德则能凭空召唤闪电。军团中的其他人也拥有类似的技巧。最初我们备感欢欣，都认为这份潜伏的力量乃是帝皇的手笔，但很快我们的喜悦就变成了惊恐，因为一个个战士开始转化。"

"就像哈斯塔在伯劳星那样。"勒缪尔说。

"血肉异变，没错。"阿里曼说着站起身走向露台边缘，他握住扶手，眺望远方。勒缪尔走到他身旁，在俯视下方的时候尽量克制住轻微的眩晕感。

"第一名战士在比占特星球死去，他的血肉内外翻转，他的力量挣脱控制。某种事物占据了他的躯体，把他撕成碎片，将他化作某种浩瀚之洋异形怪物的皮囊。我们以为那只是偶然现象，但并非如此，那是种疫病。"

"真的有这么糟糕？"

"其恶劣程度超乎你的想象，"阿里曼说道，勒缪尔对此深信不疑，"很快这就会众所周知。诸多原体都已经与军团相会，其中一些憎恨我们的力量。莫塔瑞恩尤为如此，而科拉克斯和多恩也不遑多让。他们惧怕我们的能力，因而广散谣言，在任何人面前大力污蔑我们是滥用不洁妖术的巫师。他们几乎从未意识到，正是他们肆意诋毁的那种力量帮助他们穿越茫茫星海或是播撒恶毒言论。"

勒缪尔在阿里曼脸上看到了他的愤怒，那苦楚回忆让周围的植物干枯凋萎。他感觉一阵反胃，咽下一股酸水，阿里曼则继续开口。

"一年年过去，越来越多的战士屈服于血肉异变，但我们也逐渐知晓应该警惕什么迹象，如何防患于未然。很诡异的是，罹患异变的战士越多，我们的力量就越强大。我们学会了怎样抵御最为恶劣的血肉异变，但依旧有越来越多的人遭此劫难，而那些迫害者的声音也愈发刺耳。甚至有人提议将我们解散，从帝国的历史中彻底抹消。"

勒缪尔摇摇头。

"历史的特性在于，"他说道，"它总会记住那些你宁愿忘掉的事物。没有人能够抹消那么多痕迹，总会有残存的记录。"

"不要如此确定，勒缪尔，"阿里曼说，"帝皇的怒火无比可怕。"

勒缪尔听到了阿里曼话语中的哀伤，他想要追问下去，但对方的故事尚未结束。

"奥尔穆兹德和我站在千子的最前线，我们对战技与奥秘的掌握都炉火纯青。我们以为自己免疫于血肉异变，以为自己的强大力量已经足以将其拒之门外。多么傲慢！奥尔穆兹德首先被感染，在他努力对抗自己的反叛躯体时，我被迫将他隔离起来。"

阿里曼转头看着勒缪尔，他的灼灼目光让勒缪尔不禁畏缩。

"想象一下，你的身躯与你为敌，每个分子都拒绝履行由基因编码所指定的职责，而能够阻止自身血肉发生狂乱变异的唯一屏障就是你的意志力，但你时刻都明白，自己最终必将虚弱不堪，无力抗争。"

"我做不到，"勒缪尔说，"这超乎我的想象。"

"我尽己所能去帮助奥尔穆兹德，但在他屈从于异变之后不久，我也被感染了。我没有像其他遇难兄弟一样进入静滞力场,被迫错过整场伟大远征,坐等解药问世,因为我尚可抵御异变的侵袭,即便我知道那是一场注定失败的战斗。"

阿里曼微笑起来,勒缪尔五脏六腑中的扭曲痛楚逐渐缓和。

"就在那时,奇迹发生了,"他说道,"我们抵达了普罗斯佩罗,帝皇找到了马格努斯。"

"那是什么情景?"勒缪尔问,"与失落的父亲相聚是何感受?"

"马格努斯是我们的救赎,"阿里曼颇为自豪地说,"我们与帝皇一同降临到星球地表,但我对于那场父子重逢几乎没有印象,因为我不得不忍受剧烈的痛苦,努力维持身躯的稳定。对于我们的军团而言,那是个黑暗而又喜悦的时刻。显然我们不可能继续前进,血肉异变已经夺走了太多战士,而我们却束手无策。就在陷入绝望的同时,我们也备感欢欣,因为我们终于和军团的基因原体相聚了。"

阿里曼记忆中的喜悦让勒缪尔微笑起来。第一学会的连长遥望着弗泰普金字塔,一种难以解读的表情在他脸上划过,就像一个有罪之人不敢去面对尘封的往事。

"在帝皇离开普罗斯佩罗的一天之内,军团中就有更多人遭受了异变。虽然我成功抵抗的时间比所有人都更长,但我同样屈服了。我的躯体开始反叛,我的力量狂乱无缚,我对那一天的记忆只有惊恐,因为我明白自己将要沦为某种怪物,与我们阔别泰拉之后亲手屠戮的诸多怪物无异。很快,我就必须像恶兽一样被了结性命。"

"在那之后,我记得脑海中出现了一个令人宽慰的声音,柔和而温润,我猜那就是一位父亲在安抚患病子女时的语调。黑暗将我笼罩,而等到我再次苏醒时,整个身躯竟已完好无损。血肉异变几乎将我们彻底毁灭,但我们终于夺回了对自己躯体的掌握。军团得到了救赎,但我在那一天没有感到丝毫的喜悦,因为我的一部分已然殒命。"

"你的孪生兄弟。"勒缪尔说。

"是的。我重获新生,但奥尔穆兹德死去了。血肉异变对他身躯的损毁太过严重,让他无法获救,"阿里曼说道,"我取来他的银制橡叶,嵌在了自己的盔甲上。我理应这样纪念他。"

"我再次深表同情。"勒缪尔说。

"没有人能够记起这个奇迹究竟是如何发生的，但我们确实活了下来，即便仅剩区区一千名战士。"

"正像军团的名称。"勒缪尔说。

"的确如此，"阿里曼同意道，"我们果真成了千子。"

勒缪尔皱起眉头说："等等，这讲不通。你们在到达普罗斯佩罗之前就已经叫作千子了，对吗？"

"是的。"

"为什么？"

"什么为什么？"

"为什么偏偏取这个名字？只有当马格努斯在普罗斯佩罗拯救你们之后，军团的名字才正合适，"勒缪尔说，"然而你们在此之前便已经名为千子。那么只有一千名幸存者难道仅仅是个惊人的巧合吗？"

"如今你的思维方式逐渐像一个实践者了，"阿里曼微笑着说，"我始终和你说，世上没有巧合。"

"你是什么意思？难道帝皇预见了你们将要遭受的苦难，也并且知道马格努斯会成功拯救你们之中的一千人？"

"或许吧。帝皇预见了很多事物，"阿里曼回答，但勒缪尔察觉到了他的搪塞，"是的，马格努斯拯救了我们，但他从未说过究竟是如何做到的。"

"这重要吗？"勒缪尔问，"他救了你们。这还不够吗？"

阿里曼仰望苍穹道："这尚未可知，但我认为这会是重要的。这会非常重要。"

虽然卡蜜尔很担心卡莉斯塔，但她实在太享受这场探险了，没法多想那位病榻上的朋友。她一大早从床上爬起来，和凯娅吻别，匆匆冲向与卡洛菲斯会面的地点，将卡莉斯塔·俄瑞斯抛诸脑后。卡蜜尔对此颇有负罪感，但还不至于让她错过这个探索普罗斯佩罗废土的绝妙机会。

卡洛菲斯的碟形速攻艇仅仅花费不到一个小时便将他们送达了那座城市的废墟，卡蜜尔原本有些失望，直到她得知这段旅程究竟有多长。提兹卡已经被远远抛在身后，卡蜜尔不禁猜想，大家为何依旧把提兹卡之外的领域视为"废土",因为简直没有更加离谱的称呼了。这里的风景远比她想象中葱郁,绵延的森林和宽广的平原一望无际,水晶般剔透的河水从山巅飞流直下,汇成一道道奔涌瀑布。

卡洛菲斯驾驶速攻艇的技术十分精妙,这让卡蜜尔颇为吃惊。她本以为对方会横冲直撞,毫无灵巧可言。他们跨越这片富饶大地的迅猛急速令人振奋,而得以探索普罗斯佩罗远古城市所带来的刺激感也正如她想象中那般完美。

卡蜜尔抬头望向那些焦黑的铁石高塔,它们的结构被绿植重重覆盖,在沿着峡谷袭来的寒风中轻轻摇摆。数百个枯骨般的钢架组成了某种网格状布局,遍布于山谷的入口区域,而她脚下的大地则像是破败的混凝土,被极具耐心的野草撑得四分五裂。

一堆堆碎石聚集在那些建筑脚下,似乎是被无情的自然之力所剥落的覆面或者地板。经过一整个上午和半个下午的探索,他们发现了一些尚且保有内部结构的建筑,但它们为数不多且颇为稀疏。

卡洛菲斯跟在她身后,看着卡蜜尔为那些建筑照相,将爆矢枪随意地挂在肩膀上。她已经收集到的照片足够装满一座图书馆了,但她所触碰过的事物尚未提供任何有趣的信息。

"你找到什么没有?"卡洛菲斯问道,"这些废墟很无聊。"

"还没有。"卡蜜尔说。

"我们该走了。这个峡谷最近有过噬灵蜂活动。"

勒缪尔曾经提起过噬灵蜂。它们听起来甚是丑恶,但有卡洛菲斯当保镖,她并不太担心。

"我们还不能走,"她说着俯身钻进一座颇为完好的建筑,阴影和衰朽在此回荡,"我至今碰过的物体都是机械制造的,缺乏记忆。它们对我一点用处都没有。这一间房子状况还不错,或许里面藏着什么有价值的物品。"

这座建筑的内部充满了潮湿荒废的气味,它的阴影如今是普罗斯佩罗废土中那些野生动物的家园。墙壁上的破洞让光线透射进来。灰尘悬浮在空气中,化作一个个随风飘荡的亮点。

卡蜜尔深吸一口气,在这浓郁霉味中尝到了尘封的岁月。历史蕴藏于此,她只要能找到某件曾经拥有一位鲜活主人的物品,便能解锁那些故事。

"这边。"她说着走向一道摇摇欲坠的铁制楼梯。

"那看起来不太安全。"卡洛菲斯审视着锈迹斑斑的扶手说道。

"你的关心让我很感动,"卡蜜尔说,"但它已经这样坚持了几千年。我想它可以再多撑一个下午,你说呢?"

"我不知道,我又不是工程师。"

卡蜜尔试图判断对方是否在开玩笑,但卡洛菲斯毫无变化的表情让她放弃了。

"好吧,"她转过身说,"我爬过不少快散架的楼梯,这个看起来没问题。"

她转回身,开始往上爬,暗暗盼望命运切莫拿自己开玩笑,不要把她埋在一摊破碎楼梯和尴尬处境里。很幸运的是,楼梯始终坚守岗位,只是在卡洛菲斯踏足时发出了令人紧张的尖锐呻吟。

上层结构和下面一样潦倒,那灰色的地板覆满了尘土、杂物和碎石。更高的楼层基本都坍塌了,整座建筑如同烟囱一般,只剩下残存的地板和梁柱孤悬半空。飞鸟在上方振翅,她听到了高处巢穴中双翼摩擦的轻柔声响。

"你指望在这里发现什么?"卡洛菲斯问,"一切都腐朽了。如果这里有什么值得研究的事物,你难道不觉得我们早就该找到了吗?"

卡蜜尔充满自信地朝他笑了笑。

"你们没法像我这样找。"她说道。

卡洛菲斯哼了一声:"你们这些记述者自从加入我们之后就没干过一件有用的事,送你过来简直是浪费时间,到现在我都没有看见任何特别的。"

卡蜜尔没搭理卡洛菲斯,继续在建筑的残骸中穿行,时不时停下脚步,在一片狼藉中搜寻任何可能有用的东西。某些貌似私人物品的碎片聚集在一堆,但它们和这片废墟一样毫无生机。

头顶突然有什么动静,一声动物嘶叫伴着石块的摩擦声响起。卡蜜尔抬起头,看见一道阴影闪过,那是一只因为她不断逼近而仓皇逃窜的惊鸟。她瞥向这座建筑的角落,发现了若干木棍和一块金属板,它们摆放得十分整齐,绝非偶然。

"你的盔甲上有灯吗?"卡蜜尔问道,"或者手电?"

"我有更好的。"卡洛菲斯饶有兴味地说。

他伸出手,让一团耀眼光球凭空出现。它比焊枪还要灼目,顿时用灿烂的光芒将这座废墟点亮。

"真厉害。"卡蜜尔眯起眼睛说。

"雕虫小技。为这种微不足道的事情施展力量简直是侮辱。"

"好吧,不过这有点太亮了。你能把它调暗一些吗?"

卡洛菲斯点点头,那光球变得暗淡,降至不影响卡蜜尔视力的亮度。光线所带来的强烈对比投下一块块漆黑阴影,也让这座建筑的衰朽状态暴露无遗。虽然这片废墟缺乏记忆,但卡蜜尔依旧为那个在她出生之前数千年就已悄然逝去的文明感到了一阵哀伤。

很多人在这里生老病死,终其一生都梦想着更加美好的岁月,日日辛勤劳作以供养家庭。如今他们皆为尘埃,已被全然遗忘,这让卡蜜尔颇为震撼。她绕过那道栅栏——那堆物品应该只有这一种功能——看到了若干具布满蛛网的骷髅,那些白骨被某种硬化胶质固结在一起。

"他们从未意识到一切都会被多么轻易地夺走。"她说道。

"什么?"

"那些昔日住在这里的人,"卡蜜尔说着跪在一具遗骸旁边,虽然她对骨骼并无研究,但从这具骷髅的大小来判断,其主人应当是一位男性,"我猜他们之中没有任何一个人在睡醒时想到:'今天就是世界末日了,我最好不要荒废时间。'"

她抬起头看着卡洛菲斯:"没有任何事物是永恒的,无论我们有何妄想。我猜这就是我今天学到的。"

"有些事物会历久弥新,"卡洛菲斯带着狂热者的笃信说道,"帝国。"

"我想你是对的。"卡蜜尔说,她不想与对方争论帝国的未来。

她摘下一只手套,谨慎地触摸那具骷髅,担心它会在一碰之下化作灰尘。这些遗骸尚未屈服于岁月的侵蚀,这简直就是个奇迹,不过那种硬化胶质似乎是它们保存完好的关键所在。

上方再次传来惊鸟的动静,但她忽略了那噪音,抚摸着死者坚硬的锁骨,并注意到颅盖脱落。它挂在头骨边上,就像一道从里面推开的铰链门。

她闭上眼,让那股熟悉的暖流从手掌涌入这具往昔的遗物。那种力量在她体内流转,她察觉到这具骨骸的逝去主人急切地想要将她拉进自己的生命里,并体会到亡者的情感如涌泉般席卷而来。

太晚了,卡蜜尔方才意识到其中充满了痛苦与疯狂。她试图抽回手,但那股血色湍流般的剧痛太过迅猛，焦灼痛楚如同一柄炽热的长枪，径直刺入她的思维。她不慎咬破了自己的舌头，鲜血立刻从嘴角涌出。卡蜜尔尖叫起来，那个人临终时的痛苦几乎要将她彻底撕裂。大快朵颐的白色蛆虫，支离破碎的同胞躯体，行将就木的至亲之人，这一幅幅恐怖图像烙印在她的脑海里。

她如同被电击一样咬紧牙关，剧烈抽搐，随着筋腱的扯动，她在一阵无声尖叫中张大了嘴巴。

这一切骤然结束。她察觉到一双巨手将她扯开，与亡者的情感联结立刻中断。淤青般的残影还在她视野中四处游移，那个人生命的最后时刻让卡蜜尔惊惧不已。她之前曾触碰过死者，并一向能够置身事外，然而这一次的感受无比恐怖而激烈，让她难以淡然忽视。她品尝到金属的腥味，啐出满口鲜血。

"我告诉过你，我们不该久留。"卡洛菲斯低吼道。

"什么？"她只能吐出这一句话，卡洛菲斯正居高临下地俯视她。一只厚重的钢铁手套攥着她的肩膀，另一只则包裹着跃动的橙红色火焰。

"噬灵蜂。"卡洛菲斯说，随即拽着她向楼梯走去。

卡蜜尔终于听见了，那胡蜂般的低沉嗡鸣，以及无数对翅膀的扇动声响，仿佛有一群猛禽轰然起飞。

第二十三章

火凤燎原
如果你死了
反光洞穴

"跑!"卡洛菲斯高喊,那狂乱的蜂鸣声越来越响。卡蜜尔抬头看到大批生有双翅的怪物从建筑废墟的黑暗角落中倾巢而出,组成一团变化不定的翻滚虫群。

恐慌将她的四肢彻底麻痹。

昆虫节肢的敲击鸣响沿着铁梁回荡,一群群噬灵蜂从建筑各处涌出,充满了无比狂热的异形饥渴。卡蜜尔能看到数百只长着钩足和尖喙的怪物,众多翅膀的蜂鸣与几丁质利螯闭合的声响愈发震耳。

她察觉到背后有动静,转过身去看见一只昆虫状的丑陋生物。它的分节躯体表面覆有光泽闪亮的外壳,六条纤细肢体上淌着令人反胃的胶质。它双翅扇动的速度肉眼难及,化作水面油滴般的模糊残影,并散发出腐肉的恶臭。那肿胀头颅的皱缩表面如同人类大脑一样,上面长有一对剃刀般的锋利双螯,以及一枚枚多面复眼,其中反射着她惊恐万分的倒影。

那生物猛扑过来,但它尚未碰到卡蜜尔就爆成了一个火团。焦黑的尸体撞在她胸口上,解离成炽热的灰烬。她尖叫起来,癫狂地将散发青烟的残骸从腿上扫掉,而卡洛菲斯则探过手来把她抱在臂弯中,如同一个成年人捡起幼童般轻松。

"我让你快跑,"他厉声说,"你们这些凡人从来不听话。"

卡洛菲斯向楼梯走去,但一群噬灵蜂从下方蔓延上来。

"该死的东西!"卡洛菲斯说着挥出空闲的手掌。一道红色火墙拔地而起,瞬间将那些生物吞噬。然而就在他解决了面前几只怪物的同时,更多噬灵蜂已经降落在头顶的梁柱和周围的碎石上。卡蜜尔数出了至少十二只。

那些怪物同时振翅而起,仿佛心念合一。它们俯冲下来,翅膀的尖鸣如同某种怪异战吼。

"你们以为这么简单？"卡洛菲斯怒吼道，一个个明亮火球凭空出现，如同旋动的火链般迅猛飞舞。噬灵蜂顿时嘶吼着止足不前，那些炽热的火团在它们的猎物周围编织出一张烈焰之网，但时时刻刻都有更多怪物出现。

卡洛菲斯把她放在地上说："站在我后面。一切都要听我的命令，这样你才能活下去。明白吗？"

卡蜜尔点点头，恐惧让她张口结舌。

阿斯塔特战士向最为密集的那群噬灵蜂投出一股烈焰洪流，让它们尖啸着化作灰烬。他左手斩落，用一柄火矛将那只胆敢俯冲下来的噬灵蜂洞穿。他右手探出，一波无形的热浪翻滚四散。十几只怪物同时爆炸，它们体内的分子被瞬间加热。

空气变得滚烫，卡蜜尔感觉自己的皮肤已经被周围的火盾烫伤。二次燃烧引发了一团团浓重黑烟。高温刺痛了她的眼睛，每一次呼吸都灼热难忍。

"我没法呼吸。"她喘息道。

卡洛菲斯瞥了她一眼："忍着。"

更多噬灵蜂扑向卡洛菲斯，但全都无法冲破他的烈焰护盾。卡蜜尔蜷缩在地上，用手捂住口鼻。她试图把呼吸放轻，但恐惧令她难以自控，她感觉自己的视野逐渐暗淡。

"求求你。"她用肺里最后的一丝氧气说道。

卡洛菲斯弯下腰将她拽起来。

"站着，"他说，"站在热霾内部，你就可以呼吸。"

卡蜜尔几乎站不住脚，但她感觉到高热瞬间消失，仿佛一间冷藏室的大门刚刚打开。她贪婪地大口吸入凉爽的空气，在周围看到一层朦胧波纹。烈焰与黑烟在这热霾之外无情肆虐，卡洛菲斯的力量吞噬着附近的一切可燃物。但卡蜜尔毫发无损，仿佛是被密封在一个彻底隔热的气泡里。

卡洛菲斯被噬灵蜂重重包围，如同一位狂暴的角斗士般孤身奋战。敌人疯狂赴死，似乎无穷无尽。

"燃烧吧，你们这些怪物！"卡洛菲斯吼道，他继续运用火焰洪流、炽热标枪与高温波浪展开杀戮。卡蜜尔虽然惊惧万分，却依旧能听出对方声音中的勉强。火凤学派的力量让人叹为观止，但绝非全无损耗。

伴随每一次灵能力量的施放，那些怪物的攻势就愈发癫狂。

她努力回想勒缪尔对噬灵蜂的描述，却只记得它们会将卵植入人类的身体进行繁殖。一个信息突然跃入她的脑海，让卡蜜尔在这高热中依旧脊背发凉。

"你的力量！"她大喊，"它们是被你的力量吸引来的！它们为之疯狂。你必须停下来！"

卡洛菲斯手上延伸出来一柄闪耀火刃，将十几只噬灵蜂从半空斩落。借助这短暂的喘息之机，他转过身来，脸上大汗淋漓，深陷的双眼流露着疲惫。

"火焰是让我们活到现在的唯一原因！"他喊道，同时挥动火刃逼退了三只迫近的怪物。

"如果你不停下来的话，它会要了我们的命！"

一只嘶叫不已的噬灵蜂降落在倒塌墙壁的残骸上，它的肿胀躯体滴着黏液，一根长长的刺钉从怪物尾部伸出。卡蜜尔尖叫一声，眼看着它扑向卡洛菲斯。

"你身后！"她喊道。

卡洛菲斯单膝跪地，转头扫视那个怪物，在眨眼间将其焚化。但众多怪物随即包围过来，它们的直立尾钉上布满了凶恶的倒刺。不用管什么虫卵了，如果被捅上一下的话，卡蜜尔在成为孵化器之前早就死了。

卡洛菲斯低吼一声，那柄火刃消于无形。他举起爆矢枪，拉动枪栓，将三发连射送进那群噬灵蜂中。

"回到台阶去！"卡洛菲斯一边走一边开火，"如果我们能回到速攻艇里就安全了。"

卡蜜尔点点头，努力跟上那个战士，她周围的隔热护盾也消失了。

整个楼层已经陷入火海，遍地都是一摊摊熔化的钢铁与解离的尸骸。烟尘再次灼烧她的肺部，让她猛咳起来。一只全身燃烧的噬灵蜂撞上卡洛菲斯，让那位高大战士趔趄了一下。他将那怪物扇开，然而这短暂的分神让他手中爆矢枪的发射略有停顿。

三只噬灵蜂立刻扑了上来，用尾钉刺向卡洛菲斯的盔甲。其中两根被折断，但第三根穿透了他胸甲下方的盘卷缆线，狠狠扎进腰部。他闷哼一声，举拳把那怪物砸扁。他的爆矢枪重新轰鸣起来，一只只噬灵蜂如同训练假人般炸成碎片。

卡洛菲斯娴熟地更换弹夹，朝不断逼近的敌人发射出新一轮子弹。烈焰已经吞噬了整座建筑，随着梁柱被无法承受的高热所熔化，卡蜜尔感觉脚下的地板开始倾斜。翅膀的蜂鸣几乎要被火焰的爆响与建筑的呻吟所遮盖。

"台阶！"她大喊。

通往下方的道路已经化作一片火海，那摇摇欲坠的铁制楼梯早已红热熔融。这条路走不通了。

卡洛菲斯同时也看到了，他摇摇头，仿佛是反感她的脆弱。

"抓住！"他说着收起爆矢枪，把卡蜜尔扛在肩上。

噬灵蜂一拥而上，但卡洛菲斯动作更快。他低下头，如同活体攻城锤般冲过火焰。一只只噬灵蜂撞向他，其中一些砸在盔甲上粉身碎骨，另一些则将长长的尾钉刺进他的躯体。扎入肩甲的一根利刺割破了卡蜜尔的腰，让她痛苦地大叫一声。她抬起头来，恰好看到卡洛菲斯埋头奔向一道舞动火墙。他纵身一跃，卡蜜尔则尖叫起来。

灼人的烈焰包围着她，但卡洛菲斯最后一次施展了他的力量，让那火墙如同舞台幕布般向两旁揭开。

随后他们开始坠落。大地扑面而来，让卡蜜尔紧紧闭上眼睛。卡洛菲斯屈膝落地，毫不停歇地继续前进，仿佛那穿过火墙的迅猛飞跃不值一提。两人落地时，卡蜜尔感觉到盔甲的冲撞让自己断了一根肋骨，但她咬紧牙关忍耐下来。卡洛菲斯继续奔跑，一头撞碎了通向外面的低矮门廊，让碎石与尘埃四下横飞。他单手举起爆矢枪朝身后开火。异形的凄厉尖鸣告诉卡蜜尔，每一发子弹都夺取了一条性命。无论她之前如何看待卡洛菲斯，这都是一位能力超群的战士。

卡蜜尔将甘美的新鲜空气抽进肺里，她的视野几乎顿时变得清晰，呼吸也更加轻松。

噬灵蜂从那废墟中汹涌而出。破碎的窗棂喷吐着黑烟，跃动的火焰舔舐整座建筑。伴随承重结构不断熔化，它开始倾斜颤抖。脱落的砖石从上层翻滚而下。

卡洛菲斯毫不怜香惜玉地把卡蜜尔从肩头甩下来，她咬牙忍住那断裂肋骨相互摩擦所引发的剧痛。

"进去。"卡洛菲斯命令道，她回头看见了那艘碟形速攻艇的亲切轮廓。

卡洛菲斯把爆矢枪扔进去，爬上驾驶座。

卡蜜尔扶着速攻艇的排气管把自己拽起来，痛苦地打开乘客舱门，它的引擎在一阵尖啸中启动。

汹涌而来的噬灵蜂几乎要将他们包围了，那狂乱的翅膀扇动声震耳欲聋。冲在最前面的怪物距离他们只有不到二十米。

"快走，王座在上，快走！"卡蜜尔把自己拖进速攻艇。

"你进来了吗？"卡洛菲斯喝问道。

"进来了。"她说着便倒在座位里，将安全带扯到身上。引擎的尖啸立刻提升了一个调门，速攻艇一跃而出，那凶猛的加速度让她的脑袋撞在了内舱上。她一直紧闭着眼睛，屏息凝神地熬过那漫长的几秒。

引擎的嘶吼变得低沉，卡洛菲斯的声音从通信器里传来。

"我们安全了，"他说道，"你还好吗？"

痛苦让卡蜜尔只想报以尖吼。

但她仅仅啐出一口鲜血，点点头。

"我想是的，"她回答，"我觉得我断了一根肋骨，我的肺就像是吸了一加仑的焦油，我的脑袋疼得要裂开了，这要多谢你的那脚油门，不过我还活着。"

"好，"卡洛菲斯说，"活着就行。"

"你的关切真让我感动，"她回应道，随后又说，"不过谢谢你救了我的命。"

卡洛菲斯没有搭理她，两人在充满痛苦的寂静中度过了返回提兹卡的旅程。

监护室充满了柔和的嗡鸣。卡莉斯塔躺在床上，闭着眼睛，胸膛在规律的呼吸中起起伏伏。她的皮肤暗淡泛灰，缺乏光泽。她的头发被剃掉了，勒缪尔只能坐在床边握着朋友的手，他盼望自己可以多帮些忙。

他和卡蜜尔一直轮流陪伴卡莉斯塔，但此刻勒缪尔已经在这里待了将近四十八个小时，他逐渐感觉眼皮沉得像铅一样。一排核桃形状的机器在卡莉斯塔床边吱喳鸣叫，上面满是金色的按钮与显示屏。一根根卷曲的铜线从那些机器侧面的插口延伸出来，附着在她的头颅上，噼啪作响的球体则在机器顶端轻吟不已。

卡莉斯塔睁开眼睛，虚弱地朝他笑了笑。

"你好啊，勒缪尔。"她的声音如同枯叶的脚步。

"你好，亲爱的，"勒缪尔回答，"你气色不错。"

她想笑，但最终只能痛苦地皱起眉头。

"抱歉，"勒缪尔说，"我不该逗你，你的肌肉都很疲劳。"

"我在哪儿？"

"医疗金字塔的神经科，"勒缪尔说，"在那件事发生之后，这里似乎是最合理的目的地。"

"究竟是怎么了？我又发作了吗？"

"恐怕是的。我们试着把药给你，但已经太晚了。"勒缪尔说道，至于卡莉斯塔在癫狂状态中对自己说的那些话，他决定缄口不提。

卡莉斯塔抬起手抚摸手背上的插管，并顺着延伸出来的透明软管和监控缆线上行，一直触摸到自己的额头。她皱着眉，轻轻探索着脑袋上的发茬和黄铜接点。

"啊对了，抱歉，你的头发，"勒缪尔说，"为了安装那些接点，他们必须把你的头发剃掉。"

"为什么？这些是干什么的？"

"是安库·埃南从黑鸦学派圣殿带来的。我问过他这些是干什么的，他一开始有点不愿意说，但最后还是告诉我，这是用来监测你脑袋里的以太活动并压制任何侵扰的。至今为止它们似乎还挺有用。"

卡莉斯塔点点头，扫视周围。

"我在这里多久了？"

勒缪尔揉了揉下巴说："我的胡子说有三天了。"

卡莉斯塔微笑着坐起身。勒缪尔给她倒了些水，她一饮而尽。

"谢谢你，勒缪尔。你是个很棒的朋友。"

"我尽己所能，亲爱的，"他说道，"你还记得当时看到了什么吗？我之所以问，只是因为安库·埃南觉得这可能挺重要。"

卡莉斯塔咬着嘴唇，勒缪尔看到了那种恐惧神色，就像当时在沃萨尼餐厅里一样。

"记得一些，"她说道，"我看到了提兹卡，但不是我们眼中的模样。没有阳光，只有火光。"

"火光?"

"是的,整座城市都在燃烧,"卡莉斯塔说,"它被夷为平地。"

"被谁?"

"我不知道,但我在雷云里看到了一头凶兽的影子,我能听到来自远方的嚎叫,"卡莉斯塔说,她脸上淌着泪水,"一切都在燃烧,玻璃像雨点一样洒落。每一块裂片都像是破碎的镜子,里面有一枚独眼的影像在凝视我。"

"真是不一般。"勒缪尔说着握住朋友的手,轻柔抚摸她的臂膀。

"那可怕极了,而且我不是第一次看到这些。上次我还认不出提兹卡,但这次我已经来到这里,我确定那就是同一幅景象。"

一个念头突然在卡莉斯塔脑海里浮现,她问道:"勒缪尔,我这次写了什么吗?"

他点点头。

"是的,"勒缪尔说,"但没人能看懂,安库·埃南正在试图解读。"

卡莉斯塔闭上眼,擦干了泪水。她颤抖着深吸一口气,随后微笑起来,与此同时勒缪尔身后的房门打开了。他转过身去,看到一位身材高大的军官迈步走入,对方穿着普罗斯佩罗尖塔守卫的制服。此人非常英俊,面庞黝黑,下巴棱角分明,简直就是赫克托耳或者阿基里斯般的英雄形象。

因为这一点,勒缪尔几乎瞬间就对他产生了反感。

那人赤红的制服外套没有一丝褶皱,上面装饰着黄铜扣子、金质扣环和无数锃亮奖章。一顶银色头盔夹在他臂弯里,腰间则挂着一柄修长弯刀和闪亮激光手枪。

"索克姆。"卡莉斯塔亲切地笑着说。

那个士兵向勒缪尔点头示意。他伸出手说道:"索克姆·维萨拉连长,先生。普罗斯佩罗15号突击步兵团。"

勒缪尔握住对方的手,维萨拉的力道让他不禁皱起眉头。

"勒缪尔·高蒙,记述者,28号远征队。"

"很荣幸,"维萨拉说道,"卡莉和我讲过你们的友谊,我感谢你,先生。"

勒缪尔发觉自己对维萨拉的反感在对方的迷人笑容与天生魅力面前迅速消解。他挤出一个微笑,明白自己不需要留在这里了。

"很高兴认识你,维萨拉连长,"他说着拿上外套站起身,"我先走了。"

他轻轻抬起卡莉斯塔的手吻了一下："我回头再来看你，亲爱的。"

卡莉斯塔突然攥住勒缪尔的肩膀把他拉近，急迫地向他低语。

"我想离开普罗斯佩罗，"她说，"我不能留在这里。我们谁都不能。"

"什么？不，亲爱的，你现在哪儿也不能去。"

"你不明白，勒缪尔。这个世界厄运临头了，我看到了它的垂死挣扎。"

"你不能确定自己究竟看到了什么。"勒缪尔直起身说。

"我确定，"她说，"我知道那是什么。"

"我不能走，"勒缪尔说，"我还要从千子这里学习很多知识。"

"如果你死了，就什么也学不到了。"卡莉斯塔说。

勒缪尔让卡莉斯塔和维萨拉连长独处，自己离开了神经科。虽然他对卡莉斯塔的感情只是友谊，但他依旧必须承认，那位英俊的追求者让自己颇为嫉妒。

他意识到这个念头是多么愚蠢，不禁微笑起来。

"你是个无可救药的浪漫主义者，勒缪尔·高蒙，"他说道，"你肯定要栽在这上面。"

当他走向出口的时候，前方的一道门突然打开，一位仿佛刚从战区归来的阿斯塔特迈步而出，勒缪尔的好心情顿时灰飞烟灭。那战士的盔甲表面有一处处焦黑，肩甲和腿甲上扎着无数根尖刺。他认出那是卡洛菲斯，但把勒缪尔钉在原地的并非那位战士的狼狈外观。

卡洛菲斯怀里抱着卡蜜尔，她看起来糟透了。

她的头发和衣服上糊着血块。她皮肤通红，一只手捂着胸口侧面，伴随卡洛菲斯的每个脚步都发出痛苦的喘息。

"卡蜜尔！"勒缪尔向她冲过去，"发生什么事了？"

"勒缪尔，"她抽泣着说，"我们被攻击了。"

"什么？"勒缪尔抬头看着高大的卡洛菲斯问道，"被谁攻击？"

"别挡道，凡人。"卡洛菲斯说着从勒缪尔身边走开。

勒缪尔转过身，一路小跑跟上那位战士的步伐。

"告诉我发生什么了。"他说。

"她坚持要探索那些古代遗迹，即便我警告过她那很危险，我们惊扰了一群噬灵蜂。"

普罗斯佩罗灵能猎食者的名字让勒缪尔全身冰冷。

"王座啊，不！"他说着挡在卡洛菲斯面前。那个阿斯塔特居高临下地怒视着他，勒缪尔觉得对方要从自己身上践踏过去了。

"卡蜜尔，听我说。"勒缪尔拉起对方的眼睑。她的瞳孔扩散得很厉害，几乎完全是黑色。他不知道这究竟是好是坏："你感觉怎么样？"

"像是被一辆兰德掠夺者碾了，"她厉声说，"还有其他的蠢问题吗？"

"你的脑袋呢？"他缓慢而清晰地问道，"你头疼吗？"

"当然了。多谢卡洛菲斯，我这辈子都没吸过那么多烟。"

"不，我的意思是……你有什么特殊的感觉吗？"勒缪尔问道，他努力措词，"你的头疼有没有，怎么说呢，有没有显得奇怪？"

"我不确定，"卡蜜尔逐渐察觉到了他的惊慌，"怎么了？我有什么毛病？"

勒缪尔忽略了她的问题，直接向卡洛菲斯说道："马上把卡蜜尔送到监护室，再去找阿里曼大人。快！我们没时间了！"

反光洞穴充斥光芒，点点繁星般的灵魂之光闪烁跃动，一千名仆从站在能量线的交汇点上，手中捧着精雕细琢的水晶。这个足有数千米宽的巨型水晶洞穴位于提兹卡正下方约一公里的位置，布满钟乳石柱的洞顶回荡着轻柔铃声。

朦胧萤火在周围舞动，反射着仆从手中的光芒，照映出洞穴中央的那架设备和一个个人影。

一架修长的青铜仪器从洞顶中心点延伸下来，恰似一支巨大的望远镜。它的表面铭刻着众多神秘符记和一道道银色纹路，这青铜机械的顶端则嵌着一个直径整整三米的绿色水晶球，通体光洁无瑕。

赤红的马格努斯矗立在仪器下方，透过水晶球凝视着秘眼广场上方的夜空。他全身仅着片缕，涂了油膏的闪亮皮肤裸露在外。

阿里曼看着阿蒙用混合了檀香和茉莉的安息香油按摩马格努斯的躯体。乌希扎尔用一柄骨制小刀抹去多余的油膏，奥拉麦格玛则举着一个青烟四散的香炉，让周围充满了梅花香气。菲尔·托伦站在阿里曼身旁，他的肢体语言显得紧绷而尴尬。

当军团跟随马格努斯离开家园世界时，唯独菲尔·托伦的第七学会留在普罗斯佩罗度过了伟大远征的大部分时光，并因此错过诸多重要发现。他麾下的战士迅速接受了新的知识，但要让他们完全吸纳、适应尚需时日。

　　"这些有必要吗？"托伦问道，他所指的是摆放在那架青铜仪器下方的若干怪异物品。一块状如祭坛的白色四方石板上挂着一条磁化的沉重铁链。石板周围的每个交汇点各有一块凹面镜，诸多仆从手中那些水晶的光芒便在此聚焦。五个同心圆围绕着祭坛，靠外的四个圆环内部刻着未知的字符，阿里曼每次试图解读它们的时候口中都泛起一股酸楚味道。

　　"原体吩咐我们这样做，"阿里曼说，"他苦心钻研许久，找到了这项必不可少的仪式，可以将他的光之躯体投射到半个银河之外。"

　　"这在我看来像是不洁的祭祀。"托伦说。

　　"绝非如此，"阿里曼向他保证，"我们在离开普罗斯佩罗之后学到了很多，托伦，目前还有一些事情是你尚未完全理解的。如果我们想要拯救荷鲁斯的话，这就必不可少。"

　　"但为何在此，为何要隐藏在一座洞穴里？"

　　"想想你所学的历史吧，"阿里曼说，"最早的神秘仪式便是在洞穴中举行。我们是马格努斯的学徒，事成之后，我们将踏入群星之光，在高尚理念中重获新生。这你明白吗？"

　　托伦略一躬身，他被阿里曼灵气中爆发的以太闪光所惊吓："当然，阿里曼大人。这一切对我而言都还很陌生。"

　　"这是自然，请原谅我的暴躁，"阿里曼说，"来吧，时间到了。"

　　他们迈步上前，站在后方的仆从们将白色长袍披在他们的盔甲之外，又在腰部系上一条纤细的金链。阿里曼接过一项由马鞭草叶编成的冠冕，其中嵌着一条银索，而托伦则收到一把以黑曜石为柄，纯银为刃的闪亮仪式匕首。

　　他们一同走到马格努斯身旁，乌希扎尔随即向后退开，从仆从手中拿过一顶铁制灯笼。阿蒙用丝绸擦干手上的油膏，为马格努斯披上一袭白衣，随后提起炭炉，里面散发着桧木和桂枝的气味。

　　"你的躯体已经涂油完毕，大人，"阿蒙说，"你洁净无瑕。"

　　马格努斯点点头，转向阿里曼。

　　"猩红君王需索冠冕。"他说道。

阿里曼走向马格努斯，他能感觉到主人皮肤上散发的滚滚炽热，以及原体身躯中翻滚的诸般力量。马格努斯低下头，阿里曼将马鞭草皇冠安放在对方的额头上，让那条银索搭在他耳边。

"谢谢，吾儿。"马格努斯说道，他的眼睛里闪动着紫罗兰色的火焰与栗色的斑点。

"大人。"阿里曼躬身回应。他从马格努斯面前退开，转身接过一本厚重的典籍，那暗淡的皮质封面以金线订装。一枚铁制护身符静静躺在书页的交汇处，表面雕绘着一轮新月映衬下的咆哮狼首。

这便是《马格努斯之书》，其中蕴藏着无比深厚的智慧，萃取自马哈瓦斯图·卡里马库斯在漫长岁月中如同傀儡般效忠千子时所书写的一切。能够目睹它已是一份荣誉，而得以亲手触碰它并且阅读其中的奥秘，这简直是阿里曼毕生的梦想成真。

纵然他刚刚斥责了菲尔·托伦，阿里曼却也暗自猜想同僚的不安是否确有根据。马格努斯要求他们举行的仪式，与军团在伟大远征的光辉岁月中亲手摧毁的诸多愚昧行径颇为相近。

"我们是否意愿合一？"马格努斯问道，"若非团结一致，我们绝难前进。在场众人的和谐至关重要，皆因你我今日之举承载无上至宝：人类之灵魂。"

"吾等团结一致。"连长们齐声回答。

"我们的工作始于黑暗，终于光明，"马格努斯继续说，"我的形态需要回归其原初组分的混沌状态，而整体必将比零散更加强大。今日伟业是我们在掌握自身命运上所做出的最为坚决的努力。正是通过这样的工作，我们证明自己绝不甘于扮演那伟大棋盘上的无脑走卒，而是要遵照自己的意愿前行。人类将执掌潮汐，不再随波逐流。鲜有人勇于挑战那无情的银河，但我们是千子，我们无所畏惧。"

马格努斯向奥拉麦格玛点点头，后者转向那块白色石板，同时一千名仆从开始吟唱令人费解的单调音，他们手中水晶所发出的光芒一齐脉动，仿佛是整座洞穴的心跳。

奥拉麦格玛走到石板前面，举着香炉开始向右绕行，营造出一道由熏香组成的圆环。阿里曼跟随在他身后，念诵着《马格努斯之书》里的神秘字句，他能品尝到其中蕴含的深厚力量。

菲尔·托伦紧紧跟随，他用双手将那柄仪式短刃举在前方，随后而来的是乌希扎尔，他手提一顶未点亮的灯笼。走在最后面的是阿蒙，他覆有盔甲的手中捧着那炽热的炭炉。这五位马格努斯的子嗣在白色石板周围绕行了九圈之后站定，马格努斯随后来到他们中间。

千子的原体躺在那祭坛上，白色长袍从两边倾泻而下。阿里曼继续诵读着《马格努斯之书》，乌希扎尔则借助阿蒙的炭炉，用一支蜡烛点亮了手中的灯笼。奥拉麦格玛高举香炉，菲尔·托伦迈上前来，站在马格努斯身旁。

阿里曼看到一束束以太能量从那些仆从手捧的水晶里奔涌而出，化作脉动光芒汇聚到千子周围。顷刻之间，整座洞穴的地面便被烟雾般的朦胧微光所淹没，那些仆从的生命精华融为一体，急切寻找着释放能量的方式。这光芒被几面镜子所收集，聚焦在马格努斯的躯体上，让他全身泛起一层幽灵般的光晕。

"时候到了，阿泽克，"马格努斯说，"把月狼给我。"

阿里曼点点头，拾起那枚铁制护身符。新月图案在洞穴光芒的映照下泛着银光，巨狼徽记的利齿如同冰锥般闪亮。他将护身符放进马格努斯掌中，把链子缠在对方手指上。

"这是狼神荷鲁斯在巴克恩交给我的，"马格努斯说道，"这曾经是他盔甲的饰品，恰巧被一发流弹从肩甲上打了下来。作为那场战争的纪念品，荷鲁斯把它送给了我，还开玩笑说它会引导我度过黑暗。他在那时就已经颇为自负。"

"我们很快就会知道他是否说对了。"阿里曼说。

"的确如此。"马格努斯说着闭上眼睛，将那枚护身符握在掌中。随着他将注意力集中在兄弟亲情上，原体的呼吸变得愈发缓慢而微弱。刹那间，一片逐渐扩散的血迹浮现在马格努斯肩头，他痛苦地呻吟起来。

"以浩瀚之洋的名义，那是什么？"菲尔·托伦喊道。

"一处同感损伤，"阿蒙说，"或者是余波，抑或圣痕，随你怎么称呼。我们的时间显然不多了，战帅已经受伤。"

"托伦，"阿里曼嘶声道，"你明白自己的角色。履行你对原体的职责。"

那柄仪式匕首在菲尔·托伦掌中颤动起来，随即旋转着飘浮到空中，最终悬停于原体心脏的正上方。那顶马鞭草皇冠中的银链自动解开，沿着祭坛边缘滑行下去，与那条磁化的铁链交缠在一起。

"我会在浩瀚之洋中遨游九天，"马格努斯紧咬牙关说，阿里曼备感震惊。如此漫长的旅行前所未见，"无论发生什么，不要切断我与以太的联结。"

围绕在马格努斯身边的五名战士交换着忧虑的目光，但都没有开口。

"你们绝不可松懈，"马格努斯叮嘱道，"继续吧，否则一切都白费了。"

阿里曼垂下目光继续诵读，他丝毫看不懂那些文字，也不明白自己如何知道它们的读音，却依旧高声念诵下去。他的声音愈发洪亮，与那些仆从的吟唱交相呼应。

"就是现在，托伦！"马格努斯喊道，那柄仪式匕首应声刺下，轻易捅进原体的胸膛。一蓬熠熠闪亮的鲜血如花朵般从伤口绽放。顿时，洞穴中的旋动光芒找到了一个出口，炽热的白色光束从镜子里喷薄而出，一同涌入仪式匕首的刀柄。

马格努斯弓起身躯，发出一声可怕的呼吼。他骤然睁开眼睛，里面没有瞳孔或是虹膜，只有无数种超乎想象的色彩。

"荷鲁斯，我的兄弟！"马格努斯喊道，他的浑厚嗓音中承载着那一千个推动他飞升的灵魂，"我来了！"

一个天使般的可畏形体伴着灼目光芒从马格努斯的身躯上冲天而起。

第二十四章

她是我的一切
不计代价
代价

勒缪尔已经担心得要疯了。卡蜜尔时日无多,他却找不到阿里曼。有着美妙开端的一周在几天之内就变得糟糕透顶。他最亲近的两位朋友生命垂危,另外一人则始终落在某位冷漠主人手里,身心饱受折磨。

情况迅速失去控制,他曾经执意向千子学习诸般奥秘,而这个伟大构想如今也变得虚无缥缈。他的确学到了很多,但如果丝毫无法保住至亲至近之人,那么再多的力量又有何意义?

他已经为逝去的挚爱落下了太多泪水,他不会再为此哭泣了。

卡蜜尔的病床与卡莉斯塔的很相似,只不过她脑袋上并没有连接各种仪器。破损和擦伤都被处理过了,她肺里的灰尘与金属碎屑被清除干净。她腰部的伤口也得到了治疗,医生宣布卡蜜尔的身体已经恢复健康,并给她开了强效镇痛药,以及卧床休息三天的医嘱。

勒缪尔回想起阿里曼讲述的内容,不禁担心卡蜜尔恐怕没有三天时间了。

他曾央求卡洛菲斯去找阿里曼,得到的回应却是阿里曼"与原体在一起",不能被打扰。勒缪尔的生物钟已经完全混乱,他只能猜测现在大约是清晨。他扫了一眼护士站上方的钟表,方才意识到自从卡洛菲斯把卡蜜尔带回来已经过去了十个小时。

阿里曼依旧没有现身,他甚至丝毫没有回应勒缪尔的求助。

当他回到卡蜜尔的房间时,勒缪尔发现一位皮肤黝黑的美丽女士正坐在朋友床边,握着她的手,用一块毛巾擦拭她的额头。那位女士的优雅体形让勒缪尔意识到,这是一位普罗斯佩罗本地人。

"凯娅?"他开口问道。

那女人点点头,向他报以一个紧张的微笑说:"你一定是勒缪尔了。"

"是的，"他说着绕过病床，握住凯娅的手，"我们能出去谈谈吗？"

凯娅看了看卡蜜尔说："如果你要说的话与卡蜜尔的健康有关，我想你应该最先告诉她，不是吗？"

"通常情况下，我会同意你的看法，"勒缪尔说，"但我最好的两位朋友都住在这里，我一贯的好脾气已经快用完了，所以麻烦你听我的。"

"没事的，勒缪尔，"卡蜜尔说，"你了解我，如果有什么消息的话，我宁愿第一个听到。你有什么就说什么吧。"

勒缪尔咽了咽口水。要向卡蜜尔的情人袒露自己的担忧已经够困难了，要面对面地把这些告诉卡蜜尔本人简直让他无从开口。

"我跟你提起过那些噬灵蜂，它们似乎会用一些比较特殊的方式来产卵。"

卡蜜尔露出微笑，她脸上的肌肉放松下来。

"没事的，"她说道，"它们没有刺到我。卡洛菲斯一直在保护我。说起来，你倒是该去看看，他是不是要当妈妈了。"

勒缪尔坐在床边，摇摇头。"它们不是那样繁殖的，卡蜜尔。我刚才说过，那是一种很特殊的方式……"

他解释了阿里曼所讲述的噬灵蜂繁殖习性，同时强调自己并不确定卡蜜尔是否真的有任何危险。凯娅的表情告诉勒缪尔，他没有成功。

"你认为这才是头痛的原因？"凯娅问道。

"或许是吧，"勒缪尔说，"我不知道。希望不是。"

"你希望不是？这算什么回答？"卡蜜尔厉声道，"见鬼，快给我做个脑部扫描之类的！如果我脑袋里有异形虫卵的话，我当然想知道了。"

勒缪尔点点头说："没问题。我去想想办法。"

"不，"凯娅说，"我去吧。我在千子军团里有些朋友。我去更好。"

"行，行，"勒缪尔点点头，"有道理。很好，那我就……我就在这儿等着吧？"

凯娅俯身轻吻卡蜜尔。

"我尽快回来。"她说道，随后走出病房。如今勒缪尔单独与卡蜜尔相处，他坐下来，挤出一个虚弱的笑容，双手交握放在腿上。

"我恐怕永远也当不了医生，是吧？"

"就凭这种医护态度？恐怕是没戏了。"

"你的脑袋到底怎么样？"

"还是疼。"

"噢。"

"卡洛菲斯的速攻艇确实很颠。我磕在座位上那一下挺狠的。"

"那肯定就只是因为这个了。"勒缪尔说。

"骗子。"

"好吧,"他忍耐不住了,"你到底想让我说什么?说异形虫子要在你脑袋里孵化,把你的脑子生吞了?抱歉,我说不出这样的话。"

卡蜜尔默默地看了他一阵。

"嗯,医护态度确实需要加强。"她说。

对方的强颜欢笑让勒缪尔心中的堤坝骤然崩塌,他捂住脸痛哭起来。泪水滚滚而下,他的胸膛在抽泣中剧烈起伏。

卡蜜尔坐起身来。

"嘿,不好意思,勒缪尔,不过躺在病床上的人是我哎。"她柔声说。

"对不起,"勒缪尔最终开口道,"你和卡莉斯塔,我受不了。我不能失去你们两个,我不能。"

"你绝对不会的,"卡蜜尔说,"我们会搞定这些。如果我的脑袋需要修理一下,这里应该是最理想的地方了,不是吗?"

勒缪尔用袖子抹了抹眼睛,微笑起来。

"我猜是吧。你很勇敢,知道吗?"

"我现在的药劲确实挺大的,所以这恐怕不全是我的功劳。"

"你比自己想象中更勇敢,"勒缪尔说,"这很重要。相信我,我知道。"

"嗯,我和卡莉会没事的,你等着瞧吧。"卡蜜尔说。

"是啊,"勒缪尔苦涩地说,"我也只会坐等。"

卡蜜尔探出臂膀,握住他的手,缓缓闭上眼睛。

"不,"她开口说道,"不是那样的,对吗?你尽了一切可能去救她。"

勒缪尔把手抽开。

"别这样。求求你。"

"没事的,"卡蜜尔说,"给我讲讲玛丽卡。"

勒缪尔一开始很迟疑,因为他已经有很多年没有向旁人提及玛丽卡了。

那些与悲伤拧成一股的话语让他难以启齿，但他依旧磕磕绊绊地讲了下去，为卡蜜尔描述那位世界上最聪明、最美丽的女人。

她的名字是玛丽卡，他们在一场募捐晚宴上初次相见，当时僧伽地区的领主想要筹集资金，从安娜托利亚半岛购买一整座采石场的普罗科尼苏斯大理石，全部捐赠给帝国石匠工会。时任工会主席的瓦杜克·辛格作出承诺，他将为取材自这批石料的雕像选取一个上乘位置，甚至有可能是帝皇授勋场，还有传言说，负责这项工作的雕刻家居然是奥斯坦·德雷福尔。

这一切都要花钱，因此整个地区最富有的居民们被召集起来，借助财政手段表现他们的忠诚。勒缪尔是个富人，名下有一座豪华宅邸，这与他的商业头脑密不可分，但也要归功于阅读旁人灵气从而辨别真伪的能力。他的资产遍布莫巴伊地区，同时也左右逢源，因为勒缪尔把很多财富都花在了慈善事业上。

玛丽卡是僧伽地区领主的女儿，他们两人伴着点点繁星与一瓶棕榈酒坠入爱河。第二年他们就结婚了，那场奢靡婚礼的巨量花销要远远超过勒缪尔名下土地上很多家庭的全年收入。勒缪尔从未如此幸福，在他讲述那段婚姻的头七年时，他的面庞被美好回忆的金色光辉所点亮。

玛丽卡身体抱恙的最初征兆是严重的偏头痛，以及无法解释的昏厥和短期失忆。医生作出诊断之后开了镇痛药并嘱咐卧床休息，但这些丝毫没有减轻她的症状。他们寻求了全北非地区最好的医生前来诊治，最终发现玛丽卡罹患了一种极具侵略性的星形细胞瘤，那是一种很难治疗的恶性脑部肿瘤。

单纯的手术无法控制那个肿瘤，因为癌细胞已经扩散到她的全脑。在多次手术之后，医生们尝试采用放疗和强效化疗来抑制肿瘤的生长，但他们告诉勒缪尔，玛丽卡病情的异质性导致其难以妥善处置。据他们说，每当一种细胞被消灭之后，总会有蛰伏的其他种类来填补空缺，继续摧毁玛丽卡的大脑。

勒缪尔眼睁睁地看着妻子日渐凋零，却束手无策。他痛恨这种绝望感，继而剑走偏锋，开始为她寻找各种奇异的治疗方式，无论其成功的可能性多么渺茫。对勒缪尔而言，没有任何手段是过于荒谬的，因为他愿意尝试一切来拯救爱妻。

任何机会总比没有好。

勒缪尔雇佣的顺势疗法和自然疗法专家开展了全方位的草药治疗，而阿育吠陀的信徒则着重神智与心灵的安稳。气功、针灸、呼吸控制法、催眠和分子矫正疗法都被尝试过，但皆无成效。

勒缪尔拒绝放弃。种种研究将他引向了深奥知识的遥远角落，他发掘出的很多文本都描述着超乎人类想象的种种力量。那些典籍中记录的各类能力有些与勒缪尔的天赋类似，另一些则能够治愈病人，复活亡者，或是召唤诸般邪异力量。

这不重要。他会用一切手段来拯救他的妻子。

玛丽卡央求他就此停手，勒缪尔却置若罔闻。爱妻已经坦然接受了迫近的死亡，但勒缪尔做不到。他哭泣着告诉卡蜜尔，玛丽卡是如何孤身站在阳台上，目送勒缪尔勇闯喜马拉雅山，去寻找传说中那些完全掌控了身体与心灵的隐居贤者。

如果有人能有所对策的话，就一定是他们了。

勒缪尔背着全副身家，和随从们深入群山，险些在那冰冷刺骨的呼啸寒风中丢掉性命。这趟旅程最终毫无意义，帝皇宫殿的建造者早已驱逐了任何隐居于此的贤者，如果他们果真存在的话。

等到勒缪尔返回莫巴伊的时候，玛丽卡已经死了。

"她是我的一切。"勒缪尔最终说道。

"我很遗憾，"卡蜜尔说，"我从来都不知道。我是说，当我在阿苟鲁触碰到你的时候，我看见了一点关于她的画面，但我不知道。你为什么从来不和我们提起玛丽卡？"

勒缪尔耸耸肩。

"我不喜欢告诉别人她死了，"他说，"我告诉的人越多，她的死亡就越真实，越无可改变。"

"你觉得你还能改变这件事？"

"有段时间我确实相信，"勒缪尔说道，"我读过的一些书提到了让死者重获生命，但全都含糊地让人发疯。我毫无头绪，直到得以加入记述者，我立刻就抓住了请求跟随千子的机会。"

"为什么是千子？"

"我听过那些流言，"勒缪尔说，"你没听过吗？"

"我不听流言，"卡蜜尔微笑着说，"我只会发起流言。"

勒缪尔轻笑一声。

"说得好，亲爱的，"他说，"在为玛丽卡寻找治疗方法的过程中，我花了大把时间去倾听流言，我听到过很多关于千子巫术的说法。我听说他们之中很多人都遭受了恐怖的异变，但马格努斯拯救了他的军团。于是我想，如果我能师从他们，或许就可以学会如何将玛丽卡带回来。"

"噢，勒缪尔，"卡蜜尔握住他的手，轻吻了一下，"相信我，逝者无法复生。我很清楚。我触碰过死者，我聆听过他们的生命。我体会过他们的爱与痛。在这一切之中，我能感受到他们有生之年的欢愉，可以看见他们昔日了解并热爱的人们。说到底，这些才是最重要的，不是吗？"

"我想是的，"勒缪尔表示同意，"但我是那么努力。"

"她明白的。经过那一切，她知道你爱她，也知道你在努力救她。"

"我可以给你一些她的物品吗？"勒缪尔问道，"或许你可以试着读一读？"

"当然啦，凯娅，我愿意为你做任何事。你知道的。"卡蜜尔声音困倦地说。

勒缪尔皱起眉头。"你刚才是叫我凯娅吗？"

"是啊……怎么了？那就是你的……名字……"卡蜜尔说道，"不是吗……亲爱的？"

勒缪尔胸中一阵痉挛，他眼看着卡蜜尔垂下手臂，瞪圆了双眼。她喘息急促，左半边脸庞骤然瘫软下来，仿佛一双无形手掌正将她的面孔塑造成一副畸形鬼脸。

"噢，不！卡蜜尔！卡蜜尔！"

她的双手攥成拳头，用力扯动床单，整个身躯都紧绷起来。她的目光充斥着狂乱神色，染血的唾沫从嘴边流淌下来。卡蜜尔的脸上写满了无声的哀求，她的身体陷入剧痛的折磨。

勒缪尔转向房门。

"救命！泰拉王座在上，帮帮忙！"他大喊。

"你能看见它们吗？"弗西斯·塔卡问道。

"可以，"哈索尔·玛特回答，"看到它们不是关键。关键在于如何处理它们。"

"拜托，"勒缪尔央求道，"想想办法。"

自从他呼救之后，卡蜜尔的房间已经变得熙熙攘攘。凯娅回来了，与她同行的并非医务人员或扫描仪器，而是两位千子军团连长。经她介绍，他们分别是第二学会的弗西斯·塔卡和第三学会的哈索尔·玛特。

显然，她的确有些位高权重的朋友。

弗西斯·塔卡用他的心灵之力让卡蜜尔保持全然静止，而那位过分俊美的哈索尔·玛特则把双手放在卡蜜尔头颅两侧。他双目紧闭，但从眼珠的活动来看，他正在使用其他感官来进行观察。

"一共有六个，钻得很深，长得很快，"他说道，"白色的丑东西。它们尚未孵化，但也快了。"

"你们能救她吗？"凯娅问，她的声音如同破裂的水晶般脆弱。

"你以为我们在干什么？"弗西斯·塔卡厉声说。

"它们是狡猾的小混蛋。"哈索尔·玛特嘶声道，他歪过脑袋，双手在卡蜜尔头颅周围游移。"像船锚一样的触须正扎进她的脑子里，钩在神经纤维上。我需要慢慢把它们烧掉。"

"烧掉？"勒缪尔惊问，这个主意让他备感恐慌。

"当然了，"玛特说，"你以为我要怎么做？安静。"

勒缪尔和凯娅握住对方的手。虽然他们今天才刚刚认识，但对卡蜜尔的爱已经让两人团结一致。从卡蜜尔脖颈和手臂上的紧绷肌肉来判断，勒缪尔确信朋友的躯体正深陷剧痛，试图挣扎扭动，但弗西斯·塔卡不费吹灰之力地让她保持静止。

"我看见你了。"哈索尔·玛特说，他像是在抓鱼一样钩起手指。勒缪尔闻到了什么事物烧焦的恶心气味。

"你要伤到她了！"他喊道。

"我说过让你安静，"哈索尔·玛特低吼，"倘若有丝毫偏差，我都可能烧掉那些维持她呼吸或心跳的神经通路。我已经控制住那东西了，现在要慢慢把它烤熟。"

他宽慰地露出笑容。

"噢，你不喜欢这个，是吧？"他说道，"想要把钩子再埋深一些，嗯？好啊，咱们较量较量。"

哈索尔·玛特将手指向下探，指尖张开，逐渐浓烈的烧焦气味让他微笑起来。他在卡蜜尔脑袋里劳作了一个多小时，最终点点头。

"一，二，三，还有……四，搞定了。"他说。

"你把它们都干掉了？"勒缪尔问道。

"别犯傻，那只是第一枚卵的触须。它们颇为坚韧，绝不善罢甘休。它现在已经松动了，但我们要赶在它重新扎根之前尽快弄出来。弗西斯·塔卡？"

"没问题。"第二学会连长说道。

弗西斯·塔卡将手掌放在卡蜜尔耳边，开始扭动手指，仿佛在试图撬开一道最为精密的锁。他的手指无比灵巧，勒缪尔屏息凝神地看着弗西斯·塔卡逐渐将手指抽回掌心的方向。

"伊恩考萨扎纳保佑我们！"勒缪尔喊道，某个湿滑蠕动的物体从卡蜜尔的耳朵里冒了出来。它看似一只长刺的鼻涕虫，那覆满黏液的躯体不断抽搐，被弗西斯·塔卡用精细绝伦的力量牵引出来。

那蛞蝓状的生物啪的一声掉进一个闪亮的金属碗里，在身后留下一道鲜血与黏液。光是看着它就让勒缪尔感到恶心。

"能劳烦你吗？"弗西斯·塔卡微笑着把碗递给勒缪尔。

"噢，当然了。"勒缪尔答道。他把那个尚未孵化的噬灵蜂倒在医疗室的瓷砖地板上。

他一脚踩上去，用鞋跟把它碾成一摊黏糊糊的肉酱。

"解决了一个，还剩五个，"哈索尔·玛特说道，他全身大汗淋漓，"正好我闲来无事。"

在医疗尖塔之外，提兹卡被一阵蒙蒙细雨所笼罩。这座城市平日里降水很少，因此居民们都走上街道，去感受雨点的触摸。

孩子们在雨中玩耍，踩过一摊摊积水，或是站在喷涌的排水口下面，街巷中回荡着他们的兴奋尖叫。

这场雨毫不停歇，日复一日地将城市淹没。

没有人知道雨水来自何方，因为那些建于山脉中的机械灵能阵列通常都能够毫无差错地预测并控制整座星球的气候。

当然，为了维持生态系统的平衡，一定程度的降雨是必不可少的，但如今这场雨是提兹卡居民们从未体验过的。一座座建筑物闪着水光，街道上奔涌着汩汩溪流。

人们转向千子寻求答案,但他们并没有对这场怪异的降雨作出任何解释。军团的半数连长都踪影全无,另外那些则缄默不语。

在第六天,一场自发的游行在秘眼广场展开,人群褪去衣衫,赤裸着在雨中放荡狂欢。提兹卡没有固定的执法人员,因此普罗斯佩罗尖塔守卫被迫调遣部队,将那些裸体狂舞的居民送回各自家中。等到第七天,几个游行者突然罹患了某种致命的病毒性肺炎,而在随后的清晨,医疗尖塔前面爆发了严重骚动,惊恐的人们前来寻求疫苗。在普罗斯佩罗尖塔守卫得以恢复秩序之前,已有六十三人不幸丧生,整座城市被一种阴郁的气氛所笼罩。

在第九天,雨水终于停息,那团像判官一样压在城市头顶的黑云被阳光刺透。一束辉煌光芒投射下来,恰巧点在秘眼广场中央那根石柱顶端的火盆上,让提兹卡沐浴在金色辉耀中。

马哈瓦斯图·卡里马库斯写道:那景象仿佛是天堂之光回到了普罗斯佩罗。

在反光洞穴深处,那股光芒回到了源头。

马格努斯睁开眼睛,埋入他胸口的仪式匕首自动抽出,刀刃在接触到空气后立刻分解。阿里曼宽慰地长叹一声,马格努斯坐起身来,双腿从白色石板边缘垂下去,在黑暗中不住眨眼。

在岩壁表面游走的微光勉强照亮洞穴。至于那一千名仆从,仅有十八人一息尚存,而他们的身躯也已枯朽不堪,手中的水晶暗淡无光。

"大人,"阿蒙说着送上一杯水,"见到你真好。"

马格努斯点点头,阿里曼看到原体的皮肤分外苍白,长长的红发浸满汗水。阿里曼感觉自己仿佛能看到原体肌肤之下的蜿蜒血管和脉动脏器。这自然是妄想,因为阿里曼目睹过马格努斯的本质,那不朽躯壳中绝不存在五脏六腑这种凡俗之物。

菲尔·托伦、乌希扎尔和奥拉麦格玛都拥了上来,马格努斯的回归令他们无比欢欣。只有阿里曼驻足不前,近日经历让他的心情颇为复杂。在这漫长的九天里,他们不眠不休,水米未进,时刻守卫挚爱的原体。众人之间没有谈话,也从未和地面上的兄弟们进行交流。

"值得吗?"阿里曼问道,"你成功了吗?"

马格努斯用碧蓝的浑浊独眼凝视着他，摇了摇头。

"不，阿泽克，我想并没有，"马格努斯回答，"就在我尝试救兄弟于水火时，另有人打算将他推入深渊。"

"另有人？"奥拉麦格玛低吼道，"是谁？"

"一个名叫艾瑞巴斯的畜生，他服侍我昔日的兄弟洛加。意图诱捕狼神荷鲁斯的力量显然早有斩获。怀言者已经堕落成了混沌的棋子。"

"洛加的军团背叛了我们？"菲尔·托伦问道，"这逆行比我们想象中更为险恶。"

"混沌？"阿里曼说，"你仿佛将其视为一个名号。"

"的确，吾儿，"马格努斯说道，"它就是原初湮灭者，自时间创始之际便藏身于浩瀚之洋最深暗的角落，如今却以无限的耐心缓缓浮出水面。大敌当前，吾辈需团结一心，否则人类种族必遭灭顶之灾。愈发迫近的那场战争便是其招致万物终结的狠毒手段。"

"原初湮灭者？我从来没听说过这个。"阿里曼说。

"在面对荷鲁斯与艾瑞巴斯之前，我也没有。"马格努斯说道，阿里曼震惊地在原体的灵气中看到一丝无比微弱的闪烁。

马格努斯正在欺瞒他们。他早已知晓这原初湮灭者。

"我们现在怎么办？"乌希扎尔问道，"我们想必要警告帝皇吧？"

马格努斯迟疑了一阵，随后缓缓点头。

"的确，我们必须如此，"他说道，"如果我的父亲得到预警，他就能赶在局面失控之前对荷鲁斯加以防范。"

"他凭什么相信我们？"阿里曼问，"我们毫无证据。"

"我如今有证据了，"马格努斯疲惫地叹息道，"返回你们的学派圣殿，等待我的召唤。阿蒙，服侍我，其他人可以走了。"

诸位学会连长转过身，走向通往洞穴之外的水晶阶梯。

"阿里曼，"马格努斯说，"集中黑鸦学派的所有力量去解读未来。我们必须知晓更多即将发生的事情。你明白吗？"

"明白，大人。"阿里曼答道。

"尽一切所能，"马格努斯说，"不计代价。"

勒缪尔醒来的时候发现阿里曼肃立在自己身旁。他的老师目光严峻，勒缪尔顿时察觉出房间中的紧绷气氛。他忍住一个哈欠，意识到自己又在卡莉斯塔病榻旁睡着了。她闭着眼睛，但很难判断究竟是陷入了沉睡还是昏迷。卡蜜尔坐在对面，睡梦中的呼吸平稳而缓慢。

卡蜜尔已经从那场噬灵蜂卵的遭遇中基本康复了，很快就变回那个活泼的她。

"大人？"勒缪尔说道，"怎么了？"

阿蒙和安库·埃南站在阿里曼身后，这让房间突然显得分外狭小。

"你们两个最好离开。"阿里曼告诉勒缪尔。

"离开？为什么？"

"因为你们不会喜欢即将发生的事情。"

"我不明白，"勒缪尔说着从椅子上站起身，保护性地走到卡莉斯塔近旁。卡蜜尔也醒了，她惊讶地看着一屋子的阿斯塔特。

"勒缪尔？"她立刻察觉到紧张气氛，"怎么回事？"

"我还不知道。"他说。

"我并不期望你们能够理解，"阿里曼的声音中带着真挚的悔恨，"但迫于形势，我们必须知晓未来。我们通常用于收集信息的方式都被阻断了，所以我们必须寻求其他途径。"

"你们要干什么？我不会让你们伤害她。"

"我很抱歉，勒缪尔，"阿里曼说道，"我们别无选择，必须这样做。相信我，我真心盼望并非如此。"

阿蒙走向那一排核桃形状的机械，将所有旋钮都调整到中间位置。那些噼啪作响的球体顿时暗淡下来，黄铜指示盘上的指针也逐渐低垂。

"他在干什么？"卡蜜尔想要知道，"阿里曼大人？"

阿里曼一言不发，面孔上彰显出不安。

"你想知道这些机器是干什么的？"安库·埃南抓住勒缪尔的胳膊问道。那个庞大的阿斯塔特轻易将他从卡莉斯塔床边扯开，交到阿里曼手里。"这是个以太阻断器，它能将个体心灵与浩瀚之洋隔离开。我们利用这种仪器来压制那些发生了血肉异变的兄弟，这是唯一的方法。你朋友的心灵已经向那翻滚浪潮敞开了大门，如果没有这些仪器，以太能量就会涌进她的身体。"

"你们能……将她的心灵隔离开？"卡蜜尔问道，她也护在卡莉斯塔身旁。

那些阿斯塔特没有回答，勒缪尔在他们的灵气中读到了答案。

"他们可以，"他说，"但他们不会。"

"她本该早就死了，"安库·埃南嘶声道，动手把卡蜜尔也拽开，"她与未来的波涛之间有一种独特联结，我们必须利用一切可用的工具。"

"工具？对你们而言我们就是工具吗？"勒缪尔问道，他徒劳地在阿里曼手中挣扎着，"从始至终，你们只是在利用我们？"

"不是这样的。"阿里曼说道，随即狠狠瞪了一眼安库·埃南。

"就是这样的，"勒缪尔说，"我现在明白了。你们自认为聪明绝顶，无所不知，但自负已经让你们变得盲目。你们甚至想象不到或许有人比你们知道得更多。"

"因为无人如此，"阿里曼厉声说，"我们确实比任何人都知晓更多。"

"或许是，或许不是。但若是你们有所遗漏呢？如果这副拼图中有一小片是你们并不知道的呢？"

"安静，"安库·埃南命令道，"我们是命运的设计师，你不是。"

"如果你们关掉这些机器，会发生什么？"卡蜜尔握住勒缪尔的手问道，两人都意识到与阿斯塔特进行肢体对抗是徒劳的。

"我们会聆听她的话语，我们会知晓未来。"

"不，我不会允许你们这样做。"勒缪尔说。

"不？"安库·埃南讥笑道，"你凭什么命令我们，小东西？你以为阿里曼教了你几招小把戏，你就是我们的一员了？你是凡人，你的力量与智能都不值一提。"

"阿里曼，拜托！"勒缪尔央求道，"别这样做！"

"我很抱歉，勒缪尔，但他们是对的。卡莉斯塔终归会死。这样的话，她的死亡至少有些意义。"

"这是个谎言！"勒缪尔喊道，"如果你们这样做，杀死她的就是你们。你们倒不如照着她脑袋来一枪，别自欺欺人了。"

阿蒙将卡莉斯塔头颅上的一些接点摘下来，检视着以太阻断器的读数。他对安库·埃南点点头说道："好了。我目前维持一定程度的隔离，但她的心灵已经向以太敞开了。只有一点点，但应该足以触发预言活动。"

卡莉斯塔的眼睛颤动着睁开，她惊恐地猛抽一口气，被迫恢复了表层意识。她的嘴唇挪动起来，释放出一道道嘶哑气息。房间中的温度迅速下降。

"一百万片玻璃，一百万个一百万片。全都破了，全都是碎裂的玻璃。那玻璃中的眼睛。它目睹，它知晓，但它全无作为……"

她缓缓阖上眼睛，呼吸变得深沉。没有更多话语从她口中流出，安库·埃南俯下身，掀开她的眼睑。

"提升以太能流，"他命令道，"我们可以得到更多内容。"

"拜托，"卡蜜尔哀求道，"不要这样。"

"阿里曼，她是无辜的，她不该遭受这些。"勒缪尔高喊。

几位千子战士忽略了他们，阿蒙再次调整机器上的旋钮。指针继续下垂，卡莉斯塔的身躯在床上抽搐起来，双腿把被单踢开。勒缪尔不想看，但又无法将目光从这幅可怕景象上扯开。

卡莉斯塔尖叫起来，话语从她口中泉涌而出，温度继续骤降。

"太晚了……恶狼临门，它渴求鲜血。噢，王座啊……不，那鲜血！还有那些渡鸦，我也看到它们了。那些失落子嗣和一只鲜血渡鸦。他们企盼救赎与知识，却遍寻无门！一位兄弟身受背叛，一位兄弟惨遭谋杀。最恶劣的错误源自最高贵的理由！这不能发生，但必须发生！"

汗水从卡莉斯塔脸上涌出。她的双眸在眼窝中暴突，全身所有肌肉和筋腱都绷紧到几乎断裂。说出这些话对她而言十分困难，她摔回床上，身躯在剧痛的抽搐中颤抖。

勒缪尔感觉到阿里曼的手放松了一些，他抬起头看见对方脸上写满了悔恨。他趁机伸展开自己的灵气，将他对于千子折磨卡莉斯塔的反感与悲伤投射到阿里曼的灵气中。这效果十分微弱，但阿里曼还是低下头来，用一种掺杂着赞许和自责的表情看着勒缪尔。

"这对我不会起效，"阿里曼说，"你学到了很多，但你的力量不足以影响我。"

"那么你就要坐视这一切？"

"我别无选择，"阿里曼回答，"原体有命令。"

"勒缪尔，他们要杀了她。"卡蜜尔哀求道。

阿里曼转头看着她说："她早已死了，希梵尼女士。"

他随后对阿蒙点点头："允许以太自由进入。我们必须知晓一切。"

马格努斯的侍从转过身，将机器上的所有旋钮调到"零"位。指针颓然坠下，表面的指示灯全部熄灭。仪器的玻璃面板覆上了一层冰霜，那些球体也变得朦胧不清。勒缪尔感觉周围如同万物终了般冰冷。

这对卡莉斯塔的影响骤然显现。她挺起后背，睁开双眼，灼目光芒迸发出来，如同一座焚炉的炽热吐息。一种诡异的蓝绿色光芒照亮了整座房间，为每一面墙壁烙下了莫名事物的阴影。一百万头怪物的鬼魅呼号从她嗓子里撕扯出来，勒缪尔闻到了人类血肉烧焦的可怕气味。

黑烟从卡莉斯塔身上喷涌而起，就连几名阿斯塔特都备感惊恐。她骨骼上的血肉开始涌动冒烟，像焦黑的雪花般片片剥落，仿佛她正遭到一把隐形的火焰喷射器攻击。她的身躯发出阵阵嘶鸣与爆响，化作一股股沸腾流淌的脂肪与肌肉。

在这一切发生的同时，她都尖叫不止。

即便当卡莉斯塔的心脏、肺叶和大脑早已变成焦黑残骸之后，她依旧尖叫着。那声音如同一柄炽热的刀子般捅进勒缪尔体内，用诡谲的力道绞动他的脏腑；像是指甲划过黑板的凄厉尖鸣钻入他的脑海，顿时让他跪倒在地。卡蜜尔也尖叫起来，她的手像钳子一样紧紧握住勒缪尔。

伴随一阵恐怖的撕扯声，一切突然都结束了。

勒缪尔在明亮的残影中眨着眼，那如同瘴气般悬浮在房间里的焦臭让他的肠胃一阵抽搐。他勉强站起身，惧怕自己将要看到的景象，却又需要看看卡莉斯塔·俄瑞斯的下场。

那个美丽的记述者已经无影无踪，只留下一个烙印在床单上的焦黑轮廓，以及从床边淌到地面的那一摊摊如橡胶般冒着轻烟的熔融血肉。

"你们都干了什么？"他轻声说道，泪水涌过面庞，"噢，可怜，可怜的卡莉斯塔。"

"我们做了必须做的事，"安库·埃南嘶声道，"我问心无愧。"

"不，"勒缪尔转过身搀扶卡蜜尔站起来，"你们并不需要这样做。这是赤裸裸的谋杀。"

卡蜜尔与他一同落泪，把头埋在他肩膀里，双手抓挠着他的后背，全身在悲泣中抽动。

阿里曼向勒缪尔伸出手。

"我真的很抱歉，我的朋友。"他说道。

勒缪尔晃开对方的手，紧紧抱着卡蜜尔，绕过阿里曼走向房门。

"别碰我，"他说道，"我们不再是朋友了。我不确定我们是否当过朋友。"

第二十五章

警告
你是对的
飞蛾扑火

马格努斯端坐在反光洞穴中央,让那些静默水晶中回荡的谐波为自己带来平和。他已经接连冥想两个夜晚,此刻终于达成了这趟旅程所必需的镇定状态。原体并非孤身一人,九百名仆从各就各位,每人手中都捧着一块熠熠闪动的水晶,里面绑缚着他们的生命能量。

已经没有更多仆从了,参加上一次仪式的那些人无一生还。九百名,这远非马格努斯的理想数量,但也只能如此。还有什么选择?

他亲自创造的这道法术需要牺牲。即便在自己的密室中,马格努斯也并未召唤过如此强大的力量,甚至他当年从血肉异变的绝境中拯救军团也不及今日之功。

那些仆从注定丧命,但他们的牺牲是自愿的。为了协助马格努斯拯救荷鲁斯,众多同胞已经慷慨赴死,然而功败垂成。今日,他们则要用生命推动马格努斯前行,将针对这场叛乱的警告送达帝皇,没有人因为军团主宰如此草菅人命而心怀怨恨。

阿里曼走了过来,马格努斯睁开眼。

"一切准备就绪了吗?"原体问道。

阿里曼身披白袍,将《马格努斯之书》如祭品般捧在面前。马格努斯看出了爱子的担忧,然而在诸多战士之中唯有阿里曼可担此重任,因为他拥有足够清晰的思维和对于心境的超然掌控,能够精确地诵读出那些咒文。

"是的,大人,"阿里曼说,"但容我再问一次,这是唯一的方法吗?"

"你为何怀疑我,吾儿?"马格努斯问道。

"我并非怀疑你,"阿里曼匆忙说,"但我研究过这道法术,它的力量之强大堪称前所未见。后果将会——"

"后果将会由我独自承担，"马格努斯打断对方，"按我说的去做。"

"大人，我永远遵从你的命令，但若要施放这个法术以突破异形网道，则必须与浩瀚之洋中最可怕的存在进行交易，那些生物的名字翻译出来是恶魔。"

"你学识渊博，已经近乎包罗万象，阿里曼，但依旧有一些你尚不知晓的事物。你比任何人都更应该明白，'恶魔'无非是那些肤浅愚者所捏造出的词汇。很久以前，我就遭遇过浩瀚之洋中的巨型存在，最初我将其误认为由古旧概念形成的沉没板块，但我逐渐意识到它们是庞大无匹的智慧存在，在它们浩如烟海的力量面前，我们这个世界中最为璀璨的星辰也相形见绌。这样的存在是可以与之交易的。"

"如此强大的存在还会需要什么？"阿里曼追问，"你能够真正确信你会在这样的交易中占据上风吗？"

"我可以，"马格努斯向他承诺，"我曾经与它们进行过交易，这次也并无不同。倘若我们当时能够保住阿苟鲁的网道门，今日就没必要施放这道法术了。我可以简单地迈步而入，随后便在泰拉出现。"

"假设泰拉也有一道门的话。"阿里曼提醒原体。

"泰拉当然有一道门，否则我的父亲为何要返回那里继续开展研究？"

阿里曼点点头，但马格努斯能看出来，他远非心服口服。

"我们别无选择，吾儿，"马格努斯说道，"我们之前谈过这一点。"

"我记得，但我们将要运用被勒令废止的力量去警告帝皇，这让我很不安。他为什么会相信通过这种渠道所发送的任何警告？"

"难道你要我信任那模棱两可的星语？你知道它们的解读方式有多么含混。我绝不敢将如此干系重大的事务交给凡人处理。只有我拥有足够的力量来将自己投射到那个异形迷宫里，携带荷鲁斯叛乱的消息找到前往泰拉的路径。为了让我的父亲相信我，我必须与他直接交流。他必须目睹我所见之物，分享我所知之事，从而明鉴真相。经过了一连串中转传递的第三、第四甚至第五手消息必然会淡化警告内容，直到一切都已经太迟。这就是为什么我们别无选择。"

"那么我们必须如此。"阿里曼说。

"是的，必须如此，"马格努斯同意道，他从洞穴地面上站起身来，与阿里曼一起走到那个埋藏于秘眼广场深处的青铜仪器正下方。马格努斯抬起头凝望仪器底端的绿色宝石，仿佛在直视泰拉。

"这会很危险，"马格努斯承认，"但如果有任何人能办到……"

"那便是你了。"阿里曼替他说完。

马格努斯微笑着说："可愿守护我，吾儿？"

"永远。"阿里曼说。

马格努斯感觉周围的世界逐渐远去，他从自己的凡躯中解脱出来，恰似一条蟒蛇褪去老皮重获新生。目睹蛇类蜕皮的古人相信，这种动物掌握了永生不朽的秘密，因此用它们来代表医疗场所。直至今日，药剂师的标志依旧是两条蛇与双螺旋交缠而成的手杖造型。

褪去了肉体的束缚之后，马格努斯将他的炽热本质凝聚成一支沸腾箭矢，从普罗斯佩罗径直射向遥远的泰拉。在一念之间，他已经穿过秘眼广场直刺苍穹。他的光之躯体美妙绝伦，这才是真正体验生命存在的方式，而非芸芸众生所忍受的凡俗桎梏。

马格努斯甩开杂念，因为这道法术的能量不断推动他迅猛前行。他能感觉到阿里曼诵读着泰拉古代巫师的咒文，为他的光辉躯体披覆一层坚定决心，而众多仆从的蓬勃生命则是一股旺盛助力。

这是一道极其危险的法术，再无旁人敢于尝试。

漆黑的太空逐渐解离，浩瀚之洋的狂怒波涛将他包围。马格努斯欢畅地大笑起来，那分外熟悉的能量与浪潮如同一位久别重逢的热情老友般令他鼓舞欢欣。

他恍若漫天光芒之中的灼目星辰，与他的壮美辉煌相比，其他超新星简直是一枚枚闪烁将熄的余烬。在浩瀚之洋里，他可以随心所欲，不受任何局限，一切皆有可能。

他在莫可名状的色彩、光芒与维度中急速穿行，惊涛骇浪尽数迎刃而解，无数世界有如过眼云烟。诸般卓绝力量在这翻滚沸腾的混乱以太中肆意妄为，整个宇宙都在一念之间创生或湮灭。究竟有多少潜在的生命仅仅因心血来潮便凭空具现又消弭无踪？

马格努斯扑向此行目标，如同寰宇之中前所未见的超凡流星，一切掠食者都仓皇逃窜。它们认出了马格努斯，并惧怕他的光耀本质，因为在这个国度里，一呼一吸皆迸发着创世之力的辉煌光芒。马格努斯憎恶停滞。任何生命都需要迈过一系列进化阶段方可达到繁荣昌盛，而改变正是万物自然循环的一部分，无论是最渺小的单细胞生物，还是栖身于粗劣凡躯的光辉存在，不外如此。

马格努斯的高尚意志投射出充满潜能的火花，在他身后创造出种种虚幻世界与模糊概念。他所遗留的痕迹会接触到一些睡梦中的幸运儿，在他们脑海中催生出整套的哲学与思想体系。

他在一念之间改变路线，绕过某个恐怖的黑色巨影，那起伏游动的形体属于某种在浩瀚之洋深处徘徊的庞大存在。这顿时唤起了马格努斯的回忆，他一阵颤抖，努力压抑住那丝熟悉感，却不由得将梦魇湍流灌注到一个蛮荒世界的部族战士梦中，而他们很快就会遭遇 392 号远征舰队。

浩瀚之洋中没有地标，其形态变化无常，然而恰恰是这种善变本性让一片奔涌光影与流动色彩显得颇为熟悉。他曾经造访过此处，如今他迅速退避，集中心神维持住原本的路线。

一股战栗扫过他的光辉存在，马格努斯察觉到了第一组仆从的消逝。他们的灵魂之光骤然熄灭，这导致他迅猛绝伦的前行速度略有减损。

"坚持住，吾儿，"他轻声说，"再坚持一会儿。"

他的目标近在咫尺，他能够感觉到，浩瀚之洋的架构中传来一种微妙震颤，正如昔日将他引向阿苟鲁的那种独特现象。它无比微弱，恰似混杂在震天战鼓中的遥远心跳。

它的创造者自私地将其据为己有，丝毫没有意识到他们执掌银河的岁月已经告终。他们即便逐步走向灭亡，却依旧满怀嫉妒地将秘密深藏于心。

马格努斯察觉到一条隐秘网道在附近，他睁开心灵之眼，纵览那光辉灿烂的浩瀚之洋。异形网道的隐秘脉络如同一条熔融的金线般灼目显眼，马格努斯扭转方向朝它靠近。

距离的概念在此处毫无意义，他用一个念头便让自己围绕那金色的通道展开盘旋。他将自己的能量聚集起来，汇成一股凶悍的银色闪电投向网道。数十名仆从瞬间殒命，然而那金色通道的闪亮光幕竟毫发无损。马格努斯挥拳猛击这无可撼动的墙壁，一次次耗费十余名仆从的性命，却徒劳无功。

一切都毫无意义。他进不去。

马格努斯发觉自己的荣耀飞升愈发迟缓无力,他向浩瀚之洋的遥远角落发出一阵沮丧呼号。

一种熟悉的感觉随即浮现,某种庞大无匹的物体正在他周围的浪潮中移动,就像一块漂洋过海的大陆板块,其以太之心中埋藏着上古智能。他面前的舞动光芒组成了一条范围无限的光谱,比最为灿烂的机械神教极光都更加辉煌。即便对于马格努斯这样的超群人物而言,那夺目光线与充沛能量依旧无比震撼。

它的交流手段是阵阵嘶鸣,如同沙粒涌过沙漏细颈的声响。它拥有广度和深度,却没有起始与终了,仿佛它一直存在于马格努斯身边,也将永远如此。

它开口了,并非运用言语,而是传递力量。它将马格努斯包裹起来,毫无动机或索求地奉献出自己的能量。浩瀚之洋的的确确是一个充满矛盾的国度,这多变而无限的本质能够包容万物,无论善恶。它的深处潜藏着凶残的掠食者,同样也有仁慈而无私的存在。

与大多数人的看法不同,这里确实有着未受污染的纯净力量,可以被那些拥有知识与技巧的人所驾驭。鲜有人具备此等天赋,但通过马格努斯这类巧匠的不懈努力,人类或许尚可踏入一个探索与求知的黄金年代。

马格努斯深深畅饮对方贡献的力量,一举冲破那金色的障壁。在他耳中,网道惨遭破坏时的尖锐鸣响似乎饱含痛楚。他不假思索地飞入那光芒闪烁的通道,踏上了通往泰拉的路径。

人类种族正以未来主宰的姿态纵横银河,在其摇篮深处埋藏着一座熙熙攘攘的庞大厅堂。这个高达数百米,宽达数千米的空间里充满了机械低吟和臭氧气味。它曾经扮演帝国监牢的角色,但这个功能早已让位。

拥有惊人能量的奥秘机械占据了整个房间,即便对于机械神教中最具天赋的技师而言,这些装置的复杂结构、庞大规模以及种种特制组件都超乎理解。

这座实验室属于一位前无古人的超凡科学家。此处蕴藏着伟大惊人的事物,尚未开发的潜能,以及将要成真的梦想。两扇厚重的金色大门矗立在房间一端,如同某座壮丽堡垒的入口。门上铭刻着无数华丽图案:交缠的双子,可畏的人马,腾跃的雄狮,正义的天平,诸如此类不胜枚举。

数千名技师、机仆和工人在迷宫般的过道中往复穿行,恰似生物体内的一个个血细胞，而他们所服侍的那颗心脏则是一座高达十米的宏伟金色王座。它看似一架笨重机械，由交错藤蔓般的众多缆线与房间彼端那紧紧闭合的金色大门相连。

只有一人真正知晓那门后究竟有何物，他的智慧超凡入圣，其想象力和创造力都无可比拟。他端坐在那巨大王座之上，身披金色甲胄，时刻运用全部智能来监督这伟大造物的进展。

他就是帝皇，这座房间里的很多人即便与他共度了数倍于凡人寿命的长久时光，却也都仅仅知道这一个称呼。没有任何其他头衔或名号能够恰当地描述这位光辉耀眼的存在。在资深禁卫与亲信臣子的簇拥下，帝皇静静等待。

当麻烦出现的时候，一切都在电光火石之间。

那金色大门开始由内而外地迸发光芒，仿佛某种源自彼端的惊人高热正迅速将其穿透。安装在这座洞穴四周的重型武器立刻激活，抬起炮口准备开火。随着无数极端精细而不可替代的电子回路逐个过载爆炸，一道道闪电弧开始在机械之间流窜跃动。众多技师从大门附近四散逃离，他们对于彼端的事物知之甚少，但也足以让他们产生危机感。

凶悍能量从熔融的大门间奔涌而出，将那些后撤不及的人化为灰烬。铭刻在洞穴岩壁上的精妙符记纷纷伴着尖鸣而损毁。房间中的所有照明设备都在一片四溅火花中熄灭，数个世纪的心血和超乎想象的成就毁于一旦。

在第一声警报刚刚响起的时候，帝皇麾下的禁军便已经进入战斗状态，但他们所接受的任何训练都无法帮助禁军面对随后到来的事物。

一个形体冲破了大门：庞大，猩红，因其炽热旅途而熊熊燃烧。它踏入洞穴，周身包裹的诡异火焰逐渐褪去，显露出一个身披斗篷的轮廓，一个由万般光芒与星辰之力所构成的形体。它光辉灼目，任何胆敢注视其诸多眼眸之人都会立刻意识到自身凡躯的渺小卑微。

谁也不曾目睹如此可怕的幽魂，这是一个强大存在的真实本质，只有在一副超群躯壳的包裹中才能安然运作。

唯独帝皇辨认出了那绝美的天使，他因此心痛万分。

"马格努斯。"他说道。

"父亲。"马格努斯回答。

他们的思维相互接触，这漫长无终的心灵联结仅在须臾之间，银河却就此天翻地覆。

秘眼广场乍看之下熙熙攘攘，一如既往，但勒缪尔能够在商贩与顾客的灵气中看到一股潜伏于心的无名恐惧。人们目光涣散，情绪低落，讨价还价之中蕴含着平日罕见的苦涩意味。或许这是两周前那场暴乱的残余影响。没有人能够解释为什么这座数百年来都安宁无争的城市会目睹那样的突发暴力。

勒缪尔和卡蜜尔坐在戈迪安大道与代达洛斯街之间的一张铁制长椅上，看着忙碌的市民来来往往，两人佯装一切如常，仿佛主宰这个世界的军团战士并非将他们视为区区玩物。

自从卡莉斯塔死去的两周以来，勒缪尔和卡蜜尔就常常相互陪伴，哀悼失去的朋友，并逐渐接受现实。他们分享了很多故事与泪水，并深深检视内心，最终得到了相同的结论。

"她以为这个世界是天堂。"卡蜜尔说道，她看着一对强颜欢笑的情侣挽着手在秘眼广场的树荫下散步。

"我们都是如此，"勒缪尔说，"我曾经盼望千子不要收到参战的命令。我想留在这里，向阿里曼学习。看看这后果吧。"

"卡莉的死不是你的错，"卡蜜尔握住他的手说道，"永远不要那样想。"

"我没有那样想，"他说，"我责怪的是阿里曼。他或许没有亲手按下那些按钮，但他明知他们的行为是错误的，却袖手旁观。"

他们又凝视了一阵往来人流，随后卡蜜尔开口道："你觉得他会来吗？"

勒缪尔点点头。

"他会来的。他和我们的想法一样。"

卡蜜尔转过头来，勒缪尔在对方的灵气中看到了犹豫。

"我们的想法是一样的，对吗？"他问道。

"是啊。"卡蜜尔匆忙回答。

"拜托，"他继续说，"我们现在需要相互坦诚。"

"我知道，你是对的，时机到了，但我——"

"你不想丢下凯娅离开。"勒缪尔替她把话说完。

"是的，我不想。这听起来很傻吗？"

"一点也不。我完全理解，但这值得你为之而死吗？"

"我还不知道，"卡蜜尔说着用手掌揉揉眼睛，"我觉得有可能吧，这是她的家，她不会想离开的。"

"我不会逼你，但你亲眼看到了。"

"我知道，"卡蜜尔泪眼蒙胧地说，"我会很伤心，但我已经决定了。"

"好女孩。"勒缪尔说道，他居然现在才看出朋友的心思，这让他感觉很糟糕。

卡蜜尔朝代达洛斯街点头示意说："看来你的朋友到了。"就在此刻，由若干机仆扛起的一顶轿子向他们接近。那些机仆高大而强壮，佩戴银色头盔，披挂猩红长袍。人群纷纷让开道路，轿子停在了勒缪尔和卡蜜尔面前。

天鹅绒帘幕被掀开，马哈瓦斯图·卡里马库斯从中现身。一道青铜阶梯从轿子底部伸展出来，他缓步走下。

"真是个豪华的座驾。"勒缪尔不禁颇感惊艳。

"完全是浪费时间，只能让我丢人现眼罢了，"马哈瓦斯图不以为然，他在卡蜜尔身旁坐下，"索贝克坚持要用这种方式保护我的老骨头。"

这位德高望重的书记员拍了拍卡蜜尔的手，他的皮肤如同古老橡树般遍布皱褶。

"俄瑞斯女士的死让我很伤心，"他说道，"她是个可爱的女孩。真是场悲剧。"

"不是的，"勒缪尔说，"她若是因为自身的病痛或缺陷而死，那才称得上是悲剧，但她是被谋杀的，明明白白。"

"原来如此，"马哈瓦斯图说，"有何隐情？"

"千子耗尽了她的生命，"卡蜜尔说道，"他们利用了卡莉斯塔，拿她的性命去窥探未来。他们可真是得偿所愿。她在临死之前只说了一堆谜语。"

"啊，我听说她在沃萨尼餐厅不幸发作了一次？"

"是的，但那只是个开始，"勒缪尔说着站起身，在长椅前方踱步，"他们杀了她，马哈瓦斯图，就这么简单。我还能说什么？你是对的，千子被诅咒了。如果我们猜对了卡莉斯塔话里的一半意思，那么这个世界就已经死到临头了，我们该走了。"

"你想离开普罗斯佩罗？"马哈瓦斯图问道。

"想得要死。"

马哈瓦斯图点点头说："你也有同感，希梵尼女士？"

"是啊，"卡蜜尔说，"当安库·埃南把我从卡莉斯塔身边拽开时，我捕捉到了他的一点记忆，是他和其余连长之间的对话交流。我只瞥见了一个瞬间，但无论他们知道了什么，都足以让他们惊恐。某种非常糟糕的事情正在发生，我们是时候远离千子了。"

"你考虑过我们如何实现这一目标吗，勒缪尔？"马哈瓦斯图问道。

"是的，"勒缪尔回答，"现在有一艘大型运输船停靠在轨道上，是塞佩亚·瑟琳号。它正在进行引擎维修，准备在完成补给之后前往斯兰克斯。我们要登上那艘船，它预计在一周之内出发。"

"你打算怎样让我们混上去？"马哈瓦斯图又问，"它的船员想必受到监控，我们没有合法的理由登上塞佩亚·瑟琳号。"

勒缪尔露出了数周以来的第一次笑容。

"别担心，"他说道，"我学过一两招有用的。"

众多典籍如同秋叶般铺陈在房间中，无数残破页面纷乱四散。星系仪摔得四分五裂，墙上的星图被扯落在地。普罗斯佩罗的模型粉身碎骨，一块块赭色大陆和蔚蓝海洋的残片躺在一起。

一股毁灭洪流席卷了马格努斯的房间，但此等浩劫的源头并非疯狂贼寇或自然灾难，其始作俑者正瘫坐在诸多宝贵藏品的废墟之间，将头颅埋在手掌里。

马格努斯的白色长袍脏乱不堪，他的躯体数周以来备显颓废，一股无可排解的钻心悲痛令他饱受折磨。他身后的木制书架支离破碎，简直要化作碎屑。房间里几乎没有任何完整的事物。几面镜子上布满了蛛网状的裂纹，晶亮碎片如钻石般反射着光芒。

马格努斯抬起头，方才的狂乱破坏让他喘不上气。

肢体疲劳不值一提，让他近乎窒息的乃是足以麻痹思维的深重惊恐，因为他意识到自己摧毁了何等伟大的事业，而且这一切都无可挽回。

只有一件事物逃过了这场劫难，《马格努斯之书》依旧被铁链拴在一座冷钢讲坛上，这本秘典萃取自马哈瓦斯图·卡里马库斯笔下未经雕琢的文字，记录着原体的一切成就。

"成就"，这个词令他如鲠在喉。他的所有成就都是尘埃中的谎言。

皆为枉然。他周围的一切迅速土崩瓦解，让他丝毫来不及挽回。

马格努斯站起身，他的躯体失去了昔日的光辉，仿佛与父亲会面之后他将自己的一部分遗落在了泰拉。他们之间的心灵联结卓绝不凡，却又无比可怕。马格努斯看到了其他人眼中的自己，那是一位炽热而恐怖的血色天使，为视线所及的不幸凡人带来末日。

只有父亲认出了他，因为帝皇能够轻易辨别出自己亲手打造的生命。马格努斯在刹那间体会到了一份令人震慑的顿悟，那意念相通的可怖瞬间撕开了他的内心，碾碎了他的灵魂。

他想要传达警告，试图向父亲展示自己的所见所闻，但这无关紧要。无论他说什么，都绝难抵消或弥补自己擅闯泰拉所犯下的滔天罪过。与马格努斯的无心之失所引发的深重毁灭相比，荷鲁斯的叛乱几乎不值一提。数百年来捍卫宫殿的防护结界在瞬间灰飞烟灭，一道灵能冲击波让数千人当场殒命，并将更多人推向疯狂与自戕。

但最糟糕的还远非如此。

他意识到自己错了。

马格努斯曾经笃信，自己拥有诸多无人能及的深奥学识，但这完全是个谎言。

他以为自己比父亲更清楚如何驾驭浩瀚之洋的力量。他相信自己掌控一切，然而身处那伟大造物的残骸之间，马格努斯终于看清了真相。黄金王座便是关键所在。这台机械从大漠深处的失落遗迹中挖掘而出，它恰如一块磁石，能够揭示异形网道的诸般奥秘。但如今它已化作废墟，那些复杂程度超乎想象的维度抑制器和虚空缓冲器尽数熔毁，无法挽救。

黄金王座对于他身后那道闪耀界门的控制由此终止，让两个世界相互隔绝的精妙机制遭到了致命破坏。转瞬间的心意相通让马格努斯明确意识到自己的愚行，并因那完美理念的彻底终结而悲泣。

无言的理解在马格努斯和帝皇之间涌动。马格努斯的一切作为都袒露无遗，帝皇的所有计划也涌入他的脑海。他看到自己坐在黄金王座之上，运用超凡力量去引导人类达成宿命，统御银河。他本该是帝皇达成终极胜利的关键所在，然而那伟大梦想却被他的鲁莽自负打得粉碎，这令马格努斯心痛万分。

失去了意志的引领，那道将他送抵泰拉的法术便化为乌有，马格努斯感觉到自己的魂魄被凡躯的牵绊扯回界门彼端。他未作抵抗，任由心灵本质在那金色网络中飞速穿行，即刻便回到了他轻率撕开的那个裂口。大群虚空掠食者已经蜂拥而至，无形无状的怪兽组成了一支茫茫大军，那些牙尖爪利而力量惊人的存在仅仅为毁灭而生。

帝皇能够阻挡住它们吗？

马格努斯不知道，但他自己的双手必将沾染无数鲜血，这念头令他蒙羞。

他飞越浩瀚之洋的永恒深渊，在尸首横陈的反光洞穴中苏醒过来。仆从们已经全数殒命，每一个人都被他的法术抽干，只剩下毫无生气的枯萎躯壳。

唯独阿里曼还活着，即便是他也显得虚弱不堪。

热泪盈眶的马格努斯几乎是逃离了他的罪行现场，径直返回弗泰普金字塔，对阿里曼的高声询问置若罔闻。等到他孤身一人站在自己数百年苦心钻研的谎言之中，那猩红迷雾终于笼罩了马格努斯的视线。他曾经讥讽安格隆的狂怒，然而在这场彻头彻尾的毁灭行径之后，他也品尝到了暴力能够带来的满足感。

马格努斯站起身，走出书房的废墟，对于方才失去自控而备感耻辱，他亟须恢复清晰神智。通往阳台的玻璃门已经粉身碎骨，四下散落，被他踩过的满地的残骸咯吱作响。

他靠在阳台扶手上，用双肘支撑住自己，让凉爽的海风吹拂他的头发，抚摸他的皮肤。远在下方的提兹卡运转如常，众多居民对于马格努斯所招致的厄运浑然不觉。他们尚且一无所知，但可怕的惩戒很快就会造访这里。

马格努斯不知道那份惩戒将以何种形式降临，但他记得帝皇在尼凯亚的宣言，因此十分悲观。人们穿过秘眼广场和千狮街，聚集在城市西部星罗棋布的公园里，那是主要的聚居区。

港口在北边，这片高墙环绕的城区缓缓延伸到一片弧形的海湾面前。金色沙滩一直绵延到视线之外的废土。卫城矗立在东部群山侧面，那块突起的石脊曾是一座壁垒，但早已沦为遗迹。一座描绘马格努斯的壮丽雕像站在山顶，标志着原体初次踏足普罗斯佩罗的地点。

他多么希望自己能收回最初的那些脚步！

数十家剧院环绕着卫城，阶梯式的观众席嵌在岩石脚下，演员们如同军人般在大理石铺就的舞台上昂首阔步。五个完美的圆丘按照黄金分割比例分布在一片地势起伏的公园里。在被遗忘的古老年代中，它们一度扮演神殿的角色，如今却成了体育场馆。

散布在城市中的无数兵营属于尖塔守卫，马格努斯为整座城市感到悲伤。所有士兵都已经犯下死罪，仅仅因为他们生在普罗斯佩罗。

各个学派的金字塔占据了天际，如同玻璃箭头般从那披金戴银的城市中拔地而起。阳光照耀着金字塔的侧壁，一块块偏振晶片里仿佛有火焰跃动。他之前看到过这幅幻景，当时还以为只是某种暗喻，如今他明白了。

"这一切都将归于尘埃。"他悲伤地说。

"并不一定。"他身后的一个声音说道。

马格努斯扭过身去，但一切疾言厉色都僵在了嘴边，因为他发现说话的并非入侵者。

而是他自己。

或者说，是另一个他。

挂在门边的镜子已经破碎了，只剩下若干残片依附在铜制镜框上。在每一块玻璃中，马格努斯都看到了自己眼睛的闪烁倒影，其神色或嘲弄，或愤怒，或善变，或高傲。诸多眼眸带着狡黠笑意盯着他，色泽各不相同，却有着同样的询问目光。

"镜子？事到如今，你还要迎合我的自负。"马格努斯说道，这景象的背后意义让他深感疑惧。

"我告诉过你，这是最容易设下的陷阱，"众多倒影的湿滑嗓音相互交缠，"如今你终于明白了。"

"这就是你一直以来的根本目的吗？"马格努斯问道，"将我毁灭？"

"毁灭？绝不！"那些倒影高喊道，仿佛这个问题令它们备感愤慨，"你一直是我们的首选，马格努斯。你知道吗？"

"什么首选？"

"负责引发毁灭与重生的永恒混沌，创造与湮灭的无尽轮回，往复循环，无始无终。是的，你一直是首选目标，而荷鲁斯是个次等的备用人选。永恒之力在你身上看到了巨大的潜能，然而就在我们转化你灵魂的同时，你已经变得过于强大，迫使我们另寻目标。"

那些倒影慈爱地微笑起来："但我始终知道，你终有一天会属于我们。当怀疑的目光投向你和你的军团时，我们就在其他地方编织腐化。我要为此感谢你，因为盲目者已经点燃了燎原烈焰的第一颗火星，而所有人都还蒙在鼓里。"

"你是什么？"马格努斯问道，他穿过门廊回到了自己房间的废墟中。镜子碎片上寒霜凝结，他的呼吸变成一团团白雾。

"你知道我是什么，"那些倒影说，"至少你应该知道。"

一块碎片中的眼睛开始旋动变幻，最终化作一条生有多彩双眸和明艳羽翼的巨蛇，正是他在阿苟鲁山脉之下杀死的那头怪兽。随后它继续幻化，在一个个闪烁形体间切换跳跃，直到马格努斯辨认出了浩瀚之洋中那个极端庞大的阴影。

"我曾经对你自称克罗佐、盘踞深渊者、弥散的恶魔，但那些只是凡人赋予我的空洞标签，在他们张口的瞬间便陈旧过时了。我自时间的开端就已经存在，我将见证这个宇宙的终结。名字对我而言毫无意义，因为我既是一切，也是虚无。在你们这个年轻种族的贫乏语言里，你该称我为神。"

"就是你帮助我拯救了我的军团。"马格努斯绝望地说道。

"拯救？非也。我只是推迟了他们的末日，"那个阴影说，"这项赠礼如今已经到期了。"

"不！"马格努斯喊道，"求求你，千万不要！"

"我恩赐给你子嗣的时间是有代价的，你在接受我赠予的力量时就明白这一点。现在你该完成那笔交易了。"

"我没有与你这样的存在进行过交易。"马格努斯说。

"噢，但你确实有，"那些眼睛笑道，"当你在绝望中发出呼喊，向虚空深处盲目求援，寻找拯救你子嗣的方法时你就变成了扑火的飞蛾，马格努斯。你献上自己的灵魂来拯救他们的，而如今是履行承诺的时候了。"

"那就把我带走吧，"马格努斯说，"放过我的军团，让他们为帝皇服务。他们没有过错。"

"他们和你一样饮鸩止渴，"那些眼睛说道，"而你又为何希望他们继续服侍一个背叛了你的人？一个向你展示了无尽力量，但禁止你沾染丝毫的人？什么样的父亲会打开一扇通往无数奇观的大门，却命令你不得逾越雷池？这个人图谋利用你的躯体来避免自身的毁灭。"

那些玻璃中的影像再次改变，马格努斯看到了笼罩在跃动电弧中的黄金王座。一具呼嚎不已的衰朽尸骸坐在上面，它昔日的强悍身躯变得焦黑而丑恶。

"这将是你的命运，"那面镜子说，"永远被禁锢在帝皇的灵魂引擎上，时刻遭受无法忍耐的苦难，以此满足他的一己私欲。目睹真相吧。"

马格努斯想要移开目光，但他无法忽视那恐怖的影像。

"我为什么要相信你说的任何话？"他喊道。

"你已经知晓了自身末日的真相，我没必要夸大其词。检视虚空吧，搜寻你的宿敌，他和他的凶蛮战犬已经启航。如果你不相信我的话，那就相信自己吧。"

马格努斯闭上眼，将他的感知投射到浩瀚之洋的沸腾湍流中。它的本质躁动不已，凶暴的浪潮如雷霆般怒吼不已。在笼罩一切的混乱中，马格努斯察觉到了一条平静的通道，诸多灵魂正在其中穿行。

他靠近那些生命能量，顿时看到了自己的末日会如何降临。

马格努斯的眼睛骤然睁开，怒火喷薄而出。白热的烈焰在他手中爆发，整个房间被汹涌澎湃的火海所淹没，这最为平凡而原始的力量将一切化作灰烬。木材和纸张被马格努斯的炽热怒火尽数焚化，在他方才的绝望莽行中逃过一劫的物品都被此刻的狂怒所吞噬。

一根狂暴火柱从他的金字塔顶端冲天而起，熔化的玻璃碎片如雨点般洒落。提兹卡的目光全都投向了弗泰普金字塔，那束喷涌奔腾的烈焰比火凤学派的威能更甚万分。

只有《马格努斯之书》毫发无损，其页面不受这凶残烈火的侵蚀。

那面镜子已经无影无踪，熔融的裂片冒着泡，在他脚边汇成一摊。

"你可以毁灭他们，"那液态玻璃中的倒影逐渐消退，"你只需开口，我就可以撕碎他们的战舰，让他们死无葬身之地。"

"不，"马格努斯双手捂着脸，跪倒在地，"永不。"

当他听到大门被冲破的声音时，马格努斯已经不知道过去了多久。他抬起头来，看到乌希扎尔走进房间，这满目疮痍让对方的年轻面孔上写满了震惊。

一支圣甲虫隐修会小队和乌希扎尔一同前来，战士们头盔右眼的护目镜被一道纵向刻痕所遮盖。

马格努斯听说在尼凯亚会议之后，这个传统已经被军团广泛接受，但此时此刻，麾下子嗣所展现出的崇敬恰如扎在他心头的一根毒刺。

"乌希扎尔，"马格努斯噙着泪水说，"离开这里！"

"大人？"乌希扎尔喊着向马格努斯走来。

马格努斯抬起一只手阻拦对方，他想起自己目睹的种种事物，以及那位虚空凶神所展示的一切，悲伤几乎要将他压倒在地。

马格努斯的全部思维如同一记重拳般击中乌希扎尔，让对方不禁一阵趔趄。在这位传心者面前，马格努斯匆忙将自己的心灵屏蔽起来，但为时已晚。乌希扎尔知晓了一切。

"不！"乌希扎尔喊道，那摧心断肠的背叛之痛让他无法承受，"不可能！你……是真的吗？告诉我那不是真的。你所做的……将要发生的……"

马格努斯感觉自己的心如同灌了铅般沉重，他暗自咒骂这不可原谅的瞬间失神。

"是真的，吾儿。全都是。"

他能看到乌希扎尔的哀求目光，对方盼望他说这只是个玩笑，或是一场可怕的测试。虽然马格努斯想要保护诸多子嗣免受父亲罪行的牵连，但他知道自己做不到。他已经欺骗了自己和战士们太久了，绝不能再放弃这个揭露真相与获得救赎的最后机会。

无论那意味着什么。

"我们必须警告军团，"乌希扎尔嘶声道，他扭过身朝圣甲虫隐修会吼出命令，"调动尖塔守卫，命令舰队备战。向民兵发布武装通告，将全部非战斗人员疏散到反光洞穴！"

马格努斯摇摇头，一道坚不可摧的力墙在乌希扎尔和他的部下面前升起，将众人困在这焦黑冒烟的房间里。

"我很抱歉，乌希扎尔，真的很抱歉，"马格努斯说道，"但我不能让你那样做。"

乌希扎尔开始转回身来，但在这位子嗣能够直视父亲之前，马格努斯就终结了他的生命。

第二十六章

好学生
我的命运属于我
分道扬镳

　　空气中裹着浓厚的咸味。猛烈的海风扑面而来，让勒缪尔不禁回想起北非的蜿蜒海岸线，心中顿时泛起一股怀念之情。他家乡周围的海水早已退去，但那干燥的海床依旧会散播关于昔日大洋的记忆。

　　他摇摇头抛开思乡之情，他需要集中一切精力。

　　提兹卡的港口摩肩接踵：这里挤满了大汗淋漓的装卸工、司机、机仆以及搬运工。塞佩亚·瑟琳号按照计划将在四个小时之后离开星球轨道，为她扬帆起航而进行的最后一批准备工作已经开始收尾。卡车、补给车、行李车和水罐车小心翼翼地在这繁忙港口中穿梭，尖锐的鸣笛和司机的怒吼几乎要盖过引擎咆哮。

　　这里一天到晚都充满了灼热金属的刺鼻气味，客机与货机嘶吼着直冲云霄，将最后一批船员和乘客送抵各自的泊位。很多人都在离开普罗斯佩罗，港口中弥漫着一种触手可及的紧张感。

　　勒缪尔的神经像弓弦一样绷着。披着红色大衣的普罗斯佩罗尖塔守卫在这里巡逻，众多港口监督员则不厌其烦地一遍遍检查通行许可和身份证件。

　　卡蜜尔走在他身边，端庄地将双手交握于身前。她身穿一条翡翠绿的低胸长裙，在裙摆、领口和袖口位置都嵌着黑色蕾丝。她一开始很抗拒这套奢华装束，直到勒缪尔指出一位贵族绅士的配偶理应穿着得体。

　　此刻，那位贵族绅士正坐在轿子里，他们从住所偷来的丝缎和天鹅绒垫子增进了这台座驾的浮华外观。纵然马哈瓦斯图·卡里马库斯身披一件做工极其精致的外套，但他看起来丝毫不像一位来自泰拉的高傲贵族，老者此刻低垂着目光，用黑色手杖敲打座驾的支柱。

　　只有勒缪尔侥幸不必多加伪装，他穿着平日的记述者长袍，扮演马哈瓦斯图的私人书记员，兼任卡蜜尔的阉仆。在他们仔细筹划要如何混上一艘前往塞佩亚·瑟琳号的客机时，这个角色的后半部分让大家不禁莞尔。至少，除了勒缪尔之外的人都笑了。

他们身后还跟着一支队伍，九名机仆扛着若干沉重的箱子，里面装满了马哈瓦斯图的作品，这是他在身为马格努斯傀儡的岁月里所执笔的无数文章、记录和秘典。勒缪尔曾劝说马哈瓦斯图把它们扔掉，但那位老人的态度非常坚决——必须保存过去。历史就是历史，这轮不到他们来判断究竟哪些该被铭记，哪些该被遗忘。

"我可不会当一个焚书之人。"马哈瓦斯图的话不留余地。

他们平安无事地进入了港口区域，数个世纪的和平以及逐渐安定的银河已经让普罗斯佩罗的居民变得颇为散漫。

"我们要怎么做？"卡蜜尔问道。这是她早上所说的第一句话，她昨晚向凯娅坦白了自己离开此地的决定，那引发了一场激烈争执。

"相信我，"勒缪尔说，"我知道我在做什么。"

"你光说这个，却从来不说你到底打算怎么办。"

"我现在又没法知道。"

"真让人安心。"

勒缪尔没有回答，他能理解卡蜜尔的尖酸言辞。他们穿过人群，避开那些主要道路，眼看着满载士兵和船员的宽轮卡车开往装载泊位。高大的机库、储料仓和燃料塔组成了港口的大部分建筑设施，他们在其间蜿蜒而行，走向那些位于海岸线边缘的银色平台。

最后一批即将前往星球轨道，与那艘大型运输船汇合的十余架飞机在各自的泊位中隆隆咆哮。这是他们离开普罗斯佩罗的唯一机会。

勒缪尔带领众人走向停机坪，与此同时两架飞机乘着尖啸的尾焰攀上苍穹。几名经过了体型强化的机仆毫无怨言地扛着马哈瓦斯图的轿子，卡蜜尔尽量表现得举止优雅，但并不成功。这队人马十分引人注目，勒缪尔盼望这一切都符合他们作为塞佩亚·瑟琳号高贵乘客的身份。

"这不行的。"卡蜜尔说。

"会行的，"勒缪尔坚持道，"必须行。"

"不。我们会被拦下来，困在普罗斯佩罗上。"

"如果抱着这种态度的话，那就肯定没戏了。"勒缪尔厉声说，他的耐心逐渐耗尽了。

"勒缪尔，卡蜜尔。"轿子里的马哈瓦斯图说道，"我理解大家都承受着很大的压力，但如果不是太麻烦的话，你们两个能不能他妈的闭上嘴！"

勒缪尔和卡蜜尔顿时愕然，那位老人的恶语让他们备感震惊。

勒缪尔抬起头看看马哈瓦斯图，说实话，对方显得比他更受冒犯。

"我为我的粗鄙表示歉意，"马哈瓦斯图说，"但那似乎是唯一一个让大家冷静下来的方式。相互斗嘴只能让事情更糟。"

勒缪尔深吸一口气。

"你是对的，"他说道，"我很抱歉，亲爱的。"

"对不起，勒缪尔。"卡蜜尔说。

勒缪尔点点头，继续领路。他们最终抵达了客机停机坪的入口。这次，一个安保检查点挡在了他们面前，即便是普罗斯佩罗的居民也不会让这种危险区域畅通无阻。尖塔守卫站在大门两侧，身穿蓝色长袍的官员仔细检查所有前往停机坪人员的身份。

"我们就要知道那些训练到底有没有用了。"卡蜜尔说。

勒缪尔点点头："但愿我是个好学生。"

他们向检查点靠近，勒缪尔从卡莉斯塔的笔记本里撕下一页纸，递给那位百无聊赖的官员。纸上的文字毫无意义，但如果对方毫无头绪的话，事情会更容易一些。

那位官员皱起眉头，勒缪尔抓住时机。

"阿索卡·宾度萨拉大人和库玛拉黛薇·钱德拉女士将登上塞佩亚·瑟琳号，"勒缪尔说道，他将一股连自己都缺乏的强烈自信投射到对方的灵气中，"我是他们谦卑的仆人与书记。烦请指明，哪架待命的客机最为华贵。"

勒缪尔凑近一些，狡黠地压低声音说："我的主人已经习惯了普罗斯佩罗的奢华生活。如果我们不能分到一架堪比宫殿的飞机，那么大家都会不好受，你明白我的意思。"

那位官员依旧皱着眉头凝视纸上的字迹。他很快就会看穿勒缪尔的虚张声势，意识到自己盯着的是一派胡言。勒缪尔察觉到对方的官僚思维正在处理眼前的文字，于是增强了针对此人灵气的操纵。他抽去乐观与暴戾，将那些文件捏造成三人的旅行许可和泊位明细。

那位官员放弃了勒缪尔的文件，拿出他自己的数据板。

"我没看到你们的名字。"他满意地说。

"拜托，再查一遍。"勒缪尔说着又挨近了一些，此刻三架客机从海岸上冲天而起。他能体会到身后卡蜜尔与马哈瓦斯图的恐慌，急忙继续加强心灵冲击的力道。然而他明白，这已经是徒劳了。

勒缪尔听见一声惊讶的喘息，随后便有一股令人宽慰的认同感像毛毯那般铺在他心头。从官员的迷离目光来判断，他同样受到了影响。某人走到勒缪尔身边，一个女性嗓音说道："这几位是我的客人，他们刚刚被加到旅客名单里。"

勒缪尔微笑着看到凯娅把手掌搭在那位官员的臂膀上，并感受到她的影响力继续扩散。似乎每个普罗斯佩罗的原住民都掌握着一定程度的灵能，他惊讶于自己此前从未有所察觉。

"是的，"那位官员说道，他听起来满怀疑惑，却不明就里，"我看到了。"

随着凯娅所灌注的确信感逐渐增强，官员点了点头，向大门两侧的士兵挥手示意。他为众人的箱子盖了章，并将四块泊位牌交给勒缪尔，每块牌子中央都印着一枚眼睛图案。勒缪尔努力掩饰住自己的欣慰。

"我的主人感谢你。"他说着带领队伍穿过大门。

在他们刚刚走出官员和守卫的视线时，卡蜜尔就一头扑进凯娅怀里亲吻对方。她们一直紧紧相拥，直到马哈瓦斯图小心地轻咳一声。

"你来了！"卡蜜尔说道，泪水抹花了她的眼影。

"我当然来了，"凯娅说，"你以为我会让你丢下我跑掉？"

"但昨晚——"

凯娅摇摇头说："昨晚你所说的世界末日把我弄昏头了。你要走，我很害怕。我不想离开普罗斯佩罗，但如果你认为有什么坏事要发生的话，那么我相信你。你一直都是对的。无论如何，我爱你，我不会和你分开。"

卡蜜尔用长裙的袖口擦着眼泪，毫不在乎自己把那布料弄皱了。

"确实有坏事要发生，我确信。"她说道。

"我相信你，"凯娅紧张地笑了笑，"反正就算你搞错了，我们也可以回来呀。"

勒缪尔朝官员所指定的客机点头示意。

"最好抓紧,"他说,"我们的船是最后一个离开的。"

他们这支杂牌队伍跟随身穿蓝色制服的地勤人员走向一架银光闪闪、体态修长的轻型飞机。它的宽阔机翼将大家笼罩在阴影里,平坦的货舱挂在起落架下方,他们要从这里爬到乘客舷梯上。

勒缪尔容许自己露出了胜利的微笑。

卡蜜尔和凯娅笑意盎然,手牵着手走向飞机。

就连马哈瓦斯图都面带笑容。

一个急迫的声音让众人脸上的笑容踪影全无:"停下。乘客舷梯上的人,站住别动。"

勒缪尔转过身看到了叫住他们的人,他的心顿时如坠冰窖。

一位普罗斯佩罗尖塔守卫军官率领一队士兵快步走来。

"这看起来可不妙。"他说。

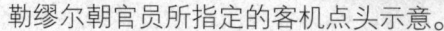

"你无须惧怕我,阿蒙,"马格努斯说道,"自从我初次踏足普罗斯佩罗,你就是我最忠诚的仆人。我永远不会伤害你。"

"无意冒犯,大人,但我相信年轻的乌希扎尔也是那样想的。"阿蒙说,他小心翼翼地在马格努斯房间的废墟中穿行。他有一头灰色短发,面孔皮肤如同陈旧的羊皮纸般粗糙。他跪在乌希扎尔的尸体旁边,把手掌放在那碎裂熔融的胸甲上。

几名圣甲虫隐修会战士躺在乌希扎尔周围,他们的尸体被扭曲成了不自然的形状,血肉焦黑,仿佛和马格努斯的图书馆一样被大火所吞噬。

"告诉我发生了什么。"阿蒙说。

马格努斯垂下头,不愿直视他最老的朋友。第九连的连长并未作出控诉——他并不需要。因为没有任何控诉能够比马格努斯压在自己肩头的罪状更加沉重。从他杀死乌希扎尔至今已经过去了大约一周,在这段时间里,马格努斯几乎要屈从于自我毁灭的冲动,用他的力量寻求了断。

出于对他人身安全的担忧,其他人也曾尝试进入房间,但都被马格努斯拒之门外,直到此刻。马格努斯低头注视着贝勒克·乌希扎尔那饱受摧残的尸体,顿时在悔恨与失落中长叹一声。

"那是一次不可原谅的失神,本不该发生,"马格努斯回答,"但他知道了太多,我不能放任他离开。"

"知道了太多什么?"

"过来,"马格努斯说,"让我展示给你看。"

阿蒙站起身,跟随马格努斯走到俯瞰提兹卡的阳台上。马格努斯在阿蒙的灵气中读到了戒备,但并不怪罪对方。只有傻瓜才不会有所警惕。自从两人作为师长与学生展开首次交谈已经过去了漫长的岁月,马格努斯从未将阿蒙视作愚者。

马格努斯望向正午的天空。

"和我一起遨游浩瀚之洋吧。"他说道。

阿蒙点点头,闭上双眼,马格努斯让自己的光之躯体从血肉中解脱出来。凡间的困扰顿时减轻,但并不能完全忽略。由大理石建成的提兹卡变得珠光宝气,将这座城市称为家园的无数灵魂如同微小的灯笼般熠熠闪光。

"他们多么脆弱。"马格努斯说道,虽然还没有人能够听到他的言语。

阿蒙的光之躯体伴着温暖辉耀在他身边出现,两人一同飞入苍穹。周围的世界从蓝色逐渐变为漆黑,点点萤火般的群星围绕着他们旋转。

深暗的太空又转化成了浩瀚之洋那令人目眩的多彩混沌,滚滚浪潮席卷两位旅行者的灵体,让他们备感慰藉与欢欣。

马格努斯在前面引路,掠过那漩涡般的深渊,飞向一个只有他能够找到的目标。身兼挚友与爱子的阿蒙紧紧追随。最终,他们抵达了马格努斯一周之前曾经看到的那片平静区域。

他能感觉到阿蒙的惊恐,对方也目睹了那支由装甲厚重的战船,体态修长的突击巡洋舰,以及踏着毁灭步伐的战列舰所组成的庞大舰队。数百艘飞船逐渐逼近普罗斯佩罗,它们隶属不同阵营,但抱有同样的目标——湮灭。

首当其冲的那艘战舰如同一柄出鞘的狂野利刃,即将对敌人施以致命一击。那生有獠牙的灰色舰船在星海中展开狩猎,用雕刻在尖锐船头的无情利眼扫视着浩瀚之洋。

"我的猜测正确吗?"阿蒙问。

"是的。"马格努斯确认道。

他们靠近了那艘凶暴战舰,足以将虚空掠食者拒之门外的护盾无法阻挡两位如此强大的旅行者。他们穿过一层层虚空盾,扎进厚达数米的精金船体、散发幽光的整域力场,以及蜂窝状的舱壁,最终抵达飞船核心。

这支舰队的指挥官们在此聚首,共同筹划要如何毁灭马格努斯所珍视的一切,而两位普罗斯佩罗的子嗣则暗暗倾听他们的商议内容。马格努斯对此早有心理准备,但阿蒙没有,他灵气中暴发的波动将一道暴戾能量扩散到船员身上。

"为什么?"阿蒙哀声质问。

"因为我错了。"

"什么错了?"

"一切,"马格努斯说道,"你教导我的所有课程,我都自负地认为我早已知晓。你警告我虚空之中有神明,而我却嘲笑你是个迷信的老傻瓜。如今我得到了教训,因为我曾经直面此等存在,并自以为占据上风,但我错了。我做出了可怕的事情,阿蒙,但你必须相信我是出于正当的理由。"

阿蒙飘向指挥台上的舰队主宰,以及他身旁那位有着铁灰色双眸的金甲杀手。一队披挂着同类铠甲的战士矗立在两位领袖周围。

"尼凯亚会议?"阿蒙质问道,"他们理应称我们为术士吗?"

"恐怕是的,虽然我直到今日才明白。"

"而我们要为此遭受劫难?"

马格努斯点点头,转身穿过星船的钢铁躯壳,遁入那滚沸坩埚般的浩瀚之洋。阿蒙在他身边飞翔,两人掠回普罗斯佩罗,睁开眼睛,看到提兹卡那令人安慰的熟悉景色,顿时长呼一口气。

"军团对此一无所知?"阿蒙问道。

"是的,"马格努斯说,"我在普罗斯佩罗周围布置了一道帷幕。就算是黑鸦学派也无法看透。千子必将明白,究竟何谓盲目。"

"针对我们的惩戒日益临近,"阿蒙说道,"当它抵达的时候,我们要如何应对?"

"你很宽容,老朋友,"马格努斯说,"那是对我的惩戒。"

"他们的斧子照样会落在我们头上,"阿蒙指出,"我再问一次,当它抵达的时候,我们要如何应对?"

"我们不做应对,"马格努斯说,"没有任何应对可做。"

"总会有应对之法。我们完全可以在他们抵达之前就加以毁灭。"阿蒙抓住马格努斯的手臂嘶声道。

马格努斯摇摇头说:"这与我们能否抵御威胁无关。我们当然可以,问题在于我们是否应该那样做。"

"为何不应该?"阿蒙反驳道,"我们是千子,我们无所不能。对于我们而言,没有任何道路无踪可循,没有任何命运隐秘难求。命令黑鸦穿透未来的迷雾,亮羽和猎鹰可以强化我们的战士,火凤将焚化我们的敌人,天枭则能读取对方指挥官的思维。当他们抵达的时候,我们必严阵以待。"

马格努斯备感绝望,他在阿蒙的话语中仅仅听到了先发制人的渴求。

"你没有听到我说的话吗?"他央求道,"有一股力量早在我踏足此地开始便暗中施加操纵,所以我不会出手,否则正中其下怀。它们希望我奋起反抗末日,它们明白如果我这样做,便恰恰为那些憎恨并惧怕我们的人提供了证据,符合他们所笃信的一切。"

阿蒙俯瞰整座城市,目光变得朦胧,失落的泪水从他脸颊上淌过。

"在你来到普罗斯佩罗之前,我始终被一个固定的梦魇所纠缠,"他说道,"我梦见自己珍视的一切都被凭空夺走,尽数毁灭。它困扰了我很多年,然而当你像流星般从天而降之后,那噩梦就彻底终止了。我再也没有经历过。我说服自己,那仅仅是源自古老长夜的远古记忆,但事实并非如此,如今我明白了。我预见到了这些,我热爱的一切都将灰飞烟灭。"

阿蒙闭上眼,指节泛白地紧握住阳台的围栏。

"或许我无法加以阻止,"他继续说道,"但我要捍卫我的家园,如果你对我们的友谊抱有任何尊敬的话,你也应当如此。"

马格努斯猛地转身面对阿蒙。

"无论我做过什么,我的命运属于我自己,"马格努斯说道,"我是帝皇的忠诚子嗣,我永远不会背叛他,因为我已经打碎了他的心,破坏了他最伟大的造物。我会坦然接受命运,即便历史必将视我们为叛徒,但他们会知晓真相。他们会知道,我们自始至终都是忠诚的,正因为我们坦然接受了命运。"

那位尖塔守卫军官在众人面前停下脚步,勒缪尔试图安抚对方的灵气。他的强烈恐慌让这变得十分困难,然而在他能够施加任何影响之前,他却发现那位军官的灵气中满是悲痛，并无戾气。

勒缪尔又仔细看看，认出了此人的宽阔肩膀、整洁制服以及胸口的金色奖章。

那位军官摘下头盔，勒缪尔开始猜测大家尚有一线生机。

"维萨拉连长？"他说。

"是的，高蒙先生，"普罗斯佩罗15号突击步兵团的索克姆·维萨拉连长答道，"我希望能在几位离开之前见你们一面。"

"在我们离开之前？"勒缪尔问道，大家并没有被戴上镣铐押走，这依旧令他颇为困惑。货舱的大门缓缓关闭，他们很快就要起飞了。

"是的，我差点就错过了，因为任何一份名单上都没有你们的名字。"

"是啊，"勒缪尔心虚地一笑，"确实不该有。"

"无论如何，我很高兴赶上了你们。"

"是吗？"卡蜜尔问道，"为什么？你想怎样？"

那个年轻军人努力寻找合适的措辞，但最终他放弃了，把心里话一股脑说了出来。

"我不确定卡莉斯塔究竟经历了什么，但我知道她不想留在这里，"他说道，在这个年轻人表露无遗的悲伤面前，勒缪尔几乎难以自持，"她想让你们带她离开。"

勒缪尔与卡蜜尔交换了一个忧虑的眼神。

"这可能有点难了。"他回应道。

"我明白，这毫无道理，"维萨拉说，"但她说过，她想和朋友们一起离开普罗斯佩罗。"

"这是她和你说的？"卡蜜尔追问，她把每个字都讲得清清楚楚，以防产生任何误解，"在她死了之后？"

维萨拉的脸上写满了犹豫和困惑。

"我想是的，"他最终回答，"听我说，我昨晚梦见了卡莉斯塔。她和我一起坐在费奥伦托公园里，看着湖面上的阳光。我们一句话都没说，只是抱着对方。今天早上，当我被起床号叫醒的时候，我在床边发现了一张纸条，让我在这个确切的时间到停机坪来。我根本不记得自己写过那张纸条，即便上面是我的笔迹，但那显然是卡莉斯塔的话语。她想让我到这里来，想让我把这个交给你们。"

维萨拉从身旁的士兵手中接过一个淡蓝色的瓷罐，递给勒缪尔。那是用来盛放挚爱之人遗骸的骨灰盒。

勒缪尔捧着那瓷罐微笑道："你知道吗，我完全相信你。卡莉斯塔昨晚确实去找你了，我作为她的朋友，一定遵从她的遗愿。"

"那么你相信我昨晚真的看到她了？"

"是的，"勒缪尔说，他自己心中的悲伤也因此略得慰藉，"我相信。"

维萨拉向勒缪尔敬了个军礼："谢谢你，高蒙先生。我会想念卡莉，但既然这是她的愿望，我又凭什么阻止呢？"

"你是个很高尚的人，"卡蜜尔走上前来轻吻他的脸颊，"我明白卡莉为什么喜欢你了。"

军官微笑着向客舱点头示意，一位恼怒的船员正等着关闭舱门。

"你们最好动身吧，"维萨拉说，"你们可不想错过塞佩亚·瑟琳号。毕竟，岁月不等人。"

"的确如此。"勒缪尔握住维萨拉的手说道。机仆将那些箱子搬进轻型飞机里，马哈瓦斯图也从轿子上爬了下来。卡蜜尔搀扶着德高望重的书记员走进机舱，维萨拉则带领他麾下的士兵离开了停机坪。

勒缪尔跟随朋友们一起登机。随着舱门在身后关闭，他认定自己看了普罗斯佩罗最后一眼。

他错了。

塞佩亚·瑟琳号按计划起锚，优雅地脱离了她的泊位。银色吊臂从轨道星港的中央枢纽探入太空，周围挤满了正在调动的战舰。千子的战列舰滑出空港，向星系外围扬帆起航，在一队队突击巡洋舰的环绕下告别普罗斯佩罗。

协调如此庞大的一场星船之舞绝非易事。弗泰普号率领一支足以将整个星球夷为平地的舰队驶向星系最远端，而安克涛号、普罗斯佩罗之子号以及奇美路号的航线也将它们送往千子领地的不同角落。

让舰队分散行动的那道命令拥有最高级别的警示代号，四支作战舰队全速驶向各自目标。没有任何一位指挥官知道这场行动的根本缘由，但他们全都接到了严格的指示，只有在抵达预定坐标之后才能打开各自的命令文件。

所有舰长都明白，这会令普罗斯佩罗门户大开，但没有人胆敢违抗原体本人的命令。质疑这次行动的意义绝非他们职责所在。他们唯一的职责便是服从。

军事调动的优先级要高于民用舰船，因此塞佩亚·瑟琳号在等待中转路径的队列里耗费了六个小时。最终，主舵手获准驶入开阔空间，启动了等离子引擎，将这艘星船推向跃迁点。

如果虚空能够配合的话，从那里前往斯兰克斯星系的旅程将花费三周时间。

抵达跃迁点通常需要四天，但由于出发的角度恰到好处，塞佩亚·瑟琳号仅用三天便与普罗斯佩罗的恒星拉开了足够的距离，可以安全启动虚空引擎。飞船的导航者表示，目前另一个世界中的虚空浪潮是他平生所见最为稳定的，制图师进行了最后一次位置确认，随后便将他的跃迁计算结果交给了导航者部门。

在飞船的观察拱顶里，勒缪尔和马哈瓦斯图闲聊着下一步的去向，卡蜜尔和凯娅则交握双手，聆听那些安置在木制墙壁上的扩音器单调地播放倒数。

这个居高临下的拱顶坐落在塞佩亚·瑟琳号后部，将这艘大型运输船的舰身一览无遗。壮阔船体绵延到六十公里之外，钝楔形的船头如同兽吻一般。作为一艘负责运送巨量物资、士兵和装备的军用舰船而言，它已经堪称颇为华贵了。

他们四人很快就适应了船上的生活，那位受到误导的官员为他们指派了高级舱室，这显然是为富贵乘客所设计的。

"你应该能在两个月之内到达泰拉，"勒缪尔告诉马哈瓦斯图，"你可以到北印度去，着手编目那些从废墟里发掘出来的古老记录。我听说他们已经把新亚历山大的所有数据核心都勘校完毕了，但肯定还有更多材料。他们如果不想要你帮忙那肯定是疯了。"

"或许吧，"马哈瓦斯图说道，他沉重地倚靠着一根乌木手杖，那金色的杖首顶端嵌有一枚雕琢成眼睛造型的翡翠，"不过我这把老骨头恐怕禁不起折腾了。"

"瞎说，"勒缪尔反驳，"你还有的是精力呢。"

"谢谢你，勒缪尔，"马哈瓦斯图说，"但我可能会把注意力放在回忆上，趁我还能想起来一些。"

"我乐意拜读。"

"恐怕会比我动笔更乐意吧。"

勒缪尔没有回答，只是面带微笑看着卡蜜尔和凯娅也走到了观察拱顶边缘。大约有六十余人聚集在这里观看飞船进入虚空，有些人对于如此庞大的舰船如何穿越星海颇感好奇，另一些则既期盼又惧怕那神秘莫测的亚空间。

倘若他们知道真相，勒缪尔心想。他们一定宁愿挖出自己的眼珠，也不要凝视那个蕴藏如此恐怖力量的异界国度。

"快了。"卡蜜尔说。

"是啊，"勒缪尔朝那玻璃拱顶点头示意，倒数只剩下一分钟，"我都有点忧伤了。"

翅膀般的叶片从庞大船体的各个位置伸展开来，虚空屏障逐渐启动，为跃迁做好了准备，周围的景象变得愈发模糊。

"要不了多久。"卡蜜尔握住勒缪尔的手说。

"这一切就都结束了。"勒缪尔回应道。

当警报响起的时候，倒数还剩下三十三秒。

那单调的机械语音被一阵尖利噪声所切断。一串紧急照明灯将整座拱顶笼罩在猩红光芒中。

"怎么回事？"马哈瓦斯图喊道。

勒缪尔没法回答，但他不必开口承认自己一无所知，因为塞佩亚·瑟琳号右舷方向骤然爆发出一片闪耀幽光。泡沫般的大团光芒绽放开来，点亮了这艘大型运输船周围的空间，仿佛有一根泛黄獠牙在现实的架构上划开了一道可怕的伤口。裂痕逐渐扩张，一束束焦灼的虚无之光从中渗出，就像是裹尸布上的血迹。

开膛利刃般的庞大形体在那翻滚漩涡中移动。

领头的是一艘修长而狂野的战舰，它铁灰色的侧翼舰体表面粗暴地排列着火炮和鱼雷发射器。它的船头仿若犁铧，然而这艘飞船的职能在于播撒战争，绝非耕种和平。

它棱角分明，线条流畅。它是一艘星海猎人，战舰杀手。

它脱离了那道现实中的裂痕，数十艘战舰紧随其后，或是金色，或是漆黑，或是与那舰队领袖拥有相同的徽记。

勒缪尔此前见过这艘战舰，那是在方舟边际星团，伯劳星上空。

"那是……？"勒缪尔喘息道。

"很不幸，是的，"马哈瓦斯图说，"我想那确实是。"

"你认识那艘船？"卡蜜尔问道，"它叫什么？"

"那是拉芬克号，"马哈瓦斯图说，"黎曼·鲁斯的旗舰。"

第二十七章

芬里斯的雷霆
失落的一切
狼族之王

　　太空野狼舰队的第一波轰炸在黎明之前击中了普罗斯佩罗。轨道防御系统完全措手不及。所有扫描仪器都静默无声，而须臾之间便有一支庞大舰队凭空闪现，雨点般的鱼雷已经向星球轨道上的火炮阵列和导弹平台疾驰而去。大部分防御系统未及发出一枪一弹就化作废墟。幸运的那些则在一阵仓促射击之后也灰飞烟灭。

　　舰队没有遭遇任何来自地面的反击，于是向普罗斯佩罗逼近，在高层同步轨道排列成攻击阵形。成千上万的武器瞄准了下方星球地表，能量武器、动能武器以及轰炸火炮。那些战舰静静地悬浮在太空里，如同一艘艘参加星海竞速的宏伟帆船。拉芬克号打响了这场攻击的第一枪，庞大的武器系统纷纷闪动，将灼目的冰蓝光束刺向下方。

　　随后，舰队的其他成员也全部开火。

　　虽然马格努斯确保麾下军团对于帝皇惩戒的日渐迫近一无所知，猎鹰学派依旧日夜不断地维持着提兹卡上方的念力护盾，就算是赤红的马格努斯也无法神不知鬼不觉地解除那道防线。

　　这场灭顶之灾的最初警告是一股直落九天的滚滚热风，整座城市被笼罩在风暴压境的沉闷气氛里。风中充满了金属与燃料的焦灼气味。金字塔顶爆出火花，静电在一座座银色楼阁间跃动，恍若某位疯狂科学家的实验装置。

　　黎明前的灰白天空骤然迸发出万丈光芒，低垂的云层被由内而外地点亮。大气层放电的惊天怒吼随之而来，仿佛是缺少了闪电的雷霆。高超音速炮弹引发的多重音爆打破了墓园般的静默，震耳轰鸣在城市中隆隆回荡，将尚在睡梦中的提兹卡居民全部惊醒。

第一束光矛如同天神的手指般刺在了提兹卡东北方一公里外的位置。港口的宽阔水域遭到猛烈冲击，自海平面以下五百米深的海水瞬间变成了高温蒸汽。后续轰炸在几秒之内接连闪现，一道道垂直的耀眼光芒让喷泉般的水柱冲天而起。

　　大片滚沸的雾气从海面奔涌而来，将晨间劳作的港口工人尽数烫死。炮弹踏着烈焰轨迹穿过低层大气，震荡波撼动海洋，将滔天巨浪推向堤岸。

　　熔岩炸弹夷平峰峦，填满沟壑，让一道道山脉在高大的蘑菇云中土崩瓦解。辽阔大地因这人造雷霆而颤抖不已，对星球表面发动的无情轰击如同一阵毫不停歇的桩锤敲打。在轨道上，越来越多的战舰把火力投入到这场轰炸中，将一枚枚房屋大小的炮弹抛向下方的世界。饱和攻击的目标区域覆盖了这座城市的每一寸领土，足以将整块大陆夷为平地。

　　然而提兹卡毫发无损。放眼帝国全境的城市防御系统，猎鹰学派的念力护盾无出其右。这道无形屏障比最厚重的精金板更坚硬，比层层叠叠的虚空盾更牢固，它吸收了凶猛的轰炸火力，但负责维持念力护盾的战士们付出了惨重代价。

　　提兹卡的居民们如今全都彻底苏醒了，他们走上街头，在困惑与惊奇中抬头仰望。人们几乎不觉恐惧，因为他们挚爱的城市尚未遭到任何破坏。他们瞠目结舌地凝视上方，灼目的能量武器在天空中留下炽热痕迹，覆有铁甲的炮弹不断冲击那道护盾，用黑烟与火光涂抹云层。匆忙集结的尖塔守卫部队涌进街道，试图敦促居民回到家中，但这精彩绝伦的奇观将人们定在原地。

　　赤红的马格努斯看着那团凶猛的能量风暴席卷城市。天空被染成血红，空爆燃烧弹将云团抹消，他目睹提兹卡四周的土地惨遭毁灭，一滴泪水从他眼中涌出。森林变为灰烬，草原燃起大火，未受开垦的旷野在片刻之间化作焦土。

　　普罗斯佩罗的废土如今名副其实了。

　　"现在我明白你的感受了，父亲。"他低语道，以太能量在他双拳中积聚，迫切地渴求释放。马格努斯念诵起唯有他知晓的心境秘语，努力寻求镇定。这是他的命运，这是他必须接受的惩罚。他要为自己的错误行径付出代价，这高尚理念绝不能被抛弃。

　　无论他多么渴望那样做。

他看着震天雷霆徒劳地轰击猎鹰学派的护盾。

"我就在这里,"他向苍穹低语道,"动手吧。"

黑鸦学派圣殿的巅峰密室里烟雾缭绕,沁人心脾的熏香从砖石间渗透出来,夹着凤仙花与香柏的甜美气味。挂在倾斜墙壁上的帷幕伴着阵阵暖风摇曳不止,阿里曼努力维持住高层心境,那毫不停歇的雷霆轰鸣则试图加以干扰。

他坐在黑鸦符记面前,这是一块椭圆形的平坦水晶,其中央位置的黑色尖晶石如同一枚巨眼的瞳孔。这是黑鸦学派第一任圣殿首座从反光洞穴里亲手开凿出来的,从那时起它就一直扮演着学派信徒们占卜活动的定焦点。它悬浮在一片反光池水上方,纵然大地撼动不止,那漆黑闪耀的水面却平滑如镜。

阿里曼眨眨眼,他在池水深处瞥见一道新月的幽影。

符记的启示一向变化莫测,但近来它陷入了沉寂,就连黑鸦学派最具天赋的成员也无法对未来作出丝毫预知。安库·埃南和阿里曼尝试过遥望普罗斯佩罗之外,却都无功而返。他们的灵体完全无法进入浩瀚之洋,仿佛有某些事物在刻意阻止他们穿越普罗斯佩罗的天际。

之后,那场如同雷霆与钢铁之雨的轨道轰炸就从天而降。

在第一批炸弹落地的顷刻之间,黑鸦学派战士们就在金字塔下层整装待命。纵然提兹卡本身毫发无损,但普罗斯佩罗正在他们身边逐渐覆灭,而且现状不可能维持太久。那些未知的攻击者很快就会意识到,他们需要亲力亲为,用传统方式铲除千子。

这些神秘的敌人是谁?有谁会疯狂到攻击一支驻扎于母星的阿斯塔特军团?更重要的是,他们何以悄无声息地调动规模如此庞大的火力?

在下达部署命令之前,阿里曼首先需要寻求一些答案,因此他将自己的心灵与水晶同调,直取普罗斯佩罗一切知识的源头——赤红的马格努斯。

数周以来没有人见过原体,但全城居民都目睹了从弗泰普金字塔顶端喷发出来的巨型火柱,人们十分恐慌。现在阿里曼明白缘由了。

"大人,你的子嗣需要你的引领。"阿里曼从埃特皮奥那里汲取能量,将全部的力量聚焦在这块水晶巨眼上。在最近的几周里,埃特皮奥一直陪伴左右,这个守护精灵已经不需阿里曼的召唤便可现身。它扇动着闪耀的翅膀悬浮在半空,阿里曼则运用着经过强化的力量,将自己的意识导向弗泰普金字塔中的那块水晶。

他能感觉到其他学派圣殿的巅峰密室中传来了同类水晶的共鸣，除了乌希扎尔之外的所有连长都在急切地寻求信息。一团光辉在水晶深处闪烁，嵌在中央的那块宝石游动不止，仿佛由固体变成了液态。

"吾儿，"马格努斯的应答在阿里曼脑海里回荡，那声音尖锐而锋利，仿佛是水晶的鸣响，"这是我们军团最黑暗的时刻，但同样是我们凯旋的时刻。"

阿里曼品味到了兄弟们的惊喜。直至此刻，他都没有真正意识到自己多么想念父亲的声音，但他强迫自己专注于当前事务。

"大人，怎么回事？"他问道，"谁在攻击我们？"

"黎曼·鲁斯和他的野狼，"马格努斯语气平淡地回答，仿佛这是天经地义的，"还有禁军部队和寂静修会。"

阿里曼倍受震慑，若非埃特皮奥相助，他险些要丧失对心境的掌控。即便如此，他依然需要调动极强的意志力才能保持自己的理性与淡泊。

"为什么？我们何罪之有，竟要招致如此的暴力？"

"你们没有，"马格努斯说道，"始作俑者是我。这是我的末日。"

"我们必须赶在他们发动突击之前进行部署，"弗西斯·塔卡说，"念力护盾难以为继。我已经失去了太多战士。"

"那就降下它，吾儿，"马格努斯说，"因为野狼已经出击。"

"既然如此，那帮背信弃义的混账就会明白出手攻击千子的代价，"卡洛菲斯低吼道，"我要让他们看看火凤学派是怎么打仗的。"

"下命令吧，大人，"哈索尔·玛特央求道，"求你了！"

水晶中央的眼睛顿时变得暗淡，仿佛退回了深处。阿里曼捕捉到对方的迟疑，一份回忆在他脑海中逐渐浮现，那是他与原体在尼凯亚心灵相接的瞬间。

卡洛菲斯控诉太空野狼背信弃义，但阿里曼明白，火凤学派领袖说错了。在这场战争中，被视为叛徒的并非太空野狼，而是千子。

"黎曼·鲁斯憎恨我们，但就算是他也绝不敢私自发动攻击，"阿里曼开口道，"这个命令必然来自更高的级别。它来自帝皇——这是唯一的解释。大人，你在向我们隐瞒什么？"

"你一向心思敏锐，阿泽克，"马格努斯说，那枚眼睛重新变得清晰，充满了无奈的色泽，"我将真相掩藏了太久，蒙蔽了所有人，甚至包括我自己，直到我几乎要相信那仅仅是属于旁人的噩梦经历。"

阿里曼察觉到了其余阿斯塔特兄弟的困惑，每个人都急切地想要冲入战场。如果太空野狼正在逼近，那么每一秒都无比珍贵。他盼望能够率领麾下战士冲锋陷阵，但马格努斯此刻揭露的隐情至关重要。

"你做了什么？"阿里曼质问道，他的语气中再无恭敬之意，"在你拯救我们的时候，你究竟做了什么？你和浩瀚之洋中的那些力量进行了交易，而今日危难就是代价，对不对？"

"是的，阿泽克，"马格努斯回答，"为了拯救子嗣，我与恶魔签订了契约，而正如在我之前的那位贤者，我也自以为占据了上风。但自始至终，我都是个盲目的蠢货，是被一个强大智能任意玩弄与操纵的人偶。"

一道灵能震波让尖锐的纹路贯穿水晶，那枚眼睛被扭曲的红色裂痕劈成两半。

"我当时很绝望。已经无计可施，"马格努斯说道，他的声音让脆弱的水晶上出现了更多裂隙，"在我用心灵之眼审视自我的一瞬间，我就意识到了它们的存在。浩瀚之洋中的永恒力量，比时间更古老，强大得超乎想象。只有它们能够出手相救，让你们摆脱恐怖变异和悲惨死亡，是的，我饮鸩止渴。你们重获新生，而我满足于此。有哪位父亲不愿倾尽全力去拯救他的儿子？"

"为此我们就要遭受苦难？"哈索尔·玛特质问，"为此我们就要遭受毁灭？"

"他们认为我们是叛徒，"阿里曼说道，他逐渐理解实情并愈发惊惧，"如果我们做出反抗，就恰恰证明了尼凯亚会议上针对我们的一切谴责。我们无法预知未来……我们以为那是因为浩瀚之洋的潮汐背弃了我们，但其实是你，对不对？你极力阻碍我们占卜未来，刻意遣散了舰队。你想要今日的劫难。乌希扎尔就是因此缺席的吗？他得知了你的计划吗？"

"注意你的言辞，阿泽克！"卡洛菲斯吼道，"原体绝不会那样做。"

"他是对的，卡洛菲斯，"马格努斯说道，这简单直白的真相让他们心痛欲碎，"乌希扎尔在我分外虚弱的时候看透了一切。我不能允许他警告你们，否则我们的牺牲就会白费。为了顾全大局，我们必须遭到毁灭。"

如此深重而可怕的背叛让众人震撼无言，直到弗西斯·塔卡做出了他所能做的唯一一种回应。

"谁也不会被毁灭，"弗西斯·塔卡怒吼道，"既然鲁斯的恶犬想打一架，我们就陪他们打。"

"不！你们绝不可如此，"马格努斯说，"逐渐积聚的黑暗力量盼望我们同室操戈。它想让两支忠诚军团自相残杀，在逐渐迫近的大战拉开序幕之前就因为盲目的仇恨而两败俱伤。我们不能容许这阴谋得逞，帝皇最终会需要他的忠诚野狼。我们必须接受自身命运，放任这场毁灭的降临。"

阿里曼的愤怒穿透了心境的淡漠，他紧握双拳。

"你始终知道会有今日的清算，"他说，"我们是普罗斯佩罗的赤红术士，饱受同僚的憎恶，而这将是我们的结局，充满了背叛与鲜血。"

"只能如此，阿泽克，"马格努斯说，"我很抱歉。"

"不，"阿里曼反驳道，"并非只能如此。也许你认为坦然接受命运更加高尚，但我要奋起反抗。"

阿里曼将他的意志聚焦在其余圣殿首座的水晶上。

"黑鸦将抗击侵略者，"他承诺道，"诸位兄弟，你们是否与我同心？"

"猎鹰与你同心。"弗西斯·塔卡说。

"亮羽必将战斗。"哈索尔·玛特说。

"火凤也是，"卡洛菲斯低吼道，"噢，火凤绝对会战斗。"

提兹卡周围的大地陷入了火海，那片焦土将寸草不生。至于城市本身，无论是雄伟的大理石高墙，辉煌的博物馆和图书馆，飞扬的银色塔楼，还是壮丽的金字塔全都毫发无伤。面对这场帝国有史以来最为密集而凶猛的轨道轰炸，猎鹰学派的念力护盾寸土不让。

山脉熊熊燃烧，那些撼天裂地的爆炸永远改变了星球的地平线。

在轰炸尚未尘埃落定的时候，成千上万的入侵者已然现身。最初，提兹卡的居民们以为那些数不胜数的黑色斑点只是被震到空中的泥土。但随着它们逐渐逼近，人们终于发现那是大批从天而降的运兵船、突击艇和炮艇。承载着装甲部队与火炮的重型运输机紧随其后。

猎鹰学派的念力护盾无法庇佑提兹卡免受此类攻击，这种防护手段已经失去了必要性。伴随轨道轰炸的告终，一群群风暴鸟率先发动冲锋，紧贴着海面掠向提兹卡的港口。数百架飞机跨越翻滚沸腾的海水，在身后掀起滔天巨浪。从未有人设想过任何敌军能够踏足普罗斯佩罗并发动突袭，因此这里没有任何能够应对入侵者的防空武器。

提兹卡门户大开。

第一架巨型利刃般的铁灰色风暴鸟冲入港口，那凶蛮好斗的飞船头部涂着双狼徽记。它用数枚导弹与一阵火炮扫射清理出了通往泊位的道路。起落架在最后一刻就位，那架飞机重重地摔在废墟中。

在它刚刚着陆的刹那间，突击跳板便轰然坠地，一个狂野巨人一跃而出。他的铠甲上挂着狼皮，两根硕大的利齿从头盔下部刺探出来。

黎曼·鲁斯是第一位踏足普罗斯佩罗的入侵者。他仰天咆哮，舰队播撒的毁灭性火力令他欣喜。两头巨狼在他身边高声怒嚎，他麾下数十名最为强大的战士也随即突入港口。

几十架飞机冲进泊位，储料仓和燃料塔相继爆炸，火光冲天。数百名战士步入战场，如同一道呼嚎不已的浪潮从陷入火海的港口涌向上层城区。

数百架体型较小的雷鹰怒吼着跨越海面，沿着曲折的海岸线向卫城所处的高耸峭壁疾驰而去。在那闪亮的砂岩悬崖顶端，马格努斯的青铜雕像用坚忍而慈爱的目光遥望他的城市。

提兹卡东部区域是这座城市最初的领土，其他区域则出自马格努斯的手笔。此处的街道布局颇为杂乱曲折，是提兹卡的嬉皮士们所青睐的散步场所。这便是提兹卡老城，它坐落在一片径直延伸到海边的缓坡上，那些百转千回的狭窄街巷间挤满了公园、剧院、隐秘的集市和别致的餐馆。

数十架雷鹰在那宽阔的临海广场着陆，碾碎了大理石海堤，释放出数百名手持闪亮利斧，头戴狼骨战盔的猛士。提兹卡训练有素的民兵集中火力放倒了数名入侵者，但他们的羸弱武器绝对无法消灭足够多的敌人。

鲁斯的战士们在滨海街区的燃烧废墟中穿行，重型运输船将临岸建筑压得粉碎，随即吐出覆有太空野狼铁灰色涂装的轰鸣战车。庞大的猎食者、兰德掠夺者和维护者纷纷咆哮着碾过低层城区，用重型火炮将房屋夷为平地，并消灭任何胆敢暴露行踪的愚蠢目标。

一队队旋风导弹车低吼着驶出运输船，在废墟中稳稳坐定，将方形的导弹舱瞄向卫城。在喷薄四散的烟尘与烈焰中，一枚枚火箭接连不断地冲天而起。十余枚导弹击中了那块巨石的顶端，让马格努斯的雕像在一阵熔融风暴中灰飞烟灭。完成这项标志性行动之后，那些导弹舱继续转动，将一次次毁灭性的齐射投向提兹卡中心。汹涌的滚热气流让大火迅猛扩散，光之城熊熊燃烧。

在运兵船与重型运输机着陆的同时，流线型的速攻艇尖啸着从头顶掠过，向城区释放出无尽洪流般的导弹。它们的攻势并没有任何特定目标，炮手接到的命令是任意开火。在空袭的最初几分钟内，就有数百名平民丧生，还有更多人被游弋在街道中的速攻艇用火炮猎杀。

苍穹卫士空军指挥部从城市南部的机库派出了所有双人悬浮艇。这些碟形飞行器配备了热能矛和导弹舱，城市上方的天空很快就陷入癫狂，充斥着炮火、导弹、爆炸和狗斗，两支部队对制空权展开了激烈争夺。

太空野狼取下了第一滴血，普罗斯佩罗的守军则展开还击。

提兹卡的民兵们奋起捍卫城市，他们拿起手头的任何武器，在屋顶和窗台设置火力点。没有人愚蠢到认为他们除了惹恼太空野狼之外还能有更多建树，但任凭入侵者不受阻拦地闯入提兹卡是无法想象也不可接受的。

尖塔守卫在轰炸展开之后便已高度警戒，如今他们在黑鸦学派的指引下全军出动。马格努斯蒙蔽了军团，让他们未能察觉太空野狼的降临，但近在咫尺的未来路径对黑鸦而言依旧清晰可辨。

在索克姆·维萨拉连长的指挥下，普罗斯佩罗15号突击步兵团驻守着提兹卡老城的上层斜坡，他们所建立的防线东临烈焰环绕的火凤学派金字塔，西接一公里开外的斯克弥斯丘以及黑鸦学派金字塔。维萨拉把指挥部安置在克里提斯画廊的前厅里，那座宝库承载着普罗斯佩罗最古老的画作与雕像。

在城市西南部，普罗斯佩罗突击尖兵集结了所有残部，他们的三座兵营早已被轨道轰炸所引发的山崩彻底吞没。北部的巴拉丁卫士部署在熊熊燃烧的港口边缘，驻守奈弗雷特区的图书馆与画廊，充分利用那些俯瞰城市的高层天台。他们的指挥官名为卡顿·阿费埃，是普罗斯佩罗最古老家族之一的继承人，这位天赋超群的年轻军官颇具潜力。他将防线固定在卡菲埃拉丘周围，其敏锐的战术意图足以赢得任何帝国军事专家的赞誉。

黎曼·鲁斯和他的野狼在两分钟之内摧毁了阿费埃的阵线。

在黎明的微光攀上地平线之际，提兹卡已经陷入火海，纵然太空野狼的血腥攻势具有压倒性效果，但他们尚未遭遇这座城市真正的守卫者。

千子步入战场，战斗的形势骤然峰回路转。

阿里曼奔跑着穿过提兹卡老城边缘的街道，盔甲的自动感应系统轻易穿透了从燃烧房屋中喷涌而出的滚滚烟尘。圣甲虫隐修会紧随其后，他们心中满怀复仇渴望。前方的水榭园林已经被付之一炬，优雅的廊柱和美丽的喷泉在高热中分崩离析。

附近的斯克弥斯丘周围展开了激烈战斗，普罗斯佩罗15号突击步兵团在此奋力抗击入侵者。狭窄的街道扮演着天然的制扼点，尖塔守卫指挥官想方设法运用这一优势。

大火正在下方蔓延，迅速吞噬着被太空野狼点燃的建筑，并逐渐向上坡扩散。阿里曼头顶的天空中涂抹着导弹尾迹和爆炸火光，一架飞机轰然坠入他身后的房屋，在冲天而起的烟尘与火焰中将其化作瓦砾。依旧燃烧的梁柱和瓦片铺陈在街道上。

空气灼热而刺鼻，那是一座城市垂死挣扎的味道。

爆炸与枪炮的嘶吼毫不停歇，在那些仅仅听闻过欢笑与歌声的墙壁间回荡。舞动的尘云和烧焦的纸张纷乱飘飞，阿里曼从半空捏住一片残页。

"那是什么？"索贝克问。

"未见之物的证据，"阿里曼阅读着那焦黑纸片上的文字，"大海上涌，光明断绝。在我们背叛彼此的那一刻，大海将吞噬我们，光明将尽然熄灭。在那一天，太阳会最后一次落下。"

阿里曼抛开纸片，眼看它乘着热气流飘走不见。那些文字太合时宜，绝非偶然，他对于其中寓意深感惊惧。他抬头仰望无数典籍、卷轴和论文的焦黑碎屑，它们如同燃烧的雪花般漫天洒落。

"无数事物尽皆失落，但我定要将其重塑，"他立誓道，"所有一切，无论花费多少时日。"

阿里曼深吸一口气，他清楚地意识到这项工程的浩大规模。他的感知扩展到了极限，脑海中游荡着种种潜在未来的闪耀光芒。他深深抽取埃特皮奥的力量之井，用以强化自己的意识。他感觉全身无比灼热，仿佛那守护精灵正在自己胸中燃烧。他曾经体会过这种感觉，但环伺于此的敌对灵魂迫使他将那道记忆抛诸脑后。

"圣甲虫隐修会！"阿里曼喊道，他用手中权杖指向一条通往提兹卡老城的狭窄街巷，"备战。"

火焰与黑烟从街口奔涌而出，一队幽影般的战士冲破了燃烧不止的残垣断壁，踏上宽阔大道。他们的盔甲覆满尘土，涂抹着一条条漆黑焦炭的痕迹，但太空野狼的凛冬铁灰依旧清晰可辨。

敌军阿斯塔特发现了千子，立刻抬起爆矢枪，抽出悬挂着狼尾的凶残锯刃。

这个瞬间在阿里曼的脑海中延展开来。他的感知窜入自己的爆矢枪，追随着即将发射的那枚子弹。在电光火石的预知幻景里，他看到子弹穿透了一名太空野狼的护目镜，在头盔后部炸开，让鲜血与脑浆四下溅落。这弹指间的影像蕴含着一份深重意义，导致他有了分毫的迟疑。

阿斯塔特在自相残杀，这无比恐怖的现实让阿里曼浪费了一刹那。

太空野狼也只需要一刹那。

虽然千子早有戒备，太空野狼却依旧率先开火。

冰雹般的爆矢弹冲击着阿里曼和圣甲虫隐修会。一名战士倒地而亡，他的胸甲四分五裂，内脏被质爆弹炸得粉碎。另外两名战士也受伤跪伏，但依旧开火还击。阿里曼的震慑顿时被打破，戾气涌上心头，他手中的爆矢枪颤动起来，一名太空野狼仰面摔倒，头盔变成了冒烟的残骸。

另一个敌人被索贝克甩到半空，阿里曼的实践者运用自己的念动力量将那个身披狼皮的战士砸死在花园的大理石墙壁上。其余三名太空野狼开始扭动抽搐，他们体内的富氧血液被阿里曼麾下的亮羽战士所气化。火舌舔舐着野狼的护目镜，他们颓然倾覆，盔甲逐渐固封。圣甲虫隐修会的守护精灵在那些太空野狼周围飞舞跃动，带着恶毒的狂喜不断增强各自主人的力量。

最后那三个太空野狼变成了炽热火柱，他们的盔甲焦黑熔融，仿佛一尊尊玛瑙雕塑，永远禁锢在超乎想象的痛苦瞬间里。

阿里曼趁此喘息之机在心底思量他们的所作所为。埃特皮奥在头顶闪烁，阿里曼能感觉到守护精灵想要汇入自己体内的强烈冲动。凶猛的猩红电弧在他指尖噼啪跳跃，他焦躁地加以压制。

"不得放肆！"他厉声说道，那守护精灵的急躁态度令他十分反感。

索贝克搓着手走到他身边："你说什么？"

"没什么，"阿里曼说，"不重要。"

"他们打了我们一个措手不及，但我们会把野狼赶回到泰拉去。"索贝克说，阿里曼看到了实践者护目镜背后的灼热光芒，他自己的守护精灵也倒映在其中。

"我们杀死了兄弟军团的战士，"阿里曼说道，他希望索贝克能够理解今日之事的深重意义，"我们已经无路可退。"

"何必退却？发动这场战争的并不是我们。"

"那无关紧要。这终究是战争，而在战争中就只有死战到底。要么我们打败太空野狼，要么普罗斯佩罗成为千子的坟墓。无论如何，我们都会输。"

"这是什么意思？"

"即便我们熬过这次攻击，又将如何？我们不可能留在普罗斯佩罗。其他军团必将前来代替鲁斯了结我们。如果我们输了，那就没什么好说了。"

索贝克举起他的权杖，杖身流转着火焰。

"那么我们最好别输。"他说道。

卡洛菲斯倚靠在火凤圣殿的水晶王座上，他的盔甲反射着房间四周的喷薄火光。对于火凤信徒之外的人而言，这座房间的灼热空气和汹涌烈焰将是无法承受的。

源自以太的火焰精灵与元素化身在空中飞旋舞动，它们的虚幻身躯背后留下一道道闪耀轨迹。西欧达如同一个夺目天使般悬浮在他头顶，自从轰炸展开之后，那守护精灵的形体就膨胀得庞大无比。

众多身披战甲的参入者围绕着卡洛菲斯，他们的站位构成了代表水与火狂暴交融的神圣六芒星。他们手中捧着采自反光洞穴的灵魂水晶，如余烬般闪烁的生命能量在其中燃烧。

"你确定吗，大人？"法瑞斯问道，这位忱信者的声音显露出迟疑。

卡洛菲斯微笑起来，在精雕细琢的王座扶手上活动着十指。奔窜火花在水晶内部游走不定，他能感觉到圣殿墙外那个饱受创伤的意识，能品尝到它的滔天怒火与杀敌渴望。

"我从未对任何事情如此确信过，法瑞斯，"卡洛菲斯回答，"开始吧。"

法瑞斯从领袖面前退开，对参入者们点头示意。众人垂下头颅，卡洛菲斯顿时轻叹一声，察觉到他们的能量汇入自己体内。王座迸发出辉煌光芒，卡洛菲斯奋力引导着那股几乎要将他吞噬的狂暴力量。

"我是火凤学派圣殿首座，"他咬紧牙关嘶声道，"烈焰是我的仆从，因我乃狱火之主，而我将教予你焚灭众生。"

西欧达席卷而下，笼罩了他的身躯。卡洛菲斯感觉到自己的意识从肉体中抽离出来，汇入一具由钢铁、水晶与怒火组成的躯壳。肌肉和筋腱被巨型活塞和液压纤维束所取代，其中交织着新近安置的灵能共鸣水晶。他的武器不再是爆矢枪，而是足以抹消千军万马的庞大火炮，以及能够碾碎房屋的雄伟铁拳。

卡洛菲斯以天神视角俯瞰战场，他是一个重拾杀伐的战神化身。他的肢体颇为僵硬而陌生，他的意识逐渐适应了那庞大尺度与沉重身躯。他开始活动肢体。休眠已久的组件吱嘎作响，气动装置重新点燃的尖鸣穿透了恶战的轰响。

西欧达的烈火在这无比庞杂的躯体周身涌动奔腾，为其注入新生。卡洛菲斯迈出一个雷霆般的脚步，用刺耳的战斗号角释放出一道原始怒吼。

如同一头从千年沉睡中苏醒的巨龙，"狼族之王"再次踏入战场。

第二十八章

坚守阵线

反目成仇

了解敌人

那些喷气摩托金光灿灿，弧形车头仿若巨鹰尖喙，侧面造型则是后掠的双翼。身处猎鹰广场尽头的弗西斯·塔卡看到七辆摩托俯冲下来向他展开攻击。骑乘摩托的战士同样身披金甲，他们头盔顶端的猩红羽饰如同旌旗般在猎猎飘扬。悬挂在摩托底部的速射火炮喷吐火舌，撕碎了通往麦拉斯集市的石板路。

每一发炮弹都轰起喷泉般的碎石，但弗西斯·塔卡毫无惧意。他将重心放在右腿，双手凭空一抓，仿佛要拉开帷幕。四辆喷气摩托顿时像断了线的风筝一样从空中陨落。弗西斯·塔卡将敌人狠狠砸在提莫兰图书馆的高墙上，撞碎了昔日卫士的华美雕像。

另外三辆摩托骤然爆炸，哈索尔·玛特将一道灾难性的凶猛电流注入了它们的引擎。燃烧的残骸轰然坠地，翻滚着滑向千子，最终在弗西斯·塔卡面前不足一米的位置缓缓停下。

"禁军，"他低哼一声，"也不过如此。"

提兹卡北部区域已经陷入火海。刺鼻的黑烟从港口直冲天际，燃料起火的恶臭中混杂着焦油、橡胶与金属烧焦的辛辣气味。厚重云团低悬在城市上空，黑色的灰尘如大雨般飘落。成百上千的平民从战士们身边涌过，埋头奔向那座充斥着书本和卷轴的弗泰普金字塔。街道上铺满了残破的典籍和碎裂的雕塑。猎鹰学派昔日英杰的众多石像曾经一同俯瞰这片广场，而如今只有屈指可数的几尊得以在敌军炮火中苟延残喘，面无表情的头颅与虚指前方的手臂散落在石板路上。

巴拉丁卫士的残兵败将混杂在平民中，那些浑身浴血的士兵迈着蹒跚步伐从港口撤退，漫天炮火早已让他们晕头转向。负责阻挡敌军首批登陆部队的第一道防线，如今只剩下这些惊恐万分的幸存者了。

"天枭学派那边的消息。"哈索尔·玛特说道，他从自己的位置小跑到弗西斯·塔卡左侧。

"如何？"

"狼王来了，"哈索尔·玛特兴高采烈地说，"据说他第一个在港口落地，正在朝这边打过来。"

"打？"弗西斯·塔卡说道，"我不认为有什么可打的。那些野狼在轻松地收割尖塔守卫。"

"你并不真的指望他们能守住，对吧？"哈索尔·玛特说，"他们只是凡人，而这是一场阿斯塔特的战斗。"

"不只是阿斯塔特，"弗西斯·塔卡指着喷气摩托的残骸说，"禁军也想取我们的项上人头。"

"那么他们都得死。"哈索尔·玛特说。

"除了狼王的位置，还有其他消息吗？"

"阿里曼已经封锁了北部防线。他驻守在提兹卡老城的上层斜坡，从卫城直到黑鸦金字塔东侧。"

"如此说来，我们要负责亮羽金字塔和港口之间的西部阵线。"

"看来是的，"哈索尔·玛特说，"天枭学派在秘眼广场就位了，他们会向我们提供敌军作战计划方面的情报。剩余的尖塔守卫正在与军团整合，但恐怕指望不上他们。"

"卡洛菲斯呢？"

"还没消息。"

拖曳着尾焰的导弹划过天空，在众人头顶引爆。锋利的弹片四下横飞，将十余平民撕成碎片。

"他们来了！"哈索尔·玛特匆忙冲回他的位置。

三个方形身影在烟雾中前进，它们的引擎咆哮如同是鲜活巨兽的嘶吼。三辆庞大的兰德掠夺者夹着大团尘埃与火焰冲入广场，黎曼·鲁斯的战士紧随其后，数百名身披战甲的斗士组成了一道剑刃与爆矢枪的凶猛浪潮，伴着呼嚎声不断逼近。

在芬里斯的子嗣之间还有一些披挂金红两色的战士，他们手中的战戟拥有漆黑长柄与闪动利刃。能够与这样的顶尖对手一决高下让弗西斯·塔卡露出了微笑。

  一群群淌着口涎的巨狼在广场上奔窜，它们的森森利齿上还挂着军服与血肉的残渣。千子向敌人开火，广场上顿时扬起一阵子弹风暴。枪炮的震耳轰鸣被巨狼的嚎叫所覆盖。弗西斯·塔卡打了个响指，把一只头狼拧成两半。爆矢弹炸裂盔甲，将太空野狼击倒在地，但鲁斯麾下的战士善于借助掩蔽展开冲锋，因此伤亡甚少。

  重型激光炮投射出明亮无比的炽热光矛，让战场头顶的天空闪动不止。千子阵线上爆炸四起，轰鸣的爆矢弹不断撼动他们的位置。力道沉重的震荡波在广场上蔓延，但这样的攻击在猎鹰学派的念力护盾面前不值一提。

  弗西斯·塔卡伸出手臂，紧握拳头，将注意力集中在领头的兰德掠夺者上。他猛地抽回手，在一阵灼目光芒中将坦克左边的侧挂武器撕扯下来。那辆重型坦克被迫扭转方向，猛然撞上另一辆兰德掠夺者，将二者之间的士兵全部碾碎。

  弗西斯·塔卡微笑起来。

  "你们没料到自己会遭遇什么，对吧？"他说道。

  下一句愤怒的斥责之词卡在了他喉咙里，令人痉挛的剧痛突然绞动他的五脏六腑，如同有人一把抓住他的肠子往上拉拽。他品尝到了胆汁的苦楚，感觉自己全身上下都覆盖了一层莫名的冷汗。

  另一辆坦克轰然爆炸，蛛网般的耀眼电弧在装甲外壳上蔓延扩散。最后一辆兰德掠夺者也开始熊熊燃烧，奥拉麦格玛麾下的战士向其正面装甲投去一团团火球。然而那辆坦克依旧前进并继续开火，用履带将无价典籍与绝世雕塑碾成粉末。奥拉麦格玛本人站在一尊倒塌的猎鹰大师石像上，如同交响乐团的指挥家那般编织着一道道白热烈焰。

  "那家伙太自负。"弗西斯·塔卡说，他发现了奥拉麦格玛的缺陷，同时却丝毫没有意识到自己的过失。一枚导弹疾射而出，撞在兰德掠夺者车顶，从装甲表面弹开并在坦克身后轰然爆炸。

  弗西斯·塔卡一甩手将几名太空野狼击飞，把敌人抛向那辆浴火前行的兰德掠夺者履带之下。他们的盔甲在令人满意的爆裂声中纷纷破碎。在刚刚碾死几名同僚之后，那辆坦克就从两侧喷发出滚滚烈焰。逃生舱门随即打开，全身着火的驾驶员试图逃离那熔炉般的内舱。奥拉麦格玛将他们全数焚灭。

闪电在太空野狼之间舞动，将他们包裹战甲的躯体炸裂。嘶鸣的烈焰熔融大地，念力护盾则吸收着对方大部分的反击火力。军团放手一搏的壮丽景象让弗西斯·塔卡大笑起来，他们的全部潜能终于摆脱了桎梏，如今再没有虚伪小人胆敢指责千子军团这无可比拟的杀敌技艺了。

一阵冷战让弗西斯·塔卡骤然心惊，他在脑海深处察觉到一种鬼魅般的触碰。他曾经体会过这种感觉，但未及他回想起具体缘由，一头巨狼便穿过火焰猛扑过来。那猛兽的皮毛上遍布火星，他抬起臂膀用一个手势将它甩开。

什么都没发生。

巨狼将他撞倒在地。那野兽一口咬下，森森利齿在他的护目镜表面刻下深深的划痕。泛黄的爪子不断撕扯弗西斯·塔卡的躯干，他低哼一声，察觉到自己的血肉已被洞穿。那巨狼疯狂地发动啃噬，弗西斯·塔卡则奋力让对方远离自己的喉咙。

他与猛兽四目相对，直视其核心，在那巨狼面具之下看到了一份陌生的本质。他顿悟地瞪大眼睛，但为时已晚，只有生死相搏而已。

野兽的巨口咬住了弗西斯·塔卡的脖颈，但抢在它闭合双颚之前，弗西斯·塔卡一拳打进了巨狼的肚腹。他的拳头冲破肋骨，碾碎内脏，将脊椎折断。猛兽眼中的神采顿时涣散，弗西斯·塔卡满怀厌恶地将它的尸体抛开。他站起身来，惊恐地凝视自己的双手。他召唤力量流入十指，却感觉不到任何迹象，没有与浩瀚之洋的联结，没有一丝一毫的能量。

一个披挂贴身金甲的苗条躯体闪现在视野之中，一柄修长剑刃直取弗西斯·塔卡的腹部。他用权杖将长剑挡开，仔细打量面前的攻击者。那是个女人，但绝非普通女人。她的下半张面孔被银色面具所遮挡，黑色的双眼周围文着泪滴图案。

如今弗西斯·塔卡明白自己的力量为何失效了。痛苦的尖叫在周围响起，他意识到必定有更多寂静修女在此现身，念力护盾已经彻底消解。对方探出长剑向他袭来，他则再次用权杖做出招架，将弯曲的杖头滑向对方的剑柄，随即猛力扭动。

敌人料到了这一招，立刻抽回长剑，扭转身躯，用一柄纤细匕首抢攻下盘。弗西斯·塔卡迈步前迎，让那匕首撞在腿部铠甲上折断。他用膝盖猛冲对方面部，撞碎了遮盖她下颚的面具。鲜血和牙齿飞溅出来，但那女人就地翻滚与他拉开了距离。

在广场边缘各处，数百名身披盔甲的战士相互冲撞。在这场战斗中已经没有任何一方占据优势了，这是凶残、焦灼、以命相搏的白刃战。

弗西斯·塔卡拔出战斗短剑，面对那披挂甲胄的女人摆出了格斗姿态。他将权杖挡在身前，短剑抬在肩头。

"好吧，寂静修女，"他吼道，"我就用老办法杀了你！"

虽然卡洛菲斯的凡间躯壳高居于那金焰流转的水晶王座上，他却同时迈着巨人的脚步在提兹卡的废墟中隆隆穿行。楼宇仿若孩童的积木，大火如同闪烁的余烬。凡人则是点点尘埃，任由他的雷霆步伐碾成粉末。

他走过克里提斯画廊向斯克弥斯丘进发，宽广的海面铺展在他右方。提兹卡老城的狭窄街道难以容纳狼族之王这样顶天立地的战争机械，他如同古老神话中的灭世巨兽般横行无忌，让一座座古老建筑轰然瓦解。

枪炮向他喷吐着火力，但全都徒劳无功。西欧达的热能在他的右臂中不断积聚，他释放出一道烈焰洪流，用厚重的火云笼罩了六条街道。他听不到尖叫声，但他能看见那些受害者呼嚎着跪倒在地，乞求救赎。

狼族之王的巨炮仍然可以运作，但他的守护精灵已经与浩瀚之洋建立了联结，将他的火能力量增进百倍，以至于他完全不需要那些武器。泰坦的巨大双拳被炽热火焰所笼罩，他在指掌翻覆之间将坦克大小的火球投向敌人。卡洛菲斯放声大笑，火舌从他的双臂上喷薄而出，将入侵者逼回他们的飞船。

进攻方在提兹卡刻下了一道深重伤痕，但卡洛菲斯对战局洞若观火，他看到那些入侵者急躁地想要冲破防线，已经过于深入。狼族之王可以切断对方的后备力量，千子部队则能将敌人赶回大海。

天枭学派汇报着敌军部队的走向，黑鸦学派则毫不费力地破解对方的奇袭。战斗尚且未分胜负，但借助这天神视角，卡洛菲斯已能看出千子正逐渐占据上风。

"你们胃口太大了。"卡洛菲斯怒吼道，他的话语在现实中变成了泰坦号角的震耳呼吼。

炮艇和速攻艇疾驰而来，枪口喷吐着点点火舌，大批导弹扑向他的装甲外壳。缺乏虚空盾的卡洛菲斯本该颇为脆弱，但一道火焰护盾将炮弹化为熔融铅水，让导弹在击中目标之前就被徒劳引爆。他能品味到守护精灵的狂野欣喜，它在极力争夺控制，然而他牢牢把握住自己的权威。

守护精灵发出妒恨的尖鸣，源自灵魂深处的眩晕感让卡洛菲斯抽搐起来。

狼族之王戛然停下了脚步，它的以太护盾烟消云散，爆炸火光在覆有装甲的厚重胸膛上浮现。那些喷气摩托、速攻艇和炮艇闻到了鲜血的味道，立刻一拥而上，打算了结这个目标。

"回去，"他嘶声道，"这是我的！"

西欧达尖鸣一声，愤怒地回到了狼族之王体内。

一波排山倒海的热浪从泰坦身上奔涌而出，十余架飞机被那凶猛焚风从空中击落，它们的引擎熔为铁块，驾驶员化作枯骨。

卡洛菲斯向火凤圣殿地板啐了一口，那摊鲜血在高热中嘶嘶作响。他的盔甲冒着轻烟，黑光在他眼中积聚，烈焰泪滴从他脸上滑过，刻下一道道焦黑的疤痕。

黑鸦学派图书馆中往日的空旷和静谧已经被癫狂与混乱所取代。安库·埃南指挥着数百名书记员和机仆，将整座图书馆的书架与数据核心彻底清空。这宽广房间中存放着无数典籍，在如此之短的时间内绝对无法全部转移，但阿里曼的命令非常明确。

一切能够抢救的物品都要运往弗泰普金字塔。

火光穿透了水晶墙壁，在图书馆的钢铁结构与玻璃书架上跃动。过分超载的壮硕机仆搬着一箱箱书籍，惊恐万分的书记员则把更多秘典扔到早已不堪重负的运输车里。

在图书馆的抢救工作中，安库·埃南曾试图维持一定程度的秩序，但他很快就意识到这一奢望无法实现。近在咫尺的战火所引发的恐惧感如同瘟疫般在他的仆从中迅猛扩散，他精心安排的计划顷刻间便土崩瓦解。

"注意把纳克特抄本和预言分开！"安库·埃南喊道，他眼看着一个双目含泪的书记员将属于不同年代的书籍打包到一起，塞进机仆手中的满溢驮篮里。卷轴和残页飘落在水磨石地面上。附近的一阵爆炸将屋顶上的灰尘震落，图书馆中顿时回荡起惊恐尖叫。

一个个身影从安库·埃南身边涌过，众人臂弯中都塞满了厚重书籍和成卷的地图与羊皮纸。黑鸦学派在探究未来的过程中收集了无比庞杂的知识，以至于他们尚未得以全面地研究并解读。在这场荒谬无端的战火中，有多少关于未来事件的信息将会就此失落？

一阵眩晕感席卷而来，安库·埃南不禁伸出手稳住自己。他扶着一个冰冷的铁制书架，抬起头扫了一眼距离手指最近的书本。那覆有皮革封面的破损古典是《巨龙之书》，与旁边的《亚图姆之书》以及用麻绳装订的《女巫预言》格格不入。

安库·埃南急忙把手掌抽走，仿佛被烫到了。

"命运之龙。"他低语道。

自从加入千子军团以来，安库·埃南总会梦见一头由冰与火组成的嘶吼巨龙。它的吐息让恒星覆灭，它的目光让万物创生。他一直试图解读这梦境的内涵，然而巨龙拥有无数种标志性意义。

对于一些人而言，巨龙代表着聪颖绝伦的人类征服那狂野不羁的自然，或是击败原初混沌的化身，通过心灵戒律与身体磨炼最终将其毁灭。对于另一些人而言，它则是智慧的标志，被古代帝王用于强化自己在臣民眼中的无上君权。安库·埃南则认为，巨龙代表迫近的末日。

他从书架面前退却，针对临头厄运的刹那预知在脑海中骤然闪现，令他抬头仰望。一个烈焰环绕的物体正急速坠向圣殿，它的外形由于水晶墙壁的阻隔而显得模糊虚幻。

安库·埃南转身奔向图书馆的入口，整座圣殿在震耳轰响中颤抖起来。一艘包裹火光的金色雷鹰炮艇冲入圣殿，将玻璃板和精金立柱化作碎片。那艘失事炮艇仅剩的一侧机翼撞在粗重的主体支柱上，导致它旋转着一头扎进天花板，随后又在雷霆般的爆炸中坠落在图书馆里。

剃刀般的锋利碎片与起火的引擎燃料从废墟中喷射出来，图书馆四处的干燥纸张立刻引燃。安库·埃南被冲击波的凶蛮力量打飞，撞穿了高大书架，躺在一堆从运输车里散落出来的典籍中。那书架随即四分五裂，汇成一阵由玻璃和金属碎片组成的雨点，尽数砸落在他身上。

安库·埃南挣扎着想要从残骸中脱身，但腿部和胸膛的灼热痛楚顿时让他躺回地上。他深吸一口气，低头检查自己的伤势。他的腿被压在了倒塌立柱下面，一根钢条则如同长矛般洞穿了他的胸膛。他方才的动作扯开了伤口，鲜血从破裂的心脏中喷涌而出，就算是他有第二枚心脏也休想弥补如此迅猛的失血。

喷吐火舌的液体燃料在图书馆中扩散开来，抓挠着呻吟不已的书架，四下搜寻新鲜的纸张来满足其无尽贪欲。安库·埃南周围全是已死或将亡的书记员，他们的躯体被横飞残片轻易撕碎，或是被灼烧得面目全非。他抬起头来遥望炮艇撞出的巨大破洞，看着熠熠闪亮的玻璃碎片纷乱散落，恍若一道水晶瀑布。安库·埃南凝视着那令人心醉的景象，玻璃碎片的坠落过程在他眼中急剧放缓，他看到了一枚枚金色眼眸的倒影。那些眼睛哀伤地回望他，安库·埃南强烈地感觉到，它们纵然能够轻易施以救助，却刻意选择袖手旁观。

"为什么？"他央求道，但那些眼睛并未作答。

一阵微弱的金属摩擦声在安库·埃南耳边响起，他扭过身躯想要呼救，但话未出口他便看到一只黑色渡鸦正歪着头凝视自己。那只鸟的翅膀乌黑而闪亮，但他能看到渡鸦头颅中无比精巧的机械改造。它狐疑地打量着他，面前这个自身学派的标志让安库·埃南微笑起来。

"你是什么？"他问道，"是未来的幻景？还是救赎的标志？"

"恐怕都不是。"他身边的某个粗哑声音回应道，安库·埃南扭过头去看见一位战士，对方身上那套凛冬清晨颜色的盔甲闪烁微光，仿佛覆盖着一层寒霜。安库·埃南在这个太空野狼的肢体语言中仅仅看到了仇恨，那只渡鸦尖鸣一声振翅而起，停落在野狼肩头。

这位战士握着一柄顶覆鹰徽的权杖，更多入侵者在他身后涌入黑鸦图书馆。他们身披金色或灰色的铠甲，手中修长武器的枪口喷吐着嘶鸣不已的蓝色火舌。

"你是谁？"安库·埃南喊道，他试图召唤以太来击倒这个鲁莽的入侵者。但没有任何力量作出响应，这种无力感化作摧心之痛刺入他的胸膛。

"我的名字是欧谢尔·沃德梅克，太空野狼第五连领袖阿姆洛迪·斯卡森·斯卡森松的符文牧师。"这位战士说道，他摘下头盔，展露出淡蓝的双眸，以及一张蓄着胡须，饱经风霜的面孔。他头戴一顶皮帽，安库·埃南注意到对方背后还有一个体态婀娜的女人，她穿着青铜与金色的合身盔甲，她的眼睛冷漠无情，其中的空寂神色令人不禁退缩。

"沃德梅克？命运之龙，"安库·埃南嘶声道，顿悟令他瞪大了眼睛，"是你……一直是你。"

这个符文牧师微笑起来,但并非出于欢欣,而是源自正义得偿的胜利感。

"命运之龙?我猜是吧。"他说道。

安库·埃南试图去抓自己的权杖,但武器早已在那毁灭性的坠机中遗失了。他努力把腿抽出来。

"不要挣扎,"沃德梅克说,"你会死得舒服一些。"

"你们为什么要这样做?"安库·埃南央求道,"这是个可怕的错误,你必须明白!想一想,如果你们这样做,有多少知识将会就此失落。"

"我们服从帝皇的意愿,"沃德梅克说,"你们也本该如此。"

"千子是忠诚的,"安库·埃南喘息道,一团血沫从他口中涌出,"一直都是。"

沃德梅克跪在安库·埃南身旁,用一只冰冷手套按住他的脸。

"你有遗言吗?死前最后的一句话。"

安库·埃南点点头,未来在他面前尽数揭露。他一边咳着鲜血,一边道出他最后的预言。

"我能看到你心中的以太,符文牧师,"安库·埃南用最后一点力气嘶声说道,"你和我一样,终有一天你所服侍的那些人也会与你反目成仇。"

"我几乎要怜悯你的妄想,"沃德梅克摇摇头说,"几乎。"

沃德梅克站起身,挥手示意携带火焰喷射器的大批战士前进。安库·埃南能听到奔涌烈焰将无数个世代所积累的深厚知识付之一炬,泪水顿时在他眼角涌现。

"在你死前,你要告诉我一件事,"沃德梅克说道,"你要告诉我,在哪儿能找到那个通星术的阿泽克·阿里曼。"

弗西斯·塔卡的体型和力量占优,但那个寂静修女如闪电般迅捷,她的长剑就像一条抽动的银蛇。他们在广场的废墟里展开决斗,置身于一片混乱不堪的白刃战中。坦克的焦黑残骸四处散落,玻璃碎片从猎鹰金字塔上那些冒着烟的大洞泼洒下来,如同一阵闪亮的水晶之雨。

金色窗台上的一座座雕像坠落在地,摔得粉身碎骨,炮火毫不停歇地轰击东部区域,为这场战斗提供了富有节奏感的背景音。火光在战士们身上涂抹了一层赤红色泽,虽然弗西斯·塔卡与以太的联结已经被切断,他却感觉自身的力量得到了释放。

他缓缓转动权杖,那个寂静修女用空洞的双眼盯着他。

"你一无所有,对不对?"弗西斯·塔卡说道,"我怜悯那些目不可见的凡人,但你?你生活在死寂的空间中,静默是你唯一的同伴。杀掉你都算是慈悲之行。"

那个女人没有作答,而是迅猛地一剑刺向他咽喉。弗西斯·塔卡闪到一边,在对方迈步进逼并反手劈砍的时候将臂膀向外挥扫。长剑划过弗西斯·塔卡的小臂,在手套上留下一道刻痕,而他则探出权杖扑向对手。

对方身躯后仰躲过他的攻击,同时双腿横扫,用脚跟狠狠踢中他的膝盖。他的盔甲顿时被震裂,剧痛向大腿蔓延而上。弗西斯·塔卡后退一步,将重心放在完好的腿上,随即微笑起来。

"你动作挺快,这我得承认。"他说道。

寂静修女依旧没有回应,并用一贯的优雅姿态躲过他的后续攻势。一串子弹在两人身边扬起喷泉般的碎石与沙尘,他从那猛烈冲击面前退却。

"是时候结束了。"弗西斯·塔卡说道。

那个女人再次发动进攻,但他却丝毫不加阻拦。长剑刺进弗西斯·塔卡的胸甲,割开层层叠叠的陶钢与塑钢,但在利刃得以穿透他左肋之外的硬化骨板前,他向前猛踏一步,将战斗短剑捅进那个女人的手臂。

刀刃刺入对方的尺骨和桡骨之间,让她在剧痛中尖叫起来。

"现在不寂静了,嗯?"弗西斯·塔卡怒吼一声,将她扯向自己。寂静修女试图抗拒他的力量,但挣扎仅仅加剧了她的痛楚。弗西斯·塔卡用头盔猛撞对方的面孔,那个寂静修女的额头顿时凹陷下去。

他把战斗短剑抽了出来,伴着一股痛苦而又舒爽的战栗,弗西斯·塔卡察觉到自己的力量重新涌回四肢百骸。尤提帕在他头顶闪现,守护精灵的存在让他分外喜悦,同时也强化着他的力量。弗西斯·塔卡将染血刀刃入鞘,端起爆矢枪,换上一个新的弹夹,拉动枪栓。他将那柄依旧插在自己胸口的银刃折断,转身离开了面前的那具尸体,小跑着重新加入战斗,一路上抓住机会向敌人开火。

这场无比狂暴的战斗如同一道沸腾巨浪般翻涌回旋,双方都无法取得稳固优势。太空野狼拥有无缚的狂怒与绝对的专注,但他们缺乏那种把握全局的清晰视野。千子则冷静而淡漠，每一位战士都升入了低层心境以聚焦自身战技。作为阿斯塔特，他们天生就擅长凶蛮的近身格斗，但马格努斯教导过他们，总有另一种更为聪明的方法能够取得胜利。

"了解敌人，"马格努斯曾说过，"由此你会明白如何击败他。"

太空野狼和禁军显然学到了这一课，否则他们如何能想到与寂静修女同行？然而知道这一点便足以让弗西斯·塔卡扭转战局。

他穿过拥挤的战场，将心灵铺展到这片汹涌澎湃的情感波涛中。愤怒与仇恨的猩红浓雾悬浮在鏖战双方的头顶，但三块死寂区域如同静默的岛屿般孤立在这片战场中。

"抓住你们了！"弗西斯·塔卡嘶声道。

他看见哈索尔·玛特与奥拉麦格玛正在并肩奋战，于是杀出一条血路朝两位同僚靠近。一个身穿灰色盔甲的战士用链锯斧挥向他，但弗西斯·塔卡心念稍动便将那柄武器从对方手中夺走，把斧刃上的嘶鸣利齿埋进了那个战士的脸，在整个过程中脚下丝毫未作停顿。

他放慢脚步，来到了另一个寂静修女的影响范围边缘。他爬上一尊曾经承载着阿肯那托斯大师雕像的空荡底座，将爆矢枪紧紧抵在肩头，通过尤提帕的眼睛扫视着战斗中的死寂区域。

他的守护精灵俯冲而下，跨越战场，弗西斯·塔卡突然感觉到胸口爆发出一阵痛楚。他低下头，那个伤口还在流血，这很奇怪。随后他便捕捉到了自己鲜血里的闪烁光芒，并察觉到其中蕴藏的勃勃野心。他明白这意味着什么，但立刻用怒火压制住了随之而来的惊惧。

他深吸一口气，将注意力集中在尤提帕眼中的景象上。

弗西斯·塔卡将准星瞄向自己看到的第一个寂静修女，她正在一群太空野狼和禁军的环绕中对抗哈索尔·玛特的战士。后坐力让爆矢枪猛地撞在弗西斯·塔卡肩头，那个女人应声倒下，她的脖颈和肩膀被子弹的爆炸彻底撕裂。

他又跟随尤提帕的指引找到了第二个寂静修女，将另一枚子弹送进她的胸口。第三个女人试图在一辆兰德掠夺者的残骸后面寻找掩护，但弗西斯·塔卡在仓促之间还是将她成功击杀。

眨眼间，千子便转守为攻。闪电从哈索尔·玛特掌中奔腾而出，奥拉麦格玛则释放着一股股汹涌洪流般的液态火焰。念力护盾骤然闪现，金字塔脚下的太空野狼被震飞出去。

弗西斯·塔卡怒吼一声，从底座上一跃而下。

纯粹的能量狠狠撞击他的敌人，如同骑兵冲锋般将他们轻易打散。虽然在自身力量被夺走之后他曾体会到一种奇特的自由感，但那转瞬即逝的喜悦完全无法比拟此时此刻的欢欣。

哈索尔·玛特和奥拉麦格玛出现在弗西斯·塔卡身边，两人对于命运的峰回路转显然颇为欢喜。奥拉麦格玛与太空野狼一样狂野无羁，而哈索尔·玛特重获力量后的宽慰心情则显得有些可悲。

千子集结在连长们周围，组成一柄电光流转的致命长枪，直刺太空野狼的部队主体。野狼和禁军节节败退，他们如今缺失了对抗千子军团致命力量的关键手段，顿时备感无助。

一道可怕的怒嚎声在广场上回荡起来，猎鹰金字塔的每一块玻璃都应声爆裂成钻石般的碎屑。它们化作水晶之雨漫天洒落，每一块残片都倒映着战场上的火光与黑烟。

弗西斯·塔卡单膝跪地，这巨大噪音过载了他的自动感应系统。

"以浩瀚之洋的名义，那是什么……？"他话音未落便想起自己曾听到过那样的嚎叫。

"伯劳星。"哈索尔·玛特说道，他也回忆起了同样的经历。

太空野狼纷纷向两旁让开，弗西斯·塔卡看到那高大雄伟的狼王在一群金甲巨人的簇拥下穿过阵线向他们走来。

第二十九章

我绝不能

无缚之力

巨人陨落

老提兹卡已经不复存在。马格努斯年轻时很喜欢探索那些安静而曲折的古旧街巷,如今它们已化作了灰烬与瓦砾。千子战士在闷燃废墟中小心翼翼地穿行,一边跑动一边射击,有时还与敌人白刃相交。海岸线被炮火扬起的厚重尘云所遮盖,早已难辨踪影。一蓬蓬黄色火球与低沉的金属轰鸣撕扯着云团,让这座城市的更多区域在一阵阵撼动大地的炽热爆炸中灰飞烟灭。

马格努斯站在弗泰普金字塔顶端的阳台上目睹提兹卡的覆亡,至今为止这是唯一一座未受摧残的建筑。他的房间里已经没有任何反光物体,那阴险的声音无法再哄骗劝诱他作出更多的错误决定。

他紧握住阳台扶手,为这个即将失落的世界与众多濒临灭亡的子嗣流下了苦涩的泪水。昔日用启迪之光普照万世的壮丽灯塔如今已陷入了战争的漩涡。

城市北部变成了焦灼地狱,宫殿熊熊燃烧,园林化为灰烬。南部港口是地平线上的一块漆黑污点,那里的所有建筑都被他兄弟的攻势彻底夷平。

他能感觉到黎曼·鲁斯此刻身处城市西部,在猎鹰金字塔脚下战斗。康斯坦丁·瓦尔多以及那位名叫阿蒙的禁军战士与他并肩奋斗。透过心灵之眼,马格努斯也体会到了弗西斯·塔卡、哈索尔·玛特和奥拉麦格玛麾下那些千子战士的勇气与激昂。他明白这些人之中的大部分很快都会殒命,因为狼王身后留下的只能是苍凉死寂,这令马格努斯备感哀伤。

在东边,阿里曼正率领他的部下抵御强敌。就算是太空野狼的狂暴或禁军的强悍也无法冲破阿里曼的防线,黑鸦战士们利用预知能力抵挡住了每一波攻势。

东边只有为数不多的寂静修女,她们大部分都在黎曼·鲁斯和瓦尔多身侧。入侵者没有带上足够多的寂静修女,他们原以为针对提兹卡的进攻仅仅是清扫战场。他们妄想着靠轨道轰炸便足以消灭千子，而这让马格努斯颇为愤怒。

虽然尖塔守卫的主力部队在突袭打响的顷刻之间便惨遭湮灭，但千子出色地完成了集结，得以阻止这场战斗演变成彻底溃败。身披赤红盔甲的战士们势单力薄，他们将提兹卡的六座金字塔连接起来，组成了以秘眼广场为中心的圆形防线。弗泰普金字塔是最靠南的一座，环绕它的闪亮池水中漂满了被浸湿的书页，恐惧致使其中蕴藏的古老智慧尽皆遗失。

爆裂的以太能量在他体内暗流涌动，渴求被释放到敌人之间，马格努斯奋力维持控制。浩瀚之洋的火焰不断冲击着他，如同最具诱惑力的毒瘾穿过位面之间的帷幕投来呼唤。

马格努斯唯愿步入提兹卡的街巷，击退那些入侵者，向他们展现自己的真正力量。在一念之间，他的手指便迸发出火花。他立刻紧握双拳，将思绪内敛。

他能听到诸位子嗣央求他参战的呼喊，但他置若罔闻，将那些声音从脑海中逐退。

这是他所做过最困难的事。

一个恳求险些打破他的坚决态度，那是他挚爱子嗣的声音。

"帮帮我们。"那声音说道。

"我不能，阿泽克，"马格努斯紧咬牙关说，"我绝不能。"

遮天蔽日的黑烟涌入港口周围的街道。雷霆般的爆炸如同一位酗酒神祇的脚步，在城市中横冲直撞，枪炮嘶吼与伤者尖叫交织在一起，混杂成一曲完美的地狱交响。菲尔·托伦躲在倒塌的雕像后面更换爆矢枪的弹夹，一阵断断续续的火力撕扯着花园墙壁。他学会中的一百名战士驻守在这道防线上，两翼则是另外二百人。敌军前后三次尝试从港口中突破出来，但第七学会的枪炮与刀剑接连三次将他们驱赶回去。

菲尔·托伦麾下的战士对于提兹卡的这片区域无比熟悉，黑鸦学派的预言指令更让他们能够完美地协调部队并维持阵线。再配合天枭学派收集的情报，他们总能以绝佳的阵形应对每一波攻击。

尸体散落在街巷中，敌友双方皆有折损。鲜血泼洒在洁白的大理石墙壁上，一条条猩红溪水在道路的裂缝中流淌。菲尔·托伦已经打光了十二个弹夹，他们的武器能够继续射击完全归功于不断运送弹药的尖塔守卫。

令人痉挛的剧痛突然绞动起他的五脏六腑，莫名的虚弱让他低哼一声，全身抽搐。菲尔·托伦努力甩掉那种感觉，咽下喉中的辛辣黏液，抹消视野里的一片模糊。凶猛爆炸扯开了千子的阵线，他眨着眼消除那一块块明亮残影。

"注意右边！"他喊道，三名战士被暴风般的子弹撕成碎片。独特的沉闷轰响告诉菲尔·托伦，那绝非步兵武器的手笔。身披赤红盔甲的战士们端着重型武器在废墟中穿行，他向一座倒塌的金狮雕像瞥了一眼。

港口和提莫兰图书馆之间的街区已经面目全非，那些廊柱林立的大道与华美飞扬的楼阁化作了一片充满烈焰与碎石的废土。化学污染物从起火的港口飘来，漫天枪炮轰鸣不息，无数典籍被付之一炬，种种浓厚的气味掺杂在咸咸的海风中。

太空野狼和身披金甲的禁军战士小心翼翼地穿过一片闷燃废墟，这座昔日的画廊收藏着源自古老长夜之前的诸多雕塑，那些难以解读的作品明显出自异形手笔。如今它们已是入侵者铁蹄下的碎片，菲尔·托伦感觉以太能量在自己体内翻涌，德托阿则煽动着他的暴戾情绪。他深吸一口气，驾驭住自己的情感。心境毫无助益，他能察觉到守护精灵渴求伤害敌人的狂暴欲望几乎要盖过了自己的战术思维。

"那会让我与他们毫无分别。"菲尔·托伦嘶声道，他强行将德托阿的猩红怒火压制下去。

又一波子弹啃噬着那座金狮雕像，仿佛它是由松软砂岩所堆砌的。菲尔·托伦匆忙躲开那逐渐解离的雄狮，冲向一道坍塌的石制拱门寻找掩护。他辨认出那是画廊圆顶的一部分，随后扭过头看到一股灰烟从建筑内部升腾而起。速攻艇在头顶的天空中留下一条条轨迹，频繁的爆炸声接连响起。

画廊的一部分骤然倾覆，将他麾下的至少三十名战士压在成吨的碎石底部，扬起滚滚尘云。就在画廊的墙壁刚刚倒塌之后，入侵者们便暴发出一阵尖锐的嚎叫。

"后撤！"菲尔·托伦大喊着绕过坍塌的拱顶朝敌人开火，将一枚枚子弹射向猛冲而来的太空野狼。他的战士紧随其后，用精准而致命的爆矢弹填满了各自指定的射击角度。

一些敌人倒下了，但那远远不够。菲尔·托伦估计至少有六百名太空野狼正从港口展开势头凶猛的推进。

他们是狂野蛮族，身上毫无阿斯塔特所应具备的优雅与镇定。他们的盔甲上挂满了符咒、颅骨和皮毛，简直就是一个理应遭受灭绝的野蛮部落。

其中很多人未着头盔便冲入战场，他们或许因嗜血而将其抛弃，抑或愚蠢到忘记了保护最重要的部位。菲尔·托伦确保敌人为此付出惨痛代价，他仔细挑选目标，让每一发子弹都炸飞一颗头颅。

爆炸性的枪弹往返交织，残片四下横飞。他躲回圆顶的废墟后面，能听到爆矢弹冲击那黄铜表面时发出的沉重闷响。

一个身穿赤红盔甲的战士冲到他身边，菲尔·托伦向自己的哲人图勒克简洁地点头示意。那是一位优秀的学者，比第七学会的任何成员都更加迅速地掌握了自己的力量。就连菲尔·托伦本人也只能勉强接受由马格努斯和军团带回普罗斯佩罗的深厚学识与强大技艺。在其他学会施展奥秘威能的同时，第七学会则采用传统方式作战。

"我们这样没法挡住他们，"图勒克说，"我们需要运用力量！"

"还不行，"菲尔·托伦说，"那要留到最后一刻。"

"这就是最后一刻！"图勒克敦促道，"还有什么机会？"

菲尔·托伦知道他是对的，却依旧怀有迟疑。在施展浩瀚之洋的力量方面，他的部下远不如其他学派那样经验丰富，他担心启用一座如此暴烈的熔炉会引发何等后果。但就像图勒克所说……还有什么机会？

"好吧，"他最终说道，"传我的命令，所有人利用一切必要手段，把这些混蛋打回海里去。"

图勒克点点头，菲尔·托伦能看出这道命令给对方带来的狂野期待。

他扫视坍塌的拱顶，太空野狼背后一个怪物般的庞大身影让他深吸一口气，那灰色巨兽身披厚重的陶钢装甲，迈着雷霆般的脚步踏过碎石，全身的机械组件响动不止。那无畏机甲覆满尘埃，已经被火焰烤成焦黑，装甲上遍布弹坑，背后的旗帜也在燃烧。

它的一只手臂是闪电流转的血腥巨拳，另一只则是不断旋动的导弹发射器，此刻正从肩头那巨大的导弹架里补充弹药。

"躲开！"菲尔·托伦喊道，一串导弹随即向他们疾驰而来。

导弹砸进拱顶的废墟里，强悍冲击将他抛向空中。他摔进一个鲜血荡漾的弹坑，手里的爆矢枪不知所踪。菲尔·托伦翻身站起，却没能在附近找到任何武器。

被枪弹和爆炸撕碎的千子尸体散落在弹坑周围，皆是面目全非。那令人痉挛的剧痛再次袭来，他弯下腰去，惊觉德托阿的力量已经自作主张且无法阻挡地汇入他体内。

菲尔·托伦周围的碎石悬浮到半空，他脚下的血池逐渐沸腾。浩瀚之洋的力量在他全身涌动奔腾，然而在细胞层面上，一个可怕的缺陷已经开始将他彻底毁灭。

千子军团正迈向坟墓。在狼王发动攻击的几分钟之内就有数十名战士殒命，他的狂怒不可阻挡，他的蛮力无法估量。他身上的盔甲工艺绝伦，手中的霜刃轻易将战士斩为两段，他如同一头率领兄弟展开狩猎的兽群领袖般凶暴。他的近卫是冷酷而高效的屠夫，只有最幸运的子弹或剑刃才能穿透其终结者铠甲。

虽然弗西斯·塔卡没有看到更多令人憎恶的寂静修女，但毫无疑问她们就在附近，因为他愈发虚弱的力量不断从指间流逝，就像一支开裂的羽毛笔滴落墨水。禁军挥动着他们的守护者长戟，极具效率地劈开盔甲和血肉，每一次攻击背后蕴含的力道都恰好足以取人性命。

弗西斯·塔卡察觉到守护精灵力不从心的愤怒，它的能量被逐渐抽干。他开始提取自己更深层的后备力量，用他的灵魂本质作为代价。他将情绪转向外界，与麾下战士们一起为生存而战。

刚刚还濒临战败的敌军顷刻间便将他们重重包围。千子的长枪刺入了太空野狼的躯体并直取要害，但鲁斯挡住了那致命一击。更糟的是，局势已全面逆转。太空野狼探出利爪，禁军将千子斩落沙场，巨狼则在战场边缘伺机而动。

"我们必须后撤！"哈索尔·玛特的声音盖过了枪炮嘶吼与剑刃相交的震耳轰鸣，"我们过于深入了。"

弗西斯·塔卡明白确实如此，但他的全部注意力都被黎曼·鲁斯那怪物般强大的身影所吸引，狼王正在屠杀千子，他丝毫不在意自己每一刀所抹消的无价知识与宝贵经验。

"就这么办，"他吼道，"重整防线。"

哈索尔·玛特听出了他话语中的暴怒，于是追问："你要干什么？"

"我能了结这些，"他回答，"快去！"

哈索尔·玛特无须催促，立刻将命令传达下去。第二、第三和第八学会的战士井然有序地相继解散阵线，展开撤退。太空野狼顿时闻到胜利的气息，他们重新掌握了主动权，立刻一拥而上。

"你们以为会这么容易？"弗西斯·塔卡嘶声道。他挥舞权杖，发出一声满怀恨意的咆哮，不逊于巨狼的呼嚎，随后便埋头冲进那片狂乱战场。一团蓝焰从他的权杖上爆发，刺入面前敌人的胸膛将其点燃。对方伴着一声野兽般的痛苦咆哮瘫倒在地，弗西斯·塔卡和他的亲信突入敌阵。

凶猛火光在一旁迸发，他看到奥拉麦格玛正率领麾下战士与他并肩前行。弗西斯·塔卡知道自己本该因为第八学会连长公然抗命而感到愤怒，但此刻他心中只有一种灌注了仇恨的正义感。一丛丛白热烈焰从奥拉麦格玛手中奔涌而出，将陶钢板甲如蜡烛般熔融。全身着火的巨狼在剧痛中嘶吼，高热的爆炸将濒死战士彻底吞噬，抽走他们肺里的空气。

弗西斯·塔卡的爆矢手枪轰鸣起来，将一个禁军的裸露头颅炸飞。他的权杖舞作炽热圆弧，让敌军盔甲如蛋壳般碎裂。他用凶蛮的技巧展开杀戮，并察觉到一股火流在体内涌升。他的双眼充斥光芒，四肢笼罩烈焰。

弗西斯·塔卡在前方看到了狼王与他的金色盟友。他的视野逐渐收缩，直到眼中只有权杖震裂盔甲或烧焦敌人的运动轨迹。他大杀四方，全身上下每一个细胞都能体会到终结生命的感觉。

他的臂膀如活塞般挥动不止，运用一股前所未有的力量敲碎甲胄，折断骨骼。他的躯体充满了沸腾能量，但他的全部心神都集中在猎物身上。敌人满怀惊恐地从弗西斯·塔卡面前退却，完全无法抵御他的威能。他将众多战士如稻草般抛开，用一波波心灵之力把敌人碾在地面，直到他们化作大理石上的一摊血肉。在他体内涌动的那股能量堪称辉煌超凡。

弗西斯·塔卡转过头去，看到奥拉麦格玛直面狼王，炽热的火焰在同僚全身流转飞旋。那位连长向野狼原体释放出一股洪水般的以太能量。弗西斯·塔卡发出一声胜利怒吼，奥拉麦格玛的滚滚烈焰笼罩了黎曼·鲁斯，在一阵星辰诞生般的灼目光芒中与狼王的冰封战甲相遇。但鲁斯对此几乎不以为意，而奥拉麦格玛的恐怖遭遇则无比震撼。

奥拉麦格玛的巨大力量从狼王的盔甲上反弹回去，仿佛是直射在镜面上的光束，以太的恶毒能量将其创造者一举焚化，他的尖叫声令人惊骇。奥拉麦格玛的生命本质被以太所吞噬，那充满痛苦的凄惨嘶吼让所有人为之动容。奥拉麦格玛化作一根灼热火柱，狂奔着逃离战场，太空野狼纷纷为他让开道路，谁也不愿靠近这个万劫不复的灵魂。

弗西斯·塔卡终于杀出一条血路，逼近了鲁斯身边的金甲战士们，他大笑着目睹敌人脸上的深重惊惧。敌人领袖转身面对他，弗西斯·塔卡分外享受那充满了仇恨与憎恶的目光。对方的金盔覆有红色羽毛，其下是一头黑发，弗西斯·塔卡还看到了一对流露杀意的双眸。

康斯坦丁·瓦尔多将长戟举在身前。"你是何物？"他怒吼道，这愚蠢的问题让弗西斯·塔卡大笑起来。

"我是你的末日！"他声若雷霆，然而扭曲变形的口部让话语变得模糊不清。弗西斯·塔卡俯视着禁军首领，直到此刻他才意识到自己身躯所遭受的异变。

他全身血肉的形态与功能变化无定，每一个器官和肢体都陷入了疯狂的转化与重塑。有机组织和无机盔甲以一种令人惊骇的方式融为一体，他的肌肉在无缚野心中翻涌扭动。

他怎么会没有察觉到如此深重的异变？就在这个问题浮现于他脑海中时，答案也随之而来。

弗西斯·塔卡的血肉已经不属于他自己了。尤提帕的存在充斥全身，守护精灵用充满恨意的兴味与极具耐心的恶毒彻底解锁了深埋于基因架构中的凶暴潜能。那股狂野的转化之力一度在他体内静静休眠，如今则脱缰而出，将积累了两个世纪的异变在两分钟内全数释放。

在瓦尔多眼中，弗西斯·塔卡目睹了他和千子军团此刻的模样，并顿时意识到他们的命运自始至终都是如此。瓦尔多冲上前来，守护者长戟直指他的心脏，弗西斯·塔卡终于明白了原体为何不愿反抗。

"怪物！"

瓦尔多怒吼着将长戟刺入他的变异血肉。

"是啊。"弗西斯·塔卡悲伤地说，他抛下武器，闭上双眼。

那金色锋刃切开了他的心脏，死亡是一种令人宽慰的解脱。

菲尔·托伦在一团耀眼电光中从弹坑底部悬浮而起。嘶嘶作响的鲜血从他的盔甲表面流淌下来，长鞭般的能量弧在他指尖跃动。他的战甲由内而外地迸发光芒，仿佛承载着一座等离子反应堆的炽热核心。菲尔·托伦用满溢着以太能量的双眸扫视战场，这地狱场景中一切的深黯恐怖都展露无遗。

对于黎曼·鲁斯的战士和禁军而言，胜利已经近在咫尺。太空野狼深深切入了提兹卡，正像一柄刺进仓皇之敌脆弱要害的利刃。千子的防线尚在坚守，但它的迅速瓦解也是毋庸置疑的。在这个银河中没有任何部队能够抵挡如此凶暴的攻势，应对如此致命的动机，对抗如此无情的敌人。没有任何部队，除了手握浩瀚之洋威能的千子军团。

菲尔·托伦看到了濒临覆灭的学会，面目全非的尸体，以及被狂嚎不已的太空野狼当作战利品的碎裂颅骨。他将这一切尽收眼底，心中怒火顿时汇成一股无形之力汹涌而出。他附近的敌人被震飞出去，盔甲片片解离，血肉从骨骼上剥落。太空野狼身边那些覆有毛皮的恶兽则爆炸成一摊鲜亮血污，它们的内在光芒在一阵异怪怒嚎中被瞬间抹消。

菲尔·托伦飘浮在战场上，双臂伸展于身侧，心念微动将敌军战士从面前扫开。自己掌握这份强大力量的轻易程度让他大笑起来，全身流转的诸般奇妙感觉令他如痴如狂。他曾经惧怕这种力量，担心它难以控制，但事实上这简直易如反掌！

他麾下的战士们紧随其后，菲尔·托伦手中奔流而出的火焰与光芒融入了他们的身躯。那股力量无比狂野，但菲尔·托伦毫不在意，他心甘情愿地扮演着一条通道，任由那源自浩瀚之洋的混沌能量肆意涌动。

三架身披狼皮和护符的太空野狼无畏机甲投射出一阵暴雪般的子弹。菲尔·托伦只用一个手势便将第一台无畏机甲解离成最基础的零件。他能品尝到机甲核心位置那具凄凉残躯再度赴死时的痛苦和惊惶，并以此为乐。在黑暗的幽默感中，他迫使剩下的两台无畏机甲向对方开火，用各自武器将战友撕扯成冒着黑烟的金属残骸。

在他周围，第七学会的成员全身喷薄着与他相同的火焰。他和麾下战士们心中的力量与自信一同增长，他们的转变正是菲尔·托伦此刻的倒影。

一对猎食者坦克向他开火。他将那两辆战车从地面卷起，抛进大海，太空野狼脸上的惊恐让他开怀大笑。敌人溃不成军，惊慌失措，蜷缩在自己一手造就的废墟之中。

在菲尔·托伦体内奔窜的汹涌能量让他全身颤抖，他奋力维持控制，方才回想起马格努斯和阿里曼所传授的自控理念与高层心境。"力量只有加以束缚才能为人所用"，他们如是说，菲尔·托伦终于明白了其中真理，但他已经逐渐失去掌控。德托阿俯冲而下，昔日的守护精灵变成了如今的吞噬者，它将一股连最伟大的以太宗师也难以担负的凶悍力量注入菲尔·托伦体内。

"不！"他大声呼喊，同时品尝到了主仆角色的瞬间转换为德托阿带来的野蛮狂喜。

剧痛撕扯着他，菲尔·托伦尖吼起来，涌入他体内的充盈能量让四肢逐渐爆裂。他的身躯无法承载如此深厚的力量，任何心灵戒律都休想阻止他所面临的灾难。

菲尔·托伦仰起头来，发出最后一声充满了惊恐与顿悟的尖叫，随后他的身躯便像一颗超新星般爆炸。

在东边一公里之外，卡洛菲斯操纵着狼族之王迈向黑鸦金字塔的焦灼废墟。粗重的烟柱从那庞大建筑里喷涌而出，其中一本本价值连城且无可替代的典籍正熊熊燃烧。

金色与灰色的微小身影在他巨人般的步伐面前四散奔逃。导弹和炮弹在他的火盾上熔化。他坚不可摧，攻无不破。

自此以后，他要如何回归凡人的战场？通过灵能共鸣水晶操控机器人小队已是超凡的体验，但执掌一架机械战神则是无上的享受。

任何逃过他手中烈焰的敌人都被分叉的巨脚踩扁，他身后留下的毁灭之径比太空野狼的粗蛮作为更加彻底。卡洛菲斯毫不在乎，房屋可以整修，城市可以重建，但作为一个钢铁巨兽踏足战场的机会或许仅此一次。

他高居于火凤学派圣殿的王座上，察觉到以太烈焰正在灼烧他的皮肤，但他明白自己必须维持对泰坦的掌控。无数条性命与普罗斯佩罗的未来都维系于此。西欧达的火焰像熔融黄金般在狼族之王的躯体里奔涌，卡洛菲斯能品味到守护精灵的迫切渴望，它想要夺取控制，引发惊天浩劫。卡洛菲斯满怀妒意地毫不松手，然而伴随每一个生命的消逝与每一座建筑的崩塌，西欧达的力量都愈发强大。

卡洛菲斯强迫自己专注于战斗，他将视线从城市上空扫过，寻找施展这宏伟火力的最佳地点。

港口是关键所在。承载着更多士兵的重型运输船从轨道上俯冲而下，每一分钟都有数百名敌人踏入战场。在更远处，提兹卡的北部防线尚在坚守。阿里曼的黑鸦学派正与天枭学派和尖塔守卫并肩作战，用前所未有的勇气阻挡住那些踏浪而来的入侵者。

阿里曼暂时不需要他的帮助。

如果能够摧毁港口，入侵者就失去了他们彻底毁灭千子所必需的滩头堡。卡洛菲斯将他雷霆般的脚步转向港口，双拳喷吐着火焰与死亡。

与狼族之王昔日的机长相比，卡洛菲斯运用着一种截然不同的方式感知周围环境。他比任何高阶驾驶员都更加精确地体会着战争之潮的涨落。以太能量从猎鹰金字塔周围的战场席卷而来，他微笑着品尝如此深厚的力量。

就在他将自身感知与下方的凶暴战场同调之后，便立刻察觉到了黑鸦金字塔远端那股骤然涌升的能量。他明白那是菲尔·托伦，第七学会连长身上所积聚的超凡伟力让卡洛菲斯双眼圆睁。

他停下了狼族之王的脚步，但为时已晚。

"王座啊，不！"他嘶声道，眼看着那根足有一千米宽的炽热火柱直冲天际，厉声呼啸的白热烈焰与辉煌灼目的地狱之光喷薄而出。云层瞬间踪影全无，第二颗恒星的光芒普照着提兹卡全城。

狼族之王在那猛烈冲击中身形摇晃，卡洛菲斯感觉到排山倒海的以太能量从那现实架构的裂口中汹涌而来。他的火盾在刹那之间便被抹消，泰坦被剥离到只剩下裸露金属。绑缚在那些繁杂结构中的水晶顿时粉碎，西欧达发出一声胜利的尖鸣，立刻夺走了控制权。

然而它的凯旋注定短命，泰坦的熔融骨架在无可承受的高热中逐渐弯曲。它的肢体被庞大躯干的重压所折断，这架战争机械轰然砸落在黑鸦金字塔上，完成了欧谢尔·沃德梅克所开展的毁灭之行。

卡洛菲斯奋力切断他与那架濒临覆灭的战争机械之间的心灵联结，但西欧达毫不松手，以太反馈顿时向他席卷而来。他抽取着自己身为火凤学派圣殿首座的全部力量，试图阻挡那股火焰，然而银河中没有任何力量能够抵御如此凶暴的威能。

卡洛菲斯在刹那间品尝着末日临头的讽刺意味，随后那股烈焰便将他完全吞噬，整座火凤学派金字塔也在一团炽热的火球中爆炸成玻璃碎片与钢铁残骸。

第三十章

背水一战
真相为兵
狼印

阿里曼摇摇头,他不明白自己为何仰面躺在一片尘土和碎石之间。他不记得曾经摔倒或是被击中,然而当他转动身躯的时候,一阵潮水般的痛苦与痉挛顿时将他攫住。他闷哼一声,心中很清楚那疼痛代表着什么。

他翻身站起,望向西边,看到一根沸腾的火柱直冲云霄。浩瀚之洋的汹涌巨浪卷入这个世界,阿里曼浑身上下那令人抽搐的剧痛告诉他,只要任意释放力量就能变得无比强大。闪烁光芒在他眼中积聚,纯粹以太从他指尖淌下,将接触到的地面液化成莫名形态。

每一个战士都被那凶残爆炸撞倒在地,无论敌友,冲击波如同地震般在城市中蔓延开来。在密集弹幕下苟且偷生的房屋在这股力量面前土崩瓦解。

那光芒逐渐暗淡,撕开了位面裂隙的载体已经不复存在。阿里曼在地平线上看到一个喷薄火光的人影横冲直撞,恍若高原蛮族所点燃的稻草人,用来祭拜那司掌丰收的原始神灵。

闪烁图像在他脑海中显现,那是一幅无从改写的未来幻景,他闭上双眼,看到了那架陨落于科瑞欧瓦伦姆的巨型战争机械再次倾覆。阿里曼已经预见到它将在何处倒下,但他丝毫不愿目睹黑鸦金字塔的毁灭。

他听到了震撼大地的金属尖鸣与玻璃碎裂的刺耳声音,一切潜在的知识都在这隆隆巨响中化作了漫天灰烬。那庞大的战争机械轰然倒地,又一道冲击波在城市里扩散,而火凤金字塔也同时爆炸成一团火球。

这三重毁灭让阿里曼备感震慑与惊恐。这便是他所属军团的丧钟了,防线已经不复存在。整个西北城区都化为乌有,在敌人意识到这份天大的恩赐之后,他们很快就会势不可挡地一拥而入。

这场毁灭所带来的喘息之机转瞬即逝,而千子首先恢复清醒。在太空野狼逐渐从地上爬起来的时候，圣甲虫隐修会释放出一股致命力量的恐怖洪流。凶残的锥形闪电将敌人烤焦，暴烈的能量弧在一个个战士之间跃动。嘶鸣烈火席卷街道，吞噬一切，用无与伦比的地狱高热将石头、陶钢与血肉全部融化。

最初，阿里曼还奢望那汹涌澎湃的以太能量会扮演他们的救赎，但这个念头在顷刻间便被打碎。左侧十米之外的一名战士突然无比惊恐地尖叫起来，他的身躯爆发出恐怖增生。他的盔甲逐渐开裂，可憎的异变血肉一涌而出。区区几秒之后，喷泉般的沸腾蓝焰把另一名战士卷到半空，眨眼间就将其彻底吞噬。

越来越多的可怕异变在千子身上显现，邪异触手将盔甲撑裂，覆有鳞片的肢体和满是皱纹的组织像胶质一样从颈甲与弹孔中挤出来，伴随着令人反胃的湿滑声响。

战士们厉声呼号，跪倒在地，数十年中累积的血肉异变尽数显现。每一秒都有数十人屈从于那股恶毒力量，而惊惶呼喊的源头并不局限于太空野狼。尖塔守卫在他们的昔日盟友面前四散奔逃，由千子战士转变而成的堕落怪物向他们发动了攻击，在盲目的饥渴中试图以血肉补偿其狂乱生长。

"所有人后撤！"阿里曼喊道，他明白这块阵地已经失守。

成功抵抗了血肉异变的千子战士们遵从命令，阿里曼一瞥之下便发现那些都是最为年长而富有经验的军团成员，他欣慰地看到索贝克身在其中。他和自己的实践者共同带领残部穿过提兹卡老城废墟的边缘，沿着遍布弹坑、火焰与碎石的街道迅速移动。

阿里曼检查弹药，发现只剩下五个弹夹了。他的权杖依旧是一件强大武器，暴烈的无形之力在杖身上流转。他调动意志令其失效，因为他不敢贸然施展，毕竟周围充斥着如此之多的狂野能量。在这场战斗结束之前他必定需要运用权杖，但此刻他将一切与之相关的念头都逐出脑海，直到生死存亡之际。

就在阿里曼驱散了自己的力量之后，他立刻察觉出某个幽魂般的心灵触手正在刺探他周围的以太环境，四处寻觅他的踪迹。阿里曼能够感觉到那个蛮荒猎手的狡诈、耐心和野性，这背后蕴藏着在冰封苔原上度过的漫长凛冬，只有从尚未变冷的新鲜猎物身上撕下的毛皮方可提供些许温暖。

他毫不费力地辨认出了那个猎手，因为他曾与之共游浩瀚之洋。欧谢尔·沃德梅克在追踪他，阿里曼放任自己的以太印痕扩散到空气中，利用这灵能足迹引来那位符文牧师。

"来找我啊，沃德梅克，"他低语道，"我等着你。"

阿里曼率领残兵败将穿过挚爱城市的废墟，沿途吸纳了一支支踌躇无措的千子部队，各方面力量正从东西两侧向秘眼广场逐渐汇聚。他身边共计数百名战士，阿里曼盼望城市中心还有幸存者，因为他们需要更多部队来抵挡太空野狼与禁军。

秘眼广场就在前方，当阿里曼看到诸多遍布弹孔或倒塌在地的雄狮雕像时，他顿时意识到这条撤退路线将自己引到了何处——千狮街。最左侧的那尊雕像逃过了一劫，它的金色皮毛光洁如新，仿佛刚刚离开雕塑家的作坊抵达此处，这让阿里曼几乎要笑出声来。他停下了从提兹卡老城奔逃至此的脚步，抬起手触摸那头昂首挺胸的野兽。

"或许你确实幸运，"他说道，心中感觉自己很傻，却又毫不在乎，"如果你有多余的好运，不如给我一点。"

"迷信不适合你。"他身后的一个声音说道，阿里曼带着真挚的宽慰露出笑容，他从狮像前转过身去，看到哈索尔·玛特一瘸一拐地走在撤退的战士们中间。阿里曼跑过去迎接他，两个人像结拜兄弟般拥抱起来。

"发生了什么？"阿里曼问道。

"狼王。"哈索尔·玛特回答，阿里曼不需要更多的解释了。

"弗西斯·塔卡？"他追问道，部队继续向南行进。

哈索尔·玛特将目光移开，阿里曼注意到对方的蜡白皮肤令人心惊，如此病态的色泽对于哈索尔·玛特而言就像污秽的异变一样陌生而可憎。向来英俊得夸张的同僚变得如此憔悴，这几乎是阿里曼在噩梦战场上所见过最令人不安的情景。

"血肉异变，"哈索尔·玛特说道，他所目睹的恐怖事物萦绕在目光中，"禁军的瓦尔多杀了他，但我认为弗西斯·塔卡是自愿的。死亡总比变成怪物好。奥拉麦格玛也死了。"

阿里曼对于奥拉麦格玛只有连长间的交情，但弗西斯·塔卡的死让他备感哀伤。如果他能在这场恐怖灾难中生还，他必定要正式悼念自己的朋友，同时他再一次意识到，只有死亡才能让他明白哪位同僚才是真正的挚友。

他强迫自己抛下悲伤，保持住低层心境来摒弃失落。他不禁猜想哈索尔·玛特遭受了怎样的精神冲击。玛特左边头颅上覆满了固结的血块，但那伤势不值一提。对方的皮肤闪烁着内在光芒，在转变的渴求中波动不止，阿里曼盼望那位自负的战士能够抵御诱惑，不要妄图运用力量强行扭转躯体异状。

"我们这是去哪儿？"哈索尔·玛特边跑边喘息道。

"第二条防线。"阿里曼说。

"什么第二条防线？"

"天枭金字塔和亮羽金字塔之间的东西向阵线，大图书馆在中间，弗泰普金字塔在后方。"

"那是一条很长的防线。"哈索尔·玛特指出。

"我知道，但它比上一条要短。如果我们能坚持足够久的话，提兹卡的大部分平民就能得到弗泰普金字塔的庇护，这至少有些价值。"

"算不上什么。"

"我们只能做这么多。"阿里曼一边向南狂奔，一边匆忙回头扫视，他已经听到了追兵的脚步声。麾下诸多战士所变成的恐怖怪物能够拖延住太空野狼的脚步，但鲁斯的屠夫很快就会杀出一条血路。阿里曼咽下自己的愤怒，心中明白那毫无裨益，因为目标太多了。他的怒火足够燃烧上几万年。

愤怒于鲁斯和禁军所释放的无端暴力。

愤怒于大批千子战士的无谓牺牲。

愤怒于自己轻易放弃了必要的疑问。

最主要地，愤怒于马格努斯让他们独自面对末日。

阿里曼带领他的战士横穿秘眼广场，从那根顶端安放着火盆的巨大石柱旁经过，它也奇迹般地躲过了轰炸的浩劫，就像那座狮像一样。广场上挤满了从太空野狼和禁军的怒火之下仓皇逃离的平民，敌人的枪弹与刀刃丝毫不在乎其抹消的生命是何身份。惊恐居民从四面八方涌入广场，朝最南边的出口逃去，那条被称为智慧之殿的宽阔大道与现下情景格格不入。

一道破碎的拱门躺在出口处，倒塌的石柱与天枭学派昔日学者的雕像四下散落。普罗斯佩罗大图书馆的金色身影几乎被喷涌而出的黑烟所遮蔽，而在远方，属于马格努斯的那座宏伟金字塔俯视众生，其水晶形体熠熠闪光。

从以太爆炸与泰坦陨落中幸存的大批部队也涌进秘眼广场，阿里曼估计这里至少有三千名军团战士。与战斗开始时的兵力相比这少得可怜，但依旧比他预计中要多。他不禁猜想究竟有多少人倒在了敌军手下，而又有多少人死于在自身队伍中肆虐的血肉异变。

他将问题抛下，这于事无补，他还有更重要的事情去做。他跑向智慧之殿，跃过了疯狂学者艾哈兹瑞德的雕塑，索贝克与哈索尔·玛特紧随其后。智慧之殿铺着黑色大理石板，每一块都铭刻着源自大图书馆杰出藏品的警世名言或经典段落。尘土、碎石和提兹卡的慌乱居民遮挡住了大多数石板，但阿里曼感觉到那些尚且显露在外的石板中蕴藏着某种深邃秩序，于是一边奔跑，一边紧盯脚下。

第一块石板上的文字是：

若无智慧，力量将毁灭其拥有者。

阿里曼明白这绝非偶然，他将注意力集中在路过的每一块石板上：

追寻者索求力量而非智慧。缺少智慧的力量危难重重。莫如先求智慧。

身负知识者从不预测。屡行预测者并无知识。

若滥用力量，你必将经历痛苦并学到教训。如果你能活下来。

最终，阿里曼带着沉重的笑意看到一块石板上写着：

只有愚者才会仅为打倒某人的满足感而踏入战场。

他把握住了这些文字的深意，但他不禁猜想为何看到它们的人是自己。他已经无法改变千子的命运。

普罗斯佩罗只有一个存在能够做到这一点。

千子在大图书馆脚下那片昔日繁茂的公园中列阵。哈索尔·玛特与索贝克将圣甲虫隐修会和支离破碎的部队组成一条环绕公园的防线，让他们的枪口指向北边。烧焦的树叶与植被像浓雾般弥散在空气中，从化作灰烬的树林飘来的滚滚烟尘低悬在地面上，如同众人脚边旋动的毒云。大图书馆的废墟躺在他们身后，那金字塔结构已经无法辨认，它的玻璃墙壁上映着诸多长廊中的熊熊火光。大图书馆的尖顶已经坍塌，黑烟从中汹涌而出，仿佛是一座陡峭火山在喷吐熔岩。

阿里曼盯着大图书馆，一幅记忆中的影像与之重叠。

"怎么了？"哈索尔·玛特问，他察觉到了阿里曼脸上的惊愕。

"那根本不是尼凯亚，"阿里曼说，"我没有预见到那座火山。是这个……我看到的是这个。"

"你在说什么？"

"在阿苟鲁，"阿里曼的惊恐愈发深重，"我预见到了这个，但我没有认出来。我本可以警告马格努斯，我本可以阻止这一切。"

哈索尔·玛特一把拽住他。

"如果你看到了这些，那么它无论如何都会发生。你什么都改变不了。"他说道。

"不，"阿里曼摇摇头，"不是那样的。未来的潮水都是可能性的倒影。我本可以——"

"那无关紧要，"哈索尔·玛特厉声说，"你没有预见到这些。阿蒙没有，安库·埃南没有，马格努斯也没有，黑鸦学派的任何人都没有。所以不要再纠结于那些你没有看到的事物，把注意力放在眼前吧！"

哈索尔·玛特居然在教训他，这荒谬的事实打破了将阿里曼钉在原地的魔咒。他点点头，从大图书馆面前转过身去，专注于此时此刻的防线。它比之前那道防线更容易防守，但考虑到为数不多的幸存战士，这道防线还是太长了。

公园里遍布亭台，满是矮墙和楼阁的废墟。在平日里，居民与学者往往会聚集在小径上和凉亭里，在和煦阳光中阅读充满智慧的文字。阿里曼在那些宜人的绿荫下度过了很多时光，时常埋头于一本本耐人寻味的典籍，畅饮其中的古老知识。如今，那些残垣断壁、倒塌树木，破碎基座和幽暗洼地在他眼中已经变成了防御地形。

"我们能守住一波，最多两波攻击，"他检视着这片公园饱受摧残的轮廓与角度说道，"之后我们必须撤退到弗泰普金字塔。"

"我想那恐怕有些太乐观了。"哈索尔·玛特说，黎曼·鲁斯正率领六千名阿斯塔特和禁军向他们的阵线袭来，如同一头饿狼正在咬合的巨口。这幅景象的根本目的就在于击溃防御者的意志，但阿里曼回想起古老泰拉一位领袖的名言，他高声朗诵出来，让每一位千子战士都能听见。

"保家护国，捍卫权利的爱国志士乃是泰拉全球最可靠的士兵。"他高喊着将爆矢枪抵在肩头。他瞄向前方，面露冷笑地看到欧谢尔·沃德梅克的身影恰好落在准星之中。那个符文牧师处于射击距离之外，但阿里曼并不打算用一枚爆矢弹这样平庸的手段去了断两人之间的深仇大恨。

他将武器递给索贝克，转身面对哈索尔·玛特。

"记得我在阿苟鲁说过，我们任由自己的力量定义我们，亟须重新学习如何像阿斯塔特一样战斗吗？"

"当然，"哈索尔·玛特回答，阿里曼的话让他很困惑，"那又如何？"

"现在就是如此，"阿里曼说着摘下头盔，坐在了焦黑的草地上，"痛打那些野狗，让他们明白自己犯下了何等错误，低估我们必将成为他们最大的悔恨。诸位要奋战到底，但所有人都不能使用自己的能力，否则必死无疑。"

"你在说什么？你要干什么？"

阿里曼盘腿坐好，紧握住权杖，逐渐觉醒的力量在镶金杖身与蓝铜饰环上噼啪作响。

"无视我自己的命令。"他说着闭上了双眼。

阿里曼在喘息之间将他的光之躯体抽离凡尘。浩瀚之洋的汹涌潮水与这个世界近在咫尺，让他在位面间的转换易如反掌。那些波浪以排山倒海之势拍打着他的灵体，在实体宇宙的那口鏖战坩埚里不断翻滚的种种强烈情感更是火上浇油。

血肉异变试图把他吞噬，但他将其奋力压制住，心中明白这或许是自己最后一次遨游浩瀚之洋了。他飞升而上，看到了提兹卡熊熊燃烧的蜿蜒轮廓，以及覆盖在昔日那些光辉建筑上的猩红浓雾。

"如此多的仇恨，"他低语道，"我们真的如此罪大恶极吗？"

他飞离大图书馆周围的公园，努力在惊涛骇浪之中维持方向。他能感觉到以太能量从西北方的巨大裂口中不断涌入，并听见一个饱受折磨的灵魂被虚空掠食者撕成碎片，那些贪婪的怪物正聚集在周围，盼望那道伤痕能重新开启。

敌军阵线上闪耀着明亮的生命力：那鲜活的金色与赤红展现出他们的决心和笃定。他们无法理解自己可能的谬误。阿里曼看到他们被一团诡秘的欺骗之云所笼罩，顿时为对方的无知感到悲哀。

"如果你们知道自己遭到了背叛，定会与我们同心协力，终结这一切。"

黑暗遮罩悬垂在不断逼近的战士与坦克头顶，身处那些虚无空间里的敌军将领正受到寂静修女的庇护。阿里曼退避三舍，他明白自己如果踏入那令人憎恶的黑暗领域，就必将被抛回凡躯。然而阿里曼的宿敌绝不会涉足于此，因为他与旁人同样伪善。

阿里曼微笑着看到了欧谢尔·沃德梅克，他如此高傲自负而又充满愤怒，能够继续存活于世已是奇迹。虽然阿里曼告诉自己，此行是为了军团的存活，但他也不得不承认，他一定会享受接下来的那场启迪。

他伸出幽魂般的双手将沃德梅克的光之躯体从肉身中强行拽了出来，阿里曼的迅猛动作令人猝不及防，符文牧师披覆盔甲的肢体骤然僵直，如同一尊血肉雕塑。近旁同僚和随从匆忙上前，但他们已经帮不上沃德梅克的忙了。

阿里曼放开自己的宿敌，对方的闪亮躯体逐渐成形，固化成下方那个战士的明亮倒影。符文牧师的灵气爆发出强烈的震惊与愤怒，但当他看到悬浮在面前的人之后，那些情绪就很快转变成了戒备与仇恨。

"巫师。"沃德梅克厉声说。

"你对我就只有这种话可讲吗，老朋友？"阿里曼双臂抱胸问道，"只有辱骂？"

"我今天一直在找你。"沃德梅克说。

"我知道，我感觉到了你的笨拙追踪。普罗斯佩罗任何一个参入者都能察觉到你。你又如何能找到我的灵能足迹？"

"你在图书馆里的兄弟出卖了你。"沃德梅克满足地回答。

阿里曼大笑起来。

"你以为如此？"他问道，"如果安库·埃南那样做了，那就是因为他想要让你找到我。他知道我会杀了你。"

"不敢苟同。"沃德梅克手中出现了一柄金色长杖。

阿里曼摇摇头，那金杖顿时爆炸成逐渐暗淡的碎片。

"在这里，在这个国度，你真的认为我们还要那样战斗？"

沃德梅克猛扑向阿里曼，双手如利爪般探出，面孔幻化成嘶吼的狼首，双颚大张着准备扯开他的喉咙。阿里曼也冲上前去，他们在一团轰然爆发的澎湃能量中相撞。

沃德梅克挥来利爪，但阿里曼如水银般迅捷，他一边躲避每一次攻击，一边在浩瀚之洋中急速上升。他们像蕴藏着遗传密码的双螺旋一样在以太中旋转穿梭，沃德梅克用尖牙利爪展开狂乱攻势，阿里曼则以优雅和精准抵挡对方。

"你和我一样。"他说着避开了又一次凶猛攻击。

沃德梅克从阿里曼的灼目躯体面前退开，摇了摇头，他将巨狼形态收回自己的闪亮血肉中。

"我和你毫不相同，"他怒吼道，"我的力量来自芬里斯，来自生与死的自然循环。我是风暴之子。我和你毫不相同。"

"然而你此刻并不在芬里斯，"阿里曼说，"我们所采用的称呼不同，但你借以召唤风暴和震裂大地的力量与我借以占卜未来和塑造命运的力量完全相同。"

"你对我就只有这种话可讲？"沃德梅克厉声说道，"只有谎言？我不会相信你的任何一句话。"

"谎言？"阿里曼说，"看看你们正在对我的世界做些什么。我没必要说谎。我以真相为兵。"

话音未落他已经猛冲出去，用自己的生命本质把沃德梅克包裹起来。他将一束明亮的长枪刺向符文牧师，但那并非针对沃德梅克光之躯体的袭击。那是一柄真相之矛。

"若不能看清那个将你们蒙蔽的弥天大谎，你就无法理解真相。在你从谎言中解脱之前，启迪毫无意义。当你不受任何形式的欺瞒时，真相的力量就会与你融为一体。这便是我给予你的赠礼，欧谢尔·沃德梅克！"

阿里曼将一切都灌注到那个符文牧师心中：荷鲁斯的腐化，对帝皇一切蓝图的背叛，迫在眉睫的宏伟战争，以及那可怕的终局。无论胜败，一个无与伦比的黑暗时刻都将来临，而在阿里曼向沃德梅克展示一切的同时，他也得以知晓究竟是什么促使了太空野狼与禁军对千子发动如此凶猛的战争。

他看到了荷鲁斯的口蜜腹剑和康斯坦丁·瓦尔多的恶意中伤，那些话语背后蕴藏着不同的动机，但根本目的都是促使黎曼·鲁斯采取全面毁灭的方案。

如此程度的背叛让他无比震惊。阿里曼已经接受了狼神荷鲁斯的叛乱，毕竟对于编织那些天罗地网与虚假幻境的存在而言，亿万年的岁月也不过是弹指一挥间。但这些？这些是凡人的奸诈行径。这些谎言出自高尚缘由，却不幸招致了普罗斯佩罗的毁灭。

愤怒将阿里曼笼罩起来,他再次扑向沃德梅克,狂怒地撕扯对方的灵体。沃德梅克加以反抗,但他的挣扎软弱无力,他的心灵已经被阿里曼所展现的恐怖事物付之一炬。

他们在浩瀚之洋里陨落,两人心中复杂情感的千钧之重将他们扯向各自的躯体。大群虚空掠食者向他们蜂拥而来,那些恐怖怪物如同是超乎理解的梦魇,是拥有无尽饥渴的可憎邪魔。阿里曼感觉到了它们的存在,于是运用自己的全部想象力为它们塑造出更为可怕的毒牙利齿、莫名形态与嗜血本能。

他们最终回到了被仇恨冲刷的提兹卡,那幅鬼魂般的影像如同是藏在厚重迷雾或脏污玻璃后面一样模糊。阿里曼看到了公园废墟中爆发的恶战,太空野狼与千子为了错误的理由沙场相见,一决生死。索贝克、哈索尔·玛特和圣甲虫隐修会守护着阿里曼的凡躯,但险恶战况将千子的阵线步步逼退。

黎曼·鲁斯是一根灼目光柱,他正在大杀四方,阿里曼明白没有任何事物能够阻止这位狂野战神将千子彻底毁灭。他身边的两头巨狼代表着光与暗,它们将敌人扑倒在地撕成碎片,其凶暴程度与主人无异。阿里曼把视线从狼王以及他的凶兽同伴身上扯开,将瘫软的沃德梅克定在面前。

那个符文牧师已经变成了昔日高傲自我的破碎倒影。生命能量从他的灵体中流淌而出,他的灵气暗淡闪烁,阿里曼的真相对符文牧师的神智造成了巨大创伤。

那一切的自信都无影无踪,此人的灵魂暴露在外,毫无防备。

"这是为了安库·埃南。"阿里曼说着便将沃德梅克抛给那些虚空掠食者。它们在狂暴的饥渴中一拥而上,用虚妄利爪与幻变长牙撕扯那无助的躯体。区区几秒之内,符文牧师的灵魂就被尽数吞噬,永远失落。

阿里曼带着不小的满足感看到欧谢尔·沃德梅克身披盔甲的躯体瘫倒在地,伴随灵魂的死亡,肉体也无法苟活。一部分的他对于这黑暗行径备感惊恐,但阿里曼的内心也因宿敌的彻底毁灭而颇为欢愉。

阿里曼睁开眼深吸一口气,感觉到诸多同感损伤像淤青一样覆满全身。战斗的轰鸣震耳欲聋,野狼的怒嚎在提兹卡的废墟中回荡。在一瞬间里,他就意识到提兹卡的战斗结束了。普罗斯佩罗已经失陷。

他紧紧握住权杖,注意到那金蓝相交的杖身逐渐暗淡褪色,最后化为通体漆黑，其中蕴藏的意义明确无疑。

"罢了。"他说道。

阿里曼与哈索尔·玛特并肩作战，在太空野狼和帝皇禁军的凶猛攻势面前坚守阵地。链锯剑起落不止，冰冷的利齿上沾满了阿斯塔特的鲜血，爆矢枪用一发发子弹穿透躯体并炸碎目标，完全没有时间用来瞄准。

那道防线没能抵御住黎曼·鲁斯的无缚狂怒，千子正在弗泰普金字塔脚下的阴影里背水一战。在马格努斯的居所前，无数晶莹剔透的玻璃碎片漂浮于覆满油污的水面上。提兹卡的幸存居民逃过了入侵者最初的怒火，此刻正藏身于金字塔中，他们是一群伟大学者仅存的后裔，其祖辈在古老长夜中不仅得以艰难求生，而且欣欣向荣。

装甲车辆将倒塌的雕像与折断的树木碾碎，它们的炮口瞄向战场后方那座庞大的金字塔。双方陷于鏖战，射击手难以避免误伤，因此他们转而摧毁敌军原体的藏身之所。弗泰普金字塔在余晖中闪动，那光耀的表面与银色的高塔沐浴在自身覆灭的炼狱火光里。它正面雕刻的生命之符绽放出一团团爆炸火光，玻璃从金字塔的破碎表面倾泻而下。

阿里曼明白他们已经末日临头，因为只剩下不到一千五百名军团战士了。这样一支部队足以轻而易举地征服星球或压制暴乱，但面对三倍于己的敌人和一名基因原体，今日苦战只有一种可能的结局。

死战到底会导致两支军团在即将来临的宏伟战争中都极具劣势，但阿里曼无法任由这些野蛮人玷污他的世界，正如他无法改变过去一样。狼王将无可替代的学识付之一炬，毫不在意地用手中霜刃毁灭着银河中绝无仅有的珍贵文物。

此等无知妄为必须遭到报偿。

"我说过你太乐观了。"哈索尔·玛特说着用权杖刺穿了一名未着头盔的太空野狼脖颈，鲜血从那伤口中喷涌而出，随后他用迎面的一枚子弹了结敌人。

"我承认错误。"阿里曼说道，他接受了自己命不久矣的现实，思绪开始发散游荡。在这最后的时刻，他不禁猜想勒缪尔和其他记述者究竟是何下场。自从卡莉斯塔·俄瑞斯死后，阿里曼再也没有见过他们，他盼望那几人逃过了这场浩劫，但也很清楚他们恐怕早已死了。这个念头令他感到悲伤，但如果这场战斗让他明白了任何教训，那便是悔恨毫无价值。只有未来是重要的，而只有通过寻求知识才能保护未来。他哀伤地意识到，自己永远都没有机会重铸那些在普罗斯佩罗失落的事物了。

一头尖吼的巨狼迎面扑来，阿里曼将一枚爆矢弹送进它的头颅。恶兽尸体摔落在他面前，阿里曼则惊恐地后退一步，因为他发现这绝非巨狼，而是身披残破盔甲的怪兽，仿佛一个战士的躯体被转化成了某种地狱邪物。

"以浩瀚之洋的名义！"哈索尔·玛特喊道，更多人与狼的恐怖融合体向他们冲来。

欧谢尔·沃德梅克曾说过的一句话在阿里曼脑海里浮现，他看着大批厉声呼嚎的畸变怪物涌入战场。

"狼人！"他高声叫道，将洪流般的爆矢弹射向成群结队的野兽。

"他们还说我们是怪物！"哈索尔·玛特大喊。

那些狼人曾是阿斯塔特，但身负一个可怕的诅咒。它们面如恶兽，只有深陷的金黄双眸中还残存着最后一丝智慧光芒。它们的脸颊和双手覆满了纠结皮毛，但它们的双颚并不像巨狼那样伸展出来。它们以剃刀般锋利的尖牙锐爪作为武器，因为这些野蛮杀手早已忘却了如何运用科技。

只有最精准的射击可以将它们撂倒，它们能够承受对于阿斯塔特而言都足以致命的重伤。它们的利爪轻易撕开战甲，它们的獠牙像动力剑刃一样凶残。那无比专注的狂野杀意是千子从未遭遇过的，他们在这新近现身的恐怖敌人面前被迫后撤。太空野狼胆敢驱使如此堕落的邪物作战，这令千子备感惊恐。

狼人将千子阵线洞穿，每一秒都让那鲜血淋漓的伤口逐渐扩大，刀刃般的利爪令一个个战士殒命。胜利的呼嚎充斥四周，太空野狼和禁军迅速突入这个由狼人扯开的缺口。千子部队被分割包围，纷纷倒在霜刃战斧与闪亮的守护者长戟之下。

阿里曼沿着宽阔的玄武岩大道向弗泰普金字塔撤退，那是他们在提兹卡的最后避难所。军团中最强大也最勇敢的战士们与他并肩而行，朝着通往金字塔内部的青铜大门冲去，准备在原体的注视下献出生命。

狼人的嚎叫上升到了震耳欲聋的高潮，而针对那些呼号的回应终于从上方传来。

第三十一章

普罗斯佩罗的挽歌

　　紫色闪电劈开苍穹,夜幕骤然降临。黑雨倾盆而下,眨眼间浸透了一切,尘土的苦涩味道充斥四周。阿里曼震惊地抬起头,眼看着一个火焰巨人从弗泰普金字塔最顶端飞落下来。那生命之符表面波动着明亮夺目的绿火,无数缤纷多彩的闪电球从天而降,每一次暴烈轰击都将几十个受诅咒的狼人当场焚灭。

　　大地崩裂,环绕金字塔的水面狂怒地翻滚沸腾。漆黑波浪冲上岸边,一股拥有智能的汹涌旋风凭空浮现,将金字塔上倾洒下来的玻璃碎片卷入其中,随即如飞镖般疾射而出,把敌军战士死死钉在地面。

　　阿里曼察觉到无比凶悍的能量正在积聚,于是唤起他的全部力量控制住自身躯体,他明白血肉中的那个诅咒定会试图颠覆形体的枷锁,释放出各种前所未有的恐怖变异。然而那唤起异变增生的痛苦之潮并未出现,他仰望着那个由光芒与火焰组成的辉煌形体逐渐靠近。

　　赤红的马格努斯辉煌耀眼,他的金色盔甲与狂乱红发上迸发着浓烈的以太能量。他的权杖投射出灼目的凶猛电弧,让诸多装甲车辆在隆隆爆炸中化作残骸。马格努斯用目光扫过惊恐的太空野狼,他眼中那幽冥深渊般的无尽混沌让一切胆敢与他对视之人都陷入疯魔,瞬间毙命。

　　提兹卡上方已是一片癫狂,浩瀚之洋的力量不断施加压迫,天空变成了通往亚空间的透明窗口。山脉般庞大的球形巨眼和仅在狂人幻梦中出现过的万变怪物窥探着下方这末日临头的世界。种种恐怖而亵渎的景象让数百人当场殒命。

　　没有任何理性之人能够目睹此般邪异事物而面不改色,入侵者停下了杀戮的脚步,被诸般恐怖存在的饥渴目光所震慑。就连狼人也在那些可憎生物面前胆怯退缩,它们突然意识到了自身存在的卑微渺小。

　　只有黎曼·鲁斯和他的巨狼同伴毫不畏惧马格努斯的幻象,阿里曼在狼王眼中看到了一丝饱含期待的光芒，仿佛他十分盼望即将到来的死战。

马格努斯踏足于大道之上，时间的流逝骤然放缓，每一滴雨点的下落和每一道闪电的延伸都变成了慢动作。大道上铺就的火山岩在马格努斯脚下泛起转化的波纹，阿里曼在原体面前跪倒，数个世纪训练出的遵从态度让这个动作变得不由自主。

千子原体是万般黑暗之中一个神圣而绝美的光辉身形。他的金色盔甲从未如此闪耀，赤红长发从未如此鲜明。他的血肉中燃烧着前所未有的宏伟力量。他的眼眸投来凝视，那饱受折磨的目光中所蕴含的深重绝望令阿里曼全身血液骤然凝固。在那一瞬间里，阿里曼便体会到了马格努斯昔日目睹众多子嗣变异成怪物时的惊恐，以及数个世纪之后目睹他们因一位兄弟的疯狂野心而惨遭屠戮时的悲痛。

阿里曼理解了促使原体束手旁观的高尚理念，并意识到那绝非自己所揣测的冷漠缘由。他体会到了父亲对于自己怀有疑心的谅解，在脑海中聆听着原体的声音。

"这自始至终都是我的末日，而非你们的，"马格努斯说道，阿里曼很清楚每一位千子战士都能听到，"你们是我的子嗣，而我辜负了你们。"

原体的话语让阿里曼想要落泪，他能品尝到那种纵览寰宇万物而功败垂成的悲哀。当马格努斯再次开口的时候，这话语便只有阿里曼能够听到。

"阿泽克，带领我的子嗣进入金字塔。"

"不！"阿里曼高喊，悲伤的泪水混入那无休止的雨点。

"你必须如此。"马格努斯坚持道，他抬起赤红的臂膀，指向那已然敞开的青铜大门，引人注目的白色光芒从中照射出来。"阿蒙手里有一份无价的礼物在等候你，你必须将它从此处带走。你必须如此，否则我们所做的一切都毫无意义。"

"你呢，大人？"阿里曼追问，"你要做什么？"

"做我必须做的事情。"马格努斯遥望着黎曼·鲁斯的凶暴身影回答，对方正像一座冰川般缓缓踏上大道。原体俯身触碰阿里曼胸甲中央的翡翠圣甲虫。它闪耀着淡淡的光芒，阿里曼察觉到了其中蕴含的深厚力量。

"这取自反光洞穴，"马格努斯说，"我的军团中每位战士胸口都有一枚。一旦时机来临，就把你的全部能量集中在这块水晶以及属于其他战友的水晶上。"

"我不明白,"阿里曼央求道,"我要做什么?"

"行使你的命运,那早在你诞生之前便已注定,"马格努斯说,"现在快去!"

"我会与你并肩作战。"阿里曼起誓。

"不,"马格努斯的深重哀伤如同一道无底深渊,"你不会。此时此刻,你我的宿命已经开始分道扬镳,此地发生的事情必须发生。为我完成这最后一件事吧,阿泽克。"

虽然心痛欲裂,但阿里曼还是点点头,周围的世界随即骤然涌动,时间之流摆脱了马格努斯降临时引发的干扰,恢复如常。熊熊烈火的呼号和虚妄雷霆的怒吼重新席卷这个世界,枪炮的震耳轰鸣比之前更加响亮。

狼王的怒吼将它们全部遮盖。

阿里曼和千子战士转过身,向弗泰普金字塔跑去。

惊恐的平民和疲惫的尖塔守卫让金字塔里人满为患。千子一拥而入,他们的盔甲上沾满了外面倾盆而下的梦魇黑雨。阿里曼保守地估计,仅有略多于一千名战士逃过了狼人的攻势。

"军团的十分之一。"他说道。

这令人惊惧的沉重损失让他头晕目眩。

在他努力接受挚爱军团的现状时,哈索尔·玛特和索贝克来到了他身旁。阿里曼最终在这个巨大房间的中央找到了阿蒙,近乎全军覆没的惨烈景象依旧让他感到麻木。

阿蒙身上的盔甲洁净无瑕。他的武器尚未出鞘,他捧着一个厚重箱子,上面有一把冷钢大锁。

"他说过你会活下来。"阿蒙说。

"原体?"

"是的。多年之前,当你罹患血肉异变,仅有一息尚存的时候,他就知道你会活着经历这一刻。"

"别给我讲故事,"阿里曼怒喝道,"原体说你有件东西要交给我?"

"是的。"阿蒙举起箱子让阿里曼打开。

"它是锁着的。"

"对其他人而言或许如此，但对你而言并非如此。"

"我们没时间了！"阿里曼嘶声道，他转过头看到两位战争之神在天崩地裂的巨响中迎头相遇。灼目的光芒充满了金字塔，黎曼·鲁斯的嚎叫与马格努斯的雷霆不相上下。

"你必须找出时间，"阿蒙厉声说，"否则这一切都将毫无意义。"

阿里曼抬起手触摸那铁锁，它顿时在金属轻响中开启。他掀开箱盖，躺在里面的那本书让他倒抽一口冷气，它的暗红封面老旧开裂，仿佛是一本考古笔记而非深奥秘典。

"马格努斯之书。"哈索尔·玛特喘息道。

"为什么是我？"阿里曼质问。

"因为你是它的新主人，"阿蒙回答，"你要保证它的安全，确保其收录的知识不会落入错误的手中。"

阿里曼把书从铁箱里捧出来，品味着蕴藏在那些神圣篇章中的力量与期望。诸多咒语和秘文的巨大潜能向他发出分外诱人的呼唤与承诺，书中的万般奥秘必能帮助他成就伟大功业。

他想要拒绝。他想要把这本书放回上锁的箱子里，从而不会再有任何人能够一窥奥妙并觊觎其深邃力量。他企盼马格努斯能够安然归来，并取回自己的秘典，然而阿里曼确凿无疑地明白，那永远都不会发生。

马格努斯与鲁斯展开决斗，并不期望能够从中生还。

阿里曼拿起书跑回金字塔的青铜大门，绝望让他的脚步倍加迅捷。明亮刺眼的光芒与势若雷霆的冲击从大门彼端传来，超越凡人理解的伟岸力量正在肆意释放。

阿里曼来到了大门旁，目睹两位兄弟的决斗，无论其狂野、凶悍与荒谬都前所未见。马格努斯和狼王正在为一个世界的命运生死相搏。叉状闪电从地面直刺天际，将他们与野狼和禁军隔开。

鲁斯向马格努斯发动着暴雨般的攻势，击碎了那嵌有巨角的胸甲，而马格努斯则用一团灼人的冷焰施以反击，震裂了兄弟的盔甲并烧焦那结辫的长发。

两位斗士仿佛变成了参天巨人，正如他们在神话传说中的形象。狼王的霜刃挥向马格努斯，但被他的金色战斧偏转，两人在一阵充满了焦灼闪电与震天雷霆的癫狂风暴之下展开史诗般的鏖战。这是一场跨越所有层面的死斗：无论物理、心灵还是精神，每一位原体都调动着各自近乎无穷无尽的力量来推动对方的毁灭。

金字塔周围漆黑如油的水面泛起猛烈波浪，仿佛一阵无形风暴正在深处翻滚。太空野狼和禁军穿越水面，踏着汹涌的泡沫向金字塔前进，打算为黎曼·鲁斯提供支援。马格努斯将双手挥向两边，水中的战士们顿时发出剧痛的尖叫，那些黑水转变成了酸液，灼烧着陶钢装甲，将血肉与骨骼腐蚀成胶质。

足以淹没整个世界的滂沱暴雨倾泻而下，大地化作一片恶臭扑鼻的沼泽，如同攫取之手般的扭动形体从中浮现。受伤的战士被拖进泥沼，他们奋力挣扎，试图对抗这凭空而来的敌人，但无法阻止自己遁入末日。

普罗斯佩罗正在分崩离析，位面之间的屏障逐渐开裂，浩瀚之洋原住民的絮絮赘言与疯狂尖叫让凡间生灵惊恐跪伏。一切感官都遭受着冲击，骤然席卷金字塔的猛烈狂风让阿里曼只能勉强站稳脚步，玻璃板从建筑表面纷纷剥落，金银高塔也逐一崩解。滚滚惊雷在午夜般的天空中炸响，动荡不止的地震扯开一道道愈发宽大的裂隙，提兹卡仅存的那些建筑也都轰然倾覆。

一切毁灭景象的中心便是马格努斯和鲁斯，阿里曼看着两位泰坦以命相搏，那种苦涩恨意只能属于反目成仇的故友。这场搏斗是阿里曼所见过最为绝望的。他想要冲上前去，提醒他们昔日的亲情，然而贸然插手这样一场毁天灭地的战斗无异于自寻死路。

阿里曼曾警告麾下战士不得施展力量，以防血肉异变，而马格努斯则并未展现出丝毫克制，他用覆满火焰与闪电的双拳轰击着黎曼·鲁斯。但鲁斯是一位原体，这种足以横扫千军的力量在他身上收效甚微，仅仅让他更为暴怒。

马格努斯一拳打中鲁斯胸口，那冰封战甲顿时在星球相撞般的巨响中开裂，一块块陶钢碎片刺入了狼王的心脏。作为回应，鲁斯一举扭断马格努斯的臂膀，阿里曼能听到骨骼粉碎的声音。一柄由纯粹思维组成的锐利剑刃在马格努斯的另一只手臂上凭空闪现，他透过鲁斯的盔甲裂痕将刀锋深深捅进狼王的胸膛。

那利刃从鲁斯背后穿透出来，狼王发出一声震耳欲聋的痛苦呼吼，一群非狼之狼纷纷用嚎叫呼应他们的主人。那两头陪伴鲁斯的狼形巨兽扑向马格努斯，用双颚紧紧咬住他的腿。马格努斯一拳砸在黑狼头顶，它发出一声含混的哀鸣瘫软在地，头骨必然已经碎裂。马格努斯又高声怒吼，用一个念头将白狼从腿上扯开，远远抛向聚集在鲁斯背后的军队头顶。

阿里曼感觉到很多双手臂在拉扯他，那呼号狂风与猛烈暴雨从大门席卷而入。他试图摆脱纠缠，同时有某个人在呼喊他的名字。哈索尔·玛特和阿蒙将阿里曼从入口拽开，庞大的门扉缓缓关闭。

"不！"他喊道，话语顿时被尖叫的烈风卷走，"我们不能这样！"

"我们必须这样！"哈索尔·玛特指着将太空野狼与金字塔分隔开的汹涌水面大喊。敌人正把弧形的屋顶残骸当作简易船只，以爆矢枪托为桨，劈波斩浪向大门袭来。水面已经恢复了正常状态，只有四下漂浮的液化血肉与残余骨架表明曾经有人葬身于此。大群狼人冲入水中，成百上千的怪物组成一个个狩猎群向金字塔扑来。

透过不断逼近的大批敌人，阿里曼看到马格努斯和鲁斯还在大道上展开鏖战，那恐怖而凶悍的战斗被虚妄火焰与暴烈雷霆所遮蔽。一团黑光骤然喷薄而出，鲁斯在剧痛中厉声呼吼。他盲目地挥出霜刃，却在命运的指引下击中了对手最为可怕的武器——眼睛。

在一瞬间里，那缤纷瀑布般的光芒与火焰消弭无踪，震慑人心的寂静铺展开来。一切动作都停止了，在大道上决斗的两位泰坦也不复存在，原体们恢复了往日的体型。

阿里曼大喊一声，他看到马格努斯踽跚着从狼王面前退却，一只手捂住眼睛，碎裂的臂膀上闪动着治疗能量。虽然黎曼·鲁斯同样伤痕累累，但他还是抓住了这个机会。他猛扑向马格努斯，像摔跤手一样抓住对方的腰，怒吼一声将兄弟高高抬过头顶。

所有目光都看着鲁斯将马格努斯砸落在膝盖上，猩红君王脊椎断裂的声音撕开了每一个千子战士的心。

阿里曼跪倒在地，马格努斯之书从手中滑落，同感剧痛像一柄白热的长矛般洞穿了他。这个世界上再没有更加剧烈的痛苦，因为那样的重伤足以将原体毁灭，对于任何普通战士而言都是超乎百倍的致命一击。他跪在逐渐关闭的大门旁，狼人狩猎群和敌军战士已经来到了岸边，首当其冲者是一位手持霜刃巨斧的连长，他的獠牙沾满鲜血，头发全数烧焦。

狼王在胜利中仰天长啸，一阵血雨取代了浓厚如油的黑水，普罗斯佩罗在为她的陨落子嗣悲泣。阿里曼的泪水同样猩红，黎曼·鲁斯将马格努斯抛在地上，举起霜刃，准备斩落手下败将的头颅。

马格努斯用仅有的一丝力量转过头来，他的残破眼眸找到了阿里曼。

这是我赋予你们最后的赠礼。

黎曼·鲁斯的剑刃一挥而下，但在那致命刀锋击中目标之前，马格努斯低语出一串非自然的音节，早在人类首次向苍穹之上的无名神祇发出含混祷告时便无人知晓这些词句。马格努斯的身躯在刹那间解离，整体结构被一个词语彻底消融，阿里曼轻呼一声，深不可测的惊人力量涌入他体内。

那力量超越了任何凡人的承载限度，然而当它席卷而来之际，阿里曼顿时知晓了自己的职责。

阿里曼用双手紧握住胸甲正中的翡翠圣甲虫，让它的所有弧度与细节充满自己的脑海，他检视一切细微瑕疵，专注于黄金底座的绝妙工艺，牢记那枚黑色圣甲虫徽记的精确形状。

他对于这块宝石了若指掌，并在脑海中描绘出了每一位千子战士胸口的类似饰物。当他在脑海中加以构想时，他体内的力量便扩散到整个军团中，这是马格努斯在运用最后的一丝气力拯救他的子嗣。

一阵可怕的呻吟打碎了这片死寂，恍若这世界的脊梁正在错位变形。那疯狂的声音撕裂了现实的基本架构，一位神祇的临终之息释放出不可衡量的超凡伟力。

普罗斯佩罗的地表扭曲起来，阿里曼感觉到一阵恐怖的眩晕感。仿佛整个世界都上下颠倒，又像是他正在一条无尽的隧道里坠落。这个世界骤然消失，被宇宙终焉的彻底黑暗所取代，那是一切生灵早在亿万年前便已化作尘埃的冷寂时刻。

这黑暗并非静默，它被无数呼号所填满，仿佛狩猎狼群正在世界之间的隐秘角落中游走。难道他们永远都无法摆脱帝皇的战犬吗？

那不可穿透的无光虚空突然被光芒与色彩的汹涌漩涡所取代，种种焦灼刺眼的幻景中蕴含着地狱般的绝望和放纵无羁的极乐。一切与全无在顷刻之间往复转换，并伴随那梦魇一同无止境地延伸出去。

阿里曼感觉自己对于理智的掌握逐渐松脱，凡人所依赖的脆弱现实接连崩解，他的脑海被无数图景轮番轰炸。

他的思维终于大发慈悲地冲向昏迷，否则他必将在这毫无停歇的感官轰击中堕入疯狂。

阿里曼在黑暗里飘浮，失落于时空之中。

这结束了。

然而这并未结束。

阿里曼睁开双眼，发现自己正趴在一块破碎的黑色石板上。他全身各处都充斥疼痛，无论是伤痕累累的躯体，还是不堪重负的心灵。闪亮的黑曜石地面上反射着余烬般的晶莹光芒，他呻吟一声，试图将记忆的残片拼接起来。

雷霆在上方轰鸣，暴烈的闪电在他面前投下摇摆阴影。虽然他的身体用炽热的痛楚表示抗议，但阿里曼还是强迫自己跪坐起来，四下张望普罗斯佩罗的现状。

他的第一个念头是，马格努斯最后的作为让他们的家园世界遭受了可怕的剧变，但他的破碎心灵很快就意识到，这里的天空并不属于普罗斯佩罗。万般色彩的风暴翻滚沸腾，辉煌光芒与炽热火柱踏着曲折的舞步从地面直刺云霄。

他跪在一块向外延伸的黑石上，俯瞰着面前那片崎岖破碎的火山平原，冒着黑烟的裂口与闪耀的熔岩密布其上。虬结石块如同拳头一般从平原上探出，其顶端坐落着扭曲的银色高塔，仿佛是在嘲讽提兹卡昔日的优雅楼阁。拥有皮质封面的《马格努斯之书》躺在他身边，阿里曼保护性地将其揽在臂弯里。

参差峰峦高耸入云，闪耀的天空用奔雷发出怒吼。那光辉夺目的穹隆远比任何机械神教极光都更为壮丽，但它绝非数百年工业污染的副作用。这是充斥四周的原始以太，以及汹涌浪潮般的深厚力量。

成百上千的军团战士漫无目的地在这破碎大地上走动，身边的荒芜废土让他们倍受震慑。剧烈震动从大地之下滚滚传来，仿佛星球核心正在经受无休止的重塑。

阿里曼站起身，扫视那动荡不已的梦魇景象。一个佝偻的身影低着头向他蹒跚而来，阿里曼辨认出了卡菲德那饱受摧残的轮廓，对方是黑鸦图书馆中的一位博学者。在这地狱般的环境里，一张熟悉的面孔令人倍感宽慰。

"卡菲德？是你吗？"阿里曼问道，他感觉自己的话语让周围的空气都充满了潜在的奇观与喜乐，仿佛一呼一吸之中便蕴藏着能量。

那位战士没有回答，阿里曼察觉到了卡菲德体内的凶暴力量。博学者抬起头来，他所遭受的异变让阿里曼不由得倒退一步。独立的眼球从那位战士面孔的每一寸皮肤里挤出来，以至于除了眼睛之外他脸上再没有嘴巴、鼻子或者其他任何器官。

卡菲德走到他面前，用无数枚眼睛沉默地乞求帮助。

阿里曼朝卡菲德挥出手，将洪流般的烈焰与闪电投向那位博学者。这种力量本是猎鹰和亮羽学派的专长，但它们自然而然地从阿里曼指尖一跃而出，仿佛他有生以来便一直接受那些学派的训练。

卡菲德的焦黑尸体瘫倒在地，化作灰烬。

阿里曼惊恐地逃下斜坡，前去寻找其他战士。

他很快就找到了哈索尔·玛特、阿蒙和索贝克，然而不久之后他们就发现，那位黑鸦学派的博学者绝非军团中唯一屈从于血肉异变的成员。数十人不得不遭到处决，最终的幸存者似乎都未受任何异变的影响。

总共有一千两百四十二名战士逃过了针对普罗斯佩罗的抹杀。

"我们在哪儿？"索贝克问道。

没有人能够提供答案，在漫长的日夜里，千子探索着如今成为他们新家园的可怖废土，然而时间的跨度在此处难以衡量，所有人盔甲内置的计时器都无法运作。

他们发现那些银色尖塔并非对于提兹卡类似建筑的滑稽模仿，而正是那些尖塔本身，它们在诡异巫术的作用下现身于此，并已面目全非。除了这些源自失落家园的遗物之外，再没有什么能够昭示这个世界的性质。

黑鸦学派或是其他学派的力量都无法探知这里的实际位置，也找不到任何关于他们怎样抵达这片破碎荒原的线索。

在黑曜石高塔拔地而起的那天，这一切都改变了。

最初那只是另一场地震，大家对此早就习以为常。一种阴郁的气氛笼罩着千子，这理所应当，毕竟没有人能够淡忘自己的失陷家园，或是陨落的父亲和兄弟。

然而这场地震并没有简单地在无垠的火山平原上开启一道裂口，闭合另一道，随后消弭无踪。诸多裂隙由平原中央位置呈蛛网状向四周辐射，一枚黑色钻石破土而出，如同从地底刺来的玄武岩枪尖。

它直升天际，时时刻刻都变得愈发宽阔，直到一座崭新的山脉凭空出现。它睥睨众生，甚为陡峭，比奥林匹斯山和阿苟鲁之山加起来都更为高大。碎石从那超乎常理的高耸巅峰上坠落，沿着棱角分明的边缘翻滚，高塔周围出现了一圈由碎裂巨岩和怪异石块所组成的光环。

当那阵灰烬和碎石的暴雨停歇之后，千子战士们纷纷聚集在这座令人目瞪口呆的造物脚下，他们明白这伟岸的建筑绝非浑然天成。明亮火焰从那高高在上的峰顶放射而出，闪耀的蓝色光芒将它通体笼罩起来，仿佛闪电在其内部涌动，正如鲜血在血液循环系统中奔腾一样。

一个光辉的身影从巅峰降下，那闪烁不已的模糊形态披着星辰之光与无尽可能的力量。以太烈焰化作夺目双翼从那身影背后伸展开来，千子跪倒在地，他们父亲的光芒普照四方。

马格努斯轻柔地降落在子嗣面前，他们惊讶地看到原体的辉耀点亮了这个世界的荒寂黑暗。这并非原体昔日里与大家并肩而行时所披覆的实体躯壳，这是一具能够超脱浩瀚之洋桎梏的光之躯体。马格努斯牺牲了一度承载其生命本质的血肉，并由此擢升到一个更为先进的形态，抛开了凡尘的枷锁和现实的局限。

"吾儿，"马格努斯的声音中满是疲惫与无奈，"欢迎来到巫师星球。"

时光荏苒。

几个世纪还是几天，谁知道呢？

两者都是，两者也都不是。

我说不清自从我们初次踏足此地已经过去了多久，因为我逐渐明白时间的概念在这里毫无意义。我所知道的是，自从那丑陋而庞大的黑曜石高塔破土而出之后，情况就急转直下。有些人说，我们无从知晓这个世界的邪恶会侵染我们。而我说：我们怎么会不知道。

哈索尔·玛特最为惧怕，但我要承认，我也在经受那种梦魇般的惊恐，时刻担心有一天我会失去一切，变成全无昔日自我的堕落怪物。有些人甚至欢迎他们的新形态，认为那标志着某种恩宠。

蠢货。

它在我们之中愈发盛行，自从马格努斯将我们从普罗斯佩罗神隐至此，已经有七十二名战士屈服于血肉异变。

神隐……一个古老的词语，但或许颇为恰当，因为我们现身于此绝非巧合。这个星球自亘古以来就一直在等待我们，其创造者的智慧远远超过任何人的理解范畴，无论原体还是凡人。

马格努斯在他的黑色高塔中郁郁寡欢，他窥探着深邃的浩瀚之洋，寻找任何能够证明他昔日作为理所应当的征兆。

他什么都找不到，因为那里什么都没有。

他的行为从来不受他的控制，因为他忘记了一切奥秘中的首要原则。

他任由自己的野心与高傲一叶障目，忽视了自身的缺陷以及天外有天的现实。

我不会犯下那个错误。

然而我们毕竟是血肉之躯，往往会重复昔日的过失，因此我特意确保身边之人与我唱反调，从而驾驭我的自负。

千子的血脉源自这份充斥于我们身边的力量。我们原本可以收集并传承一个隐秘世界的知识，却痛失良机。

在军团的幸存者中，一些人不相信浩瀚之洋的力量有望得到掌控，而我们这受诅咒的命运便是那可悲事实的明证。

他们错了。

这个世界充满了潜能，但也危难重重。我相信有一条道路能够让我们摆脱缓缓堕入末日的命运，然而我一旦踏足其上便再无退路。我开展的伟大工作会是第一步，它将证实我们昔日的正确与忠诚，并表明我们依旧是忠诚的。

我曾发誓要重塑在普罗斯佩罗的覆灭中失落的一切，而我打算履行那个誓言。这个秘密团体将是让千子在帝皇眼中重获荣光的开端。

我能感觉到他们逐渐靠近，我若要成就大业就必须说服那几位领袖。

哈索尔·玛特，我已经知道他会加入我，因为他比任何人都更加惧怕自己血肉的毁灭。索贝克会遵从我命，一如既往，但阿蒙呢？

阿蒙会抗拒，因为他服侍马格努斯的岁月比我们任何人所知晓的都更加长久。

他就是关键。

说服他便可成事。

《马格努斯之书》在我面前摊开，其篇章中充满了禁忌的秘闻和源自被遗忘年代的上古知识，它蕴藏着通向我们救赎的钥匙。在那迷宫般的咒文、密令和仪式之中，一个强大的法术已经初现端倪，我相信它能够消解我们所遭受的一切。

我称它为红字。

作者简介

格雷厄姆·麦克尼尔已经为黑图书馆执笔了大量小说,包括《猩红君王》《复仇之魂》,还有登上了纽约时报畅销书榜的《千子》,以及收录在《基因原体》短篇集里的《碎裂倒影》。格雷厄姆的极限战士系列小说以乌瑞尔·文翠斯连长为叙事中心,如今已有六部小说,并且与同样由他执笔的"钢铁战士"系列故事联系紧密,其中《钢铁风暴》一书更是受到了黑图书馆读者们的多年热爱。他撰写了围绕机械教的《火星铸造厂》三部曲,以及战锤恐怖故事短篇《上校的专论》。他还撰写了战锤编年史三部曲《西格玛传奇》,其中第二部在 2010 年赢得了大卫·格美尔传说奖。

译者简介

赵笛,毕业于清华大学生物系,常用网络 ID 为 Haldir;埋首阅读英美奇幻文学作品多年,熟悉并热爱马哲里两兄弟、秘银厅六英雄、费诺七子、护戒九人、终焉八位化身、帝国十九原体等传奇人物,现旅居瑞典小城北雪坪。

图书在版编目（CIP）数据

千子 /（英）格雷厄姆·麦克尼尔著；赵笛译 . -- 杭州：浙江科学技术出版社, 2021.7（2023.9 重印）

ISBN 978-7-5341-9657-7

Ⅰ.①千… Ⅱ.①格… ②赵… Ⅲ.①幻想小说—英国—现代 Ⅳ.① I561.45

中国版本图书馆 CIP 数据核字 (2021) 第 108326 号

著作权合同登记号　图字：11-2020-212 号

书　名	千　子
著　者	［英］格雷厄姆·麦克尼尔
译　者	赵　笛

出版发行　浙江科学技术出版社
　　　　　杭州市体育场路 347 号　邮政编码：310006
　　　　　办公室电话：0571-85176593
　　　　　销售部电话：0571-85176040
　　　　　网址：www.zkpress.com
　　　　　E-mail：zkpress@zkpress.com

排　版　浙江新华广告有限公司
印　刷　浙江海虹彩色印务有限公司

开　本	710×1000　1/16	印　张	25
字　数	360 000		
版　次	2021 年 7 月第 1 版	印　次	2023 年 9 月第 2 次印刷
书　号	ISBN 978-7-5341-9657-7	定　价	60.00 元

版权所有　翻印必究

（图书出现倒装、缺页等印装质量问题，本社销售部负责调换）

责任编辑　吕路明　潘黎明　　　责任校对　张　宁
封面设计　孙　菁　　　　　　　责任印务　叶文炀